APEIROGON

DU MÊME AUTEUR

Les Saisons de la nuit, Belfond, 1998, rééd., 2007 ; 10/18, 2000
La Rivière de l'exil, Belfond, 1999, rééd., 2007 ; 10/18, 2001
Ailleurs, en ce pays, Belfond, 2001, rééd., 2007 ; 10/18, 2003
Danseur, Belfond, 2003 ; 10/18, 2005
Le Chant du coyote, Belfond, 2007 ; 10/18, 1998
Zoli, Belfond, 2007 ; 10/18, 2008
Et que le vaste monde poursuive sa course folle, Belfond, 2009 ; 10/18, 2010
Transatlantic, Belfond, 2013 ; 10/18, 2014
Treize façons de voir, Belfond, 2016 ; 10/18, 2017
Lettres à un jeune auteur, Belfond, 2018 ; 10/18, 2019

Vous pouvez consulter le site de l'auteur à l'adresse suivante :
colummccann.com

COLUM McCANN

APEIROGON

Traduit de l'anglais (Irlande)
par Clément Baude

belfond

Titre original :
APEIROGON
publié par Random House, une marque et une division
de Penguin Random House LLC, New York

Cet ouvrage a été publié avec le concours de l'Ireland Literature.

LITERATURE
IRELAND
Promoting and Translating Irish Writing

Apeirogon est une œuvre de fiction. Les événements, les propos et les personnages – à l'exception des personnages historiques et des personnalités publiques – sont tous le fruit de l'imagination de l'auteur. Lorsqu'il est question de personnages ayant réellement existé, les situations et les événements dans lesquels ils se trouvent plongés, les propos qu'ils tiennent sont eux aussi fictionnels. Les noms, les personnages, les lieux et les faits sont le fruit de l'imagination de l'auteur, ou revendiqués comme tel. Ainsi, toute ressemblance avec des personnes, vivantes ou mortes, est purement fortuite.

Retrouvez-nous sur www.belfond.fr
ou www.facebook.com/belfond

Éditions Belfond,
92, avenue de France, 75013 Paris.
Pour le Canada,
Interforum Canada, Inc.,
1055, bd René-Lévesque-Est,
Bureau 1100,
Montréal, Québec, H2L 4S5.

ISBN : 978-2-7144-5008-1
Dépôt légal : août 2020

Belfond | un département **place des éditeurs**

place
des
éditeurs

À Sally

NOTE DE L'AUTEUR

Les lecteurs familiers de la situation politique en Israël et en Palestine remarqueront que les forces motrices qui sont au cœur de ce livre, Bassam Aramin et Rami Elhanan, existent pour de vrai. Par « vrai », j'entends que leurs histoires – et celles de leurs filles, Abir Aramin et Smadar Elhanan – ont été bien décrites, en film comme en texte.

Les transcriptions des deux hommes, dans la partie centrale du livre, ont été rassemblées à partir d'interviews menées à Jérusalem, à New York, à Jéricho et à Beit Jala. Mais partout ailleurs, Bassam et Rami m'ont autorisé à modeler et à transformer leurs mots et leurs mondes.

Malgré ces libertés, j'espère être resté fidèle à la réalité de leurs expériences partagées. Nous vivons notre vie, disait Rilke, en cercles de plus en plus larges qui passent sur les choses.

2016

1

Les collines de Jérusalem sont un bain de brume. Rami avance de mémoire sur une ligne droite et évalue la courbure du prochain tournant.

À soixante-sept ans, il se penche très bas sur sa moto, blouson rembourré, casque bien fermé. C'est une moto japonaise, une 750 cc. Un engin agile pour un homme de son âge.

Rami ne ménage pas sa moto, même par mauvais temps.

Il prend un virage serré à droite, devant les jardins où la brume, en se dissipant, révèle l'obscurité. *Corpus separatum*. Il rétrograde et dépasse une tour militaire. Les lampes à sodium ont quelque chose de nébuleux le matin. Une petite nuée d'oiseaux assombrit un instant l'orangé.

Au pied de la colline, la route plonge encore dans un autre virage, noyé par la brume. Rami passe en seconde, relâche l'embrayage, attaque le tournant en douceur et se remet en troisième. La route 1 passe sur les ruines de Qalunya : ici l'Histoire s'empile.

Il accélère au bout de la bretelle et prend la voie de droite, croisant les panneaux pour *la vieille ville*, pour *Giv'at Ram*. La route est criblée de phares matinaux.

Il se penche à gauche et slalome jusqu'à la voie de dépassement, vers les tunnels, le mur de séparation, la ville de Beit Jala. Un coup de guidon, deux possibilités : Gilo d'un côté, Bethléem de l'autre.

Ici, tout est géographie.

2

CETTE ROUTE MÈNE À LA ZONE « A »
SOUS AUTORITÉ PALESTINIENNE
ENTRÉE INTERDITE
AUX CITOYENS ISRAÉLIENS
DANGER DE MORT
ET VIOLATION DE LA LOI ISRAÉLIENNE

3

Cinq cents millions d'oiseaux survolent les collines de Beit Jala chaque année. Ils voyagent depuis la nuit des temps : huppes, grives, gobe-mouches, fauvettes, coucous, étourneaux, pies-grièches, combattants variés, traquets motteux, pluviers, souimangas, martinets, moineaux, engoulevents, hiboux, mouettes, faucons, aigles, milans, grues, buses, bécasseaux, pélicans, flamants roses, cigognes, tariers pies, vautours fauves, rolliers d'Europe, cratéropes écaillés, guêpiers, tourterelles des bois, fauvettes grisettes, bergeronnettes printanières, fauvettes à tête noire, pipits à gorge rousse, blongios nains.

C'est la deuxième autoroute migratoire la plus empruntée au monde : au moins quatre cents espèces différentes y déferlent en circulant à des altitudes différentes. De grands V prêts à klaxonner. Des voyageurs solitaires rasant l'herbe.

Chaque année, un paysage différent apparaît au-dessous d'eux : colonies israéliennes, immeubles palestiniens, jardins de toit, casernes, barrières, routes de contournement.

Certains oiseaux migrent de nuit pour échapper aux prédateurs, ils suivent leurs itinéraires sidéraux, se transforment en ellipses à cause de la vitesse, consument leurs muscles et leurs intestins en vol. D'autres voyagent de jour pour profiter des courants thermiques ascendants, du vent chaud qui soulève leurs ailes et leur permet de planer.

Parfois, des nuées entières cachent le soleil et badigeonnent d'ombres tout Beit Jala : les champs, les terrasses escarpées, les oliveraies autour de la ville.

Allongez-vous dans les vignes du monastère de Crémisan, vous verrez, à toute heure du jour, les oiseaux dans le ciel, empruntant leurs couloirs bavards.

Ils se posent sur les arbres, les poteaux télégraphiques, les câbles de raccordement électrique, les châteaux d'eau, et même sur le rebord du Mur, où ils sont parfois la cible des jeunes lanceurs de pierres.

4

Jadis, une fronde était constituée d'une poche en peau de vache, de la taille d'un cache-œil, percée de petits trous et maintenue par des lanières en cuir. Les frondes étaient conçues par des bergers pour dissuader les prédateurs d'attaquer leurs troupeaux itinérants.

La poche était tenue dans la main gauche du frondeur, les cordelettes dans la droite. Il fallait un entraînement considérable pour manier l'objet avec précision. Une fois la pierre posée dans la poche, les lanières étaient tendues à fond. Le frondeur faisait tournoyer la fronde au-dessus de sa tête plusieurs fois, en larges cercles, jusqu'à ce que survienne le lâcher. La poche s'ouvrait et la pierre décollait. Certains bergers pouvaient atteindre à deux cents pas une cible aussi petite qu'un œil de chacal.

La fronde ne tarda pas à se faire une place dans l'art de la guerre : sa capacité à enflammer un escarpement et les murs crénelés en fit un élément crucial dans les assauts contre les villes fortifiées. On engageait des légions de frondeurs de longue portée. Ils revêtaient une armure sur tout le corps et se déplaçaient dans des chariots remplis de pierres. Quand le terrain devenait impraticable – douves, tranchées, ravins désertiques asséchés, talus escarpés, rochers en travers de la route –, ils descendaient et poursuivaient à pied, leur carquois décoré en bandoulière. Les carquois les plus profonds contenaient jusqu'à deux cents petites pierres.

En vue de la bataille, il était courant de peindre au moins une des pierres. Le talisman était alors placé au fond du carquois quand le frondeur partait à la guerre avec l'espoir de ne jamais avoir recours à la dernière pierre.

5

En marge de la bataille, des enfants – huit, neuf, dix ans – étaient enrôlés pour chasser du ciel les oiseaux à coups de fronde. Ils attendaient au bord des *wadis*, se cachaient dans les buissons du désert, tiraient des pierres depuis les murs fortifiés. Ils visaient les tourterelles, les cailles, les oiseaux chanteurs.

Certains oiseaux étaient capturés vivants. Ils étaient rassemblés et mis dans des cages en bois, les yeux crevés afin qu'ils croient vivre dans une nuit permanente : à la suite de quoi ils se gavaient de graines des jours durant, sans discontinuer.

Engraissés jusqu'à atteindre deux fois leur taille de vol, ils étaient cuits dans des fours d'argile, puis servis avec du pain, des olives et des épices.

6

Huit jours avant sa mort, après une spectaculaire orgie de nourriture, le président français François Mitterrand commanda un ultime repas d'ortolan, un minuscule oiseau chanteur à la gorge jaune, pas plus grand que son pouce. Ce mets incarnait à ses yeux l'âme de la France.

L'équipe de Mitterrand supervisa la capture des oiseaux sauvages dans un village du Midi. On graissa la patte des policiers du coin, on organisa la chasse, et les oiseaux furent capturés au lever du jour, dans des filets très fins posés en lisière de forêt. Les ortolans furent mis en cage et emmenés dans un fourgon opaque jusqu'à Latche, la maison de campagne où Mitterrand avait passé ses étés d'enfance. Le sous-chef de cuisine sortit de la maison et rentra les cages. Les oiseaux furent nourris deux semaines, jusqu'à devenir assez gros pour éclater, puis maintenus par les pattes au-dessus d'une cuve d'armagnac pur, plongés tête la première et noyés vivants.

Le chef les pluma, les sala, les poivra, les fit cuire sept minutes dans leur propre graisse et les disposa dans une cassolette blanche tout juste chauffée.

Lorsque le plat fut servi, la pièce lambrissée – il y avait la famille de Mitterrand, sa femme, ses enfants, sa maîtresse, ses amis – sombra dans le silence. Mitterrand se redressa sur sa chaise, écarta les couvertures sur ses genoux, but une gorgée de château-haut-marbuzet millésimé.

« La seule chose intéressante est de vivre », dit-il.

Il dissimula sa tête sous une serviette blanche pour inhaler les fumets des oiseaux et, comme l'exigeait la tradition, se cacher du regard de Dieu. Il prit les oiseaux et les mangea entièrement : la chair succulente, la graisse, les viscères amers, les ailes, les tendons, le foie, le rognon, le cœur chaud, les petits os du crâne qui craquent sous la dent.

Il lui fallut plusieurs minutes pour terminer son plat, le visage caché du début à la fin sous la serviette blanche. Sa famille entendait le bruit des petits os qui se cassaient.

Mitterrand s'essuya la bouche, mit de côté la cassolette en terre cuite, releva la tête, sourit, souhaita bonne nuit et partit se coucher.

Il jeûna pendant les huit jours et demi suivants, jusqu'à sa mort.

7

En Israël, les oiseaux sont pistés par des radars sophistiqués installés le long des itinéraires de migration dans tout le pays – Eilat, Jérusalem, Latroun –, en liaison avec les installations militaires et les bureaux du contrôle aérien de l'aéroport Ben-Gourion.

Les bureaux de Ben-Gourion sont dernier cri, équipés de vitres fumées. Des banques d'ordinateurs, des radios, des téléphones. Une équipe d'experts rompus à l'aéronautique et aux mathématiques observe les modèles de vol : la taille des groupes, leur trajet, leur forme, leur vélocité, leur altitude, leur comportement attendu en fonction de la météo, leur réaction possible face aux courants aériens, aux siroccos, aux tempêtes. Les opérateurs créent des algorithmes et envoient des messages d'alerte aux contrôleurs aériens et aux lignes commerciales.

Une autre ligne directe est dévolue à l'armée de l'air. *Étourneaux à 1 000 pieds nord du port de Gaza, 31.52583 °N, 34.43056 °E. Quarante-deux mille grues du Canada à environ 750 pieds au-dessus côte sud de la mer Rouge, 20.2802 °N, 38.5126 °E. Mouvement inhabituel d'oiseaux à l'est d'Acre, alerte garde-côtes, tempête imminente. Vol prévu, oies du Canada, est de Ben-Gourion à 0200 heures, coordonnées exactes à déterminer. Deux grands-ducs du désert vus dans arbres près piste atterrissage hélicoptères B, sud d'Hébron, 31.3200 °N, 35.0542 °E.*

Les ornithologues sont surtout sollicités à l'automne et au printemps, quand les grandes migrations battent leur plein : parfois leurs ordinateurs ressemblent à des tests de Rorschach. Ils sont en liaison avec des observateurs d'oiseaux au sol, même si un bon professionnel peut déterminer l'espèce dont il s'agit uniquement par la forme du vol sur le radar et l'altitude à laquelle il arrive.

À l'école militaire, les pilotes de chasse sont formés aux modèles complexes de migration des oiseaux, afin d'éviter de tomber en vrille dans ce qu'ils appellent les zones de peste. Tout a son importance : une grande flaque près de la piste peut attirer une volée d'étourneaux ; une plaque d'huile peut rendre glissantes les ailes d'un oiseau de proie et le désorienter ; un feu de forêt peut faire dévier de sa route un troupeau d'oies.

Pendant les saisons de migration, les pilotes essaient de ne pas voler trop longtemps à moins de trois mille pieds d'altitude.

8

Un cygne peut être aussi fatal au pilote qu'un tir de lance-roquettes.

9

À l'automne de la première Intifada, deux oiseaux migrant de l'Europe vers l'Afrique du Nord furent trouvés dans les filets japonais posés sur les pentes occidentales de Beit Jala. Ils étaient emmêlés côte à côte, les pattes prises dans un même fil, et leurs ailes battaient avec une telle frénésie qu'on aurait dit, à première vue, un seul et unique oiseau de forme bizarre.

Ils furent découverts par un garçon de quatorze ans, Tarek Khalil, qui les jugea d'abord trop petits pour être des migrateurs : peut-être étaient-ce des fauvettes à tête noire. Il se rapprocha. Leur pépiement de douleur le surprit. Il les délivra, les plaça dans deux sacs en tissu puis les remonta jusqu'à la station de baguage des oiseaux pour les faire identifier et baguer : longueur des ailes, taille de la queue, poids, sexe, pourcentage de graisse corporelle.

C'était la première fois que Tarek voyait de telles créatures : magnifiques, mystérieuses, la tête verte. Il feuilleta les guides, parcourut les archives. Des oiseaux chanteurs, vraisemblablement originaires d'Espagne, de Gibraltar ou du Sud de la France. Il ne savait pas bien quoi faire d'eux. Son travail consistait à poser une toute petite bague en métal autour de leurs pattes, au moyen de pinces et d'un anneau numéroté, afin que leur migration puisse être recensée. Après cela, il les relâchait.

Tarek prépara les bagues. Les oiseaux étaient si fins qu'ils ne pesaient guère plus lourd qu'une cuillerée d'épices. Les anneaux en métal risquaient, pensait-il, de les déséquilibrer dans leur vol.

Il hésita un instant, les remit dans les sacs en tissu et les rapporta chez lui, à Beit Sahour. Il gravit les rues en pierre escarpées en tenant les oiseaux dans leurs sacs. Des cages étaient suspendues dans sa cuisine. Pendant deux jours, les ortolans furent nourris et abreuvés par les deux sœurs de Tarek. Au troisième jour, il ramena les oiseaux chanteurs sur le flanc de la colline pour les relâcher, non bagués, au milieu des abricotiers.

Avant de s'envoler, l'un des oiseaux resta quelques instants dans sa main. Tarek le retourna entre ses doigts. Les griffes pincèrent un cal sur sa main. Le minuscule cou se tourna contre la partie molle de sa paume. L'oiseau se redressa, incertain, puis disparut en voletant.

Ces deux oiseaux, il le savait, ne seraient pas recensés. En guise de souvenir, l'adolescent enfila les deux bagues en aluminium – avec leur numéro de série – sur un fin collier d'argent.

Deux mois plus tard, Tarek sentait les bagues rebondir sur sa gorge tandis qu'il descendait dans la rue de la Vierge-Marie, avec ses grands frères, pour lancer des pierres.

10

La station de baguage de l'école Talitha Koumi est une des deux seules de son genre en Cisjordanie : elle fait partie d'un centre environnemental, aux côtés d'un muséum d'histoire naturelle, d'un programme de recyclage, d'un projet de traitement des eaux, d'une unité pédagogique et d'un jardin botanique plein de jasmins, de roses trémières, de chardons, d'orties à pilules et de rangées de harmals à fleurs jaunes.

Le centre surplombe le Mur qui serpente à travers le paysage. Au loin, les toits bien alignés des colonies, en terre cuite, s'étagent sur les collines, entourées de clôtures électrifiées.

Dans la vallée, il y a tant de routes, de ponts, de tunnels et d'appartements nouveaux que les oiseaux gravitent tous vers la petite partie de la colline où ils peuvent se reposer et se nourrir, parmi les arbres fruitiers et les longues herbes.

Parcourir les quatre hectares du centre environnemental, au milieu des tamaris, des oliviers, des figuiers de Barbarie et des arbustes en fleur des terrasses, c'est comme faire le tour d'un poumon qui se rétracte.

11

Souvent, on peut voir un dirigeable blanc s'élever au-dessus de Jérusalem et flotter dans le ciel, disparaître, puis remonter, disparaître. Depuis les collines de Beit Jala – à quelques kilomètres de là –, le dirigeable banalisé ressemble à un petit nuage, à une papule blanche et molle, à un œstre.

De temps en temps, des oiseaux s'y perchent, font du stop, dérivent paresseusement sur deux ou trois kilomètres, avant de redécoller : un rossignol prenant du bon temps sur le dos d'un aigle.

Le ballon dirigeable, surnommé Fat Boy Two par son équipage israélien et les techniciens radar, plane en général à une altitude d'environ mille pieds. Il est en Kevlar et en aluminium. Une cabine en verre est fixée à sa base. La salle de treize hommes est équipée d'une série d'ordinateurs et de caméras infrarouges assez puissantes pour repérer et identifier les chiffres et les couleurs de n'importe quelle plaque d'immatriculation sur l'autoroute, même celles qui passent à toute vitesse.

12

La plaque d'immatriculation de Rami est jaune.

13

Il jette un coup d'œil sur l'horloge de sa moto, puis sur sa montre. Un instant de perplexité. Une heure de différence. L'heure d'été. Régler la montre est chose facile, mais il sait que la journée en sera affectée. Chaque année, c'est la même chose : pendant quelques jours au moins, Israël et Palestine ont une heure de décalage.

En attendant, il n'y a rien à faire. Inutile de rentrer chez soi. Il pourrait tuer le temps en restant un peu plus longtemps sur l'autoroute. Ou emprunter certaines routes secondaires, dans les vallées. Se trouver une petite portion de route où il pourrait faire cracher sa moto, mettre un peu de peps dans sa journée.

Il repasse en quatrième, l'œil rivé sur l'aiguille rouge du compte-tours. Il dépasse un dix-huit roues, puis se remet tranquillement en cinquième.

14

Quand elle est tirée d'un tube métallique à l'extrémité d'un M-16, une balle en caoutchouc quitte le canon du fusil à plus de 160 km/h.

Les balles sont assez grosses pour être vues, mais trop rapides pour être évitées.

Elles furent étrennées en Irlande du Nord, où les Britanniques les surnommaient les casse-genoux : elles étaient censées être tirées vers le sol, puis rebondir et atteindre les jambes des émeutiers.

15

La balle qui tua Abir parcourut l'air sur quinze mètres avant de percuter l'arrière de sa tête, broyant les os du crâne comme ceux d'un petit ortolan.

Elle était allée à l'épicerie, acheter des bonbons.

16

Pour deux shekels, Abir aurait pu s'offrir un bracelet sur lequel il était inscrit *Il m'aime un peu, beaucoup, passionnément*… Au lieu de ça, elle acheta deux *iswarit mlabase* : des bonbons durs roses, orange, jaunes et bleu clair, enfilés sur une ficelle à la manière d'un bracelet.

Elle fit glisser les deux shekels sur le comptoir jusqu'à la paume de la marchande, qui sortit les bracelets d'un grand bocal en verre.

Pendant qu'elles avançaient vers les portes de l'école, Abir donna le deuxième bracelet à sa sœur Arin.

17

Chaque jour depuis qu'Abir a été tuée, Bassam va à la mosquée dans l'heure qui précède le lever du soleil pour dire les prières surérogatoires d'avant l'aurore.

À quarante-huit ans, il se déplace dans l'obscurité en boitant légèrement, une cigarette au creux de la main. Il est mince, élancé, affûté. Son boitillement est l'empreinte qu'il laisse sur le monde : sans cela, il pourrait presque passer inaperçu.

Cependant, derrière la mauvaise jambe se dissimulent une agilité et une vigueur surprenantes, comme s'il pouvait à tout instant se départir de son boitillement et l'abandonner derrière lui.

Dehors, il laisse tomber sa cigarette sur l'allée, l'écrase sous ses baskets. Seul au monde, il lisse sa chemise blanche avec le bas de sa paume, monte les marches, ôte ses chaussures, entre du pied droit, s'agenouille au fond de l'entrée et s'incline devant son Dieu illimité.

Il prie pour sa femme, pour ses cinq enfants, pour le souvenir d'Abir. *Allah, épargne-nous des horreurs, qu'elles soient visibles ou cachées.* Une par une, les perles de prière glissent lentement de ses doigts vers l'autre côté de sa main.

Quand le premier soleil s'agrippe aux fenêtres, un petit rai d'ombre tricote des mailles sur les marches en pierre. Bassam nettoie le sol avec un balai en paille et déroule les tapis qui sont posés debout, cylindriques, contre le mur oriental.

L'odeur de charbon et de chanvre provient de l'extérieur. Le ronronnement de la circulation qui s'anime, le réconfort du muezzin, l'aboiement des chiens errants.

Bassam progresse méthodiquement le long de l'entrée, il couvre tout le sol de tapis, suivis des bonnets et des chapelets pour la première des prières du jour.

18

Petite ville de l'entre-deux, Anata s'apparente à un curieux archipel urbain – une ville palestinienne, en Cisjordanie, sous occupation israélienne, au sein du gouvernorat de Jérusalem. Elle est presque totalement cernée par le mur de séparation.

Quelques belles demeures sont juchées au sommet des collines – pierre blanche, colonnes de marbre, grandes voûtes, hautes fenêtres –, mais elles laissent vite place, en bas, au chaos.

La descente est raide et abrupte. Les paraboles poussent sur les toits comme des champignons. Les pigeons crient dans des cages. Le linge claque sur des cordes tendues entre les appartements. Des garçons torse nu à vélo louvoient entre les nids-de-poule. Au pied des collines, ils circulent au milieu des bennes dégueulant d'ordures et des déchets entassés.

Il y a beaucoup de circulation dans les rues, mais pas de feux rouges. Du néon partout. Magasins de pneus, boulangeries, stands de réparateurs de portables. Les hommes feignent la nonchalance dans l'ombre. Des nuages de fumée de cigarette planent au-dessus d'eux. Les femmes pressent le pas sous leurs hijabs. Des carcasses d'agneaux esseulées sont pendues à des crochets d'acier devant les boucheries. De la musique pop s'échappe des haut-parleurs. Partout, des morceaux de gravats.

La ville est adossée au camp de réfugiés de Shu'fat. Shu'fat se construit vers le haut, immeuble après immeuble. Nulle part d'autre où aller que le ciel.

S'il est facile d'entrer dans le camp – il suffit pour cela de franchir le tourniquet en métal au checkpoint –, il est plus compliqué d'en sortir. Pour aller à Jérusalem, une carte d'identité ou une autorisation est nécessaire. Pour rejoindre le reste de la Cisjordanie – ce que, comme Bassam, vous devez faire si vous avez une plaque d'immatriculation verte –, il n'y a pour seule issue qu'une route défoncée.

19

Un poumon qui se rétracte.

20

Figurez-vous les choses ainsi : vous êtes à Anata, à l'arrière d'un taxi, avec une jeune fille dans vos bras. Elle vient de prendre une balle en caoutchouc à l'arrière de la tête. Vous vous rendez à l'hôpital.

Le taxi est bloqué au milieu de la circulation. La route qui passe par le checkpoint de Jérusalem est fermée. Au mieux, vous serez arrêté si vous tentez de traverser illégalement. Au pire, le chauffeur et vous serez abattus pendant que vous transporterez l'enfant abattue.

Vous baissez les yeux. L'enfant respire encore. Le chauffeur pose la main sur le klaxon. La voiture derrière vous klaxonne. La voiture devant vous s'y met aussi. Le bruit redouble et redouble encore. Vous regardez par la vitre. Votre voiture longe au pas une montagne d'ordures. Des sacs en plastique claquent dans le vent. Vous n'allez nulle part. La chaleur est écrasante. Une goutte de sueur coule de votre menton sur le siège en plastique.

Le chauffeur klaxonne encore. Le ciel est bleu, avec des rubans de nuages déchirés. Quand la voiture avance, sa roue avant tombe dans un énième nid-de-poule. Les nuages, pensez-vous, sont ce qui se déplace le plus rapidement autour de vous. Puis il y a du mouvement : deux hélicoptères tournoient dans le bleu.

Vous aimeriez descendre et transporter l'enfant fracassée dans vos bras, mais vous devez lui soutenir la tête et essayer de ne pas bouger tandis que rien d'autre au sol ne bouge non plus.

21

Le Jérémie de la Bible – également appelé le Prophète Pleureur, choisi par Dieu pour prévenir des désastres imminents – est censé avoir vu le jour dans l'antique Anata. On trouve son portrait au plafond de la chapelle Sixtine de Rome, peint par Michel-Ange au début du XVIe siècle.

Sur cette peinture, qui se trouve à côté de l'autel, près du fond de la chapelle, Jérémie est assis, barbu et maussade, vêtu d'une longue robe couleur saumon, le doigt posé en travers de sa bouche, les yeux baissés.

22

Encore à ce jour, Bassam est hanté par le bracelet de bonbons de sa fille. À l'hôpital local, il fut rejoint par le chauffeur de taxi et la commerçante qui avait fait le trajet à l'arrière avec Abir. La chaussure d'Abir avait été remise sur son pied, mais le bracelet de bonbons avait disparu : il n'était pas dans sa main, pas à son poignet, pas dans ses poches.

Dans la salle d'opération, Bassam lui baisa le front. Abir respirait encore. Les appareils médicaux bipaient faiblement. C'était le genre d'hôpital qui avait besoin d'avoir son propre hôpital. Les médecins faisaient tout leur possible, mais ils disposaient de peu d'équipement en état de marche.

Il fut décidé qu'elle serait transférée à l'hôpital Hadassah, à Jérusalem. Un trajet de vingt minutes, au-delà du Mur.

Deux heures plus tard – toujours coincé à bord d'une ambulance près du checkpoint –, Bassam plongea la main dans le cartable de sa fille et retrouva les bonbons sous son livre de maths.

23

Le tir provenait de l'arrière d'une Jeep en mouvement. À travers un rabat métallique dans la porte arrière, dix centimètres sur dix.

24

Le commandant de la police aux frontières écrivit dans son rapport que des pierres étaient en train d'être lancées depuis un cimetière tout proche. Ses hommes, dit-il, couraient un danger mortel.

25

Abir avait dix ans.

26

Avec Arin et deux amies, elle sortait de l'épicerie au toit de tôle. Il était 9 heures passées de quelques minutes.

Le soleil hivernal brillait à l'oblique. La récréation durait une heure. Elles étaient sur le point de retourner à l'école pour une interrogation de mathématiques, des tables de multiplication.

Douze fois huit, quatre-vingt-seize. Douze fois neuf, cent huit.

Le soleil découpait la rue. Les filles passèrent devant les bornes en béton installées en travers de la chaussée et longèrent l'arrêt de bus. Leurs ombres s'étiraient sur le barrage routier.

Douze fois douze, cent quarante-quatre.

27

28

Lorsque la Jeep blindée tourna au coin, les filles se mirent à courir.

29

La balle était faite de métal en son cœur, mais revêtue à son extrémité d'un caoutchouc vulcanisé spécial. Lorsqu'elle heurta le crâne d'Abir, le caoutchouc se déforma légèrement, puis retrouva sa forme originelle sans causer le moindre dégât notable à la balle elle-même.

30

Ces balles, les soldats les surnommaient les pilules de Lazare : quand c'était possible, on pouvait les ramasser et les réutiliser.

31

L'année qui suivit le deuxième millénaire, un artiste franc-tireur de Beit Jala accrocha dans les arbres des balles en caoutchouc évidées, comme autant de minuscules mangeoires improvisées : les balles étaient perforées de petites incisions, remplies de graines, puis suspendues aux branches à l'aide d'un fil.

Elles pendillaient dans le vide, attirant un certain nombre de petits oiseaux : bergeronnettes printanières, moineaux, pipits à gorge rousse.

32

Le garde-frontière qui tira la balle avait dix-huit ans.

33

Dans les années 1980, lors des opérations au Liban, les soldats israéliens se voyaient parfois demander de poser pour les photos officielles avec leurs camarades de section avant de partir en mission.

Une fois qu'ils étaient alignés, on leur demandait de se tenir suffisamment loin les uns des autres, de manière à ce qu'il y ait un large espace entre eux sur la photo.

Les photographes n'exigeaient rien d'autre. Les soldats pouvaient sourire, ils pouvaient froncer les sourcils, ils pouvaient fixer l'objectif, ou ils pouvaient regarder ailleurs. Peu importe – la seule chose qu'ils avaient à faire était de se laisser de la place, l'équivalent de la largeur d'une main, pour que leurs épaules ne se touchent pas, rien de plus.

Certains soldats pensaient que c'était un rituel, d'autres une consigne militaire, d'autres encore y voyaient une question de décorum et d'humilité.

Ils se rassemblaient à côté des chars, dans les tentes, devant les rangées de lits de camp, dans des armureries, des kiosques à musique, des cantines, près des bardages en aluminium, devant les collines vertes du Liban. Ils arboraient une panoplie de bérets : vert olive, noir d'encre, gris pigeon.

Les photos montraient un théâtre d'expressions : la peur, la forfanterie, l'angoisse, le malaise, la fanfaronnade. La perplexité, aussi, face à cet ordre de se tenir un peu plus loin des autres. Une fois les photos prises, les soldats partaient accomplir leur mission.

C'était quelques jours, quelques semaines, ou quelques mois plus tard, que l'explication apparaissait dans toute son évidence : l'espace entre les soldats était requis au cas où la photo paraîtrait dans les journaux, ou serait diffusée à la télévision, les morts étant identifiés par un cercle rouge tracé autour du visage.

34

Baguer un oiseau requiert une simple torsion du métal, à l'aide d'une pince à baguer, autour de la patte.

35

Les rédacteurs en chef des journaux et les producteurs de télévision souhaitaient éviter l'effet visuel des cercles qui se croisent. Souvent, il y en avait cinq ou six sur une même photo.

36

Pour libérer un oiseau d'un filet japonais suspendu, la première chose qu'un ornithologue doit faire est dénouer le nylon fin entre les doigts de l'oiseau, puis – selon le temps qu'a passé ce dernier dans le filet et la force avec laquelle il s'est débattu – calmement délivrer les pattes, les genoux, le ventre, les dessous d'aile et enfin la tête, toujours en tenant ses ailes contre son cœur palpitant et en s'assurant qu'il ne tente pas de vous lacérer les doigts avec son bec ou ses griffes.

C'est un peu comme défaire le nœud serré d'un collier d'argent qui, quand vous l'ouvrez, voudrait se répandre et s'animer dans vos mains.

Souvent, l'ornithologue glisse un stylo ou un crayon sous les griffes pour donner une prise aux pattes de l'oiseau. Pour les spécimens plus gros, on se sert de branches ou de bouts de manche à balai.

On a vu des oiseaux, une fois bagués, s'envoler avec des bouts de balai encore serrés dans leurs griffes.

37

Les prototypes des balles en caoutchouc ont été découverts dans les années 1880, lorsque la police de Singapour tira de minuscules bouts de manche à balai sur des émeutiers.

38

Au Liban, certains soldats israéliens furent tués par des missiles antichars Milan de fabrication française, vendus par milliers, sous la présidence de François Mitterrand, d'abord à la Syrie puis, sur le marché noir, aux combattants du Hezbollah.

D'autres furent tués par des chars soviétiques T-55, véhicules jugés encombrants et peu maniables jusqu'au jour où un général suggéra de les enterrer et de s'en servir comme casemates. Seul le canon du char dépassait. Les combattants les surnommaient les chars cercueils. Camouflés, ils étaient difficilement repérables depuis le ciel. Une fois découvertes, cependant, ces cibles enterrées étaient aisément réduites en poussière.

Six soldats furent tués par des combattants qui – lors d'une opération connue sous le nom de Nuit des deltaplanes – survolèrent la frontière libanaise à bord de deltaplanes artisanaux mus par des moteurs de tondeuse, puis attaquèrent un camp israélien. Ils étaient armés d'AK-47 russes et de grenades à main fabriquées en République tchèque, non loin de Theresienstadt, le camp de concentration que dirigeaient les Allemands.

39

La légende veut que, encore à ce jour, les oiseaux migrateurs évitent de survoler les champs de Theresienstadt.

40

Lors de la Nuit des deltaplanes, en 1987, une des sentinelles israéliennes, Irina Cantor, leva les yeux vers une petite lumière qui se déplaçait dans le ciel noir. Cantor, qui avait émigré d'Australie deux ans plus tôt, commençait tout juste son service militaire.

Elle était certaine que le deltaplane était un objet lointain ou spectral, une illusion d'optique devant le nuage hirsute.

Plus tard, devant le tribunal militaire, Cantor témoigna que, lorsque les tirs commencèrent, elle fut à ce point déconcertée par la vue du deltaplane qu'elle crut qu'un gros oiseau – quelque chose d'énorme, de préhistorique – avait surgi de l'obscurité à grands coups d'ailes.

41

Imaginez le cygne brusquement happé par le moteur du chasseur. *Mayday, mayday, mayday*. Le craquement sec des os et des longues ailes. Un tourbillon de machines. *Mayday mayday mayday*. Le toussotement du métal, le broiement des plumes, le mâchement des ligaments. Les fragments de bec recrachés par le moteur. *Mayday mayday mayday*.

42

Imaginez, ensuite, le pilote qui s'éjecte de l'avion, toujours sanglé à son siège, qui fait la toupie dans l'air avec une force peu ou prou similaire à celle d'une balle en caoutchouc.

43

Le terme *mayday* – apparu en Angleterre en 1923, mais dérivé du français *venez m'aider* – est toujours répété trois fois, *mayday, mayday, mayday*. La répétition est vitale : dit une seule fois, le mot pourrait être mal interprété, mais prononcé trois fois de suite, on ne peut pas ne pas le comprendre.

44

Le M-16 qui servit à tirer sur Abir a été fabriqué près de la ville de Samaria, en Caroline du Nord. Samaria est un nom de ville et de village très répandu : huit en Colombie, deux au Mexique, un au Panama, au Nicaragua, en Grèce, en Papouasie-Nouvelle-Guinée, dans les îles Salomon, au Venezuela, en Australie et en Angola.

Samarie est aussi le siège de l'antique capitale du royaume d'Israël.

45

Pour tirer des balles en caoutchouc, un tube en métal est fixé au frein de bouche d'un fusil de service M-16. Le tube peut contenir jusqu'à huit balles. Elles sont envoyées par des cartouches à blanc provenant du chargeur. À l'intérieur de l'embout, un certain nombre de rainures aident les balles à garder une bonne trajectoire. Les rainures sont incurvées, comme les rayures d'un sucre d'orge, afin que la balle sorte en une spirale parfaite.

46

Le *seelonce mayday*, ou silence de détresse, est maintenu sur la fréquence radio jusqu'à ce que le signal de détresse soit terminé. Pour mettre fin à l'alerte, l'émetteur dit, au moins une fois, *seelonce feenee*, déformation à l'anglaise des deux mots *silence fini*.

47

François Mitterrand a été enterré à Jarnac, sur les berges de la rivière où il jouait enfant, ruban vert saumâtre zébré par les ombres des raisins suspendus.

Peu de temps avant qu'il meure, ses yeux papillotèrent et il dit à son médecin : « Je suis rongé de l'intérieur. »

48

Abir portait son uniforme d'écolière – un chemisier blanc, un cardigan bleu marine, une jupe bleue avec au-dessous un collant jusqu'aux chevilles, des chaussettes blanches, des souliers vernis bleu marine, légèrement éraflés. Outre le bracelet de bonbons, son cartable en cuir marron contenait deux livres d'exercices et trois livres pour enfants, tous en arabe, même si Bassam avait envisagé de lui apprendre quelques mots d'hébreu, qu'il avait appris adolescent, bien des années auparavant, dans une prison d'Hébron où il avait été enfermé pendant sept ans.

49

Les autres prisonniers appréciaient son calme. Il y avait quelque chose de mystérieux chez ce garçon de dix-sept ans qui boitait, sa peau mate, sa force noueuse, son silence. Il était toujours le premier à se présenter à la cantine quand les gardiens arrivaient. Son boitillement lui donnait un avantage. Les deux premiers coups de matraque semblaient presque réticents. Il était souvent le dernier prisonnier à rester debout : les raclées les plus brutales étaient encore à venir.

Bassam passait des semaines entières à l'infirmerie. Les médecins et les infirmiers étaient encore pires que les gardiens. Ils exsudaient la frustration. Ils le cognaient, le tapaient, lui rasaient la barbe, lui refusaient les médicaments, mettaient l'eau hors de sa portée.

Les aides-soignants druzes étaient les plus féroces de tous : ils savaient la conscience du corps nu chez les Arabes, à quel point c'était sensible, à quel point cela pouvait se rapprocher de la honte. Ils emportaient les vêtements de Bassam, ses draps, et lui attachaient les bras dans le dos pour qu'il ne puisse pas se couvrir.

Il restait couché là. Les carreaux du plafond étaient perforés. À partir des petits trous, il dessinait des motifs dans sa tête. Des cartes à jouer, carreau, pique. Une forme de réussite. Les infirmiers étaient troublés par son calme. Ils s'attendaient à des cris, des plaintes, des insultes, des accusations. Plus son silence durait, plus les coups supplémentaires étaient violents. Les infirmiers plus faibles commençaient à se crisper d'inquiétude. Au bout du compte, pensait-il, il finirait par occuper leur cerveau.

Lorsque Bassam se mettait à parler, sa voix ébranlait les médecins : elle avait quelque chose de serein. Il apprit l'art du sourire mystérieux, mais il était capable de l'abandonner en une seconde, de le transformer en regard.

Il écoutait les médecins discuter dans le couloir : il comprenait de mieux en mieux ce qu'ils disaient en hébreu. Même dans ces circonstances, il décréta qu'un jour il le parlerait couramment.

Le bruit courut qu'il était devenu le chef du Fatah dans la prison. Il se laissa pousser la barbe. Les raclées se firent plus régulières.

Il fêta ses dix-neuf ans avec deux dents en moins, plusieurs os cassés et une poche de perfusion vide à chaque bras. Dans l'hôpital de la prison, il y avait des caméras au-dessus de son lit : il se tournait vers le mur pour ne pas être vu quand il pleurait tout seul jusqu'à s'endormir.

Les jours durcissaient comme des pains : il les mangeait sans appétit.

50

Après un an de prison, Bassam mit en place un programme de cours. Anglais. Hébreu. Histoire du monde arabe. Droit israélien. La chute de l'Empire ottoman. Histoire du sionisme. Poésie préislamique. Géographie du Proche-Orient. La vie en Palestine sous le mandat britannique.

Connais ton ennemi, connais-toi toi-même.

51

À la prison de Beersheba, les prisonniers mariés se servaient de sarbacanes en carton pour envoyer des mots d'amour à leurs femmes et à leurs enfants qui attendaient devant les portes.

Jusqu'à vingt rouleaux de papier toilette étaient scotchés et collés bout à bout pour fabriquer des sarbacanes qui mesuraient parfois un mètre cinquante. Les prisonniers écrivaient les messages sur de petits bouts de papier qu'ils pliaient, puis poussaient les sarbacanes le plus loin possible à travers la fenêtre de leur cellule.

Ils inspiraient à fond et soufflaient les messages par la fenêtre.

Les prisonniers apprenaient à incurver le carton, à faire des angles pour mieux profiter des vents favorables. Il fallait parfois deux ou trois hommes pour tenir une sarbacane et éviter que le tuyau en papier ne s'affaisse ou ne se plie.

La plupart du temps, les messages finissaient dans la cour de la prison ou coincés sous le fil de fer barbelé, mais il arrivait que l'un d'entre eux, porté par un fort courant, atterrisse sur le parking où attendaient les femmes. *Dis à Raja d'être forte. Le jour où on s'est rencontrés est le plus beau de toute ma vie. Donne le puzzle de La Mecque à Ahmed. J'ai hâte de quitter cet endroit, il me pourrit le cœur.*

Par la fenêtre de sa cellule, Bassam observait les femmes. Quand les messages franchissaient le mur de la prison, elles se précipitaient, dépliaient les papiers et se les lisaient les unes aux autres. Il les voyait quelquefois danser.

52

Dans la bibliothèque – en vertu du système de l'Université ouverte –, Bassam mit la main sur une version en hébreu des *Mu'allaqat*, le recueil de poèmes arabes du VIᵉ siècle, traduit dans un kibboutz par un groupe littéraire israélien juste après la guerre du Kippour. Pour lui ce fut une surprise. Il connaissait ces textes par cœur en arabe, il put donc comparer les deux langues, apprendre l'hébreu. Il se couchait sur son lit dépouillé et lisait les poèmes à voix haute, puis les recopiait. Il apporta les poèmes à l'un de ses geôliers, Hertzl Saul, gardien à temps partiel et étudiant en mathématiques.

Bien qu'encore un peu circonspects l'un envers l'autre, dans les derniers mois le prisonnier et le gardien avaient commencé à se considérer comme des connaissances : un après-midi, Hertzl avait sauvé Bassam d'une raclée dans la cantine.

Bassam avait écrit les poèmes sur des étiquettes de bouteilles d'eau. Hertzl cacha les étiquettes sous sa chemise et rapporta les poèmes chez lui. Il toucha la mezouzah sur sa porte : des prières cachées.

Plus tard dans la soirée, une fois sa femme Sarah partie se coucher, Hertzl sortit les étiquettes et commença à lire.

53

Dans l'hôpital où agonisait Abir, Hertzl – qui avait prestement ôté sa kippa dans le couloir – se souvint d'une phrase qui remontait à ces années de prison : *Y a-t-il le moindre espoir que cette désolation nous apporte du réconfort ?* Il se présenta au chevet d'Abir, tête inclinée, et remarqua sa respiration heurtée. Il y avait une trace de buée à l'intérieur du masque à oxygène. Sa tête était enveloppée de pansements.

Bassam vint se placer à côté de lui. Leurs épaules ne se touchaient pas. Aucun des deux hommes ne parla. Il s'était passé bien des années depuis que Bassam était sorti de prison.

Bassam avait cofondé les Combattants pour la paix deux ans plus tôt. Hertzl avait assisté à une des réunions. Il avait été ébahi d'entendre Bassam parler de cette paix qu'il avait découverte en prison, de son poids, *salaam*, *shalom*, de sa nature déconcertante, de sa présence jusque dans son apparente absence.

Et voilà que la fille de Bassam était en train de mourir sous leurs yeux. Les lumières rouges brillaient et les équipements médicaux bipaient.

Hertzl tendit la main et serra l'épaule de son ami, hocha la tête en direction des dizaines de personnes qui s'étaient rassemblées autour du lit, dont Rami, sa femme Nurit et leur fils aîné Elik.

En quittant l'hôpital, Hertzl remit la kippa sur sa tête. Il se rendit à l'Université hébraïque pour y donner son cours de mathématiques aux étudiants de première année.

54

Plus tard, Hertzl écrivit : *Si vous divisez la mort par la vie, vous obtenez un cercle.*

55

Quand un oiseau a été bagué, son numéro de série est inscrit dans une base de données générale. Les oiseaux, ensuite, sont identifiés au pays dans lequel ils ont été bagués : Norvège, Pologne, Islande, Égypte, Allemagne, Jordanie, Tchad, Yémen, Slovaquie. Comme s'ils se voyaient attribuer une patrie.

Les ornithologues d'Israël et de Palestine peuvent se retrouver en concurrence si un oiseau rare, par exemple un coucou didric ou un œdicnème criard poussé par les vents, est repéré dans le ciel couturé de zones qui les sépare.

On utilise parfois des appeaux pour attirer l'oiseau dans un filet japonais, afin qu'il puisse être capturé et bagué.

Pour l'ornithologue, c'est toujours une déception de constater que l'oiseau a déjà été bagué ailleurs.

56

Quand il s'en allait cataloguer les oiseaux, Tarek sentait les matricules des ortolans contre son cou.

57

Les oiseaux chanteurs émettent un chant sophistiqué : un mélange de protection territoriale et de parade nuptiale.

58

Les premières réunions des Combattants pour la paix se sont déroulées au milieu des pins, à l'hôtel Everest de Beit Jala, dans la Zone B, sur une colline faisant face à la station de baguage des oiseaux.

Dans ce restaurant perché au sommet de la colline, les deux camps se rencontraient. Avec nervosité, ils se serraient la main et se saluaient en anglais.

La salle comportait deux grands canapés, une longue table et huit chaises rouges. Personne, au début, ne s'assit sur les canapés. Ils s'installèrent aux deux extrémités de la table. Les mots par lesquels ils pouvaient se désigner les uns les autres étaient déjà chargés : musulman, arabe, chrétien, juif, soldat, terroriste, combattant, martyr, occupant, occupé.

Onze personnes en tout : quatre Palestiniens, sept Israéliens. Les Israéliens retirèrent les batteries de leurs téléphones, les posèrent sur la table. C'était plus sûr ainsi. On ne sait jamais qui écoute, dirent-ils. Les Palestiniens se regardèrent et firent de même.

La première discussion porta sur la météo. Puis l'itinéraire à travers les checkpoints. Les routes qu'ils avaient prises, les tournants, les ronds-points, les panneaux d'interdiction. Ils avaient des noms différents pour désigner les zones qu'ils avaient traversées, des prononciations diverses pour les rues. Les Israéliens se dirent surpris par la facilité avec laquelle ils étaient arrivés à destination : ils n'avaient parcouru que six kilomètres. Les Palestiniens répondirent qu'ils n'avaient pas à s'inquiéter, que le retour serait tout aussi simple. Un rire gêné parcourut la tablée.

La discussion revint une fois de plus sur la météo : l'humidité, la chaleur, le ciel étrangement clair.

Les Palestiniens buvaient du café, les Israéliens de l'eau pétillante. Tous les Palestiniens fumaient. Seuls deux des Israéliens le faisaient. Des assiettes d'olives arrivèrent. Du fromage. Des feuilles de vigne farcies. La spécialité du restaurant était le pigeon : personne n'en commanda.

Une heure passa. Les Israéliens avaient les coudes sur la table. L'un d'eux raconta qu'il avait été pilote. Un autre, parachutiste.

Untel avait passé l'essentiel de son service militaire en tant que commandant du checkpoint de Qalandia. Ils avaient fait l'armée, oui, mais ils avaient commencé à s'exprimer : contre l'Occupation, l'humiliation, le meurtre, la torture. Sur sa chaise, Bassam n'en revenait pas. Il n'avait jamais entendu un Israélien prononcer de tels mots. Il était persuadé qu'ils étaient là dans le cadre d'une opération. De renseignement, de surveillance, d'infiltration. Ce qui le troublait le plus était que l'un d'eux, Yehuda, ressemblait à un colon. Corpulent et lunetté, avec une longue barbe. Même ses cheveux portaient la trace d'une kippa. Yehuda avait été officier à Hébron. Il avait, expliqua-t-il, commencé à tout remettre en cause, la conscription, les opérations, tout le discours sur une armée morale. Bassam se cala au fond de sa chaise et prit un air renfrogné. Pourquoi avaient-ils recours à une ruse aussi grossière ? Que signifiait cette mascarade ? Peut-être, se dit-il, était-ce une forme de double pensée, de triple pensée : les Israéliens étaient connus pour ça, leurs stratégies fascinantes, leur théâtre, compliqués et impitoyables.

Le soleil se couchait derrière les collines escarpées. Un des Israéliens voulut payer, mais Bassam posa la main sur son coude et prit l'addition.

« L'hospitalité palestinienne, dit-il.

— Non, non, s'il vous plaît, j'insiste.

— Je suis chez *moi*. »

L'Israélien acquiesça, inclina la tête et blêmit. Les deux groupes se serrèrent la main, se dirent au revoir. Bassam était sûr qu'ils ne se reverraient plus jamais.

Le soir même, il chercha leurs noms dans un moteur de recherche. Wishnitzer. Alon. Shaul. Ils avaient employé les mêmes mots sur les blogs qu'il trouva en ligne : *inhumain, torture, regrets, Occupation*. Il referma les pages Internet et rechargea son moteur de recherche, au cas où : peut-être que son ordinateur avait été bidouillé. Ça ne l'aurait pas étonné. Il chercha de nouveau. Les mots étaient toujours là. Il envoya un message à Wishnitzer pour lui dire qu'il était disposé à les rencontrer une deuxième fois.

Quelques semaines plus tard, ils dînèrent à l'hôtel Everest. Deux des Israéliens commandèrent du pigeon. On trinqua. Bassam leva son verre d'eau.

Peu à peu, Bassam se rendait compte que leur seul point commun était que tous avaient un jour voulu tuer des gens qu'ils ne connaissaient pas.

Lorsqu'il dit cela, une onde d'assentiment parcourut la table : un lent hochement des têtes, une atmosphère plus détendue. Un frisson les parcourut tous. Ma femme Salwa, ma fille Abir, mon fils Mohamed. Puis, à l'autre bout de la table : ma fille Rachel, mon grand-père Chaïm, mon oncle Josef.

L'idée était tellement simple que Bassam se demanda comment il avait pu passer à côté si longtemps : eux aussi avaient des familles, des histoires, des ombres.

Au bout de deux heures, ils se serrèrent la main et promirent d'essayer de se retrouver une troisième fois. La lumière tombait de biais à travers les grands arbres. Les Israéliens s'inquiétaient encore pour leur retour : et s'ils s'égaraient par erreur dans la Zone A, que se passerait-il ?

« Ne vous en faites pas, dit Bassam. Roulez derrière moi pendant quelque temps, je vais vous montrer, vous n'avez qu'à me suivre. »

Les Israéliens rirent nerveusement.

« Je suis sérieux. S'il y a le moindre problème, je m'en charge. Je freinerai trois fois. J'irai à droite, vous irez à gauche. »

Ils restèrent encore une demi-heure autour d'un café à discuter du nom qu'ils utiliseraient s'ils devaient vraiment fonder une organisation ensemble. Trouver un beau nom n'était pas chose facile. Quelque chose d'accrocheur, de provocant et de neutre tout à la fois. Qui ait du sens, mais sans être agressif. Combattants pour la paix. Ça pourrait marcher. Il y avait de la contradiction.

Être dans le combat. Se battre pour savoir.

59

Au mur du restaurant, des photos de frégates fendant le ciel au-dessus de la mer.

60

Zone A : administrée par l'Autorité palestinienne, ouverte aux Palestiniens, interdite, en vertu de la loi israélienne, aux ressortissants israéliens. Zone B : administrée par l'Autorité palestinienne, avec contrôle de la sécurité partagé avec Israël, ouverte aux Israéliens et aux Palestiniens. Zone C : une zone comprenant des colons israéliens et principalement des Palestiniens ruraux, administrée par Israël et englobant toutes les colonies de Cisjordanie.

61

Parmi le contingent israélien à l'hôtel Everest figurait Elik Elhanan, le fils de Rami, âgé de vingt-quatre ans. Il avait servi dans une unité de reconnaissance d'élite.

Lors de la deuxième rencontre, Elik parla de sa sœur Smadar, tuée dans un attentat-suicide à Jérusalem, mais il fallut à Bassam plusieurs mois pour comprendre pleinement son histoire.

Lui-même n'était sorti de prison que quelques années auparavant. Abir était toujours en vie. Bassam n'avait pas rencontré Rami. Rami était membre du Cercle des parents, Bassam pas encore.

Tout ce chaos était encore à venir.

62

(La Zone A étant constituée par les principaux villages et villes palestiniens, encerclés, éclatés, et contrôlés par des dizaines de checkpoints israéliens, patrouillés par les forces de sécurité palestiniennes mais accessibles, à tout moment, à l'armée israélienne.)

(La Zone B, sous administration civile palestinienne, soumise au contrôle de la sécurité israélienne avec la coopération de la police palestinienne, de sorte que les forces de sécurité palestiniennes n'opèrent qu'avec la permission des Israéliens.)

(La Zone C, la plus grande, disposant de l'essentiel des ressources naturelles de la Cisjordanie, contrôlée par Israël, où l'Autorité palestinienne est responsable de l'éducation et de la santé des seuls Palestiniens, où Israël assure exclusivement la sécurité et l'administration de la population dans plus de cent colonies illégales, où 99 % de la zone sont étroitement limités ou interdits en matière de construction ou de développement aux résidents palestiniens, obtenir un permis pour un projet relatif à l'eau ou au bâtiment étant presque impossible.)

(Aussi, les Zones H1 et H2 à Hébron, en Cisjordanie, 80 % de la ville administrés par l'Autorité palestinienne et 20 % contrôlés par Israël, avec des zones ouvertes aux seuls Israéliens et détenteurs de passeports internationaux, connues sous le nom de routes stériles.)

(Aussi, la Zone E1, 12 km^2 de terres disputées/occupées et sous-développées autour de Jérusalem-Est annexé, peuplées de tribus bédouines et cernées par les colonies israéliennes, dépendant de la Zone C.)

(Aussi, la Zone tampon, territoire compris entre la Ligne verte et la Barrière de séparation, en Cisjordanie, également appelé la zone fermée, également appelé le No man's land, entièrement situé dans la Zone C, peuplé en majorité d'Israéliens vivant dans des colonies, accessible aux Palestiniens uniquement sur autorisation.)

63

Hormis leurs appels de détresse immédiats, on ne sait pas précisément comment – et même si – les différentes espèces d'oiseaux communiquent entre elles.

64

Rami aime la sensation qu'il éprouve quand il entre dans le tunnel alors qu'il fait encore noir dehors. Un peu de réconfort. Ce n'est pas la même chose d'entrer dans le tunnel en plein jour, quand l'obscurité alors le submerge. Si tôt le matin, c'est presque le contraire : il entre dans la lumière, fluorescente comme elle est.

La moto vrombit sur la voie rapide. Il passe en cinquième, se penche un peu contre l'engin, ses genoux touchent le réservoir d'essence. Dans son casque, le son de l'autoradio. Les Hollies. Les Beach Boys. Les Yardbirds. Les Kinks.

C'est un matin froid, la fraîcheur de la fin octobre. Il referme la fente de son pantalon de moto, resserre ses doigts sous les gants. Comme rien n'apparaît dans ses rétroviseurs, il déboîte vers la voie de droite, sans que le compte-tours change.

Long d'un kilomètre, le tunnel fut creusé dans la montagne à coups d'explosifs sous la conduite d'ingénieurs français. Un certain nombre de *sandhogs* basés à New York vinrent superviser le chantier.

Le tunnel passe sous la ville de Beit Jala et correspond en partie à la route des Patriarches, l'antique voie biblique.

Rami ressort sous les murs pare-souffle en béton et retrouve l'obscurité. Au bout d'un moment, il croise le grand panneau rouge – en hébreu, en arabe et en anglais – sans même y penser.

L'ENTRÉE EST INTERDITE
AUX RESSORTISSANTS ISRAÉLIENS

Le moteur tousse un peu quand il appuie sur la poignée de l'accélérateur. Ce matin, il va faire le tour et prendre la route latérale, après le portail jaune et au-delà. Pas de nervosité, pas de peur. Il a l'habitude : il fait le trajet jusqu'à Beit Jala au moins deux fois par semaine.

Toute la matinée il a roulé vite, mais il aime les instants où les choses ralentissent jusqu'à s'arrêter presque, où il peut ressentir l'espace autour de lui, où tout est en suspens comme sur une photo dans laquelle il serait la seule chose mouvante.

Il ne manque jamais d'être stupéfait par la différence qu'une frontière représente : la ligne arbitraire, dessinée ici, dessinée là, redessinée plus loin.

Pas de soldats en vue, pas de garde-frontières, rien.

La route monte abruptement. Rami connaît bien la région, la clôture en fil de fer barbelé, les voitures rouillées, les pare-brise poussiéreux, les maisons basses, les pots de fuchsias suspendus, les jardins, les carillons fabriqués à partir de grenades lacrymogènes, les citernes noires sur le toit des immeubles.

Jadis, il y a bien longtemps, il était tellement plus facile de voyager sur ces routes. Même quand les choses allaient mal. Pas de contournements, pas d'autorisations, pas de murs, pas d'itinéraires interdits, pas de barricades soudaines. On allait, on venait. Ou pas. Aujourd'hui c'est un enchevêtrement d'asphalte, de béton, de lampadaires. Des murs. Des barrages routiers. Des barricades. Des portails. Des feux stroboscopiques. Des capteurs de mouvements. Des verrous électroniques.

Il n'est pas surpris lorsque les trois garçons palestiniens aux cheveux noirs surgissent soudain comme s'ils sortaient de terre. Le premier enjambe un bout de ciment cassé et pose le pied sur un pneu au bord de la route, comme pour s'en servir de trampoline. Il est maigre et enjoué. Les autres sont plus âgés, plus lents, méfiants, et restent sur le bas-côté. Cinquante mètres, quarante, vingt, dix, jusqu'à ce que Rami se retrouve presque à hauteur du meneur. Il lâche l'accélérateur et rapproche sa moto, klaxonne à l'unisson du claquement des sandales.

Des pieds noirs, des plantes de pied blanches. Une longue cicatrice à l'arrière du mollet. Une chemise à rayures bleu et blanc. L'âge de Smadar. Plus jeune, même.

Les jambes du garçon moulinent. Son torse se bombe contre la petite virgule de son tee-shirt. Les muscles de son cou se crispent. Il sourit, dévoilant une rangée de dents blanches. La route monte encore. Juste au-dessous d'un lampadaire gris – l'ampoule jaune brille encore le matin –, le garçon pousse un cri aigu puis s'arrête soudain, lève les bras en l'air, se retourne et saute par-dessus une barricade en béton.

Dans les rétroviseurs, les deux autres garçons se fondent dans les décombres du bord de route.

Rami a du mal à savoir si c'est l'effort de la course, la plaque d'immatriculation jaune ou la vue de l'autocollant à l'avant gauche de la moto – זה לא ייגמר עד שנדבר – qui incite le garçon à s'arrêter si brusquement.

65

זה לא ייגמר עד שנדבר

Ça ne s'arrêtera pas tant que nous ne discuterons pas.

66

Il se remet en troisième pour s'adapter à la route qui monte. Plus haut sur la colline, il y a la station de baguage des oiseaux de Talitha Koumi, les rues escarpées, les murs de pierre, le centre-ville, les églises chrétiennes, l'iconographie soignée, les toits en tôle, les hautes maisons de calcaire dominant la vallée verdoyante, l'hôpital, le monastère, les petits pays de lumière et d'obscurité fonçant à travers les vignes, tous les atomes du jour imminent qui s'étirent devant lui.

Aujourd'hui, comme presque tous les jours, un jour comme un autre : une rencontre avec un groupe international – ils sont sept ou huit, a-t-il entendu dire – au monastère de Crémisan.

Il tourne au croisement en haut de Manger Street.

67

Au loin, au-dessus de Jérusalem, le dirigeable s'élève.

68

Un an plus tôt, un dimanche, il a suivi le dirigeable pendant deux heures, l'a observé en train de l'observer, en se demandant s'il pouvait trouver une logique dans ses mouvements.

Il est allé de croisement en croisement, de panneau routier en panneau routier, jusque dans la campagne, puis il a garé sa moto au panorama du mont Scopus, s'est assis sur le petit muret, la main en visière, a levé les yeux, a regardé le dirigeable dériver à travers le bleu. Il avait ouï dire par un ami que c'était un appareil météorologique, qui mesurait les taux d'humidité et vérifiait la qualité de l'air. Il y avait toujours des renforts pour la vérité. Et, en vérité, combien de capteurs ? Combien de caméras ? Combien d'yeux regardant depuis le ciel ?

Rami avait souvent le sentiment de porter en lui neuf ou dix Israéliens qui se chamaillaient. Le tiraillé. Le honteux. L'amoureux. L'endeuillé. Celui qui s'émerveillait devant l'invention du dirigeable. Celui qui savait que le dirigeable l'observait. Celui qui l'observait en retour. Celui qui avait envie d'être observé. L'anarchiste. Le protestataire. Celui qui n'en pouvait plus de voir.

De porter ces complexités, d'être tant de gens à la fois, cela lui donnait le tournis. Que dire à ses garçons quand ils partaient au service militaire ? Que dire à Nurit quand elle lui montrait les manuels scolaires ? Que dire à Bassam quand il se faisait arrêter aux checkpoints ? Que ressentir chaque fois qu'il ouvrait le journal ? Que penser quand les sirènes retentissaient le Jour du souvenir ? Que se demander quand il croisait un homme en keffieh ? Que ressentir quand ses fils devaient monter à bord d'un bus ? Que penser quand un chauffeur de taxi avait un accent ? De quoi encore s'inquiéter en allumant les informations ? Quelles nouvelles atrocités guettaient à l'horizon ? Quel genre de vengeance attendait au tournant ? Que dire à Smadar ? Qu'est-ce que ça fait d'être mort, Princesse ? Tu peux me dire ? Ça me plairait ?

Au bas de la pente, de jeunes garçons traînassaient à flanc de colline, montés sur des chevaux arabes tout maigres. Ils portaient des jeans blancs immaculés. Leurs chevaux bandaient leurs muscles sous eux. Rami aurait aimé pouvoir aller vers eux, les approcher, dire un mot. Mais ils savaient déjà qui il était à cause de sa plaque d'immatriculation, *ce* qu'il était, ne serait-ce qu'à sa manière de se tenir. Ils le sauraient aussi par son accent, même s'il leur parlait en arabe. Un vieux à moto. Sa peau blanche et pâle. Son visage franc. La peur dissimulée. Je devrais aller leur raconter. Je devrais les rejoindre à grandes enjambées et les regarder droit dans les yeux. Elle s'appelait Smadar. Raisin de la vigne.

Une nageuse. Une danseuse, aussi. Elle faisait cette taille. Elle venait de se couper les cheveux. Elle avait les dents un peu tordues. C'était le début de l'année scolaire. Elle était partie acheter des livres. J'étais sur la route de l'aéroport quand j'ai appris la nouvelle. Elle avait disparu. On a compris. Ma femme et moi. On a compris. On est allés de l'hôpital au commissariat de police, et vice versa. Vous ne pouvez pas imaginer ce que c'est. Une porte après une autre. Puis la morgue. L'odeur d'antiseptique. C'était indicible. Ils l'ont sortie sur une civière métallique. Une civière métallique froide. Elle était allongée là-dessus. Votre âge. Ni plus. Ni moins. Soyons honnêtes, les gars. Vous auriez été ravis d'apprendre la nouvelle. Vous auriez fêté ça. Applaudi. Et autrefois j'aurais applaudi votre mort aussi. Et celle de votre père. Et celle du père de votre père. Écoutez-moi. J'avoue. Je ne nie pas. Jadis, il y a bien longtemps. Qu'est-ce que vous pensez de ça ? Dans quel monde est-ce qu'on vit ? Levez les yeux. Il nous observe, tous. Regardez. Regardez. Là-haut.

Au bout d'un moment, le dirigeable a commencé à l'oppresser davantage, comme une main légère sur son torse, la pression devenant plus forte, jusqu'à ce que Rami ne souhaite qu'une chose, trouver un endroit où il ne serait pas vu. C'était si souvent comme ça. L'envie de se volatiliser. De tout faire disparaître, d'un seul geste. De tout effacer. *Tabula rasa*. Pas ma guerre. Pas mon Israël.

Montrez-moi, alors. Convainquez-moi. Remontez dans le temps. Rendez-moi Smadar. Tout entière. Redonnez-la-moi, toute recousue et à nouveau belle avec ses yeux noirs. C'est tout ce que je veux. C'est trop demander ? J'arrête de geindre, j'arrête de pleurer, j'arrête de me plaindre. Une opération divine, c'est tout ce que je demande. Et ramenez Abir, aussi, pour Bassam, pour moi, pour Salwa, pour Arin, pour Hiba, pour Nurit, pour nous tous. Et pendant que vous y êtes, ramenez Sivan et Ahuva et Dalia et Yamina et Lilly et Yael et Shulamit et Khalila et Sabah et Zahava et Rivka et Yasmine et Sarah et Inaam et Ayala et Sharon et Talia et Rachida et Rachel et Nina et Mariam et Tamara et Zuhal et Riva, et tous les autres sous ce brûlant soleil meurtrier. C'est trop demander ? Vraiment ?

Sur la route du retour, il a senti sa moto galoper sous lui. Il s'est assis dans son bureau, a tiré les rideaux et a disposé autrement les photos sur sa table de travail.

69

Smadar. Dans le Cantique des cantiques. « La vigne ». « L'éclosion de la fleur ».

70

Abir. De l'arabe ancien. « Le parfum ». « La fragrance de la fleur ».

71

Il n'a été arrêté qu'une seule fois sur sa moto. Il avait entendu dire que la route secondaire venant de Cisjordanie était fermée, mais ça restait le chemin le plus rapide et le plus simple jusque chez lui. La pluie tombait dru, en diagonale. Il prit le risque. Au pire, que pouvait-il lui arriver ? Se faire arrêter, se faire interroger, se faire rembarrer ?

Il avait, il le savait – encore à son âge –, un sourire espiègle, un visage poupon, un regard doux et clair. Il se tassa et accéléra. La moto envoyait des gouttelettes derrière lui.

Un projecteur inopiné provoqua une décharge de peur dans sa colonne vertébrale. Il ralentit, se redressa sur sa moto. Sa visière était brouillée par les gouttes de pluie. Le projecteur l'enveloppa. Il freina dans le faisceau de lumière. La roue arrière dérapa légèrement sous la pluie huileuse.

Un cri s'insinua dans la nuit. Le garde tremblait en courant sous la pluie torrentielle. La lumière était criblée de lances de pluie argentées. Le garde pointa son arme vers le casque de Rami. Ce dernier leva lentement les mains en l'air, remonta sa visière, le salua en hébreu, « *Shalom aleichem, shalom* », avec son plus bel accent, lui montra sa carte d'identité israélienne, dit qu'il habitait à Jérusalem, qu'il devait rentrer chez lui.

« La route est fermée, monsieur.

— Qu'est-ce que vous voulez que je fasse ? Que je retourne *là-bas* ? »

Une goutte de pluie tomba du canon du fusil du soldat : « Faites demi-tour, oui, monsieur, demi-tour, tout de suite, cette route est interdite. »

Une lassitude s'était infiltrée dans les os de Rami. Il avait envie d'être chez lui avec Nurit, de s'asseoir dans son fauteuil confortable, une couverture sur les genoux, la vie simple, les banalités ordinaires, la douleur intime, tout mais pas cette pluie abandonnée, ce barrage routier, ce froid, ce fusil tremblant.

Il souleva davantage sa visière : « J'étais perdu, je me suis perdu, et vous voulez que je retourne là-bas ? Vous êtes fou ? Regardez ma carte d'identité. Je suis juif. Je me suis perdu. Perdu, mon vieux. Pourquoi est-ce que vous voulez que je fasse demi-tour ? »

Le visage du jeune homme se rembrunit.

« Demi-tour, monsieur.

— Vous êtes dingue ou quoi, putain ? Vous croyez que j'ai envie de mourir ? Je me suis perdu, j'ai pris la mauvaise route, c'est tout.

— Monsieur. Je vous dis que c'est fermé.

— Dites-moi une chose…

— Quoi ?

— Quel juif à peu près sensé irait en Cisjordanie ? »

La perplexité se lut sur le visage du jeune homme. Rami agrippa l'accélérateur et fit ronfler son moteur.

« Vas-y, habibi, tire-moi dessus s'il le faut, mais je rentre chez moi. »

Une ligne de faille apparut sur le front du jeune homme, un petit séisme de perplexité à l'instant où Rami referma sa visière, alluma ses feux de détresse et roula, son corps ne faisant qu'un avec sa moto, sans cesser de penser au fusil braqué sur lui, à la balle qui irait percuter le bas de son dos.

72

Lorsque, le lendemain, au siège du Cercle des parents, il commença à raconter à Bassam l'épisode du checkpoint, il s'arrêta net. Il se rappela la chaussure bleue vernie fendant l'air et la balle s'enfonçant dans l'os à l'arrière du crâne. Il n'avait plus envie de raconter l'épisode de la veille.

73

La marchande s'appelait Niesha la Vieille, bien qu'elle n'eût que trente-quatre ans. Elle entendit les détonations. Une, deux, trois, quatre. Le crissement des pneus. Pendant un moment, ce fut le silence. Ses mains restèrent posées sur le long comptoir en bois. Puis les cris commencèrent : les hurlements aigus des écoliers, surtout des filles, signe inhabituel : les filles étaient généralement discrètes. Niesha prit ses clés dans la caisse.

Dehors, l'agitation. Un enfant sur le trottoir. Une jupe bleue. Un chemisier à col en coton blanc. Une chaussure seule. Niesha tomba à genoux. Elle connaissait le prénom de l'enfant. Elle se baissa pour prendre son pouls.

« Réveille-toi, Abir, réveille-toi. »

Des cris retentirent. Des gens s'attroupèrent autour de l'enfant. Elle était inconsciente. Des hommes et des femmes allumèrent leur portable. Le bruit courut que la circulation avait été bloquée par les soldats à l'autre bout de la route. Rien ne pouvait passer : ni ambulances, ni policiers, ni infirmiers.

« Réveille-toi, réveille-toi. »

Les minutes s'écoulèrent. Une jeune institutrice traversa le rond-point en criant. Un taxi cabossé s'arrêta. Le jeune chauffeur agitait les bras. Des enfants sortaient par les portes de l'école.

Niesha aida à soulever Abir et à l'installer à l'arrière du taxi. Elle se nicha dans l'espace entre le siège avant et la banquette pour empêcher l'enfant de rouler par terre. Le chauffeur jeta un coup d'œil derrière lui et le taxi fit une embardée. Quelqu'un avait jeté la chaussure égarée à l'arrière. Niesha la remit sur le pied d'Abir. Elle sentit la chaleur de ses orteils. Elle sut tout de suite qu'elle n'oublierait jamais la chaleur étonnante de cette peau.

Le taxi traversa le marché à toute vitesse. La rumeur avait déjà fait le tour d'Anata et de Shu'fat. Des appels étaient lancés depuis les mosquées, les balcons, les petites rues. Les jeunes accouraient des ruelles, ils se dirigeaient vers l'école. Le chauffeur ne freinait que pour les dos-d'âne. Il rejoignit la circulation de l'autre côté du marché, la main sur le klaxon. Les voitures autour d'eux se joignirent à la symphonie infernale.

Couchée sur le plancher au-dessous d'Abir, Niesha tendait les bras pour maintenir immobile la tête de l'enfant. Les yeux d'Abir papillotaient. Elle n'émettait aucun son. Son pouls était lent et irrégulier. Niesha toucha encore les petits orteils. Ils avaient refroidi.

Les vitres du taxi étaient baissées. Des haut-parleurs à l'extérieur. Des drapeaux déroulés. L'imminence d'une émeute. La voiture fonça en avant. Le chauffeur invoqua le nom d'Allah. Le tumulte résonnait dans les oreilles de Niesha.

L'hôpital était un bâtiment bas et défraîchi. Une équipe attendait sur les marches. Niesha retira sa main de la tête d'Abir et ouvrit la porte arrière avant même que le taxi se soit arrêté. Des cris réclamèrent une civière. Sur le perron de l'hôpital, c'était la pagaille.

Niesha regarda la civière disparaître dans une marée de blouses blanches. C'était l'époque des petits linceuls : elle en avait vu tellement, transportés dans les rues.

Elle se rappela soudain qu'elle avait oublié de fermer à clé la porte de son magasin. Elle plaqua son avant-bras contre ses yeux et pleura.

74

Les caméras du dirigeable pivotèrent légèrement et les objectifs s'élargirent. Déjà des hélicoptères tournaient au-dessus d'Anata.

75

Tout en bas, les *shebabs* lançaient des pierres. Elles tombaient sur les toits, rebondissaient sur les réverbères, atterrissaient bruyamment sur les citernes.

76

Le jour où Smadar fut tuée, les caméras de télévision arrivèrent sur place avant même les secouristes du ZAKA.

Rami vit une partie des images dans un documentaire, quelques années plus tard : le restaurant en extérieur, la lumière de l'après-midi, les corps qui fourmillent, les chaises renversées, les pieds de table, les lustres fracassés, les nappes éclaboussées, le tronc d'un des terroristes, comme un morceau de statue grecque au milieu de la rue.

Même les yeux fermés, c'était insupportable à entendre : les pas précipités, les sirènes.

Après la diffusion, il se rendit compte qu'il avait serré ses poings si fort que ses ongles saignaient.

Il aurait voulu que les réalisateurs s'infiltrent à l'intérieur du temps et le rembobinent, qu'ils inversent la chronologie, la renversent et la fassent dévier dans une direction totalement différente – comme dans une nouvelle de Borges – afin que la lumière soit plus vive, et que les chaises soient debout, et que la rue soit en bon ordre, que le café soit intact, et que Smadar se promène soudain encore, ses cheveux courts, son piercing dans le nez, bras dessus bras dessous avec ses camarades de classe, déambulant devant le café, partageant son Walkman, l'odeur de café puissante dans ses narines, saisie dans la banalité de son insouciance face à ce qui adviendra.

77

Le ciel était d'un bleu radieux. En ce mois de septembre, la rue pavée était pleine de gens qui faisaient leurs courses.

La musique était diffusée par une enceinte dont la façade était en raphia. Les explosions firent sauter la sono. Le silence qui suivit fut irréel, un moment de stupéfaction, jusqu'à ce que la rue retentisse de cris.

78

En araméen, *Talitha Koumi* signifie : « Lève-toi, petite fille, lève-toi. »

79

Les kamikazes étaient déguisés en femmes. Les ceintures explosives étaient fixées autour de leur ventre. Ils s'étaient rasés de près et portaient des foulards pour dissimuler leur visage.

Ils étaient tous originaires du village d'Assira al-Shamaliya, en Cisjordanie. Deux d'entre eux allaient pour la première fois à Jérusalem.

80

Au début des années 1970, alors qu'il se promenait dans Jérusalem avec des guides, Jorge Luis Borges affirma qu'il n'avait jamais vu une ville dont la lumière fût si pure et si brûlante. Avec sa canne en bois, il tapait sur les pavés et les flancs des bâtiments pour déterminer l'âge des pierres.

Les pierres, dit-il, étaient aussi roses que la chair.

Il aimait marcher dans les quartiers palestiniens, à travers les souks où, en tant que conteur aveugle, on le traitait avec une révérence toute particulière. Il y a toujours eu une tradition des aveugles chez les Arabes. L'imam du marché. Abdullah ibn Oumm Maktoum. Al-Ma'arri. Ceux-là étaient *bassir*, qui voyaient avec le cœur et l'esprit. Leurs manières de voir, leurs manières de conter.

Des foules de jeunes hommes suivaient Borges, les mains croisées dans le dos, guettant une occasion de parler au célèbre écrivain argentin, au *rawi*. Malgré la chaleur, il portait une veste grise, une chemise et une cravate. On lui avait offert un fez rouge en cadeau de bienvenue. Il le mettait sans la moindre gêne.

Quand il s'arrêtait, la foule s'arrêtait avec lui. Il aimait le bruit des ruelles, le linge qui claque, les pigeons qui roucoulent, les vestiges des fantômes. Il aimait en particulier les boutiques de babioles dans la vieille ville, où il pouvait prendre de petits talismans sur les plateaux et, rien qu'en les touchant, essayer d'inventer des histoires.

Borges s'asseyait pour boire le café dans les échoppes, au milieu de la fumée et des pipes à eau bouillonnantes, et écoutait les vieilles histoires où il était question d'alouettes et d'éléphants, de rues qui sinuaient sans fin, de colonnes renfermant tous les sons de l'univers, d'étalons volants, de marchés mythiques où ne se vendaient que des poèmes manuscrits dont les parchemins se déroulaient à l'infini.

81

Être avec toi ou ne pas être avec toi est la mesure de mon temps.

Borges

82

Sivan Zarka, âgée de quatorze ans, fut soufflée en l'air avec Smadar. Ses parents étaient français : elle avait vécu un temps en Algérie. Ils s'étaient récemment installés à Jérusalem, où Sivan étudiait, comme Smadar, au collège Rehavia. Yael Botwin aussi avait quatorze ans. Elle venait d'entrer en troisième à l'Académie des arts et des sciences d'Israël. Elle avait fait son aliyah depuis Los Angeles, avec ses parents, huit ans plus tôt. Rami Kozashvili avait vingt ans. Il travaillait comme employé au Yehuda Bazaar, où il vendait des vêtements de sport. Il avait émigré de Géorgie, en Union soviétique. Eliahu Markowitz, employé de bureau, amoureux des livres, pacifiste, avait quarante-deux ans. Sa famille était originaire de Roumanie, plus précisément du littoral de la mer Noire.

83

Faire l'aliyah : monter.

84

Markowitz était en train de déjeuner à la terrasse d'un café avec son fils de onze ans. Le petit garçon fut projeté en l'air et en arrière, mais sa chute fut amortie par un palmier en pot placé devant la vitrine.

85

Si souvent, pensait Rami, l'ordinaire peut nous sauver.

86

Lorsque Rami revint de la guerre du Kippour – les cheveux longs, les yeux bleus, épuisé –, il commença à travailler ; il dessinait des affiches pour la droite, pour la gauche et pour le centre. Il était un mercenaire. Il s'en fichait. Ils voulaient de la peur ? Il leur donnerait de la peur. Ils voulaient du glamour ? Il leur donnerait du glamour. La polémique, le nationalisme, le pessimisme – tout ce qu'on voulait. Du mièvre aussi : pas de problème, il pouvait facilement produire un joli bouquet de conneries. Un poing levé pour le nouvel Israël. Une frontière étendue, du Nil jusqu'à l'Euphrate. Un enfant aux yeux écarquillés. Un regard mauvais. Une colombe blessée. Une longue jambe élégante. Tout ce qu'on voulait. Faire de l'intelligent, faire du cru, faire du grossier, il s'en fichait, il ne s'intéressait pas à la politique. Il n'était d'aucun parti. Aucune identification rassurante. Avoir une maison, une famille, être peinard :

une vie *israélienne*, voilà ce qu'il voulait. Un bon boulot, un crédit, une rue tranquille, arborée, pas de coups à la porte, pas de coups de téléphone à minuit. Ce qu'il voulait, c'était le spectaculairement banal. Au pire du pire, la queue chez le vendeur de falafels, se faire entuber sur la monnaie à la fromagerie, une erreur du postier. Rami faisait ce qu'il savait faire de mieux : dessiner, inventer des slogans, provoquer à coups de pinceau et de crayon. Il créa sa propre société. De publicité et de graphisme. Il adorait être le poil à gratter. Presque tout le monde l'appréciait – et si on ne l'aimait pas, il en rigolait, toujours le clown, le blagueur, sur le fil du rasoir. Il rencontra Nurit : une beauté. Incandescente. Rousse. De gauche. Elle se moquait du regard des autres. Brillante. Issue d'une bonne famille. Fille de général, une pionnière, une originale, elle avait ça dans le sang depuis des générations. Elle aspirait tout l'oxygène autour d'elle. Rami était plus rugueux, plus brut, plus prolo, mais elle aimait son charme, son esprit, sa capacité à se focaliser sur un mot. Il était téméraire. Il la faisait rire. Il ne la lâcherait pas. Elle avait le cerveau, il avait l'instinct. Il lui fit la cour, lui écrivit des lettres, lui offrit des dessins. Elle était pacifiste. Il lui envoya des roses rouges. Elle les lui renvoya en réclamant des blanches. Il était amoureux. Il avait été mécanicien de char dans l'armée. Il répara la voiture du père de Nurit. Le général donna son accord. Ils se marièrent chez elle. Un rabbin dirigea la cérémonie. Ensemble ils brisèrent les verres. La maison résonnait de *mazel tov*. Ils eurent leurs dix-huit minutes de *yichoud*, c'était la tradition, pourquoi pas ? Les années passèrent. Ils eurent des enfants : un deux trois quatre. Des splendeurs. Des freluquets. Un peu farouches, tous. Surtout Smadar. Une boule d'énergie, une vraie loupe : elle était la clarté et le feu. Les garçons aussi – Elik, Guy, Yigal – tous avaient les yeux de leur mère. *Des yeux de tigre*, disait Rami, référence à un poème anglais dont il ne se souvenait plus vraiment. Ce furent des années extraordinaires. Rami était vif. Spirituel. Un peu sardonique quand il le fallait. Il connaissait des hommes politiques, des artistes, des journalistes. Il était invité à des fêtes. Jérusalem. Tel-Aviv. Haïfa. Il jouait les bouffons. Il prit goût aux motos. S'acheta un blouson en cuir. Rentrait chez lui avec des robes et des foulards colorés, des cadeaux pour Nurit. Elle riait de son mauvais goût, l'embrassait. Elle se laissa pousser les cheveux. Dans les fêtes, il l'entendait discuter avec ses amis professeurs. *L'Occupation* ci, *l'Occupation* ça. Ah, ma femme, la gauchiste, la magnifique. Elle écrivait des articles. Elle ne retenait pas ses coups. Elle disait ce qu'elle voulait. Il adorait ça. Elle le poussait dans ses retranchements. Ses poumons explosaient. Il y eut encore des guerres, certes, mais il y avait toujours des guerres, non ? On était en Israël après tout, il y aurait toujours une autre guerre, c'était le prix que devaient payer les gens. Il se débrouilla pour glisser à travers tout ça, un œil ouvert, les deux fermés. Vigilance. Tel était le maître mot. Vigilance. Il connaissait la procédure même si elle ne lui plaisait pas. Surveiller les têtes basanées dans le bus. Toujours repérer la sortie. Si le bus arabe se retrouve à côté de vous dans la circulation, priez pour que le feu passe au vert. Évaluez l'accent. Guettez les tee-shirts et les survêtements bon marché. Jetez un petit coup d'œil sur les chaussures et voyez si elles sont poussiéreuses. Il n'avait pas de préjugés, disait-il, simplement il était comme tout le monde, il était logique, il était pragmatique, il voulait être tranquille, peinard. Il lisait les journaux, disait-il, pour être indifférent aux nouvelles. C'était la seule manière de s'en sortir. Il ne voulait pas être catalogué. Il voulait conserver sa liberté. Il pouvait se disputer avec n'importe qui, n'importe quand, à n'importe quel coin de rue. Il était israélien, après tout : il se disputerait avec lui-même s'il le fallait. Tout était question d'appétit. Il commença à avoir un double menton, ses chemises gonflaient. Il n'arborait aucun drapeau, mais comme tout le monde il se tenait immobile chaque Jour du souvenir. Son travail le portait. Il se débrouillait bien. Ses tarifs étaient copieux. Il les doubla, les tripla. Plus il faisait payer, plus on lui donnait du travail. Il fut étonné de recevoir des prix. Des décanteurs en argent. Des bols en verre taillé. Des trophées. Alignés sur les étagères, chez lui. Un panneau publicitaire sur deux à Jérusalem était sa création. Le téléphone sonnait sans arrêt. Les enfants grandirent. Les garçons étaient pleins d'énergie. Smadar était une pile électrique, un feu d'artifice. Elle adorait courir dans toute la maison. Elle dansait sur la table. Faisait la roue dans le jardin. S'écorchait les genoux. Se cassa une dent.

Des trucs de fille. Le temps passait tranquillement. Diplômes du lycée. Théâtre. Puis arriva le service militaire – Nurit n'aimait pas ça mais Elik, l'aîné, le fit quand même. Il cirait ses souliers et faisait tourner son béret sur son doigt. C'était comme ça qu'on faisait. Refuser de servir, c'était s'isoler. S'isoler, c'était perdre. Perdre, ce n'était pas Israël. C'était un devoir, purement et simplement. Rami le reconnaissait : il l'avait fait, ses fils le feraient, sa fille aussi finirait par le faire. Il prit des photos de Smadar portant le treillis de son grand-père et le béret rouge de son frère sur la tête, et ils rirent pendant qu'elle défilait dans la pièce d'une manière burlesque.

Des années plus tard, il en parlerait comme de sa vie dans une bulle, de ses années chemise à col ouvert, de son personnage d'une chanson des Talking Heads.

87

Le bruit des roulettes de la civière métallique froide. Le glissement des surchaussures en plastique sur le carrelage brillant. Le sifflement léger de la porte du réfrigérateur qui se referme derrière eux. La morgue, après cela, silencieuse, tandis que Rami la traversait.

88

And you may ask yourself, What is that beautiful house ?
And you may ask yourself, Where does that highway go to ?
And you may ask yourself, Am I right, am I wrong ?
And you may say to yourself, my God, what have I done ?

89

Les premières années après l'attentat, Rami avait peur de se répéter. Il devait parfois raconter l'histoire de Smadar deux ou trois fois par jour. Une fois le matin, dans une école. Une autre l'après-midi, au siège du Cercle des parents. Et encore une autre le soir dans une synagogue, un centre communautaire ou une mosquée. Devant des pasteurs. Des imams. Des rabbins. Des journalistes. Des caméramans. Des écoliers. Des sénateurs. Des visiteurs venus de Suède, du Mexique, de l'Azerbaïdjan. Des affligés venus du Venezuela, du Mali, de Chine, d'Indonésie, du Rwanda, pour voir les lieux saints.

De temps en temps – au début, avant qu'il s'autorise à être à l'aise avec la répétition –, il s'interrompait en plein milieu d'une phrase et se demandait s'il n'avait pas dit la même chose deux fois en l'espace de quelques minutes, non pas une vague répétition, mais les mêmes mots exacts, avec la même intonation, les mêmes expressions du visage, comme s'il avait, d'une certaine façon, réduit son histoire à une mécanique, à un rythme du quotidien. Il était troublé à l'idée que les auditeurs puissent voir en lui une bobine cassée, prise au piège de la monotonie de son chagrin.

Après coup, il s'apercevait qu'il avait oublié des parties entières de ce qu'il voulait vraiment dire.

Qu'il puisse apparaître malhonnête, théâtral, professionnel – cela le terrifiait. Comme si son histoire était une marque, une publicité, vouée à être dupliquée. Il sentait la chaleur lui monter au visage. Ses mains devenaient moites. Au deuxième ou au troisième récit de la journée, il commençait à se pincer les avant-bras pour se réveiller, pour être sûr de ne pas arpenter une fois de plus un territoire balisé. *Mon nom est Rami Elhanan. Je suis le père de Smadar. Je suis un Jérusalémite de la septième génération.*

Il se demandait comment faisaient les acteurs. Dire la même chose avec conviction, représentation après représentation. Quelle discipline cela exigeait-il ? Une fois par jour. Deux fois les jours avec matinée. Comment, dans cette répétition sans fin, faisaient-ils pour toujours rendre la chose vraie ? Pour la maintenir vivante ?

Mais plus il le faisait – plus l'histoire prenait une forme singulière –, plus il comprenait que ça n'avait pas d'importance. Il y avait toujours pour un comédien, il le savait, une fin de carrière. Pour lui, non. Pas de dernier lever de rideau. Pas d'ovation. Pas de grande dernière. Pas de sortie par l'entrée des artistes, manteau sur le dos, col relevé. Pas de ruelle éclairée par les réverbères. Pas de pluie tombant sur la rue pavée et grise. Pas de critiques le lendemain matin. Pas d'adulation flatteuse.

Il commença à comprendre que ce n'était pas une représentation. Ses débuts ne connaissaient pas de fins. Il n'y avait absolument rien de théâtral là-dedans. Il pouvait en faire l'enfer ou le paradis qu'il souhaitait. Il s'habitua à la répétition : elle était sa chance et son malheur.

Il parlait à des universitaires, des artistes, des écoliers, des Israéliens, des Palestiniens, des Allemands, des Chinois, à qui voulait l'entendre. Des groupes chrétiens. Des scientifiques suédois. Des délégations de la police sud-africaine. Le pays, leur disait-il, avait été rédigé sur une toile minuscule. Israël pouvait tenir dans le New Jersey. La Cisjordanie était plus petite que le Delaware. On pouvait faire entrer quatre bandes de Gaza dans Londres. Cent Israël pouvaient être contenus par l'Argentine, et il y aurait encore de la place pour la pampa. Pris ensemble, Israël et la Palestine mesuraient un cinquième de l'Illinois. C'était infinitésimal, certes, mais quelque chose palpitait au cœur de tout cela, quelque chose de rudimentaire, d'original, de nucléaire : il aimait ce mot, *nucléaire*. Les atomes de son histoire se pressaient les uns contre les autres. La force de ce qu'il souhaitait dire. Il y avait des fois où il avait le sentiment d'être en dehors de lui-même, de planer au-dessus, de se regarder, mais ça n'avait pas d'importance : il était désormais relié aux mots, les mots étaient les siens, il les possédait, ils étaient prononcés à dessein. Il voulait réveiller ses auditeurs. Voir une secousse en eux. Ne serait-ce qu'une fraction de seconde. Voir un œil s'ouvrir. Ou un sourcil se hausser. C'était suffisant. Une fissure dans le mur, disait-il. Un froncement de doute. N'importe quoi.

Quand il parlait, il revoyait Smadar. Son visage ovale. Ses yeux marron. Son rire tourné vers l'épaule. Dans un jardin. À Jérusalem. Avec un serre-tête blanc dans les cheveux.

90

Rapidement, ils se retrouvèrent pour ainsi dire tous les jours. Cela devint leur travail, plus encore que leur premier travail : raconter ce qui était arrivé à leurs filles. Rami confia les rênes de sa société de graphisme à son associé. Bassam réduisit ses heures au ministère des Sports et aux Archives palestiniennes. Les deux hommes commencèrent à travailler officiellement avec le Cercle des parents. Ils gagnaient le minimum vital. Ils voyageaient dès qu'ils le pouvaient. Rencontraient des philanthropes. Donnaient des conférences dans des fondations. Dînaient avec des diplomates. Parlaient dans des écoles militaires. Ils trimballaient leurs histoires avec eux. Peu importait s'ils répétaient les mêmes mots à longueur de temps. Ils savaient que les gens auxquels ils parlaient les entendaient pour la première fois : ils étaient au début de leurs propres alphabets.

91

Rami était quelquefois surpris par sa capacité à aller tellement loin en lui-même qu'il en découvrait de nouvelles façons de dire la même chose. Il savait qu'il rendait Smadar continuellement présente. Quelque chose de tranchant et de brûlant s'enfonçait dans sa cage thoracique, le forçait à s'ouvrir encore plus.

Parfois, pendant les conférences, il regardait Bassam et voyait l'étonnement sur son visage, comme si sa nouvelle formule venait de le couper en deux, lui aussi.

92

La force de l'explosion dans Ben Yehuda Street l'a envoyée très haut dans les airs.

93

Parfois je me dis qu'elle est peut-être partie en stop jusqu'au ciel.

94

J'entends encore glisser les roulettes de la civière en métal froide.

95

Les lois de la physique lui ont volé son envol.

96

Bassam maintenait divers morceaux à flot dans son esprit, il les essayait pour en mesurer la taille, les réagençait, sautait autour, jonglait avec eux, brisait leur linéarité.

Il aimait mettre les groupes à l'aise. « J'ai passé sept ans en prison, et puis je me suis marié. Vous voulez savoir ce qu'est une occupation ? Essayez donc six gamins dans deux chambres. Quelle personne sensée confie le poste de guetteur au boiteux ? »

Les gens ne savaient pas trop, d'abord, comment prendre ses bons mots. Ils étaient nerveux, regardaient ailleurs. Mais il dégageait quelque chose de magnétique et, peu à peu, il les ramenait vers lui. « Je suis le seul homme qui soit allé en Angleterre, dit-il, et qui ait aimé le climat. »

Il avait un accent à couper au couteau. Il roulait les mots dans sa bouche. Cependant il parlait d'une voix douce, musicale. Il pouvait citer les poètes : Rumi, Yeats, Darwich. Qu'importe s'il écorchait l'histoire çà et là : pour lui c'était davantage un chant qu'une histoire, il voulait en saisir le rythme profond.

97

Une structure osseuse située en bas de la trachée – le syrinx – est essentielle au larynx des oiseaux. Entouré d'un sac aérien, le syrinx résonne aux ondes sonores créées par les membranes le long desquelles l'oiseau fait entrer l'air. Le ton du chant est donné quand l'oiseau déplace la tension sur les membranes. Le volume est contrôlé par la force de l'expiration.

L'oiseau peut contrôler deux côtés de la trachée indépendamment l'un de l'autre, de sorte que certaines espèces peuvent produire deux notes distinctes à la fois.

98

Le soir, Rami lisait à Smadar une version pour enfants des *Mille et Une Nuits*, en hébreu.

Pendant qu'elle écoutait, ses yeux papillotaient. Sinbad le Marin. Julnar de la mer. Ali Baba et les quarante voleurs. Aladin et sa lampe merveilleuse.

Smadar semblait toujours rester éveillée jusqu'aux trois quarts de chaque histoire.

99

On dit de certains oiseaux qu'ils dorment en plein vol. Ils font cela par plages de dix secondes, en général après la tombée de la nuit. Ils sont capables d'éteindre un côté de leur cerveau pour se reposer, tandis que l'autre côté maintient son état de vigilance rythmique, afin de ne pas percuter un camarade en vol et de guetter les prédateurs.

100

Une frégate peut rester deux mois entiers en altitude sans se poser ni sur la mer ni sur la terre.

101

Un après-midi, dans un souk de Al-Zahra Street, Borges dit à ses auditeurs que les *Mille et Une Nuits* pouvaient être comparées à la création d'une cathédrale ou d'une sublime mosquée, et étaient peut-être encore plus belles que cela puisque, contrairement à la cathédrale ou à la mosquée, aucun de ses auteurs, ou créateurs – les vrais bâtisseurs –, n'avait eu conscience de participer à la construction d'un livre. Leurs histoires avaient été réunies à des époques différentes, dans une infinité de lieux, Bagdad, Damas, Égypte, Balkans, Inde, Tibet, et puisées à des sources diverses aussi, les *Jatakas* et le *Kathâsaritsâgara*, puis répétées, affinées, traduites, d'abord en français, ensuite en anglais, modifiées une fois de plus et transmises, intégrant de nouveau un autre folklore.

Les histoires ont d'abord existé par elles-mêmes, dit Borges, puis elles ont été accolées les unes aux autres, se renforçaient mutuellement, une cathédrale infinie, une mosquée s'élargissant, un partout aléatoire.

C'était ce que Borges appelait l'infidélité créatrice. Le temps apparaissait à l'intérieur du temps, à l'intérieur d'un autre temps encore.

Le livre, disait-il, était si vaste et si inépuisable qu'il n'était même pas nécessaire de l'avoir lu, puisqu'il était déjà une partie complexe de la mémoire inconsciente de l'humanité.

102

Ils étaient si proches qu'au bout d'un moment Rami avait l'impression que l'un pouvait terminer l'histoire de l'autre.

Mon nom est Bassam Aramin. Mon nom est Rami Elhanan. Je suis le père d'Abir. Je suis le père de Smadar. Je suis un Jérusalémite de la septième génération. Je suis né dans une grotte près d'Hébron.

Mot pour mot, silence pour silence, souffle pour souffle.

103

Les préparatifs des funérailles de Smadar commencèrent sans attendre. Coups de téléphone. Mails. Télégrammes.

La tradition juive exige que le corps soit enterré le plus vite possible, avec tous ses membres et ses organes : on considère que l'âme demeure troublée tant qu'elle n'est pas sous terre.

104

La tradition musulmane également, même si dans un premier temps la police ne renvoya pas à leurs familles les corps des trois kamikazes.

Des années durant, ils furent entreposés dans des housses de plastique bleu, au fond d'une chambre froide de la morgue de Jérusalem fermée à clé.

105

Certaines petites parties du plafond de la chapelle Sixtine ont été laissées intactes à dessein, pour que les générations suivantes puissent comprendre les couches de restauration.

Dès les années 1550, des dépôts de salpêtre ont commencé à apparaître dans les fissures du plafond. Les efflorescences se sont accumulées et ont envahi les peintures : des dépôts cristallins ressemblant à de petites formations rocheuses.

L'artiste italien Simone Lagi – espérant enrayer la désintégration des fresques – passa une bonne partie de sa vie à nettoyer les accrétions à l'aide de chiffons de lin doux et de morceaux de pain mouillé.

Les zones intactes du plafond montrent ce qui aurait pu se produire si la chapelle avait été laissée à son sort.

106

Au XIIIe siècle, le chimiste syrien Hasan al-Rammah décrivit le processus de fabrication de la poudre : le salpêtre était bouilli et mélangé à de la cendre de bois pour faire du nitrate de potassium, lequel était ensuite séché et transformé en explosif. En arabe, la poudre était nommée neige de Chine.

107

Au IXe siècle, les Chinois inventèrent par hasard le mélange explosif – 75 % salpêtre, 15 % charbon de bois, 10 % sulfure – alors qu'ils cherchaient l'élixir de vie.

108

Sept autres personnes trouvèrent la mort dans Ben Yehuda Street. Des vingtaines de personnes furent blessées. Les gyrophares projetaient leurs lumières bleues et rouges sur les immeubles en pierre blanche. La nuit était déchirée par les éclats de voix.

Les secouristes du ZAKA reçurent les appels – *mayday mayday mayday* – et arrivèrent quelques minutes après les explosions, à scooter et en voiture. Leurs longues barbes. Leurs kippas. Leurs tsitsits qui pendaient. Ils s'attelèrent à la tâche avec leurs gilets orange et leurs gants en latex, aux côtés de la police et du Magen David Adom.

La nuit se refermait sur eux. Ils secouraient d'abord les vivants. C'étaient des hommes massifs, mais ils se déplaçaient lestement, simples silhouettes. Ils se penchaient auprès des victimes, glissaient des paroles réconfortantes à l'oreille des vivants, en prenant soin de ne pas marcher sur le sang glissant.

Après que tous les blessés ou les agonisants eurent été emmenés à l'hôpital, les gens du ZAKA entamèrent leur véritable mission : recueillir les fragments de corps pour les enterrer. Ils s'arrêtèrent quelques instants. Leur concentration était le fruit de la répétition. Une forme de prière. Ils s'adressèrent de petits signes de tête, retournèrent leur gilet du côté jaune des techniciens de scène de crime, enfilèrent de nouvelles paires de gants en latex et de nouvelles housses sur leurs chaussures.

Ils procédèrent en silence. Par petits groupes. Rapides et laconiques parmi ce puzzle humain éparpillé. Un doigt. Un lobe d'oreille. Un pied, encore dans sa chaussure, posé, presque insolent, contre une poubelle.

Ils retirèrent les grilles des caniveaux, écumèrent les surfaces des plaques d'égout, forcèrent les portes bloquées. Ils passèrent au crible les bris de verre et les débris, en quête du moindre de signe de vie ou de chair. Ils fouillèrent les verres brisés avec de longues pinces afin de soulever un pouce tranché. Ils retirèrent des éclats de bombe ensanglantés sur les pare-brise, braquèrent leurs lampes torches sous les tables, grimpèrent aux arbres pour gratter la peau des victimes sur les branches, recueillirent des cartilages sur les panneaux routiers, renroulèrent des intestins dans des demi-torses, aspirèrent n'importe quel liquide disponible sur le trottoir dans des machines portatives.

Les ombres des volontaires du ZAKA se déplaçaient sous un bain de lumière intense. Un homme passait dans la rue, devenait le suivant, devenait encore le suivant. Une forme de communication silencieuse, abrégée.

Ils rassemblèrent les cadavres sur des draps de plastique blanc, les étiquetèrent et les remirent à la police israélienne. Ils étaient méticuleux. Rigoureux. Précis. Un soin tout particulier était mis à ne pas mélanger le sang des victimes à celui des terroristes.

En deux heures, environ, leur travail fut terminé.

Quand ils regagnaient leurs scooters, ils laissaient leurs bras pendre légèrement à l'écart de leur corps, comme si leurs mains avaient été exposées à un contaminant. Tel homme nettoyait une trace de sang qui avait imbibé un tsitsit esseulé. Tel autre se baissait pour ôter les housses en plastique de ses chaussures. Il les repliait soigneusement dans un autre sac en plastique. Ils déposaient leurs vêtements dans les coffres métalliques à l'arrière de leur scooter, mettaient leur casque puis disparaissaient dans la ville une fois de plus, emportant leur chagrin.

Ils ne s'attardaient pas, ne s'exhibaient pas en train de prier. Pas de rituel. Pas de deuil. C'était leur devoir. Aussi simple que ça.

C'était pour ça que les textes sacrés avaient été écrits.

109

Seelonce feenee.

110

Deux des secouristes du ZAKA revinrent à scooter le lendemain matin pour récupérer un œil à côté duquel ils étaient passés.

L'œil avait été remarqué par un vieil homme, Moti Richler, qui, à l'aube, regardant du haut de son appartement de Ben Yehuda Street, vit le bout de chair découpé posé sur le grand auvent bleu du café Atara.

Un long fil de nerf optique était encore attaché à la pupille.

111

Aujourd'hui encore, le fonctionnement de l'œil humain est considéré par les scientifiques comme une chose aussi profondément mystérieuse que les complexités du vol migratoire.

112

Avec la dégénérescence maculaire liée à l'âge, le patient développe une tache aveugle centrale et ne peut généralement voir que les objets périphériques. Tout ce qui est au centre de la vision apparaît sombre. Le patient voit les bords : tout le reste devient un cercle nébuleux. S'il regarde une cible de fléchettes, il se peut qu'il n'en voie que la bordure extérieure.

Pour combattre cela, le chirurgien retire le cristallin naturel et implante un minuscule télescope métallique dans un œil. L'opération ne soigne pas la macula, mais augmente la vision du patient. La tache aveugle peut passer de la taille du visage d'une personne à celle de sa bouche, voire à quelque chose d'aussi réduit qu'une pièce de monnaie.

L'opération – menée la première fois à New York et perfectionnée à Tel-Aviv – ne dure que deux heures, mais elle exige par la suite une nouvelle manière de voir. Le patient doit apprendre à regarder à travers le petit télescope implanté et en même temps à balayer la périphérie avec son autre œil. Un œil regarde droit devant lui, grossissant les choses à deux ou trois fois leur taille normale, tandis que l'autre scrute latéralement. Dans le cerveau, les deux ensembles d'informations visuelles se combinent pour former un tableau complet.

Il faut parfois au patient des mois, voire des années, pour réentraîner correctement sa vision.

À l'époque de l'attentat, Moti Richler en était à son deuxième mois de convalescence. Il se détourna de la fenêtre et dit à sa femme, Alona, qu'il n'en était pas sûr mais qu'en regardant la scène de l'attentat de la veille il pensait avoir vu – grâce à son télescope implanté – quelque chose de bizarre sur l'auvent en contrebas.

113

Moti trouvait que ça ressemblait à un tout petit phare de moto à l'ancienne, avec des fils qui pendaient.

114

Un des textes les plus anciens sur l'œil – sa structure, ses maladies, ses traitements – fut rédigé au IXe siècle par le médecin arabe Hunayn Ibn Ishaq : *Dix traités sur l'œil*.

Les composantes individuelles de l'œil, écrivait-il, possèdent chacune leur nature propre et sont agencées de telle sorte qu'elles sont en harmonie cosmique, reflétant à leur tour l'esprit de Dieu.

115

Les médecins retrouvèrent Bassam dans le couloir de l'hôpital. Ils portaient la cravate sous leur blouse blanche impeccable. Ils lui demandèrent de s'asseoir. Il sentit une onde de froid dans ses bras. Il répondit qu'il préférait rester debout.

L'un était juif, l'autre palestinien, de Nazareth. Il s'adressa à Bassam en arabe : doucement, d'une voix mesurée. « Si Abir devait mourir, dit-il. Si les choses tournent mal. Si le pire devait arriver. Si on ne parvient pas à la ranimer. »

L'autre médecin lui toucha l'épaule : « Monsieur Aramin, dit-il, vous comprenez ce qu'on est en train de vous expliquer ? »

Bassam regarda par-delà l'épaule du médecin : plus loin dans le couloir Salwa était assise, entourée de sa famille.

Bassam répondit, en hébreu, que oui il comprenait.

Le premier médecin parla ensuite du don d'organes. De la vie créée par la vie. Le foie d'Abir, ses reins, son cœur. Le deuxième médecin enchaîna.

« On a une unité de transplantation réputée, vous savez. »

« On prendrait très bien soin d'elle. »

« Il y a des besoins urgents. »

« Certaines personnes sont réticentes. »

« On peut le comprendre. »

« Monsieur Aramin ? »

Pendant un moment, les yeux d'Abir semblèrent planer dans la pièce : grands, marron, avec des taches cuivrées au centre.

« Prenez un peu de temps, s'il vous plaît. Parlez-en à votre femme.

— Je le ferai.

— On reviendra. »

Des toupies de Hanoucca tournant sur le sol d'une crèche. L'Aleph. La Torah. Une tenue de bar-mitsvah. Les consignes du service militaire. Le checkpoint derrière la vitre. Les autorisations et les timbres. Le bleu et blanc claquant au-dessus d'elle. Les voitures aux plaques jaunes. La télévision israélienne, les livres israéliens, les recettes israéliennes. Elle rentrerait peut-être à la maison pour shabbat et préparer le *challah* et allumer les bougies et faire ses *mitzvot* et se réveiller à côté de son mari et lui embrasser les yeux et faire lever ses enfants et les emmener à la synagogue et leur apprendre la *Hatikvah* et leurs enfants auraient peut-être ensuite des enfants et leurs propres manières de voir, et, oui, il existait d'autres manières de voir au-delà de la tradition musulmane, il le savait – les druzes, les chrétiens, les bédouins aussi – mais il n'y avait pas que ça, non, ça allait tellement plus loin, il voulait l'expliquer aux médecins, il y avait quelque chose de plus profond pour lui, de fondamental, quelque chose qu'il devait dire, il ne savait pas trop comment l'expliquer, il avait toujours voulu qu'Abir voie la mer, c'était ce qu'il lui avait promis bien des années plus tôt, sa promesse à sa fille, qu'il lui ferait faire le bref trajet en voiture jusqu'à la côte à Saint-Jean-d'Acre, ainsi qu'à sa sœur et à ses frères, il leur permettrait de barboter dans le bleu de la Méditerranée, de courir le long des jetées en bois, d'avoir accès à ce qui leur était refusé, et il se demanda ce que virent les médecins lorsqu'il baissa les yeux et dit, dans un hébreu parfait : « Non, je suis désolé, on ne peut pas faire ça, ma femme et moi, désolé, on ne peut pas laisser faire ça, non. »

116

Peu de temps après l'enterrement d'Abir – elle fut portée, recouverte du drapeau, dans les rues défoncées d'Anata –, Bassam téléphona à Rami pour lui dire qu'il devait rejoindre le Cercle des parents.

Il était prêt, insista-t-il, à s'engager. Il commencerait dès que possible, le lendemain s'il le fallait.

Bassam raccrocha et s'en alla marcher dans les rues poussiéreuses et éventrées d'Anata. Les trottoirs éclatés. Les tas de gravats. Les pyramides de pneus.

Il avait vu des photos d'Anata aux Archives nationales. Tant de beauté. Les marchés. Les villas. Les visages en mosaïque. Les hommes en fez. Les femmes dans leurs longues robes. Les cafés.

Disparu. Emmuré. Au rebut.

Il passa devant les portes de l'école et se faufila à l'arrière du magasin. Il retint son souffle pendant qu'il marchait le long du cimetière.

117

Mon nom est Bassam Aramin. Je suis le père d'Abir.

118

Pendant la guerre de 1948, Moti était chargé de surveiller un chariot rudimentaire qui glissait le long d'un câble métallique à travers la vallée de Hinnom, à Jérusalem. Le câble mesurait cent quarante mètres de long. Il reliait une chambre de l'hôpital pour les yeux à une école située au flanc du mont Sion. Il était tendu à son maximum par des treuils et soutenu par des cavaletti de fortune.

Le chariot, fait de bois et de plaques en métal renforcé, ne circulait que la nuit. Il transportait les soldats blessés et les équipements médicaux d'un bout à l'autre de la vallée : pendant qu'ils traversaient le vide, les soldats encore conscients sentaient le chariot se balancer et tanguer.

Chaque soir, Moti roulait à moto dans la vallée, sous le câble, pour s'assurer que ce dernier était intact et non piégé. Il enfilait une tenue sombre et se noircissait le visage, le cou et les mains avec du cirage afin de ne pas attirer les tirs des snipers jordaniens.

La moto de marque italienne était peinte en noir, y compris le guidon et les rayons des roues. Des silencieux avaient été installés sur le moteur. Les phares arrière étaient désactivés et Moti retirait entièrement le phare avant, de sorte que le verre ne reflétait pas la lune.

Le phare désactivé demeura près du lit de Moti pendant toute la guerre, avec ses fils qui pendaient.

119

Le lendemain de l'attentat, Moti regarda du haut de la fenêtre de son appartement vers l'auvent en bas.

« Alona, viens vite, lança-t-il à sa femme par-dessus son épaule. Là-bas. Regarde un peu ça. Est-ce que c'est bien ce que je crois ? »

120

Des années plus tard, le funambule français Philippe Petit tendra un câble métallique de deux centimètres de diamètre presque sur la même trajectoire que celui de Moti, et traversera la vallée sur le fil incliné.

121

Lors de son combat contre Goliath, dans la vallée d'Elah, David se servait d'une fronde pour frapper le front du géant à l'aide d'une des cinq pierres ramassées dans un proche ruisseau. Les pierres de cette vallée sont principalement constituées de sulfate de baryum, donc deux fois plus denses que la plupart des pierres ordinaires. Chez les lanceurs, elles sont réputées voler plus vite, plus loin et plus précisément que les autres.

122

La balle en caoutchouc a projeté Abir face contre terre.

123

Il se raconte que Goliath tomba en avant, puis fut décapité par David sur-le-champ. Mais n'importe quel lanceur de pierres vous dira que ce qui se produit quand on frappe l'ennemi avec une pierre, c'est qu'il tombe en arrière, à moins qu'on l'ait touché dans le bas des jambes.

124

Ce que les Britanniques appelleraient casse-genoux.

125

Si bien que Goliath, s'il avait été conscient, aurait levé les yeux droit vers ceux de David. Comme Jean-Baptiste regarda droit dans les yeux les hommes qui le tuèrent, sur ordre de Salomé, à Sébaste, non loin du village d'Assira al-Shamaliya, où les terroristes de Ben Yehuda Street ont grandi au milieu des champs de blé jaunes, des routes sinueuses et des oliveraies aux échelles en bois branlantes posées contre les arbres.

126

Quand un ou une kamikaze active sa ceinture, sa tête est presque toujours détachée du haut du tronc : les policiers connaissent cela sous le nom d'effet champignon.

127

La décapitation est suivie de deux ou trois secondes de conscience, quand le cerveau fonctionne encore : la bouche peut émettre un son et il peut se produire un mouvement oculaire, une convulsion de l'œil ou l'ouverture – ou la fermeture – d'une paupière.

On dit que les décapités ont l'air souvent surpris quand le corps se détache de la tête : comme si leurs dernières pensées s'envolaient, visions des êtres chers à Stockholm, à Savannah, au Sierra Leone, dans tant de petites Samarie disséminées.

128

Les adolescents de Beit Jala passaient des heures et des heures à peindre sur leurs pierres les drapeaux, les insignes, les maillots de leurs clubs de football, le Shabab al-Khader et le Wadi al-Nes.

Les frères de Tarek les peignaient aux couleurs du Beit Jala Orthodoxi, voire parfois le bleu et blanc de l'équipe de Dheisheh, le camp de réfugiés tout proche.

Certaines pierres arboraient aussi les insignes de clubs étrangers, principalement le FC Barcelone et le Real Madrid. Quelques-unes portaient les couleurs du Al Ahly en Égypte, de l'Olympique lyonnais en France, ou du Celtic Glasgow en Écosse.

De temps en temps, un soldat israélien ulcéré, ayant reçu l'ordre de ne pas tirer, renvoyait les pierres sur les émeutiers. Ces pierres étaient ramassées, inlassablement, puis allaient et venaient entre les soldats et les garçons, presque camarades de vol.

129

130

Les frégates sont des oiseaux sombres et discrets, affublés d'un bec crochu et d'une queue très fourchue. Ils appartiennent à la famille des oiseaux de mer qu'on trouve dans les océans tropicaux et subtropicaux. Leurs ailes peuvent atteindre une envergure de deux mètres quarante-cinq. Elles ne peuvent pas plonger sous l'eau ni même se poser à la surface : leurs plumes, en absorbant l'eau, les feraient couler.

Elles sont connues pour descendre en piqué sous les cumulus, où les courants d'air chaud ascendants les emportent au cœur de la nuée. Dans les courants, elles ouvrent simplement leurs ailes, comme dans le tube d'un aspirateur céleste, un formidable tourbillon d'air. Quand elles remontent, il leur arrive de dormir. Elles sont hissées vers le haut, à des milliers de pieds d'altitude, comme des dieux aux os creux dans la spirale toujours plus étroite.

Tout en haut, elles finissent par quitter le courant et s'éloignent de l'enveloppe nuageuse à tire-d'aile. Pendant un temps, elles sont secouées par la transition, mais ensuite les turbulences cessent. Dans l'air immobile, elles peuvent planer en descente sur près de soixante kilomètres sans même battre des ailes, terminant souvent par une chute ravageuse.

Quand elles sont encore en vol, elles survivent en dérobant de la nourriture aux autres frégates ou en effleurant la surface de l'océan à la recherche de poissons et de calamars, elles pêchent alors leurs proies à l'aide de leur long bec aussi tranchant qu'un rasoir.

131

Les anciens marins les appelaient Navires de Guerre.

132

Alors qu'ils campaient sur le mont Scopus, en 1099, les croisés chrétiens mirent au point une fronde géante, capable de lancer de grosses boules de poix enflammée sur de longues distances.

133

En cours d'éducation artistique, à l'école d'Anata, Abir fit un dessin de la Méditerranée, qu'elle n'avait vue que du toit des gratte-ciel. Elle la dessina de sa main enfantine, avec un globe de soleil jaune, une traînée de nuages gribouillés et, dans le coin supérieur, deux mouettes noires survolant un bateau carré, avec quatre petits cercles tracés sur la coque.

134

Lorsqu'ils conçurent le précurseur du drone Predator, les ingénieurs aéronautiques israéliens étudièrent la forme et les modèles de vol de la frégate.

Deux chercheurs furent envoyés aux îles Galapagos à la fin des années 1990. Ils y filmèrent les bandes d'oiseaux en vol. Ils en capturèrent quelques-uns, leur attachèrent de minuscules capteurs sous le ventre, suivirent la trajectoire et la courbe de leur descente.

Plus tard, l'équipe israélienne se rendit à Seattle, où elle créa une série de modèles informatiques et commença à plancher sur l'adaptation éventuelle des mouvements des oiseaux au développement des drones et des missiles qu'ils enverraient jusque dans le XXIe siècle.

135

Le graphisme devait rappeler certains jeux vidéo célèbres, avec une carte mathématique complexe superposée à des visuels de dessin animé, si bien que dans un premier temps le drone s'attardait à haute altitude, attendait, décrivait des cercles, puis, sur simple pression d'une touche ou d'un joystick, s'abattait à toute vitesse. Les modèles informatiques reproduisaient la grâce de la descente des frégates.

Le paysage visuel s'inspirait de nombreux lieux, mais ils utilisèrent en particulier une carte informatisée de Gaza : les rues, les ruelles, les marchés, les cabanes de pêcheurs, les lopins de terre, les fossés, les décombres, les camps de réfugiés.

136

À la fin 2008, au cours de l'opération Plomb durci – également appelée, à l'époque, guerre de Gaza, également appelée bataille d'Al-Furqan, également appelée massacre de Gaza –, les drones furent utilisés pour tirer sur la ville des missiles Spike, surgis des nuages pour tomber dans la pagaille au sol.

Les missiles Spike appartenaient à la catégorie dite *tire-et-oublie*.

137

Même enfant, Abir montrait des dons étonnants pour la mémorisation. Elle connaissait par cœur des poèmes et des chansons anciens, une multitude de longs versets du Coran, qu'elle pouvait citer à volonté.

Salwa s'asseyait à côté de son lit et lui racontait les histoires qu'elle avait apprises de sa propre famille, non seulement les traditionnels *Kalila et Dimna, Hassan l'intelligent* ou *Omar le juste,* mais d'autres légendes qui avaient également franchi les générations. Des cordes à linge dotées de pouvoirs de guérison miraculeux. De vieux oliviers qui partaient se promener la nuit. Des bouilloires en argent qui pouvaient ensorceler les plus blasés. Des chacals capables de se transformer en minuscules colibris.

La fillette se réveillait le matin et demandait à entendre une partie de l'histoire qu'elle avait peut-être manquée : souvent, elle pouvait répéter les mots exacts prononcés par sa mère la veille au soir.

Abir avait aussi un penchant pour les mathématiques, si bien que, le matin de sa mort, Bassam était convaincu qu'elle réussirait son examen : les tables de multiplication sautillaient sur sa langue. Elle se promenait dans l'appartement en inventant des rimes à partir des chiffres.

Lorsqu'elle quitta joyeusement la maison pour aller à l'école, Bassam lui tendit deux shekels et lui dit de bien continuer à réciter ses tables, afin que sa sœur aînée Arin – partie en avance – puisse elle aussi réussir l'examen.

138

Elle fit glisser les shekels sur le comptoir jusqu'à Niesha la Vieille.

139

Traumatisme à l'arrière du crâne. Contusions à l'avant de la tête. Un pouls faible, un tremblement des paupières, pas de lucidité.

Les médecins se réunirent. Ils avaient déjà vu ce type de blessure, mais rarement chez un enfant aussi jeune. Vraisemblablement un hématome épidural : le sang s'accumulait lentement dans l'espace compris entre le crâne et l'enveloppe externe du cerveau.

Une décompression du crâne s'imposait, mais cela exigeait le recours à un scanner. Le seul dont ils disposaient ne marchait plus depuis un mois. Ils devaient peut-être néanmoins faire un trou. Ils l'avaient déjà fait dans des cas d'urgence. Procéder à une incision dans le crâne. Soulager la tension. Évacuer le sang.

Les cris résonnèrent dans le couloir. Il nous faut une autorisation. Où sont les parents ? Vous m'entendez ? On devrait attendre. Surveillez son pouls. On a prévenu les parents ? Vérifiez son rythme cardiaque. On a besoin de l'autorisation des parents. Prenez garde à la bradycardie et à l'arrêt respiratoire.

140

Bassam fut conduit dans la salle d'opération. Salwa ne voulait pas y aller. L'idée lui était insupportable. L'air était si épais que Bassam eut l'impression de se débattre dans l'eau. Il avait beau l'écarter, l'air retombait sur lui, vague après vague. Abir était étendue, des tuyaux dans les bras, un appareil respiratoire devant la bouche, la tête bandée, une petite touffe de cheveux noirs à la base de la nuque. Il s'avança et lui embrassa les paupières. Le matin même, il lui avait dit qu'elle ne pourrait pas dormir chez une de ses copines. Il avait été sec avec elle. Réveille-toi, maintenant, pensa-t-il. Réveille-toi et tu pourras aller où tu voudras. Ouvre tes paupières et je ne dirai plus jamais un seul mot sévère, je te le promets, tout ce que tu as à faire, c'est ouvrir les yeux.

Il se tourna vers le médecin derrière lui : « Il faut l'emmener à Hadassah. Ils ont tout le matériel qu'il faut là-bas.

— Vous ne pouvez pas, répondit le médecin. Toutes les routes sont barrées.

— J'ai des amis à Jérusalem. Je peux les appeler. Ils peuvent nous aider. Ils peuvent envoyer une ambulance ici.

— Tout est bloqué. »

Bassam était déjà dans le couloir pour chercher Salwa. Elle était à côté des bancs, entourée d'autres femmes, mais complètement seule. Le noir de ses yeux luisait. Le côté gauche de sa lèvre tremblotait un peu. Les femmes qui l'entouraient inclinèrent la tête, le laissèrent passer. Il la prit par le coude et l'emmena jusqu'à la salle d'opération. Les portes s'ouvrirent. Il les maintint ouvertes avec son pied valide.

Salwa resta pétrifiée sur place. Puis elle plaqua sa main sur sa bouche. Elle voyait le torse d'Abir se soulever et se baisser.

« On va la transférer à Hadassah », dit Bassam.

141

L'hôpital israélien. À Ein Kerem. Un vieux village palestinien, jadis.

142

Où Smadar était née.

143

D'abord, tout laissa penser qu'il y aurait un léger retard. Le protocole. La sécurité. L'armée avait besoin d'escorter le véhicule jusqu'à l'hôpital. Il fallait préparer l'itinéraire. Il y avait de l'agitation à l'extérieur. On appela au calme. L'ambulance pourrait bientôt partir. Une heure passa. La situation était sous contrôle, disaient-ils. Tenez-vous prêts. Ils repartiraient bientôt. Ils étaient en contact avec les autorités. Répétez. C'était pour le bien de tous. Un itinéraire était en cours de préparation. Restez calmes. Les instructions devraient arriver. Répétez. Ils partiraient bientôt. Des hélicoptères avaient été déployés. Il y avait encore des émeutes près du checkpoint. Répétez. Départ proche.

Bassam était assis à l'arrière de l'ambulance avec Abir. Elle était couchée sur la civière, dans sa tenue d'hôpital, accrochée aux goutte-à-goutte. Les moniteurs bipaient doucement. Deux infirmiers étaient assis à l'avant, un autre derrière avec Bassam. Ils chuchotaient, échangeaient des coups d'œil à mesure que les instructions arrivaient par radio. Un itinéraire a été préparé. Nous allons bientôt partir.

Le portable de Bassam mourut au bout d'une heure et quart. Il ne voyait aucune émeute à travers la vitre arrière. Il savait que l'ambulance pouvait emprunter d'autres itinéraires. À l'avant, les infirmiers criaient à la radio : ils voulaient contourner. La réponse tomba. Négatif. Restez où vous êtes.

Un petit sac en plastique était posé au pied de la civière. Les chaussettes d'écolière d'Abir, ses chaussures, sa tenue d'écolière. À côté, son cartable en cuir. Bassam se baissa pour défaire le fermoir. Dedans, ses livres de classe. Mathématiques. Études religieuses. Un cahier. Son déjeuner, intact.

Tout au fond du cartable, il trouva le bracelet de bonbons. Pendant un moment, il songea à l'enfiler autour du petit poignet. Il le rangea dans le cartable et baisa le front d'Abir.

Il se saisit d'un drap de lin propre au fond de l'ambulance, ouvrit la portière et descendit. Une Jeep attendait à moins de cinq mètres de là. Une voix, par le haut-parleur, demanda à Bassam de remonter dans l'ambulance. Tout était bloqué.

« Reculez, monsieur. Reculez, maintenant. »

Il ne se retourna pas. Il emporta le drap jusqu'à une borne en béton au bord de la route. Il jeta un coup d'œil vers le soleil, détermina où se trouvait l'est, déplia le drap en un rectangle, par terre, et s'agenouilla. Il fut surpris de voir que personne n'essayait de l'en empêcher. Il entendait, au loin, le bruit des hélicoptères.

Un soldat s'approcha de lui, mitraillette à l'épaule. Il avait des yeux marron et doux. Il ne dit rien jusqu'à ce que Bassam ait fini de prier.

« Vous devez remonter dans l'ambulance, maintenant. »

Bassam sentit monter en lui de la haine face au ton d'excuse du soldat.

La main du soldat toucha son coude. Bassam dégagea son bras et marcha jusqu'à l'ambulance. La portière se referma derrière lui. Il se pencha au-dessus d'Abir. Il voyait encore la petite buée de son souffle sur le masque à oxygène.

L'ambulance avançait lentement, par paliers. Cent mètres, deux cents, cinquante, dix, encore cent. Elle fit marche arrière, s'arrêta encore, fit demi-tour. Des grésillements sur la radio. Une autre demi-heure s'écoula.

Un appel leur parvint : ils devaient retourner au premier hôpital. Je retire ce que j'ai dit. Restez sur place. Vous repartirez bientôt. Répétez. Vous partirez bientôt.

Lorsqu'il rouvrit une fois de plus la portière, Bassam s'aperçut qu'ils étaient encore tout près du checkpoint. Des soldats se disputaient derrière un baril orange. Il y avait trois chaises longues vides installées le long du baril. Un chien aboyait, très loin. Hormis cela, tout était silencieux.

Au bout de deux heures et dix-huit minutes, l'ambulance reçut l'autorisation de rouler jusqu'à Jérusalem-Ouest.

144

À l'hôpital, Abir fut maintenue en vie pendant encore deux jours et demi.

145

La salle d'attente était remplie de militants. Au cours des quinze dernières années, Bassam avait fini par bien les connaître. Dans les tribunaux. Dans les mosquées. Dans les synagogues. Dans les églises. En prison. Dans les conférences pour la paix, les réunions, les rassemblements.

Leur monde était un petit monde : factions, chapelles, sous-chapelles. Désormais, rien de tout cela n'avait la moindre importance. Ils étaient massés dans la salle, à attendre, à boire du café, à attendre, à se tenir par la main, à attendre, à se faufiler dehors pour fumer, à attendre, à murmurer dans des portables, à attendre.

Un silence s'abattit sur eux lorsque Bassam entra. Il connaissait chaque visage : Suleiman, Dina, Rami, Alon, Mohamed, Robi, Chen, Elik, Yitzak, Zohar, Yehuda, Avichai.

Il resta là sans un mot, tête baissée. Il ne voulait parler à personne. Le plafond l'écrasait. On n'entendait que le tic-tac de l'horloge au mur.

« *Ma fish khabar baed* », dit-il en arabe. Puis il répéta en hébreu, et en anglais : « Toujours pas de nouvelles. »

146

Les articles des journaux rapportèrent qu'une enfant de dix ans était morte à l'hôpital après un incident en Cisjordanie. Les uns disaient que son père était un membre important des Combattants pour la paix. D'autres disaient qu'il avait passé sept ans en prison pour activités terroristes à Hébron. Certains articles évoquèrent les deux choses. *Haaretz*. *Al-Quds*. *The Jerusalem Post*. *Felestin*. *Yedioth Ahronoth*. *Israel-Nachtrichten*. *Al-Hayat al-Jadidah*. *The Palestine Telegraph*. L'armée publia un communiqué officiel niant toute implication. Un reportage télévisé affirma que les rumeurs d'une incursion étaient infondées. Plus tard, il fut question d'émeutes contre la construction de la Barrière de séparation dans la cour de l'école. Un autre article expliqua que la fillette avait été vue devant la porte de l'école, tenant une pierre. Elle avait été tuée d'un coup de pierre derrière la tête, pierre lancée par des émeutiers proches. Elle avait été abattue par les forces de l'Autorité palestinienne. Elle était épileptique, elle s'était fracturé le crâne en tombant. Elle s'était incriminée en fuyant la Jeep à toutes jambes. Elle s'était fait repérer avec des pierres dans la poche. Elle avait ramassé une grenade lacrymogène qui avait explosé entre ses mains. Elle achetait des bonbons. Elle avait levé les bras en l'air en signe de reddition. Elle s'éloignait avec un air de défi. Elle avait été maltraitée dans un hôpital palestinien. On l'avait fait tomber de sa civière et elle s'était cogné la tête. Elle avait été immédiatement transportée en hélicoptère à Hadassah, où elle avait été traitée en urgence. Ses parents musulmans avaient refusé d'obtenir de l'aide d'un médecin juif. Elle n'avait pas de papiers d'identité. Les rumeurs d'une incursion illégale étaient catégoriquement fausses. Les petites filles étaient en train de lancer des pierres, comme l'attestaient les images filmées par les caméras devant la porte de l'école. Son père était un membre important et actif du Fatah. L'institutrice de l'école était une militante du Hamas bien connue. Les garde-frontières n'avaient mené aucune opération de ce type recensée ce matin-là. Le retard de l'ambulance n'avait en aucun cas précipité sa mort et était directement lié aux émeutes.

147

Au tribunal civil, quatre ans plus tard, la juge remit en cause l'affirmation selon laquelle la blessure à la tête d'Abir avait été causée par des garçons palestiniens jetant des pierres depuis un cimetière voisin. Elle fit remarquer que le cimetière le plus proche se trouvait derrière un immeuble de trois étages, à cent mètres de l'endroit où avait dû être la Jeep. Il aurait donc fallu que les émeutiers soient capables de lancer leurs pierres très au-dessus de l'immeuble pour qu'elles survolent les châteaux d'eau et retombent précisément à côté de l'épicerie au toit en tôle.

Exploit parfaitement impossible, ajouta la juge, même dans l'imagination la plus fertile.

Sans parler, dit-elle, de l'autopsie commandée par la famille Aramin, ni de la découverte de la balle en caoutchouc à quelques mètres de l'endroit où était tombée Abir, ni des témoins visuels affirmant qu'au moins deux balles en caoutchouc avaient été tirées.

148

Les articles de presse rapportèrent qu'une fille de quatorze ans avait été tuée dans un attentat-suicide à Jérusalem-Ouest. Pour les uns, quatre personnes étaient mortes dans cette attaque. Pour d'autres, cinq. Il y avait deux terroristes d'après certains, trois d'après d'autres. Cinquante-huit blessés, soixante-dix-sept, cent vingt. Les terroristes s'étaient habillés en juifs orthodoxes. C'était une faction du Hamas. Ils étaient arrivés de Jérusalem-Est. Ils s'étaient échappés d'une prison de Cisjordanie. Ils figuraient sur une liste noire négligée par l'Autorité palestinienne. Ils avaient franchi le checkpoint de Qalandia. Ils avaient vécu pendant plusieurs mois dans la vieille ville en se faisant passer pour des marchands. Ils s'étaient cachés dans des grottes de Cisjordanie. Ils avaient ciblé un groupe d'adolescentes pour provoquer le maximum d'effet. Ils avaient initialement prévu d'attaquer le marché Mahane Yehuda. Un autre plan consistait à détruire une école de musique. C'était une référence directe aux attentats qui avaient eu lieu dans la même rue en 1948, perpétrés par des déserteurs britanniques ayant rejoint l'armée clandestine juive. C'était un attentat financé par la République islamique d'Iran et conçu par Yasser Arafat. C'était une toute nouvelle faction, appartenant à un réseau radical clandestin. On avait entendu les terroristes crier *Allahu akbar* quelques secondes avant d'actionner leurs ceintures. C'était une attaque frontale contre la famille de Matti Peled, le grand-père de Smadar, ancien général israélien. C'était une opération sophistiquée concoctée par les cadres les plus haut placés du Hamas. Une voiture piégée toute proche n'avait pas explosé. Le shrapnel avait été badigeonné de mort-aux-rats, produit dont on disait qu'il stimulait les hémorragies. C'était un nouveau type d'explosif volé aux Forces de défense israéliennes. Les terroristes s'étaient répartis dans la rue pour faire le plus de dégâts possible. Les filles étaient en train d'acheter des livres scolaires. Elles allaient s'inscrire à des cours de danse jazz. Elles furent vues la dernière fois en train de déambuler, de se passer un petit Walkman argenté, deux d'entre elles se rapprochant pour partager une paire d'écouteurs.

149

Le Walkman fracassé fut retrouvé et inclus dans les pièces à conviction. Plus tard, Uri Esterhuzy, un technicien de scène de crime de Tel-Aviv, examina l'appareil et détermina, grâce à la cassette carbonisée, que les filles étaient en train d'écouter l'album de Sinéad O'Connor *I Do Not Want What I Haven't Got.*

Les têtes de lecture en plastique avaient fondu et s'étaient arrêtées sur la chanson « Nothing Compares 2 U ».

150

Smadar dansait sur cette chanson vêtue d'un short baggy et d'un tee-shirt rouge sans manches, avec la montre de son défunt grand-père au poignet.

Comme elle se cognait sans cesse contre la petite table basse en chêne du salon, elle avait un petit cercle de bleus sur le genou. Les bleus étaient visibles quand elle se mettait debout sur la table pour danser, tatouage de plus en plus sombre.

Elle écoutait l'album avec ses écouteurs blancs, et Rami se demandait toujours quelle partie de la chanson elle était en train d'entendre pendant qu'elle gesticulait au son de la musique.

151

Les bombes étaient si puissantes qu'elles brisèrent des vitres à une distance de trente mètres.

152

Quand elle était bébé, Smadar devint la mascotte du mouvement pour la paix. L'affiche figurait aux sièges des syndicats, dans les centres étudiants et les kibboutz à travers tout le pays. On pouvait la voir dans les bureaux marqués à gauche, les couloirs des écoles, les boulangeries, les bars et les magasins de falafels.

Rami avait accepté ce boulot, mais ce n'était que ça : un boulot.

Il avait pris la photo et conçu lui-même l'affiche : taille, typo, poids du papier. Dessus, Smadar avait les cheveux clairs et des barrettes. Elle avait de grands yeux. Son visage était celui d'un chérubin. Son petit doigt était replié près de sa lèvre supérieure.

Déjà, à un an, elle dégageait un air d'intensité et de préoccupation. Comme si elle avait su quelque chose avant tout le monde.

153

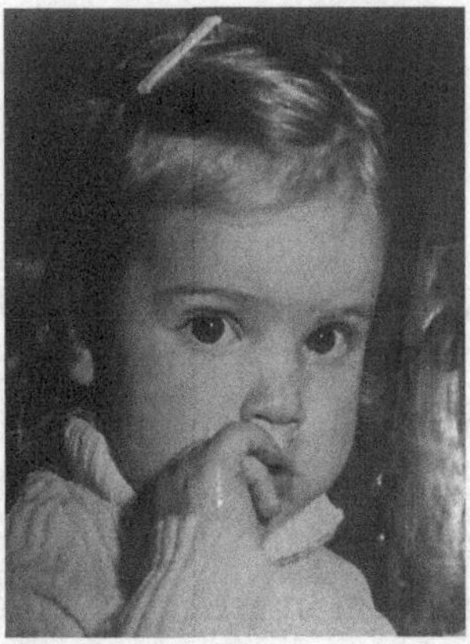

154

L'affiche demandait : À quoi ressemblera la vie en Israël quand Smadar fêtera ses quinze ans ?

155

Elle aurait fêté ses quatorze ans deux semaines plus tard.

156

Les trois kamikazes avaient, à eux tous, soixante-neuf ans. Ils s'envolèrent dans un nuage rose.

157

Chacun des gilets des terroristes pesait entre dix-huit et vingt-deux kilos. Le Semtex était bourré de billes, de vis, de clous, de verre et de tessons de porcelaine coupante. Les examens menés par la police scientifique conclurent que, malgré les rumeurs, le shrapnel n'avait pas été enduit de mort-aux-rats pour faire saigner plus vite les victimes.

158

Le Semtex a été inventé par deux chimistes tchèques qui le baptisèrent de la sorte en contractant l'abréviation du nom de la société mère, Explosia, et celui de Semtín, une banlieue de Pardubice. L'explosif fut produit massivement d'abord dans les années 1960 pour répondre à une demande du gouvernement nord-vietnamien de Hô Chi Minh.

Malléable et similaire au mastic, le Semtex pouvait se mettre à peu près n'importe où. Une toute petite poignée suffisait pour abattre un avion.

Pendant des années, les représentants de l'État tchèque offraient du Semtex, dans des coffrets joliment ficelés de bolduc, aux chefs d'État en visite, le plus notable étant le colonel Mouammar Kadhafi, qui finit par en acheter sept cents tonnes, distribuées ensuite à l'OLP, à Septembre noir, à l'IRA et aux Brigades rouges.

Le composé originel était presque impossible à déceler par les scanners des aéroports, jusqu'à ce qu'un marqueur y soit ajouté, en 1991, afin qu'il produise une vapeur caractéristique.

Retirer le marqueur de l'émulsion du Semtex n'était pas chose facile, même pour les chimistes les plus chevronnés, et l'opération rendait généralement l'explosif inefficace.

159

Quand on fabrique une balle en caoutchouc, le caoutchouc est enveloppé autour d'un noyau en acier arrondi. On utilise de la cire de carnauba comme lubrifiant, et le disulfure de molybdène, également connu sous le nom de moly, permet au caoutchouc d'adhérer au métal par simple contact.

160

Bassam et Rami en vinrent à comprendre qu'ils se serviraient de la force de leur chagrin comme d'une arme.

161

Il y a sept cent cinquante ans, Al-Rammah, le chimiste syrien, imagina des torpilles à fusée dans son *Livre de la cavalerie militaire et des machines de guerre ingénieuses*.

Son traité rédigé à la main fut perdu pendant de longues années, avant d'être découvert dans un petit marché de village ottoman, au fond d'une malle de voyage en cuir toute bosselée.

Le manuscrit changea plusieurs fois de mains, jusqu'à se retrouver dans la bibliothèque du palais de Topkapi, à Istanbul, connue parmi les chercheurs – avec ses plafonds voûtés et ses carreaux d'Iznik décorés – pour être une des plus belles au monde.

162

Les drones Perdix tirent leur nom de la perdrix mythologique. Ces appareils volants sont assez petits pour tenir dans la paume de votre main. Enfermés dans des capsules montées sur des ailes d'avions de chasse, ils sont lâchés par essaims entiers – comme une nuée d'étourneaux s'égaillant dans le ciel.

Ils sont assez robustes pour être lâchés à mach 0,6, soit près de 800 km/h.

Une fois que les ordres initiaux ont été programmés à distance par des opérateurs humains, les drones sont censés agir de façon autonome.

Disséminés par groupes de vingt ou plus, ils s'envoient des signaux les uns aux autres, créant leur propre intelligence au fur et à mesure. Ils représentent le dernier cri en matière de communication numérique, un spécimen parfait de mathématiques et d'intuition statistique, capable de se dire quoi faire, et quand. Tourne à gauche, tourne à droite, réajuste coordonnées, frappe voiture en mouvement, engage, fouille ! fouille ! fouille !, désarme, reconnais, abandonne mission, replie-toi, replie-toi, replie-toi.

Ils peuvent décider de lancer un explosif à travers la fenêtre de votre maison.

163

En volant à une vitesse telle que ce serait un miracle de précision si un manieur de fronde pouvait l'atteindre avec une pierre.

164

Lorsque Rami apprit qu'un drone pouvait être fabriqué à l'aide d'une imprimante 3-D, l'enveloppe plastique créée de bas en haut, tranche par tranche, implantant les puces et refroidissant jusqu'à être entièrement formée – si bien que n'importe où, n'importe qui possédant les bonnes puces pouvait sans peine créer une flotte de drones –, il se leva de son bureau, chez lui, et passa dans le salon pour le signaler à Nurit.

Elle était attablée dans la cuisine, en train d'écrire. La lumière tombait sur ses cheveux. Quelque chose en elle paraissait éthéré. Derrière la fenêtre, une hirondelle, seule, passa.

Nurit leva les yeux de son ordinateur portable, fit un geste avec ses deux mains ouvertes et dit : « Et on pense que les mythes sont incroyables. »

165

Rami avait un jour entendu dire que, pendant la Seconde Guerre mondiale, des bombes remplies de chauves-souris vivantes furent conçues en vue de mettre le feu au Japon. Chacune des bombes, développées d'abord par l'armée américaine, comportait des milliers de compartiments, immense rayon de miel en métal.

Un molosse du Brésil était placé dans chaque compartiment avec une minuscule bombe incendiaire attachée à son corps. Les détonations maîtrisées eurent lieu, d'abord, dans des laboratoires et de grands hangars à avions.

Les bombes devaient être larguées aux aurores par une série de bombardiers à haute altitude : elles seraient lâchées à cinq mille pieds. Il était prévu que les enveloppes s'ouvriraient quelque part au-dessus d'Osaka et que les chauves-souris s'égailleraient dans les airs, une flottille de malheur. Les chauves-souris se réveilleraient de leur hibernation et dériveraient jusqu'à une grande aire urbaine où, au lever du jour, elles se cacheraient dans les avant-toits sombres des maisons, se faufileraient sous les chevrons en bois ou se fraieraient un chemin à l'intérieur des lanternes en papier suspendues, voire passeraient par les fenêtres ouvertes pour se nicher dans les rideaux, jusqu'à ce que leurs retardateurs s'arrêtent.

À ce moment-là, les bombes – et les chauves-souris elles-mêmes – exploseraient.

Les maisons japonaises étant principalement construites en bois, en papier et en bambou, on pensait que les chauves-souris enflammées déclencheraient un spectaculaire incendie.

Un village fictif fut donc bâti dans l'Utah, sur la base de renseignements glanés auprès de plusieurs Nippo-Américains internés dans des camps. Les Issei, les Nissei, les Sansei. Ils prodiguèrent leurs conseils pour les maisons villageoises, les temples et les salles équipées de tatamis. Leur hauteur, leur forme, leur position. La forme des avant-toits. La courbure des tuiles. La hauteur des murs.

Le village trônait au milieu du désert, comme s'il avait été largué de très haut, presque sorti d'un décor de cinéma. Les soldats le baptisèrent NipTown. Chaque jour, différentes parties du village brûlaient.

Les concepteurs du projet étaient assez sûrs de son succès. Mais à la fin 1943 – après que des millions de dollars eurent été dépensés –, les recherches avaient pris beaucoup de retard et les efforts se portèrent non plus sur les bombes à chauves-souris, mais sur une opération secrète plus prometteuse, le projet Manhattan, à Los Alamos.

166

Ce que personne n'admit lors des essais de bombes à chauves-souris était que, quand les molosses du Brésil étaient relâchés dans l'air, ils étaient la plupart du temps encore en état d'hibernation. Ils tombaient des enveloppes des bombes sans se réveiller.

Au terme de l'expérience, les savants comprirent qu'ils auraient tout aussi bien pu larguer une cascade de pierres.

167

Nurit et Rami étaient persuadés que Smadar deviendrait médecin : elle courait toujours dans la maison après son petit frère Yigal pour l'apaiser, lui appliquer des cataplasmes sur le genou, lui maintenir la tête en arrière quand il saignait du nez, poser de la glace sur son bras après une piqûre d'abeille.

168

Le 9 août, trois jours après que la bombe atomique eut été larguée sur Hiroshima, une deuxième bombe devait frapper la ville de Kokura, sur l'île de Kyushu. La cible principale était l'usine Nippon Steel, au cœur de l'effort de guerre japonais. Kokura comptait une importante présence militaire, mais également une immense population civile. L'usine était située en bord de mer, à l'embouchure du fleuve Onga, encerclée par les montagnes.

L'avion, *Bockscar*, partit de Tinian, dans les Mariannes du Nord, et se dirigea vers Kyushu, accompagné par un autre B-29, *The Great Artiste*. Sur le nez de la bombe Fat Man (« Gros Bonhomme »), l'équipage avait écrit le mot JANCFU : *Joint-Army-Navy-Civilian-FuckUp*.

Les appareils décollèrent par beau temps mais, au moment où ils atteignirent l'île de Kyushu, le ciel était devenu nuageux. Au sol, de fins rideaux de fumée grise s'élevaient de l'usine.

On avait dit au commandant de l'opération, le major Charles Sweeney, que – bien qu'il disposât d'un radar sophistiqué – il devait être capable de voir la cible à l'œil nu avant de larguer la bombe.

Sweeney contempla le paysage de blancs et de gris. Il estima qu'il avait assez de carburant pour tourner au-dessus de la ville au moins une dizaine de fois. L'appareil monta et redescendit, en quête d'un poste d'observation dégagé, toujours en décrivant des cercles. Le nuage se dissipa et Sweeney put distinguer la silhouette des aciéries, la côte, le littoral. Mais le problème de la fumée s'échappant d'en bas demeurait entier.

Les flèches de l'usine réapparurent, à peine visibles. Une forêt. Une jetée. Encore de la fumée d'usine. Une file de camions. Un tanker sur l'eau. Un autre mince rideau de nuages. Des touffes de blanc derrière les hublots. Le niveau de carburant baissait.

Sweeney ordonna à ses avions de continuer de tourner. Il fut surpris de voir à travers ses jumelles un terrain de base-ball, aussitôt caché par un nuage. Une série de cabanes de pêche apparut le long du rivage, vite englouties par la fumée.

Le major griffonna ses calculs sur une feuille de papier jaune quadrillée : plus il garderait la bombe, plus il consommerait de carburant. *Bockscar* avait déjà effectué dix tours, en cercles toujours plus larges.

Sweeney avait trois possibilités : premièrement, larguer la bombe sur Kokura sans disposer d'une bonne visibilité ; deuxièmement, déplacer la mission vers une autre ville ; troisièmement, lâcher Fat Man en pleine mer.

Sweeney demanda à ses supérieurs un nouveau compte rendu et procéda à un onzième survol en cercle. Il avait le sentiment que le nuage était en train de se dissiper. Il était sûr d'obtenir une bonne visibilité rapidement. Le niveau de carburant diminuait toujours. Il regarda par le hublot et découvrit un mur de nuages inattendu.

L'appel fut lancé par radio et les coordonnées furent modifiées.

Sweeney reçut l'information selon laquelle il n'y avait pas de nuages au-dessus de Nagasaki.

169

Le cœur en plutonium de la bombe sur Nagasaki avait la taille d'une pierre qu'on peut lancer.

170

Et on pense que les mythes sont incroyables.

171

Souvent, Rami pense à cela : à cause d'un incident de nuage – un petit défaut dans le tissu du temps atmosphérique –, soixante-quinze mille vies furent perdues à un endroit et, par conséquent, épargnées ailleurs.

172

À cause d'un tour à la librairie. À cause d'un bus en avance. À cause d'un mouvement arbitraire dans Ben Yehuda Street. À cause d'un trajet jusqu'à l'aéroport Ben-Gourion pour récupérer sa grand-mère. À cause d'une grasse matinée tardive. À cause d'un changement dans la routine du baby-sitting. À cause des devoirs à faire plus tard ce soir-là. À cause de la masse des piétons au coin de Hillel Street. À cause d'un homme en train de boiter qu'elle a dû contourner.

173

Tout est géographie.

174

À cause d'une récréation en avance à l'école d'Anata. À cause des tables de multiplication. À cause d'une longue attente au comptoir du magasin. À cause de deux shekels dans sa poche. À cause d'une pause au magasin de bonbons. À cause de la porte ouverte de l'école. À cause d'un mouvement du volant de la Jeep. À cause du bruit d'une sirène. À cause d'une barrière en béton qui l'a forcée à faire un détour dans la rue. À cause de garçons dont la rumeur disait qu'ils manifestaient près du cimetière.

175

Dès ses huit ans, Abir voulait être ingénieure. Son grand frère Araab avait une règle en plastique transparente et un compas en argent. Elle aimait tracer des cercles derrière ses cahiers, puis couper les cercles avec des lignes droites.

Pour ses dix ans, elle demanda un livre sur Galilée.

176

De temps en temps, la moto permet à Rami de vivre un état de flux – présent dans l'instant, les sens en éveil, affûté, pleinement conscient. Il trouve une portion de route dénuée de nids-de-poule, de déchets, de barrières, de peinture glissante, de cailloux, de branches, de traces de goudron, de fissures, une simple ligne droite avec un virage correctement accoté au bout. Rien derrière lui, rien devant, rien pour le ralentir. Passé un moment de peur, il appuie sa paume contre le guidon droit pour faire tourner l'engin à gauche, rectifie, ajuste, replie ses doigts autour de l'accélérateur, met les gaz. Un bourdonnement dans ses oreilles, une petite cabriole dans ses poumons, aucune gravité, aucune force. Le cadre du paysage se dissout et, l'espace d'un bref instant, tout disparaît, jusqu'à ce que la route vienne l'interrompre, une fois encore.

177

Les immeubles blancs de Beit Jala. Les citernes noires. Les antennes satellites comme des champignons sur les toits. Le linge qui claque aux balcons. Les maisons aux façades en pierre blanche de Bethléem. Ici et là les impacts de balles. Les fenêtres poussiéreuses. Les jeunes garçons, dehors, jouant aux billes sur les plaques d'égout.

Plus loin sur la route, il passe devant les majestueuses villas palestiniennes qui dominent la vallée, désormais vides pour beaucoup d'entre elles, piètrement revêtues, les familles parties depuis longtemps, émigrées, les portes fermées, les fenêtres barricadées de contreplaqué.

Les maisons comme des portraits. Une autre époque. Plus de la solitude que de la colère.

178

C'est une ville qui ne laisse pas de l'étonner : aux devantures des restaurants, il a souvent vu des sacs en plastique roses remplis de pain, laissés là en vertu d'une coutume locale selon laquelle aucune nourriture ne doit être gâchée ou jetée.

Le pain devant aller d'abord aux nécessiteux, ou aux pauvres, les sacs en plastique sont noués et disposés soigneusement sur le premier mur disponible.

Le plus souvent, les sacs ne sont pas récupérés. La nourriture doit donc être ensuite proposée aux animaux, et il revient traditionnellement aux vieillards de Beit Jala – chrétiens comme musulmans – de s'en aller tôt le matin, par les collines escarpées, pour dénouer délicatement les sacs, l'un après l'autre après l'autre, comme de petits sacs à main roses.

Il n'est pas inhabituel de voir un oiseau fondre pour attraper le pain et, de temps à autre, un sac en plastique rose s'élever dans les airs au-dessus de Beit Jala.

179

Dans sa jeunesse, Rami était le rigolo de la cour d'école, le pitre. Sa timidité s'accompagnait d'un sourire narquois. À la récréation, il courait dans tous les sens, rapide, débordant, respirant si vite qu'il ne savait pas comment il tenait le coup. Il plaçait un seau d'eau sale sur la porte de la classe ; quand le professeur entrait, le seau tombait et l'eau se répandait partout.

Devant la porte de l'école – le jour où il fut renvoyé –, Rami fit claquer ses talons et s'en alla, à la manière de Charlie Chaplin.

Au fond de lui, il était terrifié, treize ans, aucune idée de ce qu'il ferait.

180

À l'école technique, une seule chose l'intéressait véritablement – le graphisme : il était captivé par les idées de couleur, de forme.

181

Apeirogon : une forme possédant un nombre dénombrablement infini de côtés.

182

Le *dénombrablement infini* étant la forme d'infini la plus simple. En partant de zéro, on peut se servir de nombres naturels pour compter, et même si le comptage dure éternellement on peut toujours atteindre n'importe quel point de l'univers dans une quantité de temps finie.

183

Il semble, aux yeux de Rami, qu'il y ait toujours plus de poussière en Cisjordanie que partout ailleurs. Poussière sur les voitures. Poussière sur les rebords des fenêtres. Poussière sur les guidons. Poussière dans son casque. Poussière sur ses cils.

Tournant au coin, il freine doucement et tombe sur un petit embouteillage de voitures. Un garçon avec un chariot à thé en métal est en train de reculer dans la rue, accrochant son chariot à l'arrière d'une camionnette. Les voitures derrière lui attendent, les conducteurs ont le coude dehors, leurs doigts tambourinent contre la portière, la fumée des cigarettes s'échappe par les vitres.

En temps normal, à Jérusalem, il klaxonnerait et contournerait le chariot, mais le voilà qui attend prudemment. Le moteur ronronne, le compte-tours est au repos, le ventilateur démarre, la journée est terne, un peu fraîche, une grosse nuée de martinets s'élève par-dessus les toits.

184

Bassam lui a montré un jour des photos d'archives : les vieilles villas palestiniennes au bord de la vallée. C'étaient parmi les plus belles maisons que Rami eût jamais vues. La vie sous les Ottomans. La vie sous le Mandat. La vie sous les Jordaniens.

Sur l'une d'elles, un petit garçon, huit ou neuf ans peut-être, marche le long d'une clôture en fer forgé ouvragée. Il porte une chemise blanche impeccable et un pantalon noir, il a les cheveux très bien peignés et il transporte une petite valise d'écolier en cuir. Dans son autre main, il tient un petit bâton qu'il fait courir sur les barreaux métalliques, à mi-hauteur.

Sur une autre photo, une femme très belle, avec de grandes lunettes noires, est assise dans une véranda, à l'ombre d'un abricotier, vêtue d'une longue robe blanche. Ses épaules menues sont dénudées. Elle tient contre sa joue un grand verre d'eau glacée où flottent quelques brins de menthe. Elle sourit devant l'objectif, comme si toute la fraîcheur du monde était dans ce verre.

Sa photo préférée est celle d'un Arabe portant un pantalon blanc large et une chemise ample, debout sur le carrelage d'une des maisons, avec, Dieu sait pourquoi, une raquette de badminton dans les mains. L'homme donne l'impression d'avoir tout juste renvoyé le volant à un partenaire de jeu en bas, peut-être, pensait Rami, à la femme tenant son verre glacé, ou au petit garçon à la valise faisant de la musique le long de la barrière.

185

Les jours les plus clairs, depuis les panoramas les plus élevés de Beit Jala, on peut voir jusqu'à la Méditerranée dans une direction et jusqu'à la mer Morte dans l'autre.

L'œil ne peut pas se reposer. Tout en bas, dans la vallée, un verger, une tour de guet, un champ en terrasse, le toit d'une synagogue, un minaret, un portail militaire, une série de filets japonais parmi les arbres encore debout.

Restez-y suffisamment longtemps, en regardant vers le fond de la vallée, et vous remarquerez les colonies qui forment un motif autour de Jérusalem : tuiles rouges, tuiles rouges, tuiles rouges.

Mises bout à bout, un cercle parfait : le tour d'un poumon qui se rétracte.

186

Les deux premières années, chaque fois qu'il donnait une conférence, Bassam glissait la main dans la poche de sa veste et sortait le bracelet de bonbons d'Abir.

Comme il ne voulait pas le mettre à son poignet, de peur que le fil ne casse, il le serrait entre ses doigts, le tenait en l'air, le montrait au public : les bleus, les roses, les orange, les jaunes.

« Ça, disait-il, ce sont les bonbons les plus chers du monde. »

187

À un checkpoint mobile, alors qu'il rentrait de la conférence seul en voiture, Bassam reçut l'ordre de descendre. Une journée torride. Ramadan. Le soleil était encore haut. Il s'avança. Son ombre s'inclinait dans la lumière.

« Montre-moi tes mains, montre-moi tes mains ! »

La soldate était plus âgée, elle avait une mèche grise au centre de sa chevelure. Elle avait, pensa-t-il, un léger accent russe. Son fusil se balançait contre sa hanche. Soudain, elle le braqua vers lui.

« C'est quoi ça, putain, c'est quoi ça ? »

Bassam retourna sa main levée et la regarda une seconde. On aurait dit une chose qui ne lui appartenait pas. Sa paume était nappée de rose. Il ne comprenait pas pourquoi. Il l'approcha de son nez. Elle avait une odeur sucrée.

« À genoux, putain, à genoux ! »

Bassam s'agenouilla dans la poussière du bas-côté. Il veilla à faire face à l'est, au cas où ils le garderaient ici longtemps : face à l'est, au moins, il pourrait prier.

Trois autres soldats coururent vers lui. Bassam regarda de nouveau sa main. Il songea, une fraction de seconde, à lécher le nappage rose, puis se rappela qu'il faisait le jeûne.

« Soulève ta chemise ! Soulève ta chemise, j'ai dit ! »

Pendant un instant, il se sentit désinhibé, même devant une femme. Une vague de colère. Une révolte. Il remonta sa chemise sur son torse. Les soldats s'approchèrent encore.

La crosse d'un fusil percuta le bas de son dos. Il fut poussé en avant. La poussière monta autour de son visage. Des bottes noires. La femme le menotta avec des serre-câbles. Il fut soulevé par les cheveux, jeté à l'arrière de la Jeep.

188

Au poste, le même soir, après cinq heures d'interrogatoire, elle se radoucit et dit à Bassam qu'elle était désolée, oui, mais que le Semtex était connu pour tacher les mains d'une couleur rose orangé.

189

Après cela, Bassam ne montra plus jamais le bracelet de bonbons lors de ses conférences.

190

Pendant le ramadan, il y avait toujours davantage de checkpoints mobiles qu'à tout autre moment de l'année : des patrouilles s'installaient partout où elles le souhaitaient, des Jeeps en travers de la route, des soldats accroupis, des cônes de Lübeck posés, des fusils pointés vers les voitures à l'approche.

Au crépuscule, alors que le jeûne touchait à sa fin, les checkpoints se multipliaient comme jamais : c'était le moment où les musulmans se montraient irritables, fatigués, affamés, prêts à fumer une cigarette. Les interruptions leur tapaient sur le système. Bassam avait l'impression que les soldats adoraient ça. Ils cherchaient l'affrontement. Ça les justifiait, pensait-il.

Il ne savait jamais où ni quand il croiserait une Jeep, ou une barricade, ou une grosse pierre roulée jusqu'au milieu de la route. Il prenait une rue plutôt qu'une autre et toute sa journée était à l'arrêt.

Il savait qu'il ne fallait pas dire grand-chose quand il baissait sa vitre. Pas d'affrontement, pas de rancœur, mais il ne voulait pas non plus se montrer obséquieux. Il acquiesçait, attendait que les autres parlent. La plupart d'entre eux employaient l'anglais. Quelques-uns parlaient l'arabe. Il montrait rarement la moindre compréhension de l'hébreu, rien de courant en tout cas : ce pouvait être le signe qu'il avait séjourné en prison. Il leur parlait avec lenteur et précision.

Toujours il gardait ses mains bien visibles. Il ne devait jamais faire de gestes brusques. Ensuite, il repartait tranquillement, en regardant son rétroviseur.

191

Il avait appris que le remède au destin était la patience.

192

Les routes migratoires des oiseaux s'étendent de l'Europe septentrionale jusqu'au long de la vallée du Rift, de la Syrie au Mozambique central, par-dessus les plaques tectoniques mouvantes du monde, jusqu'à la pointe de l'Afrique.

Un oiseau peut voyager entre un site de nidification au Danemark et la Tanzanie, entre la Russie et l'Éthiopie, entre la Pologne et l'Ouganda, entre l'Écosse et la Jordanie, en l'espace de quelques semaines, voire de quelques jours.

Des groupes entiers, comptant jusqu'à trois cent mille individus, noircissent parfois le ciel au-dessus du corridor de terre.

Six sur dix y laissent leur peau à cause des lignes à haute tension, des pylônes, des cheminées d'usines, des projecteurs, des gratte-ciel, des foreuses, des puits de pétrole, des poisons, des pesticides, des maladies, des sécheresses, des récoltes ratées, des fusils à répétition, des pièges à appâts, des braconniers, des oiseaux de proie, des tempêtes de sable soudaines, des coups de froid, des crues, des vagues de chaleur, des orages, des chantiers de construction, des fenêtres, des pales d'hélicoptère, des avions de chasse, des marées noires, des vagues scélérates, des îles de déchets, des conduites d'évacuation bouchées, des mangeoires vides, des eaux malsaines, des clous rouillés, des éclats de verre, des chasseurs, des cueilleurs, des avions de pointage, des garçons équipés de frondes, des cercles en plastique emballant les packs de six.

193

Le trajet au-dessus de la Palestine et d'Israël est connu depuis longtemps comme une des routes migratoires les plus sanglantes du monde.

194

Dans certaines parties de l'Afrique méridionale, les os d'oiseaux servent à fabriquer des instruments de musique, l'idée étant que la mémoire ancestrale nous revient quand on souffle dans l'os creux.

195

En prison, les compagnons de cellule de Bassam confectionnaient des instruments de musique avec tout ce qu'ils trouvaient : bouts de bois et anneaux de douche en métal pour les *riqs*, toile serrée et morceaux de métal façonnés pour les *dafs*, et même ligaments des carcasses de poulets roulés ensemble, étirés puis vernis en guise de cordes pour une lyre rudimentaire.

Dès qu'un prisonnier mettait la main sur du fil de pêche ou du fil dentaire, il en faisait aussitôt bon usage. Le moindre fil de nylon était considéré comme un trésor.

Si on ne trouvait rien d'autre, la musique était jouée sur des plateaux de cantine ou, en rythme, sur les conserves de soupe vides.

196

La puanteur de la prison. La cantine, les douches, les cabines téléphoniques, et même la minuscule mosquée de la prison. Les souris tombaient raides mortes dans les coins. Les cafards. Les lézards. C'était un lieu qui débordait de pourriture.

Les journées se passaient couché. Les prisonniers méditaient sur l'anatomie de l'ennui. Le temps était interminable et vide. Ils faisaient rouler par terre des messages les uns aux autres, disputaient des parties de *chatrang* en tapant des codes sur les tuyaux. Du tabac roulé glissait sur le sol. Avec des pois chiches, ils façonnaient des chevaux, des chameaux, des tours, des pions, pour jouer aux échecs.

Ils n'avaient le droit de porter aucun vêtement traditionnel. Ils improvisaient des keffiehs avec tout ce qui leur tombait sous la main, chiffons, torchons, élastiques de slip. Ils passaient des semaines à les coudre, se les faisaient immédiatement confisquer.

La nuit, dans le couloir, résonnaient les versets du Coran. *Et ils n'entreront au paradis que le jour où le chameau pénétrera le chas d'une aiguille. Vas-tu douter de Celui qui t'a créé d'abord de poussière ?* Des cours étaient organisés, de poésie et de chant, criés de cellule en cellule. Antar, Abou Zeid al-Hilali, Sayf ibn Dhi Yazan, Marx et Lénine, aussi.

Les poèmes de Mahmoud Darwich étaient déclamés avec la régularité des prières : *Une cellule de prison avec une fenêtre ouverte sur le froid. Une mer pour nous, une mer contre nous. Je travaille avec mes camarades de peine dans une carrière de pierre. Parfume-moi d'eau de basilic.*

Bassam savait encaisser les raclées. Principalement à la cantine. Un jour, les gardiens arrivèrent en tenue antiémeute complète. Ils alignèrent les prisonniers. Ils leur dirent de se déshabiller. Les prisonniers se retrouvèrent tout nus. Bassam se servit d'un plateau-repas en plastique comme d'un bouclier. Celui-ci se fendit parfaitement en son centre, juste au-dessus de sa tête.

Il boita jusqu'à la douche, complètement habillé pour pouvoir laver le sang de ses vêtements, puis suspendit ceux-ci aux barreaux de sa fenêtre. Il se mit à genoux et pria, la tête enfouie dans l'humidité de sa chemise.

L'essentiel de son temps, il le passa à l'isolement. Le rituel voulant qu'il prie sur un tapis de prière propre, il se servait d'un tissu bleu sur lequel il dessina un *mihrab*. Le gardien de prison, Hertzl, prit des risques en lui donnant ce tissu. Bassam l'enroulait méticuleusement et le rangeait sans attirer l'attention.

Ils s'étaient querellés, au début, Hertzl et lui. Hertzl était grand et mince, un visage taillé à la serpe, avec une pomme d'Adam proéminente. Il avait grandi dans un milieu juif orthodoxe et étudié les mathématiques à Tel-Aviv. Il était fasciné par le fait que le numéro de prisonnier de Bassam était le 220-284. Quelque chose à voir avec ce qu'il appelait les nombres amicaux.

Bassam se rappelait une leçon, à l'école, sur Al-Khwarizmi et la Maison de la sagesse. Il ne s'en souvenait pas en entier, mais il expliqua à Hertzl que toutes les mathématiques dignes de ce nom venaient des Arabes. Tout le monde le savait. Ils se mirent à discuter. Avec calme et détermination, à la porte de sa cellule.

« Eh, Hertzl, ça fait mille ans qu'on fait vos calculs, alors dis-moi un peu, c'est qui le colon, maintenant ? »

Il apprit l'hébreu car il voulait connaître l'ennemi. *Ivrit hee sfat ha'oyev.* Garde-le près de toi. Apprends comment l'enterrer. Lis la Torah. Connais son idolâtrie répugnante. Détruis sa prison. Emprisonne-le dans son emprisonnement.

À peu près tout ce qui entourait Bassam était son ennemi. La nourriture qu'il mangeait. Les fenêtres en Plexiglas qu'il grattait. L'air qu'il respirait. La manière dont ce dernier façonnait ses poumons. Même quelqu'un comme Hertzl était un ennemi.

C'est seulement au cours de la quatrième année de sa peine de sept ans - après avoir vu un documentaire dans la salle de la prison - que Bassam se retrouva totalement déboussolé.

197

— *Pourquoi as-tu laissé le cheval tout seul ?*
— *Pour faire un peu de compagnie à la maison, mon fils.*

Mahmoud Darwich

198

Le gardien de prison arriva avec deux bouteilles de Coca-Cola dans un sac de courses et les cacha chez le directeur, dans un réservoir d'eau, pour les garder au frais. Il les apporta à Bassam en pleine nuit, planquées sous sa chemise. Il lui fit l'honneur d'une tasse en verre.

Le lendemain, Bassam distribua une gorgée de Coca-Cola à chaque prisonnier de son aile. Il découpa les bouteilles vides, les broya en petits morceaux, les jeta dans les W.-C. et tira la chasse.

La tasse en verre sentit le sucré pendant des jours : les prisonniers venaient jusqu'à sa cellule simplement pour humer l'odeur.

199

Aucun des leaders du bloc cellulaire ne mentionnait le fait qu'une des maîtresses de Darwich avait été une danseuse juive, Tamar Ben Ami. C'était elle qui lui avait inspiré le poème *Rita et le fusil*. Plus tard, Bassam songerait à l'immense poète palestinien au regard noir soulevant les draps sur ce long corps blanc, la marque de la lanière d'une arme, un M-16 ou un M-14 peut-être, encore visible sur l'épaule.

Un jour, elle accompagna Darwich alors qu'il se présentait à la prison, l'embrassa devant la porte, puis s'en alla retrouver l'armée israélienne : elle faisait partie de la troupe de théâtre de la Marine.

Elle écrivait des lettres à Darwich sur le pont des frégates, des canonnières et des navires de combat – une photo la montre juchée devant le bastingage d'un chasseur de sous-marin.

Sans toi, écrivit-elle en hébreu, *je suis sans aucune profondeur, je suis à la surface, à attendre.*

200

Bassam avait six ans le jour où un hélicoptère découpa le ciel au-dessus des collines entourant Hébron. Il n'avait encore jamais vu un engin pareil. Les soldats, lorsqu'ils en bondirent, lui semblèrent des insectes verts, qui rampaient et remontaient la colline en courant, fabuleusement effrayants.

Sa mère sortit de leur maison, dans les grottes à flanc de colline, l'attrapa par la manche et le traîna le long du chemin caillouteux. Il connaissait chaque pierre sous ses pieds.

Elle transperça le rideau à l'entrée de la grotte, souffla sur la bougie qui se balançait dans la lanterne en verre suspendue au plafond de pierre.

La lumière s'attarda un instant sur les tapis tissés aux murs, puis ce fut le noir complet.

201

Les grottes autour d'Hébron faisaient partie des lieux les plus convoités par les paysans – fraîches en été, chaudes en hiver, sentant bon les olives conservées dans de jolis pots sur des étagères en bois délicatement fabriquées.

Bassam avait quatorze frères et sœurs. En été, il dormait dehors, sur une paillasse, à l'abri d'une bâche, à côté de son père, une position privilégiée, enviée par ses frères.

Bassam le savait, c'était à cause de la culpabilité de son père : de tous les enfants, il était le seul à n'avoir pas été vacciné contre la polio.

202

Dans une grotte exiguë, Bassam trouva les grenades planquées dont lui et ses amis se serviraient pour les attaques. En cherchant un peu plus loin au fond de la grotte, ils trouvèrent le fusil.

Les grenades avaient la taille de grosses pierres. Le fusil, lorsque ses amis l'armèrent, répandit de la poussière.

203

La Jeep de l'armée défonça les cactus, les buissons, la clôture. Rugissements de moteur. Cris. Un oiseau dont il ignorait le nom vola très bas près de son oreille. Son pied droit était à la traîne. Il sentit un coup sur le côté de la tête. Il courait encore lorsqu'il s'effondra.

Le sol était sec et dur. La poussière remonta jusqu'à ses narines. Un lézard couleur sable détala devant ses yeux.

Il tenta de se relever. Un pied se posa sur sa nuque. Les soldats avaient des bottes noires à bout carré. Elles donnaient l'impression qu'ils avaient un problème aux pieds : ils finiraient sans doute par boiter s'ils devaient parcourir de longues distances.

Ses bras furent ramenés derrière son dos. Un coup à l'arrière du crâne l'assomma.

204

Il fut ligoté sur une chaise, cagoulé et frappé. La cagoule était rêche, marron et sale, avec une odeur de paille brûlée, ni lisse ni noire comme celles qui seraient utilisées plus tard à Beersheba. Il murmura ses prières dans la cagoule. *J'invoque les paroles parfaites d'Allah, auxquelles nul être, ni bon ni mauvais, ne peut échapper.*

Ils le soulevèrent de la chaise au moyen d'une corde nouée autour de son cou. Ils attachèrent la corde au tuyau d'un chauffe-eau et tirèrent Bassam vers le haut tandis qu'il se tenait debout sur la chaise. Ils poussèrent la chaise d'avant en arrière. Il reçut un coup dans les reins, dans le ventre, dans l'entrejambe.

Il invoqua encore le nom d'Allah. Il fut cogné plusieurs fois sur le côté de la tête, jusqu'à l'évanouissement.

À son réveil, il était dans une cellule d'un mètre quatre-vingts sur un mètre. Ses testicules étaient tellement gonflés qu'il pouvait à peine remuer les jambes pour sortir du lit.

205

Il avait dix-sept ans.

206

À l'âge de treize ans, il hissa un drapeau dans la cour de son école : vert, rouge, noir, blanc. Uniquement pour emmerder les soldats. Pour pouvoir leur jeter des pierres quand ils viendraient arracher le drapeau. Pour voir les muscles de leurs cous se crisper. Pour les obliger à débouler au coin de la rue et piler violemment.

Ce qu'il aimait plus que tout, c'était le bruit des pneus des Jeeps quand celles-ci franchissaient le portail de l'école. Non plus les soldats, non pas le véhicule, non pas les armes, simplement le bruit des pneus en train de tourner : il y avait quelque chose d'affamé en eux.

Les bruits de son enfance.

207

Et le silence, après, quand il marchait dans les collines poussiéreuses.

208

Il y avait une autre grotte, dans le sud d'Hébron, où un petit conduit débouchait sur le ciel. Quand il était jeune, Bassam se couchait là, le soir, sous les étoiles mouvantes, et regardait les petits points tourner au-dessus de lui.

Parfois, des nuées d'oiseaux de nuit passaient en trombe en travers de l'ouverture, le désorientaient un instant.

En prison, il essaya de convoquer le souvenir. Les poèmes et les histoires passaient de cellule en cellule, parmi les prisonniers : le récit d'un vautour mécanique, un gardien d'autruches géantes, le vol d'un centaure, un lion qui pleure, le sacrifice de vierges sur les berges du Nil.

209

Les souvenirs percutaient tout le temps Rami, aussi. Une porte qui se ferme. Un bip émis par sa moto. Le feu d'un rasoir sur le menton. Une demande de civière. Le bruit des roulettes en métal à la morgue.

210

Lors de la première de ses trois guerres, Rami conduisait un camion militaire pour une équipe médico-technique. Il apportait les munitions et repartait avec les Israéliens morts dans le désert du Sinaï.

Un soir, dans un entrepôt abandonné à El-Arish, sur la côte septentrionale de l'Égypte, le commandant de son unité s'assit au milieu d'un tas de grains. Ils avaient déjà perdu huit chars sur onze. Le commandant compta les grains, les faisant tomber de ses doigts un par un. Trois, quatre, cinq. Il fit tomber le neuvième grain par erreur. Rami crut voir une cruelle mise en scène digne d'un film d'action.

Il sortit dans la nuit. Le ciel était traversé par les lumières des bombes, une aurore boréale.

Par la suite, il comparerait la guerre à une forme d'œuvre d'art atroce : les civières arrivaient blanches et repartaient rouges. Les lits étaient passés au tuyau d'arrosage et réinstallés dans le camion ; il repartait pour le désert et ramassait des hommes dont le visage serait bientôt cerclé dans le journal.

211

À son retour de la guerre, il dit à Nurit qu'il n'était pas sûr d'être revenu chez lui en entier.

212

De très loin viennent les étourneaux
Affluant vers ces eaux mortelles : toujours ils viennent.

Elisha Porat

213

À la fin du XIXe siècle, on trouvait de rares faucons en vente sur les marchés de Bethléem.

Ils étaient capturés dans le désert par des garçons bédouins qui, la nuit, creusaient des trous profonds, les recouvraient de broussailles et de brindilles entrelacées, puis se cachaient sous terre. Pour les appâter, ils attachaient des pigeons à de longues lanières et les faisaient voler en tous sens, terrorisés, au bout de la lanière en cuir, en décrivant des cercles de frondes.

Sous leur camouflage, les garçons attendaient et guettaient. Ils savaient qu'il valait mieux capturer les faucons au lever du jour, quand les vents étaient plus faibles et que, étant donné l'angle de la lumière, les pièges étaient moins susceptibles d'être vus.

Ils tenaient les longues lanières dans leurs mains et portaient jusqu'aux coudes de grands manchons en peau de chameau. De temps en temps ils tiraient sur les lanières pour effrayer les pigeons, ce qui les faisait voleter en tous sens.

Les rapaces, remarquant l'agitation au sol, tournoyaient au gré des courants chauds, puis commençaient à descendre de plus en plus bas, par cercles prudents.

À mesure que les faucons descendaient, les garçons tiraient les pigeons frénétiques de plus en plus près du trou.

Quand les faucons étaient assez proches du trou – s'apprêtant à fondre sur les pigeons attachés –, les garçons jaillissaient et attrapaient les faucons par les deux pattes, les traînaient au fond du trou, leur repliaient rapidement les ailes, ligotaient leur bec, les encagoulaient, les soumettaient.

Le cou des pigeons était aussitôt brisé, et ces derniers donnés à manger aux faucons capturés, pour les calmer.

Les garçons encageaient les faucons et attachaient les cages aux flancs des chameaux, puis partaient en caravane à travers les collines broussailleuses, toujours à l'affût d'une embuscade. Ils pressaient les chameaux, donnaient des tapes sur leurs peaux bringées et les nourrissaient de graines, à la main.

Les oiseaux se vendaient très cher, surtout aux aristocrates britanniques, qui leur mettaient des clochettes aux pattes et les entraînaient à chasser le gibier dans les environs de Jérusalem.

214

Sir Richard Francis Burton, l'explorateur du XIXe siècle, était un ardent fauconnier. Né à Torquay, il s'initia à cet art dans les années 1840, à Oxford, où il étudiait l'arabe, une des vingt-neuf langues qu'il maîtrisait. Grand et mince, il était connu pour ses yeux noirs, guère différents de ceux de ses oiseaux vénérés. Dans l'armée des Indes, il était surnommé le Nègre blanc. La rumeur voulait qu'il fût d'origine majoritairement romanichelle, ou gitane. Burton pouvait se faire passer pour un marchand, un diplomate, un derviche ou un pèlerin.

Il aimait se battre et ses frères d'armes le surnommaient Dick la Brute. Parfois, au beau milieu d'une bagarre, il s'arrêtait, lissait les extrémités de son épaisse moustache noire et reprenait le combat sans se démonter. Il commença à s'appeler lui-même le Barbare amateur.

Burton parcourut le monde en quête de la *gnosis* : il voulait découvrir la source même du sens et de l'existence. Il fit le hajj, le pèlerinage à La Mecque, en 1853. Il savait parfaitement que les non-musulmans n'avaient pas le droit d'entrer dans la ville, sous peine de mort. Il développa ce qu'il disait être une dégaine arabe : ce qu'il aimait à considérer comme une démarche prudente, où il paraissait à l'aise, la foulée longue, la nonchalance hautaine, mais avec une conscience aiguë de ce qui se passait autour de lui. Il se décrivait adepte de la *tariqa*, ou voie mystique, qui devait mener au paradis. Il étudia le droit musulman et apprit à jouer du rabib. Il travailla son accent, se laissa pousser les cheveux, assombrit sa peau avec de l'herbe bouillie, mit du khôl sur ses paupières, porta des chemises de mousseline amples, s'entraîna à rester accroupi par terre des heures d'affilée. Il se forma auprès d'un forgeron pour apprendre à ferrer : il pensait qu'il finirait peut-être par gagner sa vie dans les chevaux arabes.

Burton mettait un point d'honneur à prier cinq fois par jour. La nuit, dans la caravane de deux cents fidèles, il dirigeait les cérémonies des prières. Il chevauchait le chameau en tête de la procession, s'abritant du soleil brutal sous une immense ombrelle jaune.

Sur la route de La Mecque, il aida à parer plusieurs attaques menées par les bandes errantes.

Il était connu, parmi ses compagnons de voyage, pour sa capacité à repérer les endroits où l'on pourrait trouver de l'eau dans le désert : ce n'était pas seulement sa sensibilité au vol des oiseaux, mais la faculté de déceler de plus petits indices dans le paysage, l'inclinaison des dunes, la course d'un lézard, la grosseur du sable.

215

Une des rares unités exclusivement arabes des Forces de défense israéliennes est presque entièrement composée de traqueurs bédouins : ils se donnent entre eux le nom d'Unité Khamsin. Engagés volontaires, ils sont réputés savoir suivre ou traquer même au milieu des plus violentes tempêtes de sable.

216

Le khamsin tire son nom du mot arabe qui signifie « cinquante ». Il souffle du sud au nord-ouest – brûlant et plein de sable – pendant cinquante jours.

217

Imaginez la terreur du pigeon captif quand le faucon descend. Un nuage de poussière quand il est ramené vers le trou. Le resserrement de la lanière autour de sa patte. L'effondrement des brindilles camouflées. Le gonflement d'air soudain. La disparition sous terre. L'obscurité. Le silence des garçons. Une main qui remonte. Le cri du faucon, ses aigles repliées en arrière. Une rafale de plumes souterraine.

218

Dans le désert, le moment le plus propice à la traque est le petit matin ou la fin d'après-midi, quand les rayons obliques du soleil dessinent des ombres, assombrissant une empreinte de pas ou une trace de pneu.

Quand le soleil est haut, les Bédouins se servent d'écrans en papier portatifs, de poids et d'épaisseur divers, afin d'ombrager le sol et d'y distinguer des nuances.

Les traqueurs s'enorgueillissent aussi de savoir déchiffrer l'odeur et la sensation du vent.

219

Après les attentats de Ben Yehuda Street, une unité bédouine fut envoyée en Cisjordanie pour nettoyer la grotte où les terroristes avaient vécu pendant près d'un an. La mission fut baptisée opération Icare. Une des planques fut repérée dans le Wadi al-Hamam, la vallée de la Colombe.

220

Les nombres amicaux sont deux nombres différents reliés en ce sens que, quand on additionne tous leurs diviseurs stricts – à l'exception du nombre originel lui-même –, les sommes de leurs diviseurs sont égales.

Les nombres – tels qu'estimés par les mathématiciens – sont considérés comme amicaux parce que les diviseurs stricts de 220 sont 1, 2, 4, 5, 10, 11, 20, 22, 44, 55 et 110, lesquels, additionnés, font 284. Et les diviseurs stricts de 284 sont 1, 2, 4, 71 et 142, dont la somme égale 220.

Il n'y a de nombres amicaux qu'en deçà de 1 000.

221

Comme si ces choses différentes dont ils sont constitués pouvaient, d'une certaine façon, se reconnaître mutuellement.

222

Le jour où il sortit de prison, Bassam découpa le numéro sur son uniforme de prisonnier. Plus tard, il envoya le bout de tissu au gardien de prison Hertzl.

Hertzl encadra le badge – 220-284 – et l'accrocha au mur de son bureau, au département de mathématiques de l'Université hébraïque, où il avait commencé à travailler sur les idées d'intégration harmonique.

223

Sir Richard Francis Burton traduisit les *Nuits arabes*, également appelées *Livre des Mille Nuits et une nuit*, également appelé *Les Mille et Une Nuits*.

224

L'un des contes préférés de Smadar était celui du petit bossu, l'histoire d'un bossu saltimbanque qui n'en finit pas d'être pris pour mort, entraînant une série d'aveux de la part de tous les assassins supposés. Pour finir, comme le révèle un barbier, il s'avère que le petit bossu n'est jamais mort.

225

Quelques semaines après l'attentat, Rami entra dans la chambre de Smadar. Tout avait été exactement conservé comme au jour de son départ : son cahier ouvert sur la table, ses boucles d'oreilles posées sur le rebord de la fenêtre, la photo de Sinéad O'Connor dans un coin du miroir.

Il sortit les *Mille et Une Nuits* de l'étagère et commença à lire l'histoire du bossu.

Vous voyez, cria le barbier, il n'est pas du tout mort.

226

Burton craignait de passer pour un espion ou un sorcier : pendant son pèlerinage à La Mecque, il ne voulait surtout pas être vu prenant des notes, même en arabe. Il portait en bandoulière ce qui ressemblait à un petit coran attaché à une corde en cuir. Le livre possédait trois compartiments – un pour sa montre et sa boussole, un autre pour son argent, le dernier pour des crayons et des bouts de papier numérotés qu'il pouvait cacher dans sa paume. Il gardait un petit pistolet dans une poche et transportait un paquet d'opium qu'il fumait quand il était seul.

Si Burton avait été démasqué comme infidèle, il eût été frappé à coups de bâton, lapidé, éviscéré et laissé vivant dans une tombe peu profonde, sous la chaleur insupportable, proie des chacals et des vautours, jusqu'à ce qu'il ne reste de lui plus rien de reconnaissable.

227

Un jour, tandis qu'il était sous le coup de sa fatwa, Salman Rushdie reçut dans son courrier un caillou, seul dans une enveloppe blanche, sans aucun message. Le caillou resta sur son bureau des années durant, jusqu'à ce qu'une femme de ménage, à New York, le balaie par erreur et le jette à la poubelle.

228

Burton – qui traduisit aussi le *Kamasutra* – était un menteur notoire.

On disait qu'il avait tué un jeune Bédouin après que ce dernier l'eut vu soulever sa robe pour uriner, au lieu de s'accroupir, à la manière traditionnelle. L'histoire voulait que Burton ait poignardé le garçon pour ne pas être démasqué comme infidèle.

Burton affirmait que ce n'étaient là que pures inventions, apocryphes partiaux. Mais des années plus tard, ivre dans un bordel de Rio de Janeiro, il laissa entendre à des amis qu'il avait un jour tué un enfant et qu'il emporterait le poids de cette culpabilité dans sa tombe.

229

Vous voyez, cria le barbier, il n'est pas du tout mort.

230

Ce que Bassam détestait le plus dans les raclées reçues en prison, c'était que les gardiens emportaient les vêtements des prisonniers et laissaient ceux-ci sur place, humiliés dans leur nudité.

Les gardiens les enfermaient dans la cantine. Il découvrit rapidement que le pire n'était pas le premier coup de matraque : c'était le second ou le troisième, quand il comprenait que ça n'allait pas s'arrêter. Au septième ou au huitième coup, c'était déjà la routine. Il se roulait en boule, les mains autour de la tête, sans savoir où atterrirait le prochain coup.

Il se réveilla à l'hôpital de la prison, recouvert d'un drap fin.

Seul Hertzl ne participait pas aux raclées. Une fois, il se jeta sur Bassam pour empêcher la matraque de s'abattre. Un autre gardien plaqua Hertzl contre le mur, lui donna un coup de boule, lui demanda s'il avait un faible pour les chameaux. Hertzl répondit que oui, il s'intéressait à la capacité du chameau à cracher, sans peur, au visage de son maître.

231

Lors des Croisades du XIIe siècle, les guerriers chrétiens ligotaient des prisonniers nus – juifs, musulmans, turcs – à des rochers au sommet d'une montagne, puis lâchaient sur eux des aigles entraînés dont les serres étaient aiguisées.

Les aigles s'attaquaient au foie, aux reins et au cœur, et picoraient les prisonniers jusqu'à la mort.

Des artistes étaient engagés pour représenter cette scène prométhéenne par des fusains, des bronzes, des aquarelles.

232

Godefroy de Bouillon, qui deviendra l'avoué du Saint-Sépulcre, passait une croix d'argent pur autour du cou de ses aigles. Ils quittaient sa main gantée de fer et s'envolaient – noueux et majestueux – vers le prisonnier.

233

Imaginez donc le balancement de la croix quand l'aigle approchait.

234

235

La route des Patriarches.

236

Au début des années 1990, huit *sandhogs* new-yorkais furent envoyés en Israël pour travailler sur des portions de la route 60, également connue sous le nom de route des Tunnels. Des hommes durs, farouches, imperturbables, parmi les meilleurs ouvriers de tunnel en activité. Deux étaient nés en Amérique, deux étaient irlandais, l'un était polonais, l'un italien, l'un canadien, et le dernier était croate.

Ils remballèrent leur chantier en cours, des galeries hydrauliques à Poughkeepsie, au nord de l'État de New York, et partirent pour Jérusalem, où ils logèrent ensemble dans un hôtel minable à l'est de la ville.

Pendant huit mois, ce fut une longue série de gueules de bois pour tous les *sandhogs*, à l'exception du Croate, Marko Kovacevic, qui ne buvait pas. C'était un grand type tranquille, large d'épaules, déterminé. Il ne parlait pas, vivait à un étage différent des autres.

Chaque matin, Kovacevic emmenait les hommes au travail à bord d'une camionnette blanche. Ils maniaient la dynamite, sertissaient les détonateurs, faisaient sauter la roche, supervisaient l'extraction des décombres de la montagne.

La spécialité de Kovacevic était l'emploi de petites quantités précises d'explosifs dans des situations délicates : les hommes le surnommèrent la Taupe.

Le soir, Kovacevic ramenait chez eux les *sandhogs* dans un nuage de fumée de cigarette, puis disparaissait pour arpenter la Ville sainte, seul. Il n'était jamais là les vendredis et les samedis. Il se laissa pousser les cheveux et la barbe. Il se fit des boucles dans les cheveux. Vers la fin du chantier, il disparut complètement. Les *sandhogs* signalèrent sa disparition à la police israélienne, mais Kovacevic demeurait introuvable. La piste du meurtre fut écartée : ne restait que l'hypothèse d'un suicide. Les *sandhogs* contactèrent sa femme et son enfant chez lui, dans le Bronx, mais sa femme n'avait aucune nouvelle et n'avait rien reçu de lui sur son compte en banque depuis trois mois.

Un avis de disparition fut publié, mais on ne retrouva pas le Croate.

Lorsque le tunnel fut achevé, les *sandhogs* se réunirent pour un rituel qu'ils avaient accompli bien des fois déjà, à New York, en Pennsylvanie, en Floride. Ils coupèrent l'électricité, allumèrent des bougies et défilèrent dans le noir ensemble, à la manière traditionnelle, faisant vaciller leurs ombres, emportant le souvenir de leur collègue disparu d'un bout à l'autre du tunnel, le long de la route des Patriarches, sous Beit Jala.

237

En l'an 700 av. J.-C., le roi Ézéchias ordonna à ses sujets de construire un tunnel à Jérusalem afin d'amener l'eau de la source de Gihon jusqu'au bassin de Siloé. Le tunnel mesurait un mètre de large et un demi-kilomètre de long.

Les hommes commencèrent à creuser de part et d'autre de la montagne, se servant de pioches, de marteaux et de haches. Les deux tunnels devaient se rencontrer au milieu, mais les tailleurs de pierre n'avaient aucun moyen de savoir comment et où ils se rejoindraient. À certains moments de la journée, une équipe lâchait ses outils, puis plaquait l'oreille et les mains contre la roche pour voir si elle entendrait l'autre.

Lorsqu'ils entendirent enfin la lointaine vibration des marteaux et des pioches à travers le calcaire, les creuseurs bifurquèrent les uns vers les autres. Ils continuèrent de piocher ; les bruits devenaient de plus en plus clairs au fur et à mesure qu'ils se rapprochaient. Il fallut un tout dernier virage en S pour les réunir.

Lorsqu'ils opérèrent leur jonction, l'eau coula le long de la pente entre le bassin et la source.

238

À mi-chemin du tunnel de Gilo, les *sandhogs* nichèrent dans une crevasse près du plafond une statuette de sainte Barbe – la patronne des creuseurs de tunnel – en plâtre de moulage.

Ils ne furent pas surpris d'apprendre que les ouvriers palestiniens avaient leurs propres rituels : des flèches sculptées dans le plafond tous les trente mètres, pointées vers La Mecque, et un petit bout de fil coincé sous les dalles pour garantir la sécurité.

239

Pendant l'hiver 2010, deux ornithologues palestiniens s'en allèrent faire une étude de terrain dans la garrigue à mi-chemin entre Gilo et Beit Jala. Ils étudiaient les habitudes de la pie-grièche, petit oiseau connu pour attraper les insectes et les empaler sur du fil barbelé. Les ornithologues – Tarek Khalil et Saïd Hourani – avaient pris soin de ne rien porter qui pût ressembler à une tenue traditionnelle, et ils étaient facilement repérables sous leurs gilets fluorescents.

En fin de matinée, plusieurs balles fusèrent au-dessus de leur tête. Ils avaient déjà été la cible de tirs de semonce auparavant, venus aussi bien des colons juifs que des maisons de leur propre camp à Beit Jala.

Ils se couchèrent sur la terre poussiéreuse et brandirent le tee-shirt blanc de Tarek au bout d'un bâton. Leurs portables ne captaient pas. Les deux hommes se mirent à reculer en rampant à travers les broussailles, au milieu des pierres dures et des oliviers rabougris. La zone – devenue pour l'essentiel un no man's land – était lourdement décorée de fils de fer barbelés où les pies-grièches avaient laissé leurs insectes. Une fois à peu près sûrs de s'être mis à l'abri, non loin d'un petit monticule argileux, ils brandirent encore un tee-shirt blanc. Il y eut six nouveaux tirs.

Les deux hommes restèrent couchés côte à côte. À la tombée de la nuit, ils furent secourus par une unité opérationnelle composée d'Israéliens et de Palestiniens.

L'origine des tirs devint matière à débat jusqu'à l'arrestation six mois plus tard, grâce à un renseignement, de Mark Kovack, un colon grand et mince. Une fouille de sa maison permit de découvrir plusieurs fusils à lunette. Une recherche plus poussée permit de découvrir qu'il avait creusé une série de tunnels entre la colonie et le no man's land, où il pouvait tirer sur les intrus sous n'importe quel angle.

Kovack, qui passait auprès des autres colons pour un reclus discret, affirma être né à Jérusalem, mais son accent venait de l'Europe de l'Est. Une rapide vérification permit d'apprendre quel avait été un de ses métiers précédents : il avait travaillé comme *sandhog* dans le Bronx.

240

On sait que l'empalement des insectes sur du fil de fer par les pies-grièches fait partie de leur comportement nuptial.

241

Kovack, paraît-il, s'est acheté une maison à Ariel, une colonie juive en Cisjordanie. Il dirige une entreprise de piscines. Des années durant, un grand panneau publicitaire était visible au-dessus de l'autoroute 1 : la photo d'une piscine à bain bouillonnant près d'une villa au toit rouge, un numéro de téléphone et une seule phrase : *Votre oasis vous attend*.

242

Pendant l'opération de 2004 à Naplouse, des soldats israéliens s'avancèrent jusque dans la ville.

Au lieu de prendre les rues étroites et les allées bondées, les soldats franchissaient les murs et les plafonds, creusant des trous et progressant à coups d'explosifs, de maison en maison, de magasin en magasin, furtivement, tels des vers de terre, dessinant des flèches fluorescentes sur les murs pour montrer la voie aux autres soldats derrière eux.

Quand ils s'arrêtaient, ils utilisaient des lunettes à imagerie thermique pour voir ce qui les attendait de l'autre côté de chaque mur. Des hommes et des femmes blottis les uns contre les autres, enlacés. Des enfants endormis. De jeunes hommes avec des keffiehs sur la bouche.

Les soldats appelaient cela marcher à travers les murs.

243

Le coup de téléphone survint au milieu de la soirée. Quatorze ans après l'attentat. Rami fut décontenancé. Une réalisatrice de documentaire. Elle avait été en contact avec les familles, à Assira al-Shamaliya. Les mères et pères de deux des trois terroristes souhaitaient le rencontrer. Au cœur de la Cisjordanie, disait-elle. C'était du jamais vu. Ils se laisseraient filmer par une équipe occidentale. Dans leur village. Dans leurs maisons. Dans leurs salons.

Elle se chargerait du transport, de la sécurité aussi. Il n'avait aucune inquiétude à avoir. Elle pouvait lui garantir cela. Il allait devoir être convoyé clandestinement en Cisjordanie, mais il savait déjà que cette partie-là serait facile.

Ils l'attendraient – les parents des hommes qui avaient assassiné sa fille.

244

Rami se voyait dans une maison arquée, assis sur un canapé avec des coussins à motifs, un plateau de café à la cardamome et de douceurs posé devant lui, des fleurs, des poteries, une réplique miniature du dôme du Rocher en nacre, ainsi que des photos soigneusement disposées sur la haute étagère en bois.

245

À l'été 1932, dans le cadre d'un échange de lettres entre plusieurs intellectuels célèbres, Albert Einstein écrivit à Sigmund Freud.

Einstein loua l'Autrichien pour son engagement en faveur de l'affranchissement à la fois intérieur et extérieur de l'homme à l'égard des maux de la guerre. Cet affranchissement avait été l'espoir profond de toutes les grandes figures morales et spirituelles, du Christ à Goethe en passant par Kant, universellement considérés comme des sommités ayant transcendé leur époque et leur pays. Et pourtant, demandait Einstein, n'était-il pas significatif que ces mêmes personnages aient été pour l'essentiel impuissants dans leur volonté de changer le cours des affaires humaines ? Qu'ils aient été, pendant des années, incapables de juguler la sauvagerie ? Que les formes de la violence n'aient pas pu être atténuées, même devant les suppliques les plus éloquentes ?

La question essentielle qu'il souhaitait poser à Freud était celle-ci : estimait-il possible de guider le développement psychologique de l'humanité de façon à la rendre résistante aux psychoses de la haine et de la destruction, libérant ainsi la civilisation de la menace persistante de la guerre ?

246

Tout en disant oui, Rami savait que cela n'arriverait vraisemblablement jamais.

247

Ce soir-là il se rendit chez Bassam, à Anata. À moto. Avant de franchir le checkpoint, il décolla l'autocollant. *Ça ne s'arrêtera pas tant que nous ne discuterons pas.*

Ils restèrent plusieurs heures côte à côte dans le salon. La proposition stupéfia Bassam, mais elle risquait, dit-il, d'engendrer de la peine plus qu'elle ne réglerait quoi que ce soit. Les villageois étaient des gens simples. Ils cultivaient les olives. Ils fauchaient les blés. Ils ne savaient pas se comporter devant des caméras ou des micros. Ils seraient peut-être totalement dépassés. Ça pourrait mal tourner. Peut-être ne le comprendraient-ils pas, sa parole franche, son honnêteté. Après tout il était israélien, regardons les choses en face, il parlait fort, il en imposait, il irait peut-être trop loin, sa colère pourrait déborder. Ça se terminerait peut-être en une simple petite phrase à la télévision. Les tensions étaient fortes. Les villageois pourraient avoir des problèmes, eux aussi. Ils ne comprendraient peut-être pas les jeux politiques. Les ramifications. Les répercussions. Le bruit pourrait se répandre. On pourrait les traiter de collabos, les accuser de normalisation. On ne savait jamais. C'était un terrain miné. Il risquait d'y avoir de la casse.

Ils sortirent de l'appartement, descendirent les marches, retrouvèrent la nuit. À l'horizon, un incendie faisait rage dans le camp voisin de Shu'fat. Encore une manifestation. Au-delà, au-dessus du Mur, des étoiles ténues et sans éclat surplombaient la garrigue. Les deux hommes restèrent quelques instants silencieux sur le trottoir en pente.

« Ne le fais pas, mon ami », dit Bassam.

248

Lorsque les Britanniques quittèrent précipitamment la Palestine mandataire en 1948, parmi tout ce que le caporal Paul Hartingtone abandonna figuraient ses meilleurs faucons.

Lors de son séjour en Palestine, Hartingtone, décoré plusieurs fois en Afrique du Nord pendant la Seconde Guerre mondiale, avait acheté et dressé deux faucons pèlerins qu'il chérissait. Sympathique à la cause des Juifs, il laissa un mot à l'attention d'un chef local de la résistance clandestine, lui demandant de prendre soin de ses oiseaux, installés sur le balcon d'une grande maison blanche de Jérusalem. Les faucons pèlerins, maintes fois récompensés, vivaient dans des cages d'argent avec quelques jours de nourriture. Hartingtone laissa des certificats vétérinaires, des consignes de toilettage, et même un peu d'argent pour faire en sorte que l'on s'occupe des oiseaux.

Deux jours plus tard, de violents échanges de tirs éclatèrent près de la maison en pierre blanche et les forces arabes repoussèrent les combattants juifs. Les faucons tombèrent aux mains d'un personnage local, Jafer Hassan, qui les toiletta et s'en occupa jusqu'à ce que lui aussi, quelques jours après, soit contraint de partir, n'emportant que les oiseaux et les clés de sa maison fermée.

Hassan et sa famille – et leurs faucons – finirent par se retrouver dans les rues boueuses de Naplouse. Leur maison était de bric et de broc. Une fine moquette industrielle posée sur du ciment. Des murs en polystyrène. L'électricité prise illégalement à partir de câbles qui pendaient. Un tuyau d'évacuation cassé gargouillant juste au bout de la rue. Hassan remplit des dossiers pour être autorisé à réintégrer sa maison blanche de Jérusalem, mais ses demandes essuyèrent des refus. Il fit fabriquer des serrures adaptées aux clés plutôt que l'inverse.

Les serrures furent installées sur les cages des faucons. Les mois passèrent, puis les années.

Hassan gardait les oiseaux sur le toit de sa maison. Dans le camp de réfugiés, on ne pouvait construire qu'en hauteur. Sa maison grimpait de plus en plus haut à mesure que sa famille s'agrandissait, extension après extension. Pendant quelque temps, Hassan aima cela : les faucons montaient constamment, comme s'il y avait une sorte de courant thermique générationnel au-dessous. En bas, les enfants donnaient naissance à des enfants.

La maison s'agrandissait, branlante, bâchée, pleine d'échafaudages, et les cages étaient précairement juchées au-dessus.

Tout au long des années 1960 et 1970, Hassan gagna sa vie en élevant les oiseaux mais dut payer des amendes pour la possession des cages sur les toits. Il n'avait aucun permis. Quand il en faisait la demande, on les lui refusait. Les amendes continuèrent jusqu'à ce qu'il soit contraint de vendre ses oiseaux aux enchères. Les derniers rejetons furent finalement vendus dans les années 1980, alors qu'Hassan, devenu vieil homme, savait qu'il ne pourrait jamais retrouver sa maison de Jérusalem. Les serrures et les clés, il les garda.

Il se servit de l'argent pour s'acheter une grande maison en pierre dans le village d'Assira al-Shamaliya, près des étables à chameaux. Mais il mourut peu de temps après y avoir installé sa famille.

Les oiseaux furent exportés à Abu Dhabi, où leurs petits étaient vendus contre d'énormes sommes d'argent, parfois des centaines de milliers de dollars, non seulement pour leur beauté, mais pour la valeur de leur histoire. Ils étaient soigneusement élevés avec d'autres champions. Des chaperons étaient confectionnés spécialement pour eux, faits d'or embouti et de bijoux.

249

Le cheikh d'Abu Dhabi qui possède les plus célèbres rejetons du faucon pèlerin en parle comme de ses oiseaux du chagrin. Ils ont été photographiés en 2012 pour la couverture du catalogue de l'hôpital des faucons d'Abu Dhabi, établissement dernier cri sur la route de Sweihan.

250

Une des opérations les plus complexes, à l'hôpital des faucons, est la réparation des plumes abîmées. Des tiroirs entiers de plumes de faisan, de toutes formes et de toutes couleurs, se trouvent dans la salle climatisée qui jouxte la salle d'opération au rez-de-chaussée.

Les plumes sont soigneusement recousues et collées sur les corps des oiseaux blessés.

Ensuite, leurs nouveaux schémas de vol sont filmés et transférés vers un programme informatique. Des ajustements supplémentaires sont effectués sur les nouvelles plumes afin de profiler les oiseaux en vue d'un vol parfait.

251

Parmi les fabricants de chaperons, une des plus prisées au monde est Mona Akilah Saqqaf, qui travaille dans un atelier poussiéreux d'une banlieue à l'est de Los Angeles. Elle utilise du cuir de bison nourri à l'herbe et procède avec des points, pas de colle. Ses motifs sont à l'origine persans, mais elle incorpore aussi des styles amérindiens à ses chaperons, surtout pour les nœuds et les jeux de couleurs, principalement des motifs comanches. En plus des chaperons, on trouve les longes, les jets, les entraves et les perches.

Souvent, les faucons lui sont directement amenés du Proche-Orient par avion privé. Selon les bijoux requis, et le feuillage d'or ou la broderie d'argent, Saqqaf peut travailler jusqu'à deux semaines pour fabriquer un seul chaperon.

Dans sa maison de Santa Monica – où elle vit avec son mari chilien et leur fils Kamil –, Mona a construit une immense piscine extérieure en forme de chaperon arabe : le bassin bleu vif est souvent photographié d'en haut pour les revues d'architecture.

Pendant quelque temps, en 2004, son affaire déclina après qu'elle eut été photographiée en bikini près de la piscine, pour une revue de stylisme. Plusieurs cheikhs importants annulèrent leurs commandes, jusqu'à ce que l'agent de Saqqaf leur garantisse que les chaperons étaient fabriqués selon des méthodes traditionnelles.

Une photo circula, qui montrait Saqqaf devant son établi, appliquant la dernière couche de laque, dans une tenue proche-orientale décente.

252

La raison pour laquelle un faucon est chaperonné est exactement la même qui explique que le fauconnier ne l'est pas : les oiseaux voient tellement bien qu'ils seraient très probablement distraits par d'autres proies beaucoup plus éloignées.

Le fauconnier chaperonne l'oiseau et attend. Il veut que le faucon ne voie que ce que lui-même voit.

253

La piscine de Saqqaf, à Los Angeles, contient cent vingt et un mille litres d'eau.

254

En septembre 1932, Einstein reçut une réponse de Sigmund Freud, et le psychanalyste s'excusa d'avoir été si long.

La réponse appropriée au problème épineux de la prévention de la guerre arriverait bientôt, mais Freud laissa entendre qu'il s'inquiétait à l'idée de sa propre incompétence. Sa réponse ne serait sans doute pas très encourageante. Il était vieux, dit-il, et toute sa vie il avait annoncé aux gens des vérités difficiles à avaler.

Une semaine plus tard, Einstein envoya une deuxième missive à Freud pour lui dire qu'il attendait impatiemment le contenu de la lettre à venir.

Dans sa réponse finale – qui arriva plusieurs semaines après la demande initiale –, Freud se disait flatté qu'on lui pose la question, mais expliquait qu'à son avis il y avait peu de chances que quiconque soit capable de réprimer les tendances les plus agressives de l'humanité. Rares sont les êtres humains, dit-il, dont l'existence s'écoule paisiblement. Il est facile d'infecter l'humanité de la fièvre guerrière, et l'homme a un instinct actif pour la haine et la destruction. Malgré tout, dit Freud, l'espoir de voir la guerre cesser n'était pas une chimère. Il fallait pour cela l'établissement, par consentement collectif, d'un organe de contrôle central qui aurait le dernier mot dans chaque conflit d'intérêts.

En outre, tout ce qui crée des liens émotionnels entre les êtres humains combat inévitablement la guerre. Ce qu'il fallait viser était *un sentiment de communauté*, et *une mythologie des instincts*.

255

Lorsque l'échange entre Einstein et Freud fut publié en 1933, Adolf Hitler était déjà au pouvoir. Les éditions originales des lettres en allemand et en anglais, intitulées *Pourquoi la guerre ?*, se limitèrent à seulement deux mille exemplaires.

Les deux hommes quittèrent leur patrie pour s'exiler, Freud en Angleterre et Einstein en Amérique, afin d'échapper à un destin que ni eux, ni personne, ne pouvait encore imaginer.

256

Mon nom est Rami Elhanan. Je suis le père de Smadar. Je suis un Jérusalémite de la septième génération. Et aussi ce qu'on pourrait appeler un diplômé de l'Holocauste.

257

Aussitôt libéré du camp de concentration d'Auschwitz, Yitzak Elhanan Gold se vit offrir un billet de bateau pour Tel-Aviv avec une dizaine d'autres Hongrois, plusieurs Roumains et deux Suédois. Les hommes ne possédaient pas de documents officiels.

À son arrivée, Yitzak fut accueilli par les forces clandestines juives. Déguisé en soldat britannique, il fut mis dans un bus, destination Jérusalem. On lui trouva un poste d'agent de police dans la vieille ville. Il était surnommé Chet Chet Gimmel, référence aux chiffres sur sa poitrine : Agent de la police mandataire britannique n° 883.

Blessé au cours de la guerre de 1948, il fut adopté, à l'hôpital, par une famille qui habitait la ville depuis six générations. Il apprit rapidement la langue et commença à s'intégrer, mais jamais il ne parla à ses enfants de ses expériences pendant l'Holocauste. Jusqu'à ce que, des décennies plus tard, Smadar l'interroge dans le cadre d'un projet généalogique à l'école.

258

À l'âge de quatorze ans, Yitzak travaillait comme coursier pour le rabbin de Gyor, il transportait en cachette de l'or jusqu'au marché. Le rabbin se servait de cet argent pour acheter nourriture et médicaments.

Yitzak était rapide et agile. Il ne portait pas d'étoile sur sa veste. Pas de calot avec un bord militaire. Il connaissait les allées et les toits. Il était capable de se frayer un chemin dans la ville sans être repéré, sautant parfois de cheminée en cheminée ou redescendant vers la rue grâce à un tuyau d'écoulement.

Pour aller au marché, près de la place, il filait à travers le quartier chaud de la ville. Les femmes n'étaient que rouge à lèvres et incitations. En hiver, elles portaient des manteaux courts. Yitzak passait devant elles en courant et entrait dans le marché. Le soir, il traînait près du cinéma et se mit à revendre des billets au marché noir, un peu plus cher.

Un soir, alors qu'il ne lui restait plus qu'un seul billet, il décida d'entrer et de se faire plaisir avec un film de Zarah Leander.

Il venait de s'installer sur son siège – les rideaux s'étaient écartés devant *Un grand amour* – lorsqu'un officier de la Gestapo se glissa sur le siège à côté de lui et lui bloqua la sortie.

259

Une des chansons allemandes les plus populaires de l'époque, *Davon geht die Welt nicht unter* – « Ce n'est pas la fin du monde » – fut écrite expressément pour ce film.

260

Le 23 juin 1944, les nazis autorisèrent des représentants du Comité international de la Croix-Rouge à visiter Theresienstadt pour réfuter les rumeurs quant à l'existence de camps de la mort. Une telle chose, disaient les Allemands, n'existait pas.

Parmi les visiteurs du camp tchèque figuraient le médecin en chef du ministère de la Santé danois et le haut représentant du ministère des Affaires étrangères. Ils eurent droit à une visite du camp par le lieutenant-colonel SS Karl Rahm et ses adjoints.

Dans les semaines précédant la visite, les Allemands forcèrent les prisonniers tchèques et juifs à nettoyer les rues. Ils firent venir des fleurs, réparèrent les toits abîmés, installèrent des bancs de parc. Les rez-de-chaussée des dortoirs furent rénovés. Ils firent peindre de fausses devantures de magasin. Donnèrent aux rues des noms civils. Des panneaux apparurent, indiquant un bureau de poste inexistant, une piscine, un café. Ils ouvrirent la place centrale, posèrent une nouvelle pelouse et plantèrent des rosiers. Ils sculptèrent des enseignes pour des cafés, des boulangeries et un spa de luxe. Imprimèrent des affiches décoratives et les accrochèrent aux branches des tilleuls. Distribuèrent des boucles de ceinture, des brosses à vêtements, des peignes. Des brassards jaunes tout neufs. Répétèrent un opéra pour enfants écrit par Hans Krása, un habitant du camp. Montèrent une série de spectacles sous la conduite du critique musical officiel du camp, Viktor Ullmann.

Une fois la ville embellie, ils déportèrent des milliers de prisonniers juifs – principalement les malades et les vieillards – à Auschwitz, afin que les rues ne paraissent pas trop bondées.

Le jour de la visite, les Allemands ordonnèrent à tous les habitants du camp restants de ne répondre à aucune des questions que pourraient leur poser les invités danois s'ils passaient entre les mailles. Les saluts obligatoires furent abolis, et les habitants ne pouvaient parler que s'ils étaient interpellés par le faux maire et ses subalternes, ou par un officier en uniforme. Artistes, acteurs, poètes, professeurs, psychologues, enfants et un certain nombre de vieillards obéirent tous.

La délégation de la Croix-Rouge se promena dans la ville en suivant un itinéraire préalablement tracé au stylo rouge sur une carte.

Après que la délégation fut repartie en estimant que c'était un camp d'internement agissant dans le cadre du droit international, les nazis décidèrent de tourner un film de propagande pour le site. Le film fut réalisé par Kurt Gerron, un prisonnier juif, ancien acteur de cinéma et de cabaret en Allemagne : il était connu pour être la voix derrière *Mack the Knife*, et il avait également joué un petit rôle dans un film avec Marlene Dietrich.

Sur ordre, Gerron tourna le film en onze jours. Son équipe se composait de plus d'une dizaine de personnes. Il se servit d'une caméra 16 mm Leica. Les officiers allemands lui dirent précisément ce qu'ils souhaitaient. Filmez une représentation de *Brundibár*. Faites-nous voir les musiciens accordant leurs violons. Montrez-nous les enfants jouant à la marelle juste derrière la balançoire. Filmez une institutrice dans l'école avec un tableau couvert de craie derrière elle. Faites-nous voir un vieil homme tranquillement assis devant son échiquier. Dépeignez le soleil se levant entre les bâtiments.

Lorsqu'il eut terminé, Gerron et sa femme furent mis dans un train, avec toute l'équipe du film, puis amenés à Auschwitz, où ils furent envoyés dans une chambre à gaz et gazés.

261

Les Allemands baptisèrent cela opération Embellissement.

262

L'essentiel du film de vingt-trois minutes fut par la suite détruit.

263

Le titre devait être *Der Führer schenkt den Juden eine Stadt* : Le Führer offre une ville aux juifs.

264

Un bureau spécial, dénommé l'Institut d'hygiène, était chargé de livrer les cristaux de zyklon B aux soldats SS d'Auschwitz. On convoyait les boîtes par ambulance jusqu'aux chambres à gaz.

Les cristaux – qui avaient une durée de conservation de trois mois – étaient déversés par des ouvertures dans le plafond.

265

Un poumon qui se rétracte.

266

Ce qui fascinait le plus Smadar, dans l'histoire de son grand-père, c'était qu'un homme bien habillé, à la gare de Gyor, lui avait glissé un bout de gâteau au carvi. Le gâteau était enveloppé dans du papier journal.

À bord du train, Yitzak déroula le papier journal et découvrit, dans le coin inférieur, une publicité pour le film *Un grand amour*.

Yitzak mangea le gâteau d'une traite – il le regretta toujours, dirait-il à Smadar. Il aurait aimé le faire durer plus longtemps, mais il garda le papier journal plié dans sa poche pendant tout son séjour au camp.

267

Bassam avait dans sa cellule une petite télévision noir et blanc. Elle captait la première chaîne, en hébreu, avec de temps en temps des programmes arabes, et rien d'autre. Il l'installa sur une table en bois à la tête de son lit et elle restait allumée pendant qu'il dormait.

Il devait garder sa main sur l'antenne pour obtenir une meilleure réception. Il trouvait bizarre de se dire que les nouvelles du jour lui parvenaient en hébreu. Ce qui l'intéressait surtout, c'était la météo : il pouvait ainsi imaginer la vie à Sa'ir.

La veille au soir de la Journée de la Shoah, il alluma la télévision et tomba sur un documentaire. Rien d'étonnant à cela. Bassam connaissait bien leur propagande. Il regarderait quand même.

Il voulait voir des juifs mourir. L'un après l'autre. Les regarder s'effondrer. Crever de faim. S'écrouler dans des fosses. Voir le gaz sortir par le plafond. Le châtiment. Faire l'expérience de leur annihilation.

À vingt ans, couché sur son lit, Bassam attendait le moment où il pourrait applaudir.

268

Dans les derniers stades de l'hypothermie, la personne qui souffre d'un froid extrême connaît un soudain afflux de sang vers les extrémités, quand les vaisseaux sanguins périphériques se vident.

Les victimes vont même jusqu'à ôter leurs vêtements à cause de ce qu'elles croient être une chaleur insupportable.

269

Au déjeuner, le lendemain, Bassam marcha vers la cantine sur le sol métallique. Il pouvait à peine regarder en bas à travers le grillage en fer : il ne tenait plus bien sur ses jambes.

270

Le lit dur fut déplié contre le mur. Il s'allongea dessus. Les bras derrière la tête. Des cris résonnaient dans les couloirs. De la musique dans les cellules. Le pincement d'une corde unique. Une lointaine radio. Il y avait, pensait-il, une couche supplémentaire dans le néant qui s'étendait au-dessous de lui. Il posa sa tête sur l'oreiller puant et attrapa la petite antenne métallique. D'abord il avait voulu acclamer les cadavres déversés. Les voir être déversés encore et toujours, dans leurs contorsions atroces. Connais ton ennemi, garde-le proche. Sous tes pieds, de préférence. Dans la terre. Il se tourna vers le mur, remonta la fine couverture. *Alléger la tristesse de ceux qui sont tristes.* Il répéta ses prières. Un petit cafard sortit d'une fissure dans le plâtre. Ses antennes s'agitaient. Bassam l'écrasa avec sa chaussure. Il redéploya la couverture et voulut toucher encore l'antenne. Il se demanda pourquoi ils ne se battaient pas. L'un après l'autre. Leurs corps poussés, inlassablement. Dans leur nudité. De l'autre côté de la cellule, les toilettes, le lavabo en métal. Des petits coups se firent entendre dans les tuyaux. Chaque son était amplifié. Il avait l'impression que quelque chose s'était emparé des pignons de son esprit, poussant les roues mécaniques en avant comme la chute constante des corps.

271

Le meilleur jihad est celui que l'on mène contre soi-même.

272

À travers les haut-parleurs arriva l'ordre d'un recensement du camp. C'était un matin de novembre : il faisait si froid dehors que les branches des arbres se cassaient.

Des milliers de prisonniers se mirent en rang à l'extérieur. Certains furent tirés de leur lit, encore en chemise de nuit. D'autres portaient des manteaux légers, des pantalons du camp, des robes, les gants et les chapeaux qu'ils avaient pu confectionner dans leurs baraquements. Ils s'alignèrent en rangées impeccables. Hommes, femmes, enfants. Ils reçurent l'ordre de jeter leurs couvertures dans la neige. Immédiatement, le sang quitta leurs doigts, leurs orteils, leurs jambes, leurs bras. La moindre once de chaleur alla se réfugier dans leurs frissons.

Avec ses grandes bottes noires et son manteau à col de fourrure, les mains croisées dans le dos, Anton Burger, le commandant du camp, marchait le long des interminables files. À sa taille était suspendue une magnifique montre d'argent. Il l'ouvrit d'un coup sec, la referma. Il compta cinq minutes, huit, dix.

Certains s'écroulaient tout habillés et étaient traînés ailleurs, mais bientôt – comme l'avait prédit Burger – un chapeau tomba. Un manteau fut jeté quelques instants plus tard. Puis un autre. Et un autre. Tout prisonnier qui se baissait pour ramasser un article jeté, ou pour aider un autre prisonnier, était abattu. Une femme commença à tripoter ses boutons. Un vieillard se déshabilla jusqu'à son maillot de corps. Deux minutes passèrent. Trois. Quatre. Burger consultait sa montre. Les prisonniers se mirent à tomber deux par deux. Les vêtements jonchaient le sol. Vingt-sept minutes en tout et pour tout. Burger agita la main en l'air : il retenterait l'expérience, cette fois sous un froid encore plus rude. Les prisonniers reçurent l'ordre de regagner leurs baraquements.

Des vingtaines de corps gisaient à terre. Burger ordonna que les vêtements abandonnés soient immédiatement ramassés et brûlés.

273

Dites votre nom. Bassam Aramin. D'où ? Hébron. Âge ? Quarante-deux ans. Avec qui voyagez-vous ? Ma femme et mes enfants. Destination ? L'Angleterre. Où ça en Angleterre ? Bradford. Connais pas. C'est une université. Quelle est la raison de votre voyage ? Aller à l'université. Tu essaies de faire le malin avec moi ? Non. Où as-tu obtenu cette autorisation ? Je l'ai déjà expliqué aux autres agents. Est-ce que je ressemble aux autres agents ? Au bureau de Jérusalem. Quelle est la raison de ton séjour à l'université ? Étudier. Tu es professeur ? Non. Quel âge as-tu ? Quarante-deux ans, je vous ai dit. Et tu *étudies* ? Oui. Où es-tu allé à l'école ? Au village, à Sa'ir. C'est où, ça ? Près d'Hébron. Tu as terminé l'école ? Mes études ont été interrompues. Comment ça, *interrompues* ? Je n'ai pas terminé l'école, non. Pourquoi tu souris ? Je souris toujours, ça fait partie de ce que je fais, j'aime sourire. Tu veux encore rater ton avion, Bassam ? Non. Alors efface-moi ce sourire de ton visage et dis-moi où tu as appris l'hébreu. Après l'école. *Après l'école*, vraiment ? Oui. J'ai ton dossier ici, je sais qui tu es. Alors pourquoi vous m'avez demandé ? Fais pas le malin, réponds à la question. Après l'école, je l'ai appris après l'école, et après j'ai travaillé pour l'Autorité, d'abord dans les Sports, puis aux Archives, et ensuite j'ai été accepté à Bradford, j'ai une autorisation spéciale, j'ai le droit d'aller là-bas. Réponds à ma question, pourquoi vas-tu à l'université *maintenant* ? On m'a proposé une place. Tu l'aimes, ton petit sourire, pas vrai ? Pas spécialement. Redis-moi ton nom. Pourquoi ? J'ai dit redis-moi ton nom, tu m'entends, tu m'écoutes ? Bassam Aramin. Vingt-cinq ans sans faire d'études et tout à coup, Bass-sam Ara-min, tu es un intellectuel ? Je n'ai jamais dit ça, j'y vais en tant qu'étudiant. Tu y vas pour combien de temps ? Un an. L'autorisation vaut pour deux ans. Oui. Et tu vas étudier quoi ? La Shoah. Pardon ? L'Holocauste. J'ai entendu, tu étudies la Shoah, tu es un Arabe, tu es un musulman, tu es un terroriste, sept ans de prison, tu nous attaques, tu lances des grenades, tu nous terrorises, et maintenant tu étudies la Shoah, tu dis que tu es un intellectuel, c'est une blague ou quoi, Bass-sam, tu me prends pour qui ? Un imbécile ? Je ne vous prends pas du tout pour un imbécile. C'est ce que tu es en train de me dire ? Que tu vas en Angleterre pour pouvoir nous raconter que la Shoah n'a pas existé ? Non. Comment ça, *non* ? Une des choses que j'ai apprises c'est que personne n'a envie d'être expulsé de l'Histoire. Qu'est-ce que tu me racontes comme conneries ? Nier la vérité ne m'intéresse pas. Ah oui ? Je ne crois en aucune forme de violence. Depuis quand ? Depuis longtemps. Vraiment ? Oui. Combien de terroristes est-ce que tu vas rencontrer à Bradford, Bass-sam ? Je ne sais pas, c'est quoi un *terroriste*, vous pouvez m'en donner la définition ? C'est à *moi* que tu poses la question ? Ma femme attend, mes enfants attendent, on va encore rater notre avion et je dois dire que je suis un peu terrifié en ce moment, oui. Oh, mais tu es vraiment un gros malin, Bass-sam, non ? Je ne crois pas. Ne souris pas. Je ne souris pas, je ne ris pas, je ne fais rien du tout, je suis assis là, à répondre à vos questions et à attendre mon avion. Dis-moi ton nom. Je l'ai déjà donné une dizaine de fois. Ton nom ! Bassam Aramin. C'est ta petite fille qui pleure ? Je ne peux pas voir à travers les murs. Pourquoi est-ce qu'elle pleure, Bassam ? Je ne sais pas, sans doute parce qu'elle est fatiguée, ça fait longtemps qu'on attend. Et ta femme ne peut pas la faire taire ? Ma femme aussi est fatiguée, on a attendu ici huit heures, je ne sais pas combien de vols on a ratés. Combien tu as d'enfants, Bassam ? Cinq, mais avant j'en avais six.

274

Une des premières photos qu'il a vues à la bibliothèque était celle du camp de Theresienstadt. Elle montrait un jeune homme portant smoking et nœud papillon blanc devant un pupitre, occupé à mettre de la résine sur un archet de violon, fixant l'objectif, sur le point de jouer.

275

Plus tard il a rencontré des Anglais qui levaient les yeux au ciel quand il parlait de Bradford, et il pouvait presque voir leur mépris, rien à voir avec Oxford, rien à voir avec Cambridge, rien à voir avec Édimbourg, rien à voir avec Manchester. Mais Salwa et lui adoraient, la douceur de la ville, l'espace, le parc verdoyant, le chemin impeccable au bord de la rivière, les alignements de maisons basses en brique rouge, les cheminées, les magasins illuminés, la musique dans les ascenseurs, Manor Row, Mirror Hall, North Parade, Tumbling Hill, Rawson, les néons sans fin, les cafés, les boutiques, les effluves de vinaigre, le vendeur de falafels, les bus rouges à double étage, les hommes en chapeau melon, les femmes en burqa, les camions de pompiers, les camions-poubelles, la sonnerie des cloches de l'église, l'appel du muezzin, le postier, le policier indien de Cheapside avec ses dreadlocks, le funambule devant le Peace Museum, le trajet à pied dans Pemberton Drive pour rentrer à la maison, la rue calme, l'herbe sur le bas-côté, le portail de traviole, le rosier jaune grimpant sur le mur, la porte bleue, la sonnette blanche, la boîte aux lettres en argent, le porte-manteau, l'escalier grinçant, cinq chambres, leur propre chambre donnant sur un petit bout de jardin, les bruits des radiateurs, les enfants autorisés sans angoisse à sortir au parc l'après-midi, les regarder courir au bord de l'eau, rompre du pain pour nourrir les canards – quelle surprise, tout ça, même sous la chape grise du ciel anglais –, marcher sous la pluie, et même, oui, la pluie elle-même, ses rideaux en diagonale, les averses ensoleillées, le crachin nocturne, les orages violents, et les blagues sans fin sur les parapluies, que de temps en temps Salwa, découvrant la langue, trouvait assez drôles.

276

Qu'est-ce qui remonte, Salwa, quand la pluie tombe ?

277

À la bibliothèque, il lut Primo Levi. Adorno. Susan Sontag. Edward Said. Il vit *La Liste de Schindler*, se mit en quête d'autres films, de documentaires, visionna des tas de journaux télévisés. Exhuma des photos des camps. Trouva tout ce qu'il pouvait sur Theresienstadt. Il lut aussi des choses sur les effets du traumatisme et son incidence sur la mémoire ; Adler, Janet, Freud. L'acquisition de la peur. La désintégration de la mémoire avec le temps. La fonction du langage.

Quelquefois, il avait l'impression que son cerveau s'était embrasé. Il rentrait tard le soir, épuisé, enthousiaste, et retrouvait Salwa : il s'endormait sur le canapé, des livres ouverts sur le torse, les pieds posés sur la table basse.

Il commença à travailler à son mémoire de maîtrise : *L'Holocauste : usage et abus de l'Histoire et de la mémoire*. Il le rédigea à la main. Il pensait en arabe mais écrivait en anglais. Il savait que ce n'étaient pas des idées nouvelles, qu'elles l'étaient seulement pour lui. Malgré tout, il se sentait comme un explorateur. Il s'était naufragé en pleine mer. Si la plupart du temps il finissait par s'échouer sur le rivage, il lui arrivait de tomber sur une petite rumeur de terre. Mais quand il essayait de trouver un point d'appui, la terre disparaissait sous ses yeux. C'était ça, la vraie terreur, se dit-il. Il était de sa responsabilité de ne pas faiblir. Il voulait parler de l'usage du passé dans la justification du présent. De l'hélice de l'Histoire, chaque moment lié au suivant. Là où la trajectoire du passé coupe celle de l'avenir.

Il était le plus âgé de sa classe. Département des études sur la paix. Il s'asseyait à l'avant-dernier rang, sur le côté de la salle, et restait le plus discret possible. Il allait rarement au-delà du murmure. Il prenait rarement la parole, mais s'il le faisait c'était d'une voix douce, lente, réfléchie. Il repartait en inclinant la tête. Fumait seul, loin des bâtiments. Gardait son tapis de prière à l'abri des regards.

Néanmoins, le bruit circula : il était palestinien, un militant, il avait perdu sa fille de dix ans, il étudiait l'Holocauste.

Il connaissait les prénoms des appariteurs, des jardiniers, des dames de la cantine. Il hochait la tête quand il les croisait.

Les gens étaient ouverts et joviaux. Ils voulurent savoir quelle équipe de football il soutenait. Il ne s'intéressait pas au football, pourtant il se mit à arborer l'écharpe bleu et blanc du club de Bradford. Ils adoraient sa manière de prononcer le nom de la ville, son fort accent arabe. *Brr-ad-a-fort*. Ils le surnommèrent Keyser Söze, pour sa patte folle. Ils lui dirent qu'il ressemblait un peu à Kevin Spacey en version arabe. Ne voyant pas de quoi ils parlaient, il loua le film et le regarda avec Salwa. Ils rirent à l'idée qu'il faisait partie des Usual Suspects. La vie d'un Palestinien. Les petites ironies.

On l'invitait à des fêtes, à des dîners, à des symposiums. Il accepta. Glasgow, Copenhague, Belfast. C'était sa malédiction : il détestait décevoir les gens, il ne savait jamais dire non.

Il avait une réponse simple aux questions qu'on lui posait inévitablement. Il n'y avait pas de symétrie entre le geôlier et le prisonnier. Détruisez la prison. L'Occupation reposait sur le mensonge de la sécurité. Elle devait cesser. Rien d'autre ne serait possible tant que ce ne serait pas le cas.

Une espèce de brouillard envahissait ses auditeurs. Il savait que sa réponse les décevait. Ils voulaient autre chose – un État, deux États, trois États, huit. Ils voulaient qu'il dissèque Oslo, qu'il parle du droit au retour, qu'il débatte de la fin du sionisme, des nouvelles colonies, du colonialisme, de l'impérialisme, de la *hudna*, de l'ONU. Ils voulaient savoir son avis sur la résistance armée. Sur les colons eux-mêmes. Ils avaient entendu tellement de choses, disaient-ils, et pourtant ils en savaient si peu. Et les centres commerciaux, les terres volées, les fanatiques ? Il restait coi. Pour lui, tout tournait encore autour de l'Occupation. Elle était un ennemi commun. Elle était en train de détruire les deux camps. Il ne haïssait pas les juifs, disait-il, il ne haïssait pas Israël. Ce qu'il haïssait, c'était le fait d'être occupé, l'humiliation que cela représentait, l'étouffement, la dégradation quotidienne, l'avilissement. Il n'y aurait aucune sécurité tant que l'Occupation ne cesserait pas. Essayez un checkpoint ne serait-ce qu'une journée. Essayez un mur en plein milieu de votre cour d'école. Essayez vos oliviers défoncés par un bulldozer. Essayez votre nourriture en train de moisir dans un camion, à un checkpoint. Essayez l'occupation de votre imaginaire. Allez-y. Essayez.

Les auditeurs acquiesçaient, mais il n'était pas sûr pour autant qu'ils aient bien compris. Le problème de l'Occupation était qu'elle ne vous laissait jamais décider. Elle vous privait de votre faculté de choisir. Supprimez-la et le choix apparaîtra.

Malgré tout, son public le pressait de questions. Quelle était sa position morale face à la violence ? Sa vision politique n'était-elle pas dépassée ? Quel genre de concessions ferait-il sur le droit au retour ? Quel genre d'échanges territoriaux ? Qu'adviendrait-il de la ville d'Ariel ? Et les Bédouins ? Les villages non reconnus ? Pourquoi n'étudierait-il pas la Nakba plutôt que l'Holocauste ?

Les questions l'épuisaient. Alors il modifiait le ton de sa voix. Il se penchait en avant. Il chuchotait. Leurs questions étaient valables, et il y répondrait. Mais donnez-moi du temps, disait-il, donnez-moi du temps, la seule façon dont je peux y arriver est d'exploiter la force de mon malheur, vous comprenez ? Il ne voulait plus se battre. Le plus grand jihad, dit-il, était la capacité à parler. Voilà ce qu'il faisait présentement. Le langage était l'arme la plus tranchante. Elle était puissante. Il voulait la manier. Il devait se montrer prudent. *Mon nom est Bassam Aramin. Je suis le père d'Abir*. Tout le reste provenait de là.

Il se sentait si souvent ramené en prison : l'instant où il avait vu le documentaire, les corps nus au-dessus des fosses, les numéros aux poignets, le froid glacé qui cassait les branches en l'air. Son départ de la prison, non pas tant en homme de paix – le mot même de *paix* était gênant parfois –, mais en homme voulant s'attaquer à l'ignorance de la violence, y compris la sienne. Le paradoxe, donc, des années qui avaient suivi : son mariage, ses enfants, l'appartement d'Anata, le travail pour la paix. Et puis cette balle en caoutchouc transperçant l'air par une journée banale de janvier, sortie de nulle part, le choc du front de sa fille contre le trottoir.

Il lui arrivait de quitter les symposiums plus tôt. Il voulait rentrer chez lui. Être au calme. Sans être dérangé. Il était émerveillé lorsqu'il ouvrait la porte de derrière et voyait Salwa dehors, en train d'arracher les mauvaises herbes du jardin, son foulard au milieu des rhododendrons.

278

Un sentiment de communauté. Une mythologie des instincts.

279

Tard le soir, il marchait dans les rues de Bradford en lisant. Il y avait des culs-de-sac, des ruelles, des ronds-points. Il se mit à emporter un carnet. Sous la lumière irrégulière des globes des réverbères, il griffonnait, puis reprenait sa marche, une casquette anglaise vissée sur la tête. Il évitait le centre-ville : trop bruyant d'alcool. Parfois, il faisait indéfiniment le tour du parc. Quand il rentrait à la maison, les hiéroglyphes de son carnet étaient difficiles à déchiffrer. Parfois, les pages étaient humides de brume. Il les décollait délicatement et commençait à recopier. La mémoire. Le traumatisme. Les rimes de l'Histoire et de l'oppression. Les changements générationnels. Les vies empoisonnées par l'étroitesse d'esprit. Ce que comprendre l'histoire d'autrui peut signifier.

Il fut très vite frappé de voir que les gens avaient peur de l'ennemi parce qu'ils étaient terrifiés à l'idée que leur vie se dilue, qu'ils ne se perdent eux-mêmes dans la jungle de la connaissance mutuelle.

Ces idées avaient quelque chose d'incandescent, pensait-il, de flétrissant. Au bout d'un certain temps, il voulut cesser entièrement d'écrire et se contenter de lire. À chaque page tournée, il y avait une nouveauté à découvrir. Il aimait, désormais, être bousculé.

Il s'immergea dans la bibliothèque. Il était souvent le dernier à en partir. Il était assis, calme, immobile. Les lumières s'éteignaient en clignotant. Il rassemblait les livres et les papiers disséminés. Son sac à dos était rempli à craquer. Il rentrait chez lui voûté. Son corps semblait plus léger, curieusement, son boitillement moins prononcé. Salwa changeait, elle aussi. Elle était plus détendue, plus heureuse. Elle engagea une tutrice, une jeune Française, pour lui enseigner l'anglais. Il les entendait dans la cuisine, gloussant à cause de la prononciation des mots. *Um-ber-ella.* Il allait se promener au parc avec les enfants.

Bassam savait que ça ne durerait pas, que c'était temporaire, qu'il lui faudrait repartir, que la parenthèse de la bourse se refermerait. Un soir, il marcha dans les rues vêtu de sa longue robe de nuit et de ses sandales. Ici ce n'était pas Anata, ce n'était pas Jérusalem-Est, ce n'était pas la Cisjordanie : ici c'était l'Angleterre. Ce n'était pas chez lui. Dans son bonheur, il était maintenant prêt à repartir.

Au-dessus de son bureau, il punaisa une phrase de Rumi, le poète persan, dont il se souvenait : *Hier j'étais intelligent, et je voulais changer le monde. Aujourd'hui je suis sage, et j'ai commencé à me changer moi-même.*

280

Une des choses que savait Steven Spielberg – même en tant que jeune réalisateur à Hollywood – était que l'Histoire est en accélération constante mais que, tôt ou tard, une force, n'importe quelle force, doit aborder un tournant : ce tournant est alors une histoire qu'il faut raconter.

281

Si vous divisez la mort par la vie, vous obtenez un cercle.

282

Rami était dans sa voiture lorsqu'il apprit la nouvelle. Sur la route de Tel-Aviv, pour récupérer sa belle-mère à Ben-Gourion. La circulation n'était pas dense. Début d'après-midi. Il écoutait la radio. Les Beatles. La musique s'interrompit brusquement. Une voix masculine. Un flash info. Dans la demi-heure qui venait de s'écouler. Ben Yehuda Street. Un café. Nombre de blessés indéterminé. La police sur place.

C'était toujours la même chose : son estomac qui se retournait, la prise de conscience de sa gorge, l'obscurité qui se propageait derrière ses yeux. Il fit rapidement le calcul pour savoir où était chacun – Nurit à l'université, Smadar à la maison s'occupant d'Yigal, Elik à l'armée, Guy au cours de natation. Tout le monde était bien présent, parfait, oui. Respire.

Devant lui, certains automobilistes freinèrent, comme s'ils venaient eux aussi d'entendre la nouvelle, un éclair de lumière rouge. Déjà des sirènes se faisaient entendre de l'autre côté de l'autoroute : la police et les ambulances en chemin.

Il refit le calcul. Jeudi. Nurit à l'université, oui. Smadar faisait du baby-sitting, oui. Les grands, oui.

Du calme. Respire. Respire, c'est tout.

Plus loin, il vit un groupe de voitures se diriger vers la sortie. Il mit son clignotant, se rabattit sur la voie, remit encore son clignotant. La voiture dérivait. C'était comme si elle fonctionnait indépendamment de lui. Il y avait quelque chose, il n'arrivait pas à mettre le doigt dessus, le frémissement d'un doute, le petit nœud dans les tripes. Il y avait toujours quelqu'un qui connaissait quelqu'un. Personne, en Israël, ne vivait en dehors des bombes.

Il n'avait pas chargé son portable. Il devait trouver une cabine, pensa-t-il, et passer un petit coup de fil à Nurit. Il remit son clignotant et se plaça à cheval entre la voie et la sortie.

Un tonnerre de klaxons retentit derrière lui.

Rami tourna le bouton de l'autoradio, navigua d'une station à l'autre. Bombe à Jérusalem. Bombe à Jérusalem. Bombe à Jérusalem.

Respire. Garde ton calme.

Il resta sur 95.0 FM. Une voix de femme, cette fois. Ils attendaient une confirmation en direct. Il était question de deux bombes, maintenant. La police s'activait. La ville était à l'affût d'autres incidents. Circulation chaotique. Restez en attendant des précisions. Des dizaines de blessés. Peut-être des morts.

Un klaxon sonna. Rami fut surpris de voir autant d'espace devant sa voiture. Il lâcha la pédale d'embrayage et la voiture s'avança, près de la bretelle. Quelle sortie était-ce, n'importe comment ? Il ne se rappelait plus. Elles se ressemblaient presque toutes. Il balaya du regard l'horizon à la recherche d'une station-service ou d'un fast-food. N'importe quel endroit équipé d'un téléphone. Simplement pour se rassurer. Pour leur dire qu'il allait bien, pas d'inquiétude, pas besoin de s'affoler, il était sur la route, à trois quarts du chemin jusqu'à l'aéroport. Le petit point routinier. Salut, chérie, tout va bien.

Deux bombes, c'est confirmé, dit la radio. Peut-être trois. Un certain nombre de blessés. La rue était bondée de gens faisant leurs courses. La rentrée scolaire. La zone était entièrement bouclée. Des rumeurs non confirmées évoquant un mort, désormais, peut-être plusieurs.

283

L'heure du retour à l'école.

284

285

Trois téléphones étaient alignés sur le côté d'une station-service Paz. Il se gara le long du trottoir, verrouilla la portière, chercha son portefeuille et sa carte téléphonique au fond de son jean. Deux des téléphones étaient occupés. Le troisième était libre. Des cartes de visite étaient collées à la diable près du téléphone : un club de strip-tease à Tel-Aviv, un réparateur informatique, un service de tonte de pelouse, un promeneur de chiens. Il souleva le combiné. Aucune tonalité. Une deuxième, une troisième fois. *Come to Where the Baby Dolls Play. Ariel Paysagisme. Réparation Mobiles ₪ 50. On vous tient en laisse. Pussycat, Pussycat, Where Have You Been ?*

Il raccrocha violemment. Le combiné glissa de son support et pendouilla dans le vide. Il recula sur le trottoir.

Le téléphone du milieu était pris par une jeune fille, guère plus âgée que Smadar. Elle agitait ses cheveux et rigolait. Rami faisait les cent pas derrière elle. Raccroche s'il te plaît, voulait-il lui dire, je dois appeler ma femme, je veux juste vérifier que tout va bien, tu peux pas te magner ?

L'autre personne qui téléphonait était jeune également. Vingt-cinq ans environ, la peau mate, un haut de survêtement, des lunettes noires sur le front. Il était blotti contre le téléphone, la main au-dessus du combiné, et chuchotait. Rami s'arrêta une seconde. Parlait-il en arabe, cet homme ? Il s'avança, se pencha, écouta. Non, c'était de l'hébreu, il n'avait aucun accent.

Rami ressentit une légère honte dans son ventre.

Deux autres voitures s'étaient garées en hâte. Un homme dans la première, une femme dans l'autre. La femme – grande, mince, cheveux bouclés – fut la première à arriver devant les téléphones. Elle ramassa le fil qui pendait.

« Il ne marche pas », dit Rami.

Les yeux de la femme étaient d'un bleu inquiétant. Elle reposa le combiné, s'éloigna du trottoir, commença à aller et venir.

« Vous avez entendu ?

— Oui. »

Elle donnait l'impression d'une femme traquée : ses pupilles semblaient avoir entièrement disparu. Déjà l'autre homme – petit, nerveux, électrique – était devant le téléphone.

« Il est cassé », dit la femme.

Le petit homme glissa sa carte téléphonique dans la fente.

« Il est foutu », dit Rami.

L'autre haussa les épaules, posa quand même son doigt sur la fourche, appuya plusieurs fois.

Une des cartes de visite tomba par terre. *Ariel paysagisme : laissez-vous tondre.* Le petit homme chassa la carte avec un coup de pied, retourna vers le téléphone, plaqua une fois de plus son oreille contre le combiné.

« On a déjà essayé, dit la femme, on attend, on fait la queue. »

Le petit homme passa derrière le type en survêtement, puis observa la fille qui agitait toujours ses cheveux en rigolant.

Rami se pencha vers elle et tapota son épaule en disant : « On attend, ma grande, tu ne vois pas qu'on attend ? »

286

Bombe à Jérusalem. Bombe à Jérusalem. Bombe à Jérusalem.

287

Son premier appel, il le destina au bureau de Nurit. Il tomba sur son répondeur. Il s'arrêta un instant, attendant de voir si elle décrocherait. Salut, bouton d'or, c'est moi, tu es là ? Il entendit le répondeur biper. Salut bouton d'or, répéta-t-il. Pas de réponse. Il raccrocha et chercha de nouveau sa carte téléphonique dans sa poche de chemise. Le second appel fut pour Smadar, à la maison. On décrocha tout de suite. Allô ? Rami fut un instant déconcerté par la voix. C'est moi. J'ai essayé de te joindre, dit Nurit. Mon téléphone est mort. Où es-tu ? En route pour l'aéroport. Je t'ai appelé au bureau. Je suis rentrée à la maison. Pourquoi ? J'ai laissé Smadar aller dans le centre, je l'ai laissée partir avec ses copines, elle voulait s'acheter des livres, elle m'a parlé d'une histoire de cours de jazz. Où ça ? Dans le centre. Tu as eu des nouvelles d'elle ? Pas encore. OK, OK, et ses copines ? Rien. Avec qui est-elle ? Je ne sais pas, Sivan, Daniella, quelques autres, elle est partie en bus. Il est arrivé quelque chose dans le bus ? Rien, non, non, je ne sais pas, je n'ai pas eu de nouvelles d'elle, en général elle appelle. Elle n'a pas de portable sur elle, si ? Elle peut téléphoner d'une cabine. Peut-être que les lignes marchent mal, je t'entends à peine. Rami. Tout le monde ici essaie de se servir du téléphone, je t'entends à peine, parle plus fort. Rami ? Ça va aller pour elle, mon amour, ça va aller, où sont les garçons ? Ils ont appelé, ça va. Où est-ce qu'elle est allée, tu dis ? Faire des courses. Je devrais rentrer ? Peut-être, oui, peut-être. La radio dit que la circulation est infernale. Je laisserai un message à ma mère, elle peut prendre un taxi à l'aéroport, les bus ça va être l'enfer, je vais aller dans le centre, tu as ton portable ? Je t'ai dit, le mien est mort. Combien de temps tu vas mettre ? Je ne sais pas, une demi-heure, trois quarts d'heure ? OK. Tu devrais appeler une baby-sitter pour Yigal, au cas où. Rami. Oui ? Dépêche-toi.

288

Soixante-dix kilomètres à l'heure, quatre-vingts, quatre-vingt-cinq. Chaque brèche dans la circulation semblait s'ouvrir pour lui. Même sur la bande d'arrêt d'urgence. Il n'avait pas du tout l'impression d'être dans une voiture, mais sur sa moto, une série de portes coulissantes devant lui, un vide ici, un espace là, personne ne collait son pare-chocs, personne ne klaxonnait, personne ne lui faisait de doigt d'honneur, pas même lorsque la circulation ralentit avant la ville et qu'il se retrouva derrière un véhicule de police qui avançait tel un mythe devant lui, fendant les vagues. Plus tard, il se poserait des questions. Le trajet défia toutes les attentes. Le flic se déporta même sur le côté de la route et lui fit signe d'avancer sans aucune raison apparente. La bretelle de sortie était fluide. Chaque feu qu'il croisait était orange.

289

Nous vous tondrons.

290

De la circulation devant. De la circulation derrière. Il ne pouvait rien faire. Il connaissait par cœur les rues d'Anata. Il n'y avait pas de raccourcis. Il ne pouvait pas tourner à gauche, il ne pouvait pas tourner à droite. Il n'y avait aucun trottoir à mordre. Aucun espace. Bassam tendit le bras et toucha la main de Salwa. Elle alluma son portable. Plus de nouvelles, dit-elle. Quelques instants plus tard, elle le ralluma. Ils nous attendent, dit-elle, elle va s'en sortir. Il résista à l'envie de klaxonner. Il baissa sa vitre. Des hélicoptères tournaient dans le ciel. Il se passait quelque chose quelque part. Il scruta l'horizon pour voir de la fumée. J'espère simplement qu'elle n'a pas besoin de points de suture, dit-il.

291

Les hommes s'agitaient devant les magasins. Des adolescents couraient entre les voitures. Certains avaient déjà le visage caché par un foulard. Bassam sortit dans la rue. Il leva une main en l'air. Les autres couraient à côté de lui. Quelqu'un s'est fait tirer dessus. Où ? À l'école. Ils défilaient. Il leva de nouveau les mains pour les faire ralentir, mais ils slalomaient autour de lui. Arrêtez, supplia-t-il. Arrêtez. Il plaqua sa main contre le torse d'un grand garçon, qui fut pétrifié par ce geste impérieux. Quelle école ? L'école des filles. Tu es sûr ? Je crois bien, oui.

292

Ils abandonnèrent leur véhicule à cinq cents mètres de l'hôpital. Bassam laissa la clé sur le contact. Ils coururent ensemble. Elle portait une longue robe verte et un foulard sur la tête. Lui une chemise et un pantalon foncés. Son boitillement était plus prononcé quand il se dépêchait, mais même dans la précipitation Bassam dégageait une forme de calme.

À la clinique, le silence se fit lorsqu'ils entrèrent. Dans le couloir, la foule se fendit en deux devant eux. Ils comprirent. Ils se ruèrent vers les salles d'opération. Bassam fut pris à part par un médecin. Ils se connaissaient de la mosquée et depuis les efforts de Bassam pour la paix.

Une main sur son torse : « C'est critique, Bassam. Prépare-toi.

— Je suis préparé. »

Son devoir, pensa-t-il, avait toujours été de faire régner le calme : en prison, déjà, c'était à lui qu'on faisait appel pour annoncer les nouvelles.

Il revint voir Salwa. Elle se tenait sous un néon clignotant. Il serra sa main. Elle se retourna rapidement et sanglota dans le creux de son épaule.

« On doit se préparer », dit-il.

293

Lorsqu'il ressortit, sa voiture était garée sur le parking de l'hôpital, avec un mot en arabe disant qu'ils priaient pour Abir et que la clé avait été déposée à la réception. Sous le mot, une tulipe accompagnée d'un Post-it : *Remets-toi bien.*

294

Comment, au juste, se demanda Bassam plus tard, comment Spielberg aurait-il filmé la balle en caoutchouc en train de fendre l'air ? Où aurait-il placé sa caméra ? Comment aurait-il cadré le virage serré de la Jeep dans la rue ? Comment aurait-il saisi le crissement des pneus ? Filmé le coulissement de la petite grille métallique dans la portière arrière ? Le jaillissement de lumière sur le visage du garde-frontière ? L'intérieur de la Jeep, les journaux en désordre, les uniformes, les boîtes de munitions ? L'apparition du M-16 à travers la portière arrière ? Le doigt replié sur la détente ? La douille émergeant du sucre d'orge des striures ? Le recul du fusil dans l'épaule du garde-frontière ? La trajectoire en spirale de la balle dans l'air bleu et vif ? La détonation couvrant les cloches de l'école ? Le fracas de la balle derrière la tête d'Abir ? Le vol plané de son cartable en cuir ? La forme de sa chaussure lorsqu'elle se détacha de son pied ? Son tournoiement ? Les petits os derrière le cerveau qui se font écraser ? Le retard de l'ambulance ? Le rassemblement à l'hôpital ? L'encéphalogramme plat ?

295

Les morts se produisirent à dix ans d'intervalle : Smadar en 1997, Abir en 2007. Lors d'une conférence à Stockholm, Bassam se leva pour dire qu'il avait parfois l'impression que la balle en caoutchouc avait voyagé pendant toute une décennie.

296

L'essentiel de *La Liste de Schindler* est contenu dans les premiers plans, quand la flamme de la bougie de shabbat est allumée. C'est un des cinq seuls moments en couleur du film : un petit vacillement de lumière jaune.

297

On dit que chaque année, dans l'église du Saint-Sépulcre, à Jérusalem – où le Christ fut crucifié, mis au tombeau puis considéré par les chrétiens comme revenu d'entre les morts –, un feu sacré apparaît spontanément et allume des bougies dont la flamme fera le tour du monde.

Le Samedi saint précédant Pâques, le patriarche grec orthodoxe de Jérusalem pénètre dans l'obscurité du tombeau de Jésus, où toutes les lumières ont été éteintes. Les portes ont été scellées à la cire, et le tombeau inspecté, au cas où s'y trouverait de quoi faire un feu : flamme, pierre, briquet, loupe.

À l'intérieur comme à l'extérieur de l'église, une foule immense attend la nouvelle : foule bruyante, excitée, électrique, à vif, compacte.

À la porte du tombeau, le patriarche ôte sa robe et on le fouille minutieusement pour s'assurer qu'il ne porte aucun objet pouvant produire une flamme. Il est ensuite solennellement autorisé à entrer dans la chambre scellée. Il s'agenouille au pied de la pierre où, dit-on, une lumière bleue s'élève lentement.

Dans un premier temps, la lumière est froide au toucher. Elle forme une colonne avec laquelle le patriarche allume ses deux bougies.

Une fois allumées, celles-ci sont passées par des ouvertures de part et d'autre du tombeau. Le patriarche orthodoxe transmet la flamme d'abord au patriarche arménien, puis au patriarche copte. La flamme est transportée rapidement jusqu'au Trône du Patriarche.

L'église s'anime, dans un torrent de lumière et un concert de cloches. Des cris retentissent. D'antiques tambours résonnent. Des disputes éclatent. Des rires. De bougie en bougie, la flamme se déplace à travers l'assistance.

Le feu est ensuite emporté à travers les rues étroites de la vieille ville, dans les maisons chrétiennes et, parfois, celles des musulmans et des juifs. Le feu se répand ensuite dans toutes les églises orthodoxes de Terre sainte.

Aux siècles passés, la flamme était transportée à dos de mule hors de la ville, ou à dos de chameaux à travers le désert, ou autour du monde dans des récipients en verre, sur des bateaux à vapeur. Déjà au mitan du XXe siècle, la flamme quittait la ville dans un véhicule de police, direction l'aéroport Ben-Gourion, où – telle une torche olympique – elle était placée dans des tubes électroniques conçus exprès, avant de partir en avion pour la Grèce, la Russie, l'Argentine, le Mexique et au-delà.

298

En 2015, un représentant de l'Église grecque orthodoxe entra en pourparlers avec des représentants d'Elon Musk afin d'envoyer la flamme dans l'espace par l'intermédiaire de Space X, l'entreprise de fabrication de fusées de Musk. Les discussions n'ont rien donné.

299

Au dos de sa boussole en argent, sir Richard Francis Burton fit graver une phrase du Coran : *Allez de par le monde et voyez comment ont fini ceux qui criaient au mensonge.*

300

Lors de l'opération Embellissement, les prisonniers reçurent l'ordre de rester silencieux pendant que la délégation de la Croix-Rouge se déplaçait à travers la ville : toute parole déplacée se payait d'une mort certaine.

301

Imaginez, donc, les ministres danois se déplaçant poliment à travers les rues embellies, écoutant, acquiesçant, les mains croisées dans le dos en une sorte de prière inquisitrice.

302

Il existe de nombreuses théories sur l'apparition spontanée de la flamme dans l'église du Saint-Sépulcre : les bougies ont pu être saupoudrées de phosphore blanc, de manière à pouvoir s'auto-allumer, ou un morceau de pierre a été dissimulé dans le sol, ou un bocal de naphte est caché dans le tombeau, ou le patriarche se débrouille pour faire entrer en cachette un briquet, dissimulé dans sa barbe ou dans un nœud de ses cheveux.

Ces hypothèses recueillent les railleries des légions de fidèles pour qui le feu est tout simplement allumé par le Saint-Esprit.

303

Lorsque Sinéad O'Connor chanta la vieille ballade irlandaise « I Am Stretched On Your Grave » – sur l'album que Smadar aimait tant écouter en dansant –, son interprétation fut, selon elle, influencée par sa lecture de la Kabbale, l'interprétation mystique de la Bible.

304

Dans leur tentative pour étudier la nature du divin, les kabbalistes conçoivent deux aspects de Dieu. Le premier, connu sous le nom d'*En Sof*, voit Dieu transcendant, inconnaissable, impersonnel, illimité et infini. Le second aspect est accessible à la perception humaine et révèle le divin dans le monde matériel, disponible dans nos vies finies.

Loin de se contredire, les deux aspects du divin – l'un localisable, l'autre infini – sont censés être parfaitement complémentaires, une forme de vérité profonde que l'on trouve dans les contraires apparents.

305

Borges aussi était fasciné par la Kabbale. Il émettait l'hypothèse que le monde n'était peut-être qu'un système de symboles, et l'univers, y compris les étoiles, une manifestation de l'écriture secrète de Dieu.

306

Borges écrivait qu'il suffit de deux miroirs opposés pour construire un labyrinthe.

307

Un jour, quand il était enfant, Bassam découvrit une photo de Mohamed Ali dans un magazine sur le Vietnam : il rapporta le magazine chez lui, découpa la photo et l'accrocha au mur de la grotte, juste à côté de la lanterne à kérosène suspendue.

Sur cette photo, Ali se tenait au-dessus de Sonny Liston, le bras armé, l'œil incandescent, triomphant, furieux. Liston était couché par terre, les bras derrière la tête en signe de reddition hagarde.

Au fond de la grotte, Bassam se plaçait devant un miroir et imitait la posture d'Ali, le sourire, le poing serré, le corps d'un soldat à ses pieds.

308

Dans le monde musulman, Mohamed Ali passait pour un *da'i* : quelqu'un qui s'efforce de transmettre au monde le message d'Allah. Un de ses trophées était une montre Timex en argent équipée d'une aiguille de boussole indiquant la qibla, toujours pointée vers La Mecque.

309

Le plafond de la grotte formait une voûte. Des trous d'aération avaient été percés à l'aide d'une fine foreuse fabriquée à la main. Les chambres avaient été creusées dans la pierre meuble. Les saillies servaient d'étagères naturelles : elles faisaient aussi office de marches jusqu'aux parties supérieures de la grotte. Des alcôves avaient été creusées profondément dans les parois.

Les frères de Bassam la surnommaient Sésame, comme la caverne du *Kitab Alf Layla wa Layla*.

Des pavés plats étaient posés à l'entrée. Plus à l'intérieur, des tapis couvraient le sol. Les murs de la cuisine et du salon étaient plâtrés, lisses et peints de couleurs vives. La vaisselle et les jarres d'olives en terre cuite étaient rangés sur de hautes étagères en bois, au-dessus du *tannour*.

Une rangée de livres et de photos décorait le mur méridional. Le mur septentrional était nu, à l'exception d'un tapis accroché dont on disait qu'il appartenait à la famille de l'oncle de Bassam depuis l'époque ottomane.

L'eau venait d'un puits situé à cinq cents mètres de là. Les autres familles, dans les grottes voisines, pirataient l'électricité, mais le père de Bassam préférait la sienne sans électricité.

Il y avait un puits de lumière dans le plafond, près de l'entrée de la grotte : enfant, Bassam pouvait dire l'heure qu'il était, à quelques minutes près.

310

Il menait l'âne sur la pente rocailleuse, transportant tapis, étagères, matelas, chaises et ustensiles de cuisine. Le trajet jusqu'au village durait trois quarts d'heure. L'âne trimait sous le poids et la chaleur écrasante.

Chaque fois qu'il retournait à la grotte, Bassam trempait les pattes de l'âne dans un cataplasme, puis se remettait en route. L'âne posait chaque sabot avec précision, cédait un instant avant de se reprendre, brayait, et continuait.

Sur tout le flanc de la colline, à l'ombre, se tenaient des soldats israéliens en armes. La plupart d'entre eux remarquaient Bassam, mais ne se retournaient même pas pour le regarder pendant qu'il amenait le chargement vers le bas de la colline.

Les soldats – ses Sonny Liston à lui – étaient passés maîtres dans l'art de dormir debout.

311

Les grottes furent démolies le soir de leur expulsion. Rasées à l'aide de bâtons de dynamite.

Un mois plus tard, alors qu'il jouait dans les décombres, Bassam trouva la pierre qui indiquait la direction de La Mecque.

312

Bien des années après, à Boston, assis sur un fauteuil pivotant dans le bureau du sénateur John Kerry, Bassam raconta l'histoire de l'expulsion de la grotte.

Un peu plus tôt dans la conversation, il avait attiré l'attention du sénateur en se penchant en avant sur son fauteuil et en disant : « Je suis navré de vous le dire, monsieur le sénateur, mais vous avez assassiné ma fille. »

313

Il avait une manière si particulière de parler, calme mais impérieuse, mettant toujours l'accent sur la dernière syllabe – *vous avez as-sas-si-né ma fil-le* –, si bien que cela ressemblait à une sorte de psalmodie.

314

À la fin du rendez-vous – qui avait duré une heure et demie de plus que le temps alloué –, le sénateur Kerry inclina la tête et toutes les personnes présentes dans son bureau se joignirent à la prière. Jamais, promit-il, il n'oublierait l'histoire d'Abir.

315

Le gaz lacrymogène employé par les FDI était autrefois fabriqué à Saltsburg, en Pennsylvanie. Mais en 1988 – après que des enquêtes fédérales eurent conclu qu'il avait été fait mauvais usage du gaz –, les ventes furent suspendues. On fit appel à des lobbyistes. Des réunions du Congrès eurent lieu. Des réunions locales furent organisées. Des argumentaires furent envoyés par courrier pour expliquer que les habitants de Pennsylvanie avaient une proximité avec Israël. Des emplois étaient en jeu. Le gaz lacrymogène, disaient-ils, serait de toute façon fabriqué ailleurs. Il était temps de se défendre.

Au bout de dix-huit mois, la production reprit. Puis, en 1995, elle fut confiée à une entreprise de Jamestown, toujours en Pennsylvanie, à cent cinquante kilomètres de là.

316

S'il veut renvoyer une grenade lacrymogène, le manifestant – déjà enveloppé dans des nuages de gaz – doit faire preuve d'adresse. La grenade doit être ramassée avec une main gantée. La direction du vent doit être immédiatement déterminée. La grenade est placée dans la fronde d'une manière telle que, l'espace d'un instant, le gaz ne peut pas s'échapper.

Si l'émeutier ne possède pas de masque à gaz, il porte des lunettes de piscine ou de soudeur et couvre sa bouche d'un foulard imbibé de bicarbonate de soude dilué. La grenade est balancée au-dessus de sa tête et relâchée le plus vite possible, surtout si elle relève de la version à triple compartiment, un modèle spécial conçu par des scientifiques israéliens pour se séparer en trois parties au moment de l'impact.

Le renvoi est humoristiquement désigné, parmi les émeutiers, comme *le droit au retour*.

317

Au mur des Lamentations, dans la vieille ville de Jérusalem, des martinets migrant d'Afrique du Sud reviennent chaque année en janvier ou en février. Ils nichent dans les lézardes des vieux blocs de calcaire.

On peut voir certains d'entre eux entrer dans les minuscules lézardes du mur en volant de front, prodige de vitesse et d'agilité. D'autres regagnent leurs nids en prenant des virages à 90 degrés dans l'air, une aile vers le bas, l'autre inclinée vers le ciel.

Les martinets partagent l'ouvrage en brique avec les pigeons, les choucas et les hirondelles. Des pigeons sauvages bloquent parfois l'entrée des trous, ce qui oblige les martinets à tourner sur place en attendant l'occasion de retrouver leurs nids, à dix mètres au-dessus du sol.

Les voyages du soir s'appellent vols vespéraux. Au crépuscule, les oiseaux sculptent l'espace au-dessus des têtes des fidèles, dont beaucoup, tout en posant la tête contre la pierre pour prier, glissent à l'intérieur du mur des prières griffonnées sur de petits bouts de papier.

Il arrive que, par vent fort, les bouts de prières s'envolent et que les papiers soient rattrapés en l'air par les martinets.

Fais de moi ton porte-parole, Seigneur. Pardonne-moi mes péchés. Fais que Dana m'aime à nouveau. Soigne mon strepto. D-U protège-moi. Le Beitar Jérusalem en Ligue des champions ! Donne de l'espoir à Jérémie. Accorde le juste repos sur les ailes de la Shekhina.

Les martinets volent si bas et si vite que les hommes et les femmes en bas sont obligés de se baisser. Vus du dirigeable, on dirait une mer de chapeaux et de foulards, un creux et une montée, un creux et une montée, encore un creux et une montée.

318

Deux fois par an, des agents d'entretien retirent les petits bouts de papier fourrés dans les trous du mur des Lamentations. Les papiers sont ramassés dans des sacs en plastique puis enterrés au cimetière du mont des Oliviers. Une grande pelleteuse creuse le trou ; les prières sont déposées à l'intérieur et recouvertes de terre.

Le fossoyeur local entretient le site, qu'il replante chaque année, rituellement, d'herbe fraîche.

319

Dans le camp de réfugiés d'Aida, à Bethléem, une clé d'acier géante est posée au-dessus d'une arche en forme de serrure, en souvenir des maisons abandonnées par les Palestiniens en 1948. La clé mesure neuf mètres de haut et pèse presque une tonne. Elle a été gravée d'inscriptions en plusieurs langues. Les gens du coin l'appellent la Clé du retour. L'inscription *Pas à vendre* se voit sur la tige, ainsi que diverses traces de balles et des éraflures dues à l'impact des grenades lacrymogènes.

320

Au monastère de Crémisan, à Beit Jala, on chante les vêpres quand le soleil disparaît derrière les collines alentour.

Dans les décennies passées, plus d'une centaine de moines se rassemblaient dans la chapelle baignée de lumière pour réciter leurs prières. Leurs chants s'échappaient autour de l'édifice, sur les sols en pierre et par les hautes fenêtres.

Après les prières, les moines sortaient par la porte voûtée, empruntaient l'allée de gravier et, dans l'obscurité grandissante, se dirigeaient vers les vignes, tenant des seaux en argent cabossés et des arrosoirs. Ils se dispersaient dans les vignes et versaient de petits cercles d'eau autour de la base des plants. Le meilleur moment pour arroser la vigne était la nuit : cela faisait baisser le taux d'évaporation.

Beaucoup des moines étaient palestiniens. D'autres étaient italiens, français, portugais. Faire du vin si près de Bethléem et de Jérusalem était une entreprise sacrée.

Ils expédiaient des bouteilles vers les églises de leurs villages d'origine, en Toscane, en Sicile, dans le Jura, en Languedoc, en Ombrie, à Aix-en-Provence, à Porto, à Faro.

Dans les cuves de transport, le vin était désigné sous le nom de vin saint, le Sang du Christ, à manipuler avec soin.

321

Mitterrand disait que son ultime dîner – les ortolans – réunirait en un seul repas le goût de Dieu, la souffrance du Christ et le sang éternel des hommes.

322

Pour les vendanges, les nonnes du couvent, à quatre cents mètres en contrebas, venaient aider les moines.

Les femmes s'avançaient sous le ciel étoilé dans leurs longs habits, s'agenouillant pour cueillir les fruits mûrs. Par les nuits les plus noires, elles traversaient les champs, bougie à la main, leurs robes blanches étaient comme des spectres parmi les vignes.

Au lever du jour, il n'était pas inhabituel pour les enfants du coin, sur le chemin de l'école du couvent, de voir une file de bonnes sœurs revenir à pied au bord de la route, leurs habits tachés, de petits points violets aux genoux.

323

324

Après avoir passé dix ans seul dans un monastère d'Alep, saint Siméon, l'ascète du Ve siècle, proclama que Dieu voulait lui faire éprouver sa foi en restant immobile : qu'il bouge le moins possible, qu'il soit statique, qu'il s'intéresse à l'esprit plutôt qu'au corps.

Il grimpa tout en haut d'une colonne abandonnée dans la ville syrienne de Taladah, se construisit une petite plate-forme et essaya de ne pas bouger d'une manière qui fût excessive. À l'aide de frondes de palmier, il attacha son corps à un poteau pour se tenir droit pendant qu'il dormait. Il restait debout même dans la chaleur et les tempêtes de sable les plus violentes.

Il récupérait de l'eau potable dans des jarres. Un système de cordes et de poulies fut conçu pour lui apporter sa nourriture. Des petits garçons des villages environnants montaient parfois sur la colonne et lui donnaient du pain et du lait de chèvre.

Assiégé par d'autres ascètes et admirateurs du monde entier, Siméon décida de déplacer sa plate-forme plus haut encore – sa première colonne ne mesurait, disait-on, que deux mètres soixante-dix, mais la seconde se trouvait à plus de quinze mètres du sol. Même là, il ne trouva pas la solitude : les admirateurs affluaient toujours pour le voir.

Ses aînés, les moines, commencèrent à se demander si son désir de solitude était un acte de vraie foi. Ils lui ordonnèrent de descendre de sa colonne, postulant que s'il acceptait de bonne grâce, son attitude était véritablement sainte. S'il y restait, en revanche, c'était un péché d'orgueil.

Siméon annonça qu'il descendrait de son plein gré, et les moines l'autorisèrent par conséquent à rester.

Il mourut après avoir passé trente-sept ans sur ses colonnes.

325

La fabrication du vin au monastère – pressurage du raisin, embouteillage, étiquetage – fut entièrement automatisée dans les années 1970, retirée des mains des moines, et rachetée par des hommes d'affaires palestiniens locaux.

Le nombre de moines vivant dans le monastère commença à diminuer. Ceux qui venaient vivre là étaient pour la plupart à la retraite. Ils ressemblaient à des saints épuisés. On pouvait les voir arpentant le domaine, le jardin et les vignes, les mains jointes dans le dos.

Rami avait entendu dire que le monastère comptait jadis cent moines, mais ils n'étaient dorénavant pas plus de cinq ou six.

326

Chaque samedi, à Bradford, Bassam enfilait un maillot de corps blanc et un vieux pantalon de survêtement. La tondeuse se trouvait dans une réserve à charbon jouxtant la maison. Il faisait glisser le verrou raide en métal de la porte et dégageait la machine rouillée.

Cette tondeuse le fascinait. Elle ne faisait que déchirer l'herbe, mais il en aiguisa les lames en passant un coup de lime métallique sur les bords. Il huila et resserra les boulons des roues latérales. Il fit quelques allers et retours avec la tondeuse pour s'assurer qu'elle fonctionnait bien, puis s'attela à la tâche : il aimait le bruit cadencé que faisaient les lames.

Comme le jardin était petit, il se mit à tondre l'herbe au bord du chemin de desserte qui passait devant. Avec la tondeuse rudimentaire, cela lui prenait des heures, aller et retour, aller et retour.

Cette année-là, lors de l'Aïd al-Adha, Salwa lui offrit une paire de gants de jardinage. Il les enfila aussitôt et s'en alla désherber le jardin.

327

Lorsqu'ils parlent des opérations de bombardement à Gaza et des incursions en Cisjordanie, les officiels israéliens disent souvent *tondre la pelouse*.

328

Adolescent, Bassam apprit à emporter un oignon dans sa poche pour lutter contre la brûlure des gaz lacrymogènes dans ses poumons.

329

Lorsque Bassam revint d'Angleterre en Cisjordanie – dans l'appartement sur les pentes d'Anata –, la première personne à venir le voir fut Rami. Il arriva par taxi afin d'éviter le moindre problème au checkpoint.

Rami frappa à la porte et les deux hommes se prirent dans les bras, deux baisers sur chaque joue. La table fut dressée : une cassolette de *maqlouba* au poulet et au délicieux yaourt.

Plus tard, ils descendirent ensemble la colline jusqu'à l'école, où une aire de jeux avait été construite en hommage à Abir : des cages à écureuil, un toboggan, un tas de sable, un tourniquet.

Ensemble, ils s'occupèrent d'un tout petit carré d'herbe à l'entrée. Puisqu'il n'y avait pas de cisailles, ils empruntèrent des ciseaux en plastique à une institutrice assise devant la fenêtre, qui les regardait pendant qu'ils discutaient.

330

La moto vrombit quand il traverse Beit Jala.

331

332

Ça ne s'arrêtera pas tant que nous ne discuterons pas.

333

Il connaît le chemin par la partie ancienne de la ville, une montée raide, puis un tournant en douceur pour retrouver la Zone B : vue dégagée, il peut y aller à fond.

Il tourne à l'extrémité de Manger Street, à mi-chemin de Bethléem.

Il ajuste la musique sur son portable, tapote le côté de son casque pour mettre les oreillettes en place, décélère et remonte, le long du Mur, vers l'hôtel Everest.

Une tasse de café, peut-être. Ou quelque chose à manger. Quelque part où s'asseoir et se reposer un moment.

334

L'oie à tête barrée peut voler à une altitude de presque trente mille pieds, ce qui lui permet de migrer au-dessus de l'Himalaya avant de filer vers le sud. Des couples en ont été aperçus au-dessus du mont Makalu, la cinquième montagne la plus haute du monde.

Dans certains villages, les oiseaux sont capturés et les noms des morts écrits à l'encre noire sous leur ventre.

Les oies ont la réputation d'apporter les nouvelles des morts aux cieux.

335

L'hôtel, il le sait, est désormais tenu par des Russes. Avant l'érection du Mur, c'était un lieu beaucoup plus fréquenté – mariages, baptêmes, *ameens*, fêtes, beaux repas – mais ces dernières années il est devenu un peu minable et délabré.

Au sommet de la colline, il franchit le portail décoré, tourne à droite, gare la moto loin de deux grands cars. Il éteint son téléphone, retire son casque.

Un soulagement. Comme s'il émergeait d'un caisson. Il ouvre le coffre à l'arrière de la moto et y range son casque, puis se dirige vers l'entrée de l'hôtel.

Ce n'est jamais une bonne idée de se promener quelque part en Cisjordanie avec un casque sur la tête, même à soixante-sept ans.

336

Il est toujours surpris de voir du pigeon au menu.

337

Ils étaient les amis les plus improbables qui soient, au-delà même du fait évident que l'un était israélien et l'autre palestinien.

Ils s'étaient rencontrés la première fois à l'hôtel Everest. Un jeudi. À cette heure du soir où Beit Jala cherchait à tout prix à se rafraîchir : la terre respirait, le soleil baissait, les oiseaux s'élevaient, les collines se coloraient d'un soudain éclat vert sombre.

Ils étaient assis dehors, autour des tables de pique-nique de l'hôtel, une douzaine d'entre eux, huit Israéliens, trois Palestiniens, un journaliste suédois. Rami avait été invité par son fils Elik. Il était curieux de connaître les Combattants pour la paix. L'organisation avait déjà commencé à prendre de l'ampleur. Il était fier de ce que son fils pouvait déclencher.

Le groupe avait commencé à discuter pour déterminer qui était un combattant et qui ne l'était pas : la question permettait de savoir qui aurait le droit d'être membre. Qu'était-ce au juste qu'un *combattant* ? Était-ce simplement quelqu'un qui avait fait la guerre ? Quiconque ayant servi dans l'armée ? *Quid* de quelqu'un qui avait servi hors des Territoires ? Celui qui restait assis dans un bureau n'était-il pas aussi un combattant ?

Pourquoi cela importait-il ? Un combattant pouvait-il mener n'importe quel combat ? Peut-être tout le monde était-il un combattant ? Et les femmes ? Et les enfants ? Si les Israéliennes étaient des combattantes à cause du service militaire, les Palestiniennes ne l'étaient-elles pas aussi ? Et si elles étaient jordaniennes, ou américaines, ou libanaises, ou égyptiennes ? Qui pouvait être un membre fondateur ? Qui pouvait être un membre donateur ? L'organisation serait-elle compromise si elle ratissait trop large ? Que se passerait-il si la définition était trop restrictive ? Devaient-ils inscrire cela dans les statuts ?

Rami et Bassam étaient assis côte à côte. Rami sirotait une limonade. Bassam buvait du café et fumait comme un pompier. La discussion tournait en rond. Rami voyait l'ombre des arbres s'allonger.

Au bout d'un moment, il se retrouva en train de parler. Il ne savait pas très bien comment c'était arrivé. Il était venu là pour observer, pour traîner, pour voir son fils en action. Il n'avait pas eu l'intention de parler mais la discussion avait dérivé vers sa propre organisation, le Cercle des parents, et la façon dont celle-ci avait traité la question des critères d'admission et de la langue. Pour devenir membre du Cercle, il fallait avoir perdu un enfant, faire partie des endeuillés, ce qu'un Israélien appellerait le *mispachat hashkhol* et un Palestinien *thaklaan* ou *mathtkool*. Il y avait déjà quelques centaines de membres : c'était une des rares organisations qui déploraient de ne pas en compter moins. Les endeuillés n'étaient pas que des parents, mais des frères et des sœurs, des oncles, des tantes, des cousins. Sauf que peut-être, comme pour les combattants, tout le monde était endeuillé, et que peut-être le mot *parent* posait également problème – si un enfant était adopté, ou si les parents eux-mêmes étaient morts ? Et les autres membres de la famille ? On pouvait tourner et retourner le langage indéfiniment, à la recherche d'un mot ou d'un terme. Peut-être valait-il mieux tout simplement rassembler les organisations sous un même parapluie géant ?

Au bout d'un moment – il ignorait combien de temps –, Rami baissa les yeux et constata avec surprise qu'il était en train de fumer. Il y avait un cendrier à côté de lui et il y jetait ses cendres avec une belle aisance. Cela faisait des années qu'il avait arrêté la cigarette. Il ne s'était même pas rendu compte qu'il en avait allumé une. Il ne se rappelait certainement pas en avoir demandé une. Il avait attrapé le paquet des Palestiniens et s'était servi. Fumer avec un inconnu – et non seulement ça, mais ils avaient pioché dans le même paquet, et non seulement ça, mais Bassam était silencieux, et non seulement ça, mais il avait les yeux fermés et écoutait. Il y avait là quelque chose de fondamental. Aussitôt apparue, l'impression sembla s'évanouir. Rami cessa de parler ; les mots disparurent de lui et la cigarette eut un goût atroce. La conversation revint une fois encore sur la question de la nomenclature, mais il était toujours assis là, à côté de Bassam, à l'hôtel Everest, dans cette guilde inattendue.

Seul son fils Elik semblait avoir remarqué. Il hochait la tête sans un mot : lui aussi était un fumeur.

338

La seule autre fois où il fuma avec Bassam, ce fut deux ans plus tard, devant l'hôpital, peu de temps après que l'électrocardiogramme d'Abir fut devenu plat : ils étaient assis en silence sur les bancs, à l'ombre des arbres noirs, et se passaient la cigarette, la cendre rouge palpitant entre eux.

339

Bassam, quand il priait, touchait légèrement le sol avec son front, mais jamais vraiment assez pour en avoir la marque de la prière.

340

Épargne-nous des horreurs, qu'elles soient visibles ou cachées.

341

À son arrivée au Ritz de Washington, D. C. – où, à l'automne 1993, sa garde rapprochée occupait tout le dernier étage –, Yasser Arafat se vit remettre une corbeille en guise de bienvenue.

Le panier contenait – en plus d'un emploi du temps, d'un stylo-lampe torche, de deux bouteilles d'eau gazeuse, d'un sachet de noix de pécan enrobées de miel et d'une Thermos de la Maison-Blanche – un *cookie* soigneusement emballé, en forme de colombe. Le nappage en était blanc et les yeux représentés par deux petits points bleus.

Dans l'ascenseur qui le faisait descendre au lobby, Arafat – vêtu d'un costume mal coupé et de son traditionnel keffieh – se tourna vers ses gardes du corps, caressa sa barbe clairsemée et, d'un air très sérieux, demanda : « Qu'est-ce que je vais faire ? La manger ? »

342

En mai 1987, l'artiste français Philippe Petit décida qu'une colombe blanche devait participer à son projet consistant à franchir la vallée de Hinnom sur un fil.

Petit envisageait sa traversée comme un rameau d'olivier : il libérerait la colombe à mi-parcours, la lancerait en l'air et la regarderait s'envoler.

La veille de la traversée, Petit écuma les rues de la vieille ville – de marché en marché, de ruelle en ruelle, au milieu des étals de confiseries, d'épices, de fruits, de légumes, de vêtements, de souvenirs, de crucifix, de mezouzahs, de babioles. Il parla aux vendeurs, aux concierges des hôtels, aux bouchers, et chercha même dans des *delicatessens* luxueux quelqu'un qui saurait lui indiquer où acheter la petite colombe qu'il relâcherait sur son fil. Il trouva des perroquets, des perdrix, de gros pigeons, mais nulle colombe.

En un sens, Petit savourait l'ironie mordante de la chose : *Pas de colombes à Jérusalem*. Mais cela ne l'empêcha pas de poursuivre ses recherches dans les recoins les plus obscurs, d'aller de marché en marché, en le faisant savoir.

Le matin du jour dit, dans les rues de la vieille ville, un vieil homme à la barbe clairsemée et vêtu d'une tenue sombre lui fit signe d'approcher. L'inconnu s'exprimait dans un mauvais anglais. Il prit Petit par le bras et le mena dans un dédale de pavés et de recoins.

Sur le comptoir d'une échoppe de tailleur, parmi les rouleaux de tissus colorés, trônaient plusieurs oiseaux dans de vieilles cages en forme de cloche. L'homme âgé commença à faire sortir les oiseaux, un par un. Petit comprit tout de suite qu'ils ne feraient pas l'affaire : trop gros, trop sombres, trop encombrants.

« C'est un pigeon, dit-il. J'ai besoin d'une colombe. Quelque chose de blanc. De petit. De cette taille. Pas ça. »

Il s'apprêtait à quitter la boutique lorsque le marchand le retint par le coude, tout sourire, et sortit de sa cage le plus petit, le plus clair des pigeons : il semblait légèrement gris, mais blanc cassé à la lumière.

Le vieil homme s'inclina. Au moment de s'en aller, Petit sentit l'oiseau dans sa main.

« Prenez-le, dit l'homme. Gratuit. »

Petit caressa le ventre de l'oiseau. Il était toujours trop gros, trop gris, mais de loin ça pouvait peut-être passer.

« Gratuit, répéta l'homme. Pour vous. »

Petit serra la main du vendeur, lui donna cinquante shekels et ramena l'oiseau encagé à travers la vieille ville. Il le savait, rien n'était jamais gratuit.

Dans sa chambre de l'hôtel Mount Zion, sur la route d'Hébron, Petit s'entraîna à faire sortir le gros oiseau d'une poche spécialement cousue sous la cuisse de son pantalon ample.

L'oiseau voleta lourdement autour de la chambre et se posa sur le lit de Petit.

343

En vieillissant, l'artiste espagnol José Ruiz Blasco perdit de sa dextérité dans les doigts. Le sang refluait. Il avait du mal à saisir ses pinceaux. Il ne pouvait plus peindre correctement les pattes des pigeons qui l'avaient rendu célèbre.

À Málaga, on lui avait donné le surnom d'El Palermo, l'Amateur de pigeons, et il avait de nombreux oiseaux dans sa maison, les uns en cage, les autres volant librement dans les pièces du rez-de-chaussée.

Attristé d'avoir perdu son agilité, José demanda à son jeune fils Pablo de l'aider à achever le travail délicat des pattes. Le garçonnet avait déjà fait la preuve de son talent : on le voyait souvent sur la Plaza de la Merced, dessinant des oiseaux par terre à l'aide d'une branche de sycomore, traçant des contours dans la poussière avec son orteil nu.

Lorsque José Ruiz vit le travail dont était capable son fils – la beauté délicate des pattes du pigeon –, il lui donna sa palette et ses pinceaux favoris.

« Maintenant, va dessiner », dit-il.

344

Lors du Congrès mondial des partisans de la paix, en 1949, Pablo Picasso dévoila le dessin d'une colombe tenant un rameau d'olivier dans son bec. L'œuvre – inspirée de l'épisode biblique de l'arche de Noé, où la colombe revient avec un rameau feuillu pour signifier que les eaux du déluge se sont retirées – devint immédiatement un symbole universel d'opposition à la guerre.

345

En 1974, Mahmoud Darwich rédigea le discours de Yasser Arafat devant l'Assemblée générale des Nations unies : *Aujourd'hui, je suis venu porteur d'un rameau d'olivier et d'un fusil de combattant de la liberté. Ne laissez pas le rameau d'olivier tomber de ma main.*

346

Je répète : ne laissez pas le rameau d'olivier tomber de ma main.

347

348

Au mur de sa chambre, juste au-dessous d'une photo de Sinéad O'Connor, Smadar accrocha une colombe de Picasso. Elle était positionnée de telle sorte qu'elle était inclinée vers le haut au lieu d'être en plein vol latéral. Le bec était grossi pour pouvoir tenir le rameau d'olivier.

Au-dessous, une deuxième colombe spectrale avait marqué la page. Sur l'image fantôme, le bec était légèrement plus pointu.

Le dessin est resté sur son mur des années après sa mort, jusqu'à ce que les petits-enfants de Rami le décrochent et le placent, avec nombre de ses autres affaires, dans une boîte en plastique transparent posée au bout de son lit.

349

La vallée de Hinnom est également connue sous le nom de Géhenne, où, aux temps bibliques, des sacrifices rituels avaient lieu dans le dédale des grottes et des autels afin d'honorer le dieu du feu Moloch. Des bébés étaient placés sur des bûchers en bois d'olivier, ligotés à des pieux, ou attachés à des plates-formes qui se tournaient lentement vers les flammes, brûlant vifs les enfants petit à petit. Des prêtres tapaient sur des tambours bruyants pour étouffer les cris des enfants qui brûlaient. L'odeur de leurs corps carbonisés emplissait toute la vallée.

C'est aussi là que Judas acheta son champ du sang après avoir trahi Jésus pour trente pièces d'argent. Judas se pendit plus tard à un arbre, puis tomba tête la première dans le champ, où son corps s'ouvrit et ses entrailles se répandirent.

On disait que les portes de l'enfer se trouvaient dans la vallée. Elles étaient souvent dépeintes dans des œuvres d'art monumentales.

Dans le Coran, également, la vallée est un lieu de tourments pour les pécheurs et les incroyants.

350

Petit disait qu'en traversant la vallée il pouvait entendre les bruits des siècles tourner au-dessous de lui.

351

Il portait la tenue blanche et ample d'un bouffon. La jambe droite était de la couleur bleu clair d'Israël, la gauche portait les couleurs entremêlées du drapeau palestinien.

Il s'élança du toit du bâtiment de la Colonie espagnole, à quelques mètres de l'hôtel Mount Zion.

Le câble de trois cents mètres était tendu au-dessus de la vallée. Petit avait intitulé son exploit *Marcher sur la harpe : un pont vers la paix*. La traversée lui évoquait une harpe : la vallée encaissée en forme de bol, le trait horizontal de la corde raide, les onze cavaletti installés pour maintenir la corde tendue.

C'était une traversée de trois cents mètres, avec une inclinaison de vingt mètres. Le fil avait une épaisseur de 1,9 cm. De toutes les parties de la ville, les gens se rassemblèrent pour admirer le spectacle, les uns juchés sur les murailles de Jérusalem, les autres près de la cinémathèque, d'autres encore levant la tête depuis le sol.

Petit fut frappé de voir que, à cause de l'inclinaison, il monterait dans le ciel.

Au-dessous de lui s'étendait la vallée, avec ses poches de verdure, ses chambres funéraires, ses grottes antiques et ses histoires de malheur infernal.

Un fort vent d'été s'était soudain levé. La vallée était magnifique dans la lumière de ce début de soirée. Les antennes étincelaient sur les toits lointains. Le dirigeable planait. Petit s'élança du toit du bâtiment de la Colonie espagnole, sous les clameurs et les applaudissements.

Sa tenue bouffait. Il tenait le pigeon blanc prisonnier dans un foulard de soie rouge, au fond de la poche de son pantalon.

352

Petit garçon, Picasso aimait dessiner à la lueur d'une bougie. Il avait déjà l'intuition que les ombres mouvantes jetées par la lumière donneraient une impression de mouvement à son travail.

353

Petit fit une pause sur la corde et regarda en arrière vers la vieille ville. Du coin de l'œil, il vit plusieurs petites silhouettes enthousiastes qui bondissaient de bâtiment en bâtiment, essayant de suivre la trajectoire de sa traversée.

Il avait entendu dire qu'à Jérusalem le moyen le plus rapide d'atteindre un lieu, quel qu'il soit, était de couper par les toits.

354

En 1882, une fondation britannique, l'ordre de l'Hôpital de Saint-Jean-de-Jérusalem, installa un hôpital ophtalmologique en surplomb de la vallée, au service des musulmans, des juifs et des chrétiens. On pensait que les patients guériraient mieux si la première chose qu'ils voyaient, une fois leurs pansements retirés, était la Ville sainte, au-dessus de ce qu'on appelait les portes de l'enfer.

Du bord de la vallée, ils verraient peut-être ensuite le bassin de Siloé, où les archéologues avaient mis au jour les vestiges du bassin du Second Temple, dans lequel Jésus dit à un aveugle de se laver afin de recouvrer la vue.

355

Plus tard, Petit raconta que, sans raison particulière, il avait mis le pigeon dans la poche de la jambe israélienne de son pantalon. Sur les manches de sa tenue, les couleurs étaient inversées, si bien que, quand il mettait une main dans sa poche, on aurait dit qu'un territoire s'enfonçait dans l'autre.

356

Malgré sa mauvaise vue – et bien avant d'être opéré pour sa dégénérescence maculaire –, Moti Richler assista à la traversée et se posta au fond de la vallée pour tenter d'apercevoir Philippe Petit.

Le câble était plus long que celui qu'il avait surveillé à la guerre de 1948, et il suivait une direction légèrement différente, mais cela n'avait pas d'importance : il était ravi qu'on se souvienne du câble.

Il attendait parmi la foule en bas de la pente. Il entendait presque le bruit rauque de sa moto se déplaçant au fond de la vallée, pendant la guerre.

357

Quarante mille personnes, dit-on, ont vu Petit traverser ce qui s'appelait jadis le No man's land.

358

Rami aussi : il portait Smadar, âgée de trois ans, sur ses épaules.

359

Bassam était en prison.

360

Chaque jeudi à Manhattan, au moment où le soleil se lève, deux rabbins hassidiques font le tour de la ville en voiture pour s'assurer qu'une ligne de pêche tendue en hauteur entre Harlem et Houston Street, et de l'East River à l'Hudson, est intacte.

La fine corde – que l'on trouve à une hauteur d'environ sept mètres cinquante – délimite la zone de l'*érouv*, une clôture rituelle qui permet aux membres orthodoxes de la communauté de transporter certains objets qui seraient autrement interdits le jour de shabbat.

Les deux hommes roulent lentement, les yeux en l'air – ils dépassent les Nations unies, longent le fleuve, traversent la ville, remontent le West Side – et en suivant le fil qui passe d'immeuble en immeuble, relie tel feu rouge à tel poteau, serpente derrière les coins.

À partir d'un espace public l'*érouv* crée un espace privé et permet aux fidèles de transporter livres de prières et clés, ou de pousser des poussettes, sans enfreindre la règle religieuse.

Il y a d'autres cordes dans toute la ville, par centaines de kilomètres, marquant d'autres zones d'*érouv*. La corde est presque invisible à certains endroits, mais celles qui délimitent les périmètres sont plus épaisses, parfois six millimètres.

Une grosse tempête peut faire tomber les cordes. Un vol d'oiseaux. Un char de défilé. Un sac en plastique poussé trop violemment par le vent. Si les rabbins repèrent une rupture dans les cordes de périmètre, ils appellent une équipe de maintenance spéciale qui procède à la réparation dans les plus brefs délais avant le shabbat.

À Harlem, les cordes sont souvent abattues par des gamins qui jettent des baskets en l'air pour voir s'ils peuvent les y accrocher. L'*érouv* peut constituer une cible de choix, dans la mesure où les cordes sont presque invisibles à une certaine distance et où les baskets, si elles restent accrochées, donnent l'impression de tenir, parfaitement suspendues, en l'air.

361

Ils se trouvaient à côté de la cinémathèque, au milieu de la foule. De loin, il était difficile de voir exactement ce qui se passait dans la vallée. Aux yeux de Rami, le funambule ressemblait à une figure en bâton dans les tableaux anciens.

Smadar s'agitait sur ses épaules et resserrait son étreinte autour de son cou. Ses petits pieds rebondissaient contre son torse. Rami gardait les mains derrière le dos pour la soutenir.

Lorsque le funambule s'arrêta à la moitié du câble, Rami sentit le corps de Smadar se raidir. Elle se pencha en avant. Son souffle était irrégulier, son petit cœur palpitait contre l'oreille de son père.

362

Rami savait, même à cet instant, que peut-être une partie de la fonction du spectateur tenait au désir de voir le funambule chuter : correspondant au besoin du funambule d'atteindre l'extrémité du fil.

La foule applaudit lorsque le funambule s'arrêta à mi-chemin. Rami sentit le poids de sa fille se déplacer derrière sa nuque.

363

De là où ils étaient, tout paraissait parfaitement chorégraphié : Petit marcha jusqu'au milieu du fil, s'arrêta un instant, suspendu au-dessus de la vallée.

Avec une formidable dextérité, il ajusta son balancier et le tint d'une seule main. Il chercha à tâtons dans sa poche droite – aux couleurs israéliennes – pour attraper l'oiseau. Il l'avait enveloppé dans un mouchoir de soie rouge, tête en bas, les ailes en arrière.

Le petit cœur battait vite entre ses doigts. Il fit glisser le paquet hors de sa poche. Il laissa la soie rouge se découvrir d'elle-même. Il devait faire attention. Il sentait que les ailes commençaient à se déployer sous le tissu. Lentement. Plus il le délivrait, plus l'oiseau se démenait. Il sentait maintenant toute la force des ailes. Pas de bruit. Pas de pépiement. Il brandit en l'air l'oiseau enveloppé, puis le laissa s'échapper.

L'oiseau s'attarda un instant tandis que la foule retenait son souffle. La soie rouge tomba en voletant jusqu'au fond de la vallée.

Petit attendit d'entendre le battement des ailes. Il retrouva son aplomb, puis sentit un pincement violent sur son cuir chevelu. Une douleur aiguë. Un raclement sur son crâne.

L'espace d'une fraction de seconde, le Français n'eut aucune idée de ce qui se passait. Des rugissements ravis montèrent de la foule. Un bruit d'applaudissements se répandit dans la vallée.

L'oiseau s'était perché sur sa tête. Ses griffes lui piquaient le crâne.

Petit s'agrippa au balancier et secoua légèrement la tête. Il attendait que l'oiseau redécolle. Le vent souffla. Le pigeon ne bougeait pas. Passant une main derrière la tête – le moindre mouvement brusque pouvait être fatal –, Petit chassa l'oiseau avec ses doigts. Il entendit un battement d'ailes frénétique autour de sa tête – *Pars, maintenant, pars* –, prit une inspiration, se reconcentra. Les acclamations redoublèrent, redoublèrent. Il entendait l'oiseau faire claquer frénétiquement ses ailes. La foule applaudit encore.

Petit sentit un léger mouvement sur son balancier. Lorsqu'il regarda à droite, en direction de la vallée, il vit que l'oiseau s'était juché au bout de la barre en aluminium.

Une autre rafale de vent souffla. L'oiseau restait sur le balancier. C'était bien plus qu'une simple distraction : s'il bougeait trop vite, l'oiseau pouvait le déséquilibrer. Il fit pivoter la barre entre ses doigts. Le pigeon tourna avec la barre, s'accrochant avec ses griffes. Petit secoua un peu le balancier, mais l'oiseau ne bougeait toujours pas. Il fit de nouveau tourner la barre sur elle-même, puis lui imprima rapidement le mouvement inverse, mais le pigeon tenait bon.

Petit s'agenouilla sur le filin, s'inclina et décrivit un demi-cercle avec sa main. La foule rugit de plus belle, persuadée qu'il avait tout répété : l'agenouillement, la frime, le petit numéro de l'oiseau.

Il acheva son salut, puis donna un coup sur le côté de son balancier pour faire s'envoler le pigeon. Ce dernier battit furieusement des ailes et décolla à peine. Petit regarda ailleurs. Un autre rugissement s'éleva de la foule. Le pigeon était parti.

Petit se remit lentement debout et reprit sa traversée en posant délicatement un pied après l'autre, l'œil rivé sur le mont Sion.

Il repartit vers le haut, le long de l'inclinaison. Des applaudissements cadencés avaient commencé à résonner dans la vieille ville.

Au bout de quelques pas, nouvelle clameur. Il tourna la tête pour jeter un coup d'œil derrière lui et vit que l'oiseau s'était débrouillé pour se poser sur la corde. Il était en train de repartir en direction de la vieille ville, titubant un peu. Petit eut l'impression que le derrière de l'oiseau se moquait de lui pendant qu'il se dandinait sur le filin : l'oiseau était agacé, d'une certaine manière, de devoir subir cette épreuve.

Petit repartit, une fois de plus. Tout en concentration, en détermination. Il fit de chaque pas un spectacle, à l'unisson des applaudissements, un son parfaitement rythmique.

Lorsqu'il regarda autour de lui, l'oiseau avait disparu.

364

Une fois par semaine, avant le shabbat, Moti faisait venir le rabbin de sa brigade afin qu'il bénisse le câble dans le No man's land. Moti avait déjà parcouru la longueur du câble pour vérifier qu'il ne comportait ni boucles ni ruptures, ni bombes attachées, ni pièges posés.

Comme Moti, le rabbin était tout de noir vêtu. Ses mains, son cou et son visage étaient noircis au cirage. Tandis qu'ils filaient sur une piste étroite à travers la vallée, il était assis à l'arrière de la moto, les mains cramponnées au bas de la selle, et murmurait les prières rituelles malgré les cahots de la route.

365

Petit se retourna sur le câble et contempla la vallée. Le câble, les arbres, quelques petits nuages blancs dans le ciel. Il se pencha. Il avait parcouru trois cents mètres, en pente. La foule applaudissait de toutes parts : en esprit, il lui adressa une révérence intérieure.

Au-dessus de lui, un hélicoptère fit irruption dans le ciel, conduit par un pilote qui avait autrefois commandé une unité commando d'élite. Un treuil descendit et Petit y accrocha ses mousquetons. Son finale. Le soldat avait répété la manœuvre avec le propre frère de Petit dans le désert, près d'Al-Rashidah, quelques jours plus tôt. L'hélicoptère était en vol stationnaire parfait.

Funambule et pilote échangèrent des signes de la main. Petit tapota le treuil et lança un dernier signal.

Il se sentit tiré par quelque chose puis fut hissé en l'air, bras en croix, s'envolant loin du mont Sion et vers les collines de Beit Jala.

366

Cela rappela à certains spectateurs le voyage nocturne de Mahomet de Jérusalem jusqu'au sommet du mont Sion et au-delà.

367

En Israël, les hélicoptères servent parfois à capturer des aigles royaux, pour le baguage et la recherche scientifique. Les pilotes pourchassent l'aigle dans les airs jusqu'à ce que celui-ci se pose au sol et se couche, tête baissée. L'hélicoptère atterrit non loin de là, lâche le biologiste et repart en vol stationnaire, amenant l'oiseau à soumission.

L'aigle est alors capturé à la main, par-derrière. Le biologiste a été formé pour savoir replier les ailes, éviter les serres et le bec. Il arrive qu'un fusil à filet soit utilisé, mais la capture à la main est réputée moins dangereuse pour l'oiseau.

368

De grands anneaux sont nécessaires pour baguer les aigles. Leurs pattes peuvent parfois atteindre une épaisseur de deux centimètres. Si la bague est trop serrée, elle coupe la circulation du sang vers les pattes.

369

La traversée de Petit sur sa corde fut filmée en direct par la télévision israélienne. À l'orée de la forêt d'Al-Rasari, à treize kilomètres de Jérusalem, une tribu bédouine regardait la télévision sous les tentes de toile.

Lorsque Petit monta vers l'hélicoptère, les Bédouins sortirent de sous les grands auvents de toile, lâchant leurs postes de télévision, pour voir le Français s'envoler, les bras en croix, dans sa tenue de bouffon – une jambe aux couleurs palestiniennes, l'autre aux couleurs israéliennes –, à travers le ciel.

370

La foule commençait à se disperser. Smadar se pencha en avant. Rami la tint en hauteur pendant qu'il se frayait un chemin vers le café Kakao.

Elle lui serrait le cou à présent, les mains croisées sur sa pomme d'Adam.

371

Sept mois après la Traversée pour la paix de Philippe Petit commençait la première Intifada.

372

La première Intifada commence ainsi : la Nuit des deltaplanes, 1987. Les deltaplanes sont fabriqués avec des barres en aluminium et de la toile à voiles. Ils fonctionnent grâce à des moteurs de tondeuse. Ils décollent du Sud-Liban, dans l'obscurité. Un deltaplane est ébloui par les projecteurs du kibboutz Ma'ayan Baruch, mais l'autre pilote – et c'est là qu'il peut être appelé selon les cas terroriste, martyr, assassin, guérillero ou combattant de la liberté – parvient à survoler le désert jusqu'au camp militaire de Gibor, près de Kiryat Shmona.

Le deltaplane échappe à la surveillance en volant à hauteur des arbres. Il fait nuit noire. Une nuit sans lune. Le pilote vole bien, il est agile, il peut piloter l'appareil d'une seule main, le corps tendu vers l'arrière, les pieds sur les barres. Il porte une combinaison noire, des chaussures noires, des gants noirs, une cagoule. La partie exposée de son visage a été noircie à la cendre. L'appareil plane. L'air est plus vif. En bas, il distingue deux fins faisceaux de lumière. Avec ses ailes éployées, il a des airs de chauve-souris.

Il maintient l'appareil, l'amène plus près de la route, ouvre le feu avec une kalachnikov sur le camion qui passe, une rafale de balles, tuant le conducteur et blessant le passager. Il vole encore sur deux cents mètres, dans le vrombissement de son unique propulseur. Il passe au-dessus de la clôture du camp et lance plusieurs grenades sur la sentinelle. La sentinelle s'affole et s'enfuit. L'homme volant jette une autre série de grenades sur les tentes de toile et crible le sol de balles avec son AK-47, tuant cinq soldats et en blessant sept. Un de ces sept-là – le cuisinier du camp – reçoit une balle dans la jambe mais réussit à abattre le deltaplane en tirant deux balles avec son revolver de service.

L'appareil s'écrase. Le moteur de tondeuse toussote. Un petit incendie éclate. Ensuite, le silence.

Au Liban, à Gaza et en Cisjordanie, de grandes célébrations ont lieu quand la nouvelle se répand. Les martyrs sont chantés dans les cafés. Les petits garçons lancent des deltaplanes en papier du haut des toits.

En Israël, on est consterné de voir que les défenses ont été aussi facilement contournées : des moteurs de tondeuse, des toiles à voiles de bateau, des fusils de fabrication russe, des grenades tchèques.

373

Ou peut-être simplement parce qu'un camion israélien percute un camion civil dans les rues de Gaza, dans le camp de réfugiés de Jabalya, à 14 heures, sans s'arrêter, continuant de rouler, tuant quatre Palestiniens et en blessant plusieurs autres.

374

Ou peut-être simplement parce qu'un vendeur israélien a été poignardé à mort au même carrefour de Jabalya deux jours avant, le couteau planté précisément entre ses deux omoplates.

375

Ou peut-être simplement parce que des militants juifs ont voulu investir le Haram al-Sharif, ou le mont du Temple, à Jérusalem-Est.

376

Ou peut-être simplement parce que ça devait arriver, dans tous les cas.

377

Le vol des pierres colorées dans l'air.

378

Il reste à l'arrière de la foule. Son boitement le ralentit. La foule gonfle autour de lui. De la fumée sur sa langue, dans sa gorge, dans son torse. Un bourdonnement poussiéreux dans ses oreilles. Il prend l'oignon, le coince entre son keffieh et sa bouche, inspire, repart. Sous la ceinture de son pantalon, il tient une fronde flambant neuve : fabriquée par les Tchèques, avec un élastique noir et une poche en cuir renforcé. Dans sa poche, plusieurs petites pierres. Il est emporté. Les drapeaux flottent au-dessus de sa tête. La fumée s'attarde sous les balcons. Des hommes âgés en keffieh, le visage éclairé par les flammes. Des garçons de son âge, et plus vieux, qui s'avancent. Des filles, aussi. Une étendue de bras et de jambes et de manches qui claquent. L'air qui siffle, commotionné. L'afflux de sang d'une dizaine de cris. La chaleur corporelle. Il longe une voiture saccagée, aplatie sur son essieu. Une voix hurle à travers un haut-parleur. Plusieurs détonations fortes se font entendre. La foule se disperse. Quatre hommes, les bras enlacés pour faire un siège, ramènent un autre garçon à l'arrière de la foule.

Le garçon regarde droit devant lui puis, l'espace d'un instant, croise les yeux de Bassam.

Une tache de sang grossit sur l'aine du garçon.

379

Pour préparer un bon cocktail Molotov, il est important de secouer la bouteille, afin que l'essence ou le liquide inflammable imbibe le chiffon, avant de la lancer en l'air.

Les émeutiers chevronnés transportent du chatterton noir pour coller le bout du chiffon au goulot de la bouteille – le scotchant à l'aide d'un rapide mouvement circulaire – afin que la flamme ne se détache pas en plein vol.

380

Lors de la guerre russo-finlandaise de 1939, l'Union soviétique lâcha des centaines de bombes incendiaires sur la Finlande. Les bombes – plusieurs engins explosifs contenus dans une bombe géante – étaient mortelles, ce qui n'empêchait pas le ministre des Affaires étrangères soviétique, Viatcheslav Molotov, d'affirmer que ce n'étaient pas du tout des bombes, mais de la nourriture pour les Finnois affamés.

Les bombes furent surnommées, malicieusement, les corbeilles à pain de Molotov.

En réponse, les Finnois dirent vouloir quelque chose à boire pour accompagner la nourriture. Ils inventèrent donc le cocktail Molotov pour faire passer le pain russe.

381

Pendant toute la première Intifada, le maire de Jérusalem, Teddy Kollek, garda sur son bureau une photo de Philippe Petit, avec l'oiseau de la paix qui voletait juste au-dessus de sa tête.

382

383

Des années durant, Petit se demandera pourquoi, au juste, le pigeon n'avait pas volé.

Enveloppé dans le mouchoir de soie rouge, glissé tête en bas au fond de sa poche, il était resté à l'envers pendant que Petit se préparait à marcher sur le fil, et il était resté à l'envers pendant la traversée.

Peut-être l'avait-il gardé trop longtemps dans sa poche. Ou peut-être le pigeon avait-il été victime d'une désorientation du sang, de l'esprit, du corps. D'un autre côté, ses ailes avaient pu être coupées par le commerçant du marché – cela se produisait si les oiseaux avaient vocation à être gardés comme animaux domestiques. Ou peut-être, pensait-il, le pigeon n'avait-il tout simplement jamais appris à voler.

Tout était possible : il ne le saurait jamais.

384

Dans la tradition musulmane, il est dit qu'au jour du Jugement dernier une fine corde sera tendue entre le haut du mur du Haram al-Sharif, à l'ouest, et le sommet du mont des Oliviers, à l'est, où le Christ et Mahomet seront tous deux assis pour juger.

Les vertueux seront protégés par des anges et feront la traversée rapidement, mais les méchants tomberont de tout leur long au fond de la vallée.

385

Le mur de séparation. Appelé aussi la barrière de séparation. Appelé aussi la clôture de séparation. Appelé aussi le mur de sécurité, la barrière de sécurité, la clôture de sécurité. Appelé aussi le mur de l'Apartheid, le mur de la paix, le mur de l'isolement, le mur de la honte, le mur de Cisjordanie, le mur de l'administration, le mur de l'annexion, le mur de la Zone tampon, le mur des terroristes, le mur des infiltrés, le mur des saboteurs, le mur obstacle, le mur démographique, le mur des territoires, le mur de la colonisation, le mur de l'unification, le mur raciste, le mur sanctuaire, le mur du nœud coulant, le mur de la malédiction, le mur de la réconciliation, le mur de la peur. Appelé aussi l'enclos, le poulailler, le piège, le nœud coulant, le protecteur et la cage.

386

La majeure partie du mur de sept cent huit kilomètres n'est pas du tout du béton, mais une série de fossés, de buttes, de chemins de patrouille, de bandes de sable, de zones d'exclusion, de capteurs de mouvements et de barbelés à lames.

387

Lorsqu'ils tracèrent sur une carte la ligne d'armistice en 1949 – la Ligne verte qui devint, jusqu'en 1967, la frontière –, les chefs militaires, Abdullah al-Tall et Moshe Dayan, se servaient de gros crayons de couleur, se penchaient, salissaient les lignes, ne sachant pas, souvent, que la frontière passait en plein milieu des villages, coupait en deux des rues, des maisons, des jardins.

Il se pouvait qu'une femme aime son mari en Palestine avant minuit puis se roule en travers du lit pour se retrouver en Israël jusqu'à la fin de ses jours.

Moyennant quoi dans plusieurs petits villages - séparés par un ravin, un ruisseau ou une file de soldats -, un trafic fut mis en place parmi les propriétaires de pigeons afin de convoyer des messages : contrats, titres fonciers, certificats de naissance, conflits de propriété, et, plus souvent que les gens ne voulaient l'admettre, lettres d'amour.

De petits points gris allaient et venaient au-dessus des soldats jordaniens qui patrouillaient le long de la frontière et, de temps en temps, chassaient les oiseaux hors du ciel à coups de fusil.

388

Au début de *L'Oiseau bariolé*, son roman sur l'Holocauste, Jerzy Kosinski décrit un sport pratiqué par les chasseurs pour piéger les oiseaux et les couvrir de peinture. Les chasseurs relâchent en l'air les oiseaux peinturlurés cependant que le reste du groupe - ne reconnaissant plus leurs congénères - se met à attaquer de toutes parts et à brutaliser l'intrus supposé.

Le livre fut loué par la critique et traduit dans une dizaine de langues. Kosinski laissa d'abord entendre que le roman était inspiré par sa propre enfance en Pologne. Mais, une fois le livre publié, il se dédit et, plus tard encore, fut accusé de plagiat.

Le livre fut interdit en Pologne jusqu'en 1989 et la chute du mur de Berlin. Peu de temps après, à Varsovie, un artiste créa à partir des pages du livre plusieurs oiseaux de papier et les envoya, sous diverses formes et couleurs, du haut du toit du Palais de la culture et de la science, où ils furent filmés en train de s'élever dans le vent.

389

NOW THAT HELL HAS FROZEN OVER ANYTHING CAN HAPPEN. **CONTROL + ALT + DELETE.** HANDALA LIVES. *ONE HAND CLAPPING.* ***This ain't no green line.*** **FUCK BIBI.** (Uh, no thanks.) *JESUS DIED FOR HER SINS.* NIETZSCHE GETS THE LAST WORD. BANKSY, STOP MAKING IT BEAUTIFUL ! ARRIGONI IS ALIVE ! *ALL ALONG THE WATCHTOWER.* **JESUS WAS A WATER SKIER. By the time you read this I'll be gone.** UNITY. *PEACE NOW !* ↑ARAFAT. JAMES MILLER, RIP. *HOW LIKE AN ACTUAL PERSON YOU ARE.* REMEMBER '48. BERLIN WAS ONLY THIS TALL. ***Fixed fortifications are monuments to man's stupidity*** : General George S. Patton. MAKE HUMMUS NOT WALLS. Patriae quis exsul se quoque fugit ? TIME IS PAIN, BROTHER. *GOD WAS AN ISRAELI – NIETZSCHE.* Do you hear me, Banksy ? This Wall Doesn't Care. Another JANCFU. **ICH BIN EIN BERLINER.** RESOLUTION 194. ERADICATE CENSORSHIP ! CHE SERA, SERA. *RAGE AGAINST THE MACHINE.* I>R>A. ***We will remember you forever, Jimmy Sands !*** *ESCAPE HATCH. Wiser Than Violence !* NOT EVEN MY SENTENCES HAVE A RIGHT TO RETURN. Speak the truth, Sister. STOP SPRAYING SHIT – SKUNK SUCKS. RAED ZEITER CROSSES HERE. RACHEL CORRIE, RIP. This IS Rachel's Tomb. BOYCOTT DIVESTMENT (and/or) SANCTIONS. (CERTAINLY NOT.) *Art The Shit Outa This People !* NUDE BATHING PROHIBITED : PALESTINIANS HAVE SUFFERED ENOUGH. THE ANC LIVES ! *WHAT'S SO FUNNY 'BOUT PEACE LOVE AND UNDERSTANDIN' ?* UBINTIFADA. RIP TRAYVON. PARKOUR THIS BITCH. Keep it Spotless, Banksy. Visual Pollution. SAID THE JOKER TO THE THIEF. I am, because of You, Ubuntu. What Rough Beast. Wagah, Wagah, Wagah. ELVIS PRESLEY, RIP. POLE VAULTERS UNITE. IGNORE FEAR. *And the Wall of the City Will Fall Down Flat.* ABU AMMAR LIVES. REMEMBER THE GLIDERS. 6–1. Sameh Will Make It Seven. Maraabah scores ! Get Your Ramadan (Sobhi) On. YOU ARE NOT IN DISNEYLAND ANYMORE. ***Existence is Resistance.*** The Plough is Slow but the Earth is Patient. STOP AND LET US WEEP FOR THE BELOVED AND THE HOME. Kiss my Diaspora. IS THERE LIFE BEFORE DEATH ? Be Realistic – Demand the Impossible. *LEILA KHALED WE LOVE YOU.* FREE

MARWAN BARGHOUTI ! *(with every pack of Cornflakes). WE (in) SHALL(ah) BI(BI) RELEASED.* IF BATMAN KNEW ABOUT THIS YOU WOULD BE IN **SO** MUCH TROUBLE.

390

La préférée de Rami : END THE PREOCCUPATION. FIN DE LA PRÉOCCUPATION.

391

Roulant un après-midi dans Bethléem avec un journaliste gallois du *Daily Mail*, Rami crut voir le visage d'Abir peint tout en haut du Mur, côté palestinien. Il fut lardé de shrapnels glacés. La fille sur le portrait était vêtue d'un hijab serré mais son visage était identique à celui d'Abir. C'était comme si quelqu'un avait pris une photo de la fille de Bassam et l'avait recopiée trait pour trait : les yeux, les joues rondes, le joli hautbois de la bouche. Le cœur de Rami cognait dans le silence.

Il se retourna brusquement sur le siège passager pour jeter un deuxième coup d'œil, mais la route tourna rapidement, et ils suivirent le Mur, au-delà du tombeau de Rachel, près du checkpoint 300, où le Gallois souhaitait voir un graffiti de Banksy.

Rami n'en parla à personne, même lorsqu'il se retrouva allongé près de Nurit le soir même. Il avait l'impression d'avoir un toit au-dessus de sa tête, mais pas de sol sous ses pieds. S'il sortait du lit, il disparaîtrait purement et simplement. Il avait le sentiment de vivre au bord du silence : il y avait là un sens qu'il n'arrivait pas à formuler tout à fait. Si Abir n'avait pas disparu, elle n'aurait pas besoin qu'on se souvienne d'elle. Son absence, par conséquent, était sa présence.

Il ne dormit pas, il ne pouvait pas. Le goût salé du chagrin dans sa bouche. Il se rappela, soudainement, le poids du poignet de Smadar quand elle était un tout petit enfant endormi sur son torse.

Quelque chose fit du bruit aux premières heures du jour. Il se leva. Il prit sa lampe torche et sortit sur la terrasse en bois derrière la maison. Il braqua le faisceau lumineux vers les arbres. Il vit un reflet, peut-être même un reflet d'yeux, perdu dans la nuit. Les yeux disparurent aussitôt. Animaux ou humains, il l'ignorait.

Rami savait pertinemment qu'ils devaient l'observer de temps en temps. Son téléphone était sans doute sur écoute. Ça ne le dérangeait plus. Il avait perdu tellement plus que ce qu'ils pouvaient surveiller.

392

Le lendemain, il prit sa moto et sortit de Jérusalem. Le graffiti était toujours là, tout en haut du Mur. C'était, il s'en rendait compte à présent, le portrait d'une autre petite fille palestinienne, d'environ dix ans, en effet, et similaire par bien des aspects à Abir, mais pas tout à fait elle s'il l'observait longtemps : les yeux étaient un peu plus grands, les pommettes un peu trop anguleuses, la fossette du menton trop profondément ombrée.

393

D'un côté du Mur, *Cinnyris osea* est connu depuis longtemps comme le souimanga de Palestine, l'oiseau national palestinien. De l'autre côté – et dans les années plus récentes – il commence à être appelé le souimanga d'Israël.

394

Dans *De Architectura*, son ouvrage classique datant du Ier siècle av. J.-C., Vitruve dit que tous les murs exigeant de profondes fondations – des barrières jusqu'aux énormes tours de défense en bois – devraient être joints par des chevilles de bois d'olivier brûlées.

Le bois d'olivier ne se décompose pas, même enfoui dans la terre ou posé au fond de l'eau.

395

En 2006, ordre fut donné, au sein du gouvernement israélien, de faire passer le Mur au cœur des vignes de Crémisan, séparant le monastère du couvent des nonnes.

Le couvent se retrouverait du côté palestinien du Mur, le monastère du côté israélien. Les bonnes sœurs auraient besoin de permis pour rencontrer les moines.

Six ans plus tard, lorsque l'ordre fut de nouveau donné, sœur Lucretia, une nonne brésilienne, accorda une interview devant les portes du couvent : « Dieu nous a donné beaucoup de choses, dit-elle, mais malheureusement pas de grappins. »

Le lendemain, un gros colis FedEx parvint au couvent, adressé expressément à sœur Lucretia.

Elle décida de ne pas l'ouvrir. Elle griffonna un mot dessus – *À utiliser en cas de besoin* –, apporta le colis au checkpoint 300 et le déposa au pied du Mur.

396

Les tours de guet du checkpoint 300 possèdent l'air conditionné. Les soldats s'assoient en haut d'un escalier en colimaçon, dans un fauteuil pivotant – pneumatique et rembourré –, avec une vue à trois cent soixante degrés sur Bethléem, la Zone tampon, jusqu'à Jérusalem. Les canons de leurs fusils dépassent de meurtrières.

Le plafond comporte une issue blindée au cas où les soldats auraient besoin d'être évacués par hélicoptère. À l'intérieur, une échelle pliable leur permet d'accéder au toit de la tour.

Les soldats peuvent tirer des balles réelles ou des balles en caoutchouc, ou transmettre des consignes aux unités au sol, ou aux canons à eau, ou aux camions de Skunk, les dirigeant vers une série de trappes spéciales aménagées dans le Mur.

397

L'accès humanitaire du checkpoint de Qalandia – pour les femmes, les enfants, les vieillards et les malades – est un préfabriqué équipé de toilettes et d'un refroidisseur d'eau.

À une extrémité du préfabriqué, il y a une table en bois pliante sur laquelle on peut changer les bébés et, au-dessus, un panneau qui dit en anglais, en hébreu et en arabe : *Notre espoir à tous*. Au mur opposé est affichée une photo de la vieille ville de Jérusalem, le sommet des murailles couvert de neige.

Le portail est ouvert quarante-cinq minutes par jour.

398

Tant des connaissances de Rami n'avaient jamais mis les pieds en Cisjordanie. Ils refusaient même de se rendre dans la Zone B, par peur d'être enlevés, emprisonnés, tabassés.

Mais le Mur, il le savait, était aisément franchissable. À peu près n'importe quel Israélien pouvait aller à Bethléem. Il n'avait qu'à conduire jusqu'à la Zone B, garer sa voiture à l'hôtel Mount Everest, prendre un taxi vers les marchés de Bethléem. S'habiller correctement. Se faire passer pour un touriste. La fermer. Ou parler en anglais. Dire qu'on est danois. Se promener. Aller dans les églises. Respirer cet air-là. Détruire la peur.

Il pouvait même prendre sa propre voiture : il y avait suffisamment de plaques d'immatriculation jaunes dans Bethléem pour s'en sortir.

Rentrer à la maison était tout aussi facile. Il suffisait de rouler jusqu'à une colonie, de baisser sa vitre, de montrer sa carte d'identité, de plaisanter en hébreu et de repartir sur la route déserte.

Tout était une question de stigmatisation, leur disait Rami. Tout était construit sur la peur. Opération Sécurité, appelait-il ça. Opération Travail mâché. Opération Mystification.

399

Bassam les avait vus simplement escalader aux endroits où le Mur était plus bas, se hissant avec leurs mains et leurs pieds. Certains se servaient d'échelles de bois, d'acier, de chanvre. D'autres creusaient des cachettes et des tunnels secrets ou découpaient des emplacements dans le Mur, à travers lesquels ils faisaient passer des objets. Il avait entendu parler de garçons utilisant du matériel d'escalade et d'une jeune acrobate de Bethléem célèbre pour ses échasses : quand elle parvenait au sommet du Mur, elle faisait monter les échasses en bois au moyen d'une corde, puis les cachait dans un entrepôt des environs pendant qu'elle allait travailler chez un vendeur de falafels, sur la route d'Hébron.

400

401

Lève-toi, petite fille, lève-toi.

402

Le visage d'Abir était doux, tendre, sombre. Ses pommettes étaient hautes. Ses yeux étaient grands et couleur prunelle. Elle se faisait une raie au milieu du front et ramenait parfois ses cheveux en queue-de-cheval. Ses sourcils étaient fins et droits. Elle avait un sourire qui donnait l'impression qu'elle était au milieu d'une question permanente.

403

Smadar habitait n'importe quel objectif pointé sur elle. Elle avait les manières d'une fille qui maîtrisait ce qui pouvait être vu, ses yeux marron virevoltaient, chargés d'une électricité pétitionnaire.

404

Dans la nuit qui précéda la mort d'Abir, plusieurs pans préfabriqués du Mur arrivèrent, par camions articulés, de l'usine Akerstein, dans le Néguev. Les éléments consolidés furent livrés derrière la cour d'école. Les énormes dalles de béton étaient manœuvrées par des grues, transportées en l'air, entassées au sol.

À l'origine, le tracé du Mur avait été conçu de manière à isoler toute l'école : le passage par le centre de la cour était un compromis.

Le chantier commencerait plus tard dans la soirée, à la lumière des projecteurs : il avait été décrété que le bruit des travaux ne devait pas déranger les écoliers.

Bassam n'a jamais su si Abir avait vu arriver ou non les éléments préfabriqués, mais le garde-frontière qui a abattu sa fille attestait que, parmi les ordres reçus ce matin-là, figurait celui de protéger les ouvriers livrant les éléments du Mur dans la cour.

405

Le garde-frontière est resté anonyme dans tous les documents judiciaires, même si Bassam l'a connu par ses initiales, Y. A.

406

Les ouvriers du Mur étaient majoritairement palestiniens. Ils maniaient les marteaux-piqueurs. Conduisaient les bulldozers. Déroulaient les câbles. Déployaient leurs rubans-mètres. Marquaient à la craie les marques des pans du mur. Trois ou quatre fois par jour, leurs tapis de prière étaient déroulés devant le Mur, où ils cherchaient un endroit propre pour la prière.

407

Pendant cinq ans, ce fut le chantier le mieux payé de la région : les ouvriers le surnommaient le mur des shekels.

408

Un sac en plastique s'anima au-dessus des murs : il éclata dans le vent et fit croire, un instant, à un coup de fusil. Personne ne tressaillit.

À Belfast, les murs de la paix étaient encore debout bien des années après l'accord du Vendredi saint. Ils s'élevaient dans le gris de la ville, couronnés, çà et là, de barbelé à lames.

Bassam s'arrêta devant un portrait d'Arafat aux côtés de Martin Luther King. Non loin de là, une peinture montrait les combattants de Septembre noir. *Écrasons le sionisme. Solidarité des Irlandais avec le peuple palestinien. Arafat, 1993. Pas de paix sans justice.*

Tout au bout de la rue, sur un mur à pignons, se trouvaient les fresques de l'autre camp, un portrait de Churchill à l'intérieur d'une carte du Grand Israël, un autre de Golda Meir. Plus loin : *Golda, on t'aime. Bal-Four, Palestine Nil. Rule Britannia :*

Nous soutenons le peuple de Sion. Chaim Herzog, président d'Israël, né à Belfast en 1918.

Plus loin encore, une des colombes de la paix de Picasso tenant dans son bec, non pas un rameau d'olivier, mais un fusil Armalite.

409

Chez moi, un tableau est une somme de destructions. Je fais un tableau, ensuite je le détruis. Mais à la fin du compte rien n'est perdu ; le rouge que j'ai enlevé d'une part se trouve quelque part ailleurs.

Picasso

410

Les bâtiments étaient gris. La pluie semblait décidée à crachiner. Belfast, pour lui, était la ville de toutes les surprises. On l'emmena faire un tour de la ville. La Couronne. Le musée du *Titanic*. Les Jardins botaniques. Le cimetière de Milltown. Skankill. Les Falls.

Un soir, tard, il se promena dans le quartier que les gens du coin surnommaient la Terre sainte. Bassam fut fasciné par les noms des rues : Palestine, Le Caire, Jérusalem, Damas. Il étudia un plan. Delphi Avenue. Balaklava Street. Unity Flats. Kashmir Road.

Il était arrivé de Bradford pour une conférence de trois jours sur la paix. Il se blottissait sous la capuche d'un anorak bleu qu'il avait emprunté, allumait cigarette sur cigarette, n'arrêtait pas de marcher jusque tard dans la nuit.

Palestine Street était bordée de maisons en brique rouge, de portes sombres, de minuscules jardins. Jerusalem Street débouchait sur une impasse. Il avait entendu dire qu'il y avait eu beaucoup de fusillades ici. Rues courtes, mémoires longues.

La vue des drapeaux flottant sur les toits le fascina. Certains quartiers arboraient l'étoile de David. D'autres déployaient les couleurs palestiniennes. *Blanc pour nos actes, noir pour nos batailles, vert pour nos champs, rouge pour nos épées.* Aux lampadaires, sur les ponts, dans les vitrines des magasins.

Malgré tout, la ville avait aussi une gaîté, une malice, de l'espoir. C'était un de ces endroits dans lesquels il aurait pu grandir. Il voulait lui murmurer à l'oreille, dire sa reconnaissance. C'était une ville qui gardait le souvenir du couvre-feu, un paysage brumeux de fantômes.

Il marcha jusqu'aux docks, vit les premiers rayons du soleil darder au-dessus des chantiers navals Harland and Wolff. Assis sur un bollard, il écouta les cornes de brume. Le long de la côte, il se promena seul.

À l'hôtel, les autres participants de la conférence terminaient leur petit déjeuner. Il se glissa parmi eux. Bassam avait le don de se fondre dans la foule. Il pouvait se transformer en ombre.

Sa présentation était prévue à midi. Il attendait dans les coulisses en buvant du thé. Il avait beau avoir raconté son histoire mille fois, il avait toujours les nerfs à vif. Avant sa présentation, il grilla un demi-paquet de Silk Cuts. Il s'avança sur la scène, toussota dans le micro, recula, porta une main à son front pour protéger ses yeux de la lumière, s'arrêta. *Je suis Bassam Aramin, je viens de Palestine.* Une onde se propagea dans la salle.

À la fin, la plupart des auditeurs lui accordèrent une standing ovation. Ceux qui ne mettaient pas un point d'honneur à croiser les bras ostensiblement sur leurs sièges. Il les voyait déjà se réunir par petits groupes.

Dans les coulisses, il eut droit à des tapes dans le dos. Les accents irlandais étaient encore plus difficiles à comprendre que les anglais. Il se retrouva à baisser la tête, à acquiescer. Son plus grand souhait était de ne pas offenser les gens. Il ne voulait pas leur demander de répéter. Surtout, il voulait discuter avec ceux qui étaient restés les bras croisés. Mais ils ne se manifestèrent pas.

La conférence était en effervescence. Son nom fut ajouté sur des panneaux. *Théorie et Pratique. Analyse de conflit. Programme d'études sur la Réconciliation. Les vertus du dialogue.* Il voyait la facilité relative qu'il y avait à être palestinien ici. Il était écouté. Il était authentique. Il avait souffert. C'était peut-être même plus simple, pensa-t-il, d'être un Palestinien à l'étranger que chez soi. Cette idée le taraudait. Et s'il décidait de ne pas retourner là-bas ? Et s'il partait travailler à l'étranger ? Aurait-il quelque chose à dire ? Il le savait, c'était précisément ce que tant de gens souhaitaient : un Arabe de moins. Il savait aussi que, s'il restait trois ans à l'étranger, on lui interdirait peut-être de rentrer chez lui. Bassam voulut prendre un avion l'après-midi même, jusqu'en Jordanie, et regagner la Cisjordanie en voiture, simplement pour se rassurer.

Le soir, les participants se retrouvaient en groupe au bar de l'hôtel et dans le lobby. Ils buvaient, chantaient. Là aussi il y avait des clans. Bassam fut invité à rencontrer un groupe d'universitaires norvégiens. Ils avaient entendu dire qu'en prison il avait été chanteur. Il s'assit avec eux et chanta une chanson d'Abou Arab. Quelqu'un lui mit une pinte de Guinness dans les mains.

« Non, non, dit-il, je ne bois jamais. »

Une minute plus tard, un whisky fut posé devant lui. Il s'enfonça dans son fauteuil, rit et fit glisser le whisky sur la table.

Il ne dormait pas mais trouvait du réconfort dans la marche. Il aimait se déplacer dans le crachin. Ça l'aidait à donner forme à ses pensées. Il en était maintenant au quart de son mémoire. Il se voyait comme un homme voyageant dans plusieurs directions différentes.

De temps en temps, il s'arrêtait pour noter de petites phrases sur son carnet. *La paix sans réconciliation. Pardonner mais ne pas excuser. Coloniser l'esprit.*

411

Il trouva la direction de l'est et s'installa au fond d'une allée pour dérouler discrètement un tapis, pour dire ses prières.

412

À New York, au début des années 1990, au moins deux fois par mois le sénateur George Mitchell disait au revoir à sa femme Heather et à son fils Andrew, encore bébé.

Le lendemain, il atterrissait à l'aéroport d'Aldergrove, dans la banlieue de Belfast, afin de présider aux pourparlers de paix en Irlande du Nord. La plupart du temps, il voyageait seul avec une serviette et un petit sac. Dans les couloirs de l'aéroport, il était largement incognito.

Devant l'aéroport, une voiture l'attendait et l'emmenait en ville. Sur la banquette arrière, il faisait un petit somme, une des rares occasions pour lui de trouver le silence.

Mitchell était affectueusement surnommé Pantalon de fer, eu égard à sa capacité surnaturelle à rester longtemps assis à écouter les récits des factions opposées. Les dirigeants des partis parlementaires venaient dans son bureau, s'asseyaient et lui disaient exactement quelle était leur position. Il écoutait calmement, s'obligeait à la patience. Les récits lui semblaient parfois interminables. Serait-il un jour capable de trouver une langue pour décrire tout cela ?

Huit cents ans d'histoire ici. Trente-cinq ans d'oppression là. Un traité ici, un massacre là, un siège ailleurs. Ce qui s'est passé en 1968. Quel supermarché a été incendié en 1974. Ce qui est arrivé la semaine dernière sur Shankhill Road. Les attentats de Birmingham. Les assassinats de Gibraltar. Les liens avec la Libye. La bataille de la Boyne. La marche de Cromwell. L'abattage des arbres. L'arrachage des ongles aux doigts des harpistes pour qu'ils ne puissent plus pincer les cordes en boyau de chat.

Chaque matin, le chauffeur du sénateur glissait sous la voiture un miroir à roulettes pour vérifier qu'il n'y avait pas de bombe. Ils roulaient ensuite jusqu'aux séances plénières, où le sénateur s'asseyait encore et écoutait. Réunion après réunion. Déjeuner après déjeuner. Dîner après dîner. Coup de fil après coup de fil. Il devait souvent lutter pour rester éveillé. Certaines fois, il s'enfonçait un stylo à bille au bout du doigt : à la fin de la journée, l'extrémité de son index était fréquemment constellée de points bleus.

Les loyalistes, les républicains, le Sinn Féin, les modérés, les socialistes, la Coalition des femmes, le grand slalom des acronymes : DUP, UVF, IRA, UFF, RIHA, ABD, RSF, UDA, INLA.

413

Dans les années 1980, l'endroit où il se vendait le plus de drapeaux israéliens – en dehors d'Israël – était l'Irlande du Nord, où les loyalistes les brandissaient pour défier les républicains irlandais qui avaient adopté le drapeau palestinien : des quartiers résidentiels entiers aux couleurs soit bleu et blanc, soit noir, rouge, blanc et vert.

414

L'ordre 101 des Forces de défense israéliennes, concernant l'interdiction de l'incitation et des actions de propagande hostiles, a été édicté en 1967. Il interdisait aux Palestiniens d'employer le mot *Palestine* dans les documents officiels, de dessiner, de lever ou de faire flotter leur drapeau, ou de créer une quelconque œuvre d'art associant les couleurs du drapeau traditionnel.

415

Les vendredis après-midi, Bassam et ses amis hissaient le drapeau à l'entrée de l'école et attendaient que les soldats viennent l'arracher. Ensuite, ils les criblaient de pierres et de cailloux.

En retour, les soldats tiraient des grenades lacrymogènes et des balles en caoutchouc qui ricochaient sur la cahute en tôle au fond de l'école. Parfois, ils continuaient de tirer alors que les garçons étaient partis depuis longtemps.

De loin, caché dans une ruelle, il écoutait les grenades éclater sur le toit en tôle rouillée, rien à voir avec des gouttes de pluie.

416

Lorsqu'en 2009 Mitchell fut nommé envoyé spécial au Proche-Orient, il eut soudain le sentiment de marcher au milieu d'un autre puzzle éclaté – OLP, LDJ, FDLP, LEHI, FPLP, ALA, JIP, CPT, IWPS, CICDM, AIC, ACLM, JIE, JTJ, ISM, AEI, NIF, ACRI, RHR, BDS, PACBI, BNC – sauf qu'il était cette fois beaucoup plus difficile de trouver un bord plat par lequel commencer.

417

Un nombre dénombrablement infini de côtés.

418

Rami termine son café, remercie le serveur en arabe, quitte l'hôtel Everest avec un quart d'heure d'avance. Dehors, il ajuste son casque, soulève la moto de sa béquille, fait reculer l'engin hors de sa place de parking. La caféine lui a donné un coup de fouet. Il aimerait faire vrombir le moteur et le pousser à fond pendant quelque temps.

419

Tant de nids-de-poule en Cisjordanie. Pour tourner à gauche, il pousse doucement le guidon droit. Pour aller à droite, il met de la pression du côté gauche.

420

Il évolue dans les rues de la bordure ouest de Beit Jala. Aux deuxième et troisième étages des immeubles blancs et carrés, le vent fouette le linge et lui fait faire de la gymnastique, obligeant une chemise blanche à lever les mains en l'air en signe de reddition.

Il continue dans la courbe descendante de Salaam Street – toits, balustrades, balcons supérieurs remplis de sacs de sable. Certaines fenêtres sont calfeutrées.

Des hommes traînent devant un garage, sous leurs fidèles nuages de fumée de cigarette. Plus loin, une maison basse au milieu des immeubles alignés, de magnifiques vitraux aux fenêtres supérieures.

Il tourne à un virage et passe devant l'olivier perdu au milieu de la chaussée, devant les vieilles villas.

Il perçoit l'architecture ancienne de ces maisons : leurs plafonds voûtés, leur blancheur, les carreaux de mosaïque, les fines bougies dans les entrées hautes.

421

Au-dessus de Naplouse – au sommet du mont Garizim, la montagne de la Pitié – se trouve une immense propriété qui appartient à Mounib al-Masri, l'homme le plus riche de Palestine.

Il a bâti sa maison sur cette colline convoitée dans le style de la Rotonda de Palladio, à Vicence, en Italie. La coupole en tuile – qui ressemble au toit de la mosquée Al-Aqsa – peut être vue étincelant au soleil à des kilomètres à la ronde.

Le portail de la villa provient d'un palais français du XVIIe siècle. Le gravier crisse sous les pieds. Des bassins remplis de poissons rouges bordent les allées. Les marches en granit sont polies. Une statue d'Hercule en marbre trône dans le hall, sous un grand dôme. Le couloir central cruciforme possède quatre portes identiques, chacune faisant face aux points cardinaux. La maison regorge d'œuvres d'art et d'antiquités précieuses, dont des tableaux de Picasso et de Modigliani, des tapisseries de la Renaissance flamande, des portraits bibliques, des miroirs venus de Versailles, des manuscrits d'anciens mathématiciens persans, ainsi qu'un certain nombre de parchemins arabes du VIe siècle jadis suspendus dans des marchés.

Des degrés en pierre mènent à un jardin d'hiver vitré ayant appartenu à la maîtresse de Napoléon III. Non loin de là, un amphithéâtre romain. Deux arcs de triomphe – l'un originaire de Poitiers, l'autre commandé en hommage à Yasser Arafat, l'ami d'Al-Masri – montent la garde à côté d'un bosquet de cyprès. Un labyrinthe soigneusement entretenu, avec des parois hautes de trois mètres, complète le jardin.

Al-Masri – insomniaque chronique – a construit cette demeure comme une devinette, une mosaïque, une métaphore de son pays : il l'a nommée Beit Felastin, la Maison de la Palestine. Il a voulu bâtir une arche, un bateau pirate de toutes les beautés disponibles, un puzzle provocateur à l'excès. Cette maison sidère tous les visiteurs.

Al-Masri – qui a fait fortune dans la spéculation pétrolière et hydraulique – a déversé des millions de dollars dans cette maison.

Pendant l'excavation, ses maçons ont découvert de fines poutres d'olivier, des chevilles carbonisées, des traces de burin, un minuscule morceau de porcelaine, une marche, puis une pierre qui semblait avoir la forme d'un autel. Un sol en mosaïque. Des pierres colorées. Du verre bleu romain. Il a fait interrompre l'ensemble du chantier et convoqué des archéologues du monde entier, lesquels ont méticuleusement passé au crible les ruines. Ils ont dégagé des colonnes, exhumé un autel de pierre, fouillé parmi les tessons de poteries : ce qu'ils avaient découvert était un très vieux monastère.

Ils dessinèrent ce monastère tel qu'il avait dû être seize siècles plus tôt, en firent une réplique, puis Al-Masri reconstruisit son palais au-dessus – le surélevant de six mètres –, de manière à ce que la structure du bas soit parfaitement préservée et rendue accessible aux visiteurs.

422

L'autre montagne que l'on peut voir depuis Beit Felastin s'appelle le mont Ebal, la montagne de la Malédiction.

423

En 2011, le petit-fils d'Al-Masri, également prénommé Mounib, se fit tirer dessus alors qu'il manifestait le long de la frontière libanaise pour commémorer la Nakba de 1948. Il fut touché dans le dos tandis qu'il marchait vers un bus. La balle à haute vélocité pénétra dans son rein et dans sa rate puis se logea près de la colonne vertébrale, le laissant paralysé.

On l'emmena dans un hôpital de Beyrouth, où il supplia les médecins de le laisser mourir. Il fut finalement transféré par avion aux États-Unis pour y être soigné ; les médecins de San Diego lui infligèrent plusieurs années d'une rééducation difficile.

424

Mounib quitte encore parfois sa maison de Georgie pour se rendre dans la demeure de son grand-père. Dans son fauteuil roulant, il entraîne les visiteurs à travers la maison pour leur montrer une grande fresque où, parmi des scènes de carnages historiques, figurent plusieurs portraits de colombes de la paix.

425

La Nakba. Ou la Catastrophe. Ou la Héjira. Également appelée l'Exode, le Viol, le Cataclysme, l'Effraction, la Nuit où nous avons noirci nos visages et sommes partis.

426

Jonchant les routes en 1948 : des cartouches de cigarettes, des lettres, des mèches de cheveux, des cravates en soie, des tarbouches, des poupées de chiffon, des photos, des bobines de film, des cannes, des raquettes de tennis, des carafes en cristal, des foulards, des châles de prière, des pipes à *dokha*, des lires, des balles de cricket, des cafetières en cuivre, des chaussures, des chaussettes.

La plupart des sept cent cinquante mille Palestiniens déplacés ne transportaient rien de trop lourd, persuadés qu'ils étaient de regagner leurs pénates quelques jours plus tard : d'après la légende, certains avaient laissé la soupe bouillir sur les fourneaux.

427

Une des histoires préférées de Borges, entendue dans un café de Jérusalem, était celle d'une casserole de soupe en terre cuite laissée à mijoter pendant des siècles sans jamais s'évaporer, ni changer de goût, une soupe qui était devenue un élixir de vie pour certains, bien que, goûtée par d'autres, elle fût amère et âcre, et provoquât souvent des maladies atroces.

428

Si je rentre un jour, place-moi dans ton four, que ma chaleur t'aide à cuisiner.

Darwich

429

En 2002, la statue d'Hercule arriva chez Al-Masri, en provenance de Paris, dans une immense caisse en bois. Elle avait été sculptée dans un seul bloc de marbre blanc italien.

Une grue spéciale fut nécessaire pour soulever la caisse jusqu'au sommet des marches de l'entrée. Le conducteur se trompa dans ses calculs et lâcha la caisse à trente centimètres au-dessus du sol. La caisse chancela quelques instants, puis se renversa dans l'escalier et alla se fracasser devant Al-Masri. Le corps d'Hercule – la main gauche tenait une massue, la droite des pierres – tomba. La tête heurta la marche supérieure et se détacha du corps, puis dévala en partie la colline. Comme il avait récemment beaucoup plu, il fallut deux heures aux ouvriers d'Al-Masri pour retrouver la tête dans la boue et les broussailles.

Al-Masri fit expertement recoller la tête. Il installa la grande statue sous un dôme géant, et la lumière se diffusait en un large nimbe autour d'elle.

C'est seulement en l'étudiant de très près que le visiteur peut voir que la tête a été recollée.

430

Ce qui dérangeait Al-Masri, c'était l'expression de ceux qui, eu égard à ses costumes impeccables, étaient surpris qu'il fût palestinien. Les plis parfaits. Les boutons de manchettes. Les pochettes. Les plastrons à ses initiales. Ils attendaient de lui un peu de débraillé, un keffieh, un holster, un treillis, une capuche en polyester.

Ils le regardaient comme s'il s'était trompé sur son propre compte.

431

La porte d'entrée du palais de Mounib al-Masri est vieille de quatre cents ans. Faite de chêne et d'acier, elle a été conçue pour résister à la force d'un énorme bélier.

432

La maison est entièrement cernée par la Zone C, mais construite dans la Zone A, située au sommet d'une route en lacets surplombant les toits plats et les minarets de Naplouse.

À cette altitude, Al-Masri a une vue directe sur le camp de réfugiés de Balata. Au loin s'étale le village d'Assira al-Shamaliya.

433

434

Arpentez les champs et regardez les femmes porter des ballots de blé sur leur dos. Voyez les garçons battre le blé sous la lumière vive et crue. Tout est si jaune et si blanc.

Les femmes s'en retournent au village, au-delà du vieux puits, sur les pavés, sous les murs couronnés de fil barbelé, puis elles se dispersent parmi les ombres des raides escaliers en pierre.

Vous pouvez suivre leur trace grâce aux balles de blé qui tombent de leurs robes.

435

Le village fut pris d'assaut une semaine après l'attentat de Ben Yehuda Street. Les rues furent bloquées. Des hélicoptères tournaient dans le ciel. Les familles furent sorties de chez elles sous la menace d'une arme. Les hommes furent arrêtés et menottés. Femmes et enfants durent s'agenouiller par terre, face aux maisons.

La première équipe entra pour jeter dehors toutes les affaires : photos, livres, couchages, bibelots, pipes à chicha, meubles, horloges anciennes, fours, frigos, casseroles, documents, vêtements. Un deuxième groupe chargea les objets abîmés dans une benne de l'armée et les broya devant tout le monde.

Une fois les maisons dépouillées, femmes et enfants furent emmenés et un autre groupe de soldats – l'équipe du génie – entra.

Les portes furent condamnées, les fenêtres quadrillées de fer à béton, les balcons de la façade et de l'arrière hérissés de gros clous, plantés à la cloueuse pneumatique. Des fûts remplis de ciment furent scellés par terre afin que personne ne puisse plus habiter là.

De nouvelles portes en acier furent fermement soudées et renforcées avec d'autres barres métalliques, assez robustes pour résister à un bélier.

Les soldats tracèrent à la bombe des étoiles de David sur les murs, mais immédiatement après la fin de l'opération le neveu de Youssef Shouli, Sabri, gymnaste âgé de huit ans, réussit à se glisser à travers les fenêtres. Sa première mission consista à effacer la peinture.

436

Sur les murs, les jeunes griffonnèrent par la suite les noms des hommes qui vivaient autrefois dans ces maisons : Bachar Sawalha (1973-1997), Youssef Shouli (1974-1997), Tawfik Yassine (1974-1997). Puis les enfants se mirent à ramper sur les fûts de ciment, tout près du plafond, en jouant à la guerre : *Tue le juif, Kidnapping, Attentats à Bagdad.*

437

Une décennie plus tard, à Alger, Sabri Shouli représentera l'équipe palestinienne de gymnastique aux Jeux panarabes : il terminera cinquième aux barres parallèles.

438

Le bélier médiéval était constitué d'une poutre de bois, souvent longue de plus de six mètres, que l'on poussait contre les murailles d'une ville, ou la porte d'un tunnel, ou une porte. Certains possédaient une tête métallique tranchante qui pouvait être violemment engagée entre les pierres et basculée d'avant en arrière jusqu'à détacher la brique. D'autres étaient coiffés d'un revêtement en métal plat, pour cogner inlassablement.

Les béliers plus sophistiqués étaient équipés de roues et tirés dans des chariots par de gros équipages d'hommes ou de bœufs – protégés par des frondeurs et des archers – jusqu'au lieu de l'assaut.

Souvent, une douve devait être comblée ou vidée avant que le bélier puisse faire son œuvre. Pour la dernière partie de l'assaut, un chemin de planches en bois improvisé était posé afin de faciliter la poussée du bélier. D'énormes pierres freinaient le chariot, évitant qu'il ne roule en arrière le long des pentes escarpées.

La partie avant du chariot était à découvert pour permettre à la poutre d'être mise en branle. Le bélier était suspendu au toit du chariot au moyen d'une corde épaisse, ce qui en faisait un pendule. Balancé d'avant en arrière, il gagnait en puissance, jusqu'à être relâché, percutant la muraille, détachant les briques ou défonçant les gonds.

Les assaillants recevaient sur la tête une pluie de feu, d'huile bouillante, de flèches, de pierres, de serpents, voire de corps en putréfaction.

439

Dans le cadre d'un accord portant sur le retour du cadavre d'un soldat israélien, les corps des trois terroristes de Ben Yehuda Street finirent par être rendus à leurs familles. Cela avait pris sept ans. Les FDI déposèrent les caisses en plastique bleues sur les marches des maisons originelles.

Ce fut une opération discrète. Quatre Jeeps roulant sans bruit dans les rues escarpées du village, en pleine obscurité. Pas de lumières aux fenêtres. Pas de patrouilles dans les rues.

Les Jeeps longèrent en vitesse le cimetière des Martyrs, après la petite place, par la rue de l'école.

Un projecteur fut braqué sur les marches. Les caisses réfrigérées bleues furent sorties des véhicules, chacune portée par deux soldats. On déposa les corps près des portes barricadées.

Dans la ville, les lumières avaient commencé à s'allumer. Des chiens se mirent à aboyer. Des claquements de portes. Quelques cris s'élevèrent au loin lorsque les Jeeps détalèrent.

440

Les soldats appelèrent cela opération Puzzle.

441

L'œil projeté sur l'auvent du café Atara appartenait à Youssef Shouli.

442

Normalement, quand le cordon d'une ceinture explosive est actionné, c'est la partie supérieure du corps du kamikaze qui reçoit l'essentiel de la force explosive et se retrouve vaporisée. La tête et les pieds, bien qu'arrachés, restent néanmoins souvent identifiables en tant que tête ou pieds.

Puisque l'œil de Shouli fut retrouvé séparé du reste de sa tête, les experts scientifiques pensaient qu'il avait certainement penché la tête vers son torse au moment de tirer sur le cordon, peut-être pour en vérifier le fonctionnement, ou peut-être pour se baisser par crainte de l'explosion d'un autre kamikaze proche, ou peut-être même pour prier.

443

Quelques experts en la matière préfèrent parler de *ceintures homicides.*

444

Les nouvelles maisons des familles des terroristes, bâties aux abords du village, leur ont été offertes, paraît-il, par l'État iranien.

Les paiements arrivèrent par un labyrinthe complexe débouchant sur les officines politiques locales de Naplouse, mais d'après la rumeur ils étaient passés par Ramallah, et avant ça Damas, et avant ça Genève, *via* un autre compte bancaire suisse, pour remonter à Téhéran.

Cet argent fut alloué à la construction, comme une réponse militaire directe à l'opération menée par les FDI pour détruire et condamner les anciennes maisons. Une vidéo fut tournée et postée sur un site islamiste radical : *Ce que vous faites tomber, nous le reconstruirons.*

445

Rami vit l'intérieur des nouvelles maisons dans les images brutes du documentaire. Les parents étaient interviewés, assis sur leur canapé, avec une série de bibelots à l'arrière-plan : des théières, des fleurs, des petits animaux en verre, un pendentif, un coran, des souvenirs de La Mecque.

La mère de Bachar Sawalha tenait une photo encadrée sur ses genoux. Elle pleurait dans un mouchoir blanc. Elle se levait du canapé en plein milieu d'une phrase, puis se rasseyait, épuisée.

Le père de Youssef Shouli fixait l'objectif, tandis que sa femme restait assise en silence à ses côtés. Son fils avait vu le visage de Dieu, dit-il, qu'Allah ait pitié de son âme. Lorsqu'il tendit le bras pour prendre un verre d'eau, sa main tremblait. Il disait qu'il n'avait pas dormi sereinement depuis de longues années. Il ne comprenait pas. Leurs fils s'étaient radicalisés en prison, qu'Allah les protège, mais ils avaient été jetés en prison pour avoir lancé des pierres.

« Uniquement pour ça, disait-il à la caméra. Pour avoir lancé des pierres. Qu'est-ce que ce monde, sinon des pierres ? »

Il se levait, allait vers le mur du fond et s'écartait du champ de la caméra, refusant d'y revenir.

Dehors – sous un ciel d'un bleu irréel –, le film montrait le minaret du village, les toits de tuile à l'horizon, quelques hirondelles au-dessus du cimetière.

Des gens du coin étaient interviewés dans un café éclairé au néon. Ils louaient les grands martyrs de 1997 qui, disaient-ils, avaient donné leur vie pour le jihad. Le cousin de Youssef Shouli expliquait qu'il aurait voulu prendre sa place. Il était prêt à marcher mille fois dans Ben Yehuda Street et à se faire exploser, ne serait-ce que pour que son cousin revienne une journée de plus.

Rami regarda les images sans les sous-titres, mais il maniait suffisamment l'arabe pour en comprendre l'essentiel.

Ce qui le surprit plus que tout, mais sans savoir pourquoi, était que Youssef – le terroriste qui avait vraisemblablement fait exploser Smadar – avait étudié le graphisme.

446

À l'université de Bethléem, Youssef Shouli avait entamé un projet par lequel il transformait du matériel de guerre récupéré – balles en caoutchouc, grenades lacrymogènes, cartouches – en cages à oiseaux, en carillons, en mangeoires. À l'un de ses professeurs, il expliqua qu'il était également intéressé par la fabrication d'une étoile de Bethléem à partir de grenades lacrymogènes.

Au bout de deux ans d'études, Shouli fut arrêté devant l'hôtel Jacir Palace, où il s'était rendu avec plusieurs autres étudiants pour glaner du matériel d'émeutier et en faire des œuvres d'art. Devant le tribunal militaire, il fut accusé d'avoir incité à manifester et lancé des pierres.

Il refusa de reconnaître le tribunal, déclara qu'il n'avait jamais lancé de pierres, pas une seule fois dans sa vie, mais qu'il le ferait dès maintenant, à l'avenir, partout et chaque fois qu'il le pourrait.

Shouli écopa d'une peine de quatre ans.

447

Smadar s'était coupé les cheveux très court et percé le nez. À treize ans, elle commençait tout juste à se rebeller. Elle voulait ressembler à Sinéad O'Connor, danser dans toute la maison, au milieu des pots de fleurs, en chantant « Nothing Compares 2 U ».

448

Par la suite, Rami dirait aux gens que le piercing ne le dérangeait pas, mais que le crâne rasé lui donnait matière à réflexion.

449

Beaucoup de juifs âgés avaient signé des contrats *Heimeinkaufsvertrag* en vertu desquels ils acceptaient de verser 80 000 reichsmarks pour avoir le droit de résider à Theresienstadt. On leur expliqua que c'était une agréable villégiature de Bohême, avec jardins, fontaines, villas, promenades. Un lieu idéal pour passer leur retraite. Ils emportèrent dans leurs bagages toutes sortes de souvenirs, en particulier des miroirs précieux, des peignes, des agrafes et des brosses.

450

Les cheveux coupés servaient à doubler les bottes des sous-mariniers. Et à confectionner des tenues de chantier. On dit aussi qu'ils étaient utilisés pour créer les longues crinières des chevaux de bois à bascule, dont on peut encore trouver certains exemplaires sur les marchés noirs de Cracovie, en Pologne.

451

Lorsqu'ils sortirent Smadar sur la civière métallique, Rami remarqua à son poignet la montre de son grand-père : elle marchait encore.

452

Après la naissance de Smadar, son grand-père, Matti Peled, s'asseyait avec elle dans le jardin et lui enseignait l'anglais et l'arabe. Le général aimait son rôle de grand-père. Quelque chose en lui s'en trouvait adouci. Il l'emmenait à des réunions de quartier, de militants, de groupes de défense des droits de l'homme.

Jusqu'à ses huit ans, il la promenait sur ses épaules.

453

Au mur de son bureau, Peled accrocha l'affiche de Rami : *À quoi ressemblera la vie en Israël quand Smadar fêtera ses quinze ans ?*

Ils réparaient leurs voitures ensemble, Rami et son beau-père. Peled était grand et taciturne, avec une chevelure argentée. Il parlait davantage quand il était penché au-dessus d'un moteur : comme s'il trouvait plus facile d'évoquer quelque chose d'ordonné et de logique.

Il tripatouillait sous le capot. Ses doigts étaient épais et maladroits. Il jurait tout en dévissant le carburateur.

Peled dit à Rami qu'il n'était pas homme à supporter les imbéciles, surtout pas lui-même.

Il avait été un des architectes de la guerre des Six Jours. Les frappes éclair. Les raids de bombardements. L'effet de surprise. Il était devenu général, vénéré dans tout le pays – un des idéalistes juifs originels : socialiste, sioniste, démocrate. Mais après 1968 il s'était presque tout de suite méfié de l'Occupation. Elle mettait en péril, disait-il, le poids moral de la cause. Elle mettait à mal l'idée qu'Israël était une lumière guidant le monde. Peled allait à des réunions de la Knesset en arborant un badge où figuraient côte à côte l'étoile de David et le drapeau palestinien. Ses chemises bleu clair laissaient voir de grandes auréoles de sueur aux aisselles. Il était volcanique, caractériel, d'une dureté opiniâtre. Sa voix semblait monter de son plexus solaire. Il s'exprimait au nom de la modération, de la tolérance, de l'intégration, de la nuance. Il n'avait rien d'un *lamed vavnik*, il ne voulait pas porter les malheurs de son pays. Il combattait pour Israël, disait-il, depuis 1948, et il s'y connaissait un peu en matière de puissance militaire. Il avait rencontré Dayan, Herzog, Rabin, Golda Meir, d'autres encore. S'accrocher aux Territoires était une erreur, incompatible avec une démocratie juive sûre. Ils devaient se désengager. Partir.

Rami aimait ses diatribes : elles avaient quelque chose de non conformiste. Il s'asseyait sur le pare-chocs et écoutait Peled parler en tripotant le moteur.

Le général s'était battu en Palestine, il avait été témoin de la Nakba, il avait vu la désintégration de ce qu'il appelait la glu arabe. Il avait été stationné à Gaza et avait appris l'arabe en tant que soldat. Après la guerre il avait repris ses études. Rédigé sa thèse sur Naguib Mahfouz, le romancier égyptien.

Assisté à des pièces de Ghassan Kanafani. Vanté l'œuvre de Fadwa Tuqan. Traduit Salim Barakat. Appris les textes de Khalil al-Sakakini. Participé à des colloques sur le langage et la politique. Fait le voyage en cachette jusqu'au Caire pour rencontrer Mahfouz. Écrit des éditoriaux enflammés dans la presse. Parlé à Nurit et à ses frères de la primauté de la paix.

Il était conscient, disait-il, que l'humiliation était une blessure profonde. Nous sommes des sémites, tous, Israéliens comme Palestiniens. Votre génération est en danger, disait-il à Rami. Il y a eu un temps pour la guerre, je le reconnais, disait-il, mais c'est terminé. Lui-même portait ce fardeau. Il l'avait en grande partie créé. L'Occupation, disait-il, était une corruption. Et l'aide américaine en équipement militaire était devenue un fléau. La liberté, disait-il, commence entre les deux oreilles.

Peled avait accepté un poste au sein du département de langue arabe à l'université de Tel-Aviv, où il enseignait la poésie palestinienne. Ses cours, comme ceux de Nurit, étaient pleins à craquer. Il se rendait en voiture à la Knesset. À plusieurs occasions, il rencontra Arafat. Les deux hommes tentèrent de passer un accord. Les discussions duraient parfois des jours entiers. Arafat le prenait dans ses bras, l'embrassait sur les deux joues, lui disait au revoir. En Israël, la rancœur s'accrut. La droite, les conservateurs, les colons. Chez lui, le téléphone sonnait. Des menaces de mort. Il était un faux prophète, un mangeur de porc, un laquais de l'OLP, un amoureux des Arabes. Il tançait ceux qui l'appelaient, disait qu'il était prêt à les retrouver où ils le voulaient, à discuter raisonnablement avec eux, il s'en fichait, il voulait seulement parler. Les autres raccrochaient brutalement. Il allait à la synagogue avec son badge aux deux drapeaux sur le revers de sa veste. Il fit des tournées en Europe, en Asie, aux États-Unis. Il était tout autant scandalisé par les attentats palestiniens, les prises d'otages, les enlèvements, la lâcheté morale, la rhétorique des éléments les plus radicaux, mais personne ne devrait écraser sous son pied le cou d'un autre homme, disait-il. La paix était une inexorabilité morale. Aucun camp ne devrait en exclure l'autre.

Les après-midi s'étiraient.

Peled se relevait du moteur de la voiture. Il se cognait la tête contre le capot levé.

« Vas-y, disait-il à Rami, allume le moteur. »

455

Matti Peled mourut de mort naturelle dix-huit mois avant sa petite-fille. C'était la seule chose, concernant l'une et l'autre morts, dont Rami et Nurit furent reconnaissants.

456

Yasser Arafat envoya un représentant personnel à l'enterrement de Smadar. Le chef de l'OLP avait parfois surnommé le grand-père de Smadar Abou Salaam : le père de la paix.

Arafat lui-même ne put y assister : l'armée israélienne lui interdisait d'entrer dans Jérusalem.

Du dernier étage de son immeuble de Ramallah, Arafat pouvait regarder par la fenêtre, par-delà les décombres, et voir le dirigeable Fat Boy Two survoler la ville.

457

Quand il voyageait en Amérique et donnait des conférences sur la paix et ses possibilités devant les organisations juives ou dans les synagogues, Matti Peled emportait une balle en caoutchouc dans sa poche de veste.

Sur la scène, sous les projecteurs, il brandissait la balle, puis retirait le caoutchouc pour montrer l'éclat de l'acier au-dessous.

458

La balle en caoutchouc heurta l'arrière du crâne d'Abir, tomba sur le trottoir et fut reconstituée.

459

Les pilules de Lazare : quand c'est possible, elles peuvent être ramassées et réutilisées.

460

En apprenant la mort de Lazare de Béthanie, Jésus ordonna, dit-on, que la pierre tombale fût écartée de l'entrée de la grotte. Lazare était mort depuis quatre jours déjà.

Une fois la pierre écartée, Jésus s'approcha de la grotte et resta dehors aux côtés de Marthe et de Marie. Il cria d'une voix forte : « Lazare, sors. »

Lazare sortit, encore enveloppé des bandes des morts. Jésus ordonna de le délier et de le laisser partir.

Le ressuscité survécut paraît-il encore trente ans, bien après la mort de Jésus. Autour de lui, on se demandait ce que Lazare avait vu au royaume des morts, mais on racontait qu'il ne parlait pas quand il marchait dans les rues de Béthanie, qu'il ne souriait plus, et jamais il n'évoqua quoi que ce soit de ce qu'il avait vu pendant ces quatre jours.

461

Pour le soixante-dixième anniversaire de Peled – dans un jardin verdoyant de Jérusalem –, Smadar fut filmée vêtue d'une robe légère à fleurs violette et d'un bandeau blanc, en train de lire un toast à son grand-père.

« *L'chaim, l'chaim* », dit-elle en hébreu, remontant une mèche de cheveux de son cou.

Puis, en arabe, elle dit « *Ahlan wa sahlan* », en levant les yeux vers la caméra avec un sourire espiègle. Ses dents de devant sont immenses, ses yeux translucides.

« Grand-père, dit-elle, pendant neuf ans tu m'as élevée, pendant quatorze ans tu as élevé Guy, pendant seize ans Elik, et pendant dix mois Yigal. Tu nous as tous élevés dans la chaleur et l'amour, et nous avons grandi dans la chaleur et l'amour. »

Elle sourit encore.

« Tu nous as tous appris à jouer aux échecs, sauf Yigal ! Grâce à toi, on sait plus de choses sur la politique, sur Israël et sur toutes les guerres que tu as faites. Je suis fière de toi parce que tu te bats pour la paix, dit-elle, et parce que tu es le patron, à mon avis. »

À cet instant, sur la vidéo, les personnes présentes, dont Peled, éclatent de rire. Le *à mon avis* plane dans l'air pendant que Smadar joue avec ses cheveux et sourit.

« Je suis fière que tu écrives dans les journaux. Tu as toujours été beau. Et ne dis pas le contraire, parce que j'ai vu les photos ! »

Elle rabat de nouveau ses cheveux derrière ses oreilles, avant que Peled se baisse pour l'embrasser sur la joue, dans la dernière image.

« Jusqu'à ce que tu aies cent vingt ans. De la part de Guy, de moi, de Yigal et d'Elik. »

462

Smadar et son grand-père ont été enterrés côte à côte sous un bosquet de caroubiers noueux. Le mur au fond du cimetière était en calcaire, mais avait été étayé par des barres d'armature en acier, dont certaines étaient creuses. Quand le vent glisse sur le mur et rencontre le rebord en acier, il fait de l'écho.

463

Le dernier article que Peled écrivit pour la presse, en 1994, portait sur ce qu'il estimait être le caractère dévastateur des accords. Il était intitulé *Requiem pour Oslo*.

464

Le compositeur et pianiste tchèque Rafael Schächter fut détenu dans le camp de Theresienstadt, où il parvint à faire entrer clandestinement un piano droit sans pieds. L'instrument fut d'abord gardé dans une cave.

Schächter dirigea un chœur de musiciens juifs lors de seize représentations du *Requiem* de Verdi. Les musiciens apprirent la musique complexe à partir d'une simple partition vocale. Schächter tenait à maintenir le moral du camp.

Des gardiens et des responsables nazis assistaient aux représentations et, à la fin, faisaient des standing ovations.

La dernière représentation eut lieu pendant l'opération Embellissement, des extraits du *Requiem* furent joués pour les officiels danois et la Croix-Rouge. Après quoi Schächter fut enfermé dans un wagon à bestiaux et envoyé à Auschwitz où, comme le réalisateur Kurt Gerron, il entendit les capsules tomber par les grilles au plafond.

465

Le mouvement dominant du *Requiem* de Verdi est celui qui mène du deuil accablant à la terreur absolue, il se sépare en plusieurs directions différentes, fanfares de trompettes et solos de flûte, mais revient toujours à la grosse caisse et à l'orchestre en pleine puissance.

466

Le *Requiem* fut créé à Milan, en 1874, dans une église catholique où il était interdit d'applaudir.

467

Après la dernière de Schächter, Eichmann aurait dit : « Ces fous de juifs, qui chantent leur propre requiem. »

468

Le metteur en scène d'avant-garde Peter Brook a dit un jour qu'une standing ovation était à coup sûr le signe d'un public qui s'applaudit lui-même.

469

En décembre 1972, Brook emmena une troupe d'acteurs et une équipe de transport de Paris en Algérie, puis dans le désert du Sahara.

Le convoi, composé de cinq Land Rover et d'un camion, transportait sept cent cinquante litres d'eau et deux mille six cent cinquante litres de carburant. Il transportait aussi des tentes, des réchauds, des filtres à eau, des médicaments, des seaux, des pieds-de-biche, des haches, des bâtons de bambou, des bouilloires, des tables pliantes, des chaises en aluminium. Des tambours, des gongs, des tambourins, des xylophones, des sifflets, des flûtes, des harmonicas, des gamelans, des cymbales, des cloches à vache et des conques. Également, des milliers de conserves de nourriture, d'ouvre-boîtes, de planches à découper et de couverts. Également, des nouilles séchées, des assiettes, des tasses, des soucoupes, et plus de huit mille sachets de thé.

La troupe fit la traversée du désert, s'arrêtait le soir dans les villages les plus petits et les plus isolés possible. On déroulait un grand tapis et on installait une série de caisses en tôle ondulée, cependant qu'un des acteurs faisait sonner le tambour. Un public se formait, et la troupe commençait son spectacle, une adaptation de *La Conférence des oiseaux*, inspirée d'un poème allégorique de Farid ud-Din Attar, où des marionnettes illustraient l'histoire des oiseaux du monde se réunissant pour essayer de se choisir un roi.

Dans la pièce, chaque oiseau incarne un défaut humain qui empêche l'homme d'atteindre les lumières. Le plus sage d'entre eux, la huppe, propose qu'ils essaient tous ensemble de trouver le Simorgh, la légendaire créature perse, afin qu'ils puissent accéder aux lumières.

Le texte, adapté par Brook et Jean-Claude Carrière, faisait une place aux sons et aux mouvements aléatoires. Pendant le spectacle, les acteurs – dont Helen Mirren et Yoshi Oida – poussaient des chants d'oiseaux exotiques et sautaient dans des cartons vides répartis autour du tapis : une danse de la poussière.

Les villageois réagissaient diversement – certains applaudissaient, d'autres riaient, quelques-uns restaient silencieux.

Brook estimait que le théâtre devait absolument se faire dans des espaces vides. Il était à la recherche de ce qu'il pensait être le théâtre universel, une tentative pour trouver les émotions humaines les plus vastes possible chez des gens qui n'étaient pas encore entravés par les conventions, une nouvelle façon de communiquer sans langage.

Le soir, l'équipe renroulait le tapis, déployait les tentes dans le désert infini et, au petit matin, repartait une fois de plus à travers le Sahara, sous les étoiles à têtes de clou.

470

La Conférence des oiseaux fut écrite en persan à la fin du XVIIe siècle.

Quand les derniers oiseaux – au nombre de trente – finissent par arriver chez le Simorgh, épuisés, ils regardent au fond d'un lac et, au lieu de voir la créature mythique qu'ils cherchaient, ne trouvent que leur propre reflet.

471

Pour le soixantième anniversaire de la création d'Israël, la huppe – loquace, mouchetée, avec un long bec et une aigrette lissée vers l'arrière – fut choisie comme oiseau national.

Lors du vote, Shimon Peres, le président israélien, se dit seulement désolé que le plus sioniste des oiseaux, la colombe, n'ait pas été retenu.

D'après Nurit, c'était une des phrases les plus perverses qu'elle eût jamais entendues, même si, ajoutait-elle, ce n'est pas pour rien que le nom *Peres*, en hébreu, signifie « gypaète barbu ».

472

Le jour du départ de l'armée israélienne de Jénine, en 1996, à la suite des accords d'Oslo, Bassam se trouvait sur la place centrale de la ville, parmi les drapeaux brandis, les chants, les haut-parleurs, les danses et les cris de célébration. Il regardait de jeunes Palestiniens tendre des rameaux d'olivier aux soldats israéliens.

Il n'en revenait pas de cette journée. Pas de pierres. Pas de frondes. Des inconnus s'embrassaient dans les rues. Les Jeeps tournaient aux carrefours. Le dirigeable disparut du ciel.

Bassam retourna sur la place le soir même et aida à balayer les détritus laissés par les festivités à l'aide d'un balai qu'il avait emprunté à une mosquée du coin : cannettes de Coca-Cola, bouteilles en plastique, serpentins, confettis, des tas de rameaux d'olivier jonchant le sol.

473

Bassam était sorti de prison deux ans plus tôt et Abir naîtrait un an plus tard.

474

Je répète : ne laissez pas le rameau d'olivier tomber de ma main.

475

En juillet 1994, un jeune soldat israélien, Arik Frankenthal, étudiant en théologie et en poésie, leva le pouce pour faire du stop à partir de sa base militaire, près de Ramallah. Il fut pris par trois hommes qui portaient des *yarmulkes*, des kippas. Il les salua en hébreu, s'assit sur la banquette arrière et fut immédiatement maîtrisé.

Adolescent, Arik s'était intéressé au mouvement pour la paix. Il maintenait que, d'après son interprétation de la *halakha*, ou loi juive, les Israéliens étaient tenus de faire des compromis avec les Palestiniens.

Le corps roué de coups d'Arik fut retrouvé peu après à Ramallah. Il avait reçu plusieurs balles et coups de couteau.

476

Trois mois plus tard, Yasser Arafat, Yitzhak Rabin et Shimon Peres recevaient le prix Nobel de la paix.

477

Le père d'Arik, Yitzhak Frankenthal, se rendait à la bibliothèque publique de Tel-Aviv presque tous les jours. Il épluchait les archives des journaux – tous ces visages cerclés – pour trouver les noms des proches tués dans des attaques depuis 1948, Palestiniens comme Israéliens.

Frankenthal notait les noms sur un grand cahier à spirales et parcourait les archives publiques pour retrouver les numéros de téléphone et les adresses des familles.

Il vendit tout ce qu'il put pour pouvoir se consacrer pleinement à sa quête. Il finit par trouver quarante-quatre familles disposées à se retrouver pour parler. Il les rassembla par petits groupes, dans des bibliothèques, dans des cafés, parfois chez lui.

Si nombre d'entre eux furent d'abord rebutés par la kippa de Frankenthal, son regard ardent, ses manières de juif orthodoxe, ils acceptèrent son invitation. Il organisa des conférences à Jaffa, à Hébron, à Beit Jala. Il téléphona à des journalistes, distribua des prospectus, alla à la Knesset. Il passa à la télévision pour dire que les assassins de son fils devaient être perçus comme des hommes nés sous une occupation effarante. Absoudre les agresseurs ne l'intéressait pas, mais il devait bien admettre que s'il avait vu le jour dans les mêmes circonstances il serait indubitablement devenu un combattant aussi, peut-être le même genre d'homme qui avait tué son fils.

Frankenthal se disait patriote israélien. Il citait la Torah et le Coran. Il aimait dire qu'en matière de morale il n'y avait pas de noir et blanc, mais seulement du blanc.

Les menaces de mort encombraient son répondeur téléphonique, mais de temps en temps lui parvenait le message d'une autre personne ayant perdu un enfant.

478

Bassam avait vingt-quatre ans lorsqu'il fut libéré après sept années de prison.

479

Devant les portes de la prison, il prit un bus. Il fut déposé à Jérusalem-Est, dans un nuage de fumées grises. Dans un café d'Al-Zahra Street, il raconta à son ami Ibrahim qu'il était temps qu'il se trouve une femme.

480

Il n'avait encore jamais tenu la main d'une fille.

481

La mère était là, ses tantes, ses cousins, ses frères. Le père était dans la chambre du fond. Une cassette d'Abou Arab passait sur une stéréo portative. Il eut droit à un verre de Fanta. Il s'assit sur le canapé. D'abord on parla de la pluie et du beau temps, puis le père sortit de la chambre, lui serra la main et lui montra la nourriture sur la table. Feuilles de vigne farcies, plats à base de poulet, riz, courgettes, pain au sésame et *maqlouba*. Bassam remplit son assiette. C'était, dit-il, la meilleure *maqlouba* qu'il ait jamais goûtée. La mère rigola et s'éventa de manière théâtrale. Salwa servit un autre verre de Fanta. Bientôt la pièce se vida. Il ne comprenait pas : un moment elle était pleine de monde, l'instant d'après vide. Salwa était assise sur un fauteuil, face à lui. Elle avait une dent un peu de traviole. Un sourcil droit haussé. Une fossette sur le cou. Il remarqua un minuscule fil blanc esseulé sur sa manche. Il avait envie de l'enlever. Il resta les bras croisés. Elle se leva, passa dans la cuisine et revint avec un plateau de gâteaux au thym. Ils sont délicieux, dit-il. C'est aussi ma mère qui les a faits, dit-elle. Il sourit et en prit un deuxième. Voulait-il autre chose à boire ? Non, dit-il, il était repu, il ne pouvait plus rien avaler, il risquait d'exploser, cela la dérangeait-elle s'il fumait ? Bien sûr que non, elle-même fumait le narguilé, mais jamais à la maison, son père n'était pas d'accord. Bassam écrasa sa Marlboro. Non, non, dit-elle, je t'en prie, j'aime bien, ça ne me dérange pas, tous mes frères fument. Il en alluma une autre. Ils restèrent assis sans un mot. Dehors, le jour déclinait. Il éteignit la cigarette dans le cendrier attaché au côté du canapé. Où as-tu grandi ? Ici. Ça t'a plu ? Bien sûr, oui. Moi j'ai grandi près d'Al-Khalil. Oh, dit-elle, je sais. Comment le sais-tu ? Ibrahim l'a dit à ma mère. Ibrahim est une balance, rit-il. Les grottes, c'était comment ? C'était parfait, dit-il, on n'avait pas à s'inquiéter de quoi que ce soit, mais on s'est fait expulser quand j'avais douze ans. Qu'est-ce qui s'est passé ? Ils ont laissé un avis sous une pierre, quand on l'a trouvé il était déjà trop tard, ça n'aurait rien changé. Pourquoi ? Ils voulaient se débarrasser de nous n'importe comment, c'est comme ça qu'ils t'expulsent, ils cachent des avis sous les pierres pour ne pas qu'on les retrouve, ils te laissent vingt jours pour réagir, c'est comme ça, tu ne trouves pas l'avis, c'est ta faute, après tu t'en vas. Elle se leva pour lui resservir du Fanta alors que son verre était presque plein. Ils ont fait sauter la grotte, dit-il. Elle s'immobilisa un instant, puis vint s'asseoir à l'autre bout du canapé. Elle n'était qu'à soixante centimètres de lui. Comment était la prison ? Il haussa les épaules. J'ai entendu dire que tu étais commandant. C'est vraiment une sale balance, cet Ibrahim, j'étais commandant en chef, oui, seulement pour la prison. Il a dit que tu étais chanteur, aussi, que tu aimes Abou Arab. Abou Arab, oui, j'adore Abou Arab, je pourrais l'écouter toute la journée. Ibrahim m'a dit qu'ils te surnommaient comme ça en prison. Je ne pourrais même pas faire les lacets d'Abou Arab, mais je chantais, oui, je chantais, ça me faisait passer le temps, je restais assis dans ma cellule et je pensais à plein de choses. Quelles choses ? Des choses et d'autres, la paix, les armes, le Coca-Cola, et Allah bien sûr. J'ai entendu dire que tu avais fait une grève de la faim. Il acquiesça, finit d'écraser sa cigarette. Tu pouvais dormir ? Au bout de quatre jours la faim a passé, au bout de douze elle est revenue, une douleur terrible juste ici, au bout de quinze jours elle est repartie. Qu'est-ce qui t'a le plus manqué ? La *maqlouba* de ta mère m'a manqué. Tu ne connaissais même pas ma mère. Elle rit, posa un petit coussin contre son ventre. Je t'imaginais plus grand, dit-elle. Il se leva du canapé et se mit sur la pointe des pieds. Je suis plus grand, dit-il. Elle rit de plus belle dans sa large manche, puis détourna le regard. Ses yeux brillaient. Elle lui proposa de nouveau à boire. Non merci. Ils restèrent un moment silencieux. Elle pétrissait le petit coussin entre ses mains ; elle le rapprocha encore de son ventre. Il tapota le fond d'un paquet de cigarettes, ouvrit l'emballage, tordit le cellophane. Tu as quel âge ? demanda-t-il. Vingt-deux ans. Tu parais plus jeune. Tu es un beau parleur, n'est-ce pas ? Pas vraiment, je suis timide, j'ai toujours été timide, j'étais un enfant timide. Moi aussi, dit-elle. Il fuma furieusement et dit d'une voix basse : Ça fait longtemps que j'attends ce jour. Salwa rougit et se leva, débarrassa quelques plats sur la table. Tu es loyale ? demanda-t-il lorsqu'elle revint. Plutôt, dit-elle. Encore un silence. C'est une mauvaise réponse ? Il n'y a pas de mauvaise réponse. Tant mieux, dit-elle. Il se pencha pour enlever le fil sur sa manche. Elle eut un mouvement de recul. Oh, dit-elle, et elle se leva, gênée, passa devant lui. Elle souleva le cendrier attaché à l'accoudoir du canapé. Elle partit dans la cuisine pour le vider. À son retour, elle se rassit. Il remarqua qu'elle avait elle-même enlevé le fil sur sa manche.

482

Ils se marièrent trente-quatre jours plus tard. Bassam lui avait parlé en tout et pour tout deux heures.

483

Dix mois après leur mariage, ils eurent un premier enfant, prénommé Araab d'après le chanteur Ibrahim Mohamed Saleh, connu sous son nom de scène d'Abou Arab.

Bassam devint lui-même Abou Araab, *abou* signifiant « le père de ».

Il tint l'enfant entre son coude et le creux de sa main : « Qu'est-ce que je peux te raconter ? » dit-il à haute voix à l'enfant endormi.

484

Le coup de téléphone venait du directeur. Araab s'était échappé par le portail de l'école avec trois autres garçons. Ils étaient allés lancer des pierres. Il avait été aperçu dans les parages. Bassam, lui dit le directeur, avait intérêt à se dépêcher et à le retrouver.

Il retrouva Araab derrière un entrepôt, près de l'école. Les garçons avaient dressé une barricade de pneus. À l'intérieur du cercle de pneus, ils avaient emmagasiné des pierres.

Araab s'était fabriqué une fronde rudimentaire à l'aide d'une branche d'arbre en Y, d'un cache-œil noir et d'un élastique.

« Monte dans la voiture.

— Non.

— Monte dans la voiture, *ya*. Tout de suite ! »

Bassam remonta les vitres, condamna les portières, roula dans les rues défoncées d'Anata. Araab jouait avec la poignée de sa portière. Sur une colline escarpée, Bassam tira le frein à main, baissa sa propre vitre et posa la tête sur le volant.

« Ne bouge pas. »

Il sentait toute la rage chez son fils, le cœur serré, le regard lointain.

« Écoute-moi. »

Bassam n'avait jamais raconté toute l'histoire à son fils : d'abord les drapeaux, ensuite les pierres, puis les grenades, le guet au sommet de la colline, puis l'arrestation, et la prison, et les coups, et encore les coups.

« Tu m'entends ? Ils te prennent et ils te cognent. Et après, tu sors et tu lances encore une pierre. Et puis ils te cognent encore. Et tu continues de lancer des pierres. »

Araab haussa les épaules.

« Tu vois comment ça se termine ? »

Araab regardait par la vitre.

« Ça veut dire qu'ils ont gagné. »

Il haussa encore les épaules.

« Tu as envie qu'ils gagnent ?

— Non. »

Bassam lâcha le frein à main et roula quelque temps. Il voyait le genou de son fils qui s'agitait nerveusement.

« Sors de la voiture, dit Bassam. Maintenant. »

Il se pencha par-dessus les jambes de son fils et poussa la portière. Araab détacha sa ceinture et sortit dans la poussière. Bassam fit le tour de la voiture par l'avant et ramassa une pierre près de la roue. Il la plaça dans la main d'Araab et replia ses doigts autour d'elle.

« Ce que je vais faire, c'est que je vais aller là-bas, dit Bassam. Et ensuite je vais fermer les yeux. Et je veux que tu lances cette pierre vers moi. Le plus fort possible. Et je veux que tu m'atteignes.

— Non.

— Si tu ne le fais pas, je retournerai à ta barricade. Je me posterai là-bas et j'attendrai une Jeep. À son passage, je lancerai une pierre à ta place. Tu comprends ?

— Oui.

— Si tu ne me touches pas avec une pierre, je pars en lancer une moi-même. Et tu sauras alors exactement ce qui m'arrivera. C'est compris ? »

Bassam se plaça à moins de dix pas de là, les yeux bien fermés : « Lance-la. Lance-la maintenant. »

Il entendit la pierre siffler loin de lui.
« Tu es censé m'atteindre, *ya*. »
Il entendait son garçon pleurer.
« Recommence, dit-il.
— Non.
— On ne part pas d'ici tant que tu ne m'as pas atteint. »

485

Ce que les Britanniques appelleraient casse-genoux.

486

Ce qu'il redoutait le plus était qu'Araab se retrouve un jour en prison. Lorsqu'ils rentrèrent à la maison, ce soir-là, Bassam obligea son fils à poser une main sur le Coran et à jurer qu'il ne participerait plus jamais à une quelconque émeute (en anglais *riot*).

487

Riot, de l'ancien français *rioter* : disputer, se quereller, se disputer. *Riote* : bruit, débat, désordre, action précipitée. Peut-être aussi du latin *rugire*, signifiant « rugir ».

488

Au début des années 1990, la panoplie de l'émeutier palestinien devint à la mode chez une petite clique d'adolescents japonais. Ils collectionnaient les balles en caoutchouc, les grenades lacrymogènes, les matraques, les genouillères, les casques, les coques, les protège-tibias, les lunettes de protection, les masques, et particulièrement les pierres peintes que lançaient les *shebabs* lors de la première Intifada.

Une pierre aux couleurs palestiniennes, si elle était correctement recensée et cataloguée, pouvait se vendre plus de cent dollars. Un bouclier de Plexiglas d'occasion avec insigne des FDI pouvait en rapporter plus de cent cinquante s'il était signé et authentifié par un soldat.

Un magasin éphémère, Les Dépouilles de guerre, apparut dans le quartier de Shinjuku, une toute petite boutique avec un rideau défoncé et des étagères branlantes, mais il mit la clé sous la porte peu de temps après le début de la deuxième Intifada, et l'équipement des émeutiers passa de mode.

489

La première fois qu'ils discutèrent lors d'une réunion du Cercle des parents, Rami eut du mal à comprendre l'accent de Bassam. Bassam parlait en anglais avec un débit de mitraillette et ses intonations venaient de l'arabe. Il commença à évoquer ses copains lançant deux grenades sur une Jeep mais, avec son accent de Hébron, cela donnait : *two han-d-eh-grenay-des* – comme *two hundred.*

C'est devenu une de leurs blagues : « Salut mon frère, vas-y, balance deux cents grenades. »

490

Dans une lettre à Rami, Bassam écrivait qu'une des caractéristiques principales de la douleur est qu'elle exige d'être d'abord vaincue, et ensuite comprise.

491

Rami s'arrête un instant au sommet de la route du monastère. Il relève sa visière, ôte ses lunettes, retire son casque, libère sa tête, essuie ses lunettes avec le bout de son foulard.

À gauche, le monastère. À droite, la route qui descend vers le centre-ville. Il jette un coup d'œil à sa montre.

Le soleil maintenant couché, derrière Bethléem. Les nuées d'oiseaux et leurs arches voûtées dans le ciel.

492

En vol, un oiseau se positionne parfaitement afin de gagner de la portance grâce à celui qui est devant. Quand il vole, l'oiseau de tête rabat l'air avec ses ailes. L'air est ensuite comprimé autour du rebord extérieur des ailes de telle sorte que, au bout des ailes, l'air se déplace et crée une déflexion d'air vers le haut.

En volant près du bout d'aile de l'oiseau devant lui, le suivant profite de cette déflexion et économise de l'énergie. Les oiseaux calculent précisément leurs battements d'ailes, ce qui donne parfois une forme en V, ou en J, ou une inversion de l'une ou de l'autre.

Dans les tempêtes et les vents contraires, les oiseaux s'adaptent et créent de nouvelles formes – courbes de puissance et formations en S, voire en huit.

493

À l'heure dite, il voit une Kia noire remonter la colline. Dans un premier temps, il n'est pas sûr qu'il s'agisse de Bassam, la lumière d'hiver est crue et vive sur le pare-brise.

Il y a ensuite le petit bip du klaxon et la forme d'un bras qui salue sur le siège conducteur.

Bassam s'arrête à côté de Rami, tire le frein à main, baisse la vitre teintée électrique. L'inévitable cigarette dans sa bouche.

« Mon frère.

— Salut.

— Ça fait combien de temps que tu es là ?

— J'ai déconné. J'avais oublié le changement d'heure.

— Comment ça ?

— On n'a pas le même changement d'heure, mon frère. »

Bassam secoue la tête et sourit à moitié : « Ah, l'heure israélienne », dit-il. Il tire longuement sur sa cigarette, fait tomber la cendre par la vitre, et un petit ruban de fumée emplit l'air.

« Je me suis promené, dit Rami, j'ai pris un café à l'Everest.
— On en a combien aujourd'hui ?
— Sept ou huit.
— De partout ?
— Je crois bien, oui.
— Pourquoi le monastère ?
— Aucune idée. Ils l'ont loué, j'imagine.
— C'est loin d'ici ?
— À quatre cents mètres, à peu près.
— Tu es déjà allé là-bas ?
— Pas à l'intérieur.
— L'endroit a cent cinquante ans.
— Exact. Vas-y, je te suis.
— Non, non. Toi. Vas-y.
— Toi en premier.
— Eh, on n'a pas assez souffert comme ça ? »

Rami sourit en entendant leur blague récurrente, appuie sur le klaxon de sa moto et se place derrière la Kia. Il longe une haie de rhododendrons. Quelques rosiers sauvages. Un rang d'abricotiers.

Le long de la route s'étire une clôture grillagée, et il voit brièvement jusqu'au fond de la vallée, les toits de maisons, les terrasses qui défilent à toute vitesse, Jérusalem au loin.

494

Devant le portail en bois du couvent, fermé, Rami arrête sa moto. Difficile de concevoir qu'un jour le Mur puisse apparaître entre ici et le monastère. Une tour de guet ici. Le portail d'une ferme là. Une ceinture de barbelés juste derrière.

495

Fin de la Préoccupation.

496

Peu leur importe où ils parlent. La plupart du temps, ils se retrouvent dans les salles de conférences des hôtels. Ou des auditoriums d'école. Les arrière-salles de centres communautaires. De temps en temps dans de grands théâtres. C'est toujours la même histoire, entendue différemment à chaque endroit. Des mots finis sur un plan infini. C'est cela, ils le savent, qui les fait avancer.

497

Le portail s'ouvre et la voiture de Bassam le franchit en roulant au pas. Rami accélère et le rattrape, se gare, enlève son casque. Dans l'ombre du monastère, les deux hommes s'approchent l'un de l'autre et se prennent dans les bras.

498

Dans les sculptures d'oiseaux de Constantin Brancusi – que certains considèrent comme faisant partie des plus belles œuvres d'art du XXe siècle –, les ailes et les plumes sont éliminées, le corps de l'oiseau est allongé, et la tête devient un ovale plan et lisse.

L'artiste roumain a exécuté seize exemplaires d'*Oiseau dans l'espace*, neuf en bronze et sept en marbre.

En 1926, une des sculptures en bronze fut interceptée par les douaniers américains, qui refusaient de croire que ce bout de métal fût de l'art. La sculpture, ainsi que dix-neuf autres pièces de Brancusi, devait être exposée dans des galeries de New York et de Chicago. Au lieu de ça, les douanes imposèrent le tarif pour les objets manufacturés. S'ensuivit une bataille judiciaire. Finalement, les douanes américaines acceptèrent de revoir leur classification et libérèrent les sculptures sous caution, dans la catégorie *Ustensiles de cuisine et Matériels hospitaliers*.

Le monde de l'art était ravi. Jusqu'à ce qu'un expert des douanes revienne en arrière et confirme la classification officielle. L'expert en question, F. J. H. Kracke, figure importante du parti républicain à Brooklyn, affirma avoir envoyé des photos et des descriptions des sculptures à plusieurs personnalités célèbres et haut placées dans le monde de l'art. D'après les réponses qu'il avait obtenues, les sculptures de Brancusi n'étaient guère plus que des points et des traits qui auraient pu être imaginés par un simple maçon. En tant que telles, disait Kracke, elles laissaient une part beaucoup trop grande à l'imagination.

499

Ils sont accueillis dans le vestibule par un moine âgé. Il se dit honoré de les rencontrer. Il a beaucoup entendu parler de leur travail.

Il s'incline légèrement, les emmène dans le couloir, jusqu'à la chapelle. Les plafonds sont voûtés. Les boiseries, raffinées. Les sols sont en pierre.

Il parle l'arabe avec un accent sud-américain. Il vient d'une famille qui a jadis vécu à Haïfa. Ils sont partis, dit-il, comme tant d'autres, en 1948. Exilés.

Ici, Rami a l'impression que son souffle fonctionne différemment. L'air est frais. La lumière est filtrée par les vitraux et tombe en rangées obliques parmi les bancs.

Le moine s'agenouille devant l'autel, puis les guide vers une salle derrière la chapelle. Sur une table en bois trônent une carafe d'eau avec des rondelles de citron et deux verres vides.

« La loge des artistes », dit le moine avec un petit sourire.

Au mur figure le portrait peint d'un saint dans un cadre en bois sculpté. À côté de lui, plusieurs photos du monastère dans les décennies passées.

Le moine se retourne en faisant bruire sa soutane. Ils le suivent dans un couloir haut de plafond, où le vide est saturé d'écho. « Les murs, leur dit-il, ont plusieurs mètres d'épaisseur. La pierre de la région s'appelle la pierre royale. » La *meleke* est si tendre, explique-t-il, qu'elle peut être extraite d'une carrière avec un petit couteau. Elle se durcit ensuite au contact de l'air. « Comme tant d'autres choses », dit-il par-dessus son épaule.

« Bien des générations ont récuré ce sol, dit-il. S'il pouvait chanter, il le ferait. »

Rami a la sensation de marcher à travers la lumière aqueuse d'une bougie. Ils passent devant plusieurs petites salles. Les portes sont en chêne, avec des charnières en fer sombre. Dans les portes, de petites fenêtres en forme de chapelle, avec une croix de bois blanc entre les carreaux. Chaque salle possède une table et un lit.

Ils arrivent à l'extrémité du couloir, où le plafond, une fois encore, se voûte. L'air est de nouveau plus frais ici. Le moine tourne lentement et regarde vers le fond d'un autre couloir.

« Venez, dit-il, votre groupe vous attend, nous avons une table pour dix. »

500

Mon nom est Rami Elhanan. Je suis le père de Smadar. Je suis un graphiste de soixante-sept ans, un Israélien, un juif, un Jérusalémite de la septième génération. Et aussi ce qu'on pourrait appeler un diplômé de l'Holocauste. Ma mère est née dans la vieille ville de Jérusalem, dans une famille ultra-orthodoxe. Mon père est arrivé ici en 1946. Ce qu'il a vu dans les camps, il en a rarement parlé, sauf à ma fille Smadar quand elle avait dix ou onze ans. J'ai grandi dans une famille simple – on n'était pas riches, mais pas pauvres non plus. J'ai eu quelques problèmes à l'école, rien de grave, je me suis retrouvé dans une école professionnelle, puis j'ai étudié l'art, plus ou moins une vie ordinaire.

L'histoire que je veux vous raconter commence, et s'achève, en un jour particulier du calendrier juif, Yom Kippour. Pour les juifs, c'est le jour où l'on demande pardon pour nos péchés, le jour le plus sacré de notre calendrier. J'étais un jeune soldat pendant la guerre d'octobre 1973 dans le Sinaï, une guerre atroce, tout le monde le sait, je ne vous apprends rien. Nous avons commencé la guerre avec une compagnie de onze chars et l'avons terminée avec trois. Ma mission consistait notamment à convoyer les munitions et à évacuer les morts et les blessés. J'ai perdu quelques-uns de mes meilleurs amis, je les ai emportés sur des civières. Je suis revenu de la guerre amer, en colère, déçu, obsédé par une seule chose – me détacher de toute forme d'engagement ou d'implication, me fermer à tout ce qui était officiel, de près ou de loin. J'étais une sorte d'anarchiste, même pas vraiment un anarchiste, je n'avais pas d'engagement politique, ça ne m'intéressait pas du tout, la Cisjordanie, Gaza, le Sinaï, Tombouctou, je m'en fichais, je n'y pensais pas, je voulais simplement une vie normale et tranquille.

J'ai quitté l'armée et j'ai terminé mes études à l'école des beaux-arts Bezalel. J'ai épousé Nurit, et nous avons eu quatre enfants. L'un de ces enfants était ma fille, Smadar. Elle est née à la veille de Yom Kippour, en septembre 1983, dans un hôpital de Jérusalem. Son nom vient de la Bible, du Cantique des cantiques, il signifie « raisin de la vigne ». Elle était pétillante, vivante, joyeuse, et très belle. Excellente élève, nageuse, danseuse aussi, elle jouait du piano et adorait le jazz. Nous l'appelions Princesse, c'est un cliché bien sûr, mais c'est exactement ce qu'elle était à mes yeux, une princesse, tous les pères connaissent ce sentiment, les choses sont moins des clichés dès lors qu'on les vit.

Avec mes trois garçons et cette petite princesse, nous vivions ce qui, à l'époque, ressemblait à une vie parfaite et protégée à Jérusalem, dans notre maison sûre du quartier de Rehavia. Nurit enseignait à l'Université hébraïque. Elle était radicale, de gauche, incroyable, brillante. Elle avait fréquenté les meilleures écoles. Elle était fille de général. L'élite d'Israël, vraiment. En un sens, on pourrait dire que nous vivions dans une bulle, complètement détachés du monde extérieur. Dans ce pays minuscule, plus petit que le New Jersey, en une journée on peut aller d'un bout à l'autre en voiture. Il y avait des problèmes, bien sûr, mais où n'y en a-t-il pas ? Je faisais du graphisme – affiches et publicités – pour la droite, pour la gauche, pour tous ceux qui me payaient. La vie était belle. Nous étions heureux, complaisants. Pour être honnête, ça me convenait.

Et tout ça a continué, de mois en mois, d'année en année, jusqu'au 4 septembre 1997, à quelques jours de Yom Kippour, quand cette incroyable bulle qui était la nôtre a explosé en mille morceaux. Ç'a été le début d'une longue nuit noire et froide, qui est toujours longue et noire et froide, et sera toujours longue et noire et froide, jusqu'à la fin, quand elle sera encore noire et froide.

J'ai raconté cette histoire tellement de fois, mais il y a toujours quelque chose de nouveau à en dire. Les souvenirs vous reviennent tout le temps. Un livre que l'on ouvre. Une porte qui se ferme, un bip, une fenêtre ouverte. Tout. Un papillon.

Ce jour-là, en 1997, trois kamikazes se sont fait sauter au milieu de Ben Yehuda Street, dans le centre de Jérusalem. Trois bombes, l'une après l'autre. Ils ont tué huit personnes – eux-mêmes et cinq autres, dont trois petites filles. Une de ces filles était notre Smadari. C'était un jeudi, à 15 heures. Elle était partie acheter des livres pour l'école et devait s'inscrire plus tard à un cours de danse jazz. Une belle journée paisible. Elle marchait dans la rue avec ses copines, en écoutant de la musique.

J'étais en route vers l'aéroport Ben-Gourion quand j'ai appris à la radio la nouvelle de l'attentat. Au départ, quand vous entendez parler d'une explosion, n'importe quelle explosion, n'importe où, vous n'arrêtez pas d'espérer que cette fois, peut-être, le doigt du destin ne se posera pas sur vous. Chaque Israélien sait cela. Vous vous habituez à en entendre parler, mais ça n'empêche pas votre cœur de se figer. Alors vous attendez, et vous écoutez, et vous espérez que ce n'est pas vous. Et puis vous n'entendez rien. Et puis votre cœur se met à palpiter. Et vous passez quelques coups de fil. Et puis d'autres. Vous demandez, vous demandez, vous demandez des nouvelles de votre fille. Vous téléphonez, vous téléphonez. Mais personne n'a rien entendu. Personne ne l'a vue. Et puis vous entendez autre chose. La dernière fois qu'elle a été aperçue, elle était près de Ben Yehuda Street, dans le centre. Et votre cœur, maintenant, vous l'entendez battre dans vos oreilles. Vous et votre femme, vous prenez la voiture jusque dans le centre. Vous roulez à toute vitesse, vous vous dites non, ce n'est pas possible que ce soit ça, non non non. Vous laissez la voiture et vous vous retrouvez en train de courir dans les rues, dans les boutiques, au café, chez le vendeur de glaces, pour tenter de retrouver votre fille, votre enfant, votre Princesse – mais elle a disparu. Vous criez son nom. Vous retournez à votre voiture en courant. Vous roulez encore plus vite. Vous allez d'hôpital en hôpital, de commissariat de police en commissariat de police. Vous vous penchez par-dessus le guichet. Vous implorez. Vous répétez son nom sans arrêt. Et vous savez, vous savez simplement, au plus profond de votre cœur, à la manière dont les infirmières vous regardent, dont les policiers secouent la tête, à leurs hésitations, aux silences, vous savez, mais vous ne l'admettez pas. Vous faites ça pendant de longues heures jusqu'à ce qu'enfin, très tard dans la nuit, vous et votre femme vous retrouviez à la morgue.

Ce doigt du destin, il est posé sur vous. Pile entre vos deux yeux. Le personnel de la morgue vous accompagne. Il vous amène dans une pièce. Vous entendez la civière glisser. Les roulettes en métal, les roues en caoutchouc. Et vous voyez cette chose que toute votre vie vous ne pourrez jamais oublier. Votre fille. Sur une civière en acier. Et vous ne serez plus jamais le même.

L'enterrement a eu lieu au kibboutz Nachshon, sur une colline verte, près de la route de Jérusalem. Smadar a été enterrée à côté de son grand-père, le général Matti Peled, vrai combattant de la paix, professeur, membre de la Knesset. Il était très aimé dans les deux camps, et les gens étaient venus de tous les coins de la mosaïque qu'est ce pays, juifs, musulmans, chrétiens, représentants des colons, représentants du Parlement, représentants d'Arafat, de l'étranger, de partout. Et elle a été enterrée à ses côtés.

Vous rentrez chez vous, la maison est remplie de centaines et de centaines de personnes venues rendre hommage, exprimer leurs condoléances. Ce sont les sept jours de shiva. Vous êtes enveloppé par ces centaines de gens, des milliers en réalité – ils faisaient la queue sur le trottoir, on avait dû installer des cônes orange pour bloquer la rue. Des agents de la circulation pour votre fille. Mais au huitième jour, chacun reprend sa vie normale, sa vie quotidienne, et vous vous retrouvez seul. Sans votre fille.

Vous errez dans la maison. Vous prononcez son nom, vous le murmurez, et quand vous êtes tout seul vous le criez. Smadar. Smadari. Vous touchez les objets. Ses livres sur l'étagère. Ses cassettes de musique. Vous tendez l'oreille. Elle n'est pas là.

Le temps ne vous attend pas. Vous voudriez qu'il attende, qu'il se fige, qu'il se paralyse, qu'il reparte en arrière, mais non. Vous devez vous réveiller, vous lever et faire face à vous-même. Elle n'est plus là. Sa chaise devant la table est vide. Sa chambre est vide. Son manteau est suspendu à la poignée de la porte. Vous devez prendre une décision. Qu'est-ce que vous allez faire, maintenant, de ce nouveau, de cet insupportable fardeau sur vos épaules ? Qu'est-ce que vous allez faire de cette incroyable colère qui vous ronge ? Qu'est-ce que vous allez faire de ce nouveau vous, ce père sans fille, cet homme dont vous n'aviez jamais pensé qu'il pourrait exister ?

La première option est évidente : la vengeance. Quand quelqu'un tue votre fille, vous voulez être quitte. Vous avez envie d'aller tuer un Arabe, n'importe quel Arabe, tous les Arabes, et puis vous avez envie d'essayer de tuer sa famille et tous les gens autour de lui, c'est attendu, c'est exigé. Chaque Arabe que vous voyez, vous le voulez mort. Bien sûr vous ne le faites pas toujours en vrai, mais vous le faites en demandant aux autres de tuer cet Arabe pour vous, à vos hommes politiques, à vos prétendus dirigeants. Vous leur demandez de balancer un missile sur sa maison, de l'empoisonner, de lui prendre sa terre, de lui voler son eau, d'arrêter son fils, de le tabasser aux checkpoints. Si vous tuez un des miens, je tuerai dix des vôtres. Et le mort, naturellement, a un oncle, un frère, un cousin ou une femme qui voudra vous tuer en retour, et vous voudrez les tuer aussi, et ainsi de suite, dix fois. La vengeance. C'est la méthode la plus simple. Par la suite, vous avez des monuments à cette vengeance, avec des tentes pour les proches en deuil, des chants, des affiches aux murs, une nouvelle émeute, un autre checkpoint, un autre bout de terre volé. Une pierre conduit à une balle. Et un autre kamikaze conduit à une autre frappe aérienne. Et ça ne s'arrête pas. Jamais.

Entre nous, j'ai mauvais caractère. Je le sais. Je suis capable de partir en vrille. Il y a longtemps, j'ai tué des gens à la guerre. À distance, comme dans un jeu vidéo. J'ai tenu un fusil. J'ai conduit des chars. J'ai fait trois guerres. J'ai survécu. Et la vérité, l'horrible vérité, c'est que les Arabes n'étaient que des objets pour moi, lointains, abstraits, insignifiants. À mes yeux ils n'avaient rien de réel, rien de tangible. Ils n'étaient même pas visibles. Je ne pensais pas à eux, ils ne faisaient pas vraiment partie de ma vie, ni en bien ni en mal. Les Palestiniens, à Jérusalem, eh bien, ils tondaient les pelouses, ils ramassaient les ordures, ils construisaient les maisons, ils débarrassaient les tables. Comme tout Israélien, je savais qu'ils étaient là, et je faisais semblant de les connaître, semblant même d'en apprécier certains, les inoffensifs – on parlait d'eux en ces termes, les inoffensifs, les dangereux – et je ne l'aurais jamais admis, pas même à moi, mais ils auraient tout aussi bien pu être des tondeuses, des lave-vaisselle, des taxis, des camions. Ils étaient là pour réparer nos frigos le samedi. Vous connaissez la vieille blague : chaque ville a besoin d'avoir au moins un bon Arabe, sinon comment faire réparer son frigo un samedi ? Et s'ils étaient autre chose que des objets, c'étaient des objets qu'il fallait craindre, car si vous ne les craigniez pas ils deviendraient de véritables personnes. Et nous ne voulions pas qu'ils soient de véritables personnes, ce n'était pas dans nos cordes. Un vrai Palestinien était un homme qui vivait sur la face obscure de la lune. Telle est ma honte. Je le perçois comme ma honte. Aujourd'hui je le sais. À l'époque je ne le savais pas. Je ne cherche pas d'excuse. Comprenez-moi bien, je vous en supplie, je ne cherche pas la moindre excuse.

Bêtement, au début, j'ai cru que je pourrais continuer de vivre ma vie, de faire comme s'il ne s'était rien passé. Je me levais, je me brossais les dents, j'essayais de mener une vie normale, je retournais à mon bureau, pour dessiner, faire des affiches, créer des slogans, oublier. Mais ça ne marchait pas. Plus rien n'était normal. Je n'étais plus la même personne. Je ne savais pas comment me lever le matin.

Puis, au bout d'un certain temps, vous commencez à vous poser des questions. On n'est pas des animaux, on peut faire marcher notre cerveau, on se sert de notre imagination, on doit trouver un moyen de sortir du lit le matin. Et vous vous demandez : Est-ce que tuer quelqu'un me ramènera ma fille ? Est-ce que tuer tous les autres Arabes la ramènera ? Est-ce qu'infliger une souffrance à autrui allégera la souffrance insupportable qui vous mine ? Eh bien, la réponse vous tombe dessus au milieu de cette longue nuit noire, et vous

vous dites : La poussière redevient poussière, les cendres redeviennent cendres, point final. Elle ne reviendra pas, ta Smadari. Et vous allez devoir vous faire à cette nouvelle réalité. Donc de manière très progressive, et compliquée, vous parvenez de l'autre côté : vous commencez à vous demander ce qui lui est arrivé, et pourquoi. C'est difficile, c'est effrayant, c'est épuisant. Comment une chose pareille a-t-elle pu se produire ? Qu'est-ce qui a pu pousser quelqu'un à être à ce point enragé, furieux, à bout, désespéré, bête, pathétique, pour vouloir se faire exploser à côté d'une fille qui n'avait même pas quatorze ans ? Comment peut-on comprendre cet instinct-là ? Déchiqueter son propre corps ? Marcher dans une rue passante et tirer sur le cordon d'une ceinture qui va l'éparpiller en mille morceaux ? Comment peut-il penser de la sorte ? Qu'est-ce qui l'a fait comme ça ? Où diable a-t-il été créé ? Comment est-il devenu ainsi ? D'où venait-il ? Qui lui a appris cela ? Moi ? Son gouvernement ? Mon gouvernement ?

Là-dessus, environ un an après la mort de Smadar, j'ai rencontré un homme qui a changé ma vie. Il s'appelait Yitzhak Frankenthal, c'était un juif religieux, orthodoxe, avec une kippa sur la tête. Et vous savez, on a tendance à mettre les gens dans des cases, à les stigmatiser. On a tendance à juger les gens par leur tenue, et j'étais persuadé que ce type était de droite, un fasciste, qu'il mangeait des Arabes au petit déjeuner. Mais nous avons commencé à discuter et il m'a parlé de son fils Arik, un soldat enlevé et assassiné par le Hamas en 1994. Ensuite il m'a parlé d'une organisation, le Cercle des parents, qu'il avait créée – des gens qui ont perdu des êtres chers, palestiniens comme israéliens, mais qui souhaitaient malgré tout la paix. Et je me suis souvenu que Yitzhak faisait partie des milliers et des milliers de personnes qui étaient venues chez moi un an plus tôt, pendant les sept jours de shiva pour Smadar, et j'étais tellement remonté contre lui, tellement perdu, que je lui ai demandé : Comment est-ce que tu as pu faire une chose pareille ? Sérieusement, comment est-ce que tu as pu entrer dans la maison de quelqu'un qui venait de perdre un être cher et ensuite parler de paix ? Comment oses-tu ? Tu es venu dans ma maison après la mort de Smadar ? Tu partais du principe que je ressentirais les choses comme tu les ressens, tout ça parce que j'étais le gendre de Matti Peled, ou le mari de Nurit Peled ? Tu croyais pouvoir considérer mon deuil comme allant de soi ? C'est ce que tu croyais ?

Et lui, parce que c'est un grand homme, ne s'est pas senti insulté. Il comprenait ma fureur. Il m'a invité à une réunion de ces fous, à Jérusalem, ils avaient tous perdu un être cher, et ça a piqué ma curiosité. J'ai dit d'accord, j'essaierai, je n'ai rien à perdre, j'ai déjà tant perdu, mais ils sont fous, ils sont forcément fous. J'ai pris ma moto et je suis allé voir. Je suis resté dehors, pendant que les gens se rendaient à la réunion – très détaché, très cynique. Et j'ai regardé ces gens arriver. Le premier groupe était composé, pour moi – en tant qu'Israélien –, de légendes vivantes. Des gens que je respectais, que j'admirais. J'avais lu des choses sur eux dans les journaux, je les avais vus à la télévision. Yaakov Guterman, un survivant de l'Holocauste, qui avait perdu son fils Raz à la guerre du Liban. Et Roni Hirshenson, qui avait perdu ses deux fils, Amir et Elad.

Être en deuil, en Israël, c'est s'inscrire dans une tradition, quelque chose de vraiment terrible et de sacré à la fois. Et je ne m'étais jamais dit qu'un jour j'en ferais partie.

Ils continuaient de défiler, si nombreux. Mais après j'ai vu autre chose, quelque chose de complètement nouveau pour moi, pour mes yeux, pour mon esprit, pour mon cœur, pour mon cerveau. J'étais là, debout, et j'ai vu quelques Palestiniens passer en bus. Franchement, j'étais sidéré. Je savais que ça devait se produire, mais j'ai quand même dû me frotter les yeux. Des Arabes ? Vraiment ? Assistant à la même réunion que ces Israéliens ? Comment était-ce possible ? Un Palestinien qui réfléchit, qui ressent, qui respire ? Et je me rappelle avoir vu une dame qui portait la robe noire traditionnelle palestinienne, avec un foulard – vous savez, le genre de femme dont j'aurais pu penser qu'elle était la mère d'un des terroristes qui m'avaient pris mon enfant. Lentement, avec élégance, elle est descendue du bus et a marché dans ma direction. Et c'est là que j'ai vu qu'elle serrait une photo de sa fille contre sa poitrine. Elle est passée devant moi. J'étais incapable de bouger. Et ç'a été comme un tremblement de terre en moi : cette femme avait perdu son enfant. Ça paraît simple, dit comme ça, mais ça ne l'était pas. J'avais été dans une sorte de cercueil. Cela m'a ouvert les yeux. Mon malheur et son malheur, le même malheur.

Je suis allé à l'intérieur pour rencontrer ces gens. Et voilà qu'ils me serraient la main, qu'ils m'embrassaient, qu'ils pleuraient avec moi. J'étais si profondément touché, si profondément touché. C'était comme si un coup de marteau m'avait fendu le crâne. Une organisation des endeuillés. Israéliens et Palestiniens, juifs, chrétiens, musulmans, athées, tout ce que vous voulez. Ensemble. Dans une même pièce. Partageant leur peine. Ils ne s'en servaient pas, ne la célébraient pas, mais ils la partageaient, ils disaient que la foi ne nous obligeait pas à devoir vivre éternellement avec une épée à la main. Je ne peux pas vous dire quel genre de folie c'était. Et j'ai été totalement transpercé. On aurait dit une explosion nucléaire. Vraiment, ça paraissait fou.

Voyez, à l'époque, j'avais quarante-sept, quarante-huit ans, et j'ai dû apprendre à admettre que c'était la première fois de ma vie, jusqu'à présent – je peux le dire maintenant, je n'aurais jamais pu ne serait-ce que le penser à ce moment-là –, c'était la première fois que je rencontrais des Palestiniens en tant qu'êtres humains. Pas simplement des ouvriers dans la rue, des caricatures dans les journaux, des créatures transparentes, des terroristes, des objets, mais – comment dire ? – des êtres humains – des *êtres humains*, je n'en reviens pas de dire ça, ça paraît si terrible, mais ç'a été une révélation – oui, des *êtres humains* qui portent le même fardeau que le mien, des gens qui souffrent exactement comme je souffre. Une douleur équivalente. Et comme dit Bassam, nous fuyons de notre douleur vers notre douleur. Je ne suis pas quelqu'un de religieux, loin de là – je n'ai aucune explication quant à ce qui m'est arrivé à cette époque-là. Si vous m'aviez dit, toutes ces années en arrière, qu'un jour je prononcerais ces mots, je vous aurais traités de fous.

Certaines personnes ont tout intérêt à maintenir le silence. D'autres ont tout intérêt à répandre la haine fondée sur la peur. La peur fait vendre, et elle fait les lois, et elle prend les terres, et elle construit des colonies, et elle aime faire taire tout le monde. Et, soyons honnêtes, en Israël on est très doués pour la peur, elle nous occupe. Nos hommes politiques aiment nous faire peur. Nous aimons nous faire peur les uns aux autres. Nous employons le mot *sécurité* pour faire taire les autres. Mais il ne s'agit pas de ça, il s'agit d'occuper la vie de quelqu'un d'autre, la terre de quelqu'un d'autre, la tête de quelqu'un d'autre. Il s'agit de contrôle. Donc de pouvoir. Et je m'en suis rendu compte avec la force d'un coup de hache : que c'est vrai, cette idée de dire la vérité contre le pouvoir. Le pouvoir connaît déjà la vérité. Il essaie de la cacher. Donc il faut dénoncer le pouvoir. Et j'ai commencé, à ce moment-là, à comprendre qu'il est de notre devoir d'essayer de comprendre ce qui se passe. Une fois que vous savez ce qui se passe, vous commencez à vous dire : Qu'est-ce qu'on peut y faire ? On ne pouvait pas continuer de nier la possibilité de vivre côte à côte. Je ne demande pas forcément que les gens s'entendent tous, ni rien de mièvre ou de farfelu – je demande qu'il leur soit *permis* de s'entendre. Et à partir du jour où j'ai commencé à y réfléchir, je me suis dit que j'avais mis le doigt sur la plus importante de toutes les questions : Qu'est-ce que tu peux faire, toi, pour tenter d'empêcher que d'autres endurent cette souffrance insupportable ? Tout ce que je peux vous dire, c'est que de cet instant-là jusqu'à aujourd'hui j'ai consacré mon temps, ma vie, à aller dans le plus d'endroits possible, à discuter avec le plus de gens possible, des gens qui veulent écouter – même des gens qui ne veulent pas écouter – pour livrer ce message très simple, très élémentaire, à savoir : Nous ne sommes pas condamnés, mais nous devons essayer d'écraser les forces qui ont tout intérêt à nous faire taire.

Vous allez peut-être trouver cela curieux, mais en Israël on ne sait pas vraiment ce qu'est l'Occupation. On s'assoit dans nos cafés, on passe un bon moment, et on n'a pas à s'en soucier. On n'a aucune idée de ce que c'est que de franchir un checkpoint chaque jour. Ou de se faire confisquer la terre de ses parents. Ou de se réveiller avec une arme sous les yeux. Nous avons deux catégories de lois, deux catégories de routes, deux catégories de valeurs. Pour la plupart des Israéliens cela paraît impossible, c'est une sorte de distorsion bizarre de la réalité, mais ce n'est pas le cas. Tout simplement parce qu'on ne sait pas. On a la belle vie. Le cappuccino a bon goût. La plage est ouverte. L'aéroport est à deux pas. On n'a pas accès aux informations sur la vie des gens en Cisjordanie ou à Gaza. Personne n'en parle. À moins d'être soldat, vous n'avez pas le droit d'entrer dans Bethléem. On roule sur nos routes autorisées aux seuls Israéliens. On contourne les villages arabes. On construit des routes au-dessus et au-dessous, mais uniquement pour les rendre anonymes. Peut-être qu'on a vu une fois la Cisjordanie, pendant notre service militaire, ou peut-être qu'on regarde une émission de télé de temps en temps, et nos cœurs saignent pendant une demi-heure, mais on ne sait pas vraiment, réellement, ce qui se passe. Jusqu'à ce que le pire advienne. Et là, tout est bouleversé.

La vérité, c'est qu'il ne peut y avoir d'occupation humaine. Ça n'existe tout simplement pas. Ce n'est pas possible. Tout est une question de contrôle. Peut-être faudra-t-il attendre que le prix de la paix devienne exorbitant pour que les gens commencent à comprendre. Peut-être que cela s'arrêtera seulement le jour où le coût sera plus élevé que le profit. Coût économique. Manque de travail. Pas de sommeil la nuit. Honte. Voire peut-être mort. Le prix que j'ai moi-même payé. Ceci n'est pas un appel à la violence. La violence est faible. La haine est faible. Mais aujourd'hui un camp est complètement rejeté sur le bord de la route. Les Palestiniens n'ont aucun pouvoir. Ce qu'ils font est né d'une colère, d'une frustration et d'une humiliation incroyables. On leur prend leur terre. Ils veulent la récupérer. Et cela débouche sur toutes sortes de questions, dont la moindre n'est pas : Que faire, alors, des colons ? Rapatriement ? Échanges de terres ? Compensation généreuse pour les Palestiniens s'étant fait voler leur terre ? Peut-être un mélange de tout ça. Et ensuite, ces colons qui veulent rester là pourraient rester là et devenir des citoyens de Palestine sous le régime de la souveraineté palestinienne, comme les Arabes en Israël. Droits égaux. Droits scrupuleusement égaux. Puis, après une période d'essai, on crée une Europe du Proche-Orient, des États-Unis du Proche-Orient. Les deux camps font des sacrifices. Redéfinissent les raisons pour lesquelles nous tuons et nous mourons. Aujourd'hui, on tue et on meurt pour des choses simples. Pourquoi ne pas mourir pour quelque chose de plus complexe ? Il n'est pas envisageable qu'un camp ait plus de droits que l'autre – plus de pouvoir politique, plus de terres, plus d'eau, plus de tout. Égalité. Pourquoi pas ? Est-ce aussi dément que le vol ? Que le meurtre ?

Personne ne peut m'écouter et rester le même. Vous serez peut-être furieux, ou offensés, voire humiliés, mais au moins vous ne serez plus les mêmes. Et, au bout du compte, le désespoir n'est pas un plan d'action. C'est une tâche digne de Sisyphe que de susciter de l'espoir, sous quelque forme que ce soit. Et c'est ce qui me fait tenir bon. Je raconte cette histoire sans arrêt. On doit mettre fin à l'Occupation avant de nous asseoir tous ensemble pour régler le problème. Un État, deux États, pour le moment peu importe – on met fin à l'Occupation et on commence à redonner une possibilité de dignité pour chacun d'entre nous. Dans mon esprit, c'est clair comme de l'eau de roche. Quelquefois, bien sûr, j'aimerais me tromper. Ce serait tellement plus facile. Si j'avais trouvé une autre voie, je l'aurais suivie – je ne sais pas, moi, la vengeance, le cynisme, la haine, le meurtre. Mais je suis juif. J'ai un grand amour pour ma culture et mon peuple, et je sais que dominer, opprimer et occuper, ce n'est pas juif. Être juif, ça veut dire respecter la justice et l'équité. Aucun peuple ne peut dominer un autre peuple et obtenir la paix et la sécurité. L'Occupation n'est ni juste ni soutenable. Et être contre l'Occupation n'est en aucun cas une forme d'antisémitisme.

D'autres savent tout cela, eux aussi, mais ils ne veulent pas l'entendre. Tantôt ils sont furieux, tantôt ils sont tristes, tantôt leur monde se retrouve sens dessus dessous. C'est la vérité. Ça n'a rien de très courageux, ce n'est que normal, naturel – c'est ce que j'ai à faire.

On m'a traité de tous les noms, d'insecte, d'amoureux des Arabes, de juif honteux. Quand j'arrive dans certains endroits, j'ai l'impression d'entrer dans un volcan. Il paraît que je suis naïf, que je me donne bonne conscience, que j'exploite mon malheur. Est-ce que j'exploite mon malheur ? Oui, en effet. Ils ont raison. Oui – mais je le fais pour aider à faire en sorte qu'il n'y ait plus de souffrance. Est-ce ridicule ? D'accord. Même si c'est ridicule, ça ne veut pas dire que ce n'est pas vrai.

Un jour, quelqu'un, un Israélien, m'a dit qu'il aurait préféré que j'explose avec ma fille dans Ben Yehuda Street. J'y ai réfléchi longuement – est-ce que j'aurais dû exploser ?

Au bout d'un certain temps, la réponse a été claire : oui. Oui. Parce que *j'avais* explosé. C'était arrivé. Et c'est arrivé si souvent avec d'autres depuis. Et on explose encore aujourd'hui, à Gaza, en Cisjordanie, à Jérusalem, à Tel-Aviv. Et on cherche encore autour de nous, on ramasse les morceaux. Chaque jour, mon esprit m'oblige à me demander : Pourquoi ?

On ne guérit jamais. Ne laissez personne dire que vous guérissez un jour complètement – ce sont les vivants qui doivent enterrer les morts. J'en paie le prix, parfois je désespère, mais que faire d'autre, au bout du compte, qu'espérer ? Qu'allons-nous faire d'autre ? Partir, nous suicider, nous entretuer ? C'est déjà arrivé, ça n'a pas été très concluant. Je sais que ça ne s'arrêtera pas tant que nous ne discuterons pas ensemble – c'est ce qui est écrit sur l'autocollant à l'avant de ma moto. Me retrouver avec d'autres gens m'a sauvé la vie. On ne peut pas imaginer le mal qu'on fait en ne nous écoutant pas les uns les autres, et à tous les niveaux, j'entends. C'est incommensurable. On a peut-être construit notre mur, mais en vérité le mur est dans nos têtes, et chaque jour j'ouvre une brèche dans un autre. Je sais que plus l'histoire avance, plus l'engagement est fort, plus la déception est grande quand rien ne se passe, quand rien ne change. Alors je continue d'avancer. Et je suis encore plus déçu. Peut-être la déception est-elle mon destin. Et alors ? Je l'embrasserai tellement fort que je la tuerai. Mon nom est Rami Elhanan, je suis le père de Smadar. Je répète cette phrase chaque jour, et chaque jour elle devient quelque chose de nouveau parce que quelqu'un d'autre l'entend. Je la dirai jusqu'au jour de ma mort, et elle ne variera jamais, mais continuera d'ouvrir une minuscule brèche dans le mur jusqu'au jour de ma mort.

Qui sait où s'arrêtent les choses ? Les choses continuent. Ainsi va le monde. Est-ce que vous comprenez ce que je veux dire ? Je ne suis pas sûr de pouvoir vous dire exactement ce que je pense. Nous avons des mots, mais parfois ils ne suffisent pas.

1001

Il était une fois, il n'y a pas si longtemps, et pas si loin que ça, Rami Elhanan, un Israélien, juif, graphiste, mari de Nurit, père de Guy, d'Elik et de Yigal, père aussi de la défunte Smadar, fit à moto le trajet entre la banlieue de Jérusalem et le monastère de Crémisan, situé dans la ville majoritairement chrétienne de Beit Jala, près de Bethléem, dans les collines de Judée, afin d'y retrouver Bassam Aramin, un Palestinien, musulman, ancien prisonnier, militant, né près d'Hébron, mari de Salwa, père d'Araab, d'Arin, de Mohamed, d'Ahmed et de Hiba, père aussi de la défunte Abir, dix ans, abattue par un garde-frontière israélien anonyme à Jérusalem-Est, presque dix ans après que la fille de Rami, Smadar, qui devait fêter ses quatorze ans deux semaines plus tard, eut été tuée dans la partie occidentale de la ville par trois kamikazes palestiniens, Bachar Sawalha, Youssef Shouli et Tawfik Yassine, originaires du village d'Assira al-Shamaliya, près de Naplouse, en Cisjordanie, lieu mystérieux pour les auditeurs rassemblés à l'intérieur du monastère en brique rouge perché à flanc de colline, dans la montagne des Amis, à côté des vignobles en terrasses, à l'ombre du Mur, venus d'aussi loin que Belfast et Kyushu, Paris et la Caroline du Nord, Santiago et Brooklyn, Copenhague et Terezin, en ce jour banal de la fin octobre, brumeux, un peu froid, pour écouter les histoires de Bassam et de Rami, et trouver dans leurs histoires une autre histoire, un cantique des cantiques, se découvrant – vous et moi – dans la chapelle en pierre où nous restons assis des heures, attentifs, désespérés, gais, troublés, cyniques, complices, silencieux, tandis que nos souvenirs implosent, que nos synapses déraillent, dans l'obscurité qui avance, et que nous nous rappelons, en écoutant, toutes ces histoires qui n'ont pas encore été racontées.

500

Mon nom est Bassam Aramin, je suis le père d'Abir. Je suis un Palestinien, un musulman, un Arabe. J'ai quarante-huit ans. J'ai vécu dans plein d'endroits – une grotte près d'Hébron, sept ans en prison, puis un appartement à Anata, et ces derniers temps une maison avec jardin à Jéricho, près de la mer Morte. Mon père élevait des chèvres et d'autres bêtes dans les collines, ma mère s'occupait de ses quinze enfants. Ils étaient tous deux nés près de Sa'ir, un village proche d'Hébron, comme avant eux leurs parents et leurs grands-parents. J'ai vécu dans une grotte, mais pas une grotte comme vous pourriez l'imaginer – on avait des étagères remplies de livres, des tapis aux murs, il faisait frais en été, chaud en hiver, c'était un lieu toujours animé par les voix et la bonne nourriture, on était heureux, on avait ce qu'on voulait.

Un jour, quand j'étais petit, mes amis et moi avons hissé le drapeau palestinien dans la cour de notre école. On l'a fait parce que c'était notre drapeau, parce que c'était illégal de le hisser, et parce qu'on savait que ça rendrait fous les soldats israéliens quand ils le verraient de là-haut. On les a regardés arriver et on leur a lancé des pierres. En retour, ils ont tiré des grenades lacrymogènes, des balles en caoutchouc, des balles réelles. Ensuite ils ont arraché le drapeau, et on leur a encore lancé des pierres et on a encore remonté le drapeau. Hisser un drapeau pouvait valoir un an de prison. On était toujours en train de se baisser, de courir et de sauter par-dessus les murs.

On était des gamins, on ne comprenait pas vraiment ce qui se passait. Des gens arrivent dans votre village, des gens que vous ne reconnaissez pas, des gens qui parlent une langue inconnue, qui sont-ils ? Comme des extraterrestres. Ils débarquent avec leurs Jeeps et leurs véhicules blindés, ils patrouillent dans les rues et disent, Montre-moi tes papiers, contre le mur, ferme ta gueule, retourne-toi, allonge-toi. Ils envahissent votre maison dans les collines, la condamnent, la démolissent. Ils cachent les arrêtés d'expulsion sous des pierres. Ils les planquent afin que vous ne les trouviez jamais. Ils arrêtent votre père, vos frères, vos oncles. Ils vous bloquent sur le chemin de l'école. Ils arrêtent votre instituteur devant la porte de l'école. Bientôt ils vous arrêtent aussi. Ils vous obligent à rester debout en plein soleil aux checkpoints pendant le ramadan, mais ils sont très doués pour se trouver des transats, c'est une plage de sable fin pour certains d'entre eux, ils ont des glacières remplies de sodas à leurs pieds, ils ouvrent les cannettes, ils dorment les mains derrière la tête, pendant que votre cerveau brûle sous la chaleur et que vous attendez.

J'avais eu la polio, mais je courais quand même jusqu'à l'école en évitant les Jeeps. C'était comme une discipline olympique. Des enfants que je connaissais ont été frappés et tués. Ça se passait vraiment comme ça, je n'exagère pas, tout le monde connaissait au moins un enfant tué, et la plupart d'entre nous plusieurs. Vous vous y habituez tellement, parfois vous trouvez ça normal. À douze ans, j'ai participé à une manifestation et cela s'est produit sous mes yeux. J'étais au fond de la foule. Les bras d'un garçon se sont levés en l'air, il a lâché son dernier souffle, il avait reçu une balle entre les jambes, il s'est écroulé à quelques mètres de moi, ils l'ont transporté de l'autre côté. À compter de ce jour j'ai ressenti un profond besoin de vengeance, sauf que je ne le considérais pas comme de la vengeance, mais comme une forme de justice, pendant longtemps ç'a été la même chose pour moi, la justice et la vengeance.

Au début, on se contentait de lancer des pierres et des bouteilles vides. Mais un jour, avec mes amis, on est tombés sur des grenades à main abandonnées dans une grotte et on a décidé de les lancer sur les Jeeps israéliennes. Deux d'entre elles ont explosé, pas même explosé, elles ont fait long feu. Par chance, personne n'a été blessé car on ne savait pas s'en servir correctement. On s'est fait pourchasser dans les collines, attraper, arrêter, et en 1985, à l'âge de dix-sept ans, le verrou de ma cellule s'est refermé devant moi, une longue histoire, sept longues années.

En prison on avait une mission, et les Israéliens aussi avaient une mission. La nôtre était de survivre en tant qu'êtres humains, la leur de nous déposséder de notre humanité. Souvent, on attendait d'aller au réfectoire quand soudain les alarmes se déclenchaient. Les soldats déboulaient et nous ordonnaient de nous déshabiller. C'étaient les FDI, l'armée, pas les gardiens. Ils étaient en mission d'entraînement. Bien sûr ils le nient, mais c'est arrivé. Une affaire extrêmement embarrassante – un groupe d'adolescents qu'on prive de tout, d'abord nos vêtements, ensuite nos voix, enfin tout le reste, notre dignité. Ils étaient lourdement armés de fusils, de matraques, de casques. Ils nous ont frappés jusqu'à ce qu'on ne tienne plus debout. Vous finissez par vous rendre compte que vous devez préserver votre humanité – votre droit de rire et de pleurer – pour sauver votre peau. Alors je me suis mis à leur crier dessus : « Assassins ! Nazis ! Oppresseurs ! » Ils continuaient de nous frapper, mais ce qui m'a le plus marqué, c'est que ces jeunes soldats, guère plus âgés que moi, le faisaient sans haine, sans émotion même, car pour eux ce n'était qu'un exercice, un entraînement. Leçon 1 : frappez l'objet. Leçon 2 : frappez l'objet à coups de pied. Leçon 3 : traînez l'objet par les cheveux. Je ne pense même pas qu'ils se soient rendu compte de ce qu'ils faisaient, ils étaient tellement contents de leur propre efficacité, de faire du si bon boulot. Soyons clairs, ils sont très doués pour l'ironie – ils appellent ça Forces de défense, mais je vous jure que ceux qui tiennent des fusils sont captivés par ces mêmes fusils. Ils n'auraient jamais tapé leurs chiens comme ça. Et en tant que chef – j'ai fini par devenir commandant –, j'étais toujours frappé jusqu'au bout. Je me réveillais sous les lumières de l'hôpital et une autre raclée arrivait.

Heureusement pour moi, on dit que ceux qui sont nés près d'Al-Khalil, ou Hébron, ont la tête dure. En prison, un soir, j'ai vu un documentaire télévisé sur l'Holocauste. À l'époque j'étais heureux de penser au destin des six millions de juifs. Allez-y, crevez, allez-y, s'il vous plaît, tuez-en plus, sept millions, huit millions, oh neuf millions, s'il vous plaît ! Pour nous, dans notre jeunesse, la Shoah était un pur mensonge, je ne m'intéressais pas à l'Histoire falsifiée. Mon ennemi n'était que cela : mon ennemi. Il ne pouvait ressentir aucune douleur, il ne pouvait éprouver aucun sentiment. Pas après ce qu'il nous avait fait, à moi et à ma famille. Faites que tout cela se reproduise encore. Et encore. Et encore. Tuez-en dix millions. Pourtant, au bout de quelques minutes, j'ai commencé à ressentir un frisson dans ma colonne vertébrale. J'ai essayé de penser à autre chose, de me convaincre que ce n'était qu'une sensation, rien de vrai, et que ce n'était qu'un film, rien de vrai – aucun être humain ne ferait ça à d'autres êtres humains. Impossible. Qui ferait une chose pareille ? Qu'y a-t-il d'humain là-dedans ? Et plus ça durait, plus ça devenait barbare. Je ne comprenais pas. Ils étaient là, parqués dans des chambres à gaz sans même se débattre. S'ils savaient qu'ils allaient mourir, pourquoi est-ce qu'ils ne hurlaient pas, ne luttaient pas, ne se battaient pas, n'essayaient pas de fuir ? J'étais retourné. Je ne savais plus quoi penser. Je suis resté assis dans ma cellule. Croyez-moi, je n'étais pas un tendre, mais ce soir-là je me suis tourné vers le mur, j'ai remonté ma couverture et je me suis mis à trembler. J'ai essayé de le cacher à mes camarades de prison, mais quelque chose au-dedans de moi avait changé – ou peut-être pas, mais quelque chose venait d'une autre direction, peut-être que j'avais simplement trouvé une chose qui était là depuis le début.

Gamin, je pensais que c'était une punition divine que d'être un Palestinien, un musulman, un Arabe. Je portais ça autour du cou, comme un gros poids bien lourd. Quand vous êtes gamin, vous demandez toujours pourquoi. Mais les adultes oublient de demander pourquoi. Vous acceptez les choses, rien de plus. Ils démolissent nos maisons. Accepté. Ils nous parquent aux checkpoints. Accepté. Ils nous disent de demander des permis pour des choses qu'eux obtiennent gratuitement. Accepté. Mais en prison j'ai commencé à réfléchir à notre existence, à notre identité, au fait d'être arabe, et cela m'a amené à penser aux juifs aussi. Je savais désormais que cet Holocauste était vrai – qu'il s'était vraiment produit. Et j'ai commencé à me dire, d'abord à contrecœur, qu'une part fondamentale de la mentalité israélienne devait en découler. J'ai donc décidé de chercher à comprendre qui étaient véritablement ces gens, comment ils avaient souffert, et pourquoi en 1948 ils avaient retourné leur oppression contre nous, inlassablement, volé nos maisons, pris nos terres, nous avaient donné notre Nakba, notre catastrophe. Nous, les Palestiniens, sommes devenus les victimes des victimes. Je voulais comprendre davantage. D'où tout cela venait-il ? En prison j'ai commencé à apprendre un peu plus de mots d'hébreu, et même de yiddish. Assez vite, j'ai pu avoir une conversation avec un gardien. Il me demandait : « Comment quelqu'un comme toi a pu devenir un terroriste ? » Ensuite il a essayé de m'expliquer que j'étais un colon sur sa terre, et pas lui sur la mienne. Il pensait vraiment que nous autres, Palestiniens, étions les colons, que *nous* avions pris *leur* terre. Je lui disais : « Si tu arrives à me convaincre que nous sommes les colons, alors je le déclarerai devant tous mes camarades prisonniers. » Il me disait qu'il n'avait encore jamais rencontré quelqu'un comme moi. Ç'a été le début d'un dialogue et d'une amitié. À compter de ce jour, il m'a traité avec respect. Il m'a laissé boire du thé dans un verre, il m'a acheté un tapis de prière. C'était illégal, mais il l'a quand même fait.

En prison, on fabriquait des boucles de ceinture à partir de boîtes de café. Un des autres gardiens, Meir, était un type très simple. Il avait reçu l'ordre de ne parler à personne, surtout pas à moi, qu'ils surnommaient l'Infirme. J'étais considéré comme dangereux. Les autorités se méfiaient de moi. Les silencieux sont toujours dangereux. J'étais toujours mis à l'isolement. Mais Meir voulait une ceinture pour sa chérie, où il serait écrit *Meir aime Maya*, en hébreu. J'ai ordonné à mes camarades prisonniers de lui en fabriquer une jolie – ils étaient stupéfaits de confectionner une ceinture pour un Israélien, en hébreu qui plus est, mais ils l'ont fait parce qu'ils avaient confiance en moi et que j'étais commandant. Meir a adoré. Il a dit : « Qu'est-ce que tu veux que je te donne en échange ? » J'ai répondu : « Rien, juste un tout petit pistolet, s'il te plaît. »

Il a ri et dit : « Sérieusement, qu'est-ce que tu veux ? » « Juste un petit pistolet. Oh, et plein de balles. » Il a encore ri. J'ai donc demandé aux autres prisonniers ce qu'ils voulaient. Ils étaient tous jeunes, ils m'ont répondu qu'ils avaient très envie de Coca-Cola. Vous vous rendez compte ? Une bouteille de Coca-Cola. Rien de plus. Alors j'ai transmis la requête à Meir, qui a rapporté deux grandes bouteilles et les a cachées dans un réservoir d'eau. Je me suis assuré que tout le monde avait droit à sa gorgée. Ce jour-là, cent vingt prisonniers ont pu boire un tout petit peu de Coca-Cola. Ils ne l'ont jamais oublié, ç'a été une de leurs plus belles journées en prison. On s'est tous servi du même récipient. Le goût est meilleur dans du verre – Hertzl, l'autre gardien, m'avait donné le verre. Chacun a pu y goûter, de sorte qu'il ne pouvait y avoir ni collaborateurs ni balances.

J'ai obtenu aussi quelques cassettes d'Ibrahim Mohamed Saleh – Abou Arab – chantant des *mawals* sur le retour des réfugiés, sur la libération des prisonniers politiques. Lorsque je l'écoutais, il se produisait comme une révolution dans ma tête. Je chantais ses chansons devant la porte de ma cellule, c'était difficile de me faire taire, je chantais aussi quelques vieux chants de travail paysans, et des ballades de mariage aussi. La plus belle musique oublie qu'elle est chantée. Elle vient naturellement. Au bout d'un moment, Abou Arab est devenu mon surnom en prison.

Il y avait un collaborateur parmi nous, qui aidait les Israéliens. Comme j'étais le chef, on m'a demandé de régler son cas. C'était trop dur pour moi de ne pas lui donner de coups de pied. Et je l'ai fait. Je l'ai frappé quand il était à terre. Je l'ai frappé, frappé, frappé. Mais pendant que je faisais ça, je me suis dit : Pourquoi, pourquoi, pourquoi est-ce que je suis en train de frapper cet homme ? Suis-je un robot ? Est-ce que je veux faire ce que me font les Israéliens ?

En prison, je lisais de plus en plus. J'écoutais aussi. Je prenais des cours, j'élargissais mon esprit. Gandhi. Mirza Ghulam Ahmad, je ne l'aimais pas beaucoup. Martin Luther King, je l'aimais. Pas de sagesse dans les fusils. Un jour viendra. Je fais un rêve. Moubarak Awad. Tant de gens. J'ai commencé à me dire qu'ils avaient peut-être raison et que la seule manière de faire la paix passait par la non-violence et la résistance.

J'ai été libéré en octobre 1992. Je me suis marié tout de suite après. Je suis passé de la prison au mariage, allez comprendre. Plus sérieusement, ç'a été la période la plus heureuse de ma vie. En 1994, nous avons eu notre premier enfant, que nous avons appelé Araab. J'étais père, désormais, j'avais le devoir de réfléchir différemment. Non parce que j'étais devenu un lâche, mais parfois on se sacrifie autrement. C'était l'époque des accords d'Oslo et il y avait un immense espoir d'une solution à deux États. Quand j'ai vu les Jeeps israéliennes quitter Jénine et les jeunes Palestiniens leur lancer des rameaux d'olivier, je me suis demandé : « Pourquoi est-ce que j'ai passé sept ans en prison alors qu'on aurait pu y arriver autrement ? » Mais Oslo s'est désintégré. D'après les hommes politiques, on n'y était pas prêts – ils ont seulement l'air de savoir ce qui peut remplir le mieux leurs poches, arabes et juifs, c'est du pareil au même, ça ne change rien, il y a des escrocs partout, israéliens, palestiniens, jordaniens, ils savaient ce qu'ils faisaient. J'étais totalement désemparé. Encore une occasion de perdue. Et là-dessus, les attentats ont commencé – ç'a été la plus grosse erreur politique, stratégique et morale que nous ayons commise pendant la deuxième Intifada. J'ai commencé à être encore plus actif, à dire que nous devions changer de méthode. Je lisais toujours plus de textes sur la non-violence et l'engagement politique. J'ai commencé à me rendre compte que la violence était exactement ce que nos adversaires voulaient nous voir employer. Ils préfèrent la violence parce qu'ils peuvent l'affronter. Ils sont beaucoup plus rodés à la violence. C'est la non-violence qu'il est difficile d'affronter, et ce, qu'elle provienne des Israéliens ou des Palestiniens, ou des deux. Elle les désarçonne.

Que les choses soient bien claires : je n'ai pas renoncé à mes convictions. J'ai toujours poursuivi, je poursuivrai toujours le même but jusqu'à ce qu'il devienne réalité – mettre fin à l'Occupation israélienne. Voyez-vous, l'Occupation existe dans le moindre aspect de votre vie, un épuisement et une amertume que personne, à l'extérieur, ne comprend vraiment. Elle vous prive d'un lendemain. Elle vous empêche d'aller au marché, à l'hôpital, à la plage, à la mer. Vous ne pouvez pas marcher, vous ne pouvez pas conduire, vous ne pouvez pas prendre une olive de votre propre arbre qui se trouve de l'autre côté du fil barbelé. Vous ne pouvez même pas lever les yeux au ciel. Ils ont leurs avions tout là-haut. Ils possèdent l'air au-dessus et le sol au-dessous. Vous avez besoin d'un permis pour labourer votre propre terre. Votre porte est défoncée, votre maison est saisie, ils posent les pieds sur vos chaises. Votre gamin de sept ans se fait arrêter et interroger. Vous ne pouvez pas imaginer ce que c'est. Sept ans. Soyez un père pendant une minute et pensez à votre enfant de sept ans en train de se faire arrêter sous vos yeux. Les yeux bandés. Les poignets ligotés. Emmené au tribunal militaire d'Ofer. La plupart des Israéliens ne savent même pas que ça arrive. Non pas qu'ils soient aveugles. Ils ne savent tout simplement pas ce qui est fait en leur nom. Ils n'ont pas le droit de le voir. Leurs journaux, leurs chaînes de télévision ne leur parlent pas de ces choses-là. Ils ne peuvent pas aller en Cisjordanie. Ils n'ont aucune idée de la vie qu'on mène. Mais ça se produit tous les jours. Chaque jour. Nous ne l'accepterons jamais. Même au bout de mille ans, nous ne l'accepterons jamais. Le Coran dit : *Regardez les signes autour de vous, ne voyez-vous pas ?* L'Occupation nous assomme, et nous nous relevons. Nous tenons bon. Nous ne céderons pas. Même s'ils me pendent avec mes propres veines. Voyez, mettre fin à l'Occupation est notre seul véritable espoir pour la sécurité de tous, israéliens, palestiniens, chrétiens, juifs, musulmans, druzes, bédouins, peu importe. L'Occupation nous corrompt tous de l'intérieur. Mais comment faire pour y mettre fin ? Je savais à l'époque – et encore plus aujourd'hui – qu'il nous faut procéder différemment. J'ai essayé de m'assurer que mon fils n'irait jamais dans les prisons israéliennes et qu'il ne se retrouverait pas à lancer des pierres. Écoutez, je comprends les pierres, les pierres ne sont pas des balles, mais les Israéliens ont ôté la pierre de notre pierre et en ont fait autre chose. J'avais envie de leur dire : Ne venez pas ici et on n'aura pas à vous cribler de pierres. Mais ils sont ici. Sans y avoir été invités. Et que nous reste-t-il quand ils ôtent la pierre de la pierre ? Nous avons dû apprendre à recourir à la force de notre humanité. À être violemment non violents. À nous incliner devant les choses que nous devons nous dire les uns aux autres. Ce n'est pas veule, ce n'est pas faible, au contraire, c'est humain.

Il est tragique que nous soyons constamment obligés de prouver que nous sommes des êtres humains. Non seulement aux Israéliens, mais aux autres Arabes, nos frères et sœurs, aux Américains, aux Chinois, aux Européens. Pourquoi donc ? Je ne ressemble pas à un humain ? Je ne saigne pas du sang d'humain ? Nous ne sommes pas exceptionnels. Nous sommes un peuple, comme n'importe quel autre.

Il a fallu attendre 2005 pour que certains d'entre nous commencent à rencontrer en secret d'anciens soldats israéliens. Je faisais partie des quatre premiers Palestiniens. Vous ne pouvez pas imaginer cette première réunion. Là-haut, à l'hôtel Everest. Pour nous, c'étaient des criminels, des tueurs, des ennemis, des assassins. Et pour eux, nous étions la même chose. L'un d'eux était le fils de Rami, Elik. Voilà comment nos deux familles se sont rencontrées. On se rencontrait comme des ennemis qui désormais voulaient parler. Ces jeunes Israéliens refusaient de se battre en Cisjordanie et à Gaza, non par amour du peuple palestinien, mais pour leur propre peuple. On n'agissait pas non plus pour sauver des vies israéliennes, mais pour empêcher que les Palestiniens souffrent. On était égoïstes, des deux côtés, et c'était bien naturel, comment ne pas l'être ? Au début je me fichais bien de leur sort. D'accord, ils étaient différents, et puis quoi ? Ce n'est que plus tard que nous avons commencé, les uns et les autres, à se sentir une responsabilité mutuelle. Ç'a mis plus d'un an. Nous avons lancé les Combattants pour la paix. Là-haut, à l'hôtel Everest, au bout de la route, près de la colonie, le long du Mur, à deux minutes.

Rumi, le poète, le soufi, a dit une chose que je n'oublierai jamais : *Au-delà du bien et du mal il existe un champ. C'est là que je te retrouverai*. On était à la fois dans le bien et dans le mal, et on s'est retrouvés dans un champ. On a compris qu'on voulait s'entretuer pour parvenir à la même chose, la paix et la sécurité. Imaginez ça, quelle ironie, c'est fou. On était assis dans l'hôtel Everest et on parlait de la fin de l'Occupation. Même ce mot, *occupation*, fait trembler la plupart des Israéliens.

Bien sûr, chacun avait un point de vue différent – eux sont les occupants et nous sommes ceux sous occupation, donc ils n'y voient pas la même chose. Mais au bout du compte on mourait tous, on s'entretuait, inlassablement. On avait plutôt besoin d'apprendre à nous connaître. Il est là, le centre de gravité, le cœur du problème. Il y aura la sécurité pour tous le jour où il y aura la justice pour chacun. Comme je le dis toujours, découvrir l'humanité de votre ennemi, sa noblesse, est un désastre, parce qu'il n'est plus votre ennemi, il ne peut plus l'être.

L'histoire aurait pu s'arrêter là, peut-être. J'aurais préféré. J'aimerais bien sortir d'ici, retourner à Jéricho, à mon jardin, et ne plus avoir à vous raconter, fin de l'histoire, bonne nuit, j'espère que la paix viendra demain matin.

Mais le 16 janvier 2007 – deux ans après la création des Combattants pour la paix –, ma fille de dix ans, Abir, est sortie de son école tôt le matin. C'était une journée paisible, mon Mardi noir à moi, il ne se passait pas grand-chose. Elle se trouvait juste devant la porte de l'école quand elle s'est fait tirer dessus par un membre de la police des frontières israélienne. Avec une balle en caoutchouc. Une balle en caoutchouc de fabrication américaine. Un M-16 de fabrication américaine. Et depuis une Jeep de fabrication américaine. Il n'y avait ni violence ni Intifada en cours. Elle a reçu cette balle. À l'arrière du crâne. Elle venait d'aller au magasin. Elle venait de s'acheter des bonbons.

Il y a eu tellement de mensonges. Tout le monde s'est empressé de donner sa version de la vérité, le commandant des garde-frontières a affirmé qu'ils n'étaient pas dans la zone, qu'il n'y avait pas eu de telle opération. Puis ils ont juré sous serment qu'elle avait été touchée par une pierre palestinienne, alors même qu'une balle en caoutchouc avait été retrouvée juste à côté de son corps. Ils ont ensuite essayé de sous-entendre qu'elle lançait des pierres. Mais il n'y avait qu'une seule vérité, la simple vérité : une fillette de dix ans avait reçu une balle derrière le crâne, à une distance de quelques mètres, une balle tirée par un garde-frontière de dix-huit ans qui avait pointé son fusil hors de la Jeep et fait feu directement sur elle. Elle n'a jamais repris conscience. L'ambulance a été retardée pendant des heures parce qu'il y avait, soi-disant, des émeutes. Rapidement, le reste du monde a été consterné par les détails, en particulier le fait qu'Abir venait juste d'acheter des bonbons. Certains faits sont bouleversants tant ils sont simples, parfois je me dis qu'elle n'a pas eu le temps de les manger. Je me réveille souvent en y pensant – les bonbons les plus chers du monde.

Je me retrouvais donc dans la situation d'un homme dont la fille a été assassinée par ceux-là mêmes avec qui il veut faire la paix. En arabe, on dit : « *Assalamu alaykum*, que la paix soit sur toi. » On la prononce tout le temps. Eh bien, la paix n'était pas sur nous, ni de près ni de loin. Il n'y a pas eu d'enquête criminelle. Il n'y en a jamais quand l'un de nous se fait abattre. Ils ne disent jamais « tué » quelqu'un avec une balle en caoutchouc. Ils disent « causé la mort de » quelqu'un. C'est leur langage, mais ce n'est pas celui de tout le monde. La plupart du temps, rien n'est dit, rien n'est fait quand un enfant palestinien est tué. Mais des centaines de mes frères israéliens et de mes frères juifs, du monde entier, m'ont soutenu dans ma volonté de traîner le soldat en justice. Incroyable. Or la Cour suprême a décidé qu'il n'y avait pas de preuves, donc le dossier a été classé pour la quatrième fois. On avait quatorze témoins oculaires, et malgré ça il n'y avait pas de preuves, d'après eux. Comment se peut-il que vingt-huit yeux ne puissent rien voir ? Mon enfant n'était pas une combattante. Elle n'était pas membre du Fatah ou du Hamas. Elle était un rayon de soleil. Elle était le beau temps. Elle m'avait dit un jour qu'elle voulait être ingénieure, plus tard. Vous imaginez le genre de ponts qu'elle aurait pu construire ?

Je n'avais pas envie d'un fusil. Je ne voulais pas d'une grenade. Pour moi, la voie de la non-violence était sans retour. Pas même une fraction de seconde. À l'enterrement, j'ai dit que je ne chercherais pas la vengeance, même si certains Israéliens que je connaissais – oui, des Israéliens – affirmaient qu'ils la chercheraient à ma place, tant ils étaient en colère pour moi. Ça ne m'intéressait pas. Je savais que la suite ne dépendait que de moi. Il fallait que je fasse quelque chose. Les gens devaient savoir ce qui se passait. Alors j'ai rejoint le Cercle des parents quelques jours après la mort d'Abir. Ma vie est devenue mon message. Je m'y suis jeté à corps perdu. Pour moi, c'était parfaitement logique. J'ai commencé à voyager avec Rami, Jérusalem, Tel-Aviv, Beit Jala, partout, à parler, parler, parler. Nous étions investis d'une mission. La force de notre deuil. Nous ne nous servirions pas de nos souvenirs pour nous venger. Je disais toujours : *L'année où Smadar a été assassinée, Abir naissait.* C'était la vérité. Mais ce que j'ignorais quand Abir a été tuée, c'est qu'elle et Smadar continueraient de vivre. Et nous ne laisserons pas d'autres gens leur voler leur avenir. Essayez de nous faire taire, ça ne marchera pas. Dites tout ce que vous voudrez. Traitez-moi de traître, de collaborateur, de lâche, de tout ce que vous voudrez, je m'en moque, je sais qui je suis. Postez-vous devant la porte de l'école et criez : « Mort aux Arabes ! », ça ne m'atteindra pas. Ça n'a rien à voir avec la collaboration, rien à voir avec la normalisation, ce n'est que pur deuil, avec toute sa force, et, comme dit Rami, c'est atomique. Continuer de vivre dans le souvenir des autres signifie que vous ne mourez pas.

Ça m'a finalement incité à essayer de terminer mon mémoire sur l'Holocauste dans une université anglaise. Je devais réfléchir autrement. Je devais poser mon cerveau dans des endroits nouveaux. Après tout, c'était un soldat israélien qui avait tiré sur ma fille, mais cent anciens soldats israéliens sont venus à Anata pour lui construire une aire de jeux. Vous devez comprendre combien il était dangereux pour eux d'aller à Anata. Je devais assurer leur sécurité. Ils ont construit une aire de jeux à son nom, dans l'école où elle a été assassinée. Ils ont creusé la terre. Ils ont posé la plaque. Ils ont installé les toboggans, un bac à sable. Ça leur a pris deux week-ends.

Personne n'a été inculpé pour le meurtre d'Abir, néanmoins j'ai décidé de poursuivre le combat au civil. Appelez ça folie pure, et c'était le cas, mais il m'a fallu quatre ans de plus pour prouver devant un tribunal civil qu'Abir avait été tuée par une balle en caoutchouc. Quatre ans. Les Palestiniens ont la patience de Job. Quand j'ai gagné, ç'a été un choc en Israël. Le jour où j'ai obtenu l'indemnisation, un Israélien m'a dit : « Alors, combien vous avez reçu ? » J'ai répondu que ça n'avait pas d'importance, le mot *indemniser* ne voulait rien dire pour moi, aucune somme d'argent ne suffirait jamais.

Mais il m'a posé de nouveau la question, il voulait que je lui réponde, alors je lui ai dit la vérité. Quatre cent mille dollars. Il a eu une drôle d'expression. « Donc on est quittes. » J'ai dit : « Comment ça ? » Il a dit : « Oubliez tout ça. » Je lui ai redemandé, et il a dit : « Oubliez tout ça. » Je sentais les tréfonds de mon cœur s'agiter. Alors je lui ai demandé, en hébreu, s'il avait des enfants. Il m'a regardé fixement : « Oui, j'ai un fils. » Je lui ai dit que je lui donnerais quatre cent mille dollars et, en échange, il n'avait qu'à me donner son fils. « Pourquoi ? » J'ai répondu : « Pour que je puisse le tuer et oublier tout ça. » Vous auriez dû voir sa tête. « Non, a-t-il dit, ce que vous ne comprenez pas, c'est que votre enfant a été tuée par erreur par l'État israélien, on est tous quittes, c'était une erreur, on l'a reconnue, ça fait une différence, alors tournez la page, oubliez tout ça, mon vieux. » J'ai dit : « OK, je vous donnerai quatre cent mille, et quatre cent mille de plus, et encore quatre cent mille, et quatre cent mille de plus, cadeau, et je demanderai à l'État de tuer votre fils – et ce sera entièrement par erreur. » Son visage est devenu complètement livide. Il était troublé. Il s'est éloigné vers un coin de la salle, puis s'est retourné et m'a regardé. Je crois qu'à cet instant précis lui aussi a été changé. Il clignait très fort des yeux. Pour finir, il a balancé sa main en l'air et il est parti.

Moi aussi j'essaie de comprendre. C'est si difficile à expliquer. Chaque jour je m'assois encore dans l'ambulance. Je n'arrête pas d'attendre qu'elle avance. Chaque jour ma fille se refait tuer et chaque jour je suis assis dans l'ambulance, je veux qu'elle avance, s'il te plaît avance, s'il te plaît s'il te plaît s'il te plaît, roule, pourquoi est-ce que tu restes là, allez, on y va. Rami était à l'hôpital, il nous attendait. Il a posé ses mains sur mes épaules. On ne savait pas du tout ce que le destin nous réservait.

Après, je restais dans ma voiture et je pleurais sur le volant. Vous vous souvenez de tout, de la moindre chose. Abir aimait dessiner. Elle aimait les ours et elle aimait la mer. Elle tenait un pastel au coin de sa bouche. Dans mon rêve, je l'amène au bord de la mer et elle court le long de la jetée. Trouvez-moi un seul père sur cette planète qui ne veut pas emmener sa fille à la mer. Je ne pouvais pas le faire à l'époque, je n'avais pas de permis.

Mais je refuse d'être une victime. Je l'ai décidé il y a longtemps. Il y a une victime vivante, et c'est l'homme qui a tué ma fille. Il était adolescent quand il lui a tiré dessus. Il ne savait pas pourquoi il la tuait. Ce n'était pas un héros, pas un champion. Comment peut-on tirer dans le dos d'une fillette ? Je l'ai vu au tribunal. Je lui ai dit : « C'est toi la victime, pas moi. Tu ne savais pas pourquoi tu la tuais, tu obéissais aux ordres, tu l'as fait sans conscience. J'ai envie de te souhaiter longue vie, parce que j'espère que ta conscience te réveillera. »

Ce qui se passe, c'est que, aux yeux de nombreuses personnes, nous, les Palestiniens, n'existons pas en tant qu'humains. Je suis officiellement apatride. À votre aéroport. À votre consulat. Où est-ce que j'existe ? Question absurde. Peut-être à un endroit – dans votre prison j'existe. Ou peut-être que dans votre imagination j'existe en tant que terroriste, mais nulle part ailleurs. J'ai un document de voyage, un laissez-passer, oui, mais on peut me le retirer à tout moment. J'ai été dans plein d'endroits. Je suis allé en Allemagne, en Afrique du Sud, en Irlande, dans tous vos pays, je suis allé à la Maison-Blanche, j'ai parlé au sénateur Kerry, je l'ai accusé de meurtre, mais il savait exactement de quoi je parlais, il a compris, et il a mis une photo d'Abir dans son bureau.

On s'accroche. On est obligés. Rami et moi, nos fils, Araab et Yigal, on est ensemble là-dedans. Et aujourd'hui on prépare nos petits-enfants, Yishai et Judeh. On n'a pas envie de devoir les préparer. On n'a pas envie de ça pour eux. On préférerait qu'ils puissent vivre dans la paix et le confort. Autrefois, je pensais qu'on ne pourrait jamais régler notre conflit, qu'on se haïrait indéfiniment, mais nulle part il est écrit qu'on doive continuer de s'entretuer. Le héros fait de son ennemi un ami. C'est ça, mon devoir. Ne me remerciez pas. Ce n'est que ça : mon devoir. Quand ils ont tué ma fille, ils ont tué ma peur. Je n'ai aucune peur. Je peux tout faire, maintenant. Un jour Judeh vivra en paix, cela viendra. Parfois j'ai l'impression qu'on essaie de prendre l'eau de l'océan avec une petite cuiller. Mais la paix est une réalité. Question de temps. Regardez l'Afrique du Sud, l'Irlande du Nord, l'Allemagne, la France, le Japon, et même l'Égypte. Qui aurait cru que ce serait possible ? Est-ce que les Palestiniens ont tué six millions d'Israéliens ? Est-ce que les Israéliens ont tué six millions de Palestiniens ? Les Allemands, eux, ont tué six millions de juifs, et regardez, aujourd'hui il y a un diplomate israélien à Berlin et un ambassadeur d'Allemagne à Tel-Aviv. Vous voyez, rien n'est impossible. Tant que je ne suis pas occupé, tant que j'ai mes droits, tant que vous m'autorisez à me déplacer, à voter, à être humain, tout est possible.

Je n'ai plus le temps de haïr. Nous devons apprendre à nous servir de notre douleur. Investir dans notre paix, pas dans notre sang, voilà ce que nous disons.

Rami est allé en Allemagne avec moi il y a quelques années de ça, mais c'est une longue histoire, j'ai dû le convaincre d'y aller, il haïssait les Allemands. Il n'avait jamais cru pouvoir y aller. Mais il y est allé. Et il a vu un pays différent de celui qu'il imaginait.

En Palestine, on dit que l'ignorance est une terrible connaissance. On ne parle pas aux Israéliens. On n'a pas le droit de leur parler – les Palestiniens ne le veulent pas et les Israéliens ne le veulent pas. On n'a aucune idée de ce à quoi ressemble l'autre. C'est là qu'est la folie. Érigez un mur, installez un checkpoint, rayez la Nakba des livres, faites ce que vous voulez. Mais voilà la clé – nous ne sommes pas sans voix, malgré tout le silence qu'il peut y avoir. Il nous faut apprendre à partager cette terre, sans quoi nous la partagerons dans nos tombes. Et nous savons qu'il n'est pas possible d'applaudir d'une seule main. Nous finirons par émettre un son, faites-moi confiance, cela viendra. Darwich disait : *Il est temps que vous ne soyez plus là.*

Vous pouvez me haïr autant que vous voulez, très bien. Vous pouvez construire tous les murs que vous voulez, très bien. Si vous croyez qu'un mur vous apportera la sécurité, ne vous gênez pas. Mais faites-le dans votre jardin, pas dans le mien.

Je suis un jardinier, j'aime l'eau. En Angleterre, j'étais le seul à aimer le climat. Les appariteurs rigolaient quand je leur disais à quel point j'aimais la pluie. Je restais dehors et je la laissais tomber sur mon visage. Puis je suis rentré chez moi, en Palestine. Je n'avais que ça à faire. Ce soir, je vais garer ma voiture et rester un moment sous les étoiles. Vous avez déjà vu Jéricho la nuit ? Si vous en avez l'occasion, vous saurez que vous ne verrez plus jamais une chose pareille.

499

Le moteur met un moment à démarrer. Le soir s'est refroidi et obscurci. Le pare-brise se couvre de buée à cause de son souffle.

Bassam tend la main pour allumer le chauffage, jette un coup d'œil vers Rami dans l'obscurité, Rami qui est debout à côté de sa moto, occupé à refermer les fentes latérales de son pantalon de motard. Les lumières du monastère étirent son ombre sur le parking.

Bassam appuie sur l'allume-cigare, attend que la résistance chauffe. Le désir de cigarette est parfois aussi bon que la première bouffée. Quarante ans de cigarette et ça ne change pas. Il tapote le paquet contre sa paume pour tasser le tabac, soulève le rabat, sort une cigarette. Il y avait – il y a si longtemps de ça – tant de rituels de prison autour des cigarettes, le roulage méticuleux, le sauvetage du moindre brin, la torsion du filtre, le lissage du papier. Il lui arrivait de garder une roulée non allumée pendant des heures. Ensuite, il gardait les yeux fermés tout en retenant la fumée dans ses poumons. Pour lui, c'était comme enfiler une *dishdasha* toute propre. Toujours deux bouffées : la deuxième pour détendre la première. Il la sentait retapisser ses poumons.

Parfois Bassam aimerait pouvoir isoler l'inhalation. Elle commence dans la gorge, remonte dans la bouche et redescend ensuite dans les poumons, où elle semble s'arrêter un instant avant de se répandre dans tout son corps. Il s'est promis, il y a trois ans, d'arrêter – soit. Il ne l'a jamais fait. Pas d'alcool, pas d'autres excès. Éviter tout ce qui exige une excuse.

L'air qui arrive par les grilles d'aération a commencé à se réchauffer. Bassam entrouvre la vitre et recrache la fumée dehors. À côté de lui, Rami a déjà mis son casque et enfourché sa moto.

Les deux hommes échangent un hochement de menton. La fumée de la cigarette se découpe contre l'obscurité.

En marche arrière, la caméra embarquée se déclenche. Les lignes jaunes et rouges apparaissent sur le petit écran. Bassam écrase le frein ; la lumière éclaire la brique rouge du monastère. Il tire une autre bouffée et laisse la moto de Rami sortir devant lui.

Quelques gouttes de pluie égarées tombent obliquement dans la lumière au-dessus de la guérite vide du portail. Ce n'est qu'une petite bruine, mais elle ralentira leur retour à la maison : Rami à Jérusalem, Bassam à Jéricho.

Il regarde son ami lever une main en l'air, et ensemble ils franchissent le portail et retrouvent l'obscurité.

498

Les voyageurs sont souvent surpris de voir que le Jourdain n'est, à bien des endroits, guère plus qu'un filet d'eau.

497

Les mares, les crevasses, les fissures, les ruisseaux, les rus, les aquifères, les ruisselets, les wadis, les cours d'eau, les chenaux, les canaux, les filets, les rigoles, les flaques, les puits, les descentes, les sources, les passages, les étangs, les lacs, les barrages, les tuyaux, les drains, les citernes, les lagons, les marais, les vagues, la marée, les mers vivantes, les mers mortes, la pluie elle-même : ici, l'eau est tout.

496

Dans certaines parties du désert d'Atacama, au Chili, aucune pluie n'a jamais été enregistrée. C'est un des endroits les plus secs de la planète, néanmoins les paysans locaux ont appris à recueillir l'eau qui est dans l'air en suspendant de grands filets afin d'attraper les bancs de nuages en provenance de la côte du Pacifique.

Quand le brouillard atteint les hauts filets, il forme des gouttes d'humidité. L'eau ruisselle le long des mailles en plastique, passe par de petites gouttières et s'accumule en bas du filet, où le liquide est canalisé dans un tuyau relié à une citerne.

Partout dans le paysage, de grands poteaux métalliques retiennent les filets sombres face au ciel pâle. Le brouillard est capturé tôt le matin, avant que le soleil brûle les nuages.

À partir de rien, quelque chose.

495

Les paysans appellent ces filets des attrape-brouillard.

494

À cause des systèmes d'irrigation et des barrages le long du Jourdain, le fleuve s'écoule à environ 10 % de son débit naturel. Une grande partie du courant est constituée d'eaux usées. En été, sans l'effluent et les rejets salins, il n'y aurait presque pas de fleuve.

Le filet d'eau parvient tout juste à la mer Morte, laquelle, en conséquence, perd jusqu'à quatre-vingt-dix centimètres chaque année.

493

Si bien que, vues du ciel – disons par un pilote, ou par un oiseau –, les terres sèches et craquelées qui entourent le rivage ressemblent à un pare-brise fracassé.

492

Une fois, alors que Rami rentrait d'un voyage en Finlande, son avion fut pris dans un circuit d'attente au-dessus de Ben-Gourion. Une magnifique journée claire. De son siège côté hublot, il regarda le paysage en bas. La Cisjordanie était saupoudrée de constructions, d'immeubles à moitié terminés, d'entrepôts couverts de surélévations d'un gris fatigué, de routes qui s'étiolaient dans l'abandon.

L'avion s'inclina. Son ombre apparut sur le paysage, s'amenuisa et disparut au moment où l'appareil décrivait une grande boucle.

Rami pouvait voir exactement où Israël commençait et se terminait : c'était un paysage plus ordonné, plus maîtrisé, logique, autoroutes, routes de migration, routes secondaires.

Lorsque l'avion tourna en direction de Jérusalem, Rami reconnut facilement les colonies : les toits rouges, les panneaux solaires étincelants, le bleu céruléen des piscines, les parfaits rectangles de pelouse verte.

491

Pour être remplie, une piscine moyenne nécessite quatre-vingt-quatre mille litres d'eau.

490

Au cœur de l'été 1835, un marin maltais – un vagabond, parfois domestique – tomba sur un jeune voyageur anglophone au marché d'Acre, sur le littoral méditerranéen. Le marin, désireux de travailler, venait de débarquer d'un navire chargé d'épices en provenance de Beyrouth.

D'après ce que comprit le marin, le voyageur cherchait à accomplir un voyage par bateau entre le lac de Tibériade et la mer de Sel, d'où il pourrait, entre autres choses, partir en quête des cités bibliques perdues.

Le voyageur semblait avoir un peu moins de trente ans. Il était grand, mince, et portait des lunettes à monture métallique. Il perdait déjà ses cheveux clairs. Il avait une croix chrétienne autour du cou. Il avait une attitude pieuse et une voix douce.

La perspective de ce périple déconcerta le marin. Le Jourdain avait rarement été exploré dans son intégralité par les voyageurs étrangers. La légende voulait que quiconque s'aventurait sur la mer Salée – que d'aucuns appelaient la mer Morte – ne survivait pas. C'était la fin du mois de juillet, presque le mois d'août, la période la plus chaude de l'année. Le fleuve serait bas, mais son courant était rapide et impétueux, innavigable à certains endroits. Le bateau lui-même devrait avoir l'agilité d'un canoë et la robustesse d'un voilier. D'après ses calculs, le trajet entre les deux lacs avoisinait les cent dix kilomètres : non seulement le voyageur devrait affronter les villageois curieux et les bandes errantes de voleurs, mais il était probable qu'il se fasse attaquer par les chacals, les aigles, les scorpions, les serpents et toutes sortes d'insectes.

Le marin maltais avait passé trente ans sur les mers, parfois aussi loin que l'Afrique et la Chine. Ce projet lui paraissait relever de la pure folie, mais le voyageur dit qu'il paierait grassement en avance un domestique chevronné, et le récompenserait à la fin du voyage. Il y aurait aussi, déclara-t-il, une grande récompense au ciel.

Le marin maltais s'avança et, par une poignée de main, accepta de participer à l'aventure.

Les deux hommes dormirent ce soir-là dans une pension proche de la jetée de Saint-Jean-d'Acre. Le voyageur laissa l'unique lit au marin maltais et dormit lui-même par terre. Au matin, ils prièrent ensemble devant la fenêtre, tandis que le jour se levait jaune et puissant sur la Méditerranée. Ils remplirent la malle du voyageur et les sacs en cuir du marin maltais, puis se frayèrent un chemin jusqu'au port, où ils négocièrent à bon prix un solide bateau en bois avec des ornements en cuivre et une grande voile. Au marché, ils achetèrent des provisions pour quelques semaines.

Le mât fut provisoirement retiré et la coque du bateau sanglée à un chameau. Deux Bédouins accompagnaient les hommes dans leur marche vers l'intérieur des terres. Leur mission consistait à s'occuper du chameau porteur de bateau et à défendre les voyageurs contre les voleurs. Le reste de l'équipement – l'eau, la nourriture, les cartes, les provisions et les livres – fut transporté par la route d'Acre au lac de Tibériade.

Le soir, tandis que le marin et le voyageur campaient, les enfants du village vinrent s'asseoir à l'intérieur du bateau en bois : ils ramèrent dans le sable en riant, avant d'être chassés par les guides bédouins.

Le marin prépara le petit déjeuner avant l'aurore et, ensemble, les hommes attachèrent le bateau sur le chameau et poursuivirent leur voyage.

Au troisième soir, le lac de Tibériade apparut devant eux. Un vent fort en balayait la surface, longues traces blanches sous les bandes d'aigrettes qui s'envolaient. Au bord du lac, les arbres étaient en pleine floraison : orangers, abricotiers, palmiers. Le ciel rougeoyait à l'ouest. Pour le voyageur chrétien, le spectacle était édénique : il se mit à genoux et pria.

Le lendemain matin, l'obscurité se dissipa généreusement. Le ciel donnait l'impression de commencer à leurs pieds. Le voyageur paya les Bédouins, tira le petit bateau vers l'eau et monta à bord. Il voulait partir avant les premières chaleurs du jour. Il dit au marin qu'il prendrait la barre pendant la première partie du voyage. Il s'emmêla les pinceaux avec la dame de nage et celle-ci tomba dans les hauts-fonds. Lorsqu'il la récupéra, il n'avait pas l'air bien sûr de savoir comment placer la rame sur la dame de nage.

Le marin maltais découvrit avec stupéfaction que le voyageur n'avait jamais manié les rames d'un petit bateau jusque-là.

489

C'était seulement le cinquième bateau dans lequel le voyageur mettait les pieds. Le premier l'avait amené de Kingstown, en Irlande, jusqu'à Southampton, en Angleterre ; le deuxième jusqu'à Port-Saïd, en Égypte ; le troisième d'Égypte à Beyrouth ; le quatrième de Beyrouth à Acre, sur la Méditerranée.

488

Connue des Israéliens sous le nom d'Akko. Encore connue des Palestiniens sous le nom d'Akka. Connue hors d'Israël et de Palestine sous le nom d'Acre : une ville mosaïque avec un horizon bas de mosquées, de toits plats et de synagogues, une ville de cloches, de haut-parleurs et d'appels du muezzin, où le vent de la mer chaude fait reculer la langue et glisse plusieurs sons dans la gorge : Acre, Akko, Akka.

487

Christopher Costigin avait vingt-cinq ans. Il avait grandi dans Thomas Street, à Dublin. Son père, Sylvester, était distillateur. Sa mère, Catherine, comptable. Il étudiait la théologie au Maynooth College et espérait prendre l'habit de prêtre.

Costigin avait lu des choses sur le Levant à l'école secondaire. Il voulait voir de ses propres yeux le fleuve que Moïse avait aperçu du haut du mont Nébo, celui où Jésus avait été baptisé par Jean, celui que les Israélites avaient franchi pour gagner la Terre promise. Il s'intéressait tout particulièrement aux épisodes bibliques qui se déroulaient sur et autour de la mer Morte, surtout celui de Sodome et Gomorrhe, la visite des anges, la femme de Lot transformée en colonne de sel.

En tant que géographe amateur, il voulait aussi dessiner des cartes et sonder la profondeur du lac. Costigin espérait rapporter tous les éléments possibles et imaginables : parchemins, pierres, manuscrits, peintures, histoires.

La source de Dieu, il en était convaincu, devait se trouver dans la mer Morte.

486

La mer Morte – le point le plus bas de la surface du globe – est pleine de bancs de sel, dont certains peuvent être rejetés anarchiquement sur le rivage par de grandes vagues, calcifiés et pétrifiés, surprises blanches et dures.

485

Costigin devint *Costigan* dans les livres d'histoire. La mauvaise orthographe resta à partir du jour où – dans les années 1840 – un promontoire de la mer Morte porta son nom.

484

Le nom du marin maltais demeura à jamais inconnu.

483

Pendant que Costigin prenait des notes dans son carnet relié de cuir, le marin naviguait aisément sur le lac de Tibériade. Le soleil était haut, mais ils avaient pris la précaution d'emporter, outre les tenues et les keffiehs traditionnels, deux ombrelles blanches pour se prémunir. Un vent léger soufflait du rivage. Le bateau avançait facilement, en suivant la ligne du Jourdain à l'autre bout du lac. Les deux hommes étaient d'humeur radieuse. Costigin lâcha dans l'eau une corde lestée et prit des mesures, puis remplit plusieurs petits flacons en verre de spécimens aquatiques.

Parvenus à l'autre extrémité du lac – où le Jourdain reprenait son cours naturel –, ils dressèrent le camp. La nuit tombait.

Ils écoutèrent le hurlement des chiens sauvages, ainsi que le grondement sourd de lointains rapides.

Le lendemain, sur le fleuve, la température commença à grimper. Ils progressèrent à travers un canyon de pierre blanche. S'en tenant au côté ombragé de l'eau, ils négocièrent le premier des rapides. Le fleuve était plus bas que ne l'avait supposé le marin. Les rochers montaient haut. Ils ballottaient le bateau en bois dans certains passages plus hasardeux. La bande de cuivre qui avait été montée tout autour du bateau était déjà bosselée et cassée.

Costigin semblait enthousiasmé par les premières difficultés. Ça lui convenait. Il voulut arrêter le bateau pour explorer quelques grottes, mais le marin maltais lui dit de sangler les provisions et de rester en équilibre sur le bateau – il y aurait plein de ruines plus en aval.

Lorsqu'ils regardèrent derrière eux, après le premier rapide important, ils virent qu'ils avaient perdu une ombrelle blanche : elle tournoyait gracieusement dans un tourbillon.

Le fleuve devenait plus vif, plus houleux. Le lendemain à midi, ils durent porter le bateau pour contourner plusieurs zones de rochers. Ils le déchargeaient et le chargeaient, avant de devoir le décharger encore. Le marin maltais implorait de retourner en Galilée, mais Costigin ne voulait rien savoir. Ils avaient assez d'eau fraîche et de nourriture, dit-il. Le fleuve changerait. Ils devaient avoir confiance en Dieu : ils atteindraient la mer Morte et l'eau les soulagerait.

Les hommes s'arrêtèrent une fois de plus pour faire du portage hors du fleuve. Ils avaient perdu leur unique télescope, et un thermomètre. Épuisés, ils campèrent sur la rive, mais mangèrent bien et refirent le plein d'eau fraîche.

Ils repartirent aux premiers rayons du jour. Au-dessus du fleuve – par-delà les buissons et les herbes hautes –, ils virent des bandes de cavaliers arabes apparaître et disparaître dans le désert. Costigin voulut escalader les falaises pour discuter avec eux, mais le marin maltais le supplia de rester sur le fleuve. Les silhouettes réapparurent en haut de la falaise, mais n'entrèrent pas en contact.

À plusieurs reprises, le marin dut empêcher Costigin de grimper par-dessus bord pour partir en exploration.

Sur le bateau, ce dernier commença à réciter des versets de la Bible à voix haute. De temps en temps il se balançait d'avant en arrière, d'avant en arrière, le livre saint serré contre son cœur.

Le fleuve s'étrécit et les rapides se multiplièrent. Les carnets de Costigin passèrent par-dessus bord. La bande de cuivre autour du bateau se détacha. La chaleur était étouffante. Les hommes plongeaient leur foulard dans l'eau pour rafraîchir leur crâne brûlant. Ils se blottissaient ensemble sous la voile en tissu qu'ils avaient tendue au-dessus du bateau. Celui-ci se retrouva pris dans les rochers. Ils se servirent de cordes pour l'en déloger. Costigin avait les mains en lambeaux.

Le marin conseilla d'abandonner le fleuve dans les plus brefs délais. Costigin répondit qu'ils continueraient quoi qu'il arrive. Telle était la volonté de Dieu. Ils en viendraient à bout. C'était un fleuve sacré. Ce dont ils avaient besoin, c'était un acte de foi.

Animaux et humains avaient disparu des rives : plus d'insectes, même, jusqu'au crépuscule, lorsqu'ils furent assaillis par les moustiques et les mouches. D'énormes nuées noires. Dans les yeux, les oreilles, la bouche.

Le marin regarda Costigin expulser de son nez un tube de mouches mortes.

Au quatrième jour, quelques minutes après s'être embarqués, ils furent contraints, une fois encore, de procéder par portage. Ils tirèrent le bateau hors de l'eau et le traînèrent sur la rive, à travers l'épais rideau de joncs et de palmiers, puis entamèrent le voyage terrestre vers la mer Morte.

482

En empruntant le seul itinéraire sûr qu'ils connussent. Au nord, en direction de Naplouse. À l'ouest, vers Jérusalem. Au sud, ensuite, jusqu'à Jéricho. Le bateau une fois de plus attaché à un chameau.

481

Les terroristes kamikazes campèrent des semaines durant dans des grottes près de Naplouse. Des enfants leur apportaient des provisions à dos de cheval : des conserves de nourriture, des purificateurs d'eau, des vêtements, des journaux, des allumettes, du kérosène, des épices. Ils avaient accès à un téléphone satellite, mais n'avaient pas le droit de s'en servir à moins de s'être éloignés d'au moins un kilomètre et demi de leur campement, déguisés en bergers.

Dans la journée, ils restaient dans les grottes. Ils savaient qu'il y avait des postes d'écoute israéliens partout, et des avions qui zébraient le ciel la journée pour faire des photos aériennes.

480

Quand il quittait nuitamment la grotte pour aller téléphoner, le chef des kamikazes, Youssef Shouli, plaçait des feuilles de papier aluminium et des couvertures chauffantes en argent sous ses vêtements, croyant ainsi déjouer tous les détecteurs de chaleur qui auraient pu être installés dans les collines.

De ses appels satellitaires, Shouli revenait en nage – son corps cuisait sous le papier aluminium.

479

Imaginez ceci : les mains et le visage de Shouli exposés à une caméra thermique pendant qu'il s'agite à travers l'obscurité.

478

Le pont Allenby, également appelé pont Al-Karameh, également appelé pont Roi-Hussein, enjambe le Jourdain près de Jéricho. Des deux côtés du fleuve, barbelés, caméras de surveillance et systèmes d'alarme s'étendent sur des centaines de mètres.

Pendant des années, à l'époque où la zone autour du pont n'était pas aussi construite, il était coutume de jeter des piécettes depuis les berges du fleuve avant de le traverser, comme un porte-bonheur.

Le Jourdain était assez profond pour que les enfants du coin puissent plonger et récupérer les pièces de monnaie.

477

Quand Smadar avait neuf ans, elle fit un devoir sur les fleuves les plus pollués du monde : le fleuve Jaune, le Gange, le Sarno, le Mississippi, le Jourdain.

Pour la partie sur le Jourdain, elle ajouta une photo d'elle flottant sur le dos à Ein Bokek, dans la mer Morte. La légende indiquait : *Là où s'arrête le Jourdain.*

Sur cette photo, Smadar a quatre ans. Elle porte un maillot de bain bleu clair et une casquette blanche ornée d'une fleur en plastique jaune. Elle est penchée en avant, surprise, semble-t-il, par la vue de ses orteils.

476

Lors des compétitions de natation, à Jérusalem, Smadar allait et venait au bord du bassin. Son corps donnait l'impression d'avoir été monté sur des ressorts, toujours agité, en mouvement, sur la brèche. Avant une course, elle avait pour habitude de glisser un doigt sous la partie arrière de son bonnet de bain et de faire claquer le latex contre sa nuque. C'était devenu sa marque de fabrique : un claquement bruyant qui résonnait dans toute la piscine.

Sa meilleure nage était le papillon. Rami la regardait progresser d'un bout à l'autre du bassin, ses deux bras qui bougeaient symétriquement, ses jambes qui faisaient des ciseaux dans l'eau.

Une fois la course terminée, Smadar arrachait son bonnet de bain et secouait ses cheveux. Elle avait entendu une rumeur selon laquelle le chlore donnerait à sa chevelure une teinte verdâtre.

À la maison, elle se trempait la tête dans du vinaigre : elle appelait ça le traitement du Jourdain.

475

Après la mort de Matti Peled, Smadar se mit, au moment du coucher, à remonter la montre de son grand-père. Elle ne voulait pas que la montre s'arrête pendant son sommeil, de peur que cela ne signifie que son autre grand-père, Yitzak, était mort aussi dans la nuit.

474

Une fois, elle entra dans la piscine alors qu'elle avait encore la montre à son poignet. L'aiguille des secondes s'arrêta. Smadar insista auprès de Rami pour qu'il l'accompagne chez un bijoutier afin de la faire réparer. Rami l'emmena voir une horlogère, une vieille Arménienne qui vivait dans le quartier de Méa Shéarim.

Il avait entendu parler de cette femme juive par un de ses collègues publicitaires.

Tandis que l'horlogère faisait sécher l'intérieur de la montre, Smadar déambula dans la maison, parmi les centaines d'horloges en état de marche.

Avant de repartir, elle se rapprocha de Rami et le tira par la manche. Pourquoi, demanda-t-elle, est-ce que toutes les horloges dans les arrière-salles avaient exactement une heure de retard ?

Rami fut également intrigué, mais il se rappela qu'il y avait une heure de décalage entre Israël et l'Arménie.

Peut-être, lui dit-il, que l'horlogère voulait vivre à son heure d'origine. Ou tout simplement que ces horloges lui rappelaient son pays. Ou peut-être – se dit-il plus tard – que l'horlogère ne voulait pas du tout vivre à cette heure-là, et qu'au fond de sa maison elle avait toujours une heure d'avance, si bien que les choses qui s'étaient produites là-bas ne s'étaient pas nécessairement encore produites ici.

473

Matti Peled avait porté sa Timex pendant toute la guerre de 1948, sa période à la Knesset, la guerre des Six Jours, la guerre du Kippour, l'accord avec Sadate, le retrait du Sinaï, l'invasion du Liban, et la première Intifada. C'était une sorte de talisman. Dans son journal intime, à l'été 1994, il notait que la seule fois où il n'avait pas voulu la porter ni la regarder fut lors de la conclusion des négociations d'Oslo.

Ces accords, écrivait-il, étaient comme une œuvre de musique de chambre déguisée en symphonie, un réconfort provisoire pour les oreilles palestiniennes, mais conçue, en fin de compte, pour le seul violon israélien.

472

Après avoir quitté la morgue, Rami dut aller chez son père pour lui annoncer ce qui était arrivé à Smadar. Yitzak était dans son petit salon, en train de regarder les informations. Il ne savait pas encore : aucun des noms des morts n'avait encore été divulgué.

Rami éteignit la télévision et tira une chaise. Son père, qui avait près de quatre-vingts ans – une fine couverture posée sur ses genoux –, regarda fixement un point au-dessus de l'épaule de Rami. Il remua les lèvres mais ne prononça pas un mot. C'était comme s'il avait besoin de comprendre quel goût nouveau cela avait.

Il posa sa main sur l'arête de son nez, se leva lentement et dit : « Je suis horriblement fatigué, fils, il faut que j'aille me coucher. »

471

Comme si des choses qui s'étaient produites là-bas ne s'étaient pas encore nécessairement produites ici.

470

Du monastère, la moto de Rami sort en premier, traînant son feu de stop rouge entre les nids-de-poule.

À gauche de Bassam, au fond de la vallée, le paysage est déjà tout éclairé. L'autoroute – réservée aux voitures israéliennes – traverse la vallée, un amas jaune d'un côté et rouge de l'autre, tantôt en direction de Jérusalem, tantôt en direction de la mer Morte.

469

Bassam entrouvre sa vitre de trois centimètres pour laisser s'échapper la fumée.

En prison, une seule cigarette pouvait être partagée entre deux ou trois cellules. La nuit, Bassam regardait les corridors et il voyait palpiter la cendre rougeoyante tandis qu'elle passait d'une cellule à l'autre. Les mains des prisonniers sortaient des trous dans les portes pour attraper au vol l'objet de contrebande. Les cigarettes étaient attachées à de longs morceaux de fil dentaire. Dans le noir, on aurait dit de petits univers palpitants.

468

Le rivage de la mer Morte est grêlé de dolines. À mesure que l'eau salée se retire, les aquifères d'eau douce autour du lac commencent à pénétrer. L'eau rencontre d'énormes rochers de sel un peu partout entre cinq et soixante mètres au-dessous de la surface.

Peu à peu, le sel se dissout et les rochers disparaissent jusqu'à ce qu'il ne reste que des cavités géantes. Les cavités remontent à la surface, comme des bulles d'air, jusqu'à ce que le sol au-dessous s'affaisse sans prévenir.

Des milliers de dolines se sont formées le long des rives de la mer Morte au cours des années récentes : d'énormes cratères béants surgis de nulle part.

Des bâtiments entiers sont tombés dans ces trous. Des clôtures. Des datteraies. Des chevaux. Des voitures. Des portions de route. Des chèvres de Bédouins.

467

Un instant là, l'instant d'après disparus. Volatilisés.

466

L'eau dissout davantage de substances que tout autre liquide, même l'acide.

465

Elle désorganise les forces d'attraction qui maintiennent ensemble les molécules.

464

Dans bien des maisons de Cisjordanie, vous remplissez des bassines, vous alignez les cruches, vous remplissez des bouteilles près de l'évier. Vous vous brossez les dents avec le robinet fermé. Vous sortez rapidement de la douche. Vous placez un bouchon en plastique sur le drain de la salle de bains. Vous trempez les éponges dans l'eau stagnante. Vous posez des brise-jets sur les robinets pour réduire le jet. Vous vous servez d'un balai pour nettoyer les marches, pas de serpillières. Vous nettoyez votre voiture avec un chiffon sec. Vous époussetez les fenêtres de votre maison. Vous savez que l'eau peut être coupée pendant des semaines et que vous allez devoir ensuite l'acheter quatre fois plus cher que ceux qui vivent de l'autre côté de la vallée. Vous montez les marches jusqu'au toit en béton plat et vous vérifiez que les citernes noires ne fuient pas. Vous soulevez le couvercle pour voir le niveau. Vous priez pour qu'il pleuve même si la citerne est presque pleine.

463

Un des jeux auxquels se livrent les soldats israéliens s'appelle Tire sur la citerne : plus la balle atteint la partie basse de la citerne, plus le tireur est adroit.

462

Parfois, un soldat vindicatif de l'Autorité palestinienne pointe aussi son arme.

461

À la fin de la Seconde Guerre mondiale, un jeune berger bédouin de la tribu des Ta'amireh partit à la recherche d'une chèvre qui s'était égarée dans les falaises de grès proches de la mer Morte.

En grimpant dans les rochers, Mohamed ed-Dib découvrit une grotte en forme de citerne et percée d'une ouverture. Sa chèvre, pensa-t-il, avait pu tomber dans la grotte. Ou peut-être cherchait-elle de la nourriture quelque part dans l'obscurité.

Mohamed jeta plusieurs cailloux dans le trou et crut entendre un bruit étrange.

Lorsqu'il se baissa à l'intérieur de la grotte, il sortit de sa poche une fine bougie de suif et l'alluma. Par terre étaient alignées plusieurs jarres anciennes. Il s'avança et ouvrit une des jarres en la cassant avec son bâton en bois. La jarre se brisa en mille morceaux. Il brisa la deuxième, puis une troisième. Toutes vides.

La dixième était scellée par de l'argile. Il trouva au-dedans plusieurs bandes de cuir enroulées. L'écriture figurant dessus était inintelligible pour Mohamed, mais il se dit qu'il pourrait peut-être les utiliser comme lanières pour ses sandales.

Mohamed enveloppa le parchemin sous son manteau et le rapporta au campement. Le cuir se révélant trop cassant pour servir de lanière à sandales, il l'accrocha à un sac en peau de chèvre dans un coin de sa hutte.

Il raconta plus tard aux journalistes que le sac était resté là, suspendu à un pieu de cèdre, pendant au moins un an.

460

En 1947, l'oncle de Mohamed remarqua la présence des parchemins suspendus dans la hutte. Intrigué, il les emporta jusqu'à un marché de Bethléem. Le premier marchand, persuadé qu'ils avaient été volés dans une synagogue juive, les jugea sans valeur. Les parchemins furent montrés à un marché tout proche, où ils furent examinés par un cheikh local et un commerçant, lesquels recoururent aux services d'un cordonnier et d'un antiquaire à temps partiel.

Ensemble, les hommes retournèrent avec l'oncle de Mohamed dans les grottes où avaient été découverts les parchemins. Ils inspectèrent les jarres brisées et trouvèrent d'autres fragments de parchemins.

Finalement, un accord fut passé : ils achetèrent trois des manuscrits pour sept livres jordaniennes.

459

Au printemps 1948, John C. Trever, archéologue et spécialiste de la Bible, entendit parler des manuscrits et envoya des photographies à un autre archéologue, William F. Albright, qui déclara que les parchemins étaient la plus grande découverte de manuscrits de l'époque moderne.

458

Sept livres jordaniennes : à l'époque, vingt-huit dollars.

457

Dans la tradition juive, il est interdit de jeter des écrits invoquant le nom de Dieu. Livres de prières. Parchemins. Encyclopédies. Vêtements. Lanières de téfilines. Et même fascicules ou livres de bandes dessinées. Au lieu d'être détruits, les textes sont enterrés dans une gueniza, une sépulture pour le mot écrit.

456

Les manuscrits de la mer Morte avaient d'abord été cachés dans des jarres d'argile et placés dans des grottes pour être protégés. Dussent-ils n'être jamais retrouvés, l'écriture se serait décomposée naturellement. Dans les jarres scellées – sans lumière et sans pluie –, les parchemins pouvaient moisir lentement.

455

On trouve souvent la gueniza moderne au sous-sol ou au grenier d'une synagogue, voire dans une benne sanctifiée, sur le trottoir.

454

Un soir, traversant en voiture une colonie située près de Jérusalem, Rami vit un groupe d'hommes et de garçons juifs orthodoxes à côté d'une gueniza, près d'une synagogue. Ils bavardaient, rigolaient, se poussaient les uns les autres. Deux d'entre eux avaient une mitraillette en bandoulière.

Un homme plus âgé arriva en voiture et jeta le contenu de son coffre dans le récipient bleu. Puis il repartit. Les jeunes hommes soulevèrent le couvercle de la gueniza. Rami vit un des plus jeunes garçons ôter son chapeau. Il fut alors porté en l'air, tel un gymnaste. Les autres hommes le suspendirent à l'intérieur de la benne en le tenant par les chevilles. On aurait dit qu'il avait été avalé tout cru.

Rami fut décontenancé : ces gens faisaient de la plongée en benne.

Au bout d'un moment, ils hissèrent le garçon costumé, qui tenait une brassée de livres. La chose se reproduisit plusieurs fois, jusqu'à ce que le groupe s'assoie et répande les livres par terre, en les feuilletant.

Rami ouvrit sa portière et marcha le long du trottoir. Il hocha la tête en direction des jeunes hommes, mais ils ne lui renvoyèrent pas son salut. Leurs mitraillettes étaient posées à côté d'eux.

Au coin de la rue, il fit demi-tour et repassa devant le groupe.

Il était intrigué. L'héritage. L'appartenance. Les choses qui se transmettaient. Leurs chapeaux noirs. Leurs costumes. Leurs chemises blanches. Leurs papillotes. Leurs armes. Il se fit la réflexion qu'il avait dû leur paraître aussi exotique qu'eux à ses yeux. Des hommes d'un autre pays. Ce n'était pas tant qu'ils lui faisaient peur, mais plutôt qu'ils semblaient ne pas vivre tout à fait sur la même planète.

Rami fit un geste pour leur souhaiter une bonne soirée, mais ils ne bougèrent pas avant qu'il ait refermé la portière de sa voiture. Il les vit dans son rétroviseur. Ils se penchaient les uns contre les autres en rigolant. Les livres étaient disposés en cercle autour d'eux.

Il découvrit par la suite que si les hommes avaient suspendu leur ami dans la benne, au lieu de grimper simplement à l'intérieur, c'était qu'il était interdit de fouler aux pieds le nom de D--u.

453

Pour shabbat : Interdiction de semer, de labourer, de moissonner, de mettre en gerbe, de battre le grain, de vanner, de trier, de moudre, de tamiser, de pétrir, de cuire, de tondre la laine, de blanchir la laine, de carder la laine, de teindre la laine, de filer, d'ourdir, de tisser deux fils, de couper deux fils, de nouer, de dénouer, de coudre deux coutures, de déchirer, de piéger, d'abattre, de dépecer, de saler la viande, de tanner la peau, de frotter la peau, de découper la peau, d'écrire deux lettres, d'effacer deux lettres, de construire, de détruire un bâtiment, d'éteindre un feu, d'allumer un feu, de frapper avec un marteau, de transférer un objet du domaine privé au public ou de transporter un objet dans la sphère publique.

452

La règle voulant que l'on substitue le nom de D--u à celui de Dieu repose sur la pratique traditionnelle, dans la loi juive, qui consiste à vénérer du nom hébreu de Dieu. Le nom le plus souvent employé dans la Bible hébraïque est le Tétragramme, YHWH, jugé trop sacré pour être dit à voix haute, et fréquemment anglicisé en Yahweh ou Jehovah. Les autres noms de Dieu qui, une fois écrits, ne peuvent être effacés sont : El, Eloha, Elohim, Elohai, El Sahddai et Tzevaot.

Dans les prières, la prononciation Adonai est en usage, et dans les discussions on dit généralement HaShem, qui signifie « le Nom ».

451

Dans l'islam, il existe quatre-vingt-dix-neuf noms pour désigner Dieu – *'asma'u llahi l-husna*, à savoir les beaux noms d'Allah.

450

En 1995, le berger Mohamed – qui, depuis 1947, gagnait sa vie en cherchant des parchemins dans les grottes aux alentours de Qumrân – accorda une interview chez un antiquaire de la vieille ville de Jérusalem.

Certains des rouleaux qu'il avait laissés suspendus dans sa hutte, dit-il, avaient été découverts par des enfants qui s'en étaient servis comme de fils à cerf-volant, jusqu'à être désintégrés et soufflés par le vent.

449

Quatre des manuscrits de la mer Morte furent emportés à l'hôtel Waldorf Astoria de New York en 1954, où ils furent vendus aux enchères pour 250 000 dollars.

448

Mohamed disait qu'une des choses qu'il regrettait, maintenant qu'il était un vieil homme, était de n'avoir jamais retrouvé le corps de sa chèvre égarée.

447

Et on pense que les mythes sont incroyables.

446

Abir traçait parfois son prénom dans la poussière, sur la voiture de son père. Son écriture était serrée et maîtrisée. Elle écrivait en naskh et commençait tout juste à apprendre le riq'ah. Elle embellissait le crochet initial et enchaînait joliment avec le trait suivant. Elle reliait les points au-dessus du troisième crochet. C'était joli et décoratif. Elle écrivait toujours son prénom à un endroit différent, sur la portière côté passager, sur le coffre, sur le pare-chocs avant.

Elle aimait l'idée que son prénom circule sur les routes à 50 km/h.

445

Après sa mort, Bassam fit le tour de sa voiture pour essayer de repérer un endroit où l'écriture d'Abir serait restée. Il trouva une vague trace sur la lunette arrière.

444

Parfois, Rami entrait dans la chambre de Smadar et se disait que c'était aussi une sorte de gueniza.

443

Costigin et le marin hissèrent le bateau en bois par-dessus les falaises grâce à une corde. Des heures durant, ils se frayèrent un chemin parmi les rochers et les cailloux, à la recherche d'un chemin qui les éloignerait du fleuve et les rapprocherait de la route principale.

Leurs corps étaient tellement déchiquetés par les épines du désert qu'ils furent obligés, à partir de la toile blanche de rechange qu'ils emportaient pour réparer la voile, d'improviser des protections pour leurs bras et leurs jambes. Ils attachèrent celles-ci avec de la ficelle, puis traînèrent le bateau derrière eux en prenant soin de ne pas abîmer la coque.

Costigin dit au marin qu'il était convaincu qu'ils s'en sortiraient indemnes. Après tout, ils marchaient dans les pas originels.

Lorsque le soleil fut à son zénith, ils s'arrêtèrent et prirent l'ombre dans la fraîcheur de grottes isolées. Ils ôtèrent leurs protections, lavèrent leurs plaies. La lune se déplaçait en travers de l'entrée de la grotte. Le silence était immense.

Le lendemain matin de bonne heure – il faisait encore nuit, ils avaient de nouveau bandé leurs plaies –, ils tombèrent sur un petit groupe de Bédouins. Ceux-ci furent ébahis par la vue de ces voyageurs enveloppés de toile et traînant derrière eux un bateau.

Ils installèrent Costigin et le marin sur des chevaux et les amenèrent jusqu'à leur campement. Là, ils leur appliquèrent un cataplasme spécial à base de pulpe de cactus. Une fois qu'ils furent rétablis, Costigin loua encore des chameaux afin de transporter le bateau et ce qu'il restait des provisions.

442

Lorsque Bassam fit des conférences aux États-Unis en 2014, il fut invité dans un certain nombre d'églises où l'on chantait le Jourdain – *Coule, Jourdain, coule, je veux aller au paradis quand je serai mort ; Oh, le Jourdain ne s'asséchera jamais, jamais, jamais ; je te retrouverai le matin quand tu auras trouvé la Terre promise, par-delà le Jourdain où je vais.*

Il s'asseyait sur les bancs et écoutait. Il confia à ses hôtes que la musique le ramenait chez lui.

441

Les deux hommes arrivèrent à Jéricho, près de la mer Morte, en loques. Ils prirent deux jours pour se remettre d'aplomb dans une pension. Costigin prenait de longs bains afin de faire baisser sa température corporelle. Un thermomètre installé à l'ombre indiquait plus de 37 °C. Au marché, il refit le plein d'eau, de café, de nourriture, de vêtements. Puis il acheta le thermomètre au propriétaire de la pension.

Ils attaquèrent la dernière partie de leur voyage en août 1835. Lorsqu'ils atteignirent la rive du lac, Costigin releva la température : elle était de 40 °C. Il s'agenouilla dans le sable, posa la main sur la proue du bateau et pria. Il plongea un doigt dans l'eau du lac et étala le sel sur ses lèvres. Plus tard, une fois le soleil couché, il mangea de la pintade tout en flottant sur le dos.

Ils se lancèrent sur la mer Morte près de l'embouchure du Jourdain. Le ciel était bleu sur bleu. Le vent était plein de chaleur. Il n'y avait aucun autre mouvement. Pas de poissons, pas d'oiseaux.

Le lac était encadré de part et d'autre par de hautes montagnes. Elles paraissaient violettes sous la chaleur. Costigin fut surpris par la taille des vagues : il avait étudié le lac salé dans les livres, mais il n'avait pas pris en compte son immensité. Le bateau, remarqua-t-il, naviguait plus haut d'un empan que partout ailleurs, soulevé par le sel. Il s'agenouilla sur les planches de bois et commença ses sondages, en se servant de la corde qui atteignait une profondeur de cent soixante-quinze brasses.

Ils passèrent deux jours à quadriller le lac. Costigin s'aventura parmi les collines argileuses pour voir s'il pouvait découvrir des ruines oubliées ou des vestiges de cités. Il revint au bateau, après plusieurs heures de marche, dans un état d'exaltation fiévreuse.

Il raconta au marin maltais qu'il avait peut-être trouvé les sources soufrées où s'était jadis baigné Hérode.

Ils amarrèrent le bateau et dormirent sous la tente. Un puissant vent du nord soufflait. Le thermomètre indiquait 29 °C. Ils mirent la voile et furent sur le lac avant l'aurore. Au bout de quelques minutes, il faisait de nouveau plus de 37 °C. Le marin maltais n'en pouvait plus, mais Costigin était persuadé qu'il découvrirait les ruines de Sodome et Gomorrhe.

Ces ruines, pensait-il, devaient se trouver près d'Ein Bokek. Ils s'y rendraient en dépit de la chaleur.

Au quatrième jour, leurs crânes avaient commencé à brûler. Costigin n'arrêtait pas de plonger son keffieh dans le lac. Même la surface de l'eau semblait bouillir. Des plaies et des ampoules apparurent sur son visage. Il trempa de nouveau ses vêtements. Il était cuit par le soleil. Il s'aperçut qu'il était en train de commettre une terrible erreur : le soleil brûlait le sel à travers sa peau. Ses yeux étaient grands ouverts, enflammés. Ses ampoules s'étaient mises à suppurer. Il rinça son foulard dans la petite réserve d'eau douce, récupéra le trop-plein.

Ils se lancèrent une fois de plus sur le lac. Le thermomètre était bloqué à 39 °C.

Au cinquième jour, le marin maltais ne disait plus rien. Il regardait droit devant lui en ramant. Il ne participait plus aux prières de Costigin. Le thermomètre avait disparu. Ils avaient encore de quoi manger, mais leurs réserves d'eau douce s'amenuisaient rapidement. La journée, ils essayaient de protéger le seau d'eau contre la chaleur pour empêcher l'évaporation. Costigin n'arrivait pas à dormir. Son visage, son corps étaient ravagés de plaies. Il commençait à radoter, des versets de la Bible sans arrêt. Il accusa le marin d'avoir bu toute l'eau et jeté le thermomètre par-dessus bord.

Le marin lui répondit que s'ils ne repartaient pas tout de suite ils courraient à une mort certaine.

Au bout de sept jours, l'eau douce avait totalement disparu, mais il leur restait une petite quantité de café. Costigin était persuadé que le café avait des vertus médicinales. Il le galvaniserait, lui donnerait de la force, ils trouveraient bientôt de l'eau de source.

Il plongea la casserole dans le lac et fit bouillir le peu de café disponible dans l'eau salée. Quelques heures plus tard, il se tordait de douleur.

440

Le jour de son mariage, Salwa – comme le voulait la tradition familiale – prit des assiettes remplies de grains de café et les dissémina sur le seuil de sa maison.

Elle écrasa les grains sous ses pieds nus puis, la plante des pieds toute noire, décrivit un cercle devant sa maison, laissant au passage la trace du café sur les marches.

Le rituel se transmettait dans sa famille depuis des générations : il signifiait que Bassam et elle seraient heureux de revenir après leur mariage.

439

Une équipe de sauveteurs ramena Costigin à Jérusalem, par Bethléem, à dos de cheval. Un gros coussin fut attaché au cou du cheval afin que Costigin puisse se coucher de tout son long.

Les sauveteurs avaient été dépêchés par un missionnaire anglican, le révérend John Nicolayson, qui avait eu vent des mésaventures de Costigin. Voyageant de nuit pour éviter la terrible chaleur, ils atteignirent Jérusalem au moment où s'évanouissaient les étoiles du matin.

Le 5 septembre 1835, Nicolayson trouva un lit pour Costigin dans un hospice franciscain, la Casa Nuova.

On lui diagnostiqua une hyperpyrexie sévère. Un médecin lui administra des émétiques et lui humecta les lèvres au moyen d'une limonade préparée avec les fruits frais du jardin de l'hospice.

Le jeune novice alternait entre phases de conscience et d'inconscience. Il était couché sous un drap fin. Sa fièvre détrempait l'oreiller. Il voulut être emmené dans le jardin une dernière fois, mais il faisait trop chaud dehors, il allait devoir attendre la tombée de la nuit.

Il était navré, dit-il au médecin, de ne pas s'être assez bien préparé pour son voyage vers la mer Morte, mais il était maintenant prêt à rencontrer son Dieu.

438

Le lundi 7 septembre 1835 au matin, Christopher Costigin fut enterré dans un cimetière à l'ombre du mont Sion, au-dessus du Cédron, qui descend jusqu'à cette mer Morte qu'il avait parcourue.

Le révérend Nicolayson s'occupa des funérailles. Il nota dans son journal que l'espace d'un instant, lorsque le cercueil de Costigin fut mis en terre, un nuage esseulé apparut et atténua brièvement la chaleur.

437

Le cap Costigan fut baptisé ainsi en 1848, lorsqu'une autre expédition – emmenée par l'explorateur William Lynch, amplement financée et équipée par la marine américaine – parvint à dresser la première carte complète moderne de la mer Morte.

Lynch donna à l'extrémité septentrionale de la péninsule du Lisan le nom du jeune théologien. Les Américains saluèrent sa mémoire en procédant à trois tirs de canon en l'air.

436

Les bombes de Ben Yehuda Street explosèrent à trois secondes d'intervalle.

435

Les caméras de surveillance établirent par la suite que les terroristes avaient rejoint Ben Yehuda Street en venant d'au moins deux directions différentes : Bachar Sawalha était arrivé de Mesilat Yesharim Street, et Youssef Shouli de Mordechai A'liash Street.

Ils étaient déguisés en femmes. Ils tenaient dans leurs mains des sacs en plastique, mais le contenu de ces sacs n'a jamais pu être entièrement identifié : les explosifs étaient enveloppés autour de leurs corps.

Le troisième kamikaze, Tawfik Yassine, n'apparut sur aucune bande-vidéo, même si d'après les enquêteurs il avait dû arriver de HaMatmid Alley, juste après le bâtiment abritant le ministère israélien de l'Immigration et de l'Intégration.

434

Les vêtements de femme leur avaient été donnés une semaine plus tôt, mais les terroristes ne les essayèrent que quelques heures avant l'opération.

Pour leur vidéo, filmée le matin même de l'attentat par la Brigade du martyr pour la liberté des prisonniers, ils veillèrent à porter la tenue masculine appropriée – keffieh et agal – et récitèrent leur texte en regardant droit la caméra.

Après cela, ils rasèrent leur barbe et enfilèrent leur tenue.

433

Les tenues des terroristes étaient simples, dépouillées et noires. Les détonateurs étaient cousus dans leurs poches.

432

D'après les témoins, les terroristes échangèrent des regards sous leurs voiles lorsqu'ils arrivèrent dans la zone autour de Hillel Street.

431

Les appartements au-dessus. Les auvents des magasins au-dessous. Les étals de fruits, les vendeurs de jus, les boutiques à la mode. Les caisses enregistreuses. Les haut-parleurs. Le bruit. La foule de septembre. Un briquet qui s'allume. Le fermoir ouvert d'un porte-monnaie. Les filles qui se trémoussent dans la rue bras dessus, bras dessous. Les rires dans un café. Le sifflement de la porte pneumatique. Une portière de voiture qu'on ferme. Le chuchotement des semelles souples des terroristes.

Le bruissement de leurs robes. Le frottement des larges manches en tissu.

430

La bombe de Youssef Shouli fut la dernière à exploser. Il était celui qui s'était enfoncé le plus au cœur de la masse des passants.

429

Sur la porte de leur appartement, Nurit avait mis un autocollant : *Fin de l'Occupation*. Rami introduisit sa clé dans la serrure. Elle était là, qui l'attendait. Il la sentit tressaillir. Il embrassa ses cheveux.

« Dépêche-toi », dit-elle.

Rami ne perdit pas de temps. Dans son bureau, il prit la batterie de rechange de son téléphone. La lumière rouge du répondeur clignotait. Il appuya dessus. Les messages remontaient à la veille. Les voix semblaient venir de loin. Il mit la batterie dans sa poche, vérifia qu'il avait bien ses clés de voiture et son portefeuille.

Dans la cuisine, la baby-sitter – une voisine – jouait avec Yigal. Un petit train était posé par terre. Des pièces qui s'imbriquaient. Rami traversa la cuisine et prit son enfant de cinq ans dans ses bras, l'embrassa, puis se précipita vers la porte.

Nurit avait mis un petit Polaroid de Smadar dans son sac à main. Rami se garda bien de lui demander pourquoi.

428

La photo avait été prise pendant un cours de jazz. Elle avait ses écouteurs blancs.

427

À leur arrivée près de Ben Yehuda Street, un calme irréel avait envahi le quartier. Les sirènes étaient moins fortes. Pas de cris, pas de hurlements. Toutes sortes d'uniformes s'agitaient : policiers, soldats, secouristes, membres du ZAKA.

Rami et Nurit durent s'arrêter devant le ruban rouge. Ils virent les projecteurs au loin. Les silhouettes qui se déplaçaient dans la nuit. Ils s'approchèrent du ruban, se penchèrent.

« Je suis désolé, mais personne n'est autorisé à passer. C'est une consigne stricte. »

Nurit montra la photo au garde.

« Je suis désolé, non. »

Elle la brandit devant lui. Il étudia la photo, secoua de nouveau la tête.

Des groupes s'étaient formés dans la rue : parents, adolescents, soldats. L'obscurité vibrait. Rami et Nurit partirent dans deux directions différentes. Ils progressèrent au milieu des grappes de gens et se retrouvèrent dans Shamai Street.

« Ils parlent de deux personnes…

— Des hommes ou des femmes ?

— Quarante ou cinquante blessés.

— Tu as téléphoné à la maison ?

— Oui. Pas de nouvelles.

— Les garçons ?

— Ils n'ont rien entendu.

— Essayons l'hôpital. »

Ils foncèrent le long des boutiques closes. Rami voulait crier le nom de Smadar dans la rue. Peut-être, pensait-il, la retrouverait-on non loin de là, toute tremblante dans un café, ou peut-être qu'elle était sous le choc et s'était réfugiée chez une copine. Peut-être qu'elle n'avait pas été du tout dans le coin, et qu'elle n'avait même pas entendu parler de l'attentat, et qu'elle était assise dans une chambre, quelque part, insouciante, avec quatre autres filles, sur un lit recouvert d'oreillers, en train de se mettre du gloss, de glousser en lisant des magazines.

Il appuya sur la clé, à distance ; le klaxon bipa et les feux de détresse s'allumèrent.

Ils s'étaient garés près du musée de la Musique. Lorsqu'il introduisit la clé dans le contact, la radio s'alluma bruyamment. Il l'éteignit tout de suite. Il tourna dans Shamai Street.

Nurit composa une série de chiffres sur son portable. Rami entendait chacune de ses inspirations.

« Ah, dit-elle dans le téléphone. Oui. OK. Oui. »

Il accéléra. La ville était baignée par la lumière des lampadaires. L'air de septembre semblait jaune.

« Elle a été aperçue dans le centre, dit Nurit.

— Où ça ?

— Avec Daniella et un groupe de filles.

— À quelle heure ?

— Je ne sais pas. Dans Hillel Street.

— Qui t'a dit ça ?

— Elik l'a entendu par les parents de Daniella.

— Où est Daniella ?

— Ils la cherchent. Sivan, aussi. »

Plusieurs voitures étaient garées n'importe comment devant l'hôpital. Ils s'arrêtèrent le long du trottoir. Ensemble ils remontèrent en courant vers l'allée circulaire. Des volontaires étaient postés devant le service des urgences. Ils portaient des badges de fortune et tenaient des clipboards. Personne, leur dirent-ils, n'était autorisé à entrer dans la salle des urgences, hormis les blessés graves. Ils demandèrent à tout le monde de rester calme, expliquèrent qu'ils étaient là pour répondre aux questions.

Un homme avec un clipboard dit : « Son nom, s'il vous plaît ? »

426

La tête bandée, une fille sortit par une porte blanche : la taille de Smadar, les cheveux de Smadar, le poids de Smadar. Pas Smadar. Une civière fut poussée dans le couloir avec la forme d'une fille en vie sous le drap. Pas Smadar. Quelqu'un parla d'une adolescente dans une salle d'opération. Ils supplièrent les infirmières de leur indiquer son nom. Pas Smadar. Ils téléphonèrent aux autres hôpitaux. Il y avait bien une

Smadar, oui, elle était légèrement blessée, repartie de bonne heure – vingt ans, blonde, avec son fiancé. Ils appelèrent le commissariat. Pas de Smadar. Pas d'Elhanan non plus. Attendez un instant, attendez. Il y avait une Sam, mais désolé, non, pas de Smadar. Ils virent les parents de Daniella dans le hall. Ils se serrèrent dans les bras. Daniella était blessée, grièvement, elle était en salle d'opération. Ils n'avaient pas eu de nouvelles de Smadar, non, ils étaient navrés, mais si Daniella était en vie, alors sans doute Smadar devait l'être aussi. Ils coururent de nouveau jusqu'à la réception. Le doigt de l'infirmière parcourut la liste. Samantha, Sarel, Simona.

« Désolée, non, dit-elle, pas de Smadar. »

425

Inspiré du Cantique des cantiques. La vigne. L'éclosion de la fleur.

424

Sous les caroubiers, où se tenait l'assistance, Rami lut les mots du kaddish et, plus tard, du Cantique des cantiques.

423

Également appelé Livre de Salomon. Également appelé les Cantiques. Considéré comme un des livres les plus mystérieux, et les plus beaux, de la Bible.

422

La lumière jaillit. Un policier passa d'un recoin sombre au suivant. Il arriva devant la vitre, jeta un coup d'œil au-dehors, se retourna et regagna l'obscurité aqueuse.

Ils attendirent. Ils étaient maintenant plusieurs dizaines : parents, petits copains, petites copines, filles, fils déjà adultes.

« S'il vous plaît, dit la réceptionniste, on fait tout notre possible. »

Un policier se présenta. Grand, les cheveux clairs. Il se pencha et murmura à l'oreille de la réceptionniste. Celle-ci leva les yeux vers lui et griffonna quelque chose sur une feuille de papier. Il se pencha de nouveau vers elle. Elle hocha la tête et écrivit encore. Le policier tapota deux fois sur l'avant du bureau. Ils avaient un genre de code entre eux.

Ils appelèrent un nom. Une femme bondit de son siège. Une demi-porte fut ouverte ; la femme fut emmenée, derrière la vitre.

Nurit se cramponnait à la main de Rami.

Il y avait d'autres gens dans le commissariat. Un garçon après une bagarre de rue. Une femme qui s'était enfermée à l'extérieur de chez elle. Un homme arriva en tenant un chat perdu, tout blanc avec un trait noir. Il le déposa à terre et repartit aussi sec. Caché sous le banc le plus éloigné, le chat feulait. Curieux de penser qu'il y avait un autre monde, là aussi, un monde ordinaire, un monde en état de marche.

Un autre nom fut appelé. Puis un autre. Et un autre.

Un homme et une femme ressortirent des bureaux, bras dessus, bras dessous, hilares. Ils avaient retrouvé leur oncle, dirent-ils. Il s'était saoulé dans un restaurant. Il s'était fait coffrer, rien de plus. Merveilleux, non ?

Ils s'arrêtèrent, puis, en plein milieu du commissariat, la femme dit : « Je suis désolée. »

Et le couple s'en alla, tête base.

« Essaie de rappeler les garçons, dit Nurit.

— Je n'ai plus de batterie.

— On pourrait essayer la police. Jaffa Street. »

Le chat sortit de sous son banc et se rapprocha d'un jeune homme à l'autre extrémité de la salle. Il fit le dos rond et se frotta contre ses mollets.

421

Elle rentrerait à la maison enjouée, et alerte, et excitée. Elle irait dans la cuisine, pousserait un soupir caractéristique et dirait : « Où est le problème, Aba ? On était à des kilomètres de là. J'ai quatorze ans, bon sang ! » Elle se ferait un sandwich au *haschachar*, puis filerait dans sa chambre, allumerait sa chaîne hi-fi, se mettrait à danser.

420

Ou alors elle rentrerait tard le soir, en taxi, disant : « Désolée, désolée, désolée, Daniella était tellement près de l'explosion qu'on a dû aller faire vérifier ses tympans, je ne pouvais pas la laisser seule, je sais, je sais, j'aurais dû prévenir, la prochaine fois je le ferai, promis. »

419

Ou alors il y aurait un pansement autour de son poignet ou de sa jambe, à cause de la chute qu'elle avait faite en s'enfuyant, et elle rentrerait à la maison et s'assoirait à la table de la cuisine, et ils la réconforteraient, et tout irait bien, et Rami dirait que c'est l'heure pour tout le monde d'aller au lit, la journée avait été longue, elle avait besoin de se coucher tôt.

418

Le commissariat était encore bondé lorsque leur nom fut appelé. Ils furent emmenés derrière le panneau vitré. Ils s'assirent devant le bureau du policier ; la lumière était étrangement forte. Le policier vérifia de nouveau le nom de Smadar, l'épela.

Il secoua la tête et tapota son crayon contre le bord de son registre.

Les nouvelles n'étaient ni bonnes ni mauvaises, dit-il. Smadar restait introuvable. Il aurait aimé pouvoir en dire ou en faire davantage. Cela ne signifiait rien du tout, mais peut-être, en dernier recours, il détestait devoir le dire, simple précaution, ils devaient comprendre, il n'était pas définitif, il était profondément navré, c'était simplement que, peut-être, pour se rassurer, ils devraient essayer la morgue.

417

La morgue : le nom d'un bâtiment parisien, au début du XIXe siècle, où les cadavres des noyés de la Seine étaient disposés sur une plate-forme inclinée et soumis aux regards du public, parfois moyennant finance.

416

La seule chose intéressante, disait François Mitterrand, est de vivre.

415

Pendant sa grève de la faim, Bassam s'autorisait des tablettes de sel et de l'eau. Elles contenaient chacune une dose de cent milligrammes. Il les cassait en deux et avalait une moitié toutes les heures. Plus sa grève durait, plus avaler lui était difficile. Vertiges. Désorientation. Fatigue. Au dix-septième jour, sa vision avait commencé à se brouiller.

414

Le 12 mars 1930, le Mahatma Gandhi quitta son ashram près d'Ahmedabad, en Inde, et entama une marche jusqu'à la mer d'Arabie, afin de protester contre la taxe sur le sel imposée par les Britanniques.

Plusieurs dizaines de fidèles marchaient à ses côtés. Ils parcouraient au moins vingt kilomètres par jour sur des pistes de terre sinueuses, s'arrêtant en chemin pour tenir des meetings et prononcer des discours.

Un jour, devant un puits réservé aux intouchables – ces individus considérés comme impurs dans le système de caste indien –, il stupéfia les badauds en se baignant avec eux.

Lorsqu'il arriva dans la ville côtière de Dandi – à trois cent quatre-vingt-six kilomètres de distance –, des milliers de gens avaient rejoint la *satyagraha* du sel.

Gandhi envisageait de collecter du sel dans les marais salants de la plage à marée haute, mais la police locale avait jeté les dépôts dans la boue. Il réussit tout de même à défier l'autorité britannique en se penchant et en ramassant une petite boule de sel naturel dans la boue.

« Avec ce sel, dit-il, j'ébranle les fondations de l'Empire britannique. »

413

Satyagraha : la révélation de la vérité et la lutte contre l'injustice par des moyens non violents.

412

Les conférences eurent lieu au fond de la cantine. Les prisonniers s'installèrent en demi-cercle. Les néons tremblotaient. Bassam présenta le chercheur. Un étudiant en philosophie à l'université de Beir Zeit. Il était jeune, rasé de frais, grand. Il avait écopé de six mois pour s'être enchaîné au portail de la Knesset. Il s'exprimait par petites phrases tranchantes. La voie à suivre, dit-il, était la non-violence, un modèle d'action et de contre-action.

Il fallait décomposer le concept de désobéissance civile cher à Gandhi et retrouver ses éléments originels. Cela exigeait une grande discipline. La seule manière de le comprendre était de le décortiquer et d'en exposer les éléments, de reconstruire à partir de là.

L'élément civil, dit-il, était tout aussi important que la désobéissance elle-même. Il fallait dans un premier temps les considérer séparément, pour pouvoir les réunir plus tard. Ce que cela signifiait d'être *incivil*. Ce que cela signifiait d'être *obéissant*. Ce que cela signifiait d'être *juste*. Comment parvenir à la grâce des oppositions. Les contradictions devaient être déconstruites puis reconstruites comme les pièces d'un puzzle. Le langage de l'oppresseur, aussi, devait être décomposé. C'est de sa civilité même que la désobéissance tirait une partie de sa force.

Les gardiens les ramenèrent brutalement dans leurs cellules. Bassam passa l'après-midi à rejouer les discussions dans sa tête. Il prenait des notes sur des feuilles, les repliait au maximum, les cachait dans les poches de son uniforme, l'ourlet de ses pantalons, la languette de ses chaussures, au cas où on le mettrait encore à l'isolement.

411

Ce fut la directrice de l'école qui téléphona. Bassam la connaissait bien : toujours calme, mesurée. Il était arrivé quelque chose à Abir. Elle était tombée. Il fallait l'emmener à l'hôpital du coin. Il répondit qu'il était sur le chemin du travail. Il appellerait Salwa et lui dirait d'aller chercher Abir. Non, dit la directrice, il valait sans doute mieux qu'il y aille lui-même, et tout de suite. Abir allait-elle bien ? Oh, bien sûr, inch'allah, oui.

410

Derrière lui, le premier coup de klaxon de la journée.

409

Il était persuadé qu'elle était tombée du haut du mur de l'école. Déjà toute petite, elle aimait marcher dessus. Dix ans. Il avait peur qu'elle garde une cicatrice.

408

L'appartement était au troisième étage. Pas d'ascenseur. Bassam monta les marches deux par deux. Des fils électriques nus pendaient au plafond de la cage d'escalier. Il arriva au troisième. Il resta là un moment, les mains sur les genoux, et reprit son souffle.

Plus loin, deux très jeunes enfants poussaient un camion poubelle en plastique. Ils levèrent les yeux vers lui et se remirent à jouer avec leur camion. Il prit le couloir.

La porte était bloquée par une chaînette. Il savait comment la détacher avec un stylo : il fit glisser la chaînette et ouvrit grand.

À l'intérieur, la télévision était allumée. Un soap-opéra en espagnol. Salwa était devant l'évier, en train de discuter au téléphone avec sa mère.

407

Traumatisme à l'arrière du crâne. Contusions à l'avant de la tête. Pouls faible, paupières tremblantes, état inconscient. Prenez garde à la bradycardie et à l'arrêt respiratoire.

406

Le genre d'hôpital qui avait besoin d'un hôpital.

405

« On va la transférer à Hadassah », dit Bassam.

404

D'abord elle crut que les infirmières avaient fait une erreur. Non, dit-elle, non. Ma fille est arrivée en ambulance, depuis un autre hôpital, elle est déjà ici. Elles levèrent les yeux. Elles lui parlèrent en arabe. Pas encore, dirent-elles. Je suis arrivée en taxi, dit-elle, je sais qu'elle est ici, forcément, ils sont partis il y a longtemps. Elle appela sur le portable de Bassam. Pas de réponse. Les infirmières vérifièrent sur leurs ordinateurs, passèrent des coups de fil, prirent le couloir jusqu'aux salles d'opération, consultèrent les médecins. Non, répondirent-elles, il n'y a pas d'enfant de ce nom-là ou correspondant à cette description. Vous pourriez réessayer ? Elles parcoururent les dossiers. Peut-être, dit Salwa, qu'ils l'ont emmenée à un autre hôpital, il n'y a pas un autre Hadassah au mont Scopus ? Oui, répondit l'infirmière, mais elle n'a pas pu être emmenée là-bas. Vous pouvez essayer ? On a déjà essayé. Elles lui tendirent un petit paquet de mouchoirs, puis sortirent de derrière leur guichet et la raccompagnèrent par le coude jusqu'à la salle d'attente. Elles lui servirent un thé chaud, versèrent du sucre dedans. Il y eut des appels sur l'interphone. Salwa tendit l'oreille. Elle tenta de nouveau d'appeler Bassam. Toujours pas de réponse. Un homme vint passer la serpillière sur le sol. Il lui fit signe de lever les pieds. Elle sentit le dessus de la serpillière toucher ses orteils. Pardon, dit-il. La sœur de Salwa arriva. Ensemble, elles retournèrent au guichet. Il y a forcément une erreur, dirent-elles. Faites-nous confiance, répondirent les infirmières, on fait de notre mieux. Le frère de Bassam se présenta. Lui non plus n'avait eu aucune nouvelle de Bassam. Il était en costume, sa cravate était dénouée. Il se rendit aussi au guichet. Faites-nous confiance, implorèrent les infirmières. Il y avait de plus en plus de monde. La tante de Salwa. Ses cousins. Les amis de Bassam liés à son action en faveur de la paix. Il devait y avoir une erreur. Peut-être qu'Abir s'était réveillée. Peut-être qu'on l'avait ramenée à la clinique. Tout se passerait bien. Un médecin arriva, un Palestinien de Nazareth. Il s'assit entre elle et sa sœur. Il avait lancé un appel spécial, dit-il. L'ambulance était en route. Ça fait presque deux heures, dit Salwa. Il y avait eu quelques problèmes techniques, dit-il, mais pas d'inquiétude à avoir. Salwa alla dans une pièce et s'agenouilla pour prier. Sa sœur fit de même, à côté d'elle. Elles regagnèrent le couloir. Chaque fois que les portes de l'hôpital s'ouvraient, son cœur se figeait. Une autre tasse de thé lui fut servie. Elle la serrait entre ses mains. Toujours plus de monde. Il y avait du grabuge dans les couloirs. Les amis israéliens de Bassam faisaient un esclandre au guichet. L'un d'eux hurlait. Il se tenait à côté d'une femme aux cheveux roux vif et d'un jeune homme barbu. Le plus âgé gesticulait. Qui est-ce ? demanda Salwa. Son frère regarda par-dessus son épaule. C'est Rami, dit-il. Rami ? Elle avait entendu parler de lui, mais elle ne l'avait encore jamais vu. Elle se retourna pour aller à sa rencontre, lui serrer la main, mais son portable sonna. Un numéro qu'elle ne reconnut pas. Où es-tu ? dit-elle. Je n'ai pas arrêté de t'appeler. On arrive, répondit Bassam, je n'ai plus de batterie, je t'appelle avec le portable de l'ambulancier, ne t'inquiète pas. Est-ce qu'Abir va bien ? On arrive dans cinq minutes. Dis-moi, mon mari, est-ce qu'Abir va bien ? Ne t'inquiète pas, répéta-t-il, on est en chemin.

403

C'était le cinquième anniversaire de la création des Combattants pour la paix.

402

Le dixième anniversaire de la mort de Smadar.

401

Le huitième anniversaire de l'adhésion de Rami au Cercle des parents.

400

Les Grecs anciens se servaient de cadrans solaires pour déterminer l'heure du jour, et de clepsydres, ou horloges à eau, la nuit.

Des bols en pierre étaient percés d'orifices en leur fond, de sorte que l'eau s'écoulait dans un récipient placé au-dessous. Ce récipient se remplissait, goutte par goutte, et marquait le passage de courtes périodes de temps.

Une pression régulière de l'eau devait être maintenue et entretenue, afin qu'il n'y ait ni déversement ni évaporation.

399

Rami et son fils Elik se précipitèrent à l'intérieur du service des urgences. Le gyrophare rouge et bleu tournait encore. Ils entendaient des voix dans la radio. Les secouristes étaient en train de sortir la civière de l'ambulance.

« Dégagez, monsieur », dit l'un d'eux.

Ils reculèrent pour laisser passer la civière.

Rami vit Bassam descendre par l'arrière de l'ambulance. Le pied droit en premier. Il était blême, il avait les traits tirés. Rami le prit par le coude et l'aida à descendre.

« Où est Salwa ? » demanda Bassam.

398

Rami se souviendrait toujours du pied droit de Bassam sortant en premier : comme dans un rituel, comme s'il pénétrait en un lieu saint.

397

Rami fut pétrifié de voir trois gardes-frontières, des femmes, marcher dans le couloir de l'hôpital et passer devant la chambre où gisait Abir inconsciente. Elles étaient là sans raison apparente, mais elles portaient l'uniforme au grand complet et la mitraillette en bandoulière. Elles avaient l'âge que Smadar aurait eu à l'époque, taille moyenne, épaules étroites, queue-de-cheval.

396

Abir fut emmenée dans les rues d'Anata, couchée sur un brancard. Un drapeau était étendu sur son ventre. Une couronne d'œillets roses était placée à côté de sa tête. Elle était portée à hauteur d'épaules, passée d'homme à homme, d'homme à garçon, de garçon à homme. Aux balcons flottaient des drapeaux noirs. Les klaxons sonnaient. Bassam se laissait guider, épaule contre épaule avec ses frères, ses fils, ses collègues. Les rues s'étrécirent. Des proches posaient la tête sur l'asphalte. Des garçons grimpaient aux lampadaires. Un cri s'éleva. La foule traîna Bassam en avant. Dans la poche de sa veste, il sentait le bracelet de bonbons, les pierres rondes et dures enfilées sur de la ficelle.

395

Quand un cercueil est transporté, même par une foule compacte, on tente de maintenir la tête dans la direction de La Mecque.

394

Le bus brinquebalait. Bassam voyageait seul. Il posa sa tête contre la vitre. Depuis qu'il était petit il connaissait par cœur la géographie de La Mecque, les minarets immenses, les rues géométriques, les collines au loin. Salwa avait insisté pour qu'il y aille, même seul. Emmener toute la famille eût été trop cher, de toute façon. Elle y retournerait un jour avec lui.

Au-dessus de l'autoroute, à l'entrée de La Mecque, des panneaux verts géants dirigeaient les automobilistes vers les routes musulmanes et les routes non musulmanes.

Il entra dans la mosquée Al-Haram, fit sept fois le tour de la Kaaba dans la lumière pâle. Je suis ici, pensa-t-il. Son *ihrâm* était constitué de deux pièces de tissu-éponge brut, non cousues. Il jeta ses cailloux sur les piliers en pierre, se rendit dans la grotte de Hira, vit de loin le mont Uhud.

Il était le type silencieux assis au fond du bus. Dès qu'ils approchaient d'un arrêt, il se levait : il voulait fumer une cigarette.

393

Plus loin, il repéra une succession de checkpoints.

392

391

Lors d'une conférence à Glasgow, la photo d'Abir fut agrandie, un mètre cinquante sur quatre-vingt-dix centimètres, de sorte qu'elle dominait la scène. Lorsque Bassam eut fini de parler, ne supportant pas l'idée de la laisser là, il demanda aux organisateurs de décrocher le panneau. Comme ils n'avaient pas de tube en carton, ils enroulèrent la photo et nouèrent des lacets à chaque extrémité.

Bassam emporta la photo de sa fille avec lui dans le train qui le ramenait à Bradford.

À la gare, il héla un taxi. L'affiche enroulée était si grande qu'il dut ouvrir la vitre et la faire tenir sur le rebord du siège.

390

Les horloges à eau étaient utilisées dans les tribunaux pour établir la durée des plaidoiries des avocats et des dépositions des témoins. Le timbre du goutte-à-goutte changeait au fur et à mesure, jusqu'à ce que, à la fin, il n'y ait plus aucune goutte.

389

Sur la partition de l'œuvre expérimentale de John Cage intitulée *4'33"*, les musiciens ont pour consigne de garder le tacet pendant quatre minutes et trente-trois secondes.

388

Tacet : c'est-à-dire ne jouer d'absolument aucun de leurs instruments.

387

Cage conçut son œuvre en 1948. Il s'était retrouvé quelque temps auparavant dans une chambre anéchoïque, censée maintenir un silence absolu, et s'était mis à étudier certaines peintures récentes de son ami Robert Rauschenberg : d'immenses toiles blanches – uniquement blanches – dont les surfaces variaient principalement au gré de leur réfraction de la lumière.

Tout convergea dans l'esprit de Cage – le vide, la chambre, ses conceptions sur la nature du son – un jour qu'il se trouvait dans un ascenseur, à Albany, en train d'écouter de la musique au mètre diffusée par les haut-parleurs.

Son intention originelle était de reproduire la durée d'une musique d'ascenseur caractéristique et d'intituler sa composition *Silent Prayer*.

386

Pendant les trajets en voiture, le grand jeu de Smadar, dès qu'elle croisait un cimetière, consistait à prendre une inspiration et à retenir son souffle le plus longtemps possible. Elle décrochait sa ceinture de sécurité, se penchait en avant et tapotait l'épaule de Rami, se pinçait le nez, agitait son autre main en l'air, décrivait des cercles, pour leur faire signe de rouler plus vite, plus vite, plus vite. Son visage devenait de plus en plus rouge, jusqu'à ce qu'elle n'en puisse plus.

385

Des années plus tard, Bassam confia à Rami qu'Abir jouait exactement au même jeu.

384

Si vous divisez la mort par la vie, vous obtenez un cercle.

383

L'œuvre de Cage ne portait pas uniquement sur la nature du silence, mais sur tous les sons que l'on pouvait entendre dans le silence : le pied qui traîne, le soupir, la toux, le trottinement de la souris sous la scène, la pluie sur le toit, la porte qui claque, le klaxon, le vrombissement d'un avion à l'extérieur de la salle de concert.

Ce qui intéressait Cage était l'idée de l'aléatoire, en vertu duquel le cours de la musique peut être déterminé par une direction générale, mais où les détails reposent sur des associations découvertes par l'interprète, ou par l'auditoire, voire par les sons eux-mêmes.

Ces instants de hasard deviennent alors le cœur d'un processus dans lequel chaque note, chaque particule autonome, voire chaque non-note, confère à la suivante le caractère du mystère.

382

Dans l'ambulance, plusieurs voix différentes se firent entendre en même temps. Puis un unique régulateur : « Bien reçu, on attend toujours. »

La friture crépita et grésilla.

« Autorisation de bouger ? »

381

Le soir de la première de *4'33"*, dans une ancienne grange aux abords de Woodstock, New York, le public attendait que le pianiste, David Tudor, joue une note sur le piano.

L'œuvre se composait de trois mouvements – le premier durait trente-trois secondes, le suivant deux minutes et quarante secondes, enfin le troisième une minute et vingt secondes.

Tudor marquait le début et la fin de chaque mouvement en ouvrant et en refermant le couvercle du clavier.

Au terme des quatre minutes et demie – sans avoir une seule fois posé la main sur les touches –, Tudor se leva de son tabouret et s'inclina.

Le public éclata de rire, d'abord un peu nerveusement. Au bout d'un moment, un ou deux spectateurs applaudirent. Puis les applaudissements prirent de l'ampleur et commencèrent à résonner dans la grange.

380

Cage expliqua par la suite avoir voulu rendre les trente-trois premières secondes aussi séduisantes que la forme et la fragrance d'une fleur.

379

Abir : de l'arabe ancien, « fragrance de la fleur ».

378

Lors de la première action en justice, le commandant de l'unité de gardes-frontières expliqua que la raison du retard pris par l'ambulance d'Abir aurait dû sauter aux yeux de quiconque ayant un tant soit peu d'expérience de la deuxième Intifada. Tout le monde savait que les ambulances étaient manipulées par des groupes terroristes, non seulement pour semer la mort et le chaos de l'autre côté de la frontière israélienne, dit-il, mais pour faire du trafic d'armes, et il n'était pas rare d'apprendre que des cargaisons de mitraillettes étaient cachées sous les brancards, des grenades dans des glacières de transport d'organes, des munitions entre des couches de serviettes, enfin des explosifs parmi les sacs de plasma et autres équipements médicaux. Au surplus, il était bien connu qu'à l'époque – et ici le commandant employa le mot hébreu *matzav*, qui signifie « situation » – les ambulances étaient constamment retardées par des émeutiers prêts à mettre en péril leurs propres concitoyens, oui, y compris des enfants de dix ans. La vie des premiers secouristes devait être protégée coûte que coûte. Il voulait que les choses soient bien claires : il éprouvait une grande tristesse pour le sujet, même s'il était à ses yeux évident qu'elle n'aurait jamais dû se trouver dans la rue et que, peut-être, les autorités scolaires devraient porter le chapeau. Il avait le sentiment que l'état du sujet n'avait en rien évolué pendant ce retard, et qu'elle avait toujours reçu les soins médicaux requis. Il y avait des émeutes : cela ne faisait aucun doute. Le fond du problème, c'était qu'il avait lui-même vu des pierres pleuvoir sur sa Jeep ce jour-là, c'était comme se retrouver à l'intérieur d'un tambour, imaginez donc ce que ça aurait fait d'être dans une ambulance prise d'assaut. Il serait peut-être même plus exact de rappeler que le prétendu retard avait en réalité évité à l'enfant et au père de se retrouver assiégés à l'intérieur de l'ambulance. Telles étaient les terrifiantes réalités de la guerre.

377

Le juge dut user de son marteau à plusieurs reprises pour faire revenir le calme dans le tribunal.

376

En réponse, les avocats de Bassam dirent que rien n'indiquait que des émeutes aient eu lieu près de l'école le matin de la fusillade. Le Mur était en train d'être construit à l'arrière de l'école secondaire, à deux cents mètres plus loin sur la route, et s'il était vrai que les gardes-frontières étaient parfois soumis à des jets de pierres sporadiques, cela se passait généralement beaucoup plus tard dans l'après-midi, après l'école, or la mort d'Abir s'était produite un peu après 9 heures du matin. Elle se trouvait à ce moment-là devant la porte de l'école parce que c'était la récréation et que les écoliers avaient le droit de traverser la rue pour se rendre au magasin d'en face. Le tout sous la surveillance d'une agente chargée des enfants, laquelle attesta également qu'il n'y avait pas eu d'incidents dans les parages, hormis la présence de la Jeep elle-même. Il était vrai que des incidents liés à des jets de pierres s'étaient produits *après* la mort d'Abir, mais à bonne distance de l'hôpital et des divers lieux où l'ambulance avait été bloquée. Quant à l'affirmation selon laquelle les ambulances servaient régulièrement à transporter des armes, le phénomène avait en effet été signalé, mais jamais prouvé, pendant la guerre du Liban, et soupçonné à plusieurs autres occasions, en lien avec des incidents à Gaza et en Cisjordanie. Mais dire qu'une ambulance pouvait transporter des mitraillettes, ou des tireurs, de Jérusalem-Est à Jérusalem-Ouest, voilà qui était parfaitement absurde, puisqu'il aurait fallu une équipe à l'hôpital Hassadah pour récupérer et cacher les armes. L'idée que des grenades aient pu être dissimulées dans des glacières de transport d'organes était si fantaisiste, et même la preuve d'une belle imagination, que le commandant – lequel, au passage, avait été promu six mois à peine après l'incident – devait peut-être envisager une nouvelle carrière de romancier, à condition de faire un peu plus attention à ses métaphores. Il ne faisait aucun doute que le commandant s'était probablement retrouvé quelquefois dans une Jeep caillassée, et il fut rappelé qu'il avait dit, non sans grandiloquence, que c'était comme être à l'intérieur d'un tambour, mais il fallait souligner qu'il valait certainement mieux être *à l'intérieur* du tambour qu'*à l'extérieur*, ce qui était assurément le cas d'Abir Aramin, qui n'était pas tant un *sujet*, comme l'avait déclaré le commandant, que sans doute, à ses yeux, un *objet*.

375

Chaque jour, après l'audience, Rami retrouvait Bassam pour passer en revue les événements de la journée. Assis autour d'un café, ils épluchaient méticuleusement les documents et les requêtes. Ils essayaient de déterminer l'angle auquel la Jeep avait tourné au coin de la rue. Ils comparaient l'autopsie et les radiographies, établissaient des chronologies, épluchaient les photographies et les cartes.

Les éléments leur parvenaient au compte-gouttes. Le lendemain matin, ils rencontraient les avocats et étalaient les documents sur la table.

La Jeep était ici, disaient-ils. Elle a tourné au coin ici même. Elle a longé le cimetière, là. Cela devait se passer vers 8 h 58, car la récréation commençait à 9 heures. Et ici, voyez, c'est l'entrée de l'école. Il faut environ deux minutes pour aller de la salle de classe au portail, ici. Elle a pu marcher, elle a pu courir, on ne le sait pas. Ce qu'on sait, en revanche, c'est qu'elle était allée dans le magasin de Niesha. L'agente chargée des enfants l'a vue aussi. Et Arin, bien sûr. Abir est sortie du magasin au bout d'une ou deux minutes, soit le temps exact qu'il aurait fallu à la Jeep pour arriver du cimetière, en partant du principe qu'elle avait dû forcément tourner là. Il n'y avait pas de caméras, pas de traces d'horaire, mais les autres filles attendaient dehors, rappelez-vous. La Jeep tourne au coin ici, sur l'astérisque. Et voyez, là, il y a une bonne ligne de mire sur le magasin. L'angle et la distance corroborent le rapport d'autopsie. Si vous regardez les photos ici, la croix désigne l'endroit précis où elle est tombée.

374

Lève-toi, petite fille, lève-toi.

373

Des années plus tard – après que l'affaire eut été réglée devant la justice –, Bassam et Rami donnèrent une conférence à l'hôtel Jerusalem Gate. La salle était bondée. Douze Suédois, membres d'un groupe de défense d'intérêts, étaient venus les écouter. Leur guide, un Israélien, resta tout au fond, derrière une rangée de chaises. Il fit les cent pas pendant le discours de Rami, puis s'arrêta net lorsque Bassam commença à parler. Il émit un son guttural et rauque.

Il n'était pas rare que, pendant les discours, un ou deux auditeurs se mettent à pleurer, même à chaudes larmes, mais Bassam fut surpris de voir le guide s'étrangler d'émotion et quitter la salle.

Une fois la séance des questions et réponses terminée, Bassam sortit dans le couloir et serra la main du guide. Ce dernier lui rappelait quelqu'un : compact, franc, l'œil noir.

« Désolé », dit le guide avant de s'éloigner.

372

Quelques jours après, un chèque de mille shekels parvint au siège du Cercle des parents, portant au bas cette signature : *Michael Sharia (ancien conducteur d'ambulance)*.

371

Au sommet de la route du monastère, Bassam voit clignoter l'unique feu de stop.

370

Il regarde Rami garer sa moto sur un coin de terre au bord de la route. Un mince rideau de gouttes de pluie brille dans la lueur rouge. Rami se dégage de sa moto et la cale sur la béquille, puis revient vers la voiture. Bassam appuie sur un bouton pour abaisser la vitre côté passager.

« Tu as un phare qui ne marche plus », dit Rami.

Bassam met sa main en coupole autour de son oreille.

« Ton phare est cassé, mon frère. »

Bassam se déplace dans l'obscurité. Sa cigarette rougeoie. Il s'accroupit devant la calandre et tapote le phare avec ses doigts, cogne sur le panneau latéral comme si ça pouvait remettre la lumière. Il fait de nouveau le tour de sa voiture, écrasant au passage sa cigarette par terre. L'air est froid et humide. Il se penche par la vitre ouverte et allume les feux de route.

« Ça doit être l'ampoule », dit Rami.

Bassam tend le bras derrière le volant et met le contact. Puis il se glisse sur le siège, pose le pied sur la pédale de frein, rallume le moteur en espérant vaguement que le phare pourra, qui sait, se rallumer.

« Tu pourrais garer ta voiture ici, dit Rami. Rentre avec moi. On passera la reprendre demain. J'ai un deuxième casque. »

Bassam fait claquer sa langue et esquisse un demi-sourire. Geste familier, geste d'impuissance : ils peuvent voyager ensemble n'importe où dans le monde, mais pas sur ces quelques kilomètres-là.

« Je dois rentrer chez moi. »

Ils jettent un coup d'œil vers le phare cassé.

« Au moins, dit Rami, c'est celui du côté passager. »

369

Les hommes se séparent au sommet de la route du monastère. Rami freine trois fois, rapidement, leur forme de morse à eux.

368

L'unique phare de Bassam qui brille comme une petite lumière votive dans la nuit.

367

Tel est donc l'itinéraire nocturne jusque chez lui : du monastère à travers Beit Jala, à travers Bethléem, en bas de la colline vers Beit Sahour, la route en direction du Wadi al-Nar, la vallée du Feu, jusqu'au checkpoint du Container. Uniquement des détenteurs de documents d'identité palestiniens dans des voitures équipées de plaques palestiniennes. Il plonge dans la vallée, passe de huit cents mètres au-dessus du niveau de la mer à quatre cents mètres au-dessous.

Un dénivelé de plus d'un kilomètre, ça descend, ça descend, ça descend, au milieu du paysage stupéfait.

Une route pareille à une grande bouffée d'air.

366

Les pneus versifient discrètement sur la chaussée quand il emprunte les lacets de Bethléem : University Street,

New Street, Mahmoud Abbas Road. Il connaît par cœur tous les dos-d'âne. Même dans le noir, avec un seul phare, il sait où et quand freiner.

365

Je suis sur la route, écrit-il par SMS à Salwa en ralentissant et en contournant un gros nid-de-poule. *Une heure environ, j'espère. Une bonne journée. B.*

364

Il y avait des falafels frais, du sel de mer, de l'huile d'olive vierge, du houmous, de la laitue romaine, des tomates, des concombres, de l'ail, du yaourt, des grenades, du persil, de la menthe, du *maftoul,* et il y avait des haricots, des brins de romarin, et plusieurs fromages, et des carafes d'eau avec des tranches de citron, le tout disposé sur la table en bois.

363

Il est de coutume en Israël comme en Palestine – *hachnasset orchim* en hébreu, *marhabaan fi algharib* en arabe – d'offrir en cadeau du pain frais et du sel de mer aux étrangers qui viennent d'arriver.

362

Ça, pensa Bassam, c'était la Palestine à l'état pur.

361

Il n'y avait toujours aucune nouvelle, dit le moine sud-américain, de la construction du Mur dans la vallée. Les plans étaient là, mais ils n'avaient pas encore été exécutés. À cela, dit-il, plusieurs raisons – la première étant optique, la deuxième politique, et la troisième militaire, bien sûr, mais parlons-en plus tard, dit-il, venez, rompons d'abord le pain tant que nous avons du temps.

360

Fin de la Préoccupation.

359

Les moines faisaient leur vin dans des tonneaux en bois de cèdre. Les douelles étaient découpées dans des pièces de bois. Elles suivaient le grain de l'arbre. Elles étaient sablées, puis coupées en biais, larges en leur centre, plus étroites à l'extrémité. Les moines utilisaient davantage de douelles que les tonneliers traditionnels : trente-trois en tout, une pour chaque année de la vie de Jésus. Ils plaçaient les douelles à l'intérieur d'un anneau métallique cerclé en forme de fleur, une *mise en rose*. Le cercle était resserré, et les douelles brossées à l'eau, puis gauchies à la chaleur d'un feu.

Elles étaient resserrées au moyen d'un étau, puis les moines en grillaient l'intérieur avec de la paille et des feuilles enflammées, afin de roussir légèrement l'intérieur du tonneau.

De petits bouts de paille étaient introduits entre les douelles pour étanchéifier le tonneau. Les moines le sablaient, perçaient un trou sur le côté, puis fabriquaient des panneaux pour le couvercle et le fond. Le cachet de Crémisan était apposé sur le couvercle.

Une bénédiction du vin avait lieu une fois le tonneau rempli et emmagasiné. Les moines faisaient vieillir leur vin jusqu'à cinq ans. Les tonneaux étaient alors transportés à dos d'âne et roulés jusqu'à Bethléem. Le vin était principalement vendu aux lieux saints, dont l'église de la Nativité, où le Christ était censé avoir vu le jour.

358

Pour certains chercheurs contemporains, la croix portée par Jésus à travers Jérusalem n'avait peut-être pas du tout une taille normale. Il était plus vraisemblable qu'il n'en ait transporté que la poutre. Celle-ci – longue d'un mètre cinquante – aurait pesé environ trente ou trente-cinq kilos. Jésus, déjà frappé et couronné d'épines, aurait traîné ce poids en direction de la colline du Golgotha, le lieu du crâne, aidé par Simon de Cyrène. Au Golgotha, les Romains auraient préalablement érigé une série de pieux permanents dans leur lieu de mise à mort. Jésus aurait été déshabillé et contraint à se coucher, la poutre sous lui. Ses bras tendus auraient été attachés à la poutre avec de la corde de henné. Le bourreau aurait sorti deux clous à pointes carrées, longs de quinze centimètres et larges de deux. Il se serait ensuite servi d'un gros maillet pour enfoncer précisément les clous dans les avant-bras de Jésus, près du radius et à travers le nerf médian. D'abord le gauche, puis le droit. Les clous auraient transpercé ses poignets, puis la poutre. La corde de henné se serait ensuite défaite, cependant que Jésus était toujours couché à terre, les bras en croix cloués à la poutre. Les soldats romains l'auraient alors soulevé. Ils auraient pour cela très probablement utilisé un système de poulies et une échelle en bois. Tandis qu'il était hissé vers le haut, tout le poids de Jésus se serait porté sur les clous. L'épais pieu en bois aurait déjà été cranté et la poutre aurait été levée et calée afin que Jésus soit suspendu là, accroché aux clous, les bras écartés. Un des soldats romains aurait attrapé ses pieds ballants et les aurait serrés l'un contre l'autre dans un billot de bois en forme de U fixé au pieu vertical. Ses chevilles auraient été tournées de force vers le côté et son genou plié latéralement, de manière à ce que ses pieds soient alignés. Le bourreau aurait alors pu planter un autre long clou dans ses deux talons d'un coup, à travers la chair, par-delà l'os, jusque dans le bois. Pour respirer, Jésus aurait dû pousser le poids de son corps vers le haut à des intervalles de quelques secondes, jusqu'à ne plus en avoir la force. À ce moment-là, quelques minutes après que les trois heures de l'après-midi eurent sonné – *Eloi, Eloi, lama sabachthani* –, il aurait laissé retomber sa tête contre son torse et suffoqué.

357

La rétraction, ensuite, de ses poumons.

356

La couronne d'épines était peut-être faite avec du *natsch*, une espèce de chardon, mêlé à d'autres vignes. Les soldats romains auraient plié les tiges pour former un cercle et tressé les bouts afin qu'ils percent le crâne de Jésus tandis qu'il portait sa croix sur la Via Dolorosa.

355

Au XIXe siècle, les chrétiennes de Bethléem portaient des chapeaux rembourrés et cousus de lourdes pièces de monnaie. Plus celles-ci étaient nombreuses, plus riche était la famille. Leurs longues robes étaient piquées de fils d'or et d'argent, créant de merveilleux motifs floraux, alors que les femmes plus pauvres ne brodaient que le devant et les manches.

Au marché, les boutiquiers étaient capables de raconter l'histoire de telle ou telle femme quand elle approchait. Toute une vie pouvait être devinée à quelques mètres de distance : si la femme était mariée, où elle vivait, la lignée de son mari, le nombre d'enfants qu'elle avait, le nombre de sœurs et de frères.

Une collision chamarrée de techniques de couchure et de point de croix désignait une jeune fille. Un fil bleu au bas de la robe désignait une veuve. Si celle-ci souhaitait se remarier, elle tissait une ligne de rouge sur le bleu. Les robes incorporaient des amulettes triangulaires afin d'éloigner le mauvais œil.

354

Au cours de la première Intifada, les femmes de Cisjordanie commencèrent à tisser d'autres symboles dans leurs robes faites à la main : des cartes, des fusils, des slogans politiques. Les perles dont elles se servaient pour éloigner le mauvais œil étaient vertes, avec une bordure noire et un point blanc au centre.

353

Au Ier siècle, la plus extrémiste des sectes de zélotes juifs, celle des sicaires, avait recours à des tactiques sournoises pour combattre les Romains et les hérodiens. Les sicaires portaient de longs manteaux noirs et dissimulaient des poignards acérés dans leurs amples robes. Ils se fondaient dans la foule lors des réunions publiques à Jérusalem.

Tout en marchant, ils choisissaient leurs cibles, un soldat ou un officiel romain, même une femme ou un enfant.

Le cou était leur cible de choix, suivi du cœur et de l'aine, enfin du ventre. Ils enfonçaient le couteau, tranchaient avec un petit mouvement du poignet, cachaient la lame dans les replis de leur manteau, puis se mêlaient à la foule, entraînés par la dispersion générale.

352

Dans les années 1980 et 1990, le terme *sicario* fut repris par les cartels de la drogue sud-américains pour désigner leurs hommes de main. Un des tueurs les plus tristement célèbres au service de Pablo Escobar, Jhon Jairo Arias Tascón, alias Pinina, accusé d'être responsable de plusieurs centaines de meurtres en Colombie, s'était, dit-on, fait joliment tatouer en prison le mot latin *sicarius*, ou poignardeur, sur toute la longueur de sa colonne vertébrale.

351

Le manteau n'était pas que décoratif : les maîtres d'armes enseignaient à leurs élèves l'art de s'en servir pour combattre le mouvement des armes de leurs adversaires grâce à une utilisation habile du tissu.

350

Au printemps 2014, Sigalit Landau, une artiste de Jérusalem, déposa une longue robe noire dans la mer Morte, la suspendant dans une cage en bois à une profondeur de quatre mètres cinquante.

Landau et son mari laissèrent la robe deux mois dans l'eau. Ils la photographièrent à intervalles réguliers.

Au bout d'une semaine, le tissu d'un noir intense commença à attirer les cristaux de sel ; au bout de deux semaines, les cristaux avaient commencé à s'accrocher et à s'accumuler ; au bout de trois, le tissu semblait argenté et gris dans l'eau ; au bout de quatre, boutons et col étaient devenus d'un blanc étincelant.

La robe – réplique d'une autre portée pour une pièce de théâtre des années 1920 sur une femme hassidique possédée par l'esprit de son amant défunt – resta immergée quatre semaines encore, jusqu'à ce qu'elle étincelle de cristaux blancs, comme une robe de mariage.

Lorsque les membres de l'équipe de l'artiste ressortirent la robe, elle était tellement alourdie par le sel qu'ils furent incapables de la remonter entièrement à la surface : des morceaux de tissu se déchirèrent aux coutures et coulèrent au fond de la mer.

349

Une version plus petite de la robe – ce que l'artiste appela une version de princesse – fut confectionnée en tant que pièce de musée. Aussi lorsque, au moment de l'anniversaire de la mort de Smadar, Rami en vit une photo dans la revue de l'école des beaux-arts Bezalel, il fut tellement décontenancé qu'il se rendit dans la chambre de sa fille et s'assit en silence.

348

Elle aurait eu trente ans, à quelques jours près trente et un.

347

Un après-midi, par la fenêtre à l'étage de son appartement d'Anata, Bassam vit Abir faire rouler un pneu dans la rue. Un simple jeu d'enfant. Avec quatre autres fillettes de son âge.

Elles faisaient joyeusement rouler le pneu noir d'un bout de la rue jusqu'à la barricade de béton à l'autre extrémité. Il avait plu, l'eau s'était accumulée dans le creux du pneu. Abir portait une nouvelle robe, une robe bleue avec de la dentelle blanche à franges. Le pneu était petit, mais difficile à manier pour des filles de leur âge. Il oscillait tant que l'eau stagnante du creux débordait quand elles le faisaient rouler.

Toutes les cinq secondes, Abir et les filles s'écartaient du pneu en bondissant pour éviter les éclaboussures. Dès que l'une d'elles était touchée par une goutte, elle disparaissait une ou deux minutes, puis revenait.

D'un bout à l'autre de la rue. Et rebelote. Régulièrement, Bassam entendait la porte de son appartement s'ouvrir. Il tendait l'oreille pendant qu'Abir se dirigeait vers l'évier de la cuisine.

Peu à peu, il comprit qu'elle rentrait à la maison, sans cesse, pour nettoyer les taches d'eau sale sur sa robe. Au bout de quelques secondes, elle ressortait et remettait ça, hilare, faisant rouler le pneu jusqu'au bout de la rue.

Plus le jeu durait, moins il restait d'eau de pluie au fond du pneu, et plus les filles gagnaient en audace, se rapprochant, poussant le pneu d'avant en arrière, se défiant pour voir qui serait éclaboussée.

Lorsqu'il n'y eut plus d'eau de pluie sale, elles remplirent de nouveau le fond du pneu, mais cette fois l'eau était plus propre, et le jeu perdit de son intérêt.

Bassam l'observa, assise sur la barricade, dans sa robe bleu clair, en train de balancer ses jambes.

346

Ils arrivèrent dans des voitures, par groupes de quatre ou cinq. Bassam retrouva le convoi au checkpoint près d'Anata. Ensemble ils traversèrent la petite ville, un gros van fermait la marche. C'était un dimanche, de bonne heure, et les rues étaient calmes.

La plupart d'entre eux n'avaient jamais mis les pieds à Anata, ou alors uniquement en tant que soldats. Ils contournèrent l'arrière du cimetière jusqu'à l'école, descendirent de voiture. Bassam les compta : trente-trois hommes et femmes. Il y avait de la nervosité dans l'air. Ils s'étaient habillés décemment – chemises à manches longues, jeans, chapeaux. Pas de bras nus, pas de jambes nues. Pas de kippas, bien sûr. Ils formèrent de petits groupes. Ils évitaient l'hébreu, parlaient en anglais. Ils n'étaient qu'à deux pas du Mur. Ils tracèrent le périmètre à la craie et plantèrent des pieux dans le sol. Les hommes actionnaient les marteaux-piqueurs. Les femmes maniaient la pelle. Les seaux de terre allaient et venaient. Ils érigèrent une clôture grillagée. Installèrent le tuyau d'irrigation. Ils partageaient les bouteilles d'eau sous la chaleur. Ils levaient la tête en entendant le muezzin. D'autres voitures arrivèrent. Des briques furent empilées. Du mortier mélangé. Des trous à piquets creusés.

Vers le milieu de l'après-midi, le soleil avait disparu derrière le Mur et le convoi avait été escorté hors d'Anata. Au checkpoint, les soldats de faction les regardèrent partir.

Ils revinrent le week-end suivant. Le ciment avait pris et les briques s'étaient durcies. Un revêtement de sol préfabriqué en caoutchouc souple dépassait par l'arrière du camion. Il fut déroulé, méticuleusement découpé et étalé par terre. Un camion à benne arriva avec du sable. Une clameur s'éleva lorsque la fosse fut remplie. Leur nombre était maintenant passé à cent : il restait si peu de travail à accomplir que la plupart d'entre eux se contentèrent de regarder. Le panier de basketball fut installé. Le petit toboggan rouge fut fixé. La cage tournante fut testée. Un petit coin de jardin d'un mètre carré fut préparé afin qu'un arbre soit planté à l'arrière de l'école. Les bidons de peinture passaient de main en main. La plaque fut vissée : *Le Jardin d'Abir*. Nouvelle clameur. Ils s'étreignirent. Ils prirent des photos. Ils revinrent le troisième week-end, pour l'inauguration.

Pendant tout ce temps-là, un petit ballon météorologique planait au-dessus d'eux, à trois cents mètres.

345

344

C'était la seule aire de jeux dans la ville d'Anata.

343

Après qu'il eut cessé de se servir du bracelet de bonbons comme accessoire pendant ses conférences, Bassam le rangea dans un tiroir près de son lit, à côté d'un petit coran en cuir et d'un crayon bleu qu'Abir utilisait pour dessiner.

Lorsque, des années plus tard, il acheta la maison à Jéricho, il s'aperçut qu'il possédait toujours le livre et le crayon, mais que le bracelet avait disparu. Il fouilla partout dans les cartons, dans ses vêtements, dans ses papiers, dans ses équipements de bureau, puis finit par renoncer.

Il ne retrouva jamais le bracelet : quelquefois, il se demandait s'il n'avait pas été emporté par un coup de balai, voire peut-être malencontreusement mangé par un des autres enfants.

342

Dans la mosquée où il prie presque tous les jours, près de chez lui à Jéricho, Bassam aide bénévolement à nettoyer le perron. Il se sert d'un balai de *natsch*. Une tâche simple et rythmée. Les brins tissés ratissent les marches en pierre grossière.

Pendant qu'il balaie, il regarde le paysage sec au-dessus duquel ondule le vent chaud.

341

La présence de *natsch* sur un lopin de terre est parfois considérée comme le signe que le sol n'est pas bien labouré ou travaillé.

Dans les tribunaux israéliens, en vertu d'une interprétation de la loi foncière ottomane de 1858, l'existence de ce chardon dans les régions rurales sert souvent d'argument pour affirmer que la terre n'est pas cultivée et qu'elle peut, par conséquent, être déclarée terre d'État et confiée à des colons.

340

Votre oasis vous attend.

339

La route de la vallée du Feu. La route du Wadi al-Nar. La route de la vallée du Cédron. La route des Freins en feu. La route du Radiateur en ébullition. La route de l'Enfer. La route du Goudron. La route du Crépuscule.

338

Après la Nakba de 1948, des centaines de réfugiés palestiniens, dont beaucoup originaires de Beit Jala, embarquèrent sur des bateaux à vapeur dirigés vers l'Amérique du Sud. Ils débarquèrent à Buenos Aires puis franchirent les montagnes à dos d'âne ou de mule, transportant leurs biens par-delà la frontière, jusqu'au Chili.

De nombreuses familles s'installèrent à Santiago ou à Valparaiso et trouvèrent du travail dans les mines de cuivre et les chantiers navals. Mais certains poursuivirent leur voyage jusque dans les zones éloignées du désert.

Par-delà les montagnes, à travers les canyons, le long des rivières asséchées. Un long et difficile périple, où les morts étaient enterrés chemin faisant. Les corps étaient souvent ensevelis dans des tombes peu profondes, sous des tas de pierres. Des décennies plus tard – après que le régime du général Augusto Pinochet eut entrepris ses meurtres de masse et jeté des milliers de cadavres dans tout le pays –, les mères des disparus, écumant le désert à la recherche de leurs enfants, découvriraient çà et là des tas d'ossements.

Parfois, les femmes étaient intriguées en constatant qu'une clé – avec des lettres arabes gravées dessus – restait encore attachée à une ficelle, autour du cou ou du poignet d'un squelette.

337

La clé était celle de la porte d'une maison là-bas, dans ce qui était désormais devenu Israël.

336

Griffonné en arabe sur une pierre, aux abords de la ville fantôme de Santa Laura, Chili : *Encore 13.319 kilomètres.*

335

À partir du IIe siècle, l'hébreu fut considéré comme une langue sacrée et ne fut plus parlé en tant que langue maternelle courante, jusqu'à ce qu'Eliezer Ben-Yehuda et d'autres commencent, dans les années 1880, à s'en servir en famille et avec leurs amis. Un hébreu simplifié avait cours sur les marchés de Jérusalem, mais parmi la communauté juive de Palestine la langue dominante était l'arabe, ainsi que le ladino, le français, le yiddish, et un peu d'anglais.

334

333

Ben-Yehuda, comme Einstein, disait que les juifs et les Arabes étaient *mishpacha*, une famille, qu'ils devaient partager la terre et vivre ensemble. Beaucoup de mots nouveaux hébreux qu'il contribua à forger dérivaient de racines arabes. Ces deux langues, disait-il, étaient des langues sœurs qui, à l'instar des humains, pouvaient vivre côte à côte et en même temps.

332

Les bombes explosèrent non loin du croisement entre Ben Yehuda Street et Ben Hillel Street, également appelée Hillel Street, du nom de Hillel l'Ancien, père, au Ier siècle av. J.-C., de l'éthique de réciprocité : *Ce que tu ne voudrais pas que l'on te fît, ne l'inflige pas à autrui.*

331

Un jour, en pleine poussée de fièvre, Rami rêva qu'il installait un micro dans la terre afin de pouvoir entendre toutes les réponses aux questions qu'il n'avait pas encore posées à Smadar.

330

Smadar aimait jouer à Simon, un jeu électronique dans lequel quatre couleurs s'éclairent en séquences. Vert, rouge, jaune, bleu. Les lumières étaient accompagnées par un bip aigu. Smadar y jouait la nuit, dans l'obscurité de sa chambre – vert, vert, rouge, vert, jaune, rouge, rouge, bleu, vert –, poussant parfois la séquence jusqu'à vingt ou plus, si bien que devant la maison, Rami et Nurit, rentrant de promenade, avaient l'impression de voir une petite discothèque en pleine effervescence.

Smadar était si forte qu'elle pouvait jouer sur deux appareils à la fois.

De sa chambre s'élevait une cacophonie de bips.

329

À la Noël 2009, les étudiants en musique de l'université de Bethléem firent amener un piano sur la place centrale de la ville, où des centaines de gens s'étaient massés devant l'église de la Nativité pour chanter des chants de Noël.

Le piano avait été équipé de douilles, de grenades lacrymogènes et de grenades assourdissantes, stratégiquement disposées entre les cordes afin d'en modifier le timbre. Sur les marteaux, ils avaient placé de fines lames en métal qui rendaient un son aigu.

Les étudiants avaient appris tous les chants traditionnels. *Adeste fideles*. *Douce nuit, sainte nuit*. *I Saw Three Ships*. *Les anges dans nos campagnes*. La plupart étaient chantés en arabe, parfois en anglais.

Une fois les chants de Noël terminés, les étudiants firent rouler le piano en bas de la colline, au checkpoint près du Mur, où ils s'arrêtèrent et chantèrent de nouveau, avant d'être dispersés par un canon qui envoyait un liquide jaune et nauséabond vaporisé, la Skunk.

Le piano, un vieil Irmler fabriqué en Pologne, fut abandonné toute la nuit. Le lendemain matin, les étudiants vinrent le récupérer. Les narines bouchées avec du coton, ils remontèrent l'Irmler par la route d'Hébron.

Le son du piano que l'on traînait fut enregistré par une doctorante palestinienne, une grande fille de vingt-six ans, Dalia el-Fahoum, qui espérait l'incorporer dans sa thèse.

328

Chez les manifestants, la Skunk était surnommée simplement la Merde. L'odeur de la Merde était réputée persister sur le corps pendant au moins trois jours. Sur les vêtements, elle pouvait rester des semaines, voire des mois entiers.

Une des rares manières de se débarrasser de cette odeur – mélange de viande avariée, d'égout et de décomposition avancée – était de prendre immédiatement une douche, puis de se tremper dans du jus de tomate pour couvrir la puanteur.

Certains manifestants décidaient de se raser les cheveux, la barbe, les sourcils. D'autres achetaient des tenues antipluie et portaient des sacs en plastique noirs par-dessus leur tee-shirt, leur jean et leurs chaussures. Ils s'étalaient de la pommade mentholée sous les narines.

327

En 2012, dans le village de Ni'lin, sept jeunes Canadiennes – bénévoles pour un projet de puits non loin de là – se rassemblèrent afin de manifester contre l'utilisation de la Skunk. Elles portaient des bottes de pluie multicolores et des parapluies blancs ornés de lettres noires. Mis côte à côte, on pouvait lire sur les parapluies les mots FUCK YOU.

En voyant les canons à eau approcher, elles se mirent en position, chacune sur un genou, un foulard autour du visage, tenant leur parapluie au-dessus de la tête, des traces luisantes de pommade au menthol au-dessus des lèvres.

Sur les photos de cette manifestation, on voit les Canadiennes partir en courant, trempées, toujours sous leurs parapluies, et les lettres mélangées, de sorte qu'on lit : YUCKOFU un instant, puis COKFUYU quelques secondes plus tard.

Les photos ont fait le tour d'Internet pendant plusieurs jours.

326

Les semaines suivantes, devant le consulat d'Israël à Toronto, dans Bloor Street, plusieurs jeunes manifestants – israéliens comme palestiniens – étaient vus portant des tee-shirts roses sur lesquels figuraient des variations : YOFUCKU, FUCUKOY.

La version la plus populaire, jugée antisémite par certains, était : OY U FUCK.

325

Les conservateurs du musée du Walled Off Hotel voulurent acheter un des parapluies originels et l'exposer aux côtés d'autres symboles de l'Occupation.

L'hôtel contacta les Canadiennes mais apprit que les parapluies avaient été confisqués à l'aéroport Ben-Gourion, où les jeunes femmes avaient été interrogées trois heures durant avant leur départ pour Toronto.

Elles n'avaient aucune intention de retourner en Cisjordanie – le projet de puits sur lequel elles travaillaient avait été annulé à cause d'une absence de permis.

Parmi les autres objets confisqués dans leurs bagages figuraient un keffieh, un guide Fodor's, quatre bouteilles d'huile d'olive du monastère de Crémisan, un porte-clés en forme de Palestine, une grenade lacrymogène vide, un manuel de conversation arabe, et nombre de produits alimentaires périssables, dont un plateau de pâtisseries, les *kenafeh*, emballés dans du film plastique.

324

Le Walled Off, un hôtel artistique situé à un jet de pierre du checkpoint 300, a été ouvert par Banksy, le *street artist*, en 2017. Il se trouve à quelques mètres des hautes barrières en ciment.

Même les chambres les plus chères n'ont droit, chaque jour, qu'à quelques minutes de lumière directe hivernale : l'ombre du Mur tombe dans les chambres et peut être suivie au fur et à mesure qu'elle mange la moquette.

Les femmes de ménage peuvent savoir l'heure qu'il est selon la progression de l'ombre sur la moquette.

323

Parfois, quand il passait en voiture devant les colonies, Bassam, de loin, aurait juré qu'elles avaient grandi du jour au lendemain. Il pouvait les imaginer en time-lapse : elles devenaient chaque fois plus rouges et plus vastes, les toits et les immeubles s'étalaient, rognaient sur les collines, transformaient le désert. Elles étaient comme des poissons, elles nageaient.

La nuit, les lumières étaient si extraordinairement vives qu'on aurait cru que les villes étaient en train de pousser vers le haut. Bassam avait beau essayer de regarder ailleurs ou de cacher la vue avec son pare-soleil, il y avait encore des colonies de l'autre côté de la route, plus petites celles-ci, qui se nourrissaient, pensait-il, des planctons de la moindre pierre.

322

Les conservateurs du musée du Walled Off caressèrent un jour le projet d'une exposition olfactive : les visiteurs soulèveraient un rabat muni d'un avertissement, puis inhaleraient l'odeur de la Skunk. Le personnel testa la chose et s'aperçut que cela ferait vomir la plupart des visiteurs du musée.

321

L'entreprise Odortec promeut la Skunk comme étant l'instrument de maintien de l'ordre le plus innovant, le plus efficace et le plus non létal disponible, conçu avec la collaboration de l'armée et de la police israéliennes. D'après l'entreprise, elle est fabriquée avec de l'eau de la région et des ingrédients à usage alimentaire. Elle est également à 100 % écologique – sans danger pour la nature comme pour les individus.

320

Lors d'un important salon de l'armement organisé à Tulsa, Oklahoma, en 2015, Irina Cantor, une des responsables d'Odortec, est montée sur scène, s'est fourré du coton dans les narines et a démontré le caractère inoffensif de la Skunk en en buvant un verre.

Elle a levé son verre, a porté un toast au public et l'a vidé sans sourciller.

« *L'chaim* », a-t-elle dit avant de rejoindre le fond de la scène pour retirer le coton de son nez et vomir.

319

Sans danger pour la nature comme pour les individus.

318

Un homme affublé d'un nœud papillon rouge ouvrit grand la porte du Walled Off. Bassam resta quelques instants ébahi par la vue d'un chimpanzé en plastique tenant une valise. Qu'est-ce que c'était que ça ? se demanda-t-il. Une espèce de ruse ? Une espèce de blague colonialiste ?

Il baissa la tête et entra dans la grande salle sombre. Ses yeux mirent quelque temps à s'adapter. Derrière le guichet, les accents étaient palestiniens. Il les salua d'un signe du menton. Il fut salué en retour. Ils portaient des gilets rouges et des cols amidonnés. Il remarqua la présence de femmes parmi les serveurs. Il entendit des rires au loin. Des plateaux de boissons étaient en train d'être emportés à travers le hall. De la musique provenait du piano, mais il n'y avait pas de pianiste. Bassam put à peine bouger. Il avait l'impression d'avoir les pieds enfoncés dans le goudron.

Tout l'ébranlait. Les caméras aux murs, les frondes, les tableaux, le grand canapé avec une tête de serpent en effigie. Il ne savait pas trop où se tourner. Il trouvait que cela ressemblait plus à Beyrouth qu'à Bethléem. Il chercha nerveusement son portable. Pas de messages. Il balaya du regard le lobby.

Des théières blanches sur la table. Des tasses en porcelaine. Des glaçons dans de grands verres. Des petits groupes de trois ou quatre personnes. Des hommes en shorts, des femmes en robes courtes. Des lunettes noires. Certains semblaient parler en anglais, d'autres en allemand, mais pas d'Italiens : il était là pour rencontrer une équipe venue de Naples, le rendez-vous avait été organisé plusieurs semaines auparavant.

Dans ce genre de moments, il était pétrifié : il préférait toujours la périphérie. Toutes ces années en prison lui avaient appris ça.

Bassam se demanda s'il avait des cigarettes, tâta sa chemise, sortit le paquet de sa poche de poitrine.

De l'extérieur lui parvint une odeur de cigarette. C'était déjà ça : il pouvait fumer. Il traversa la salle. Peut-être s'était-il trompé d'heure ? Il jeta un coup d'œil sur son portable. 15 heures. À l'heure.

Un serveur lui demanda en anglais s'il avait besoin d'aide. Il répondit en arabe que tout allait bien.

Le lobby lui faisait l'impression d'une sorte de plateau de cinéma absurde. Au plafond, des chérubins portant des masques à gaz en plastique. Il se planta sous l'un d'eux et observa. Du coin de l'œil, il aperçut une petite lumière rouge, peut-être une caméra. Il tapota le fond de son paquet de cigarettes. Un rideau se gonfla. Il y avait des tables dehors. Deux d'entre elles étaient occupées, mais la troisième – à quelques mètres du Mur – était libre.

Il déplaça la chaise pour s'asseoir à l'ombre du Mur. Il alluma sa cigarette, attendit, consulta de nouveau son portable, aperçut une autre lumière rouge se déplaçant dans le lobby. Il essayait de se rappeler ce qu'il y avait eu ici, avant. Il était souvent passé devant en voiture. Une boulangerie, peut-être. Ou un magasin de poteries. Il ne savait pas vraiment quoi penser de cet hôtel – à la fois ridicule et tellement nécessaire. Au cœur du projet, le besoin d'attirer l'attention. Des rumeurs disaient que des colons essayaient de s'installer dans les maisons et les immeubles voisins.

Le serveur arriva et, cette fois, s'adressa à lui en arabe. Bassam fut surpris par cette soudaine politesse, par le sourire.

« Vous auriez vu une équipe de tournage ? demanda-t-il.
— Non.
— Des Italiens. Ils étaient censés être là à 15 heures.
— Ils sont tous italiens, dit le serveur.
— Pardon ?
— Ils sont tous italiens. Surtout les Anglais. »

Bassam rit, se cala au fond de sa chaise, alluma une autre cigarette.

« Les Suédois aussi », ajouta le serveur.

Bassam avait bu la moitié de son Fanta lorsqu'un rideau de cheveux s'abaissa au-dessus de la table. La femme était grande, brune aux yeux clairs. Elle avait un peu de rouge à lèvres sur les dents. Depuis le balcon du rez-de-chaussée, elle pointa un doigt vers l'intérieur de l'hôtel. Une autre petite lumière rouge émergea de l'obscurité. Ainsi donc, comprit Bassam, ils le filmaient depuis le début. Peu importe. À quoi aurait-il dû s'attendre ? Il s'y était habitué – le positionnement permanent, les manœuvres, les angles. Que ça lui plaise ou non, il était désormais une créature de la caméra.

Ils s'étaient déjà installés dans une chambre à l'étage. Une énorme scène de bataille de polochons avait été dessinée sur le mur : un Israélien et un Palestinien se tapant dessus, des plumes qui volaient. Il avait déjà vu cette œuvre : il la trouvait répugnante. Mais c'était précisément son aspect répugnant, il le savait, qui la rendait efficace. La simplicité, l'absurdité, la surprise éhontée. La coexistence de ces contraires.

« On va vous faire asseoir sous la peinture », proposa la femme.

Bassam secoua la tête, traversa la chambre jusqu'à la fenêtre, l'ouvrit, s'assit sur le rebord. Il savait que le cadre leur conviendrait : un Palestinien assis à la fenêtre d'un hôtel donnant sur le Mur.

L'interview dura vingt-cinq minutes : il était persuadé qu'ils la couperaient et la réduiraient à quelques secondes. Tant pis. Ça ne le dérangeait pas. Il voulait, assez simplement, raconter son histoire. *Mon nom est Bassam Aramin. Je suis le père d'Abir*. Ensuite ils allèrent marcher, cinq d'entre eux, le long du Mur. L'équipe voulait absolument que Bassam passe devant le portrait de l'activiste italien Vittorio Arrigoni. C'était si souvent comme ça : ils voulaient le faire rentrer dans leur boîte à idées. Néanmoins, il avait accepté de les rencontrer. Il était arrivé à l'heure. Son histoire était à la fois son devoir et sa malédiction.

Malgré tout, ce qu'il désirait le plus, à cet instant précis, c'était disparaître, sans être filmé, retourner à sa voiture, rentrer chez lui, fermer les fenêtres, rester silencieux aux côtés de Salwa.

Il serra la main de la journaliste et remercia l'équipe. Il savait qu'ils le filmeraient pendant qu'il s'éloignait. Il mit les mains dans les proches et garda la tête haute : il espérait qu'ils ne montreraient pas sa claudication.

Il passa devant le portrait de la jeune fille que Rami avait un jour prise pour Abir. Il y jeta un petit coup d'œil en coin. La ressemblance était frappante.

Il ne s'attarda pas.

317

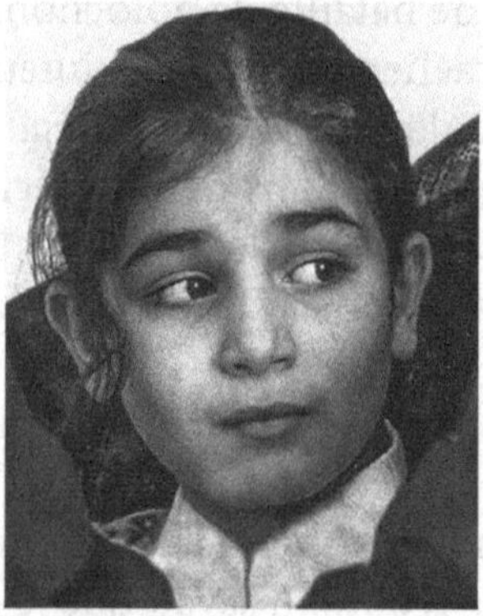

316

Il la vit, un après-midi, rentrer de l'école à pied, seule. Elle jouait à un jeu d'enfant, elle essayait de se déplacer dans et hors de sa propre ombre. En temps normal, il se serait arrêté pour la prendre en voiture, mais ce jour-là il y avait quelque chose en elle, les petits mouvements de son pied, la courbure de sa tête, qui l'incita à ne pas bouger et à la regarder. Il resta en première et resta tout près du trottoir. Le cartable d'Abir se balançait de droite à gauche.

Elle remonta en courant la dernière portion de la colline, par l'escalier cassé qui menait à l'immeuble, jusqu'à ce que Bassam voie son uniforme disparaître derrière le mur gris.

315

École de filles, Anata. Bulletin du 3e trimestre 2006.
Abir Aramin
Âge : 9 ans. Classe : CM1.

Arabe : Excellent.
Écriture : Très bien.
Mathématiques : Excellent.
Musique : Excellent.
Éducation physique : Très bien.
Études religieuses : Excellent.
Anglais : Vraiment excellent.

Commentaire : Abir travaille très bien partout. Elle est une élève modèle dans toutes les matières.

Participation : Excellente.

Apparence : Propre, ordonnée, habillement soigné, ongles propres.
Souci du détail, excellente.

Retards : 1 (excusé).
Absences : 0.

314

Par la suite, ni lui ni Salwa ne se rappelleraient cet unique retard : au contraire, Abir était perpétuellement en avance. Ils se demandèrent si elle n'était pas tombée sur une patrouille de l'armée en allant à l'école et si elle n'avait pas été retardée, mais dans ce cas Arin les aurait vraisemblablement tenus au courant : elles allaient presque toujours ensemble à l'école.

Arin non plus n'avait pas souvenir d'un matin où sa petite sœur avait été retardée. Sur le bulletin d'Arin, il n'était fait mention d'aucun retard. Peut-être s'agissait-il d'une erreur ?

Salwa suggéra d'interroger la maîtresse. Mais il y avait quelque chose, dans cette question, auquel Bassam voulait s'accrocher, le petit mystère sur lequel il pourrait revenir encore et toujours, une image de sa fille, à neuf ans, devant le portail de l'école, peut-être en train d'aider une autre élève, ou de caresser un chien errant, ou intriguée par un nuage, ou par quelque autre question qui la faisait traînasser en chemin.

313

Lorsqu'ils finirent par s'installer dans leur nouvelle maison, à Jéricho, ils remplirent la voiture, descendirent leurs affaires dans l'escalier et bourrèrent une remorque de meubles et de vêtements. En partant, ils évitèrent la route sur laquelle Abir avait été abattue.

312

Dans la tête de Bassam, il y avait toujours l'idée du raté de justesse : la balle serait passée vingt centimètres plus haut et Abir aurait couru dans la rue, le bracelet de bonbons dans son cartable, et le projectile aurait ricoché par terre loin devant elle, et les tables de multiplication auraient continué de résonner dans sa tête.

311

La minuscule piscine derrière la maison de Bassam, à Jéricho, a une contenance de quatre mille cinq cent quarante-deux litres. Il ne la remplit que deux fois par an : au début des vacances scolaires et au milieu de l'été.

310

Dans ses conférences, Rami expliquait au public qu'il n'y avait pas une seule minute de sa vie éveillée – pas une seule minute – où il ne pensât pas à Smadar. Il savait que cela devait paraître exagéré aux yeux de ses auditeurs – dix-neuf ans, chaque minute de la journée –, mais de temps en temps un autre parent venait, ou un frère, ou une tante, et il les regardait, et il reconnaissait le deuil qu'ils portaient en eux comme des horloges.

309

308

Elle semblait oublier son propre corps pendant des heures. Après ses cours de danse, elle s'allongeait dans le salon et lisait, son livre par terre, la tête suspendue par-dessus le rebord du canapé, s'abandonnant à la gravité. Comme si elle réfléchissait à quelque problème abstrait.

Plus elle lisait, plus elle remuait, moins son corps se fiait au canapé, jusqu'à ce qu'elle se retrouve quasiment à l'envers, presque perpendiculaire au meuble.

Rami la photographia une fois, un après-midi, quand elle avait douze ans. Ses cheveux étaient encore longs, ils se répandaient en éventail sur le sol, cachant le livre devant elle. Elle s'était juchée sur les coudes et ses pieds étaient tendus en l'air. Seules ses hanches et ses cuisses reposaient sur le canapé.

Lorsque Rami appuya sur le déclencheur, elle releva malicieusement sa tête, et ses cheveux – bientôt coupés court – exécutèrent un geste acrobatique de dauphin, un geste qui, plus tard, remonterait sans cesse à la surface des pensées de Rami.

307

Un après-midi, après que Smadar fut revenue de son cours de natation, Rami lui demanda de se sécher les cheveux, et elle répondit : « Je ne suis plus un petit enfant, tu sais, j'ai onze ans. »

306

À treize ans, elle commençait tout juste à s'enticher des garçons. Rami le remarqua la première fois à la piscine. Sa manière de se tenir derrière les plongeoirs. Elle restait un peu plus près du mur, elle consultait ses claquettes. Un peu plus timide, gênée.

Elle porta son regard à l'autre bout de la piscine, où les garçons s'étiraient.

Au lit, le soir, Nurit et lui lisaient ensemble, bavardaient. Nurit avait repéré un cœur griffonné à l'intérieur du rabat d'un des cahiers de Smadar. Au bas du cœur, leur fille avait écrit un poème, ou les paroles d'une chanson, en hébreu, que Nurit ne reconnut pas.

« C'était quoi ?

— Je ne me souviens plus.

— Tu es nulle », dit Rami en riant.

Il rampa hors du lit, mit ses pieds dans ses chaussons, se leva. Il revint au bout de quelques instants avec le cahier, se planta au bout du lit et le brandit théâtralement.

Il feuilleta le cahier : c'étaient des devoirs normaux. L'écriture de sa fille était grande et arachnéenne. À l'intérieur du rabat, il trouva le petit cœur dessiné au marqueur rouge. À l'intérieur du cœur, il était écrit : *Smadar et Zev*.

« C'est qui, ce Zev ?

— Il est dans le club de jazz de l'école.

— À quoi il ressemble ?

— C'est un gentil garçon, je crois. »

Tout en bas du cœur, là où il se terminait en pointe, Smadar avait écrit : *Toutes les fleurs que tu as plantées dans le jardin ont fané quand tu es parti.*

« C'est mignon, dit Nurit.

— Mignon ?

— Quel est le problème ?

— Mariage arrangé.

— Oh, tais-toi », dit-elle en riant.

Rami jeta le cahier au bout du lit et envoya valser ses chaussons.

« Remets-le dans son cartable, dit Nurit, et viens ici. »

305

Prince enregistra la première version de « Nothing Compares 2 U » dans le Flying Cloud Drive Warehouse, un lieu de répétition improvisé au bord d'une route à deux voies, à Eden Prairie, Minnesota. Le studio était petit, lambrissé, mal isolé. On y entendait les bruits de la circulation.

304

Prince parsema diverses chansons de son quinzième album, *Come*, d'extraits du Cantique des cantiques. Les paroles, d'abord écrites pour la chanson « Poem », reprenaient des fragments du texte originel, les façonnaient et les refaçonnaient dans des morceaux tels que « Pheromone », où Prince évoque sa main gauche sous la tête d'une amante tandis que la droite étreint le temps.

303

Cet après-midi-là, dans Ben Yehuda Street, elle portait un jean noir, un tee-shirt Blondie, des Doc Martens et un simple collier en or.

302

Anglais : 89. Bien/Très bien. Comportement enjoué, un plaisir de l'avoir en classe. Doit améliorer la ponctualité. A encore du mal avec le conditionnel, mais maîtrise les autres temps. Montre des aptitudes pour le cours de littérature au prochain semestre.

Culture religieuse : 59. Médiocre/Correct. Souvent distraite en classe. A besoin d'être encouragée à la maison, notamment pour l'étude de la Torah.

Sciences sociales : 80. Bien. Excellent devoir sur la pollution des fleuves (doit encore comprendre les principes de l'annotation). Est curieuse et logique. Gaie. Pourrait se concentrer davantage. Profiterait peut-être d'une séparation d'avec ses amis en classe. Devoirs à la maison rendus parfois en retard. Smadar n'a pas peur d'exprimer ses opinions en classe.

Mathématiques : 68. Correct. Fortes aptitudes pour les concepts abstraits mais sérieux manque d'organisation et de discipline (est souvent vue en train de jouer avec son Walkman).

Géographie : 82. Très bien. Un sens inhabituel de l'histoire donne aux efforts de Smadar en géographie un tour particulier, notamment en ce qui concerne le Grand Israël. Sa rédaction sur les écosystèmes était la meilleure de la classe.

Hébreu : 96. Excellent. Participe volontiers. Hautes ambitions. Rédaction exemplaire sur Elisha Porat.

Éducation physique : 95. Excellent. Facilement distraite, mais excelle en danse, notamment jazz et freestyle. (Bon point aussi pour sa participation à l'équipe de natation extrascolaire.)

301

Le visage de Smadar était resté parfaitement intact. Le shrapnel avait criblé la partie inférieure de son corps, principalement le dos, les épaules et les jambes. Lors de l'analyse médico-légale, il fut déterminé qu'elle se trouvait relativement près du terroriste au moment où elle fut touchée. Très vraisemblablement, dirent les scientifiques, elle avait eu le dos tourné et n'avait pas vu le visage de l'homme, bien qu'il se puisse également qu'elle courût déjà, tête baissée.

300

Les pousses de bambou entourées de poudre à canon, appelées bombes foudroyantes, furent développées au XIe siècle, sous la dynastie Song. L'air chauffé à l'intérieur du bambou explosait et produisait un fracas tonitruant.

Deux siècles plus tard, les Chinois commencèrent à remplir leurs bombes de minuscules tessons de porcelaine brisée et de bouts de ferraille, d'hameçons et de chausse-trapes, qui partaient dans toutes les directions : on parlait de bombes coup de tonnerre.

La technique fut redécouverte en 1784 par Henry Shrapnel, lieutenant dans l'artillerie royale britannique, qui remplit un boulet avec des billes de plomb, et ce pour faire le maximum de dégâts.

La méthode Shrapnel a été utilisée depuis avec des bris de verre, des rasoirs, des billes, des pointes de flèche, des clous, des vis, du grillage, des agrafes, des épingles, des rivets, des roulements à billes et autres objets divers.

Lors de la deuxième Intifada, on a raconté que les terroristes palestiniens enduisaient leurs shrapnels de mort-aux-rats, ou de coumaphène, afin que les victimes se vident plus vite de leur sang. Mais cette affirmation fut moquée et par la suite écartée dans la mesure où, premièrement, la quantité de poison nécessaire eût été énorme ; deuxièmement, ses effets n'auraient pas été immédiats ; troisièmement, elle aurait été rendue à peu près inefficace par la formidable chaleur de l'explosion.

299

Après l'attentat, Rami prenait de longues et fréquentes douches pour que Nurit n'entende pas ses sanglots.

298

Il était persuadé que Smadar aurait fait partie de Machsom Watch, ces femmes israéliennes qui surveillaient les checkpoints. Elle y serait allée tous les vendredis. À Qalandia. Ou au checkpoint 300. Ou à Atara. Il l'imaginait en train d'aller et venir, les cheveux coupés au carré, chemisier noir, jean noir, bottes noires aux lacets rouge foncé.

297

Les Dames en noir, un groupe israélien de défense des droits de l'Homme, fut fondé à Jérusalem en 1988 – neuf ans avant la mort de Smadar –, au lendemain du déclenchement de la première Intifada. Les femmes se postaient aux carrefours, aux feux rouges et sur les places centrales, tout de noir vêtues, tenant des pancartes noires où figuraient l'image d'une main blanche et l'inscription : *Arrêt de l'Occupation.*

296

La chromesthésie est un phénomène de perception par lequel un son évoque automatiquement une couleur. Pour les personnes concernées, la musique est vue autant qu'elle est entendue. Un son aigu est associé à la clarté. Un son grave est associé à quelque chose d'une tonalité plus sombre.

La première recension d'un cas de chromesthésie se trouve chez le philosophe anglais John Locke, qui, dans son *Essai sur l'entendement humain*, mentionne le cas d'un aveugle. Quand on lui demandait ce qu'était la couleur écarlate, l'aveugle répondait qu'elle ressemblait au son d'une trompette.

295

Abir apprit à jouer de l'oud quand elle avait huit ans. Elle avait trouvé l'instrument posé contre une poubelle près de son école, à Anata. Elle l'avait rapporté à la maison, directement dans sa chambre. Comme le manche en était fissuré, l'instrument rendait un gémissement grave. Mais Bassam le répara tant bien que mal avec de la colle et de la pâte à bois.

Il installa son vieux tourne-disque dans la chambre d'Abir et lui donna un 45-tours de Farid el-Atrache. Lorsque Abir l'entendit pour la première fois, elle prit un air dédaigneux et lui dit : « Baba, c'est de la musique de vieux. »

294

Fleur de mon imagination, je l'ai gardée dans mon cœur.

293

Les Dames en blanc, Las Damas de Blanco, ont vu le jour à Cuba en 2003 pour protester contre l'incarcération d'avocats, d'étudiants, de journalistes et d'intellectuels. Elles se retrouvaient tous les dimanches à l'église Santa Rita de Casia, à La Havane, des photos de leurs proches emprisonnés agrafées à la poitrine. Elles s'inspiraient, disaient-elles, des mères de disparus au Chili, ainsi que des Mères de la Plaza de Mayo, en Argentine.

Les Dames en blanc reçurent le prix Sakharov pour la liberté de l'esprit, décerné par le Parlement européen, en 2005, mais leur gouvernement leur interdit d'assister à la cérémonie.

292

Avec Nurit, Smadar se rendit à Paris Square, à Jérusalem, pour rejoindre les manifestantes. À neuf ans, elle n'avait pas de chaussures noires et portait à la place une paire de ballerines qu'elle avait noircies au cirage. Elle s'installa au carrefour, aux côtés de Judy Blanc, une militante plus âgée. Ensemble elles brandirent un panneau : *Fin de l'Occupation*. Ni l'une ni l'autre ne broncha lorsque des colons à chapeaux noirs passèrent en voiture et jetèrent un cornet de popcorn à leurs pieds.

291

Nurit reçut le prix Sakharov en 2001 pour ses écrits. Avec Rami, elle fit le voyage jusqu'à Strasbourg pour recevoir la récompense. Elle portait une robe de satin violette et gardait une photo de Smadar dans son sac à main.

Elle partagea le prix avec Izzat Ghazzawi, un enseignant et écrivain palestinien. Le fils de Ghazzawi – également prénommé Rami – avait été abattu à l'âge de seize ans par des snipers israéliens, dans la cour de son école.

290

Pour le huitième anniversaire de la mort de son fils, Ghazzawi nota dans son journal : *Seule la folie nous a poussés à fêter tes vingt-quatre ans. Le gâteau était aussi grand que le grand absent. Personne n'en a mangé. Comme si c'était une offrande au silence.*

289

Lorsque Nurit monta sur l'estrade, elle demanda au public d'avoir la gentillesse de ne pas applaudir.

288

Après avoir remporté le prix Sakharov, Ghazzawi continua d'enseigner à l'université Beir Zeit, mais fut arrêté de nombreuses fois pour incitation à la violence politique.

Plusieurs matins par semaine, il se retrouvait bloqué au checkpoint d'Atara et était soumis à des fouilles corporelles sous les yeux de ses étudiants.

Deux ans après le prix, Nurit apprit qu'il était mort de désespoir.

287

Pardonne notre languissement, écrivait Ghazzawi, *s'il ne fait que grandir.*

286

Lorsque le checkpoint 300 fut construit pour la première fois, en 1994, c'était une simple cahute en bois avec deux barils orange placés au milieu de la route. Les barils étaient remplis de pierres. Une radio se faisait entendre. Un drapeau flottait. Quelques soldats montaient la garde.

Bassam se rappelait qu'une nuée d'oiseaux pouvait facilement plonger toute la zone dans l'ombre.

Au bout d'un an, les barils furent remplacés par des blocs de béton. Une barrière fut installée en travers de la route, puis des clôtures, puis du fil barbelé, puis une structure provisoire, puis une grande tour d'acier.

En 2005, la zone fut incorporée à la Barrière de séparation et le checkpoint devint l'un des plus importants de Cisjordanie, hérissé sur toute sa longueur de tessons de verre et de barbelé à lames.

285

Pendant l'hiver 2008, dans le cadre de sa thèse, Dalia el-Fahoum partait régulièrement de Bethléem à vélo pour rejoindre divers endroits de la vallée du Cédron et recueillir les sons de la nature.

Dalia ne passait pas inaperçue à Bethléem – un mètre quatre-vingt-sept, des cheveux noirs réunis en un chignon serré, une mèche blanche sur le front.

Vêtue d'un foulard et d'une tenue occidentale décente, elle quittait les abords de la ville et s'enfonçait dans les collines arides au-delà de la vallée, parcourant souvent trente kilomètres ou davantage en une seule journée.

Dalia se faisait parfois contrôler par des patrouilles. Quand elle discutait avec les policiers, elle pliait légèrement les genoux et se penchait pour ne pas paraître trop grande ou intimidante. Elle expliquait qu'elle enregistrait des sons dans les collines en vue d'un projet musical. Les soldats lui demandaient d'appuyer sur la touche « lecture ». Le bruissement d'un cours d'eau, l'aboiement d'un chien sauvage, le bruit du vent parmi les *natsch*, les applaudissements des oiseaux dans le ciel.

À deux reprises, la police démonta son enregistreur et, une fois, ce dernier lui fut confisqué par un agent qui, le soir même, le rapporta, tout penaud, à la maison de village de son père, sans les piles.

284

283

Le projet de Dalia portait sur le travail du compositeur Olivier Messiaen, organiste parisien et ami de John Cage qui avait incorporé des chants d'oiseaux dans nombre de ses œuvres musicales. En particulier, Dalia voulait prendre le *Catalogue d'oiseaux* de Messiaen pour piano seul et y mêler ses propres sons de Cisjordanie, créant une version électronique dont elle ferait ensuite un morceau lent de huit heures, qu'elle souhaitait intituler « Migration ».

Un matin avant l'aurore, environ à mi-chemin de son projet, dans un village situé à treize kilomètres de Bethléem, Dalia entendit des bulldozers troubler le silence. Elle avait bien remarqué la présence des engins, et vu les gyrophares non loin de la route principale, mais jamais aussi près.

À travers les arbres, elle vit que l'armée était en train d'arracher une oliveraie. Le soleil jouait sur les branches argentées des arbres, qui scintillaient quand on les déterrait.

Rampant sur le ventre, Dalia se rapprocha des bruits et – à une distance de cinquante mètres – tendit le micro de son enregistreur numérique Sony. Elle commença à enregistrer.

282

Grâce à des microphones laser, des scientifiques, en Allemagne, ont établi que les plantes et les arbres rejettent des gaz quand ils se sentent attaqués. Ces gaz produisent à leur tour des ondes sonores qui se diffusent à un niveau inaudible, sauf aux appareils les plus sensibles.

D'après ces scientifiques de l'Institut de physique appliquée de l'université de Bonn, les fleurs émettent un gémissement quand on coupe leurs feuilles, les arbres peuvent se prévenir les uns les autres quand approchent des essaims d'insectes, et l'odeur d'herbe coupée provient d'un système de sécrétion à l'intérieur des brins d'herbe.

Cette équipe a établi, sur la foi de découvertes antérieures, que les neurotransmetteurs tels que la dopamine et la sérotonine peuvent exister dans les plantes, bien qu'il n'y ait pas trace de neurones ou de synapses dans leurs systèmes sensoriels.

281

Dans le jargon des opérateurs radio de l'armée israélienne, une *fleur* est quelqu'un qui a été grièvement blessé au combat.

280

Dans un essai datant de 1940, G. H. Hardy écrivait : *Les formes du mathématicien, comme celles du peintre ou du poète, doivent être belles ; les idées, comme les couleurs ou les mots, doivent s'ajuster harmonieusement. La beauté est le critère premier : il n'y a pas de place durable dans le monde pour des mathématiques laides.*

279

Lors d'une conférence en Grèce, Bassam expliqua à ses auditeurs l'importance de l'olivier dans la mentalité palestinienne. Déraciner un vieil arbre, leur dit-il, revenait à fracasser un objet précieux dans un musée. Prenez un Cézanne et transpercez-le d'un coup de poing. Laissez un Brancusi fondre sous une chaleur formidable. Soulevez une amphore grecque et criblez-la de trous.

278

Le père de Bassam avait exploité un pressoir à olives dans une grange à l'orée du village de Sa'ir, près de la grotte où Bassam avait grandi. À l'intérieur, un cheval blanc tournait en rond sans arrêt, éclairé par une lampe à huile. Le cheval – dont les yeux étaient bandés, afin qu'il n'ait pas le tournis – poussait la barre en bois et faisait se frotter une pierre circulaire contre une autre, broyant les olives, exprimant l'huile.

Ce que Bassam, enfant, n'arrivait pas à comprendre, c'était comment le cheval pouvait tourner toute la journée sans s'écrouler de fatigue. Ce n'est qu'à l'âge de six ans qu'il se rendit compte que trois chevaux blancs identiques se relayaient.

Deux ans plus tard arriva un pressoir électrique, et les chevaux furent envoyés dans le champ de pierres, où ils passèrent le restant de leurs jours à décrire, inlassablement, des cercles.

277

Un de ses chants de prison préférés : *Salue pour moi l'olivier et la famille qui m'a élevé.*

276

Lorsque Dalia écouta ses cassettes, plus tard, seule dans le studio d'enregistrement de l'université, elle trouva les sons beaucoup plus doux que dans son souvenir. Une sorte de ronronnement animal, remontant vers le haut de la colline, rien de mécanique.

Elle fut déçue par sa neutralité, elle qui avait espéré déceler quelque chose de plus brutal, le sol déchiqueté, les racines arrachées, la terre qui retombe : comme si elle avait pu entendre le gémissement spectral des arbres eux-mêmes.

Manipulant ses commandes de mixage, elle essaya d'isoler les passages les plus discordants, ceux où les machines se faisaient plus gutturales. Elle essaya d'isoler le cri d'un soldat, le hurlement d'une sirène, le bip-bip des bulldozers en marche arrière. Mais isoler les sons les rendait particuliers, voire comiques. La musique, lorsqu'elle voulut la mixer, lui parut pathétique.

Elle retourna à ses enregistrements bruts. Les chants entrelacés d'un coucou. Le bruissement d'une souris dans les broussailles. Le bruit, aussi, de ses propres mouvements dans l'herbe.

Il y avait de la musique là-dedans, pensait-elle. Peut-être pouvait-elle se servir des sons, les ponctuer de certains chants d'oiseaux plus anciens qu'elle avait enregistrés. Mais plus elle y réfléchissait, plus elle était convaincue qu'il fallait laisser le son tranquille, que ce n'étaient ni les bulldozers, ni les oliviers, ni les gyrophares ronronnants qui méritaient une attention particulière, mais le silence lui-même.

275

Elle était également attirée par le bruit de la pluie qui claquait sur les feuilles d'olivier.

274

Une des choses que le fils de Rami, Elik, apprit de bonne heure pendant sa formation de parachutiste était la discipline particulière qu'exigeait le transport de l'eau. Dans les longues marches à travers le désert, aucun bruit, pas même le plus infime, n'était permis. Sa gourde d'eau devait être remplie à ras bord et recouverte d'un petit morceau de film étirable avant d'être fermée. Si sa gourde se retrouvait ne fût-ce que partiellement vide, l'eau ballotterait et pourrait alerter un ennemi proche.

Une fois la gourde ouverte, il fallait boire l'eau dans sa totalité afin d'empêcher tout nouveau bruit. Le choix du moment opportun pour boire était vital si l'on voulait éviter la déshydratation. Elik savait qu'un des premiers signes de la déshydratation était un très léger trouble de la vision.

Les soldats travaillaient en tandem, mais ils étaient parfois envoyés seuls pour des exercices d'entraînement, avec une simple gourde pour une marche de trente kilomètres.

L'officier supérieur d'Elik exigeait aussi que de la nourriture soit avalée avec l'eau, au cas où le liquide commencerait à clapoter contre les parois de l'estomac.

273

En période de sécheresse, il était d'usage pour les anciens porteurs d'eau de faire de longs trajets jusqu'aux sources et d'emplir de grands récipients en peau de buffle. Des oasis, ils transportaient les provisions sur des charrettes tirées par des bœufs.

Quand ils abordaient un village ou une ville, ils se rendaient d'abord chez les habitants les plus fortunés et remplissaient les barriques dans les caves et les cours. Ensuite, les habitants plus pauvres faisaient la queue pour remplir leurs jarres en terre cuite.

Les affaires marchaient ; les porteurs devenaient souvent assez riches.

272

Le mot grec *clepsydra*, donné aux anciennes horloges à eau, vient de l'amalgame des mots signifiant « eau » et « voler ».

271

En Cisjordanie, Mekorot, la compagnie israélienne de l'eau, s'arrange pour que les colons paient le moins cher possible.

Les Palestiniens paient jusqu'à quatre fois le prix. En privé, les dirigeants de l'entreprise surnomment cet accord la clause de la Piscine.

270

Un après-midi, alors qu'elle se rendait en voiture chez ses éditeurs à Tel-Aviv, Nurit eut un petit accrochage à un feu rouge dans King George Street, près du Meir Garden.

En se penchant pour remettre une serviette pleine de papiers sur le siège passager, elle lâcha par erreur la pédale d'embrayage. Sa voiture fit une embardée et emboutit le pare-chocs d'une Mercedes bleu métallisé devant elle.

Un homme d'âge mûr, grand, sortit tranquillement de la voiture. Il portait une belle chemise blanche sans cravate et un costume bleu ajusté. Une boucle de cheveux improbable pendouillait devant ses yeux.

Il la surprit par un sourire : « Ne vous en faites pas, dit-il, je m'en occuperai.

— Certainement pas, c'est ma faute.

— Je peux la faire réparer, dit-il, ne vous en faites pas. Sérieusement. Voici ma carte.

— Non, non, c'est…

— Aucune inquiétude, je paierai. »

Il s'inclina légèrement. Nurit retourna la carte dans sa main. Elle reconnut immédiatement le logo, le cercle bleu, le fond blanc, le château d'eau : c'était un des vice-présidents de Mekorot.

Elle le regarda remonter tranquillement à bord de sa voiture. Il régla son rétroviseur et retrouva rapidement la circulation. Nurit resta plantée un moment sur place, jusqu'à ce que d'autres voitures, derrière elle, klaxonnent.

Le lendemain matin, elle signa un chèque de six cents shekels pour les dégâts occasionnés, puis emballa un exemplaire de son livre dans du papier vierge et fit parvenir le tout, par coursier, au bureau de l'homme.

269

Palestine in Israeli School Books : Ideology and Propaganda in Education, par Nurit Peled-Elhanan (I. B. Tauris & Co. Ltd., Londres, New York, 2012). Introduction : Une ethnocratie juive au Proche-Orient. 1/ La représentation des Palestiniens dans les manuels scolaires israéliens. 2/ Géographie de l'hostilité et de l'inclusion : une analyse multimodale. 3/ La mise en page comme vecteur de sens : messages explicites et implicites transmis par la mise en page. 4/ Processus de légitimation dans les recensions des massacres. ISBN # : 978 1 78076 505 1. Réimpressions 2013, 2015.

268

Mekorot : qui signifie « les sources ».

267

Deux semaines plus tard, Rami la trouva à la maison, à la table de la cuisine, le menton dans la main, son relevé bancaire devant elle : « Bon, dit-elle en riant, tu ne vas pas me croire, mais ce connard a encaissé mon chèque. »

266

Nurit recevait des messages haineux à l'université. Certains lui arrivaient sur des notes soigneusement repliées dans de petits phylactères. D'autres sous forme de messages sur son répondeur téléphonique. Les pires d'entre eux la traitaient de Juivarabe, de traîtresse, de putain, de mère de refuzniks. Elle gardait tout le courrier, pile informe sur l'étagère derrière son bureau. Elle le lisait une fois, et une fois seulement.

265

Elle avait envie de répondre et de dire que son grand-père était un des signataires de la Déclaration d'indépendance d'Israël, que son père avait fait la guerre des Six Jours en tant que général, que son mari avait combattu dans trois des guerres d'Israël, que ses fils avaient fait leur propre choix quant au service militaire, que sa fille aurait pu servir aussi dans l'armée si elle en avait eu l'occasion, ce qui ne fut pas le cas, mais ce n'était pas sa faute, ou peut-être, pour dire la vérité, c'était la faute des dirigeants israéliens, qui étaient les véritables assassins, et si toutes ces choses ne la rendaient pas spécialement fière – en réalité elle était convaincue que sa fille aurait refusé de faire son service ou, au moins, aurait intégré une unité médicale – elles s'étaient produites dans le cours de l'histoire de son pays, un avenir dans lequel elle ne plaçait plus beaucoup d'espoir, même si jadis, quand elle était jeune, elle avait rêvé de pouvoir faire partie d'une vaste mosaïque, juifs chrétiens musulmans athées autres bouddhistes, appelez ça comme vous voudrez, un pays qui serait compliqué, nuancé, démocratique, visionnaire, un lieu où la simple idée de lettres haineuses, comme celles qui continuaient d'atterrir sur son bureau, serait une offense à l'imaginaire patriotique, l'idée de patriotisme s'appliquant non pas nécessairement à un pays ou à une nation, mais à une condition que l'on ne pouvait qualifier que d'humaine, bien qu'elle fût disposée à admettre, étant donné l'histoire en général, mais particulièrement celle de l'État israélien moderne, que ce désir était presque devenu absurde, et néanmoins la seule manière de combattre l'inanité était de s'élever contre elle, dans le vain espoir d'être entendu, surtout au sein des institutions éducatives, où les esprits étaient encore malléables et où le poison n'avait pas, du moins pas encore, pénétré les consciences.

264

Ses cours à l'Université hébraïque de Jérusalem étaient parmi les plus courus – remplis en quelques secondes dès l'ouverture des inscriptions. Ils étaient aussi les plus décriés, notamment parmi ceux qui n'y assistaient pas.

263

Il était prévu que l'album de Dalia el-Fahoum, *Migration*, soit publié en 2009 par une petite société de production basée à Ramallah. Il devait être entièrement composé de sons naturels. Dans son journal, elle écrivit qu'elle avait décidé de ne pas incorporer le son du piano transporté sur roulettes, ni les bulldozers dans l'oliveraie, ni tout autre moment suggérant quoi que ce soit d'urbain ou de mécanique.

Elle admettait le paradoxe qu'il y avait à se servir d'une machine pour capter les sons, mais elle disait vouloir trouver un espace, à l'intérieur des sons, où personne ne pourrait la retrouver.

262

Son bureau à l'université fut le dernier endroit où elle a été vue. Les caméras de surveillance la suivaient, portant foulard et jean, jusqu'aux marches du bâtiment des Sciences, là où son vélo était garé, un vieux Raleigh datant de l'époque du mandat.

Elle disparaissait des images sur son vélo, avec un sac à dos léger. C'était en début de soirée, mais elle avait allumé les dynamos avant et arrière de son vélo. On ne sait pas où elle est allée à partir de là, mais on suppose que, n'étant pas rentrée chez elle, elle a pu dépasser les banlieues de la ville pour enregistrer de nuit une série de sons.

Dalia avait noté dans son journal qu'il lui manquait encore un élément nocturne pour son album. Elle était en particulier intéressée par le bruit des hyènes et des chiens sauvages : ils représentaient pour elle une tonalité qu'elle n'avait encore jamais captée. Elle aurait pu enregistrer ces sons en plein jour, mais elle était fascinée par la manière dont, la nuit, ils portaient.

Bien que son père eût signalé sa disparition le soir même, la police palestinienne ne lança les recherches que trois jours plus tard, alors qu'un certain nombre de rumeurs avaient commencé à circuler : elle avait été arrêtée et emmenée par les FDI, elle s'était enfuie pour vivre une histoire d'amour avec un ingénieur du son israélien, elle appartenait à un réseau terroriste clandestin, elle avait été aperçue dans un bus en direction de Ramallah.

Les rumeurs enflèrent, surtout celle selon laquelle elle avait été capturée par l'armée et était en train d'être interrogée dans un lieu secret du Néguev. Après tout, aux dires de certains étudiants, elle avait enregistré la destruction de l'oliveraie et il se pouvait que quelqu'un l'ait dénoncée.

Deux semaines plus tard, un cousin de Dalia, parti explorer le désert, rentra avec le phare cassé d'une vieille bicyclette. Il l'avait trouvé dans un coin isolé, dit-il, près d'un wadi. D'après sa forme et sa taille, il fut déterminé que le phare appartenait à un vieux Raleigh.

Plusieurs équipes de recherches furent dépêchées pour retrouver d'autres parties du vélo. Le cadre fut finalement découvert huit cents mètres plus avant dans le désert. Une roue était enlisée dans un banc de boue. Une chaussure fut retrouvée non loin de là.

Les recherches s'intensifièrent. Parce qu'elle n'avait pas d'hélicoptères, la police de l'Autorité palestinienne joignit ses efforts à ceux l'armée israélienne pour tenter de retrouver le corps, dont on pensait désormais qu'il avait été emporté par une crue subite.

On eut recours à des appareils sans pilote et à des équipements infrarouges ; on envoya même une équipe d'élite composée de pisteurs bédouins. Les grottes furent explorées, les récents bancs de boue retournés. Une deuxième chaussure fut découverte environ trois kilomètres plus loin dans la vallée du Cédron. Impossible de savoir ce qu'il était advenu de son corps dans les eaux tumultueuses.

261

Un concert fut organisé sur la rive du wadi. Tous les amis étudiants de Dalia, réunis, jouèrent de divers instruments, dont l'oud.

260

Migration, l'album de Dalia, ne fut jamais terminé ni publié. Plusieurs étudiants de l'université de Bethléem, ainsi que deux producteurs de musique, se dirent heureux de pouvoir contribuer à l'achèvement du projet, mais la mère de Dalia – convaincue que sa fille reviendrait, qu'elle était quelque part dans le désert, perdue ou commotionnée – refusa que quiconque approche de sa chambre. Son père, aussi, interdit l'accès à ses fichiers informatiques.

Ses parents étaient persuadés que Dalia franchirait le seuil de la maison, sac au dos, les cheveux noirs tirés en chignon, une pompe à vélo dans les mains.

259

Le corps de Dalia n'a jamais été retrouvé.

258

Un après-midi, Rami suivit un camion-citerne avec une équipe de tournage hollandaise à laquelle il avait proposé son aide. Ils avaient repéré le camion à Beit Sahour, tandis qu'il allait de maison en maison. Ils restèrent derrière lui à mesure qu'il remontait péniblement la colline entre les maisons, déroulant un gros tuyau noir à chaque arrêt.

Au bout de vingt minutes, ils entendirent des pneus crisser derrière eux sur la route en pente. Deux Jeeps. Les policiers de l'Autorité palestinienne. Quatre agents en chemise bleue descendirent.

Le cœur de Rami bondit. Peut-être avait-il commis une erreur cette fois-ci. Il se trouvait dans la Zone A. Il était sans Bassam. Il avait ses papiers israéliens. Ils les retrouveraient s'ils le fouillaient. Ils pourraient le remettre à l'armée israélienne. Celle-ci ferait de lui un exemple. Voire l'emprisonnerait si elle le souhaitait.

Il y avait trois autres personnes dans la voiture : un producteur, un preneur de son, un caméraman. Rami était assis sur la banquette arrière.

Le plus petit des policiers s'approcha de la vitre côté conducteur avec un dédain paresseux. Il passa sa tête à l'intérieur, plus menaçant à cause de sa petite taille. Il s'exprima dans un anglais parfait. Qui étaient-ils ? Que voulaient-ils ? Avaient-ils l'autorisation de filmer ?

« Sortez de la voiture », dit-il.

Rami actionna la poignée de la portière et posa le pied sur les pavés.

Des enfants s'étaient rassemblés pour observer la scène. C'était une chose qu'il avait remarquée en Cisjordanie. La plupart des hommes restaient à l'écart ou traînaient à bonne distance. Les jeunes femmes aussi. Les enfants, en revanche, se faufilèrent jusqu'à eux.

Il laissa ses mains aussi visibles que possible. Bassam le lui avait appris. Les policiers vinrent d'abord voir le producteur, lui posèrent des questions, s'attardèrent sur son passeport. Le caméraman. Le preneur de son.

Rami sentait un tremblement au fond de son ventre.

Y avait-il quoi que ce soit qui le signalât comme israélien ? Il n'y avait même pas réfléchi, ce matin-là. Il portait un pantalon et une chemise ouverte. Il aurait dû mettre un short, comme le caméraman. Seuls les étrangers portaient des shorts en Cisjordanie. Ç'aurait pu être une forme de déguisement. Il était devenu trop complaisant. Sa vanité. Le besoin d'être vu. Le besoin de se quereller. Peut-être pourrait-il imiter l'accent hollandais, pensa-t-il. Quelque chose de dur, de guttural.

« Passeport, s'il vous plaît.

— Je viens d'Amsterdam, dit-il en arabe. Je suis arrivé ici d'Amsterdam. »

Cela faisait maintenant des années qu'il apprenait la langue, l'écoutant parfois dans son casque pendant qu'il roulait à moto.

Le policier se tourna vers ses collègues : « Ce type croit parler l'arabe. »

Ils se réunirent en un petit cercle bleu foncé. Rami les entendit rire.

Ils restèrent vingt minutes dans la rue, jusqu'à ce que le policier agite la main et leur dise qu'ils étaient libres de repartir dans n'importe quelle direction. Simplement, interdiction de filmer le camion-citerne : ils n'avaient pas intérêt à le faire. Allez-y. S'ils voulaient savoir des choses sur l'eau, dit-il, qu'ils demandent plutôt au ciel.

257

La seule phrase de Rami qui se retrouva finalement dans le documentaire était celle où il disait que Smadar, comme tout le monde, était constituée à 60 % d'eau : une simple remarque en passant, prononcée alors qu'ils roulaient dans les rues de Bethléem.

256

Autant que possible, Bassam voyage dans une voiture propre, ce qui lui facilite l'existence aux checkpoints s'il se fait arrêter : sa veste soigneusement repliée sur le siège passager, pas de grands sacs dans le coffre, pas de récipients en plastique, tout pour qu'un soldat puisse jeter un rapide coup d'œil à l'intérieur et le laisser repartir.

255

Juste après le rond-point, une série de feux rouges embrase l'obscurité.

254

Le checkpoint du Container – du nom d'une petite épicerie autrefois installée dans un container au bord de la route – est un checkpoint interne, séparant deux zones de Cisjordanie, si bien que quand il est fermé la Cisjordanie se retrouve coupée en deux.

253

Il passe les vitesses en trombe. Seulement sept ou huit voitures devant lui. Il éteint tout de suite ses phares. Uniquement les feux de position. Les deux mains posées haut sur le volant. Peut-être qu'ils n'auront pas remarqué l'ampoule cassée. Il devait ressembler à une moto en train d'approcher. Il laisse une distance suffisante entre lui et la voiture devant. Toujours une bonne idée de ne pas trop coller.

Avec son coude, il appuie sur le bouton pour baisser la vitre et, prudemment, prend ses cigarettes sur le tableau de bord. Il pose le paquet sur le bord du volant. Tout ça fait partie de la subtilité de la chose. Il ouvre le paquet avec son pouce, en s'assurant qu'il laisse bien ses deux mains visibles. Il extrait une cigarette avec sa bouche. Le petit éclair de la flamme pourrait les faire hésiter, mais il a entendu dire quelque part qu'un homme qui fume est rarement coupable.

Près de la tour de guet, les ombres des soldats s'allongent et se raccourcissent.

Il recrache la fumée vers le côté, par la vitre, et attend que la comédie interminable et pénible se mette en place. La première voiture bouge, puis la deuxième avance brusquement. Parfois, il se dit qu'il est capable de deviner l'âge du conducteur rien qu'à sa manière de se mettre en position. Il a vu de tout : le bond en avant furieux, la progression lente, la pause humiliée, le déplacement à la Fred Pierrafeu, en pente, avec un pied qui dépasse par la portière ouverte.

Sur le support à téléphone, son portable s'illumine. Un message de Rami : *Bien rentré, mon frère. À demain.*

Toujours pas de réponse de Salwa.

Six voitures. Cinq. Quatre. Les visages des soldats se précisent au fur et à mesure qu'il avance au pas. Il emmène sa voiture pardessus les herses, vers l'allée. Les soldats sont toujours incroyablement jeunes : dix-sept, dix-huit, dix-neuf ans.

Il laisse tomber sa cigarette pile dans le cendrier ouvert, qu'il referme avec son genou. Mieux vaut ne pas jeter sa cigarette par la vitre. Ils pourraient y voir une forme de provocation.

Trois gardes entourent à présent la voiture de tête : deux garçons, une fille, dont la queue-de-cheval fait des bonds derrière elle.

Le coffre de la voiture de tête s'ouvre. Avec le canon de son fusil, la jeune fille fait signe au conducteur de sortir. Il a dans les vingt-cinq ans, mince, tee-shirt blanc, chaîne en or, cheveux luisants. Les deux soldats masculins le plaquent contre la voiture. Jambes écartées, mains contre les vitres. Ils font glisser le canon de leur fusil le long de ses jambes, avec un dernier petit coup sur ses parties. Le conducteur grimace, agite une épaule, se contorsionne. Le soldat lui plaque violemment une main entre les omoplates et le pousse vers la vitre de la voiture, tout en écartant un peu plus ses jambes.

Ça va durer un moment, se dit Bassam. Il envisage une deuxième cigarette, puis change d'avis.

Il est désormais assez tard pour que Salwa se prépare à aller au lit. Il devrait lui renvoyer un message. *Tout va bien. Va te coucher. Je rentre bientôt.*

Le conducteur regarde un soldat, puis l'autre, attend un signe, puis cherche dans son coffre. Les trois fusils sont braqués sur lui. Il sort une grande bouteille en plastique bleue. Première erreur : avoir quelque chose dans son coffre. Deuxième erreur : l'écriture est en arabe. Lentement, il dévisse le bouchon, puis tend la bouteille au plus grand des soldats, comme pour qu'il en vérifie l'odeur.

Maintenant, tout peut arriver : ils peuvent lui faire tomber la bouteille des mains, ils peuvent en déverser le contenu à ses pieds, ils peuvent l'emmener pour interrogatoire, fermer le checkpoint, bloquer la circulation pendant quelques heures. Ou alors confirmer l'odeur de lessive, revisser le bouchon, laisser repartir le conducteur.

Celui-ci regarde d'un air absent la file des voitures : l'espace d'un instant, il ressemble à un marin furieux contemplant la mer.

Les soldats étudient sa carte d'identité. Et soudain, par un simple hochement de tête de la fille, la journée du conducteur est foutue. Ses épaules s'affaissent. Protester ne servirait à rien. Il revisse le bouchon de la bouteille, s'avance en traînant des pieds, remonte dans sa voiture.

Un portail s'ouvre sur le côté de l'allée, et l'homme est emmené – avec deux fusils braqués sur lui – pour une fouille approfondie.

252

Habibi, on ne fera pas de lessive ce soir.

251

En 2004, des tourniquets ont été installés aux checkpoints piétons de Cisjordanie afin que les files de gens puissent passer en bon ordre.

Des soldats – perchés dans des bureaux derrière des vitres fumées – régulent la vitesse de passage au moyen de commandes électroniques. À intervalles de quelques secondes, les tourniquets sont bloqués et les piétons restent enfermés dans de longs tunnels métalliques, grillagés en haut, aussi longtemps que les soldats l'estiment nécessaire.

La technologie utilisée aux checkpoints est si fine que même les murmures les plus discrets peuvent être enregistrés. Des caméras sont installées pour surveiller les tunnels sur toute leur longueur.

Après l'installation des tourniquets, les constructeurs découvrirent que s'ils réduisaient la distance entre les bras métalliques des 75-90 cm standard à 55 cm, les tourniquets pourraient appuyer contre le corps du piéton et, ce faisant, permettre de voir qu'il ne dissimule rien sous ses vêtements.

Les espaces exigus se révélèrent particulièrement pénibles pour les femmes enceintes qui essayaient de passer de l'autre côté.

250

Au cours de l'hiver 2012, une jeune soldate israélienne de l'Unité 8200, spécialisée dans le décryptage informatique, téléchargea toute une journée de conversations au check-point 300.

Ne sachant pas trop quoi faire de ces enregistrements, elle les transféra sur une clé USB et les donna à son petit ami, un rappeur en herbe de Tel-Aviv.

Ledit petit ami emporta les enregistrements dans un studio et les sampla pour essayer d'en faire une chanson contestataire, « Soulève ta chemise de merde connard », mettant en boucle les extraits vocaux et ajoutant une caisse claire. Jusqu'à ce que sa petite amie se rende compte que, si ce morceau sortait, elle risquait d'être accusée de vol de matériel appartenant à l'État.

Elle détruisit le fichier mais, un an plus tard, après leur séparation, son petit ami envoya une copie des enregistrements à un DJ palestinien de la station de radio des étudiants de Beir Zeit.

249

C'est quoi ton problème ? Restez derrière la ligne, s'il vous plaît. Pas moi qui décide. C'est le mariage de qui ? Elle a trente-neuf cinq de fièvre. Je suis passé il y a une heure. Je vous promets que non. Parle plus fort, je t'entends pas. Soulève-la. Et ton tee-shirt aussi, connard. Depuis combien de temps vous travaillez là-bas ? Restez derrière la ligne. Pas sans permis. Mes cours commencent à 9 heures. Reculez s'il vous plaît reculez. Enlevez votre voile. La porte à gauche. Au suivant. Il est périmé, désolé. Suivant. [Inintelligible] pastèque. Au suivant, dépêchez-vous. Actionnez la poignée. Dieu nous garde. Allez voir le bureau là-bas. Tu es en train de me dire que tu travailles là-bas ? Tu me prends pour qui ? Pour une chèvre ? L'enterrement est à 10 heures. Je suis là pour régler tes problèmes ? Ça fait trois heures que je suis là. Comment ça, tu sais pas ? Épelez. Il a traversé avec la Jeep. Je vous en supplie, au nom de Dieu, laissez passer mon garçon. Les pieds derrière la ligne. Tous les nœuds peuvent être défaits. Il a soixante-sept ans, qu'est-ce qu'il va faire ? Ce n'est pas moi qui décide, demandez à mon supérieur. Je ne crie pas, je ne crie pas. Ouvrez la fermeture Éclair. J'ai mis le sèche-cheveux par erreur. Comment vous avez dit qu'il s'appelait ? Le naturel revient au galop. Un permis est un permis. Je ne l'ai jamais vue de ma vie. Je vous le dis, ce sont des jumelles. Je m'en fous si elle habite en Mongolie extérieure. Dans l'au-delà aussi. Je ne vais pas vous le répéter, sortez-moi ça du sac plastique, s'il vous plaît. Je ne fais que mon travail. Qui a fait ta valise ? Je ne répéterai pas ma question. Il me faut l'original. Ce n'est pas [inintelligible] un torchon. Je me suis coupé en me rasant. J'ai mon gendre qui travaille là-bas. Faites venir un paresseux. Quel couvre-feu ? C'est écrit juste ici. Mon père l'a emprunté par erreur.

248

Le morceau fut diffusé à quelques reprises par la station de radio étudiante, jusqu'à ce que des auditeurs se plaignent d'avoir reconnu la voix de leurs proches dans les extraits vocaux passant en boucle.

247

La plupart des hackers de l'Unité 8200 ont moins de vingt-trois ans. Ils épluchent les appels téléphoniques, les e-mails, les messages satellite, et passent au crible les immenses débris de données qui leur tombent sous la main, à la recherche du moindre élément récurrent suspect. Ils se servent de satellites pour suivre les voitures et les camions. De renseignements fournis par les avions et les ballons météorologiques.

Ils interceptent les communications au sein des universités et des hôpitaux. Ils ont recours à des logiciels de reconnaissance faciale. Cherchent des points d'ignition mathématiques parmi les données. Fouillent chaque recoin électronique disponible, créant des algorithmes pour rassembler les nouveaux éléments et en faire un renseignement. Un mot répété, un code, une série de chiffres, un coup de fil passé au même moment, au même endroit, chaque jour. Même une rupture anormale dans les récurrences peut les alerter d'une opération, ou d'un rassemblement, ou d'une manifestation. Les éléments les plus recherchés sont ceux qui concernent la sexualité – une liaison, une rencontre homosexuelle, une photo obscène, l'indice d'une relation illicite –, car cela permet de contraindre le sujet hacké à devenir un collaborateur.

246

Ils recueillent les signaux comme l'humidité dans l'air.

245

Bassam avance au pas. Il ne reste plus qu'un soldat, mais il est vite rejoint par un autre, un grand jeune homme à lunettes, peut-être éthiopien, peut-être somalien. Ils jettent un coup d'œil sur la plaque d'immatriculation de Bassam et lui font signe de passer sans même regarder sa carte d'identité.

244

Un checkpoint à une seule cigarette. Un minuscule coup de chance. Et toujours, ensuite, la petite joie personnelle, la victoire dérisoire, celle de s'éloigner, d'éteindre en partant le plafonnier.

243

Il a déjà vu ça, le checkpoint mobile, la Jeep qui attend huit cents mètres plus loin. C'est une loterie. Peut-être une voiture sur quatre ce soir. Ou toutes les voitures bleues. Ou toutes les voitures avec une femme à l'intérieur.

Son unique phare fait de lui un candidat probable, mais dans le froid et l'obscurité il se sent calme.

Deux kilomètres après le checkpoint, il appuie un peu plus sur l'accélérateur. Rien dans le rétroviseur. Rien devant lui. Même la petite pluie s'est arrêtée.

242

La permission de reprendre ma vie.

241

Cap ensuite, à travers Béthanie, sur le rond-point, avec Jérusalem dans son dos et Maale Adumim de l'autre côté. Il tourne ensuite jusqu'à l'autoroute moderne où, pour la première fois depuis Beit Jala, il est autorisé à accompagner les voitures aux plaques israéliennes qui vont et viennent des colonies.

Au dos d'un panneau routier, au gros marqueur rouge : *Au revoir, Apartheid Road.*

240

Les parois de la vallée sont vertigineuses. Les grottes dans les falaises ont, pendant des siècles, fait des cachettes parfaites pour les archers, les guetteurs, les tireurs d'élite, les canardeurs.

239

L'arc militaire a évolué pour incorporer plusieurs matières naturelles – le bois, la corne animale, les tendons, la colle – dans le puissant arc composite. Le squelette n'était pas fait d'un seul bloc de bois mais d'une combinaison de morceaux d'arbres différents, aux degrés de malléabilité variables, afin de maximiser l'allonge et la force.

Le dos de l'arc était recouvert de lanières de tendons. Le ventre était renforcé par des sections de corne animale.

Les arcs composites avaient une portée réelle d'environ quatre cents mètres. Pour la première fois dans l'Histoire, il était possible de surprendre l'ennemi et de l'attaquer au-delà de la distance de riposte.

238

La flèche se composait de trois parties. La pointe était fabriquée avec le matériau le plus dur disponible – métal, os ou pierre. Le fût était taillé dans le bois ou le roseau. L'empennage, conçu pour maintenir la stabilité de la flèche pendant son vol, était fait en plumes d'aigle, de vautour, de milan ou d'oiseau de mer.

237

Les plumes étaient surnommées les messagers de la mort.

236

Pour Rami, la guerre du Kippour arriva de nulle part. Il avait vingt-trois ans. Il se sentit soudain poussé sur le rebord d'une fenêtre. Il titubait. Dans un carnet de croquis, il fit le portrait au crayon d'un soldat tirant derrière lui un char au bout d'une ficelle.

235

Il partit à la guerre en habit de civil. L'armée n'avait pas assez d'uniformes pour les appelés. Une chemise kaki, un vieux pantalon et des bottes usées. On lui donna un fusil à canon long, un FN Herstal. Le bout du canon était écaillé par la rouille. Le percuteur n'était pas huilé. C'était la seule arme disponible. Certains, dans son unité de réservistes, n'avaient rien d'autre que de vieux revolvers.

Il servait dans une unité de réparation des chars. Il n'y avait pas de camions dans les parages. Pas de pièces de rechange non plus. Les entrepôts de Jérusalem étaient vides.

Ils commencèrent leur progression dans le désert du Néguev. En haut du char, ils ne disposaient que d'une mitrailleuse légère, de calibre .50. L'obscurité les écrasait. Ils étaient censés avancer jusqu'à Suez. Rami savait que les chenilles se déchiquetteraient sur la route, mais il ne pouvait rien y faire : c'étaient les ordres. Ils roulèrent de nuit. Sa mâchoire tremblait. Son crâne tremblait. Ses clavicules tremblaient. Ils consultèrent leurs cartes. Encore au moins quatre-vingts kilomètres. Au milieu de la nuit, les chenilles du côté gauche se brisèrent. Les hommes rapprochèrent le char du bord de la route et sortirent dans le noir. Les chenilles gisaient au sol. Les pignons étaient cassés. Ils tentèrent une réparation rapide, en vain. Le char ne pouvait plus bouger. Tous les camions de ravitaillement étaient déjà loin devant. Rami faillit rire. La guerre se faisait à l'envers : l'unité de réparation des chars ne pouvait pas réparer son propre char.

Des balles traçantes fusèrent dans la nuit, au loin. D'autres chars déboulèrent, des Jeeps, des voitures militaires. Rami hurla pour demander des pièces de rechange. Il n'y en avait pas. La radio, aussi, était cassée. Ils allaient devoir attendre jusqu'au lendemain matin. Rami rampa sous le char et déroula son sac de couchage. Yom Kippour. Le dernier des dix jours de pénitence. Il n'arrivait pas à dormir. Il parcourut une petite distance à pied. Il s'accroupit sur la terre dure. Vingt-trois ans. Il venait de rencontrer Nurit. Les étoiles envoyaient leurs shrapnels au-dessus de lui.

Le matin, un petit cachet d'aspirine rouge se leva – le soleil. Des nouvelles parvinrent du front. Une attaque-surprise. Ils étaient en train de se faire décimer. Les Arabes avaient énormément progressé. La ligne Bar-Lev était enfoncée. Israël menaçait d'être envahi. Rami entendit des explosions plus loin, vers l'avant. La route était encombrée de véhicules militaires. Un camion de ravitaillement arriva peu après l'aurore. Les conducteurs avaient le visage creux, grêlé, fatigué. Ils se mirent tout de suite à l'ouvrage. Le char fut réparé en moins d'une heure. Un transport arriva. Ils chargèrent le char. Rami s'assit à côté de la tourelle. Des ambulances roulaient dans l'autre sens, toutes sirènes dehors. Près de la frontière, des véhicules en flammes commencèrent à apparaître. Des Jeeps fracassées. Des chars. Des camions-citernes à carburant. Des tentes d'hôpital improvisées. Des infirmières allaient et venaient. Des soldats erraient dans un chaos de bandages blancs.

Rami comprit tout de suite que, sans la panne de la veille au soir, il aurait été tué : cette chenille cassée lui avait sauvé la vie.

Ils s'arrêtèrent dans un village pour se regrouper. On lui donna un uniforme, mais pas de nouveau fusil. Il devait s'accrocher à son FN Herstal. Une jeune infirmière lui tendit un gobelet en plastique rempli de limonade froide. Une fois celle-ci bue, il plaqua le plastique frais contre son front. Son commandant lança un cri. Il était temps de partir. Rami remonta sur son char, les pieds dans le vide, le fusil en travers des cuisses. La chaleur martelait son crâne. Ils avancèrent. Il dessina le ciel dans un carnet, croqua quelques oiseaux tournoyant dans le néant.

Des ordres furent donnés. Des dizaines de chars avaient déjà été perdus. Leur mission consisterait à tenir bon. Il en allait du destin d'Israël. Dieu les protégerait.

Ils atteignirent le front tard dans l'après-midi. L'odeur infecte de la guerre : la cordite et la chair. Rami les connaissait, ces odeurs, depuis 1967. Ils rejoignirent l'arrière de la ligne de front. Il avait pour tâche d'avancer et de réparer les chars, de livrer les munitions, puis d'évacuer les morts et les blessés. Il soulevait les lourdes civières. Des garçons plus jeunes lui serraient le bras. Du sang coulait de leur bouche. Il les ramassait.

La guerre était en train de basculer. C'est ce que disaient les comptes rendus. Les avions israéliens zébraient le ciel. La Hatikvah passait à la radio. Il y avait des rumeurs selon lesquelles ils franchiraient bientôt le canal. L'unité de Rami reculait et avançait, reculait et avançait. Les nuits succédaient aux jours. Les jours succédaient aux nuits. Des ravitaillements arrivèrent. Bottes, chemises, rations de combat américaines. Toujours pas de nouveau fusil.

Ils s'agglutinaient et étalaient des cartes à l'arrière du char. Ils attaqueraient là, là et là. Des renforts arriveraient de là, de là et de là. Ils auraient un appui aérien. Rami se noircit la figure avec la suie d'une casserole. Il écrivit une lettre à Nurit. Il ne put la terminer. Sa lettre était bête, pathétique. Il essaya de dessiner, mais c'était tout aussi inutile. Il mit la lettre dans sa poche de chemise. Il sangla son nouvel uniforme, ouvrit la trappe du char, grimpa à l'intérieur. Son équipe était la dernière de la cohorte, derrière les autres chars. Bientôt, ils approchèrent du canal. Il était une heure du matin. Ici, l'obscurité n'existait pas. L'autre côté du canal était noyé sous la fumée. Il y eut un claquement sur le blindage du char. Rami était dans un pavillon de chasse. Un obus explosa devant eux. Le conducteur s'affola, le char fit une embardée, percuta une glissière et s'arrêta au bord du précipice. Un cri retentit. Sortez, sortez, sortez. Il sauta de la tourelle jusqu'au pont et s'accroupit derrière le char. Il braqua son FN vers l'autre côté. Sauvez-moi. Où est la radio, attrape la radio. Aux abris, aux abris. Des balles traçantes fusaient au-dessus d'eux. Ils appelèrent des soldats du génie pour éloigner le char du précipice. D'autres Jeeps et chars passaient à toute vitesse. La nuit se calma. Israël franchissait le canal de Suez. Le pont était à eux. L'obscurité était illuminée par la fumée des bombes. Rami songea un instant à rentrer tout simplement chez lui, à pied, à travers le brouillard, la guerre, la saleté, la puanteur. Les soldats du génie arrivèrent. Rapides, brusques, efficaces. Ils attachèrent une chaîne à l'arrière du char. Encore des balles. Gardez vos casques. Faites gaffe aux avions. Ils éloignèrent le char du précipice. Et voilà Rami reparti, à l'intérieur du char, franchissant le canal, en territoire ennemi, direction l'avant du front.

Ils écrasèrent un rouleau de fil barbelé, atteignirent un immense replat. Nulle part ailleurs où aller. Ils tournèrent le char sur le côté. Rami ouvrit encore la trappe, bondit au-dehors, atterrit sur le sable, s'accroupit, courut, se mit à couvert. Le FN Herstal rebondissait sur son torse. Il se coucha au sol. Ce flingue à la con. Mon arrêt de mort.

Il vit du mouvement au loin. Des lumières. Des fusées. Il tira dans le noir. La radio ordonna une nouvelle avancée. Il suivit les coordonnées, courut à quatre pattes. Ils avancèrent, par dizaines. Les balles pleuvaient quand même.

Une grosse pierre roula contre sa botte. Il baissa les yeux. Pas une pierre, mais un casque. Plus loin, il trouva un bout de vêtement ensanglanté.

Et puis les corps. Il les voyait par terre, d'abord isolés, puis par grappes, des puzzles d'hommes, bras courbés, jambes arrachées, torses sectionnés. Il se baissa pour récupérer une kalachnikov abandonnée. Elle était froide. Cela faisait des heures qu'elle n'avait pas été utilisée. Des munitions, aussi. Il ramassa des chargeurs, les déposa dans les poches de son pantalon.

Il balança son FN et avança. Il n'en aurait plus besoin.

234

Rami fit le reste de la guerre avec l'arme de l'ennemi.

233

Des années plus tard, il dirait que c'était comme se retrouver dans un jeu vidéo. Il était en train de marcher avec la kalachnikov. Il s'était brûlé la main sur le canon chaud. Il entendait des cris et des hurlements au loin. Puis, en une fraction de seconde, un cri isolé. Il se tourna dans la direction du cri, appuya sur la détente et ne la lâcha plus. Il vit la silhouette se désintégrer : elle se plia, se dissolut, tomba.

232

Jamais il ne dit à Smadar qu'il avait tué au moins une personne, sans doute davantage, peut-être plusieurs. Il en parla aux garçons, individuellement, à des moments différents : mais il était évident à ses yeux qu'ils savaient déjà. Il y avait toujours ce sentiment écœurant, quand il se demandait si eux aussi connaissaient cet instant de néant qui survient entre la balle et la chute.

231

En science, le *problème difficile de la conscience* est la question de savoir comment les processus physiques à l'œuvre dans le cerveau engendrent notre expérience subjective de l'esprit et du monde.

D'un point de vue purement objectif, nous pouvons passer, aux yeux des scientifiques, pour des robots régis par le déclenchement élémentaire de synapses dans notre cerveau. Notre esprit enregistre l'expérience. Les neurones s'allument. Le cerveau reçoit une forme de cinéma documentaire qui déroule.

Dans la guerre, par exemple, on peut tirer des balles pendant qu'on franchit les dunes en pleine nuit. On avance. On se couche. On vise. On tire encore.

D'un point de vue subjectif, toutefois, l'important est de savoir ce que l'on *ressent*. On voit des couleurs, on voit la forme des corps dans l'air, on appréhende les morts dans leurs contorsions hideuses tandis qu'on avance, fusil à la main.

Dans ces moments-là, nous sommes éveillés à la conscience à travers les dimensions de la vue, de l'ouïe, du toucher, du goût, de l'odorat, de la pensée, afin de créer une forme que nous nous rappellerons de mille et une manières, qu'elles soient magnifiques, terrifiantes ou humiliantes – ou une simple question de survie.

230

Sur son lit de mort, Mikhaïl Timofeïevitch Kalachnikov demanda au patriarche de l'Église orthodoxe russe s'il était responsable de la mort de ceux qui avaient été tués depuis l'invention de son AK-47.

Kalachnikov se préoccupait de sa postérité : il aurait voulu qu'on se souvienne de lui comme d'un poète, non d'un fabricant d'armes.

Le patriarche lui répondit par écrit que la position de l'Église était bien connue : si une arme était utilisée pour défendre la mère patrie, l'Église soutiendrait ses inventeurs et ceux qui s'en servaient.

229

Lorsque les Britanniques prirent le contrôle de la Palestine mandataire, ils firent du quartier russe de Jérusalem une prison pour les membres de la résistance clandestine.

Les prisonniers juifs étaient des paramilitaires qui commettaient des attentats, des assassinats et des raids éclair pour combattre les Britanniques et la population arabe locale. L'objectif de l'Irgoun et du Lehi était de chasser les Britanniques de Palestine et de créer un État juif. Les Britanniques parlaient, à leur propos, de terroristes.

Les cellules étaient froides et spartiates. Le sol était couvert de tapis de chiffons. Des passages à tabac avaient lieu dans le cachot. Dans la salle d'exécution, un nœud coulant était accroché à la plate-forme en bois.

En 1947, deux combattants juifs, Moshe Barazani et Meir Feinstein, devaient être exécutés dans cette prison. Barazani avait été condamné pour tentative d'assassinat. Feinstein avait été arrêté après avoir déposé trois valises bourrées d'explosifs dans une gare de Jérusalem.

Les deux hommes refusèrent de reconnaître l'autorité du tribunal britannique. Quelques heures avant l'heure prévue de leur exécution, une corbeille d'oranges fut déposée à la prison. À l'intérieur des oranges évidées se trouvaient les éléments d'une grenade qu'il fallait assembler.

Feinstein et Barazani demandèrent à pouvoir prier quelques instants, sans la présence d'un rabbin ou de soldats.

Seuls, ils reconstituèrent la grenade, se collèrent l'un à l'autre, la calèrent entre eux, allumèrent la mèche, posèrent chacun la tête sur l'épaule de l'autre, s'enlacèrent, prièrent et attendirent.

228

Avec une balle en caoutchouc, l'énergie cinétique est convertie en énergie élastique, puis reconvertie en énergie cinétique, tandis qu'avec une explosion il s'agit d'une collision inélastique : la quantité de mouvement est conservée, mais pas l'énergie cinétique.

227

Feinstein écrivit dans une lettre, avant sa mort : *Il est des vies pires que la mort, et il est des morts plus grandes que la vie.*

226

Le lendemain matin de l'attentat, Netanyahou téléphona. La sonnerie aiguë du téléphone semblait, curieusement, plus forte que les autres fois. Nurit décrocha. Elle avait connu Netanyahou à l'école. Ils avaient été amis à l'université. Un journaliste présent dans la maison entendit la conversation. Non, dit Nurit, il n'était pas le bienvenu chez eux. Pas maintenant, pas pour la shiva, non, s'il te plaît ne ramène pas ta tête. Elle posa le combiné, puis le laissa retourné de manière à ce qu'il reste décroché. Dès le lendemain, leur conversation faisait la une. Nurit fut de nouveau interviewée dans la semaine. Le meurtre n'était pas la faute des kamikazes, dit-elle. Eux aussi étaient des victimes. Israël était coupable. Il avait du sang sur les mains. Netanyahou avait du sang sur les mains. Elle aussi, dit-elle. Elle n'était pas exempte, tout le monde était complice. Oppression. Tyrannie. Mégalomanie. On la vit à la télévision nationale. Des spécialistes affirmèrent qu'elle était encore sous le choc. Rien à voir avec le choc, répondit-elle. Le seul choc était qu'il n'y ait pas plus souvent d'attentats palestiniens. Israël invitait ses propres enfants à se faire massacrer, dit-elle. Autant placer du Semtex dans leurs cartables. Le pays ne serait jamais en paix tant qu'il n'admettrait pas cela. Les journaux conservateurs publièrent des dessins : Nurit dans une salle de classe à l'université, en uniforme de général, et un keffieh autour de la tête. D'après les radios de droite, elle n'était pas une bonne juive, elle s'était fait laver le cerveau, et puis son père était devenu un *peacenik*, il avait trahi Israël, il avait été l'ami d'Arafat. Elle changeait de station. Entendre Sinéad O'Connor lui brisait le cœur.

Les jours passèrent, les semaines, les mois. Ils furent inondés de coups de téléphone. Des journalistes du monde entier. Surtout des Européens, Français, Estoniens, Suédois. Ils voulaient faire des documentaires sur elle. Cela la dérangeait de voir que beaucoup d'entre eux adhéraient pleinement à ses idées : elle craignait de devenir une porte-parole, un pion. Elle ne voulait plus en parler. Fini la télévision, fini les journaux, fini la plaie que l'on remue.

Elle prit un congé sabbatique et passa onze mois à Londres. Elle voulait être le plus loin possible d'Israël, se laver du bruit, de la rancœur, de la pitié. Elle recevait encore des invitations du monde entier, cependant elle ne voulait plus parler de Smadar en public, pour le moment c'était terminé – elle parlerait du racisme, de l'apartheid, des préjugés, oui, mais plus de ce qui était arrivé à sa fille. Cela lui était tout simplement trop douloureux. Elle emmena Yigal avec elle. Rami et les deux grands restèrent en Israël. Cela fit jaser, bien sûr, mais Rami et elle n'en avaient cure : c'était ce qu'elle devait faire. L'air libre de Londres lui remonta le moral. Dans cette ville il y avait un ordre, un flux naturel. Yigal et elle habitaient chez une famille à Hampstead – le rez-de-chaussée d'une maison de style Tudor à deux étages, avec des roses jaunes à l'arrière et les branches des arbres qui caressaient la fenêtre. Elle lisait, elle écrivait des articles, elle faisait de longues promenades. Elle traduisit Memmi et Duras en hébreu. Les samedis après-midi, l'odeur d'herbe tondue montait des jardins voisins. Yigal avait cinq ans. Il se promenait partout avec un ballon de foot devant les pieds. Nurit marchait à côté lui, de peur que le ballon ne roule au milieu de la rue. Elle ne voulait pas le perdre de vue. C'était le plus jeune. Elle le dorlotait. Ils téléphonaient à Rami d'une cabine téléphonique installée dans le village. Elle avait quelque chose de rassurant, cette cabine rouge : ancienne, vitrée, une couronne dorée au-dessus de la porte. Ils avaient bien un téléphone à la maison, mais la petite promenade jusqu'à la cabine devint un rituel dominical. Elle laissait Yigal tourner le cadran avec ses petits doigts. Bonjour, Baba, c'est moi. Au bout d'un moment, elle lui prenait délicatement le combiné des mains, se baissait et passait un bras autour de sa taille pendant qu'elle parlait. Elle ne voulait pas avoir des nouvelles de Jérusalem, ni d'Israël, ni de quoi que ce soit, elle voulait simplement entendre que ses garçons allaient bien. Est-ce qu'Elik sera à la maison le week-end prochain ? Est-ce que Guy a bien reçu le livre que je lui ai envoyé ? Tu as arrosé les pétunias ? Tu as vu ce qu'a écrit Miko ? Est-ce que les papiers de l'université sont arrivés ?

Parfois, le soir, elle se faufilait hors de la maison, seule, et rappelait Rami, dans le noir, sous la pluie. Elle essayait de ne pas évoquer Smadar : son seul prénom lui tordait le cœur. Elle mettait dans la fente des pièces de cinquante pence qui tombaient toutes les minutes. Nurit souhaitait bonne nuit à Rami, puis rentrait toute seule, dans le noir. Le matin, elle se réveillait avant Yigal, s'installait à son bureau et écrivait ses textes universitaires. Elle fustigeait l'Occupation, le service militaire, le racisme, la myopie. Elle avait envie de s'enfoncer dans la colère, de la transformer en langage. Les traductions étaient plus faciles. Il y avait toujours eu quelque chose, dans l'hébreu, qui la soulageait, qui la ramenait à elle-même. Mais il lui arrivait de se demander si même l'hébreu ne lui faisait pas faux bond : elle mettait du temps à se rappeler certains mots. C'était curieux de marcher dans Londres et de ne voir aucune écriture hébraïque, aucun aleph, aucun tav. Pas de foyer sans langue. Elle adorait son travail, son mari, ses enfants, même son Israël, ou ce qu'il en restait, cette idée originelle, ces décombres fumants, le grand chagrin de son père. Parfois, elle se disait qu'elle n'y retournerait peut-être jamais, mais elle savait que c'était une chimère, qu'elle allait devoir y retourner, où d'autre que là vivrait-elle, où d'autre que là pourrait-elle survivre, que pourrait-elle encore savoir ?

225

LE GOUVERNEMENT ISRAÉLIEN A TUÉ MA FILLE, *Haaretz*, 8 septembre 1997. **La fille d'un général accuse Israël de meurtre,** *Yedioth Aharonoth*, 9 septembre 1997. **La famille d'une victime d'attentat affirme qu'Israël produit les terroristes,** Fil info Associated Press, 9 septembre 1997. **La mère d'une victime israélienne d'un attentat accuse les dirigeants,** *Chicago Tribune*, 10 septembre 1997. **Une mère endeuillée attaque le gouvernement,** *Jerusalem Post*, 11 septembre 1997. **UNE MÈRE ACCUSE LA POLITIQUE ISRAÉLIENNE DANS LA MORT DE SON ENFANT,** *L. A. Times*, 11 septembre 1997. **Une mère endeuillée accuse Israël,** *Courier Mail*, Queensland, 11 septembre 1997. **BIBI A TUÉ MA FILLE,** *The Sun*, 11 septembre 1997. **Selon une mère endeuillée, c'est l'oppression qui pousse les extrémistes arabes à la violence,** *Moscow News*, 12 septembre 1997. ***Une mère accuse Israël de la mort atroce de sa fille***, *People's Daily*, Chine, 13 septembre 1997. **Le malaise national israélien,** *The New York Times*, 14 septembre 1997. L'OCCUPATION EST RESPONSABLE DE LA MORT DE MON ENFANT, *Paris Match*, 14-21 septembre 1997. **« Partez du Liban ! » : le cri d'une mère réveille les Israéliens,** *Tel Aviv Journal*, 19 septembre 1997. « **BIBI, QU'AS-TU FAIT ?** », *Le Monde diplomatique*, 1er octobre 1997.

224

La sœur d'Abir, Arin, avait pour habitude de découper les articles dans les journaux. La plupart du temps, ils montraient la même photo : sa sœur à l'âge de neuf ans. Elle conservait les coupures dans une boîte à chaussures sous son lit, même lors de leur séjour à Bradford. Le soir, quand elle ne trouvait pas le sommeil, il lui arrivait d'attraper la boîte sous son lit : le matin, elle se réveillait avec sa sœur dispersée tout autour d'elle.

223

Abir fut poussée à travers l'air avec une telle force que la chaussure glissa sur la chaussée et s'immobilisa, perchée sur son néant.

222

Bassam disparaissait dans la réserve à charbon pendant des heures. Le vent sifflait à travers les lattes de la porte. D'énormes toiles d'araignée pendaient aux coins du plafond. Il farfouilla parmi les objets que le locataire précédent avait laissés sur les étagères : des sacs de charbon, un taille-haie cassé, des gants, un blouson *Garden News*, un sécateur, du tue-mouches, de l'engrais, une scie, des bocaux remplis de vieilles vis, une bouteille en plastique que l'essence avait tachée de rouge : il se fit la réflexion que tous les ingrédients d'une bombe étaient là, dans cette maison de la banlieue anglaise.

En soulevant les vieux pots de peinture, il mit au jour un étrange univers d'insectes dans l'humidité : perce-oreilles, limaces, faucheux. Il rangea la réserve, mais laissa les toiles d'araignée au plafond.

Il sortit avec la petite fourche sous son bras et commença à perforer le carré de pelouse. Il retourna la terre devant le mur et fit une rangée pour planter.

« Un jardin anglais », dit-il à Salwa.

Il planifia ses cultures : courgettes, concombres, cébettes, laitues, persil. Il envisagea une petite fontaine, y renonça. Il trouva une statue de chérubin dans un marché aux puces, la repeignit en blanc.

Le long de la réserve à charbon, il planta deux roses, l'une baptisée Sally Mac, l'autre Red Devil.

Il aimait tout particulièrement jardiner les dimanches après-midi : les voisins étaient dehors et écoutaient les matchs de foot à la radio. Pour savoir comment se débrouillait l'équipe locale, il lui suffisait de se placer au milieu du jardin et d'écouter les cris des pères et de leurs fils.

221

La Sally Mac : une rose floribunda rose abricot, jaune à la base, avec un parfum léger. La Red Devil : un hybride de thé rouge moyen, sombre à la base, avec une fleur à centre haut, un parfum profond et puissant.

Quand les rosiers étaient en fleur, il coupait les roses pour Salwa et les plaçait dans un vase, sur le rebord de la fenêtre.

220

Je répète : Les nombres amicaux sont deux nombres différents reliés en ce sens que, quand on additionne tous leurs diviseurs stricts – à l'exception du nombre originel lui-même –, les sommes de leurs diviseurs sont égales.

Les nombres – tels qu'estimés par les mathématiciens – sont considérés comme amicaux parce que les diviseurs stricts de 220 sont 1, 2, 4, 5, 10, 11, 20, 22, 44, 55 et 110, lesquels, additionnés, font 284. Et les diviseurs stricts de 284 sont 1, 2, 4, 71 et 142, dont la somme égale 220.

Il n'y a de nombres amicaux qu'en deçà de 1 000.

219

Ne laissez pas le rameau d'olivier tomber de ma main.

Salwa n'ouvrait pas les journaux. Elle se tenait à l'écart de la télévision. Elle ne demandait pas à Bassam où il était allé dans la journée, ni ce qu'il avait vu, ni avec qui il avait parlé. Ce n'était pas de l'isolement, et ce n'était pas de l'épuisement, et ce n'était pas de l'amertume, même si elle savait que ça aurait pu être un peu de tout cela, enrobé dans le désir de rester intacte. Elle ne se rendait pas au Cercle des parents. Elle ne participait pas aux réunions de femmes. Non pas qu'elle fût en désaccord avec elles, mais c'était son silence, elle le savait, qui parlait. Cela faisait partie de sa *douaa*. Personne n'exigeait qu'elle raconte son histoire. Son histoire vivait, au contraire, dans les formes de sa dévotion. La voie de la compréhension passait par la supplique. C'était là une chose que les journalistes étaient incapables de comprendre. Ils étaient presque tous occidentaux, surtout européens. Eux voulaient raconter l'histoire, écrire leurs articles. C'étaient des gens de valeur, elle les appréciait, les invitait chez elle, cuisinait pour eux, leur servait du thé, vidait leurs cendriers, mais elle n'allait pas jusqu'à les laisser l'interviewer. Ils voulaient la photographier dans son hijab. Elle comprenait, mais elle comprenait aussi que ce serait mal interprété. Un jour, elle fut filmée portant sa petite dernière, Hiba, dans l'appartement. Elle s'était arrêtée pour regarder une photo d'Abir et le caméraman l'avait filmée en train de pleurer. S'ils avaient pu comprendre sa colère, s'ils avaient su la saisir sans en faire un spectacle, elle aurait parlé avec eux. Mais elle savait, elle savait : une femme musulmane, une Palestinienne, le crime de sa géographie. Elle soutenait l'action de Bassam, et de Rami aussi, et de Nurit, mais elle avait seulement envie de mener sa vie ordinaire. Elle y trouvait son bonheur. En fin de matinée, après ses prières, quand Bassam et les enfants étaient partis, elle allait au marché. Elle portait de longues robes à motifs et un voile. Parfois, des lunettes de soleil juchées sur son front. Son nom résonnait parmi les étals. Elle riait et saluait. Yalla, yalla, yalla. Si elle répondait aux questions sur ses enfants, l'école, les scouts, la collecte de nourriture à la maternelle, la plupart du temps elle ne parlait pas d'Abir. Encore des années après sa mort, les vendeurs du marché lui laissaient un petit supplément dans son sac de courses : une poire, une pincée supplémentaire d'épices, des dattes. Elle repartait avec ses sacs remplis à ras bord. Elle roulait vite, une habitude qu'elle avait prise au contact de Bassam. Nulle témérité là-dedans, uniquement le frisson de la chose. Elle avait aimé les rues étroites d'Anata, néanmoins les larges boulevards de Jéricho étaient plus agréables. Vitre ouverte, son hijab agité par le vent chaud, elle filait le long des palmiers et du casino désaffecté. Près de la mosquée, elle ralentissait. Après la prière de midi, elle retrouvait les autres femmes. Elles cancanaient : qui risquait de divorcer, qui était malade, qui avait quitté le pays, quel fils avait été arrêté dans la nuit. Elles l'interrogeaient sur Bradford. Elle leur parlait de la maison aux cinq chambres, du jardin de derrière, des promenades au parc, des cours d'anglais, de la mosquée de Horton Park. C'était comme raconter un rêve fait par quelqu'un d'autre : elle ne savait plus vraiment si tout ça lui était arrivé. Pas de checkpoints. Pas de fouilles au corps. Mais elle avait eu le mal du pays. Sa famille, ses amis. Il y avait un je-ne-sais-quoi dans la lumière de Palestine qui lui avait manqué, ce jaune cru, cette manière de clarifier les formes. L'air, aussi. Même la poussière. Elle avait été contente de rentrer. Elle était devenue si adepte des cartons que – la semaine de leur déménagement – elle affûtait ses ongles pour qu'ils coupent facilement le Scotch. De retour à l'aéroport, elle avait de nouveau été fouillée. Ses deux derniers furent retenus dans la même pièce pendant qu'elle se déshabillait. Elle leur demanda de se retourner. Elle les entendait pleurer lorsqu'elle se défit de sa robe. Elle resta stoïque. Ensuite, ils fouillèrent les enfants. Devant elle. Elle se mit à genoux à côté d'eux et leur chuchota à l'oreille au fur et à mesure que leurs vêtements tombaient. Jusqu'aux sous-vêtements. Enfin elle les rhabilla, lentement, bouton par bouton. Elle leur dit de ne jamais capituler. Restez fermes. Ayez confiance en Allah. Les choses changeraient. C'était forcé. Il y avait tant de choses à affronter – la colère d'Araab, la culpabilité d'Arin, le désarroi d'Hiba – mais elle les affronterait, il le fallait, c'était son destin. Tant d'autres mères subissaient bien pire que cela. Elle s'occupait des siens, s'assurait qu'ils rentraient chez eux sains et saufs :

c'était ça l'essentiel. Elle les comptait à la maison – un deux trois quatre cinq paires de chaussures devant la porte. Alors elle pouvait respirer. Le soir, quand les enfants étaient couchés, elle attendait le retour de Bassam. Elle allumait les braises et installait le narguilé dehors, sur le porche, à côté de la petite table basse. Elle posait les cartes et guettait les deux points des phares remontant sur la route.

217

La maison de Jéricho était extraordinaire. Elle se trouvait aux abords de la ville, au bout d'une piste de terre défoncée et bordée d'orangers, d'abricotiers et de palmiers, avec vue sur le vaste désert.

Quatre chambres. De hauts plafonds. Des murs épais. Des arches voûtées. Des fenêtres à treillage. De jolis carrelages dans la cuisine. Du parquet en pin.

La collecte des déchets était fiable. Les conduits de chauffage. L'électricité aussi. Il y avait même une petite piscine en béton à l'arrière.

Lorsque Salwa découvrit la maison, elle monta puis descendit l'escalier, toucha la surface des choses, les effleura avec ses doigts. Elle alluma les lumières, les éteignit. Dans la cuisine, elle se planta sous le ventilateur qui brassait l'air, s'arrêta un moment devant la cuisinière, épongea ses joues humides.

Bassam gravit les marches et admira la vue depuis les fenêtres du premier étage. Les habitations des voisins étaient également bien entretenues : murs à la chaux, interphones, paraboles, portails électroniques.

Autour de la maison, trois mille mètres carrés de terrain : assez pour y planter un petit verger.

216

L'architecture des maisons bien équipées de Jéricho est telle qu'elles sont considérées comme introverties – beaucoup de leurs pièces regardent la cour intérieure plutôt que la rue : elles sont tournées vers elles-mêmes.

Certaines demeures sont surmontées d'un *malqaf*, ou attrape-vent : une grande tour qui fait face, sur un ou plusieurs côtés, au vent dominant. L'attrape-vent récupère l'air frais, plus dense, et le fait descendre dans le cœur de la maison, où il agit comme un climatiseur. Des récipients d'eau sont parfois placés à l'intérieur du conduit, ou des serviettes mouillées suspendues aux ouvertures du bas, afin d'augmenter l'effet rafraîchissant.

Dans certains foyers, on peut sentir la fraîcheur immédiate repousser le rideau de chaleur.

215

Au XIXe siècle, la glace importée – emballée dans de la sciure et convoyée dans des caisses en bois en provenance de l'est et du nord – pouvait rester au frais dans les sous-sols des tours.

Des lacs gelés de Turquie, d'Iran et d'Irak, la glace arrivait par blocs énormes et tranchants, tirés par des bœufs. Transportés par train puis, une fois les gares atteintes, à dos de chameau. Les caisses étaient ensuite enterrées à l'aide de cordes et de poulies.

Boire un verre de thé avec de la glace et un brin de menthe était le comble du luxe palestinien.

214

Une semaine plus tard, pour l'anniversaire de Salwa, Bassam lui tendit une liasse de papiers, enroulée et ceinte d'un ruban : l'acte de propriété de la maison.

Dehors, la minuscule piscine en béton. Bassam rejoignit le jardin de derrière, déroula un tuyau et commença à remplir la piscine grâce à l'eau du robinet extérieur. Il l'avait déjà surnommée la Mare.

Un par un, les enfants grimpèrent dedans et s'ébrouèrent.

213

Tous, bien sûr, sauf Abir.

212

Tard le soir, il fut réveillé par Salwa qui rangeait le salon. Il s'assit en haut des marches et regarda en bas, derrière la rampe en bois.

Elle n'avait pas remarqué sa présence. Elle se déplaçait en silence, ramassait les serviettes, les tee-shirts, un petit ballon de plage qui se dégonflait dans un coin. Elle se pencha par-dessus la table basse, emporta une assiette et un verre dans la cuisine.

Lorsqu'elle ferma le robinet d'eau, il l'entendit respirer. Elle éteignit les lumières de la cuisine et s'arrêta encore dans le salon.

Seule une lampe restait allumée. Salwa tendit le bras pour l'éteindre. Elle remarqua alors quelque chose de caché dans les plis du canapé. Elle souleva le coussin. Au-dessous traînait un brassard en plastique orange, tout fripé et dégonflé.

Elle souleva les autres coussins, en quête du deuxième brassard, mais ne trouva rien.

Bassam la regarda s'approcher de la bibliothèque et se planter devant la photo d'Abir. Elle détacha le petit embout en plastique du brassard, le porta à ses lèvres et souffla. Elle le pinça pour que l'air n'en ressorte pas et passa son poignet dans le brassard.

Elle resta là quelques instants, puis marcha vers l'armoire en dégonflant le brassard.

211

Rami n'aimait pas voir les uniformes laissés en plan quand les garçons rentraient le week-end. Un blouson vert jeté sur la patère. Des bottes marron de travers devant la porte. Il pouvait presque deviner dans quel coin du pays ils avaient crapahuté en regardant les semelles. La poussière du Néguev. Les traces de sel de la mer Morte. Les talons usés d'Hébron.

210

Elik servit de 1995 à 1998 : premier sergent dans l'Unité Maglan. Guy servit de 1997 à 2000 : lieutenant dans un régiment de chars. Yigal intégra une unité éducative non combattante et servit entre 2010 et 2013.

209

Salwa garda les vêtements d'Abir pour Hiba. Elle les ressortait progressivement, au fil des ans : un maillot ici, une écharpe là. Les seules choses qu'elle ne réutilisa pas furent l'uniforme d'écolière et les chaussures en cuir verni. Elle ne pouvait pas supporter l'idée que sa petite dernière aille à l'école en ressemblant comme deux gouttes d'eau à Abir.

208

À son retour de Londres, Nurit passa tout à la machine à laver, sauf les uniformes militaires.

207

Une semaine après la shiva, Elik réintégra son unité. Son officier supérieur alla le trouver dans la salle de contrôle de la base. Il avait vu les images de l'enterrement de Smadar à la télévision. Il posa une main sur son épaule. Désormais, il fallait passer à l'action, lui dit-il. C'était psychologique. Il fallait faire quelque chose. Elik devait retourner sur le terrain. Il y avait une opération prévue au Liban d'ici quelques jours. Ils allaient éliminer certains membres du Hezbollah. Elik devait s'y préparer. Quelqu'un paierait pour la mort de sa sœur. Il se sentirait mieux. Fais-moi confiance, dit l'officier. Il pourrait faire un carton. Taper le Hezbollah.

Elik resta assis, en silence. Son supérieur ignorait encore tout des propos que sa mère avait tenus dans les journaux.

Le surlendemain, son officier supérieur expliqua qu'il y avait eu un changement de plan. Elik fut transféré dans une unité de renseignements, où il n'était pas autorisé à partir en opération sur le terrain.

Il savait que cette décision avait été prise par crainte d'un désastre en matière de relations publiques.

206

Salwa parcourait les routes anglaises : c'était la seule façon d'endormir Hiba pendant la journée. Elle l'installait sur un siège bébé et faisait le tour du quartier. Au bout de deux semaines, elle s'aventura plus loin. Vers les banlieues de la ville, puis au-delà.

Pas de barrages militaires. Pas de checkpoints. Shipley, Bingley, Keighley. Cela ne la dérangeait pas de rouler à gauche.

Elle prenait de petites routes dans la campagne du Yorkshire. Murs de pierre et virages. Moulins et flèches d'églises. La voiture étincelait sous les arbres verts. La lumière du soleil dardait à travers les branches. Le goudron ronronnait. Il n'y avait pas un seul nid-de-poule sur la chaussée.

Elle découvrit, dans les environs de Keighley, une ferme équestre où vivaient des chevaux arabes, luisants et musclés face à la verdure. Elle s'adossa à la portière de la voiture.

Lorsque Hiba se réveilla, elle la posa sur le bord de la clôture et, ensemble, elles regardèrent les chevaux caracoler, hauts sur pattes, dans le champ.

205

Le cheval arabe a un dos petit et droit, en général parce qu'il possède une vertèbre de moins que les autres chevaux. On admire sa silhouette, et il est célèbre pour son trot flottant, chef-d'œuvre de beauté et de symétrie. Tous les tendons bougent ensemble.

204

La mer Morte a la réputation de terroriser les chevaux – s'ils entrent dans l'eau salée, leurs pattes peuvent se dérober sous eux ; ils se retournent sur le flanc et, parfois, se noient.

203

Au XIXe siècle, les tribus bédouines se servaient de juments arabes pour leurs razzias. Celles-ci – permettant de capturer moutons, chameaux ou chèvres – reposaient sur la surprise et la vitesse. Contrairement aux mâles, les femelles, ou juments de combat, ne hennissaient pas quand elles s'approchaient d'un campement ennemi. Ce silence était vénéré.

Chez les Bédouins, il n'était de plus beau cadeau fait à un étranger qu'une jument de combat arabe.

202

Dans l'hospitalité de la guerre, nous leur avons laissé leurs morts en cadeau pour qu'ils se souviennent de nous.

Archiloque

201

Les colis mettaient Rami et Nurit dans une colère noire. Le ministère les leur adressait chaque Jour du souvenir. Soigneusement emballés dans du papier bleu ciel, avec des rubans blancs, et scellés par une étoile de David. Ils étaient déposés sur le pas de leur porte, accompagnés d'un mot du ministre de la Défense : *Chère famille Elhanan.*

Tous les ans, un objet différent : une coupe en verre taillé avec les noms des morts gravés tout autour, un vase en étain avec des citations de la Bible, un drapeau en porcelaine, deux chandelles en argent pour shabbat.

Une fois, Rami déballa un livre – *Randonnées : retombez amoureux d'Israël*. Le livre proposait une randonnée différente pour chaque jour de l'année : cinquante d'entre elles étaient situées en Cisjordanie. Le livre suggérait aux Israéliens de porter une arme s'ils partaient randonner près d'un village arabe.

Le mot – un message spécial adressé aux familles endeuillées – était fleuri. *En ce Jour du souvenir si important, nous souhaitons honorer le souvenir de Smadar et le sacrifice unique que vous et votre famille avez accompli pour l'État éternel d'Israël.*

Nurit était livide : outre la vulgarité des cadeaux et les lettres mielleuses, ils s'appropriaient Smadar, comme si l'enfant avait été complice, comme si elle avait arpenté héroïquement Ben Yehuda Street pour aller se jeter dans les bras de la bombe.

Rami et elle prirent un marteau, fracassèrent la coupe en verre, petit débris de mort et de mémoire.

Ils placèrent les morceaux dans la boîte, remirent le ruban et expédièrent le tout à Netanyahou, avec un message signé Nurit : *Très cher Bibi, quelque chose s'est cassé.*

200

Elle voyait de temps en temps Netanyahou à la piscine de l'Université hébraïque. Un homme mince, avec un bonnet de bain bleu clair et de surprenants bourrelets blancs qui tremblotaient au-dessus des hanches.

Ils se saluaient avec un hochement de tête et se croisaient dans leurs lignes séparées.

199

Il attendait la livraison. Sur le pas de la porte. Devant la maison. Au milieu des fleurs écloses. Juste avant midi, un jeune soldat en uniforme gara son véhicule militaire : blanc, avec des plaques d'immatriculation noires. Le soldat avait un visage franc, jovial. Le paquet était bleu, une fois de plus. Le ruban blanc était soigneusement noué.

Rami emprunta l'allée du jardin et, sans un mot, prit le colis. Le soldat lui souhaita une bonne journée, fit demi-tour et regagna sa voiture dans la lumière violente.

Sur le seuil, Rami déballa le colis. Un globe métallique avec une carte du Grand Israël en bas-relief. C'était du bronze poli, creux, léger.

Il laissa tomber la boîte et rappela le soldat qui venait d'ouvrir sa portière.

« Vous avez vu ça ? »

Le jeune homme se retourna, surpris.

Rami sentait la chaleur l'envahir. Le globe était glissant entre ses mains.

« Vous croyez qu'on veut de ce truc ?

— Monsieur ?

— Ça ?

— Eh bien, monsieur ?

— Vous croyez qu'on veut vraiment de ce truc ? »

Le globe vola par-dessus le toit de la voiture, rebondit sur le trottoir, roula et se retrouva au milieu de la chaussée.

Le soldat regarda Rami pendant trente secondes, puis fit le tour de sa voiture par l'avant, se baissa et ramassa le globe, l'épousseta, s'installa sur le siège conducteur, referma la portière, repartit lentement.

L'année suivante, les cadeaux cessèrent.

198

Malgré tout, Nurit et lui se mettaient toujours au garde-à-vous quand les sirènes du souvenir se déclenchaient.

197

Les sirènes retentissent chaque année en hommage aux soldats israéliens morts et aux victimes du terrorisme. Le travail s'arrête. La circulation s'arrête. Les claviers d'ordinateur s'arrêtent. Les ascenseurs s'arrêtent. Les citoyens descendent de leur voiture en plein milieu de l'autoroute. Les chaînes de télévision et les stations de radio se taisent. Tous les théâtres, cinémas, boîtes de nuit et bars ferment. Il n'y a pas de bruits de chantier. Les drapeaux sont en berne.

Les sirènes sonnent pendant une minute au coucher du soleil, et deux minutes le lendemain.

196

Après son service militaire, Elik jeta son béret et quitta Jérusalem en voiture par la route principale jusqu'à la mer Morte, où il campa toute la nuit dans un parc aquatique désaffecté non loin d'Ein Gedi. Il but une bouteille de vodka, fuma la moitié d'un joint, se promena parmi les chaises des secouristes abandonnées et les lunettes de soleil poussiéreuses, puis passa l'essentiel de la soirée à escalader et descendre les toboggans secs, seul.

Le lendemain matin, il se réveilla sur le sol en ciment d'une piscine vide.

195

194

Rami pesait le pour et le contre dans sa tête jour après jour. Argument et contre-argument. Affirmation constructive. Objection négative. Résolution. Réfutation. Combien de fois était-il déjà passé par là avec les deux autres garçons ? Maintenant c'était au tour d'Yigal. Rami se réveilla en pleine nuit. Il était agité, se retournait sans cesse. Bon alors qu'est-ce que tu dis, fiston, le jour où tu te retrouves au milieu de la rue, que tu vois une Kia noire arriver, que tu lui fais signe de s'arrêter, et qu'il y a Bassam à l'intérieur ? Je le laisse passer. Mais tes copains ? Ils sont capables de décider tout seuls. Et si ton chef t'ordonne de l'arrêter ? Je refuse. Et si on t'arrête pour avoir refusé ? Ils peuvent toujours m'arrêter. Et aller en prison pour ça ? Oui. Alors pourquoi ne pas le faire tout de suite et refuser ? C'est mon devoir, mon obligation. Dis-moi une chose : si tu laisses passer Bassam, est-ce que tu laisses passer aussi le type d'après ? Ça dépend. Et Araab, ou Arin, ou Hiba, ou Mohamed, ou Ahmed ? Tu vas les fouiller aussi ? Je ferai ce qu'il faut faire. Et si on te demande de faire quelque chose que tu ne veux pas faire ? Quoi, par exemple ? Par exemple réquisitionner une maison, détruire une citerne, casser un os. Je ne le ferai pas. C'est ce que tout le monde dit. Je ferai mon choix le moment venu. Et si c'est le mauvais choix ? Dans ce cas je paierai pour ça. Tu as pris ta décision ? Je ne sais pas. Tôt ou tard tu devras faire un choix, fiston. Si je ne fais pas mon service, je n'ai pas de voix. Ta voix est plus forte si tu n'y vas pas. Je n'ai pas peur de la prison, si c'est ce que tu penses. Je sais, fiston. Tu as servi dans l'armée, tu es parti, tu as dû le faire. C'était une autre époque. C'est ce que tout le monde dit. Eh bien, oui, c'est vrai. Pourquoi est-ce que je devrais moisir en prison alors que je peux changer les choses maintenant ? Parce que tu ne pourras rien changer. C'est toi qui le dis. Tu ne peux pas ignorer la réalité, fiston. On a besoin d'être protégés aussi, je suis soucieux de protéger mon pays, on a besoin de gens bien là-bas. Oui, en effet. Alors qu'est-ce que je devrais faire, émigrer ? Bien sûr que non. Je n'ai pas honte de mon drapeau, il nous faut une armée démocratique. Tu finiras un jour par te rendre compte que ce n'est pas possible. Un pays doit se défendre. Je comprends. Il n'y a pas que des Bassam chez eux, tu sais. Je le sais. Il y a d'autres gens là-bas. Oui, c'est vrai. Ils ont fait exploser ma sœur.

193

À certaines choses, Rami le savait, il n'y avait pas de réponses à offrir, pas même à soi.

192

Les soirs d'attente semblaient relever des temps géologiques. Chaque sirène de raid aérien, chaque bip sur le portable de Rami, chaque flash d'informations à la télévision. Un jour de plus sans savoir. Il ne pouvait chasser cette angoisse de sa tête. Attendre le coup mesuré à la porte. Les longs pas lents entre le salon et le vestibule. J'y vais, chérie. Les rideaux que l'on écarte. Le petit coup d'œil par la fenêtre. Un bout d'épaule. La forme d'une casquette. Le soulagement de voir le facteur, ou un agent électoral, ou un voisin. Il avait sa réaction déjà prête dans sa tête, comme n'importe quel père : il resterait là, relativement immobile, il refuserait que le messager entre, il soutiendrait son regard, il hocherait le menton, il sourirait même, peut-être, il tendrait le bras pour prendre la lettre, il la glisserait dans la poche de sa chemise, contre sa peau. Il lèverait la main, son seul langage, puis secouerait la tête, fermerait la porte, attendrait que les pas empruntent l'allée, jusqu'à ce que la portière de la voiture soit doucement refermée et que le messager soit parti. Que faire alors de la lumière ? Du son ? Que faire de toutes les couleurs de la pièce ? Mais il serait calme et mesuré. Il maîtriserait. Il se retournerait dans le vestibule et regagnerait la cuisine, chercherait dans le placard, ouvrirait le robinet, il lui servirait un verre d'eau, qu'il lui apporterait à la table parce qu'elle, bien sûr, aurait déjà deviné. Et peut-être qu'elle se pencherait, prendrait la lettre, la déplierait délicatement, la lirait, la remettrait dans l'enveloppe, puis poserait celle-ci au centre de la table.

Et bien qu'il n'y eût jamais de coup à la porte, il leur semblait que l'absence de coup à la porte était quand même une forme de coup à la porte.

191

Quatre ans plus tard – après avoir terminé son service militaire –, Yigal monta sur une scène de Tel-Aviv devant sept cents personnes, aux côtés d'Araab Aramin, à l'occasion du Jour du souvenir alternatif, pour les Israéliens comme pour les Palestiniens. Ensemble ils protestèrent contre l'occupation, la ségrégation et la dépossession.

190

Mon nom est Yigal Elhanan. J'avais cinq ans en 1997, quand j'ai perdu ma sœur Smadar.

189

Mon nom est Araab Aramin. J'avais quatorze ans quand ma sœur Abir a reçu une balle derrière la tête.

188

Sept cents personnes écoutèrent les garçons parler. Rami et Bassam observaient depuis les coulisses. Bassam avait les mains croisées derrière le dos. Rami tenait le bord du rideau. Il raconta plus tard que ce qu'il entendait n'était rien de moins que nucléaire.

La régisseuse était assise devant sa console. Elle bougeait à peine. Les garçons se tenaient côte à côte devant le haut pupitre, vêtus de chemises à col ouvert. Après cela, sur scène, ils se prirent dans les bras. Leurs pères sortirent alors du côté cour. Rami se dirigea d'abord vers Araab. Bassam vers Yigal.

187

On utilise de l'eau lourde – de l'oxyde de deutérium – pour maintenir les réactions en chaîne. L'eau aide à ralentir la vitesse à laquelle l'uranium se scinde.

186

Le soldat qui a tué ma sœur était victime d'une industrie de la peur. Nos dirigeants parlent avec une suffisance terrible : ils réclament la mort et la vengeance. Les haut-parleurs sont posés sur les voitures de l'amnésie et du déni. Mais nous vous demandons de retirer vos armes de nos rêves. Nous en avons assez, je le dis, assez, assez. Nos noms ont été transformés en malédiction. La seule vengeance consiste à faire la paix. Nos familles ne font plus qu'une dans la définition atroce des endeuillés. Le fusil n'avait pas le choix, mais le tireur, lui, l'avait. Nous ne parlons pas de la paix, nous faisons la paix. Prononcer leurs prénoms ensemble, Smadar et Abir, est notre simple, notre pure vérité.

185

Araab avait vingt-trois ans et Yigal, vingt-quatre.

184

Mordechai Vanunu, un technicien nucléaire dont le travail consistait à produire du lithium-6 au sein de la centrale nucléaire de Dimona, dans le Néguev, fut condamné à dix-huit ans de prison pour avoir divulgué des renseignements concernant le programme d'armement d'Israël. Bien qu'il eût signé un accord de confidentialité des années plus tôt, Vanunu introduisit clandestinement un appareil photo 35 mm dans l'Unité Machon 2 et prit cinquante-neuf clichés. Il révéla ces éléments d'abord à un groupe religieux en Australie, où il avait fui. Plus tard, à Londres, où il s'était rendu pour publier ces renseignements, il tomba dans un piège amoureux tendu par une agente du Mossad. Lors d'un rendez-vous avec cette agente à Rome, il fut alors maîtrisé, drogué, enlevé, ligoté sur une civière, emmené par bateau à moteur jusqu'à un navire-espion et enfermé dans une cabine. Il fut interrogé par des agents du Mossad puis ramené en Israël, dans une prison secrète contrôlée par le Shin Bet. Sur toutes ses années en prison, presque douze furent passées à l'isolement.

183

Cheryl Hanin Bentov – la séductrice qui mena Vanunu à sa perte – est devenue par la suite agente immobilière à Alaqua, en Floride, spécialisée dans les communautés sécurisées et les propriétés du bord de mer.

182

Rami vit Vanunu assis dans le jardin à l'arrière de l'American Colony Hotel, à Jérusalem-Est. L'homme était grand, mince, élégant. Les deux parterres de cheveux gris sur ses tempes soulignaient sa peau mate. Il y avait quelque chose d'intrinsèquement israélien chez lui : sa manière de s'habiller, la chemise bleue coûteuse et ouverte à deux boutons, le petit pli du jean, les mocassins sans chaussettes. Seule la fine chaîne en or qu'il portait autour du cou paraissait légèrement clinquante.

Vanunu était entouré d'une demi-douzaine d'auditeurs, quatre hommes, deux femmes. Une carafe d'eau était posée au centre de la table, ainsi qu'une bouteille de vin blanc dans un seau d'argent.

Les tables étaient ombragées par de grands mûriers. Du lierre sur les murs de pierre. Un petit vent agitait les plantes : des hydrangées, des rhododendrons, une menthe en fleur.

Lorsqu'il passa à côté de sa table, Rami entendit soudain parler hébreu. Les mots passèrent rapidement à l'anglais, ce qui l'étonna : une des contraintes qui pesaient sur Vanunu, il le savait, était qu'il n'avait pas le droit de parler à des étrangers.

Rami choisit une table suffisamment éloignée pour ne pas attirer l'attention, mais assez proche pour qu'il puisse entendre quelque chose. Des rires, puis un bref silence. À sa connaissance, Vanunu était encore en résidence surveillée et vivait dans la cathédrale au bout de la rue.

Rami consulta sa montre. Il avait dix minutes d'avance pour son propre rendez-vous. Il commanda une bière au serveur, ouvrit son portable, tendit le cou pour écouter la tablée de Vanunu.

Ce n'est qu'à cet instant qu'il remarqua le rythme produit par la fontaine, un fin rideau de bruit. Tous les mots étaient comme adoucis par la cascade de gouttelettes. Il l'avait vue, cette fontaine, en traversant le lobby, mais il n'avait pas vraiment écouté le bruit, qui semblait expressément fait pour étouffer celui des tablées voisines, tombant sans cesse, sans cesse tombant.

Il songea un instant à s'approcher de la table pour tendre la main, se présenter, serrer celle de Vanunu, le regarder au fond des yeux. Pourtant, dans ces moments-là, Rami devenait comme arythmique : il ne savait pas trop quoi dire. Vanunu avait été traité, lui aussi, d'amoureux des Arabes, de *peacenik*, de traître. Il avait été brûlé en effigie dans les rues. Il avait subi encore plus d'avanies que Rami ne pouvait l'imaginer. S'était fait confisquer son passeport. N'avait pas le droit de parler à des journalistes, sauf si ses propos étaient préalablement passés au crible de la censure. Vivait dans une petite chambre, à l'intérieur de l'établissement religieux ceint de murs. Se faisait arrêter et arrêter, encore et toujours – une fois pour avoir parlé à des touristes dans une librairie, une autre pour avoir refusé de participer à des travaux d'intérêt général à Jérusalem-Ouest, et demandé à les faire plutôt dans la partie orientale de la ville, la partie arabe.

À sa table, Vanunu gardait une main devant la bouche, dissimulant ses lèvres. Avec un air concentré, les quatre hommes et les deux femmes se penchaient pour l'écouter. Quels secrets pouvaient être transmis là ? Quelles banalités ? Quels désirs ?

Lorsque Rami se leva pour partir, il croisa le regard de Vanunu et un bref éclair de reconnaissance passa entre eux.

181

Traître : quelqu'un qui trahit un pays, un ami, un principe.

180

Collaborateur : quelqu'un qui coopère traîtreusement avec un ennemi.

179

~~Pacificateur : quelqu'un qui s'est lassé de la guerre.~~
~~Pacificateur : quelqu'un qui était lassé de la guerre.~~
Pacificateur : quelqu'un qui est lassé de la guerre.

178

Une des conditions premières de l'aide américaine, en vertu des règles de l'Economic Support Fund et du Foreign Military Financing visant à promouvoir la stabilité politique et économique dans des régions vitales aux intérêts des États-Unis, est qu'Israël n'a pas le droit, ni aujourd'hui ni demain, de produire des armes de destruction massive.

177

Je suis navré de vous le dire, monsieur le sénateur, mais vous avez assassiné ma fille.

176

Il revenait à Bassam, en tant que commandant, de punir les prisonniers qui collaboraient. Ceux qui coopéraient, ceux qui conspiraient, ceux qui mouchardaient, ceux qui craquaient. Les balances. Les cafards. Les roseaux.

Les mailles du Fatah avaient beau être serrées, les Israéliens parvenaient quand même à s'infiltrer. Il y avait toujours un prisonnier prêt à céder en échange d'une petite faveur : une réduction de peine, une nouvelle cellule, un ravitaillement en cigarettes. Surtout, les prisonniers craquaient pour leurs familles au-dehors. Peut-être un frère qui s'était fait arrêter. Ou un fils qui avait des ennuis. Les gardiens les approchaient – à l'hôpital ou au mitard – et leur glissaient à l'oreille les détails d'un accord informel. Au début, c'étaient toujours des vétilles. Savoir qui avait renversé le panier de détergent dans la buanderie. Identifier le prisonnier qui avait volé du sel dans la cuisine. Désigner celui qui transmettait des messages en tapant sur les tuyaux.

Il suffisait d'un seul mouchard et ils étaient piégés. Ils passeraient le reste de son séjour en prison menotté par la parole.

Les plus faciles à identifier étaient ceux qui arrivaient déjà mouchards. Ils avaient été désignés de bonne heure. Bassam les reconnaissait à leur comportement : ils faisaient mine d'avoir peur, mais cette simple posture les trahissait. Ils attendaient toujours une semaine ou deux avant de se mettre à moucharder. Les gardiens leur donnaient des coups de poing et de pied dans leur cellule, puis ils les traînaient ailleurs. Bassam savait que c'était un simulacre de tabassage, un prétexte pour faire sortir le prisonnier du bloc cellulaire. Les cris étaient trop forts, les gardiens trop agressifs. Des comédiens. Il les regardait être emmenés sur une civière. Ils revenaient rarement, mais s'ils revenaient leur colère semblait s'accompagner d'un léger embonpoint : on s'était occupé d'eux pendant leur détention.

Bassam les trouvait utiles pour donner le change. Garde ton ennemi proche de toi.

Les plus difficiles à identifier étaient ceux qui craquaient pendant leur séjour derrière les barreaux. Ils étaient sincères, ils étaient loyaux, mais la prison leur faisait mal. Souvent, ça se passait vers la fin de leur peine. Il était impossible de savoir si la prison les avait brisés, ou si c'était la perspective de la liberté, mais quelque chose en eux avait été éviscéré. C'étaient de ceux-là qu'il fallait s'inquiéter. Ils connaissaient la structure des cellules. Ils connaissaient les noms des combattants. Ils avaient eu vent des opérations.

Ils savaient aussi comment se comporter physiquement : ils ne mouchardaient pas trop fort, ils ne se trahissaient pas.

Bassam essayait de maintenir le moral des prisonniers à coups de chansons, de cours, de cigarettes partagées, mais il arrivait que des hommes craquent, et rien ne pouvait les arrêter. Au niveau le plus bas, ils étaient fuis par les autres.

Parfois, les mouchards se faisaient moucharder et étaient laissés à la merci des gardiens.

Au sommet de la hiérarchie, la punition revenait à Bassam : savoir si le mouchard devait être isolé, ou sa famille menacée, ou s'il devait être tabassé jusqu'à soumission.

Dans les pires cas – quand le collaborateur était une pointure –, Bassam en personne devait se charger des coups.

Dès le départ, les passages à tabac lui posèrent un problème. Bassam ne voulait pas devenir le geôlier. Pourquoi infliger à un camarade prisonnier ce que votre geôlier vous inflige ? Les coups allaient à l'encontre du vrai jihad. Celui qui réclame vengeance devrait creuser deux tombes.

Il ne voyait pas comment renverser la situation. Il n'en dormait pas la nuit. Il n'avait pas envie de prétexter sa polio ou sa patte folle pour ne plus frapper. Il était important de rester non violent, mais sans paraître faible. Il aimait les idées de Martin Luther King : trouver une méthode pour rejeter la vengeance, l'agression, les représailles. Le passé est prophétique. Les guerres sont de mauvais burins. La foudre ne fait aucun bruit jusqu'à ce qu'elle frappe.

Il se retournait sur son oreiller. Il essayait de dormir. Il n'y parvenait pas.

175

Les roseaux : ceux qui ployaient sous le vent.

174

Son instrument de musique préféré en prison était le ney, une longue flûte que l'on tient inclinée par rapport à l'axe du corps : il y avait un Égyptien, au bout du couloir de son bloc cellulaire, qui en jouait merveilleusement. Les neys étaient fabriqués avec les pieds des tables ou des chaises, évidés et délicatement sculptés.

173

Smadar possédait une paire d'écouteurs équipés de boutons ajustables pour le volume. Elle aimait plaquer ses mains sur ses oreilles et écarter les doigts pendant qu'elle dansait dans le salon, frôlant les pots de fleurs et les chaises. Elle pouvait contrôler le volume avec ses paumes, le mettant parfois au maximum, jouant la comédie et rigolant avec ses frères : *Je ne vous entends pas, je ne vous entends pas, je ne vous entends pas.*

172

Le cri perçant du zagharit survient pendant les mariages et d'autres célébrations, pour honorer les vivants et les morts.

Le cri est produit en agitant la langue d'un côté à l'autre de la bouche, rapidement, cependant qu'un son ondulant sort de la gorge – *elelelelelel.* Les femmes couvrent leur bouche avec leurs mains et, le plus souvent, ferment les yeux pendant qu'elles tiennent le son.

Le zagharit dure environ le temps d'un souffle entier, bien qu'une série de hululements puisse se transformer en un chant ou une lamentation continus.

171

Un zagharit célèbre est celui qu'a filmé le cinéaste David Lean dans *Lawrence d'Arabie*, quand, du haut de la falaise, les femmes voilées de noir appellent les hommes de la vallée au moment où ceux-ci partent au combat.

170

169

En 1361 – six cent trente-neuf ans avant le troisième millénaire –, les premières grandes orgues permanentes furent installées dans l'église Saint-Burchard d'Halberstadt, en Allemagne. Les artisans locaux mirent des années à parachever les plans de l'orgue Blockwerk. On fit venir des maîtres menuisiers pour travailler le bois. Les forgerons les plus talentueux fabriquèrent une série de tuyaux parfaitement symétriques. Les clercs se réunirent pour discuter de la vocation et du placement de l'instrument.

Avec son clavier de douze notes, l'orgue devint un trésor local, la fierté de la ville. Chez certains habitants, il était appelé la voix de Dieu. Des musiciens de toute l'Europe venaient pour l'entendre et en jouer.

Sept siècles plus tard, une œuvre de John Cage devait être jouée dans la cathédrale. La partition de huit pages avait pour titre *As Slow as Possible*. Aussi lentement que possible. Le but de la musique était d'étirer les notes afin qu'elles résonnent, sans interruption, pendant encore six cent trente-neuf ans.

Le projet fut conçu par des théologiens et des musiciens, en hommage à feu Cage, et aussi comme un examen philosophique des hélices de la musique et du temps.

Le début de l'exécution fut légèrement retardé, mais commença par un silence en 2001. Dans un premier temps, le seul son audible était le bruit de la soufflerie électrique se remplissant d'air.

La première note vibra dans toute la cathédrale en 2003. Dix-sept mois plus tard, une note fut ajoutée et la tonalité changea. Cette tonalité demeura ensuite constante : un bourdonnement.

Une cage en verre acrylique spéciale fut construite autour de l'orgue pour réduire le volume. La soufflerie était soigneusement entretenue afin d'assurer un apport d'air constant. Une autre note sonna en 2006 et se prolongea jusqu'en 2008. Les poids qui maintenaient les pédales de l'orgue appuyées furent alors ajustés, et la sixième note retentit.

169

Chaque mouvement d'*As Slow as Possible* dure environ soixante et onze ans. La musique durera jusqu'au 5 septembre 2640, si bien que toute personne qui en entendra une partie n'entendra jamais l'œuvre en entier.

167

La longévité moyenne d'un Palestinien est de 72,65 ans. L'Israélien moyen peut s'attendre à vivre presque dix années de plus.

166

Elle était allongée là, vêtue d'une blouse bleue, la montre à son poignet, les parties déchiquetées de son corps discrètement couvertes. Son visage était demeuré parfaitement intact. Pas d'entailles, pas d'ecchymoses. De cela, Rami fut reconnaissant. La porte se referma avec un sifflement d'aspirateur.

Ensuite, le silence. Il sut, même à cet instant, que tous les bruits qui suivraient dériveraient de cela.

165

Pour son dixième anniversaire, Abir eut droit à un tour au restaurant Amigo Pita, dans la rue principale d'Anata. C'était un café mexicain vivement éclairé, avec des piments jalapeños pendus aux néons et des sombreros sur les murs. De la musique mariachi se déversait des haut-parleurs.

Au milieu de la fête, les patrons sortirent une piñata en forme d'âne.

Au début, Abir ne voulait pas fracasser l'âne. Mais lorsqu'elle apprit qu'il y avait des bonbons à l'intérieur, elle mit le bandeau sur ses yeux, s'empara du bâton et frappa le jouet chamarré.

Les bonbons se répandirent par terre et rebondirent.

164

La bombe assourdissante – également appelée grenade à flash, ou *stun bomb*, ou *flash bomb*, ou dispositif acoustique de longue portée – est considérée comme un autre moyen de contrôle antiémeute : lancée dans une foule, la petite bombonne produit une détonation énorme.

L'armée israélienne emploie aussi des bombes assourdissantes pour mettre hors d'usage les puits considérés comme illégaux en Cisjordanie : quand on jette une bombe au fond, les ondes sonores sont assez puissantes pour fissurer l'enveloppe du puits de bas en haut.

163

Plus que tout, la bombe assourdissante a un effet percutant sur l'imagination.

162

Imaginez-en une roulant à vos pieds.

161

Aussi lentement que possible.

160

Les habitants qui vivent aujourd'hui près de l'église Saint-Burchard, dans la ville de Halberstadt, se plaignent que l'exécution d'*As Slow as Possible* émette – et continuera d'émettre pendant les six cents prochaines années – un ronronnement interminable, guère différent du bruit d'un train à l'approche.

159

Antonin Artaud, l'écrivain français, disait qu'il cherchait à liquéfier les frontières du son.

158

Dans « L'Aleph », la nouvelle de Borges, on découvre dans une bibliothèque un manuscrit de sir Richard Francis Burton. L'histoire contient la description d'une colonne de pierre, au Caire, dans laquelle se reflète et s'entend tout l'univers du son. Quiconque approche son oreille de la pierre peut entendre un bourdonnement continu qui renferme tous les bruits simultanés de l'univers.

157

Opération Opéra. Opération Inferno. Opération Cadeau. Opération Jambe de bois. Opération Salomon. Opération Verger. Opération Arche de Noé. Opération Arc-en-ciel. Opération Hiver chaud. Opération Juste Châtiment.

Rami savait que les désignations fonctionnaient. C'était ce qu'il avait fait toute sa vie en tant que graphiste : saisir l'instant, le rendre mémorable, justifiable, propre. Les gens en tiraient un sentiment de propriété, comme un titre de chanson ou un poème, une mélodie pour l'époque.

Opération Jours de pénitence. Opération Tranchant et lisse. Opération Pluies d'été. Opération Nuages d'automne. Opération Brise marine. Opération Écho renvoyé.

156

À Paris, en 1933, Artaud fut invité à parler de son essai *Le Théâtre et la Peste* dans une salle de la Sorbonne bourrée à craquer. Il parla d'abord calmement, puis monta en régime. Il se mit à transpirer et à trembler. Ses yeux étaient révulsés.

Tandis qu'Artaud commençait à se contorsionner et à se convulser d'angoisse, son interlocuteur, psychanalyste de son état, resta assis, pétrifié. Vers la fin de sa conférence, Artaud tomba de sa chaise et se tortilla au sol. Le public de l'amphithéâtre écoutait nerveusement ses gémissements devenir de plus en plus bruyants. Ses yeux étaient fous, son visage était émacié.

Quelques spectateurs – croyant qu'il s'agissait d'un numéro – se mirent à rire. Bientôt des huées et des sifflets fusèrent. Des programmes furent jetés sur la scène. Une pièce de monnaie atterrit aux pieds d'Artaud. Une série d'applaudissements lents parcourut la salle. Certains spectateurs commencèrent à partir.

Son interlocuteur ne pouvait rien faire : Artaud était, semble-t-il, en proie à une fièvre absolue.

Artaud resta à terre jusqu'à ce que la salle se vide entièrement, à l'exception d'une poignée de spectateurs, dont l'écrivaine Anaïs Nin. Il se tut et se releva, descendit jusqu'au premier rang, baisa la main de l'Américano-Cubaine. Les bords de ses lèvres étaient assombris, sans doute par le laudanum, pensa-t-elle.

Avec elle, Artaud quitta la salle et traversa la brume parisienne jusqu'à la Coupole, où ils s'assirent et burent.

155

Anaïs Nin écrivit dans son journal qu'Artaud avait été choqué que le public n'ait pas compris son portrait de la mort. Il avait voulu faire partager aux spectateurs l'expérience de la mort – à défaut de la peste elle-même – afin qu'ils se réveillent de leur stupeur ordinaire et soient terrifiés.

154

Rami avait appris depuis longtemps à accepter la confusion. Israël carburait au chaos. C'était un pays édifié sur des plaques tectoniques mouvantes. Les choses entraient constamment en collision. Tous les chemins menaient aux extrêmes, à la prochaine rupture, mais la vie atteignait le comble de l'intensité dans les moments de danger. Voilà pourquoi les gens roulaient si vite et si près les uns des autres. Voilà pourquoi ils ne faisaient pas la queue à l'aéroport. Voilà pourquoi les cafés étaient en effervescence le matin. Voilà pourquoi les marchés étaient si bruyants et si rudes. Les gens étaient chaotiques à l'unisson. Moléculaires dans leur frénésie. Pourtant, ça fonctionnait. Même les opposés diamétraux s'attiraient. De temps en temps, ils se rentraient dedans et cela faisait trembler le sol. Il y avait la droite et il y avait la gauche, il y avait les orthodoxes et les laïcs, il y avait les Arabes et les Juifs, il y avait les homos et les hétéros, il y avait le high-tech et le hippie, les riches et les terriblement pauvres. Israël était un condensé de tout. Un pays minuscule qui craquait aux coutures, mais dans lequel ils étaient tous embarqués. Tous les rêves, toutes les névroses au soleil. Les psychoses. Les passivités. Les prétentions. La fierté. L'électricité omniprésente. Et la peur, aussi. Chacun portait une armure bruyante. Toujours en quête d'un débat pour comprendre qui, où, et ce qu'ils étaient. Rami l'entendait à la radio. À la télévision. Dans les bureaux. Dans les supermarchés. C'était la vieille blague : mettez deux Israéliens dans une même pièce, et vous avez trois disputes. Rami absorbait le tumulte comme une éponge. Ça se voyait dans sa manière de bouger : il avait la démarche fébrile, dopée à l'énergie. Il marchait directement vers le centre d'une pièce. Il n'était pas du genre à lambiner. Mais il y avait quelque chose de discret en lui, aussi. Il pouvait faire coexister ces contradictions, c'était un don qu'il avait toujours eu. La part méditerranéenne de son âme, le genre d'Israël qui aimait la facilité et le sommeil. Pour shabbat, la famille se réunissait, les petits-enfants arrivaient, tout le monde se retrouvait à la maison, la table était préparée, les disputes écartées un instant. Il n'y voyait rien de religieux, mais c'était encore un rituel respecté. Il ne pouvait pas vraiment l'expliquer à un étranger. Il y avait là une sorte de patriotisme auquel, malgré tous ses efforts, il ne pouvait échapper. Il était israélien. Quelque chose de honteux et de puissant à la fois. Il s'agaçait un peu quand les étrangers critiquaient le pays, mais il s'agaçait tout autant quand ses compatriotes se vantaient. Leurs portables. Leurs médicaments. Leurs grandes envolées sur le thème on-a-fait-fleurir-le-désert. Le miracle Waze. N'empêche, il devait reconnaître qu'il en ressentait un petit frisson de fierté. Il savait qu'il vivait dans deux Israël : un petit qui l'admirait, et un autre, plus grand, enflé de mépris. C'était le pays de Netanyahou, mais aussi de Vanunu. Le pays de Bennett, mais aussi de Khenin, de Shaffir, de Pappé. Qui n'assassinait pas et ne kidnappait pas ses complications, du moins pas encore. Tant de gens considéraient Rami comme un traître, un laquais, un renégat, mais au fond il s'en moquait : il savait ce qu'il faisait, il savait qu'il se glissait sous leur peau, qu'il la retournait, qu'il exposait la chair à vif. Il était minoritaire, oui, mais ils finiraient par trouver un point de bascule, un jour, quelque part. C'était inexorable. Il devait continuer de raconter son histoire. La répéter encore, et encore, et encore.

153

Rami souligna un passage dans le recueil d'essais d'Edward Said, *Culture et impérialisme*, où le critique palestinien écrivait : *La survie, en réalité, tient au lien entre les choses.*

C'était un des livres préférés de Nurit. Elle le conservait sur son étagère, à côté d'une photo de son père, Matti Peled. Sur cette photo, il avait son bras autour des épaules de Said.

152

Bassam savait la corruption. La capitulation. L'isolement. Les discussions veules. Les revers. L'auto-complaisance. Les défaites. La résignation. Le refus d'admettre l'échec. Le faux pouvoir. Les menteurs, les escrocs, les imposteurs. Les emplois bidon. Les dessous-de-table. La honte. La répression de l'espoir. Ses propres dirigeants demandaient un permis ne serait-ce que pour passer dans la pièce d'à côté. La police palestinienne tirait sur les siens. Des routes étaient fermées pour permettre les couvre-feux. Les urbanistes démolissaient de vieilles maisons à Ramallah, à Jéricho, à Jénine. Les employés exigeaient des pots-de-vin. L'humiliation montait de tous les côtés. C'était une lente asphyxie, une répétition sans fin de la défaite. Tout le monde savait pertinemment à quel point le système était pourri. Bassam lui-même en était partie intégrante. Pris dans la nasse. Il détestait les innombrables boîtes gigognes dans lesquelles les siens étaient casés, y compris par eux-mêmes, mais il ne serait pas réduit à une simple idée, à un spectacle de désintégration. Il était palestinien. Attendre était une question de détermination. Il y avait une persévérance dans le refus de la défaite. Il avait déjà vécu sa vie à travers une vingtaine de massacres et lui, comme son peuple, avait survécu. Comme son peuple, il avait été condamné à vivre. Il avait défendu la paix bien avant de perdre sa fille. Il avait décidé de résister. Il n'était pas exempt de critiques, mais il avait purgé sa peine. Il était difficile à démonter : ceux qui le critiquaient étaient forcés de se critiquer eux-mêmes aussi. Aux yeux de certains, il passait d'abord pour une chiffe molle. Il entrait en traînant des pieds, tête baissée, sentant un peu le tabac froid. Et il restait comme ça pendant une ou deux minutes, jusqu'à ce qu'il les désarçonne. Ses gestes étaient audacieux. Il ne s'en excusait pas. Il allait dans les écoles israéliennes. Il parlait à des généraux israéliens. Il parlait même aux gens de l'AIPAC, le lobby pro-israélien. Il était prêt à raconter son histoire partout. C'était, dit-il, la force de son malheur. L'arme qu'on lui avait donnée. Il pouvait se mettre debout sur une scène et encaisser le choc. Il pouvait sourire à ces gens et imaginer, en même temps, le couteau glisser entre leurs omoplates. Il avait pour habitude d'ouvrir grand ses mains quand il parlait. Venez me chercher. Essayez tout ce que vous voudrez. On m'a déjà infligé le pire. Insultez-moi. J'ai entendu pire que ça. Personne ne savait tout à fait où il se situait par rapport aux grandes questions. Il parlait par circonlocutions. Ça faisait partie de son talent. Il citait des poèmes. Il semblait s'en draper pour se cacher. Une rime pour couvrir les blessures. *Un pessimiste par l'intellect, un optimiste par la volonté. Qui est le plus proche de mon cœur, un soldat de mon pays ou l'un des poètes de mon ennemi ?* Si souvent les gens venaient le voir après ses conférences pour lui dire qu'ils auraient aimé qu'il y en ait plus des comme lui. Comment ça ? répondait-il. Ils se rendaient compte de ce qu'ils avaient dit et baissaient la tête. Comme s'il ne rencontrait pas des gens comme lui chaque jour, à chaque coin de rue. Comme s'il était le seul genre de Palestinien qu'ils pouvaient tolérer.

151

Edward Said, qui était né dans la Palestine mandataire en 1935, aimait beaucoup l'idée de T. S. Eliot selon laquelle la réalité ne pouvait être privée des autres échos qui peuplent le jardin.

150

Dans les hauteurs de l'Himalaya, un ingénieur ladakhi nommé Sonam Wangchuk a eu une idée pour remédier aux sévères pénuries d'eau saisonnières. Il a proposé de capter les gigantesques écoulements d'eau de fonte des glaciers, de les rediriger et de les congeler sous forme de simples monticules coniques semblables aux structures religieuses locales. Ces stupas de glace artificielle – hauts de deux ou trois étages – se comportent comme des mini-glaciers. Ils fondent lentement et libèrent des millions de litres d'eau pendant la saison des plantations.

149

C'était au quatrième jour de sa grève de la faim. Il n'y avait pas que la douleur dans le bas du ventre – des lancements aigus qui lui transperçaient les reins –, mais le bruit, aussi. Il entendait les cris dans toute l'aile de la prison, les portes qui claquaient, une matraque s'abattant sur un escalier en métal, un marteau-piqueur dehors, une sirène irrégulière quelque part au loin. C'était comme si on lui avait installé une minuscule enceinte dans le crâne.

Ils lui avaient collé, sans prévenir, deux mois de plus. Il s'était aussitôt mis en grève.

La nourriture n'était pas un problème. Elle ne lui manquait pas encore. Il se leva de son lit. Il regagna le coin des toilettes. Il avait entendu dire que c'était une bonne idée de bouger tout le temps. Non pas en faire trop, mais être fluide, maintenir l'agilité du corps. Les paroles du Coran lui revenaient en tête. *Nous vous éprouverons par la peur, par la faim.* Il se recoucha. Se couvrit les oreilles avec l'oreiller. Un gardien entra et lui arracha l'oreiller. Il leva les yeux vers la caméra. Qui le regardait ? Qu'enregistraient-ils ? Il avait entendu dire que c'était une bonne idée de lire, que ça ferait passer le temps. Il rouvrit son coran. *Annonce la bonne nouvelle à ceux qui persévèrent.* Il n'arrivait pas à se concentrer, ses yeux semblaient tomber hors de la page. Les sons résonnaient, se réverbéraient.

Trois jours de suite, il alla à la cantine de la prison. Chaque fois, il prenait un verre d'eau et un plateau vide, s'asseyait dans un coin. Il mettait dans sa bouche une moitié de tablette de sel.

Au cinquième jour, il fut sorti de sa cellule et installé dans un no man's land : ni mitard ni unité médicale, mais une simple cellule isolée. Il ne pourrait plus se rendre à la cantine. Il aurait une heure d'exercice chaque jour, seul dans la cour.

La cellule était plus grande que celle dans laquelle il avait passé des années. Deux caméras étaient fixées au plafond. Il essaya de déterminer leur inclinaison, quel pouvait être leur angle mort. Il n'y avait pas de télévision. Aucune possibilité d'écouter de la musique. Il se leva et fit les cent pas.

Ils lui avaient collé deux mois de plus pour raisons de sécurité, disaient-ils. Bassam se savait capable de supporter cette punition. Il avait déjà passé sept ans, un tiers de sa vie, en taule. Soixante jours de plus n'allaient pas changer grand-chose. Mais c'était une question de principe. Il connaissait le processus de la grève de la faim. D'autres prisonniers étaient passés par là. Le corps commencerait à céder au bout de trois semaines. Au bout de cinq, la situation deviendrait critique. Au bout de six, les dégâts seraient irréversibles. Il devait rester déterminé. Se concentrer. Se consumer.

Ils commencèrent à mettre des portions plus grosses sur ses assiettes. Pain, riz, *maftoul*. Ils laissaient la nourriture dans sa cellule des heures durant. Il posait une serviette sur l'assiette et la cachait sous son lit pour ne pas la voir. La nourriture dégageait une odeur toujours meilleure : il était persuadé qu'ils ajoutaient des épices.

Il s'accroupit sur les toilettes. Son corps se purgea. Sept jours, désormais. Il s'agenouilla pour prier.

Encore de la nourriture. Les gardiens étaient silencieux, courtois. Ils posaient l'assiette sur la table, faisaient demi-tour, repartaient. Il remplissait d'eau son verre et avalait une demi-tablette de sel, s'asseyait sur le lit, inventait des cartes à partir des formes de la brique au mur.

Il devint méticuleux avec les cigarettes. Il introduisait un filtre, roulait le tabac avec grand soin. Il se demanda si poser sa langue sur la colle du papier à rouler pouvait être considéré comme une entorse à sa grève. Il replia le papier, le colla soigneusement. La fumée le remplit, créa un petit univers gris dans ses poumons. Elle se diffusa dans son corps. Il exhala. Ses douleurs en furent apaisées. Il jeta un coup d'œil à la pendule. Même quand il était petit, jamais le temps n'avait passé aussi lentement. Il récitait des chansons dans sa tête, encore et encore. *Bien sûr qu'on reviendra, même si le voyage sera long. Salue pour moi l'olivier et la famille qui m'a élevé.* Il prit une autre gorgée d'eau. Il en sentait le fer, la terre. Un goût limpide. Il était de retour au puits, enfant. Il actionnait la roue pour tirer la corde. Le seau remontait. Il le transportait jusqu'à la grotte. Sa mère saisissait l'anse du seau. La louche plongeait. L'eau tombait.

Au neuvième jour, les bruits de l'extérieur s'atténuèrent et la faim commença pour de vrai. C'était ce qu'il avait prévu. Des douleurs récurrentes, lancinantes : un océan qui le submergeait. Il pensa à Acre, au bord de la mer. Il irait là-bas à sa sortie. Pour marcher sur la jetée. Regarder les vagues déferler, chevaux blancs sur le pressoir à olives de la mer.

La faim l'épuisait. Il tournicotait de moins en moins dans sa cellule. Il essayait de ne pas réfléchir. L'esprit, avait-il entendu dire, pouvait consommer autant d'énergie que le corps. *Verse sur ma tête le châtiment de l'eau bouillante.*

Il dormait davantage. Les gardiens entraient et le réveillaient en le secouant. Du ragoût d'agneau. Un soda à l'orange, dont les bulles remontaient dans le gobelet en plastique transparent. Un morceau de baklava tapissé de miel.

Bassam jetait la serviette sur le plateau. Un des gardiens restait à la porte de la cellule et le toisait.

Il demanda une serviette supplémentaire : il commençait à frissonner furieusement.

Un médecin se présenta, prit son pouls, sa pression sanguine, mesura son taux d'oxygène. Il braqua une lampe torche sur ses yeux, dans sa bouche. Regardez à droite, regardez à gauche, regardez vers le haut. Bassam retroussa sa manche et regarda ailleurs pendant que le médecin lui faisait une prise de sang. En partant, celui-ci dit en hébreu : « *Mazel tov.* » Bassam se demanda ce qu'il avait voulu dire par là. *Mazel tov*, tu es en bonne santé. Ou *Mazel tov*, continue ta grève. Ou *Mazel tov*, tu es un terroriste et tu es en train de mourir et c'est là ton destin.

Le médecin laissa derrière lui une puissante odeur d'après-rasage.

Au douzième jour, il allait encore aux toilettes. Cela l'étonnait. Il pensait n'avoir plus rien dans son corps. Cela se déversa de lui en un torrent immonde.

L'odeur était écœurante. Il se releva rapidement. Il avait le tournis. Il posa la main sur le mur pour rester en équilibre. Un filet de merde liquide ruisselait sur ses jambes, souillant sa tenue.

148

Les années suivantes, ce serait toujours Salwa, et non lui, qui s'énerverait quand les enfants ne finiraient par leur assiette.

147

Au début d'une grève de la faim, le corps humain – tel celui d'un oiseau en plein vol – se met à consommer des protéines musculaires pour produire du glucose. Les taux de potassium diminuent. Le corps se débarrasse de la graisse et de la masse musculaire. Le rythme cardiaque baisse. La pression sanguine fluctue. La désorientation s'installe. Une perte de coordination, une apathie, la sensation de dériver. Au bout de deux semaines, les faibles taux de thiamine et d'autres vitamines deviennent dangereux pour le prisonnier, occasionnant parfois de graves problèmes neurologiques : dissonance cognitive, perte de la vision et diminution des capacités motrices.

146

En prison, Vanunu, le lanceur d'alerte, fit une grève de la faim de trente-trois jours.

145

Un gardien se présenta de bonne heure le lendemain matin. Habille-toi, dit-il à Bassam. Il portait déjà les seuls vêtements qu'il possédât. Un autre gardien se tenait à la porte avec un fauteuil roulant replié. D'un geste de la main, Bassam refusa le fauteuil. Il allait bien, dit-il, il marcherait, il pouvait courir s'ils le voulaient, d'ailleurs il courrait jusqu'à la sortie. Auraient-ils la gentillesse de lui ouvrir la porte ?

Il s'arrêta devant la porte de sa cellule, rigola, se retourna et récupéra son coran. Il savait qu'ils profiteraient de son absence pour fouiller sa cellule. Il ne voulait pas qu'ils touchent le texte sacré.

Il entendit des acclamations et des coups aux portes dans les couloirs latéraux. Au milieu du vacarme, son nom résonnait. Il avança. Ses yeux étaient lourds. Il s'arrêta un instant pour retrouver l'équilibre. Il ne faisait aucun geste, aucun bruit. Les marches métalliques flottaient devant lui.

Il se demandait encore s'il parviendrait à descendre cet escalier lorsqu'il fut guidé vers l'ascenseur des gardiens. Les boutons clignotaient. On l'amena dans une salle d'attente. Une femme lui servit un verre d'eau. Elle était habillée en civil. En se retournant, elle fit onduler ses cheveux. Un parfum d'amande planait dans l'air.

Il garda son coran sur les genoux.

Bassam s'efforça de ne pas s'endormir, mais une grosse main le réveilla. Il ne savait pas combien de temps il avait attendu. Il fut accompagné dans un bureau. Le fauteuil était confortablement rembourré. Il sentit à quel point il avait maigri.

Il y avait des livres sur les étagères, des cartes aux murs, des photos disposées sur le bureau. Une tasse contenant un petit drapeau israélien. Un bol rempli de bonbons était posé sur un côté du bureau. Rouge et blanc. Emballés dans du plastique transparent.

Il connaissait le directeur, Dobnik. Ils s'étaient très souvent disputés. Dobnik était mince, il avait les cheveux gris et les yeux bleus. Bassam savait pertinemment comment se passerait leur conversation. Dobnik dirait qu'il espérait que Bassam était bien traité. Bassam répondrait qu'il souhaitait seulement être traité équitablement, rien de plus. Dobnik lui dirait que rien ne pouvait être fait tant qu'il n'arrêterait pas sa grève de la faim. Bassam dirait qu'il ne pouvait pas arrêter sa grève de la faim tant que rien ne serait fait. Dobnik lui dirait de consulter son avocat. Bassam rirait à moitié et lui dirait qu'on lui avait interdit l'accès à son avocat. Dobnik dirait qu'ils seraient contents d'enquêter à ce sujet. Bassam répondrait qu'il serait content d'une telle enquête. Et Dobnik dirait, une fois de plus, que rien ne pouvait être fait tant que Bassam n'arrêterait pas sa grève de la faim. Et Bassam répéterait qu'il n'arrêterait pas sa grève de la faim tant que rien ne serait fait. Dobnik lâcherait un soupir et dirait que des choses pouvaient être faites, assurément, si Bassam daignait les aider un peu, que le monde n'était qu'une suite de concessions à faire. Bassam répondrait qu'il avait fait des concessions pendant sept ans et que deux mois de plus ne le briseraient pas.

Au bout d'un quart d'heure, Dobnik se pencha en avant sur son siège, prit un des bonbons emballés dans le bol et poussa celui-ci vers Bassam. Un des bonbons tomba sur le bureau.

Dobnik se cala au fond de son fauteuil et, lentement, défit le plastique de son bonbon rouge et blanc. Il prit bien soin de lisser l'emballage et fit tourner le bonbon dans sa bouche, bruyamment. Il poussa son siège en arrière et sembla observer une des cartes au mur. Il fit claquer le bonbon contre ses dents, resta assis quelques secondes en le suçant ostensiblement, puis se leva et quitta la pièce.

Bassam posa son coran sur la table. Il songea un instant à se retourner et à saluer les caméras placées en hauteur aux quatre coins de la pièce, mais finalement préféra rester immobile et regarder droit devant lui.

Dobnik revint cinq minutes plus tard. Il se jucha derrière son bureau et dit sèchement : « On t'informera de notre décision dans deux ou trois jours. »

Bassam hocha la tête, tendit la main et reprit son coran sur la table. Il s'arrêta une seconde, pencha la tête. La carte au mur datait de 1930. La Palestine sous le mandat britannique. Il ne comprenait pas pourquoi Dobnik l'avait accrochée là. Certaines choses, pensa-t-il, étaient tout bonnement inexplicables.

144

Les dernières paroles d'Abir.

143

En regagnant sa cellule, il chercha dans sa poche le petit bonbon emballé. Le plastique était entortillé aux deux extrémités. Il l'avait pris dans ses doigts au moment de se relever. Dobnik n'avait rien vu.

Il n'avait même pas pensé le prendre, dans un premier temps. Le bonbon était simplement posé sur le bureau. Après tout, ce n'était que du sucre bouilli. L'idée de le voler lui était venue comme ça. S'il le mangeait, il arrêtait sa grève de la faim. D'un autre côté, ils ne sauraient pas qu'il arrêterait sa grève de la faim. Et s'ils ne le savaient pas, peut-être renforcerait-il sa grève ? N'empêche, tous ses efforts seraient vains. Il devrait s'en accommoder. Cela faisait treize jours, maintenant.

Il s'arrêta devant la porte de sa cellule. Son repas du soir était déjà là, qui l'attendait. Du poulet avec une sauce à la crème. Ils avaient versé du Coca-Cola dans un gobelet en plastique.

Il jeta la serviette sur le plateau. Lorsqu'il s'allongea, il cala le bonbon sous le matelas. Ils le retrouveraient, se dit-il, s'ils procédaient à une nouvelle fouille nocturne. Ils s'en serviraient pour le discréditer. Il s'agenouilla pour prier. Il remit le bonbon dans sa poche. Peut-être pourrait-il en faire une sorte de talisman ? Ou s'en débarrasser, le broyer et le jeter dans les toilettes ?

Il fit les cent pas. Se posta dans l'angle mort des caméras. Porta sa main à son nez. Sa main à son front. Sa main à ses lèvres. Il passa ses doigts dans sa longue barbe. Il défit une des deux extrémités du plastique, puis l'entortilla.

Il fit encore les cent pas.

Il mit le bonbon dans sa bouche.

Le goût en était anormalement mentholé.

142

Quatre jours plus tard, Bassam apprit que l'ordre avait été annulé. Il n'allait pas devoir passer deux mois de plus en prison. À une seule condition : qu'il déclare préalablement avoir renoncé à sa grève de la faim et qu'il passe une semaine complète en récupération – après cela, les autorités de la prison publieraient une déclaration. Il répondit qu'il ne le ferait que s'ils pouvaient publier des déclarations simultanées et ajouta qu'il ne passerait pas une semaine de plus à récupérer, mais trois jours grand maximum. Ils lui répondirent qu'ils étaient disposés à lui accorder quatre jours, mais qu'ils n'étaient absolument pas en mesure de publier des déclarations simultanées. Il dit que, peut-être, si les prisonniers étaient prévenus tard le soir, il permettrait que leur déclaration soit publiée le matin aux aurores, et qu'il publierait sa propre déclaration officielle, pour le public extérieur à la prison, à midi, mais si et seulement si ses camarades prisonniers étaient les premiers informés. Ils lui dirent qu'ils étaient éventuellement prêts à faire cela, qu'ils lui concéderaient trois jours et demi de récupération. Il dit qu'il avait besoin d'un engagement écrit. Ils dirent qu'ils ne le lui fourniraient pas, mais qu'il avait leur parole que la déclaration serait publiée promptement. Il dit que leur parole valait moins que l'air sur lequel elle était écrite. Ils dirent qu'au moins ils l'avaient autorisé à respirer. Il dit que ce serait trois jours de récupération ou rien. Ils dirent très bien, marché conclu. Il dit : « Je l'annoncerai aux prisonniers ce soir. »

141

Afin de parvenir à un accord entre Israéliens et Palestiniens, dit le sénateur George Mitchell, les propositions pour l'avenir, visant à faciliter la résolution des problèmes du présent, ne pouvaient pas être correctement évaluées sans une connaissance un tant soit peu précise du passé. Il savait, pourtant, que le passé pouvait toujours être interprété de plusieurs manières. Par conséquent, le présent aussi. Mais, dit Mitchell, cela ne signifiait pas nécessairement que l'avenir fût compromis. Il y aurait la paix, dit-il. Il en était convaincu. Avant cela, il était important que chacun, de tous bords, le désire. Si le constat allait de soi, ce n'était pas toujours une évidence. Tant de choses relevaient du récit historique, mais ce qui le préoccupait, sans cesse, était la durée du présent, combinée aux échos du passé, au moment où on essayait de négocier un meilleur avenir.

140

Bassam ne raconta l'histoire du bonbon à personne, pas même à ses fils. Il avait fait une grève de la faim pendant dix-sept jours entiers.

139

Le matin de sa libération prévue, il fut escorté jusqu'au rez-de-chaussée de la prison. Les néons ronronnaient. Les gardiens lui retirèrent ses menottes et ses entraves. On lui rendit ses anciens vêtements. Le jean était trop court et la chemise trop grande. Ses pieds avaient grandi : il dut les faire entrer tant bien que mal dans les chaussures qu'il portait le jour de son arrestation.

Il avait l'impression d'être de nouveau, et à contrecœur, dans la peau du garçon qu'il était à dix-sept ans. Il resserra sa ceinture de quatre crans.

On lui remit une enveloppe contenant trois cents shekels. Il mit les billets dans sa poche. Ses seuls effets personnels étaient un porte-clés en nacre, des lunettes de soleil cassées et un demi-paquet de Marlboro.

Personne ne l'attendait devant la sortie. Le ciel était gris. Les arbres semblaient sans vie. Quelques femmes, foulard sur la tête, allaient et venaient le long du mur de la prison.

Les cigarettes étaient si vieilles qu'elles en étaient devenues cassantes. Il acheta un nouveau paquet dans un kiosque, juste devant la prison. Il ferma les yeux et inhala, puis se dirigea d'un pas déterminé vers le marché. Il y acheta une paire de baskets, blanches avec une virgule verte, et marchanda pour un survêtement, noir avec des bandes rouges sur les manches. Un tee-shirt blanc uni. Des chaussettes. Des sous-vêtements.

Il entra dans un café pour faire de la monnaie.

Dans une cabine téléphonique, à l'arrêt de bus, il appela son cousin Ibrahim. Le téléphone sonna dans le vide.

138

Bassam fut un peu surpris, en rasant sa barbe, que son visage ne fût pas plus émacié.

137

Il laissa ses anciens vêtements suspendus à un crochet dans les toilettes du café. Il noua ses vieilles chaussures et les lança en l'air. Elles s'accrochèrent à un fil téléphonique et pendouillèrent dans le vide.

Il jeta un regard vers la prison derrière lui et vit plusieurs sarbacanes en carton dépasser des étages supérieurs. Quelques messages, tels des postillons dans l'air, naviguaient des fenêtres jusqu'aux femmes qui attendaient en bas.

136

Rami était attiré par les motifs. Il les dessinait sans arrêt. Ses petits carnets rouges étaient remplis de lignes qui se coupaient. Il ne s'agissait pas simplement de faire des hachures croisées. C'était, pensait-il, sa méditation à lui, une manière de réfléchir. Pousser le stylo jusqu'au bord de la page. Le laisser tomber.

Les dessins semblaient sauter et se prolonger à l'extérieur, dans le vide. Il les reprenait rarement dans ses publicités. En matière de publicité commerciale, on lui demandait des images plus audacieuses. Mais il lui arrivait parfois de se replonger dans ses carnets de croquis, en quête d'idées, et d'être fascinés par les motifs eux-mêmes, l'obstination épuisée qui en émanait, leurs formes nées de la nécessité.

135

Chez les savants de l'islam, les nombres mathématiques ne sont pas considérés seulement comme des quantités, mais des qualités.

134

Une des plus belles œuvres d'art islamique jamais produites est l'imposant escalier de bois et la chaire qu'abrita pendant huit cents ans la mosquée Al-Aqsa, à Jérusalem.

La chaire, appelée le minbar de Saladin, fut construite à Alep au XIIe siècle pour célébrer la défaite des croisés. Elle fut transportée sous bonne escorte jusqu'à la mosquée de la Ville sainte, où elle fut installée et devint une des œuvres les plus révérées du monde musulman.

Ce minbar passait pour un chef-d'œuvre de géométrie sacrée, de bois sculpté, de marqueterie et de calligraphie. D'une hauteur de cinq mètres quatre-vingts et d'une profondeur de quatre mètres, la chaire fut façonnée par des centaines d'artisans appartenant à des guildes, considérés comme les génies de leur temps.

Seize mille pièces délicatement sculptées furent imbriquées les unes dans les autres. L'intérieur en était creux. L'ensemble de la structure donnait l'impression d'être miraculeusement suspendue sur elle-même. Les portes à treillage ouvraient sur l'escalier qui, à son tour, menait à la chaire supérieure. Les panneaux étaient garnis d'ivoire et d'ébène. Les motifs émergeaient d'une forme simple à six côtés, mais les effets géométriques qui en résultaient – rosettes en spirale, nids d'abeilles, cercles, carrés, triangles, arabesques – étaient d'une sophistication presque inconcevable. Les calligraphies en cascade comportaient de longues citations du Coran.

Pendant des siècles, chaque vendredi, l'imam montait les marches et prononçait des sermons aux fidèles en bas.

133

Quand Bassam avait six ans, son père l'emmena, avec ses frères, à Jérusalem. Ils arpentèrent les jardins de la mosquée, où leur père s'assit, fuma et leur raconta des histoires : la fuite nocturne de Mahomet, l'épopée de Saladin, la fonte de l'or pour le toit du Dôme. D'après ses dires, il y avait autrefois une chaire splendide dans la mosquée mais elle avait été incendiée.

132

L'écrivain allemand Goethe disait que l'état d'esprit qu'inspire l'architecture se rapproche de l'effet produit par la musique – que regarder une chose revient à l'entendre. La musique est une architecture liquide, écrivit-il, et l'architecture est une musique fixée.

131

Le minbar resta en place huit cents ans sans être tenu par le moindre clou, la moindre vis, la moindre colle.

130

Le 21 août 1969, tôt le matin, un touriste australien, Denis Michael Rohan, passa devant les gardes de faction de la mosquée Al-Aqsa équipé d'un appareil photo et d'un sac à dos. Les gardes connaissaient ce jeune homme : cela faisait plus d'un mois qu'il visitait chaque jour la mosquée. Il leur avait déjà versé des pourboires astronomiques. Il les salua en arabe et leur demanda s'il pouvait entrer de bonne heure pour prendre des photos. Ils le laissèrent passer.

Dans la mosquée, Rohan ouvrit son sac à dos, posa un foulard sur les marches, l'aspergea de kérosène, monta l'escalier, déversa du benzène dans la chaire et mit le feu. Il sortit calmement de la mosquée, s'arrêta pour bavarder avec les gardes, puis se mit à courir lorsque les flammes furent aperçues.

À l'intérieur, le toit de la mosquée s'embrasa. À midi, il ne restait du minbar que quelques fragments calcinés.

Lorsque la nouvelle de l'incendie se répandit dans le monde musulman, l'état d'urgence fut déclaré. Le roi Hussein de Jordanie convoqua un sommet militaire. L'Arabie Saoudite mit immédiatement ses troupes en alerte. Un appel à la grève générale fut lancé au Pakistan. L'Irak annonça l'exécution de quinze espions étrangers. Des émeutes meurtrières éclatèrent en Inde.

Rohan fut arrêté par la police israélienne le surlendemain. Il dit avoir agi sur ordre de Dieu. L'incendie hâterait le retour du Messie. Il se voyait en descendant direct d'Abraham – Nahor, son nom de famille lu à l'envers, était celui du grand-père d'Abraham.

Lors de son procès, l'Australien expliqua que l'incendie était l'événement le plus important dans l'histoire du monde depuis le procès de Jésus. Il plaida la démence, fut condamné à passer le reste de ses jours dans un hôpital psychiatrique de Jérusalem, mais fut libéré en 1974 pour raisons humanitaires. Il mourut vingt et un ans plus tard à l'hôpital Callan Park de Sydney.

129

Pendant son procès, Rohan confia aux psychiatres israéliens que son institutrice de CP, en Australie, l'obligeait à s'accroupir dans un panier d'osier quand il faisait une bêtise. Puis ses camarades de classe défilaient devant lui et le moquaient, le surnommant Moïse.

128

Dans la seconde moitié du XXe siècle, les psychiatres ont commencé à remarquer qu'un nombre croissant de touristes se rendant à Jérusalem souffraient d'une décompensation psychotique sévère : des hallucinations et d'autres épisodes dus à la proximité des lieux saints de Jérusalem.

Étant donné la fréquence élevée des cas – au moins cent par an –, ils étaient envoyés dans un seul et unique lieu, l'institut psychiatrique Kfar Shaul.

On voit parfois les patients souffrant de ce syndrome – certains se prennent pour Jésus, d'autres pour Marie, pour Moïse, pour Paul – errer dans les rues de la vieille ville, vêtus de tenues découpées dans des serviettes ou des draps d'hôtel, portant une couronne d'épines sur la tête.

Souvent, le syndrome disparaît aussitôt qu'ils ont quitté la ville.

127

L'institut psychiatrique Kfar Shaul fut construit sur le site de Deir Yassin. Le village – une série d'arches, de passages et d'étroites rues en pierre construites avec le calcaire local et bordées de petits palmiers – se trouvait aux abords de Jérusalem.

Au début de 1948, les habitants du village signèrent un pacte de non-agression avec le village juif voisin de Giv'at Shaul. Mais, en avril, des membres incontrôlés de la milice juive rompirent le pacte et plus d'une centaine de Palestiniens, hommes, femmes, enfants, furent assassinés.

L'événement joua un rôle dans le déclenchement de la Nakba. La crainte d'un autre massacre poussa des centaines de milliers de Palestiniens à fuir leurs foyers. Ils ne revinrent jamais.

Sur un mur du village on peut voir un slogan, en danois, gravé dans une pierre à l'aide d'un clou. Il y est écrit : *La véritable maçonnerie tient non pas grâce au mortier, mais grâce au temps.*

126

Albert Einstein écrivit aux Amis américains des combattants pour la liberté d'Israël – également appelés Groupe Stern – pour dire que, après le massacre de Deir Yassin, il ne souhaitait plus leur venir en aide ni promouvoir les levées de fonds en soutien à leur cause.

125

Au fil du temps, la chaire de Saladin avait été photographiée, dessinée et filmée, mais jamais cartographiée en détail. Il n'existait pas de plans précis. Pas de plans d'exécution. On ne trouvait aucun artisan initié aux secrets des motifs.

La famille royale hachémite d'Arabie Saoudite lança un appel à des équipes d'architectes, de mathématiciens, d'experts en informatique, de calligraphes, de spécialistes du design biomorphique, et même de théologiens, mais personne, même avec l'aide d'ordinateurs modernes, n'était capable de déchiffrer le secret de la chaire en bois.

Les savoir-faire aussi s'étaient perdus depuis des siècles. La plupart des artisans s'étaient mis à utiliser des clous, ou des vis, ou de la colle, et les talents de menuisier avaient pour ainsi dire disparu.

Après trois séries de recherches dans le monde entier, le dessin du nouveau minbar et la constitution d'une équipe composée des meilleurs artisans internationaux furent confiés à un candidat dont personne n'avait jamais entendu parler – un ingénieur bédouin du nom de Minwer al-Meheid.

Il avait découvert que le secret du minbar résidait en ce que ses milliers d'éléments n'étaient aucunement accrochés à une structure, mais harmonieusement intégrés ensemble.

124

Il fallut des années pour se procurer le bois brut – la noiseraie idéale fut finalement dénichée par un menuisier turc, qui emmena les concepteurs dans une forêt perdue à la frontière irano-irakienne. Les noyers furent abattus au beau milieu de l'hiver, mais les bûcherons durent attendre quatre mois, le temps que les routes dégèlent, avant de pouvoir transporter les troncs.

Le bois était robuste, dur, magnifique, avec un grain fin et une teinte subtile. Les arbres étaient assez grands pour donner de longs panneaux et ne se fendaient pas.

Les artisans – indonésiens, turcs, égyptiens, jordaniens et palestiniens – se retrouvèrent dans un entrepôt d'Amman.

Exécutant le projet d'Al-Meheid, ils commencèrent à découper et à assembler les seize mille pièces de bois. Le premier panneau leur prit deux mois et demi. Le reste, plusieurs années.

Lorsqu'ils eurent terminé, des critiques d'art venus de Londres, d'Amman, de New York, de Paris et de Bagdad, tous affirmèrent qu'ils avaient réussi, miraculeusement, à redonner vie à ce qui avait disparu.

Il fallut trente-sept ans, en tout, pour reconstruire le minbar de Saladin.

123

L'opéra expérimental de Philip Glass, *Einstein on the Beach*, ne possède pas d'intrigue classique. Le livret comporte de brefs instants de poésie, de chanson, de rythme, des notes de solfège, et des moments de répétition numérique. Sur scène, les quatre actes durent cinq heures ou plus.

L'œuvre – conçue pour faire ressortir de l'apparente non-intrigue ce que Glass considérait être un Einstein *découvert*, peut-être même un Einstein plus fidèle – est tenue par ses *knee plays*, ou intermezzos, qui s'intercalent entre les actes.

Les *knee plays* associent un motif choral proche du chant et une narration humaine animée. Il en émane une sorte de sérénité nimbée du sentiment d'être en permanence dérangé.

122

Dès ses onze ans, Rami faisait la différence entre un Panther et un Tiger. Il savait distinguer l'Obersturmbannführer du Reichsführer SS. Il avait appris les caractéristiques du Messerchmitt BF 109. Il connaissait la taille des moteurs de tous les avions Stuka. Derrière lui se profilaient Eichmann, Goebbels, Koch, Himmler. Sa colère montait.

Il faisait tout pour nourrir cette rage. Il lisait tous les livres qu'il trouvait sur l'Holocauste, s'y plongeait jusque tard dans la nuit. Raul Hilberg. Israel Gutman. Chil Rajchman. Il connaissait par cœur le nom de tous les camps. Buchenwald. Flossenbürg. Belzec. Bois-le-Duc. Mauthausen. Treblinka. Il pouvait vous réciter les dimensions exactes des camps d'Auschwitz.

Chaque fait, chaque chiffre le hantait. La révolte de Sobibor. La Nuit de cristal. Lidice. Il scrutait les étiquettes des produits, au supermarché, pour être certain qu'ils n'étaient pas allemands. Il faisait des cauchemars dans lesquels il était transformé en savon. Il abhorrait même l'accent allemand, l'attribuant aux professeurs qu'il n'aimait pas.

L'idée même de se rendre en Allemagne faisait couler un liquide froid le long de sa moelle épinière.

121

120

Les trains les traversaient à toute vitesse. Berlin. Cologne. Munich. Hanovre. Francfort. Leipzig. Interview sur interview. Réunions dans les mairies. Rencontres avec des philanthropes. Ils étaient trimballés d'un endroit à l'autre. À la fin de la journée, ils étaient lessivés. Rami n'en revenait pas d'être là. Il essaya de l'expliquer aux journalistes : il avait grandi en enfant de l'Holocauste et avait juré qu'il n'y mettrait jamais les pieds. Convaincu que cela le rendrait fou de rage. L'idée de voyager près des camps de la mort le hérissait. Une gare. Une annonce par un haut-parleur. Un homme en uniforme. Un manteau fermé par une ceinture. Un tramway. Deux mains croisées dans le dos. Une femme se dépêchant dans la rue. Tout. Ils furent accueillis à leur descente par un petit groupe de professeurs et de militants. Rami sentait la peur sautiller sur les parois de sa gorge. Il avait les mains moites. Il n'arrivait pas à s'en défaire. Le coffre d'une Mercedes se souleva. L'emblème argenté étincelait sous les néons. On aurait dit un symbole de paix ironique. Il s'installa sur la banquette arrière. Au cours du trajet jusqu'à la ville, il demeura silencieux, laissant Bassam tenir le crachoir. Par la vitre, les grands buildings en verre, les lignes nettes de l'architecture. L'hôtel correspondait à ce qu'il avait imaginé – les hautes colonnes, la brique, la fontaine, l'entrée majestueuse –, mais le personnel était chaleureux et la lumière, vive. En un sens, il s'était figuré l'Allemagne plus sombre, plus basse, plus insidieuse. Il prit l'ascenseur jusqu'à sa chambre, ferma la porte à clé, appela Nurit au téléphone. Elle le rabroua. Elle était allée plusieurs fois en Allemagne : il n'y avait aucune inquiétude à avoir. Détends-toi. Amuse-toi. Appelle-moi tous les jours. Il entra dans la cabine de douche. Même ça, même ici : la douche. Il s'arrêta et se regarda dans le miroir. Son teint pâle, ses cheveux coupés de frais. Il se rasa soigneusement, enfila une chemise propre, téléphona à la chambre de Bassam. Ils descendirent ensemble. Le restaurant était tout en lustres. Une table avec dix personnes, dont au moins deux juifs, pensa-t-il. Bassam ferait vraisemblablement le même calcul, guetterait les noms musulmans, chercherait les visages arabes. Leurs hôtes esquissèrent les grandes lignes du voyage : les conférences, les interviews, les rencontres. Il y avait un intérêt extraordinaire de la part du peuple allemand, dirent-ils. Un Israélien et un Palestinien voyageant ensemble. Plus que ça. Un Israélien hostile à l'Occupation. Un Palestinien étudiant l'Holocauste. Comment lier ces choses-là. Comment secouer la torpeur du public. Le silence était là pour être ébranlé. Ils avaient la certitude que les gens étaient prêts à écouter. Faites-nous confiance, dirent-ils. Le restaurant se remplissait. Des bouteilles de vin furent ouvertes. Bassam sortit fumer. Rami parla aux hôtes de son père hongrois. Il respectait chaque Jour du souvenir, dit-il, mais avec les années il avait appris à se méfier de la manipulation de cette époque, de la nostalgie, de l'industrie qu'on en faisait. Le deuil. La peur. La manière dont le passé façonnait le présent. Le sentiment d'impuissance face à cela. Rami se servit un autre verre de vin. Les sujets de conversation tourbillonnaient, se contredisaient, revenaient. Les vols au-dessus d'Auschwitz. Les délégations à Bergen-Belsen. Ce que cela signifiait de se souvenir, le contraire de ne jamais oublier. Le restaurant tenait du kaléidoscope : toutes ces assiettes qui passaient et repassaient. Il fut surpris de constater qu'il avait bien dormi cette nuit-là. Le matin, il sortit et suivit un balayeur qui donnait l'impression d'être le tout premier homme à siffloter. La lumière était crue, jaune. Il marcha le long du Main. La hauteur des bâtiments l'étonna. Un pays, pensa-t-il, qui se poussait vers le haut. En fin de matinée, ce fut leur première conférence, dans un cabinet d'avocats d'Innenstadt. Un grand silence s'installa lorsqu'ils eurent fini de raconter leur histoire. Une journaliste les attendait dans un restaurant de la Goethestrasse. Ses yeux avaient un éclat, ils étaient à la fois intenses et tendres. Elle posa et reposa ses questions, elle creusa sans ménagement. Elle voulut savoir ce que Bassam pensait de la réaction arabe pendant la Seconde Guerre mondiale. Et Rami, qu'avait-il à dire au sujet de la deuxième Intifada ? Pensaient-ils qu'ils banalisaient le conflit ? Rami se pencha en avant. Comment le deuil peut-il banaliser un conflit ? demanda-t-il. Il sentait qu'il s'ouvrait : une liberté intrigante. Les interviews s'empilaient. Le soir, ils parlèrent devant deux cents personnes. Rami entendit un frémissement dans le public. Un mouchoir qui passait furtivement de main en main, au premier rang. Tant d'accents, tant de langues. Hébreu, arabe, anglais, allemand. Il sentit son corps se détendre. Ils poursuivirent leur traversée du pays en train. Les gares étaient éclairées au néon. De la musique était diffusée sur les quais. Pas de drapeaux. Les voitures étaient confortables. Ils somnolaient, l'un sur l'épaule de l'autre. Le soir, les salles étaient pleines. Rami raconta qu'il était un diplômé d'Auschwitz. Les auditeurs se redressèrent. Il vit quelque chose voyager dans leurs yeux. Il était peut-être une épine, un rappel, il le savait, mais après coup ils venaient lui parler, lui serrer la main, le remercier d'être venu. Il continuait de guetter une craquelure dans le vernis : une remarque désagréable, un mot déplacé. Or rien ne vint. Ils prirent l'avion jusqu'à Berlin, se rendirent devant les derniers vestiges du Mur. Fin de la préoccupation, murmura-t-il à Bassam. Ils rirent discrètement. Au centre Shalom Rollberg, Rami déclara en public que tous les murs étaient condamnés à tomber, quoi qu'il arrive. Cependant il n'était pas assez naïf pour croire qu'on n'en construirait plus. C'était un monde de murs. Mais c'était sa mission d'ouvrir une brèche dans le plus visible de tous à ses yeux. Ils allèrent au sud de Leipzig et franchirent le portail de Buchenwald. Rami crut voir une ruine antique. Le slogan en lettres de fer ne pouvait être lu que de l'intérieur. *Jedem das Seine*. Ils ressortirent ensemble. À chacun le sien. Pendant les interviews, ils essayaient de s'en remettre l'un à l'autre. Cela se transformait parfois en sketch. Toi d'abord. Non, toi d'abord. Ils étaient Assi et Guri, Abbott et Costello. Une fois, à la fin d'une interview, Bassam toucha le coude de Rami, sourit et dit : « Les juifs n'ont-ils pas assez souffert comme ça ? » C'était leur *private joke*. La journaliste fut décontenancée. Rami retrouva un clip de la télévision israélienne sur son portable et lui montra un extrait de *Hahamishia Hakamerit*, une émission humoristique. Pendant longtemps, cet extrait avait été pour Rami et Bassam leur manière de faire baisser la pression. Ils connaissaient une bonne partie du texte par cœur. *À vos marques. Prêts ! C'est à propos du gamin au couloir 6. Allez, finis le boulot*. La journaliste resta d'abord de marbre, mais à la fin de la vidéo elle s'autorisa un petit rire gêné. Rami visionna de nouveau l'extrait dans le train pour Hanovre. Wolfgang, dit-il en riant, enlève ta tête de mon épaule, j'ai assez souffert comme ça.

119

Bassam reçut le message d'un professeur de théologie de l'université Ludwig-Maximilian, à Munich : *C'est à votre image que j'aimerais aborder les jours qu'il m'est donné de vivre encore.*

118

DÉCOR : Une piste d'athlétisme à Stuttgart, en Allemagne. Championnats du monde 1995. Un RESPONSABLE SPORTIF allemand s'apprête à appuyer sur la détente du pistolet de départ pour le 110 mètres haies.

RESPONSABLE SPORTIF

À vos marques. Prêts !

Alignés devant les starting-blocks, plusieurs sprinteurs du monde entier, grands et bien bâtis, ainsi qu'un ATHLÈTE ISRAÉLIEN, petit et maigrichon. Au moment où la course va démarrer, deux APPARATCHIKS traversent la piste en écartant les haies pour rejoindre le RESPONSABLE SPORTIF.

APPARATCHIKS UN/DEUX

Excusez-moi, excusez-moi, un instant s'il vous plaît ! Bonjour et bonsoir. Nous sommes membres de la délégation israélienne et nous voulons vous demander un petit service. Écoutez, je vais être honnête avec vous, c'est à propos du gamin au couloir 6. Le petit. Il est, comment dire ? Pas très rapide. Lent, même. Très lent. Mais très doué. Très. Et on voulait vous demander un petit service. Rien d'extraordinaire. Laissez-lui simplement cinq ou six mètres d'avance.

Le responsable sportif, troublé, se retourne pour chercher de l'aide et appelle son ami Wolfgang. Mais personne ne répond.

APPARATCHIK UN

Allez, qu'est-ce que vous en dites ? Seulement six mètres ! De toute façon, il finira dernier. On veut uniquement limiter l'humiliation ! Vous savez, ce n'est pas gentil, sa mère est dans le stade.

L'athlète israélien, sur la ligne de départ, les interpelle, posant l'index sur ses lèvres pour les faire taire.

APPARATCHIK UN

Regardez là-bas, sa mère. Une femme très courageuse.

Le responsable sportif allemand agite prudemment le pistolet de départ dans la direction que l'apparatchik indique. On ne voit pas la mère de l'athlète.

APPARATCHIK UN

Après tout ce qu'elle a enduré – elle est revenue ici pour voir son fils courir ! Ça me fend le cœur !

RESPONSABLE SPORTIF

Wolfgang ?

APPARATCHIKS UN/DEUX

Regardez-les, ils sont tous sous stéroïdes. Il n'y a que lui qui a des jambes de poulet, on dirait des bâtons d'esquimau. Qu'est-ce qu'on vous demande ? Un petit coup de pouce pour... pour atténuer l'injustice historique. Qu'est-ce que vous en dites ? Huit mètres ?

Le responsable sportif appelle de nouveau Wolfgang, mais il n'y a aucune réponse.

APPARATCHIK DEUX

Vous, les *goys*, vous avez des cœurs de pierre. Vous adorez nous humilier.

APPARATCHIK UN

Du calme, Feldermaus.

APPARATCHIK DEUX

Moi, me calmer ? C'est ce minable qui devrait se calmer. Vous n'avez pas honte ? Vous devriez avoir honte. Vous n'avez pas vu *La Liste de Schindler* ? Toutes les télévisions du monde qui nous regardent ! Vous vous en fichez ! Le peuple juif n'a-t-il pas suffisamment souffert comme ça ? Le peuple juif n'a-t-il pas suffisamment souffert comme ça ?!!!

APPARATCHIK UN

Détends-toi, Feldermaus, ne gaspille pas ta salive.

APPARATCHIK DEUX

Est-ce qu'on a demandé une médaille ? Une victoire ? Tout ce qu'on demande, c'est neuf mètres. Pourquoi est-ce qu'il prend plaisir à nous humilier ?

Il attrape le pistolet de départ du responsable sportif et le braque sur son propre cou.

APPARATCHIK DEUX

Allez, finis le boulot, moi aussi je suis juif, finis le boulot, allez, allez !

APPARATCHIK UN

Arrête, Feldermaus, arrête !

APPARATCHIK DEUX

Espèce de technocrate. Eichmann !

Le responsable sportif prend une longue inspiration et, d'un geste de la tête, fait signe à l'athlète israélien de s'avancer. L'athlète israélien, au couloir 6, ramasse docilement son starting-block.

ATHLÈTE

(Aux autres coureurs.) Je suis désolé, les gars.

Tandis que les apparatchiks regardent l'athlète avancer, ils serrent la main du responsable sportif.

APPARATCHIK DEUX

Le peuple juif vous remercie du fond du cœur, vous êtes un grand homme.

APPARATCHIK UN

(À l'athlète.) Encore, avance encore. Stop ! Pas trop ! *(Au responsable sportif.)* C'est un gentil garçon. Vous êtes un grand homme, merci beaucoup, merci beaucoup.

APPARATCHIK DEUX

Je vous souhaite une Pâque kasher. Merci.

APPARATCHIK UN

Après ça, on prendra vos coordonnées et on plantera un grand arbre en votre honneur sur le boulevard Hassidique, l'université, à Jérusalem !

RESPONSABLE SPORTIF

(Parlant pour la première fois.)
Oui ! Merci. Merci !

APPARATCHIK UN

Euh, une dernière petite chose. Si ce n'est pas trop demander. Avant que vous… *(il parle du pistolet de départ)* pan pan… Faites-lui un petit clin d'œil. Comme ça, il pourra se préparer.

RESPONSABLE SPORTIF

Un clin d'œil ?

APPARATCHIK UN

C'est un gentil garçon.

APPARATCHIK DEUX

Un signe.

RESPONSABLE SPORTIF

Un signe ! Oui. Bien.

APPARATCHIK UN

C'est un gentil garçon.

RESPONSABLE SPORTIF

Bien, bien… Shalom !

APPARATCHIK UN/DEUX

Shalom, shalom, merci.

RESPONSABLE SPORTIF

Shalom, shalom… À vos marques ! Prêts !

(Il lève le pistolet de départ et tire.)

Partez !

117

Leur passage préféré du sketch était le dernier plan, celui où l'athlète israélien, qui s'est vu accorder sept ou huit mètres d'avance, court jusqu'à la première haie, pose une main sur la barre et tente, très prudemment, de l'enjamber.

116

Après la diffusion de l'émission sur la deuxième chaîne, dans les années 1990, l'auteur du script, Etgar Keret, fut traité de juif honteux et d'antisémite par Asa Kasher, célèbre philosophe israélien spécialiste de l'éthique.

Kasher avait – des années auparavant – contribué à la rédaction du code déontologique de l'armée israélienne, entérinant l'idée qu'il s'agissait de l'armée la plus morale du monde.

115

Sur le Mur, près du checkpoint de Qalandia : *L'ARMÉE LA PLUS ~~M~~ORALE DU MONDE.*

114

Six semaines avant qu'elle meure, Bassam nota la taille d'Abir sur la porte de leur appartement d'Anata : il traça un trait noir à mi-chemin entre la poignée et le trou de serrure.

Jusqu'au jour de leur déménagement, ni Bassam ni Salwa ne repeignit par-dessus le trait. En grandissant, leurs autres enfants l'avaient dépassé.

Bassam noircissait le trait au crayon chaque année, le jour de l'anniversaire d'Abir.

113

Araab avait trois ans de plus qu'Abir ; Arin, deux ans de plus ; Mohamed, un an de moins ; Ahmed, deux ans de moins. Hiba, la plus jeune, trois ans de moins, était celle qui ressemblait le plus à Abir.

112

Encore aujourd'hui, quand il franchit les portes immaculées de sa maison de Jéricho, Bassam a l'impression que le trait inexistant le touche, curieusement, en plein torse.

111

Il faisait les cent pas dans le couloir. Les responsables de l'hôpital avaient refusé de pratiquer une autopsie. Ce n'était pas nécessaire, disaient-ils. Il s'agissait clairement d'un traumatisme consécutif à un choc violent, une fracture de l'os dans la partie postérieure du crâne. L'os lui-même avait pénétré dans le cerveau. Ils pouvaient lui donner les radios. Les rapports officiels des médecins. Les prélèvements sanguins. Les cardiogrammes. Les résultats pouvaient être authentifiés, s'il le souhaitait. Ils lui parlèrent solennellement. S'inclinèrent légèrement devant lui, même. Ils comprenaient sa douleur, dirent-ils. Ils voulaient le soulager de tout fardeau. Mais une autopsie, c'était compliqué. Ils auraient besoin d'une autorisation officielle. Il y avait plusieurs choses à prendre en compte. Ces décisions mettraient du temps. Il fallait suivre des circuits officiels.

Bassam réitéra sa demande d'une autopsie. Les responsables s'éloignèrent pour passer des coups de fil. Au mur, les aiguilles de l'horloge tournaient. Ils revinrent, la cravate encore plus serrée sous le menton. Pouvait-il de nouveau expliquer pourquoi, au juste, il avait besoin d'une autopsie ? Bassam sentait le sang lui monter au visage. Il y avait réfléchi les deux jours précédents, dit-il, et s'apprêtait à déclencher des poursuites pénales. Contre qui ? demandèrent-ils. Contre l'État, répondit-il. Ils laissèrent passer un silence, tirèrent sur les extrémités de leurs blouses blanches. Ils étaient plus austères dans leur politesse, et néanmoins ils se rapprochaient de lui. Oui, dirent-ils, quelque chose a mal tourné, il y a sans doute des responsabilités à déterminer, mais des poursuites pénales, monsieur Aramin ? Vraiment ? Oui, j'en suis sûr, dit-il. Nous ne sommes pas convaincus que ce soit la meilleure voie.

Ce n'est pas une voie, c'est un fait. Excusez-nous, dirent-ils, mais nous n'avons pas le pouvoir d'ordonner une autopsie. En tant que parent, dit-il, j'ai le droit d'en réclamer une. Nous avons téléphoné plusieurs fois à nos supérieurs, dirent-ils, et nos demandes ont été rejetées, mais vous pouvez quand même avoir accès à tous les dossiers. Tous les renseignements dont vous avez besoin sont là. Non, dit-il, il me faut une autopsie officielle. Ils gigotèrent. Nous sommes désolés, nous sommes passés par tous les circuits, nous avons des ordres.

À la manière dont leurs yeux s'agitaient, Bassam comprit qu'il y avait autre chose : déjà l'armée israélienne avait publié une déclaration affirmant que la patrouille n'avait procédé à aucun tir, que des émeutes s'étaient produites dans la zone et qu'Abir avait vraisemblablement été victime d'une pierre lancée par des manifestants palestiniens.

Les responsables comprenaient parfaitement bien, dirent-ils, mais s'il voulait une autopsie il allait devoir la payer lui-même. Elle ne serait pas commandée par l'État. Ça lui coûterait des milliers de shekels. Il avait plutôt intérêt à se fier aux dossiers.

« OK, dit Bassam, je paierai. »

110

L'autopsie coûta six mille huit cents shekels. Elle fut immédiatement payée, grâce à une collecte effectuée à l'hôpital parmi ceux qui attendaient avec lui : Rami, Alon, Suleiman, Dina, Mohamed, Robi, Yehuda, Avi et Yitzak.

109

Une fois l'autopsie terminée, on lui remit les affaires d'Abir dans un sac en plastique fermé. Sa robe de nuit avait été soigneusement repliée. Sa tenue d'écolière, aussi, était délicatement rangée. Au fond du sac se trouvaient deux souliers de cuir vernis, dont l'un légèrement éraflé à force d'avoir glissé sur le sol.

108

La demande de poursuites pénales fut presque immédiatement rejetée : absence d'éléments suffisants. Bassam ne fut pas surpris. Depuis le début, il savait que ça se passerait comme ça. Un jeudi après-midi ensoleillé, quelques journalistes se retrouvèrent devant le tribunal. Bassam portait un costume et une cravate.

« Je vais maintenant aller au civil », déclara-t-il.

107

Six mille huit cents shekels en 2007 : mille cinq cent soixante-dix dollars.

106

Au mitan de la procédure, la juge avait demandé une reconstitution. Elle souhaitait que toutes les personnes impliquées se rendent à Anata pour voir si elles pouvaient comprendre ce qui s'était passé, et comment ça s'était passé.

Un murmure s'éleva dans la salle du tribunal. La défense soumit aussitôt une objection : cela posait des problèmes de sécurité, de procédure et de juridiction. Mais la juge balaya ces arguments.

« Nous nous retrouverons à Anata », dit-elle.

Le convoi quitta Jérusalem-Ouest un jeudi matin. Les rues étaient barrées. Plusieurs Jeeps étaient postées, moteur allumé. Un hélicoptère tournait dans le ciel, jouant les libellules bruyantes.

Le ciel était nuageux. Une nappe de chaleur couvrait toute la ville. Le vent était criblé de poussière.

Bassam arriva de bonne heure. Il regarda la juge descendre de sa voiture. Elle portait une robe décente qui recouvrait ses bras et ses genoux. Elle sortit un foulard de son sac à main, le noua habilement sous son menton. Une main en visière, elle regarda autour d'elle. C'était peut-être la première fois qu'elle voyait Anata : les maisons tout en haut de la colline, les appartements délabrés plus bas, les garages, les pneus abandonnés, la route à deux voies, le rond-point, les magasins condamnés, les barrières en béton cassées, les panneaux cabossés, les enfants se rendant à cloche-pied à l'école, l'agente qui les faisait traverser vêtue de son hijab.

La juge tourna la tête pour se protéger du vent, chercha dans son sac une paire de lunettes noires, les chaussa, puis marcha vers l'emplacement où Abir s'était écroulée. Elle regarda le sol et hocha la tête, demanda qu'une photo soit prise, recula jusqu'au coin de la rue. Elle ordonna au greffier de compter les pas et interpella le commandant de l'unité des garde-frontières.

« Où est le cimetière ?

— Je vous demande pardon ?

— Celui d'où vous arriviez.

— Pardon ?

— Dans votre témoignage.

— Juste là, madame la juge.

— Au coin ? »

Pour toute réponse, le commandant n'en eut aucune. La juge leva les yeux vers l'immeuble entre le cimetière et le lieu de la mort. Elle dessina quelque chose sur un petit carnet rouge.

« Allons voir le cimetière.

— Je ne crois pas que ce soit une bonne idée, madame la juge.

— C'est moi qui décide de la marche à suivre, commandant. »

Ce dernier rougit. Il donna des ordres aux soldats. Ils formèrent un cercle autour de la juge et l'escortèrent jusqu'au coin de la rue. Elle fit arrêter le groupe sous le haut mur du cimetière.

« Ils lançaient des pierres d'ici ?

— Oui.

— Ils ont fait de grands progrès, ces Arabes.

— Je vous demande pardon ? dit le commandant.

— C'est quand même un bel exploit. Lancer des pierres derrière un coin de rue.

— Avec tout le respect que je vous dois, madame la juge, ils ont pu tirer de plusieurs angles différents.

— Je vois.

— Vous devez comprendre, madame la juge : ce sont des situations de combat. Nous sommes constamment pris d'assaut. Les pierres peuvent arriver de n'importe où. Du haut des toits, même. Nous devons avoir des yeux derrière la tête.

— Elle avait dix ans, commandant. »

Elle tourna les talons et regagna le coin de la rue. Les soldats la suivirent. Elle s'avança de nouveau vers l'endroit où Abir avait été touchée : « Ici ?

— Oui. J'imagine, dit le commandant. À peu près ici. Peut-être bien.

— Il faut que je voie une Jeep.

— Madame la juge ?

— Je veux voir l'intérieur d'une Jeep.

— Bien, madame la juge. »

Un appel fut passé par la radio. Une Jeep s'éloigna du rond-point. Elle était escortée par deux autres Jeeps. La juge marcha vers celle du milieu, souleva sa robe, monta à bord.

« Tournez au coin », dit-elle au conducteur.

Une violente rafale de vent empoussiéra le flanc de la Jeep. Bassam était convaincu d'entendre chaque grain de sable. La Jeep tourna au coin, puis revint et fit encore marche arrière. Le rabat arrière fut ouvert, puis refermé.

Les témoins retinrent leur souffle lorsque le canon d'un fusil émergea du petit trou carré.

La portière se referma, se rouvrit. Bassam avait le sentiment que tout devait être répété.

Lorsque la juge descendit de la Jeep, sa robe se retroussa légèrement. Elle la rabaissa sur ses genoux et retourna à l'endroit où Abir était tombée.

Elle s'arrêta quelques secondes, releva ses lunettes noires et regarda par terre.

« Très bien, on se reverra à Jérusalem. »

105

Y. A. parut en avance. Il avait vingt-trois ans, mais son crâne commençait déjà à se dégarnir, une péninsule clairsemée au sommet de sa tête. Il portait une veste grise, une chemise bleue froissée et une cravate jaune qui semblait beaucoup trop criarde. Il avait des yeux vifs, mais il les gardait baissés. Il était suivi de près par un avocat qui serrait un attaché-case sur son torse, comme pour se protéger des coups. Y. A. se ratatinait contre le mur, semblant prêt à donner n'importe quoi pour disparaître dans la brique. Il avait annoncé publiquement, quelques mois auparavant, qu'il assisterait au procès. Il ne pouvait pas se défiler maintenant. Il serait innocenté, dit-il. Son avocat s'assit à côté de lui et posa son attaché-case. Ils furent rejoints par deux femmes qui s'installèrent aussitôt derrière eux. C'était comme si, lors d'une partie d'échecs, Y. A. était devenu la tour dans son coin : il resterait là, il ne serait jamais roqué. Les mains croisées sur les cuisses, il regardait devant lui, tandis que la tribune de presse se remplissait.

Une demi-douzaine de journalistes ouvrirent leurs calepins. Quelques étudiants en droit occupaient les rangs du fond. Les soutiens de Bassam s'étaient assis sur les autres sièges : ils étaient pour la plupart israéliens. Certains brandissaient des photos d'Abir. Ils se levèrent lorsque la juge fit son entrée. Elle croisa les doigts, fit de ses mains une pyramide. Elle jeta un coup d'œil vers Bassam, et leurs regards se croisèrent brièvement. Il ne s'y attendait pas. Elle se pencha en avant et parla lentement.

La cour est d'avis. Nous en sommes arrivés à la décision. Nous avons entendu les divers témoignages. Abir Aramin était une résidente de la municipalité de Jérusalem. Nous avons tranché. La responsabilité de l'État d'Israël. Elle est engagée.

Des cris étouffés s'élevèrent de la tribune de presse. Les avocats de l'État restèrent assis. Les soutiens de Bassam déclenchèrent un tonnerre d'applaudissements. Bassam se retourna vers eux et inclina la tête, les supplia de garder leur calme. Il jeta un coup d'œil vers Y. A. Le soldat regardait droit devant lui. Peut-être était-il encore en train de regarder par un petit trou de dix centimètres à l'arrière de la Jeep. Tac-tac-tac. Toujours adolescent. Dans un jeu vidéo.

Bassam remarqua que Y. A. avait hoché la tête au moment du verdict. Comme s'il savait. Comme s'il s'y attendait. Comme s'il avait été prévenu.

Le montant des indemnités restait à déterminer. Malgré tout, l'État allait devoir payer pour les années perdues, les négligences, les frais de sépulture. La porte du banc des accusés s'ouvrit. Y. A. fut poussé vers l'arrière du tribunal, suivi par son avocat. Il sembla s'arrêter un instant à la porte, puis le petit cercle de sa calvitie précoce disparut dans l'obscurité. Des cris et des acclamations parcoururent toute la salle. Un policier appela au calme. Bassam eut droit à des poignées de main, à des tapes dans le dos, à des sourires. Il pouvait à peine tenir debout. Il avait besoin de respirer. L'accès au fond de la salle était bloqué. Tout autour de lui, ses soutiens brandissaient la photo de sa fille. Elle était revenue, Abir, en versions multiples, et pourtant toujours la même, sa fille disparue. Quelqu'un lui toucha le coude. Félicitations, mon frère. C'est un précédent. Tu te rends compte ? Il baissa la tête. Il avait l'impression que cette histoire était arrivée à un autre que lui, quelqu'un qui évoluait dans un monde différent. Il n'avait pas le sentiment d'avoir gagné quoi que ce soit. Il n'y avait pas eu de poursuites pénales, ni la moindre reconnaissance officielle d'une culpabilité. Il se fraya un chemin hors de la salle. Il tourna à un coin, puis à un autre, tout n'était que coins, toujours des coins. Après un autre coin encore, il vit des hommes quitter les toilettes en file indienne. Il passa devant eux. Il ne fut pas surpris de voir Y. A. debout devant le miroir, toujours en discussion avec son avocat. Y. A. leva les yeux vers lui. Quelque chose de repentant et de craintif dans son regard. L'avocat tenta de l'éloigner, mais Y. A. ne bougea pas. Bassam avait répété son texte, en hébreu, une centaine de fois.

« C'est vous, la victime. Pas moi. »

104

Dix ans après l'attentat, la famille de Yael Botvin, la jeune fille de quatorze ans tuée en même temps que Smadar, engagea une action en justice devant la cour de district de Columbia, à Washington.

La famille réclamait des réparations à la République islamique d'Iran, au ministère iranien de l'Information et de la Sécurité, enfin aux Gardiens de la révolution iranienne, collectivement responsables, à ses yeux, de l'attaque menée par le Hamas. D'après la plainte, l'attentat-suicide avait été avalisé au sommet de l'État iranien, et Yael, en tant que ressortissante américaine, pouvait en appeler à la loi américaine.

Dans son témoignage, Julie, la mère de Yael, déclara qu'une des choses les plus difficiles était de voir les amis de Yael continuer de mener leur vie, se marier, faire des enfants.

103

En 2012, la famille Botvin se vit accorder la somme de 1 700 000 dollars.

102

La République islamique d'Iran n'a jamais payé.

101

Chaque jour, devant le tribunal, Rami se réunissait avec Bassam et ses soutiens. Dès qu'un véhicule franchissait l'entrée, ils brandissaient des portraits géants d'Abir.

100

Plusieurs articles, publiés en Israël et aux États-Unis, déplorèrent la décision de la juge dans l'affaire Aramin. Aucune procédure civile ne devrait être autorisée dans une telle situation militaire, disaient-ils. Les cours pénales avaient déjà relevé une absence d'éléments suffisants. Pourquoi revenait-il à l'État d'en supporter le fardeau ? Il avait été signalé, au procès, qu'il était possible que l'enfant ait été victime d'une pierre lancée par les émeutiers et que, même si elle avait reçu une balle en caoutchouc perdue, scénario improbable, le commandant avait attesté que ses hommes étaient la cible d'attaques permanentes. Cette décision de justice pouvait, à l'avenir, mettre en péril la vie des soldats israéliens obligés de prendre des décisions cruciales en quelques secondes au nom de la sécurité. S'ils devaient hésiter, ils risquaient de menacer non seulement leur propre vie, mais celle des autres soldats, voire de leurs concitoyens. En outre, et plus inquiétant, Bassam Aramin était un terroriste qui avait été condamné. Il avait passé plusieurs années en prison pour une série d'attaques à la grenade. Il appartenait au Fatah, qu'il continuait de soutenir. Le million de shekels finirait, à n'en pas douter, dans quelque nouvelle entreprise terroriste, et qui sait ce que Bassam manigançait.

99

Les grenades roulèrent tout autour de la Jeep. Une, deux. De loin, il trouva qu'elles ressemblaient à de petites pierres rondes. L'une d'elles finit sa course à côté de la roue arrière. Elle remua et souleva un nuage de poussière.

98

D'autres journaux affirmèrent que l'affaire Aramin constituait un précédent. Malgré l'absence d'une inculpation pénale préalable, le plaignant avait eu droit à un procès au civil en bonne et due forme, et la décision de la juge représentait une avancée notable dans le renforcement de la nature démocratique de l'État. Cette affaire soulignait l'intégrité du système judiciaire tout en remettant en question les fondements de ce qui était souvent appelé l'armée la plus morale du monde. Si l'armée voulait être morale – comme l'avaient souhaité les pères fondateurs du pays, quelques décennies auparavant –, elle devait accepter le système des contre-pouvoirs. L'acte isolé d'un soldat ou d'un officier sans scrupule ne correspondait pas forcément à la politique de l'armée, et il était important, pour l'intégrité des soldats, d'admettre la nature et l'étendue de leurs erreurs. Pour les Israéliens comme pour les Palestiniens, le verdict ouvrait le champ des possibles en leur permettant de contester réellement les faits et gestes de ceux qui étaient chargés de les protéger. Il fallait garder à l'esprit que la vie d'Abir Aramin, dix ans, avait été perdue et que rien, désormais, ne la ramènerait.

97

Un deuxième petit claquement se fit entendre sous la roue. Il crut voir le pneu se déchiqueter. Il attendit que l'autre éclate. Rien ne se produisit. La Jeep fit une embardée et les portières s'ouvrirent. Deux, trois, quatre silhouettes sortirent en trombe.

96

D'autres journaux dirent que l'affaire Abir Aramin était l'exception qui confirmait l'existence d'un système brutal. C'était une victoire, mais une victoire à la Pyrrhus. Le fait que cette simple affaire ait autant attiré l'attention soulignait la nature incroyablement déséquilibrée du système judiciaire israélien et des tribunaux militaires, au sein desquels nulle action pénale, y compris l'affaire Aramin, n'avait pu être intentée contre un soldat israélien pour le meurtre d'un non-combattant, même un enfant. Une action pénale aurait mis sur la table la véritable nature du conflit, mais cela avait été d'emblée écarté. Le comportement de la juge au civil, quoique admirable, n'était qu'une goutte d'eau dans l'océan du contexte politique. L'affaire Aramin s'était dispersée dans les méandres du droit civil. Le verdict entretenait l'illusion que les Palestiniens jouissaient d'une série de droits à l'autonomie au sein du système. Il s'agissait d'un système intrinsèquement non démocratique, dans lequel des enfants, quand ils n'étaient pas abattus par des balles en caoutchouc, pouvaient être traînés devant des tribunaux militaires, où ils avaient 99,74 % de risques d'être reconnus coupables. Abir Aramin avait connu le même genre de destin – elle avait été coupable d'être une Palestinienne, d'avoir dix ans, de se trouver devant l'entrée de l'école, d'avoir acheté des bonbons pour deux shekels.

95

Apeirogon : une forme possédant un nombre dénombrablement infini de côtés.

94

Du grec *apeiron* : être sans limite, être sans fin. Lié à la racine indo-européenne *per* : essayer, risquer.

93

Pris dans sa totalité, un *apeirogon* approche de la forme d'un cercle, mais un petit fragment, une fois grossi, ressemble à une ligne droite. On peut finalement atteindre n'importe quel point à l'intérieur du tout. Tout est atteignable. Tout est possible, même l'apparemment impossible.

Simultanément, on peut atteindre n'importe quel endroit à l'intérieur d'un *apeirogon* et l'entièreté de la forme est complice du voyage, même ce qui n'a pas encore été imaginé.

92

Plus tard – lorsque l'indemnisation fut rendue publique –, Bassam revit Y. A. Cette fois, il portait une kippa sur la tête. Il avait décidé de devenir un repentant, un *chozer b'teshuva*, de renaître, de revenir à ses racines.

91

Maïmonide, le philosophe juif du XIIe siècle, disait que le processus de repentance comportait trois étapes : la confession, le regret, et le vœu de ne pas répéter la faute.

90

Dans le Coran, Dieu est tour à tour nommé Al-Ghaffar, Al-Afuw, Al-Tawwab, Al-Halim, Ar-Rahman et Ar-Rahim : l'Infini Pardonneur, le Très Indulgent, l'Accueillant au Repentir, le Très Doux, le Tout Miséricordieux et le Très Miséricordieux.

89

Bassam s'imaginait, parfois, que Y. A. ne menait pas du tout la vie d'un *chozer b'teshuva*, que c'était un subterfuge, une ruse, et que le soldat avait totalement renoncé à l'idée de repentance, quitté l'armée, trouvé un travail, dans la *hi-tech* bien sûr, bas dans l'échelon et néanmoins très bien payé, une surprise même à ses yeux, une chance pour un simple garde-frontière, pas du tout repentant, non, et qu'il vivait peut-être aujourd'hui dans un appartement de Tel-Aviv baigné de lumière, au bord de la mer, un lieu qu'il était fier de montrer, petit mais impressionnant, avec tellement de miroirs qu'il n'avait pas à regarder derrière lui.

Œuvres d'art aux murs. Parquet en bois brésilien. Tapis tissés à la main. Nombreux appareils ménagers blancs et coûteux dans la cuisine. Modems, écrans de télévision et câbles soigneusement dissimulés derrière les parois. Soft rock diffusé par des enceintes cachées.

Y. A. se promènerait chez lui pieds nus, s'émerveillant de sa nouvelle vie. Son pantalon de lin blanc retroussé aux chevilles. Sa chemise à manches courtes ostensiblement ouverte. De fins bracelets en ficelle autour du poignet. Il tiendrait un verre d'eau, avec des glaçons parfaitement cubiques, apercevrait un reflet entier de lui-même sur les fenêtres en verre plat, s'arrêterait un instant, se retournerait, jetterait un deuxième coup d'œil, pencherait la tête sur le côté, boirait son eau, jetterait la glace dans l'évier, ferait glisser ses mains sur le haut robinet en argent, poserait le verre sur l'égouttoir et consulterait son portable tout en traversant l'appartement.

Devant l'entrée, Y. A. chausserait une paire de mocassins blancs, se baisserait pour ramasser un sac de plage, jetterait un dernier coup d'œil vers le miroir, fermerait la porte, s'assurerait de l'avoir bien verrouillée.

Il s'élancerait dans le couloir éclairé par un néon discret et se dirigerait vers l'ascenseur. Celui-ci arriverait rapidement, efficacement. Y. A. saluerait d'un hochement de tête une voisine – quelqu'un de grand, d'élégant, d'intelligent peut-être – tenant un caniche. Il s'arrêterait au rez-de-chaussée pour laisser sortir la dame, puis se faufilerait devant elle pour ouvrir la première des deux épaisses portes en verre.

Dehors, dans la rue, la voisine poserait doucement son caniche et le chien tirerait sur sa laisse. Y. A. se baisserait, caresserait le toutou pour lui dire au revoir et entamerait sa promenade, le genre de marche qui lui donnerait l'impression d'avoir des coussinets sous les pieds. Il entendrait le bip-bip aigu d'un camion en marche arrière. Les bruits métalliques dans un café. Le moteur vrombissant d'une grue. Le déclic des portières verrouillées. La sonnette d'un vélo sur le chemin qui longe Frishman Beach.

Il passerait devant des barrières de chantier orange, s'arrêterait quelques instants au feu, ferait rebondir son sac de plage contre sa jambe. La circulation serait bruyante : des taxis, des camions, une voiture de police blanche banalisée.

Il traverserait rapidement jusqu'à la promenade, s'arrêterait devant la piste cyclable, regarderait les joggeurs torse nu, les jeunes femmes en brassière, les vieux décidés à faire leur balade en bord de mer. Y. A. ôterait ses chaussures et les tiendrait à la main, puis déboutonnerait encore un peu plus sa chemise en marchant.

Sur la plage, les bruits sourds des joueurs de *matkot*, leurs cris, leurs rires, les raquettes claquées sur leurs cuisses nues. Les parasols, les glacières, les serviettes, les corps huilés, même en cette heure matinale. Les bébés serrés contre les poitrines. Les vieux messieurs et leur exemplaire de *Haaretz*, leur gourde de café, leur téléphone à clapet. Le talon aiguille abandonné. La musique à la radio : un rythme de *mizrahi*, un rap, un riff de jazz par Eli Degibri. Les vendeurs immigrés. Les maillots de foot anglais. Les maillots de foot français. Les maillots de foot espagnols. Y. A. se trouverait un carré de sable et sortirait sa serviette de son sac de plage, rangerait son portable dans un compartiment à fermeture Éclair, ouvrirait une bouteille d'eau et resterait là à observer les kayakistes aux couleurs vives, les windsurfers tricolores, le bleu de la Méditerranée, les rangées de nageurs s'ébrouant le long du rivage, et le soleil haut dans le ciel aussi immense que très bleu. Il écarterait les bras et s'immobiliserait quelques secondes, revisserait le couvercle de sa bouteille, remettrait celle-ci dans son sac de plage, enlèverait son pantalon de lin pour exhiber un maillot de bain bleu moulant, puis s'avancerait vers le rivage, slalomant entre les derniers joueurs de *matkot*, se mettrait à trottiner d'un pas tranquille, et, béatement, courrait au bord de l'eau, en homme intime de la mer et bien connu d'elle.

88

Dans ces moments-là, Bassam imaginait aussi une balle de caoutchouc fendre l'air sur la plage, survoler les vagues, survoler les bronzeurs, survoler les transats, survoler les parasols, puis s'arrêter un instant, à mi-plage, comme pour faire un choix, tourner sur place, défiant le temps, et percuter sans prévenir l'arrière de la tête de Y. A.

87

Éclater, plus précisément, l'arrière de son crâne.

86

C'est vous, la victime. Pas moi.

85

Rami, quant à lui, imaginait Y. A. dans un appartement bas de plafond. Dans une petite ville du Néguev, peut-être. Dans un immeuble. Un peu décrépit. Délabré sur les bords. Au deuxième étage, peut-être au troisième. Au fond d'un couloir. Plusieurs serrures à la porte. Un autocollant du Likoud à côté de la sonnette. La porte entrouverte. Des gonds qui grincent. L'obscurité étriquée à l'intérieur. L'odeur de cigarette. La silhouette de la mère de Y. A. devant l'évier, faisant tranquillement la vaisselle de la veille au soir. Sa grosse robe à fleurs. Ses cheveux dans un filet. Une radio en bruit de fond, Reshet Gimmel, 97.8 FM. Les torchons suspendus. Le plan de travail en Formica. La boîte de Nescafé. Les couverts dépareillés. Le plat d'olives ébréché. L'horloge en céramique arménienne qui fait tic-tac juste à côté de la cuisinière. Le lino gondolé qui rebique contre le tapis à franges. L'assiette du *séder* sur la table basse en bois. Le motif floral. Le bol en cristal soufflé à côté, rempli de babioles. Les photos alignées sur les étagères : Y. A. à la mer Morte, Y. A. avec sa mère avant qu'il parte à l'armée, Y. A. à sa bar-mitsvah, Y. A. à la patinoire, Y. A. soufflant dans une corne de bélier, Y. A. diplômé de son lycée professionnel, Y. A. en uniforme de garde-frontière, Y. A. sous le capot de sa toute première voiture, Y. A. dans une salle de bal avec une inconnue, et – tout au bout de l'étagère –, dans un petit cadre d'argent, le père de Y. A. à l'époque où lui aussi était jeune, sur les rives de la Léna, non loin d'Iakoutsk, en Sibérie du nord, avec une paire de patins bricolés suspendus sur l'épaule, photo prise un an avant qu'il émigre en Israël et travaille dans une usine de munitions, à Netanya.

84

Y. A. dans sa chambre, étendu sur son lit, une main tenant une cigarette, l'autre protégeant ses yeux gonflés.

83

Pas du tout un *chozer b'teshuva*.

82

Ce que voulait Rami, c'était emmener Y. A. dans un vaste champ, sans pierres, sans clôtures, et le bousculer, doucement au début, un simple coup sur l'épaule, le faire basculer un peu sur ses talons, lui demander *pourquoi* d'une manière logique, lui redonner un coup sur l'épaule, la droite, puis la gauche, pendant que Y. A. reculerait rapidement à travers le champ – éclairé par la lune à présent, un océan d'herbe noire – les mains en l'air, capitulant à moitié, disant que c'était une erreur, une simple erreur, attends, attends, c'est pas ma faute, laisse-moi tranquille, c'est pas ma faute, mon frère, et Rami le pousserait encore plus fort, lui disant ne m'appelle pas mon frère, et Y. A. trébucherait dans l'herbe, les mains levées, les doigts écartés, eh c'était pas ma faute, vieux, crois-moi, je ne faisais qu'obéir aux ordres, le commandant nous a dit de tirer, tu sais comment ça se passe là-bas, c'est la jungle, vieux, j'étais un gamin, il nous a dit de faire feu, on voulait faire de mal à personne, je te jure, vieux, on ne regardait même pas où on tirait, c'était une erreur, je ne savais pas du tout qu'on était près d'une école, on se prenait des pierres, tu sais comment c'est, franchement, vieux, tu as été dans l'armée aussi, les pierres pleuvaient sur le toit, c'étaient les ordres, c'est terrifiant, comment je pouvais savoir que c'était une fille, hein ? Alors Rami le frapperait pour la première fois, violemment, en plein torse, si bien que Y. A. se plierait en deux, suffoquerait, les mains plus près du visage maintenant, pour se protéger, eh laisse-moi tranquille, tu sais pas ce que tu fais, et il ricanerait un peu, lâche-moi, j'ai rien fait de mal, il ne faut pas m'en vouloir, je ne faisais que mon travail, je l'ai vue, oui, elle lançait des pierres, vieux, elle en avait une dans sa main, c'est que des menteurs, ils sont bons qu'à ça, putain d'Arabes, tous autant qu'ils sont, elle était là, comme tous les autres, alors Rami déclencherait une salve de coups de poing, droite, gauche, droite, gauche, de sorte que Y. A. tituberait en arrière, terrifié, va te faire foutre, vieux, va te faire foutre, tu ne comprends rien, laisse-moi tranquille, elle avait une pierre dans sa main, je l'ai vue debout, là, elle n'a jamais été touchée par une balle en caoutchouc, elle a reçu une pierre derrière la tête, c'est ça qui s'est passé, c'était pas du tout moi, va te faire foutre, je n'ai pas tiré, elle a été touchée par un des siens, et désormais les coups de poing de Rami pleuvraient sur lui, un déluge, frappant la tête, le cou, les oreilles, et ça continuerait jusqu'à ce que le soldat tombe et s'étale dans l'herbe noire, et Rami se planterait au-dessus de lui, et là le soldat commencerait à gémir, à dire qu'il était désolé, qu'il n'avait pas fait exprès, qu'il ne savait pas du tout ce qui se passait en réalité, écoute-moi deux secondes s'il te plaît, tout s'est passé si vite, le rabat en métal s'est ouvert, le fusil dépassait, la vérité, vieux, c'est que j'avais peur, tout simplement peur, je ne savais pas ce que je faisais, tu aurais fait exactement la même chose, avoue-le, vieux, avoue-le, tu aurais fait la même chose.

81

À dix-huit ans : parfois il n'y a pas d'échappatoires.

80

En prison, Bassam se demandait quelquefois si les grenades avaient été placées à dessein près de l'entrée de la grotte. Deux engins explosifs posés sur un lit de paille sèche. Au début, ils crurent être tombés sur un cageot de fruits – des grenades.

Les grenades étaient vieilles, sans doute des vestiges de 1967. Il n'était pas inconcevable qu'elles aient été déjà trafiquées, dégoupillées, et que la quantité de poudre ait été diminuée.

79

Le mot hébreu *rimon* désigne la grenade, aussi bien l'explosif que le fruit. Selon certains spécialistes de la Bible, c'était le fruit défendu du jardin d'Éden. On dit qu'elle possède toujours six cent treize graines, soit le nombre de commandements contenus dans la Torah.

78

Commandement 598 : *Que ceux qui font la guerre ne craignent pas leurs ennemis ni ne cèdent à la panique au cours de la bataille.*

77

Le matin de sa troisième rencontre avec le Cercle des parents – douze jours après qu'Abir eut été tuée –, Bassam dut s'arrêter à un checkpoint dans la vallée de Al-Walaja. On l'emmena dans l'annexe d'un préfabriqué et on lui demanda de se déshabiller.

La pièce était exiguë, étouffante. Un poster du Beitar Jérusalem était accroché au mur. Bassam remarqua la présence d'une caméra dans un coin du plafond : elle pivotait sur ses bras métalliques.

Il se déshabilla jusqu'à être en slip et en chaussettes. Il posa ses chaussures par terre, plia sa chemise, sa veste et son pantalon sur la table. Un soldat arriva et mit ses vêtements dans un sac en plastique blanc.

« La montre, aussi.

— Pourquoi ?

— Analyse.

— Dans quel but ? »

Le soldat ne répondit pas.

Le vent de janvier sifflait à travers la porte ouverte. Bassam lui tendit sa montre.

« Il me faut une couverture », dit-il.

Il fut surpris de voir le soldat revenir au bout de quelques instants avec une petite couverture rouge. Il y avait des poils de chien accrochés dessus. Elle sentait un peu le jeune enfant.

« Combien de temps est-ce que je vais rester ici ?

— Le temps qu'il faudra. »

Bassam déploya la couverture sur ses épaules. Voilà comment fonctionnait l'Occupation : vous attendiez. Et vous attendiez. Et ensuite vous attendiez pour combattre l'attente. Bassam savait qu'il valait toujours mieux faire comme si ça n'était pas un problème. Vous attendez debout, vous attendez assis, vous attendez adossé au mur. Vous attendez qu'un autre soldat arrive. Vous attendez qu'il s'en aille. Vous faites de l'attente un art.

La porte s'ouvrit. Le soldat lui demanda s'il voulait faire une pause cigarette. C'était comme si lui aussi travaillait, pensa Bassam. Oui, répondit-il, il s'en fumerait une.

Le soldat alluma la cigarette, posa une cannette de soda vide sur la table afin qu'il s'en serve de cendrier, puis repartit.

Bassam prit de grandes bouffées et fit durer la cigarette le plus longtemps possible. Il jeta un coup d'œil sur son poignet sans montre.

Ce fut presque une déception lorsque deux autres soldats entrèrent dans le préfabriqué avec son sac de vêtements.

« Une dernière chose », dirent-ils.

Ils lui demandèrent d'ôter son slip, de se placer devant un miroir et de s'accroupir.

76

Dans les *Pensées*, recueil de fragments théologiques et philosophiques, Pascal, le philosophe français du XVIIe siècle, dit que tous les malheurs de l'humanité viennent de notre incapacité à rester assis, seuls, dans une pièce.

75

Ce que Salwa détestait le plus, c'était quand, à l'aéroport, ils enfilaient des gants en plastique et lui fouillaient les cheveux. Comme si son cuir chevelu recelait un objet sur le point d'exploser.

74

À en croire le baromètre du Henley Passport Index, le passeport de l'Autorité palestinienne, un laissez-passer, fait invariablement partie des passeports les plus inutiles du monde.

73

Soulève ta chemise de merde, connard.

72

Parmi les pays où Rami, en vertu de sa nationalité israélienne, n'avait pas le droit d'aller : Malaisie, Bangladesh, Pakistan, Oman, Arabie Saoudite, Soudan, Libye, Liban, Koweït, Irak, Iran, Brunei, Syrie, Émirats arabes unis et, bien entendu, sur ordre de son propre gouvernement, n'importe où en Cisjordanie et à Gaza.

71

Il les emmena à l'aéroport : Smadar et son propre père, Yitzak. Elle avait dix ans. Elle venait juste de terminer son projet généalogique. Ils étaient en partance pour la Hongrie.

C'était la première fois que Yitzak retournait en Europe depuis la guerre. Les questions de Smadar avaient réveillé quelque chose en lui.

Ils étaient assis sur la banquette arrière, comme si Rami était leur chauffeur.

« Excusez-moi, monsieur.

— Oui, madame ?

— Monsieur pourrait-il rouler un peu moins vite ?

— Comme vous voudrez, madame. »

Rami baissa le bord de son couvre-chef et accéléra.

« Moins vite, rit-elle, moins vite ! »

À l'aéroport, il transporta leurs bagages jusqu'au guichet d'embarquement, s'inclina très légèrement, leur souhaita un merveilleux voyage et dit que le chauffeur serait ravi de les accueillir à leur retour.

« Je vous demanderai d'être ponctuel, dit Smadar.

— Absolument, madame.

— On ne traînasse pas.

— Comme vous voudrez.

— Et je vous prierai de mettre une plus belle casquette, la prochaine fois.

— Bien sûr. »

Il les regarda partir ensemble, son père, sa fille, vers les salles d'embarquement. Les haut-parleurs diffusaient les annonces des vols. L'aéroport grouillait de monde. Ils se fondirent dans la foule.

Au fond de lui, il s'attendait à ce que Smadar sorte de son personnage, se retourne et saute dans ses bras.

Mais il n'en fut rien.

70

Lorsqu'elle revint de Hongrie, elle demanda à Rami d'aller au magasin de vidéos et de louer le film de Zarah Leander *Un grand amour*.

Il ne trouva aucune copie de ce film. Jusqu'à ce qu'un jour, bien des années plus tard, dans un magasin de vidéos à Berlin, il découvre la VHS parmi une collection de classiques historiques.

69

Presque toute sa vie, le père de Rami ne voulut pas retourner à Gyor. Il y avait travaillé comme coursier. Il s'était fait capturer à l'âge de quatorze ans. Il avait été envoyé dans un camp. Il avait vu des choses terribles et était parti en Israël pour refaire sa vie. Il n'avait aucune envie de vivre sur les ruines du passé. Il avait fondé une famille. Cela lui suffisait. Il n'avait jamais ressenti le besoin d'ajouter quoi que ce soit, jusqu'à ce que Smadar lui demande de l'aider pour son projet généalogique à l'école. Il l'emmena dans son bureau, s'assit sur le fauteuil pivotant et dit : « Vas-y, mon lapin, pose-moi toutes les questions que tu veux. »

68

À quoi ressemblera la vie en Israël quand Smadar fêtera ses quinze ans ?

67

Rami rentra de l'aéroport épuisé. Il se dirigea lentement vers le réfrigérateur, sortit un demi-litre de lait, ouvrit la brique, but.

Il referma le réfrigérateur et traversa de nouveau la pièce. Nurit était dans son bureau, en train de taper à l'ordinateur. Il entendait le bruit des touches du clavier.

C'était étrange de se dire que Smadar était là-haut, dans les airs, en train de survoler la mer pour aller en Europe, une sorte de *yerida,* une descente.

Il entra dans son propre bureau, s'assit : *Princesse,* écrivit-il, *n'oublie pas de nous envoyer des photos.*

66

Lorsqu'il feuilleta le passeport de sa fille, il s'attarda sur le tampon hongrois. Il ne s'était jamais véritablement considéré comme venant d'un autre pays qu'Israël. Dans ses conférences, Rami disait qu'il était la septième génération d'une famille de Jérusalem, ainsi qu'un diplômé de l'Holocauste. Curieux choix de mot, *diplômé*. Ça en agaçait certains, mais c'était pertinent aussi. La terreur était toujours là et serait toujours là, et néanmoins il fallait passer à autre chose, comme une façon de grandir, de laisser une mue derrière soi. L'Europe était une racine lointaine, éloignée de la branche. Rami n'en faisait pas vraiment partie.

Il avait gardé les photos prises par Smadar avec son appareil. Il les avait transférées sur son disque dur et, de temps en temps, il allait dans son bureau pour les regarder.

65

64

Bassam n'avait connu qu'un seul de ses grands-parents, Abou Abdallah, du côté de son père. Lui aussi avait vécu dans le village de Sa'ir. Il travaillait comme comptable pour une riche famille des environs de Hébron qui avait fait fortune dans le sucre de raisin.

Abou Abdallah avait tenu ses grands livres, d'une écriture magnifique, à partir de la période ottomane, puis sous la domination britannique, puis sous les Égyptiens et les Jordaniens, jusqu'à ce que les entrées cessent brusquement en 1967.

Une tache d'encre marquait la fin du journal. Quelques années plus tard, Bassam comprit que cette tache n'était pas tant due à la guerre des Six Jours qu'à une grave maladie de la vigne, l'esca : les feuilles et les tiges s'étaient flétries, la récolte avait été détruite. Les propriétaires du vignoble vendirent leurs parts à une autre famille palestinienne puis s'installèrent en Suède, où ils lancèrent une affaire d'importation de verre et d'huile d'olive d'Hébron.

La terre fut perdue et finalement achetée en toute légalité, dans les années 1990, par une famille de colons de droite originaire de Minneapolis, qui construisit une série de maisons à toit rouge.

63

Le dextrose est un des sucres primaires que l'on trouve dans le raisin. Le mot vient du latin *dexter*, qui veut dire « droite ». Dans une solution aqueuse de dextrose, le plan de lumière polarisée dévie vers la droite.

62

Frankenthal lui avait dit où se tiendrait la réunion du Cercle des parents : une école de banlieue au nord de Jérusalem.

Rami arriva exprès en avance. Il gara sa moto un peu plus loin. Il tenait toujours son casque dans le creux de son bras. Feignant la nonchalance, il s'adossa au mur. Il resta dans l'ombre, où personne ne le verrait. Il avait commandé un expresso dans un café tout proche. Il n'avait ni journal ni portable à consulter. Il touillait lentement son café, le sirotait. Le café était amer et fort.

Ça paraissait si mièvre, si galvaudé. Toutes ces histoires de justice, d'affinité, de réconciliation. Pourquoi partaient-ils du principe qu'il voudrait en être ? Parce qu'il était le gendre de Matti Peled ? Parce qu'il était marié à Nurit ? Tout ça était d'une naïveté confondante. Il aurait préféré prêter allégeance au cynisme.

Il y avait quelque chose qui clochait. Frankenthal était venu à la shiva. Rami connaissait sa tête par les journaux. Sa veste était légèrement froissée. Ils se serrèrent la main. Frankenthal était réservé, posé, attentionné dans ses condoléances. Il dit avoir appris que Smadar était une jeune fille magnifique. Il était endeuillé par sa disparition. Ce qui se passait là n'avait aucun sens. Rami et Nurit étaient les bienvenus s'ils voulaient assister à une réunion, dit-il.

Rami avait ressenti une sorte de dégoût immédiat. Quelque chose de bizarrement agaçant s'était logé dans son ventre. Il n'avait rien dit. Il avait salué Frankenthal sur le seuil de la porte.

Il le revit quelques mois plus tard dans une librairie de Be'eri Street. Rami sentit ses mâchoires se serrer. Tant d'arrogance. Et tant de désinvolture. « Comment avez-vous pu faire ça ? demanda Rami. Comment avez-vous pu entrer chez moi quelques jours après sa mort ? Qu'est-ce qui vous a fait croire que vous aviez le droit de penser quoi que ce soit à mon sujet ? »

Il fut surpris lorsque Frankenthal acquiesça et soutint son regard. Rami les trouva, ces yeux, intéressants. Ils étaient d'un bleu alerte.

« Venez à une réunion un jour, répondit Frankenthal. On en fait toutes les semaines. Restez au fond. Voyez ce que vous en pensez. Rien de plus. »

Rami haussa les épaules et tourna les talons, mais ne put s'en défaire, même après avoir quitté la librairie. Quelque chose le rongeait. Il n'arrivait pas à s'en débarrasser. Peut-être était-ce la colère elle-même. Il ne savait pas comment il réagirait s'il allait là-bas. Peut-être déverserait-il tout son vitriol à leurs pieds. Prenez ça, c'est tout ce que j'ai. Elle n'est plus là. Vous ne servez à rien. Votre cercle ne veut rien dire pour moi.

Il vida le reste de son café par terre. Le liquide coula lentement devant ses pieds et se répandit le long du trottoir.

Quelques voitures étaient arrivées. Elles franchirent le portail de l'école. Rami entendit des rires sur le parking. Cela l'énerva. Les gens arrivaient par groupes. Il connaissait quelques personnes. Guterman. Hirshenson. Il avait lu des choses sur eux dans le journal, il les avait vus à la télévision. C'était étrange de se retrouver près d'eux. D'être réunis de cette manière. Il y avait quelque chose de sentimental là-dedans, dans ce petit club du malheur complaisant, quelque chose qui voulait le saper. Mais enfin il avait fait le voyage. Il assisterait à la réunion, il écouterait, il ressortirait, il rentrerait chez lui, mission accomplie, dernière fois, plus jamais.

Il écrabouilla le gobelet de café sous son pied et avança jusqu'au portail de l'école.

Un bus était en train de franchir le passage étroit. Le chauffeur avait mal calculé son coup et devait reculer. Un bip-bip aigu retentit lorsque le bus fit marche arrière. Puis il s'avança de nouveau, au pas.

Rami, sur le trottoir, observait les visages alignés derrière la vitre. Les hommes étaient plus jeunes qu'il ne l'aurait pensé. Les femmes aussi. L'une d'elles portait un hijab. Elle allait et venait.

Après coup, il se demanda quelle impression il avait pu leur faire : un homme d'âge mûr, casque argenté dans une main, gobelet de café écrabouillé dans l'autre, un pied calé contre le mur. Il ne ressentait rien à leur égard : ni haine, ni rancœur, rien. Il voulait simplement que le bus avance. Qu'il puisse entrer et en finir.

61

Elle descendit du bus en serrant une photo de sa fille contre sa poitrine.

60

L'oxyde de deutérium, ou D_2O, est incolore, transparent, et non radioactif.

59

Rien ne serait plus jamais pareil.

58

De temps en temps, Rami et Bassam tombaient sur des manifestants qui les attendaient devant les entrées des écoles ou des mairies.

Généralement, c'étaient des hommes d'âge mûr. Rami trouvait qu'ils ressemblaient à des tire-bouchons : des hommes entortillés, argentés, minces. Un maire, un représentant de la ville, un membre du conseil municipal. Il ne savait que trop bien qu'ils avaient besoin d'attirer l'attention. Au début, il essayait de les raisonner. Mains tendues, voix basse, attitude ouverte : pas de casque, pas de blouson en cuir. Il marchait vers eux, tendait la main. Ils la serraient rarement. Ils lui faisaient signe de partir. Il voyait la colère monter en eux : les veines de leur front brillaient. C'était comme si quelqu'un avait fait grimper leur température interne.

Il connaissait sa propre capacité à enrager, sa capacité à exploser. Il devait comprimer sa colère, la laisser imploser. Il gardait les mains écartées, comme pour dire : Je n'ai pas d'autre arme. Regardez-moi, à soixante-sept ans, je n'ai aucune envie de me battre.

Il mettait un point d'honneur à étudier leurs chaussures. Des éraflures, du vernis, des lacets, de la boucle, il pouvait tirer plein d'enseignements. Tout homme possédant une paire de souliers neufs avait d'autres endroits où aller. Ceux qui avaient des chaussures usées étaient un peu différents, plus prompts à la bagarre, il y avait déjà quelque chose de déchiré en eux.

Il n'était pas un vrai Israélien, disaient-ils. Il ne connaissait pas le sens de l'Histoire. Il couchait avec l'ennemi. Il était contaminé. Un *yafeh nefesh*. Il faisait entrer les terroristes chez eux, il empoisonnait les cerveaux de leurs enfants. Ne voyait-il donc pas qu'il trahissait ? Comment pouvait-il partager la scène avec un poseur de bombes ? N'avait-il donc aucun scrupule ?

Il attendait un moment, s'interrompait, laissait passer un silence. Plus sa colère montait, plus il essayait d'avoir une attitude ouverte et de feindre le calme. Il devait se montrer aussi tenace que les fanatiques. Il avait appris à respirer : à retenir son souffle au plus profond de lui-même. Il avait travaillé son sourire. Il dépliait une photo de Smadar et la brandissait à hauteur de torse.

Rami regardait leurs yeux s'agiter en tous sens. Il pressentait les disputes imminentes grâce au petit pas en avant, aux pieds traînants. C'était leur isolement, il le savait, qui les avait rendus si vociférants. Ils se gargarisaient de la grandiloquence de leur rage. Et pourtant, sous leurs masques, ils étaient assaillis par le doute. Il percevait la peur derrière les mâchoires crispées. Il connaissait presque par cœur les répliques qui suivraient. Terroriste un jour, terroriste toujours. On ne leur a pas demandé de venir faire exploser nos enfants. Ils nient notre existence même. Ils veulent nous rayer de la carte. On leur a donné la liberté, ils nous ont donné des roquettes. Ils veulent nous jeter à la mer. La sécurité. N'oubliez jamais.

Pendant ce temps-là, Bassam attendait dans la voiture. Au moment voulu, Rami hochait la tête dans sa direction.

Bassam franchissait l'entrée de l'école d'un pas assuré, en essayant de ne pas trop attirer l'attention sur son boitillement.

57

Parfois, dans les classes, ils étaient hués, jusqu'à ce qu'on les laisse enfin parler.

56

Chaque fois que Nurit ou lui accordait une interview à un journal, la lumière de son répondeur se mettait à clignoter. Il se demandait alors combien d'amis il avait perdus ce jour-là.

55

Elle quitta l'obscurité du magasin. Arin attendait dehors. Douze fois neuf. Cent huit. Douze fois dix. Une petite sonnette se fit entendre à la porte. La rue était pleine de poussière. La lumière du jour oscillait sous l'auvent métallique. Elle rangea un bracelet, donna l'autre à Arin. Douze fois onze. Leurs ombres dansaient sur la chaussée. Cent trente-deux. Le bruit sourd d'une roue près du rond-point. Douze fois douze. Son cartable se balançait lorsqu'elle se mit à courir.

54

Un après-midi, dans le camp de réfugiés de Dheisheh, au sud de Bethléem, Bassam observa quatre garçons en jean et tee-shirt blancs qui transportaient un matelas le long des maisons basses. Ils se déplaçaient prudemment dans les ruelles étroites, le matelas calé sur les épaules. Posés dessus, quatre œillets rouges, soigneusement alignés.

Il mit un moment à comprendre qu'ils s'entraînaient à transporter un cercueil.

53

La seule chose intéressante est de vivre.

52

Il quitte l'autoroute à Jéricho. Pas de patrouilles ce soir. Pas besoin de s'arrêter. Le feu vert brille haut dans l'obscurité. Il passe devant une série d'affiches publicitaires et une longue rangée de palmiers. Son unique phare éclaire un des panneaux rouges au bord de la route :

DANGER DE MORT ET
VIOLATION DE LA LOI ISRAÉLIENNE.

Au moment où la texture du bitume change, il sent aussitôt tout le volant qui vibre.

51

Jéricho : la plus ancienne ville murée du monde.

50

L'Oasis Casino Hotel de Jéricho aura été pendant une brève période, au tournant du XXIe siècle, une des salles de jeux les plus florissantes du monde.

Construit par l'Autorité palestinienne, le casino était situé tout près de l'autoroute 1. Il possédait plus de cent tables de jeu et trois cents machines à sous. Il était ouvert aux Israéliens, aux Jordaniens et aux détenteurs d'un passeport international. À moins d'y travailler, aucun Palestinien n'était autorisé à entrer. Il y avait plusieurs arrière-salles pour les parties de cartes où l'on jouait gros. Des systèmes spéciaux de filtration de l'air avaient été installés pour évacuer la fumée des cigarettes.

L'endroit paraissait à la mode : on y voyait affluer des colons de la région, qui transportaient de grosses liasses de billets attachées au ventre, de minces hommes d'affaires jordaniens traînant derrière eux des cohortes d'assistants en costume sombre, des employés de bureau de Tel-Aviv portant leur chemise ambitieusement ouverte, des Africaines à la peau sombre, vêtues de jupes argentées moulantes.

Le casino ne survécut pas longtemps. Lors de la deuxième Intifada, des miliciens locaux s'en servirent pour tirer sur les soldats israéliens, et les FDI firent un trou dans la façade. Mais pendant le peu de temps qu'aura duré son existence, on disait qu'il était, de tous les casinos du monde, celui qui faisait la plus grande marge de profit par minute.

49

Votre oasis vous attend.

48

Les fausses étoiles au plafond du casino imitaient fidèlement la disposition des vraies constellations et servaient de caméras. Pas de fenêtres. Pas d'horloges. La musique était neutre, principalement de la pop américaine, même si certains morceaux israéliens étaient autorisés. En tout cas, rien qui contienne des paroles arabes. Les boissons étaient sucrées. L'alcool, quoique disponible, était surveillé de près et consommé principalement par les clients internationaux. Le Pimm's n° 1 était considéré comme la boisson de choix parmi les flambeurs et, sur les meilleures tables, les bouteilles de Veuve Clicquot attendaient dans de la glace.

47

Dans les années 1930, l'armée britannique créa trois clubs de golf en Palestine mandataire : le Jerusalem Golf Club, la Palestine Police Golf Society et la Sodom and Gomorrah Golfing Society. Le parcours du Sodom and Gomorrah avait neuf trous ; il était fréquemment arrosé grâce à des pompes reliées aux puits alentour.

Chaque dernier lundi du mois d'août, la police britannique jouait pour remporter une statuette de marbre baptisée la Femme de Lot. Celle-ci était présentée dans le club-house en début de soirée, cependant que les hommes avaient droit à une tournée de Pimm's bien frais.

Plus tard dans la soirée, une récompense spéciale, et humoristique, était remise à tout golfeur affirmant avoir fait un trou-en-un.

46

Lorsque les Britanniques quittèrent le club au début de 1948, les réfrigérateurs et les garde-mangers furent pillés et le clubhouse, détruit, mais la carte des boissons demeura intacte sur un tableau noir au mur : parmi elles figuraient le Holy Moses (une part de gin, une part d'arak, abricot, jus de citron vert et olives), le Virgin Mary (jus de tomate, céleri, concombre, *baharat*), le Jesus Wept (spritzer au vin rouge), le Doubting Thomas (vodka, jus de citron, curcuma, poivrons au *freekeh*) et l'Adam and Eve (recette secrète, servi avec une tranche de pomme fraîche).

45

Devant l'Oasis, la route comporte des ralentisseurs tous les cinquante mètres.

44

Bassam tambourine sur le volant et déporte la voiture vers le côté de la chaussée, près du trottoir, où le dos-d'âne est moins marqué. Un léger roulis, puis il redirige la voiture vers le milieu de la route, où le bitume est plat.

43

Certains jours, peu après sa sortie de prison, il prenait sa voiture et partait vers les collines d'Hébron. Simplement pour se vider la tête. Il contournait son village de Sa'ir et roulait jusqu'à ce que le paysage s'ouvre grand dans toutes les directions. Au-dessus de lui, les étoiles criblaient le ciel. Il prenait les petites routes, bosselées et défoncées. Il arrivait à distinguer les petites lumières rouges des tours de surveillance. Il ne croisait jamais la moindre patrouille. Il empruntait une piste de terre et se garait quand il ne pouvait plus aller plus loin. Il éteignait ses phares et descendait. La voiture semblait mettre un certain temps à comprendre où elle se trouvait. Le moteur cliquetait doucement. Bassam prenait le temps d'observer la lune, les nuages épars. De temps en temps, il entendait des chacals japper au loin. Il faisait le tour de sa voiture, se hissait sur le pare-chocs et s'allongeait sur le capot. La Palestine. Ses yeux mettaient toujours un petit moment avant de s'habituer, puis l'obscurité gagnait en intensité. Il sentait la chaleur du moteur passer à travers sa chemise.

42

La pointe la plus orientale de la Grande Ourse, Benetnasch, signifie en arabe « les Filles du Cercueil ».

41

Bassam fut stupéfait de tenir son premier petit-enfant dans ses bras. Il sentit immédiatement l'effet rétro : la même odeur, la même forme des yeux, les mêmes cheveux noirs clairsemés. Et jusqu'à la grossière couverture de l'hôpital qui avait la même couleur : blanc cassé avec un liséré bleu et rose sur les bords.

Il emmena Judeh dans le couloir et lui glissa une minuscule chaussure blanche au pied.

40

La première chose à laquelle pensa Rami lorsqu'il prit dans ses bras la petite dernière de Guy, Anna, c'était qu'elle ressemblait en tout point à Smadar.

39

Au IXe siècle, le mathématicien persan Mohamed ibn Musa al-Khwarizmi écrivit l'*Abrégé du calcul par la restauration et la comparaison*.

Ce fut le premier livre qui présenta le concept d'algèbre aux savants européens. Al-Khwarizmi développa une théorie unificatrice qui permettait aux chiffres rationnels et irrationnels d'être traités comme des objets algébriques.

Il s'agissait de déplacer des quantités d'un côté de l'équation à l'autre afin de maintenir l'équilibre.

38

Le mot algèbre vient de l'arabe *al-jabr*, qui évoque la réparation des os cassés.

37

Les rebouteux traditionnels se fient au toucher de leurs mains. La plupart du temps, ils peuvent savoir en quelques secondes si un os est fracturé ou cassé.

De tous les os, le plus difficile à sentir par le toucher est le fémur : c'est le plus solide du corps, logé au profond de la cuisse. Une balle en caoutchouc cassera plus probablement l'os si elle traverse l'avant de la cuisse plutôt que l'arrière. Une grenade lacrymogène dont la trajectoire est descendante – tirée depuis un toit, par exemple, ou un hélicoptère – fracturera vraisemblablement l'os, alors que, tirée d'un angle bas, proche du sol, elle risquera de le casser en deux.

36

La balle percuta Abir à l'arrière de la tête, fracassant son crâne de manière radiale, si bien qu'un des éclats s'enfonça à l'intérieur et pénétra dans son cerveau.

35

Le shrapnel cribla le dos du tee-shirt Blondie que portait Smadar.

34

Lorsque Bassam se rendit à la conférence de l'AIPAC, à Washington, D. C., on lui demanda comment il était possible d'être l'archiviste d'un pays qui n'existe pas.

33

Mon nom est Bassam Aramin et je viens de Palestine.

32

En octobre 1972, Wael Zuaiter, poète et traducteur, fut abattu par des agents du Mossad israélien alors qu'il rentrait à son appartement de la Piazza Annibaliano, dans le nord de Rome, ayant sur lui un exemplaire en arabe des *Mille et Une Nuits*.

Zuaiter adorait ce livre depuis qu'il était enfant. Après son arrivée à Rome, de Naplouse, en 1962, il avait commencé à le traduire de sa langue natale en italien. Il voulait, plus que tout, en restituer la poésie originelle. Rares en Italie étaient ceux qui connaissaient la véritable beauté des histoires, pensait-il – les traductions étaient toutes passées par l'anglais ou le français, mais jamais directement de l'arabe. Les traductions actuelles étaient une dilution bourgeoise : elles délavaient les textes de leur couleur, de leur esprit et de leur charme, apprenaient les bonnes manières aux mythes et leur donnaient un sens. La véritable texture, la véritable nuance de la langue et de l'humour se perdaient, et à ses yeux cela revenait à une forme d'infantilisation de l'esprit arabe, qui facilitait la déshumanisation et l'occupation de son peuple.

Zuaiter avait trente-huit ans, il était issu d'une famille fortunée, mais pendant des années il avait vivoté comme poète, journaliste, chanteur, acteur, peintre. Capable de citer de longs extraits de Voltaire, de Montesquieu ou de Rousseau, il s'intéressait beaucoup aux œuvres de Calvino et de Borges. Il était un client régulier de l'Arab Bar, dans la Via Del Vantaggio, où il déclamait souvent des poèmes. Il aimait organiser des salons littéraires aux quatre coins de la ville. On le voyait souvent flâner dans les rues en fredonnant le chant des partisans, « Bella Ciao ».

Au début des années 1970, il adhéra au Fatah et ouvrit une petite librairie dont les rayonnages étaient tous remplis de littérature révolutionnaire.

Le soir du meurtre, Zuaiter prit deux bus à travers Rome après avoir quitté la maison de sa petite amie, l'artiste australienne Janet Venn-Brown, et regagna son propre appartement. Il était fatigué et il avait faim. Il se blottit dans sa veste et resserra son keffieh autour de son cou. La nuit était fraîche. Il avait sur lui un carnet, des crayons, deux petits pains, des bougies en cire et le deuxième volume des *Mille et Une Nuits*. L'électricité et le téléphone avaient été coupés chez lui : factures impayées. Il se préparait à une longue nuit. Dans son carnet, il avait noté : *Trouver de la moelle vivante dans les vieux os. Dévoiler. Rendre réel. L'émotion sans l'action rétrécira le cœur.*

Lorsqu'il franchit le hall d'entrée pour prendre l'escalier, une silhouette surgit de la pénombre en brandissant un pistolet .22 équipé d'un silencieux. Zuaiter leva les mains en l'air et reçut treize balles.

Douze d'entre elles le touchèrent à la tête et à la poitrine. La treizième entra dans le livre qui était toujours dans sa poche, transperça les histoires et s'arrêta lorsqu'elle toucha le dos.

31

30

La balle traversa le conte du petit bossu, le préféré de Smadar.

29

L'assassinat de Zuaiter fut le premier d'une série commanditée par le Mossad en représailles au meurtre de onze athlètes israéliens pendant les Jeux olympiques de Munich, un mois plus tôt.

D'après le Mossad, Zuaiter appartenait au groupe Septembre noir qui avait commis les meurtres. Mais lors d'une conférence de presse tenue à Beyrouth, ses amis attestèrent qu'il était pacifiste, qu'il était à peu de chose près incapable de violence, que la vengeance ne l'intéressait pas et qu'il connaissait sans doute mieux *La Flûte enchantée* que la charte de l'OLP.

28

Les assassinats – appelés opération Colère de Dieu – eurent lieu dans plusieurs villes à travers le monde et firent plus tard l'objet du film de Spielberg, *Munich*. Spielberg avait été frappé par le caractère littéraire de bon nombre des assassinats, avant comme après les Jeux olympiques : les dramaturges tués, les journalistes ciblés, les poètes dont la main d'écriture était criblée de balles, les bombes placées à l'intérieur des mémoires de Che Guevara, si bien qu'une fois ouvert le livre vous explosait au visage.

27

En 2006, à Sydney, en Australie, Emily Jacir, une artiste palestinienne, se rendit à un champ de tir pour apprendre à manier un pistolet Mauser .22. Une fois à l'aise avec l'arme – exactement le même modèle que celui employé par le Mossad pour assassiner Zuaiter, y compris le silencieux –, elle réunit mille exemplaires d'un livre vierge et blanc et les aligna, un par un, sur un stand de tir. Dans chacun d'eux, elle tira une balle à une distance de cinquante mètres. Les livres vierges représentaient, dit-elle, les histoires non racontées des Palestiniens dans le monde entier.

Elle exposa les livres troués de balles à la biennale de Sydney, à côté de photos de l'exemplaire des *Mille et Une Nuits* ayant appartenu à Zuaiter, indiquant précisément où la balle avait traversé les pages avant de toucher le dos et de s'arrêter.

Jacir tira tellement de balles qu'elle en hérita un cal permanent à l'annulaire droit.

26

À ce jour, il n'existe pas de version italienne des *Mille et Une Nuits* traduite directement de l'arabe.

25

Les Mille et Une Nuits : une ruse de la vie face à la mort.

24

Devant l'AIPAC, il scruta tous les visages stupéfaits. Ils étaient tous si blancs, si ronds. Les hommes portaient des chemises. Les femmes se tenaient droit. Ces gens étaient impeccables, coiffés, avec des vêtements repassés. Il se pencha au-dessus du pupitre. Il entendit le murmure dans la salle lorsqu'il se présenta. Il compta quatre personnes qui sortirent immédiatement. Qu'importe. Il s'était concentré. Il s'était soigneusement habillé. Il avait ciré ses chaussures. Plissé son pantalon. Enfilé une chemise à col ouvert, bleue. Une veste sombre. Ses cheveux étaient coupés court. Il s'était rasé de près avant de quitter l'hôtel. D'un Palestinien, ils attendaient une barbe ou, du moins, l'ombre d'une barbe. Il s'était fait une entaille au cou et avait un petit sparadrap rose collé au bas de la gorge. Il l'avait oublié, mais maintenant qu'il parlait il sentait sa présence. Il se demanda s'il devait le retirer, le chasser d'un revers de la main, ou peut-être se baisser sous le pupitre et le décoller. Chaque geste avait un sens. Il voulait entrer progressivement dans son discours. Avec les années, il avait appris le rythme des pauses, des silences, des modulations. Il avait prononcé le mot doucement : « Palestine. » Il savait qu'ils attendaient un adjectif, mais il ne le leur donnerait pas. Quand on est sur la corde raide, pensa-t-il, on regarde au loin. Pas en bas.

Il leva la main, la mit en visière, puis toucha le sparadrap avec son pouce, appuya dessus.

Il était enfant. Dans les grottes. À l'école. Il hissa un drapeau dans la cour. Leur silence le surprit. Pas d'agitation sur les sièges. Pas de toussotements. La salle de conférences était remplie aux trois quarts. Cent vingt personnes. Peut-être davantage. Il avait été très surpris par l'invitation. Prendre le risque. Parler dans le noir. Le congrès des conservateurs. La difficulté de l'opération l'enthousiasma. Faire évoluer ne serait-ce qu'une seule mentalité. Ce n'était jamais assez, mais ça valait tout de même le coup. Il avait dix-sept ans. Dans les collines. Le guetteur. La prison. Lorsqu'il en arriva à la partie sur les raclées, il sentit qu'une ou deux personnes commençaient à remuer sur leur siège, mal à l'aise. Mais toujours pas de sorties, pas de huées. Peut-être fallait-il y voir la politesse américaine. Il crut entendre sonner un portable. Aussitôt éteint. L'évocation de la Shoah aspira tous les autres bruits. Il l'avait prévu. Pas un seul mouvement. Il s'interrompit, ferma les yeux quelques instants. Il lui arrivait de ne pas aimer sa propre mise en scène, d'en avoir marre de lui-même, mais pas ce jour-là. Même pour ces choses-là, il répétait, inlassablement. Les victimes des victimes. Le type silencieux sera toujours dangereux. Rien, simplement un petit pistolet, s'il vous plaît.

Il entendit quelqu'un parler, plus fort à présent, une sorte de brouhaha dans les recoins de la salle, un homme et une femme, elle était en colère, il la calmait, des têtes se retournaient, des murmures, des chut. Pourtant, il avait connu des salles plus bruyantes. À Tel-Aviv, à Haïfa, à Jérusalem. Patiente. Regarde droit devant toi. Tais-toi jusqu'à ce qu'ils se taisent aussi. Cela faisait partie de la dramaturgie. Il poursuivit. Puis quelques éclats de rire. La ceinture, en prison. *Meir aime Maya.*

Il se pencha encore un peu plus. Le micro couina. Erreur. Il se recula. Sa veste était chaude. Il ne voulait pas la retirer. Une chemise bleu clair. On verrait des auréoles sous ses bras. Il se cramponna au côté du pupitre. Il avait des notes sous les yeux, mais il ne les avait pas consultées une seule fois.

C'était l'Occupation qui les énervait. Le mot. Il ne savait pas très bien pourquoi ça ne passait pas à ce point, mais ça ne passait pas – c'était toujours le mot qui semblait enfoncer un petit poignard dans le thorax. Des gens toussaient, et quelqu'un au troisième rang était debout, il essaya de ne pas regarder, deux personnes, en train de partir. Assommez-nous, nous nous relevons. Encore du mouvement tout au fond. Un gonflement de la lumière à cause de la porte ouverte. Plusieurs silhouettes sombres s'agitaient. Mais peut-être étaient-ce des gens qui entraient ? Comment pouvaient-ils arriver en plein milieu de son discours ? La sécurité, peut-être. Ils étaient venus l'arrêter. Deux grenades.

Il pensa un instant à l'entaille sur son cou. Il voulut toucher le sparadrap, mais il était parti, le sang avait séché, il maîtrisait, il tenait la salle, il en était sûr et certain, ça ne le dérangeait pas que des gens arrivent, ou s'en aillent, ou les deux. Il était près du micro, à présent. Au-delà du bien et du mal il existe un champ. C'est là que je te retrouverai.

Un calme étrange s'empara de lui lorsqu'il parla d'Abir. Un souffle le parcourut, il le sentit s'infiltrer partout dans son corps, un flux jusqu'à l'arrière de ses mollets. Elle a reçu une balle derrière la tête. Elle s'était acheté des bonbons. Les plus chers du monde.

Une lumière rouge s'alluma au pied de la scène. Il ne les lâcherait pas. Investissez dans notre paix, pas dans le bain de sang. Dépensez 10 % de l'argent autrement, 5 %, voire 1 %. Ce sont vos impôts, après tout. Essayez donc. 0,5 %. Pourquoi pas ? C'est vous qui avez le pouvoir. Un autre murmure parcourut la salle. Bassam se tut et inclina légèrement la tête. Il ne voulait pas être pris pour un faible, un pigeon, une proie facile dont ils se serviraient ensuite pour faire croire qu'ils savaient à quoi ressemblait la vie en Palestine. Il était venu là, comme toujours, pour les bousculer. Soyons bien clairs, dit-il. Nous ne capitulerons jamais. Ce n'est pas dans notre intention de renoncer. Il fut étonné de voir que certains s'étaient levés, pour applaudir ou alors s'en aller, il ne savait pas trop. Il avait envie de les déraciner. Il avait envie qu'ils sachent quel effet cela faisait. Il n'avait pas terminé. La sueur imbibait sa chemise. Les lumières étaient brûlantes. L'éclairage rouge de la scène était continu, à présent. Il laissa ses mains tomber de part et d'autre du pupitre. Ce soir, dit-il avant d'attirer leur attention en toussant. Ce soir, je vais marcher sur le Washington Mall et passer devant le Lincoln Memorial. Et je lèverai les yeux vers les étoiles, comme je le fais toujours quand je rentre chez moi à Jéricho.

23

Je suis navré de vous le dire, monsieur le sénateur, mais vous avez assassiné ma fille.

22

Lors d'une réception dans le quartier de Dupont Circle, on se pressa autour de lui. Poignées de main. Cartes de visite. Par la suite, il ne se rappellerait plus rien de ce qui avait été dit mais il n'oublierait jamais la femme, petite, blonde, en robe moulante, devant tous ces gens, elle souriait, elle avait les dents blanches, elle se pencha vers lui, il y avait de la peau, le bout de sa robe, une épaule, ses ongles vernis de vert, elle tendait le bras, ce n'était pas pour lui serrer la main, non, sa main était tout près du torse de Bassam, près de son épaule, tout se figea, elle tendait le bras, tellement blonde, tellement constellée de taches de rousseur, elle allait toucher sa joue, ou son cou, il recula, gêné, mais elle souriait toujours, cette Américaine, et quelqu'un d'autre riait, la salle était remplie de plateaux, plateaux de boissons, plateaux de nourriture, plateaux pour vous protéger, plateaux fracassés, plateaux de prison, matraques, mitard, les gens riaient et les doigts de la femme étaient toujours tendus vers lui, *Attendez*, dit-elle, *Permettez-moi*, et à cet instant elle toucha le col de sa chemise, il sentit ses ongles effleurer son cou, à l'endroit où l'artère palpitait, et elle s'éloigna rapidement, en repliant quelque chose, peut-être un bout de peluche sur son col de chemise, peut-être un cheveu, ou un cil, quelque chose, elle l'enveloppait dans une serviette blanche, toujours en souriant, il le savait, elle l'avait ôté avec ses doigts, le sparadrap était tombé sur le bord de son col pendant son discours, il s'était accroché là, Bassam sentit la chaleur envahir son corps, que pouvait-il faire maintenant ?

21

Il s'assit le lendemain dans le bureau du sénateur. Il s'était de nouveau rasé de près mais avait pris garde, cette fois, de ne pas se couper. Il portait un costume, une cravate, et il avait reciré ses chaussures. Il ne devait parler que dix minutes et il avait une seule chose à dire. Après l'avoir dite, il fit glisser une photo d'Abir sur la table, une grande photo brillante, format 20 × 25, *Vous avez assassiné ma fille*, et le sénateur ne fut même pas décontenancé, il prit la photo, hocha la tête, la posa délicatement sur la plaque en verre au-dessus du bureau. Il voyait exactement ce que Bassam voulait dire, répondit-il. Le fusil américain. La Jeep américaine. La formation américaine. Le gaz lacrymogène américain. Le dollar américain. Il connaissait les arguments de toutes les forces en présence, dit-il, mais les choses étaient en train de changer, il y avait des accords en vigueur, tout le monde veut la même chose, on l'aborde de mille façons, je comprends votre douleur, monsieur Aramin, je ne dis pas ça comme une parole en l'air, croyez-moi, je peux la ressentir, en tant que père, j'apprends chaque jour, parlez-moi d'Abir.

La porte s'ouvrit. Une assistante entra. Le sénateur la congédia. Il reprit la photo.

Ça aurait pu être un petit numéro de politicien, pensa Bassam, sauf qu'il n'y avait pas de caméras, pas de journalistes, pas de magnétophones. Le sénateur regarda la photo : « Et vous, monsieur Aramin ? Où avez-vous grandi ?

— Dans une grotte.

— Mais, dit le sénateur avec un sourire, pour de vrai ? Où ? »

20

Smadar est née à l'hôpital Hadassah. Où est morte Abir.

19

Une histoire en devenant une autre.

18

Encore aujourd'hui, John Kerry a la photo d'Abir au mur de son bureau.

17

Les barrières, le long de la route, étaient peintes en blanc. Les allées des maisons étaient bordées de rosiers, de rhododendrons, de jacinthes. Les voitures stationnées dans l'allée rutilaient, argenté et noir. Il y avait des jouets d'enfants éparpillés partout. Des drapeaux flottaient sous les avant-toits des maisons : bleu, blanc, rouge.

Une angoisse le saisit. Sans crier gare. Il arrivait parfois ceci : une impression de vide s'emparait de lui et il se demandait ce que tout cela signifiait, ce voyage, ces conférences, la répétition infinie, l'inutilité de la chose. Il retournerait chez lui. L'aéroport. Les interrogatoires. Les fouilles au corps. Les explications sans fin.

Il n'arrivait pas à évacuer le souvenir de cette femme qui avait décollé le sparadrap sur son col.

Elle avait décollé le minuscule pansement et l'avait replié entre ses doigts, un petit cercle de sang.

16

Le son est la forme de communication préférée des oiseaux, puisque les bruits produits – chants, cris, criailleries, sifflements, piailleries, gazouillis, croassements, claquements, trilles – portent bien au-delà des distances auxquelles les oiseaux pourraient voir.

15

Il était en vacances en Toscane, avec Nurit, lorsqu'il vit le panneau. Il n'en revenait pas. Le Centre Wael-Zuaiter. La flèche indiquait une ruelle étroite dans la ville de Massa. La rue était serrée et pavée. Du linge pendait aux fenêtres supérieures des immeubles. Des enfants se traînaient les uns les autres sur des cartons aplatis.

C'était une ancienne devanture de magasin. La porte en était fermée. La main en visière, ils regardèrent à l'intérieur.

Quelques tables avec des casiers en verre. Des bibliothèques. Des affiches aux murs. Ils toquèrent à la vitrine, mais personne ne répondit.

Un peu plus bas dans la rue, Rami entendit quelqu'un derrière eux les appeler. Une femme leur fit signe d'approcher. Elle avait des cheveux gris, mais ils étaient longs et enrubannés. Elle portait une robe élégante, trop grande pour elle. Des pantoufles aux pieds. Elle leur parla en anglais. Elle les avait vus regarder par la vitrine, dit-elle, depuis son appartement. Le directeur du centre était en voyage à Sydney, mais il lui avait confié les clés. Il n'y avait pas beaucoup de touristes dans les parages, néanmoins ils pouvaient entrer, bien sûr, elle était désolée, elle devait aller faire des courses pour son fils, auraient-ils la gentillesse de prendre la clé et de refermer la porte une fois qu'ils auraient fini ?

Il n'y a qu'en Italie, pensa Rami.

Elle tendit la clé, hésita une seconde et demanda : « D'où venez-vous ? »

La question surprit Rami. Peut-être avait-elle entendu son accent ? Peut-être se demandait-elle la raison exacte de sa présence ici ? L'avait-elle mal compris ?

« De Hongrie, finit-il par répondre.

— De Hongrie ?

— À l'origine. »

Elle sourit et posa la clé dans la main de Rami.

14

C'était remarquable, le peu de dégâts que la balle avait faits dans les pages. L'orifice d'entrée était net, avec seulement un petit accroc au bord. La balle avait pénétré par la droite du livre puis s'était logée au centre, près du dos.

13

Rami toucha la balle. Elle lui parut minuscule et chaude, comme une chose encore déterminée à atteindre sa destination.

12

Au camp de Theresienstadt, en 1943, Viktor Ullmann composa un opéra en un acte intitulé *L'Empereur d'Atlantis*, sur un livret écrit par un autre détenu, l'artiste Peter Kien.

Dans le livret, l'empereur d'Atlantis – également appelé le roi de Jérusalem – déclare une guerre universelle. *Guerre sainte totale ! Chacun contre tous ! Pas de survivants !*

Dans son prologue, Ullmann en avait parlé comme d'un *genre* d'opéra. Cela commençait par l'hymne allemand joué en mode mineur. L'empereur était un baryton. La Mort devait être interprétée par une basse.

L'empereur essaie de rallier la Mort à sa cause. Mais la Mort, qui apparaît sous les traits d'un vieux soldat retraité, est offusquée par la mécanisation du meurtre et la manière moderne de mourir, qui l'a mise au chômage. La Mort se met en grève et, dès lors, il devient impossible à quiconque de mourir.

En vertu du décret de la Mort, même la mort naturelle est déclarée morte.

D'abord, l'empereur y voit une délivrance de la tyrannie de la Mort – *Libération de la mort ! Liberté de l'âme !* Mais bientôt l'incapacité des gens à mourir, à cause des bombes, des balles ou de tout le reste, engendre la panique, la révolte et un ennui paralysant chez les sujets de l'empereur.

Il s'efforce d'exercer son pouvoir mais – puisqu'il ne peut tuer personne – celui-ci a déjà commencé à s'étioler rapidement. Aussi supplie-t-il la Mort de reprendre sa mission traditionnelle. La Mort accepte de recommencer à tuer, mais à une seule condition : que l'empereur soit sa toute première victime.

En 1944, les nazis assistèrent à une répétition générale de l'opéra dans les baraquements du camp. Conscients de la possible intention allégorique – après la tentative d'assassinat d'Hitler cet été-là et l'appel à la guerre totale lancé par Himmler –, ils l'interdirent discrètement.

Plus tard la même année, Ullmann fut sorti du camp et dut marcher jusqu'aux trains en partance pour Auschwitz. Mais il parvint – juste avant d'être poussé à l'intérieur du wagon à bestiaux – à glisser secrètement la partition à son ami Emil Utitz, le directeur de la bibliothèque du camp.

11

Ullmann avait écrit un jour que le secret de toute œuvre d'art était l'annihilation de la matière par la forme.

10

Borges disait que son désespoir d'écrivain venait de ce qu'il était incapable de traduire le caractère infini de l'aleph : ce point dans l'espace qui contient tous les autres points. Quand d'autres avaient recours aux oiseaux, aux sphères et aux anges, lui n'arrivait pas à trouver de métaphore pour ce réceptacle intemporel du tout. Le langage était successif : il ne pouvait pas, par sa nature même, être figé en un lieu ; par conséquent il ne pouvait pas saisir la simultanéité du tout.

Cependant, disait Borges, il en dirait quelque chose.

9

Blongios nains, pipits à gorge rousse, fauvettes à tête noire, bergeronnettes printanières, fauvettes grisettes, tourterelles des bois, guêpiers, cratéropes écaillés, rolliers d'Europe, vautours fauves, tariers pies, cigognes, flamants roses, pélicans, bécasseaux, buses, grues, milans, aigles, faucons, mouettes, hiboux, engoulevents, moineaux, martinets, souimangas, pluviers, traquets motteux, combattants variés, pies-grièches, étourneaux, coucous, fauvettes, gobe-mouches, grives, huppes.

8

Opération Écho renvoyé.

7

Cygnes et ortolans, aussi.

6

Il roule lentement le long du grand mur du jardin. Le toit plat de sa maison est visible derrière les briques hautes. La route est défoncée et trouée, mais il connaît chaque nid-de-poule. Il prend un large tournant, tire le frein à main, ouvre la portière, sort et rejoint le grand portail métallique. Celui-ci est fermé par un verrou. Le moteur en est cassé : il est obligé de l'ouvrir à la main.

Une raideur dans sa mauvaise jambe. La douleur le transperce jusqu'à la hanche. Il fait glisser le levier rouillé et le portail cède en lâchant un petit gémissement. Il le pousse vers le côté, parallèlement au grand mur blanc. La douleur s'attarde un instant dans le bas de son dos. Les glissières métalliques couinent et cliquettent.

Bassam regagne sa voiture, éclairé par son unique phare. Encore une chose qu'il va falloir réparer.

Il s'appuie contre la portière et se glisse une fois de plus sur le siège, traînant sa mauvaise jambe après lui. Il prend son téléphone, l'allume et envoie un SMS à Rami : *Bien rentré, mon frère*. Leur rituel simple, combien de milliers fois maintenant ? Il jette le portable sur le siège passager, franchit lentement le portail, freine, puis redescend encore pour fermer derrière lui.

Le temps que le portail se soit complètement refermé, Rami lui a répondu, un simple émoticône, deux pouces en l'air et au-dessous : *À demain*.

Bassam se gare dans l'allée, sous une voûte de tissu bleu. Il reste assis un moment sur le siège conducteur, se penche en avant. Encore une longue journée. Et la même le lendemain. Et le surlendemain.

Il tâte ses poches pour vérifier que ses cigarettes, son briquet et son portable sont toujours là. Intacts. Il actionne la poignée, ouvre la portière, descend.

La nuit est fraîche et mordante. Il n'a pas plu ici dans la journée. Bassam le devine à l'odeur du jardin.

5

Quatre citronniers, deux figuiers, deux clémentiniers, deux cédratiers, un amandier, un plaqueminier, un grenadier, un figuier de Barbarie, des rangées de courgettes, d'aubergines, de courges et de luffas tout le long du mur mitoyen : en été, on sent le jardin à l'autre bout de la rue.

4

Salwa est assise sous le porche à l'arrière de la maison. Elle attend, enveloppée d'une fine couverture de laine. Un petit univers de fumée au-dessus de sa tête. Elle ajuste le tuyau, pose l'extrémité de la pipe du narguilé sur la table basse, se penche vers lui par-dessus.

« Tu es en retard », dit-elle.

Il l'embrasse, une fois sur le front, une fois sur les lèvres. L'odeur forte et douce du tabac. C'est son rituel apaisant, chaque soir. Elle ajoute des fruits du jardin à son narguilé. Maintient le bol en équilibre au moyen d'une brochette à kebab. Perfore le papier aluminium. Allume le charbon.

« Le restaurant est fermé, dit-elle avec un sourire, mais tu trouveras peut-être quelque chose sur le plan de travail. »

Il tire la chaise pliante et s'assoit face à elle. Sort ses cigarettes et pose son briquet dessus. Balance la tête en arrière. Prend une longue et profonde inspiration.

« Ils sont tous là ? demande-t-il.

— Bien sûr que non.

— Judeh ?

— Il dort déjà. »

Ensuite ça fuse entre eux, le tempo de la journée, les coups de fil, les visites, les petits drames. Elle est allée au marché. Il est allé à Beit Jala. Elle a réglé la facture de téléphone de Mohamed. Rami était en avance, il avait oublié le changement d'heure, il a tourné en voiture pendant une heure, il est allé à l'hôtel Everest, a bu un café. Elle a acheté un cadeau d'anniversaire pour sa sœur, un nouveau parfum venu d'Oman, dans une boîte avec un ruban, c'était un peu cher mais ça valait le coup, elle l'a trouvé au marché, chez le petit vendeur. Le moine leur a fait faire le tour du monastère, tu aurais dû voir l'épaisseur des murs, les peintures, ils sont ensuite descendus voir là où le vin était fait avant, il lui a rapporté un peu d'huile d'olive, il l'a laissée dans la voiture, il ira la chercher demain. Elle s'est vu demander par le comité des femmes de définir les modalités d'embauche à l'école maternelle, il y aura deux nouvelles institutrices, deux diplômées de Beir Zeit, elles sont fabuleuses, ça fera vraiment une grande différence. Il a déjeuné dans une salle au plafond voûté, la nourriture était fraîche, délicieuse, des falafels presque aussi bons que les siens, peut-être aussi bons que ceux de sa mère, non je rigole. Elle a passé une heure au téléphone avec Arin à Jérusalem, toujours la même rengaine, les permis, est-ce qu'un jour ça s'arrêtera ? Il y avait huit personnes, elles posaient des tas de questions, on a discuté pendant des heures, on n'a rien réglé du tout bien sûr, mais on a essayé, on a pris un thé en fin d'après-midi. Araab est passé vers 15 heures, il avait emprunté une voiture, il voulait récupérer le bout de bois pour réparer le toit de sa maison. Dans la chapelle, l'acoustique était magnifique, ce son, même pour un si petit groupe, ça résonnait, et après ils sont retournés dans le réfectoire pour discuter encore. Elle est persuadée qu'il y a du mariage dans l'air, ça se voit dans le regard d'Araab, elle espère qu'il aura économisé assez d'argent, il a besoin d'une voiture pour circuler, mais il s'inquiète pour l'assurance. Quand ils sont repartis, il pouvait voir les lumières au fond de la vallée, les constructions, c'est fou, toujours plus chaque jour, il déteste voir ces grues. Hiba passe la nuit chez Mariam, elle a oublié sa brosse à dents, tu pourrais peut-être la lui apporter demain matin. Il n'y a pas eu de problème sur la route du retour, c'était un checkpoint à une seule cigarette, et oui, au fait, le phare de la voiture a claqué, il avait presque oublié, mais personne n'a rien vu, ils ont jeté un petit coup d'œil au checkpoint du Container mais rien de plus. C'est drôle, le plateau du micro-ondes s'est arrêté de tourner un moment, puis s'est remis en route, sans aucune raison. Il emmènera la voiture chez le fils d'Ibrahim demain pour voir s'il peut réparer ça, cette bagnole ne fait que nous ruiner. Elle est attendue à la foire alimentaire à midi, elle doit s'occuper de la table anglaise, ils pensent tous qu'elle connaît parfaitement l'Angleterre maintenant, elle essaiera de préparer des scones le matin, c'est la seule recette dont elle se souvienne. Ce qui monte finit toujours par redescendre. La mère de Mariam doit se faire opérer dans les jours qui viennent, si ça ne marche pas ils essaieront de l'emmener en Amérique, elle a un problème aux yeux. Il doit se présenter, il ne sait pas très bien où, à Jérusalem-Ouest, il pense, à 14 h 30, une école, cette fois. Il ferait bien de vérifier le changement d'heure. Est-ce que quelqu'un avait eu l'occasion de s'occuper des plantes dans l'après-midi ? Non, elle ne le pensait pas. Soyons honnêtes : sans lui, le monde s'arrêterait de tourner. Pouvait-il la boucler et mettre un autre charbon sur le brûleur, tasser le charbon sur le plateau et battre les cartes ? Elle était vraiment très drôle – croyait-elle vraiment qu'elle gagnerait cette fois ?

3

Le solitaire. Connu sous le nom de Patience en Grande-Bretagne, de Réussite en France, de Secret en Pologne, de Kabbale en Norvège, de Sérénité en Palestine.

Avec des variantes telles que l'Aile d'aigle, le Labyrinthe, les Parallèles, Rues et allées, le Elevens Up, l'Alhambra, le Poker solitaire, la Veuve noire, le Tapis, les Trois Souris aveugles, le Sultan, la Tour de Hanoi, le 91, le Rouge et noir, Shamrocks, le Chaton dans un coin, le Zodiaque, le Treize imaginaire, le Quadrille, le Moulin à vent, le Tableau, le Mouvement perpétuel, l'Horloge de grand-père, l'Osmose, le Renard rusé, les Voleurs d'Égypte, l'Intrigue, l'Empereur, et la Simplicité.

2

Il sort de la pièce et se retrouve sur le palier, vêtu de son *thowb* de nuit. Sa hanche lui fait mal. Le grand habit de coton blanc bruisse contre ses mollets nus. En chaussons, il monte l'escalier et avance dans l'obscurité en se tenant à la rampe en acier, qui est froide.

Devant la porte du fond, il troque ses sandales pour une paire de tennis noires. Il se baisse pour faire ses lacets. Une vive douleur lui cisaille le bas du dos. Il écarte le rideau tendu devant la porte du fond, actionne la poignée. Il approche sa main de la cigarette sur son oreille, se ravise.

Dehors, le calme. Pas de voitures, pas d'aboiements, pas de bruits d'insectes.

Le tuyau jaune est entortillé sous la fenêtre de la cuisine. Il s'assure que le jet est fermé, ouvre la valve à moitié. Une toute petite goutte apparaît à la base de la valve, où le tuyau se fixe. Il resserre le tuyau, recule d'un pas, attend. Bien. Pas de fuite.

Il longe d'un pas traînant l'arrière de la maison et dépasse la piscine vide. Les étoiles sont là, plus intenses que leur obscurité. Il laisse trois seaux vides sur le porche, enroule le tuyau autour d'eux.

Il a construit quatre marches entre le porche et le jardin. Il les descend lentement, en terminant par sa mauvaise jambe. La terre dure crisse sous ses pieds. Elle est en mottes et cassée aux endroits où il l'a retournée à la pelle. Il pourrait facilement fermer les yeux et traverser le verger sans se tromper, le long de la voiture, sous la canopée, au-delà du réfrigérateur abandonné dans lequel il conserve son engrais.

Tous les quelques mètres, il tire le tuyau derrière lui.

Bassam tourne la tête et voit un seau renversé, tombé du porche. Qu'importe. Au matin, il ramassera les fruits : les arbres de Jéricho fleurissent même en hiver.

Il commence par les agrumes tout au bout du verger. Ils surplombent le mur, chargés de fruits. Au pied des arbres, il se penche au-dessus du puits de terre qu'il a creusé, un cratère autour de la base. Il ouvre le jet, laisse l'eau couler, ajuste la pression tout en faisant le tour de l'arbre. La terre s'assombrit et boit.

Il approche sa main de la cigarette sur son oreille, sort un briquet de la poche de son *thowb*, allume. Il tire une longue bouffée, tousse. Il serait temps d'arrêter, encore le temps, toujours le temps. Pourtant, il a l'impression que la cigarette soulage la douleur dans son dos, dans ses jambes.

L'écharpe de fumée monte derrière lui.

Les légumes. Les luffas. Pas mal, se dit-il. Rien de trop difficile, ce soir. Un jardin à une seule cigarette.

Il avance le long du mur vers le deuxième arbre, en remplit le puits de terre, puis resserre le jet, coupe l'eau, se dirige vers les clémentiniers et les cédratiers, leurs petits éclats de couleur.

1

Les collines de Jéricho sont un bain d'obscurité.

Remerciements

Il s'agit d'un roman hybride au centre duquel se trouve l'invention. Un récit qui, comme tous les récits, entrelace des éléments relevant de la spéculation, de la mémoire, des faits et de l'imagination. Il puise aussi auprès d'amis et de connaissances, partout dans le monde, qui m'ont aidé de mille et une manières. Ces gens, et leurs marques de générosité, ont contribué à donner forme à ce travail. Ils m'ont ouvert leur maison, m'ont donné accès aux archives, m'ont aidé dans mes recherches, m'ont inspiré, ont lu les manuscrits, ont traqué les sources et les autorisations, ont partagé protection, perspicacité et critiques.

La liste des gens qui m'ont aidé est si longue que, parfois, je me dis que le bien est l'ennemi du mieux, car je crains d'oublier quelqu'un par mégarde. Que l'on m'excuse par avance de la moindre omission. Mais je serais indélicat si je ne citais pas un certain nombre de personnes sans lesquelles ce roman n'aurait pas été possible.

Je suis d'abord allé en Israël et en Palestine avec deux organisations à but non lucratif, Narrative 4 et Telos, dirigées respectivement par Lisa Consiglio et Greg Khalil. À tout moment ceux-ci ont été pour moi source d'aide, de conseils, de compréhension, d'inspiration et de grâce. Ils m'ont emmené dans de nouveaux lieux. Ils m'ont accompagné quand j'étais persuadé que c'était une tâche impossible. Ils m'ont inspiré. Sans leur aide et leurs lumières, rien n'aurait pu se faire. C'est aussi simple que cela. Et j'ai été soutenu en tout point par ma famille, ma femme, Allison, et mes enfants, Isabella, Christian et John Michael. Merci infiniment. Mon agente,

Sarah Chalfant, a cru en ce livre dès le début. En outre, mes éditeurs du monde entier ont joué un immense rôle dans ma volonté de poursuivre, notamment Jennifer Hershey, qui m'a encouragé et soutenu à chaque instant. Alexandra Pringle a rendu possible ma vision. Jaco Groot m'a envoyé des coupures de presse presque toutes les semaines. Caroline Ast et Thomas Uberhoff ont été précieux. En cours de route, j'ai eu un certain nombre de lecteurs merveilleux. Ce sont eux qui se sont vu confier la tâche la plus difficile, celle de voir le travail à l'état brut, informe et confus. John Michael a endossé le rôle de mon défunt père, Sean, en lisant pour moi le livre jusque tard le soir : ses conseils ont toujours constitué un roc, surtout dans les moments difficiles. Assaf Gavron, Darragh McKeon, Ray Dolphin et Emily Jacir ont passé des heures interminables – et ont réussi – à me guider sans me faire dévier de mon cap, admirable preuve de générosité et d'amitié. Et Martin Quinn est intervenu, comme toujours formidable, pour consolider le tout. D'autres m'ont gratifié de leur lecture précise, de leurs recherches et de leurs idées : Gideon Stein, Marc Briz, Mickey Madden, Raja Shehadeh, Nathan Englander, Michael Ondaatje, Bob Mooney, Dan Barry, Tyler Cabot, Ishmael Beah, Penny Johnston, Dani Gavron, Elik Elhanan, Ed Caesar, Gabriel Byrne, Tom Kelly, Phil Metres, Nathalie Handal, Liat Elkayam, Lee Keylock, Kelsey Roberts, Joe Lennon, David Scharia, Jack Saba, Dana Czapnik, Steven Hayward, Zaha Hassan, Tamer Nafar, Mariam Bazeed, Barry Lopez, Brad Fox, Susie Lopez, Christopher Booth, Daniel Sokatch, Michal Brimm, Heather Mitchell, Loretta Brennan Glucksmann, Bill Whelan, Tim et Kathy Kipp, John Greally et Niall Burgess. À Sting, Joe Henry, Gregory Alan Isakov et Colm Mac Con Iomaire, *go raibh maith agaibh go léir*, ce livre a été écrit au son de votre musique, il est même devenu votre musique. Et comme toujours, Jim Marion et Ronan McCann. Quant à ceux qui m'ont aidé pour les recherches, les dessins et les photos, je veux citer Elizabeth Eagle, Lilly Khoury, Taliah Nathanson, Cindy Wu, Ellis Maxwell, Philippe Petit, Kathy O'Donnell, Noah Passavoy, Gary McKendry, Hal Grossman, enfin tous les bibliothécaires du Hunter College et de la New York Public Library.

Ce qui m'amène aux innombrables livres, articles, photographies, films et sites que j'ai croisés en chemin. Je veux dire mes remerciements sincères aux nombreux universitaires, scientifiques, historiens et mathématiciens dont j'ai cité ou mentionné les travaux, mais que je ne peux saluer un par un. Bien souvent, les sources ont été multiples. J'ai mendié, emprunté et copié, puis de nouveau mendié, emprunté et copié. Chacun sait qu'il existe plusieurs versions de la vérité. Dans certains cas, les sources se sont contredites, et même les spécialistes ne sont pas d'accord entre eux. En fin de compte, toutes les erreurs relèvent de ma responsabilité, au même titre que les inventions.

Chez Random House, Erin Kane, Steve Messina, Simon Sullivan et Holly Webber ont été d'une aide remarquable. Merci à Etgar Keret de m'avoir autorisé à retranscrire *Hahamishia Hakamerit*. Merci à David Byrne, Brian Eno, Pat Woods, Kevin Wong et Laurie Fabiano pour l'accès aux paroles. Mes collègues du Hunter College (tout spécialement Peter Carey, Téa Obreht et Tom Sleigh) méritent d'être remerciés du fond du cœur, de même que Jennifer Raab, toujours. Merci à tous les représentants du corps diplomatique irlandais à Tel-Aviv et à Jérusalem/Ramallah, en particulier Deirdre Bourke, Tim Reilly et Jonathan Conlon. Merci aussi à toutes les personnes liées au Pal Fest et au Salon du livre de Jérusalem. Nos voix nous viennent des autres : il s'agit bel et bien d'une communauté de sentiments. J'ai voyagé dans le monde entier et on m'a ouvert tant de portes. Mes remerciements les plus sincères à Josh Sapan et Anne Foley pour leur cottage de Milford, Pennsylvanie – quel lieu pour travailler, où l'on trouve dans chaque recoin les grands souvenirs de Frank McCourt. Merci à Mikela Chartoulari pour sa merveilleuse maison en Grèce. À Valérie et Gaël Patout pour la maison en France. À Yehuda Shaul et ses amis pour leur hospitalité en Israël. Merci également au clan McCann, à ma mère, Sally, en particulier. Et Sean et Freda, Roger et RoseMarie Hawke, Issa Jiries Khalil, Sandy Cooter, Mary Ann Stein, Bill Shipsey, Karen et Bayard Hollins, les bonnes gens de Steamboat Springs, de Santa Fe, de Bad Gastein, et de tous les autres lieux qui m'ont permis de prolonger mon séjour : j'ai regardé par d'innombrables fenêtres tout au long de ce livre.

Et, bien sûr, mille mercis à Rami, à Bassam et à leurs familles.

Pour finir, ceux qui ressentent le besoin (et je vous y invite) d'aider les organisations à but non lucratif que j'ai mentionnées plus haut, vous pouvez envoyer vos dons au Forum familial du Cercle des parents (theparentscircle.org) : elles méritent tout notre soutien. D'autres organisations à ne pas oublier sont les Combattants pour la paix (cfpeace.org), Telos (telosgroup.org), et, *last but not least,* Narrative 4 (narrative4.com).

Crédits des illustrations

Page 28 : © Mahfouz Abu Turk/APA Images/ZUMA _DALLE.
Photo mise en noir et blanc et recadrée par rapport à l'original.

Page 77 : © Walt Mills, Male Magnificent Frigate Bird, taken in Hondouras, November 2006.
Photo mise en noir et blanc par rapport à l'original.

Page 89 : Smadar © Rami.
Page 121 : © Karl-Ludwig Poggemann (https://www.flickr.com/photos/hinkelstone/2213683339/sous licence CC BY 2.0 https://creativecommons.org/licenses/by/2.0/legalcode).
Photo mise en noir et blanc et redimensionnée par rapport à l'original.

Page 165 : © Thomas Coex/AFP.
Photo mise en noir et blanc par rapport à l'original.

Page 168 : © Colum McCann.
Page 176 : © Gary McKendry.
Page 190 : © Max Nash/AP/SIPA.
Page 198 : Photo by Bruce Krasting (flickr.com/photos/bruce_krasting/6857656826)/sous licence CC BY 2.0 https://creativecommons.org/licenses/by/2.0/legalcode/).
Photo mise en noir et blanc et recadrée par rapport à l'original.
Illustration de Banksy.

Page 212 : © Colum McCann.
Page 320 : © Alastair Fyfe at A. Fyfe Rail Operations Consulting Ltd.
Page 338 : © Colum McCann.
Page 341 : © Elizabeth Brown Eagle.
Photo recadrée par rapport à l'original.

Page 350 : Abir © Bassam.
Page 353 : Smadar © Rami.
Page 406 : © Abir Sultan/epa.
Photo mise en noir et blanc par rapport à l'original.

Page 417 : © Colum McCann.
Page 442 : Rami and Bassam.
Page 474 : © Zoltan Balogh.
Page 488 : *Material for a film (detail) (Wael Zuaiter's 1001 Nights).*
Multimedia installation, 3 sound pieces, 1 video, texts, photos, archival material.
© Emily Jacir 2004.

Composition et mise en pages
Nord Compo à Villeneuve-d'Ascq

FSC
www.fsc.org
MIXTE
Papier issu de
sources responsables
FSC® C003309

Achevé d'imprimer par
Normandie Roto Impression s.a.s.
61250 Lonrai (Orne)
N° d'impression : 2004457

Imprimé en France